U0537311

当代文学的力量

时代的声音

尚书房

北京文学

2015年~2016年重点优秀作品

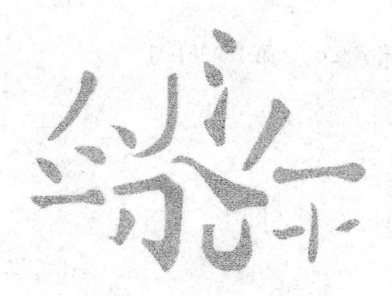

# 不可医治的乡愁

2015~2016中国散文诗歌精选

梁晓声 杨文丰等 著
北京文学月刊社 主编

中国书籍出版社
China Book Press

图书在版编目（CIP）数据

不可医治的乡愁 / 北京文学月刊社主编 . —北京：中国书籍出版社，2017.7
ISBN 978-7-5068-6298-1

Ⅰ．①不… Ⅱ．①北… Ⅲ．①中国文学－当代文学－作品综合集
Ⅳ．① I217.1

中国版本图书馆 CIP 数据核字 (2017) 第 154361 号

## 不可医治的乡愁
### 北京文学月刊社　主编

责任编辑：吴化强
责任印制：孙马飞　马　芝
封面设计：吕宜昌
出版发行：中国书籍出版社
地　　址：北京市丰台区三路居路 97 号（邮编：100073）
电　　话：（010）52257143（总编室）　　（010）52257140（发行部）
电子邮箱：eo@chianbp.com.cn
经　　销：全国新华书店
印　　刷：北京一鑫印务有限公司
开　　本：710mm×1000mm　1/16
字　　数：403 千字
印　　张：26.25
版　　次：2017 年 9 月第 1 版　2017 年 9 月第 1 次印刷
书　　号：ISBN 978-7-5068-6298-1
定　　价：60.00 元

版权所有　翻印必究

# 目 录

**报告文学**　快递中国／朱晓军　杨丽萍　　　　　　　　　3

中国之蒿——屠呦呦获诺贝尔奖之谜／陈廷一　　54

薇甘菊——外来物种入侵中国／李青松　　　　94

重症监护室——ICU手记／周　芳　　　　　　140

世界屋脊上的北京门巴／林　遥　　　　　　　197

**散　文**　梁晓声散文两篇／梁晓声　　　　　　　　　249

目　光／杜卫东　　　　　　　　　　　　　　261

葛水平散文三篇／葛水平　　　　　　　　　　276

时空中的一个坐标／陈启文　　　　　　　　　292

伯在黄土里等我／王俊义　　　　　　　　　　305

不可医治的乡愁／杨文丰　　　　　　　　　　315

守候黑嘴松鸡的爱情／艾　平　　　　　　　　330

一字藏天机／张金凤　　　　　　　　　　　　338

| | | |
|---|---|---|
| **诗　歌** | 我的故乡还剩下什么（外三首）／杨　康 | 353 |
| | 睡在父亲离世的床上／周瑟瑟 | 356 |
| | 时间之伤（组诗）／荣　荣 | 360 |
| | 西藏，唵嘛呢叭咪吽（外二首）／潇　潇 | 368 |
| | 春天笔记（组诗）／安　琪 | 371 |
| **评　论** | 我的阅读经历／梁　衡 | 377 |
| | 当我们谈论科幻时我们谈些什么／鱼多多 | 403 |

报告
文学

# 快递中国 |朱晓军||杨丽萍|

原载《北京文学》（精彩阅读）2015年第10期

2014年，快递成为中国经济银河系的灿烂星座，业务量突破139.6亿件，超越已拥有150年快递历史的美国，成为世界第一快递大国。

"三通一达"是中国快递第一集团军的四支劲旅——申通、中通、圆通、韵达，这四家的业务量占中国快递的60%。

"三通一达"来自桐庐。桐庐位于浙江西北部，北纬30°神秘线上的中国最美县城，不仅群峦叠嶂，溪流纵横，而且始建于公元225年，历史悠久，素有"潇洒文明之邦"的美誉。

"三通一达"不仅来自一个县，而且其中的三个半老板还来自一个乡——桐庐的钟山乡，申通的陈德军、中通的赖梅松、韵达的聂腾云都是钟山人，仅圆通的喻渭蛟不是钟山人，可他是钟山的女婿。

"三通一达"的董事长均为农民，陈德军、赖梅松、喻渭蛟等人有的初中毕业，有的初中还没毕业，学历最高的是聂腾云，中专毕业。在"三通一达"的高管和员工中，学历也都不高，或初中毕业，或小学毕业，约70%来自农村。可以说，他们是中国农民快递。

"三通一达"四家快递分别成立于1993年、1999年、2000年和2002年，在长达十余年的中国邮政联合执法的大围剿中，他们顽强地存活了下来，并得以发展和壮大，具有了今天的规模和格局——每家公司拥有员工十五六万，网点逾万家，遍布全国。

中国的草根快递像当年小米加步枪的土八路，阻挡了武装到牙齿的外国快递巨头的扩张，当那些国际快递巨头得知中国单票快件均价仅15.6元时，不禁摇动着那黄头发的脑袋，眨动着像湖水似的蓝眼睛，不可思议地说："NO,NO,这怎么可能呢？"

快递改变了中国，改变了亿万人的生活，"三通一达"不仅带来了优质而便捷的服务，而且为阿里巴巴插上了翅膀，让电子商务的互联网上的飞船有了在现实着落的跑道，让中国网购成为世界一大奇迹。"三通一达"带领一大批农民走出了深山，走出了贫困，找到了自己的价值和尊严。

"三通一达"农民快递引起了党和国家领导人的关注，李克强总理多次为快递点赞，还视察了中通的网点，表示愿意为中国快递代言。

## 一、没鞋穿的"赫耳墨斯"

2002年5月8日，上海，外滩海关的大钟敲响9下，普善路290号的鞭炮就"噼里啪啦"响起来。硝烟散去，一块牌子——"中通快递"，还有留着寸头，皮肤微黑，穿着一双现已少见的布鞋，年仅32岁的赖梅松出现在众人面前。

陈德军和喻渭蛟做过木匠，搞过装修，结果债台高筑，无路可走，最终像《水浒传》中的林冲，逼上没有合法身份的"黑快递"梁山。他们麾下的高管与员工大都是像他们那样的农民。

1993年，邓小平发表南方讲话的次年，改革开放加大了油门，北京的营业执照告急，不得不从天津紧急调一万张进京；深圳国际贸易中心大厦一层楼25个房间，竟挤进20多家公司，甚至一张写字台就是一家公司；浙江的民营公司突破150多万，外贸公司占相当比例。杭州的外贸出口要到上海办理出关手续。按理说，报关单可通过快递寄达，而当时中国快递的独生子——EMS需要三天。报关单要次日送达，外贸公司没办法，只得派专人送。

聂腾飞和詹际盛从中发现了商机。聂腾飞是桐庐县钟山乡夏塘村（现并入歌舞村）人，跟赖梅松是同乡，他们还在同一所学校读过书。聂腾飞初中毕业后，怀着"走出大山，过上好日子"的梦想到杭州的一家印染厂打工。

21岁的聂腾飞算了一下，杭州往返上海的火车票是30元，送一单收

100元，可赚70元；收两单就可净赚170元，要是三单、四单，或更多呢？他决定成立一家代人出差的公司！

聂腾飞筹了3万元，詹际盛筹了5000元，创办了一家叫"盛彤"的公司，聂腾飞任经理。

这一年，在广东顺德某印染厂打工的王卫也发现了快递的商机，印染行业在批量生产前要先给客户看样品，客户中有部分港商需要报关，一来一往至少要一个星期。厂家为节省时间就找人挟带。如恩格斯所说，有利润的地方就有资本介入。专业"挟带人"出现了，这些人拽着拉杆箱往返于香港与大陆。24岁的王卫拿着从父亲那儿借的10万元，成立了顺丰速运公司。

这三位年轻人不仅是70后，还都从事过印染行业，这是巧合，还是隐含着某种必然联系呢？

1997年，聂腾飞车祸身亡，公司由陈德军接管。聂腾飞的弟弟聂腾云在1999年创办了韵达货运有限公司。

2000年，喻渭蛟怀揣着借来的5万元，领着17条好汉来到上海滩，创办了圆通公司。

这在国外快递巨头的眼里，绝对是不可思议的。31年前，弗雷德里克·W·史密斯——耶鲁大学的毕业生、美国海军陆战队的退役中尉，创办联邦快递时斥资9600万美元，正式持续营运动用了14架达索尔特鹰式飞机。

弗雷德里克·W·史密斯自豪地说："我们就是电脑时代的赫耳墨斯！"赫尔墨斯是希腊神话中的宙斯与阿特拉斯之女迈亚的儿子，是奥林匹斯十二主神之一。他身着长衣和披衫，手持盘蛇的短杖，穿着有翅膀的凉鞋，行走如飞，是诸神传送信息的信使。据说，他还是商贾和贸易之神，他的雕像往往是手里拎着钱口袋。可以说，他是希腊神话里"唯一合法"的、任何神也颠覆不了的快递。

在中国神话中，似乎还找不到像赫尔墨斯这样的信使。也许在中国人眼里，神是不需要信使的，即使需要的话，也绝对不会像赫尔墨斯那样穿双带有翅膀的鞋子。《西游记》中的孙悟空一个跟头翻出十万八千里，既没有西方天使的翅膀，也没有赫尔墨斯那样的鞋子。东西方的神有着巨大差异，赫尔墨斯穿上那双鞋才是神，中国的神是可以光脚的。

这既是文化的差异，也是经济的差异。在西方，做快递要有强大的经济实力，要买得起数十架飞机；在中国，只有贫穷而又有使不完力气的农民才会去做快递。

中通开业鞭炮的硝烟甫散后，第一票快件翩然而至，那是一票信件。有人想寄快件，蓦然发现家门口有快递开业，就送了过来。

董事长赖梅松亲手接过这票快件和15元快递费。他面带微笑，内心既欣慰又失落。作为杭州丽水路木材市场的老板，15元钱掉在地上要不要弯腰捡，恐怕都要思忖一下。

当地的特产山货，有"雪水云绿"绿茶，有毛竹和木材。赖梅松从小就知道靠山吃山，十几岁就包山伐木，淘得人生的第一桶金。

三个世纪前，英国诗人库伯说："上帝创造了乡村，人类创造了城市。"世界上每周有100万人口离开"上帝创造"，迁入"人类创造"。上帝的产业在萎缩，留守在那儿的除了老人和孩子，就是没能力外出打工的女人。1992年，赖梅松他们16个村民跟着村主任去了杭州丽水路木材市场。农民进城最好的选择就是像赖梅松那样做生意。

做生意一要本钱，二要脑筋好使，三要有经验，四要有人脉。陈德军、喻渭蛟不具备，他们拥有木匠手艺，可以像胡传魁那样拉起一支"十几个人，七八条枪"的装修队伍。聂腾飞连木匠手艺也没有，只得去印染厂打工。连打工的机会都找不到的农民就去摆地摊，或者像"骆驼祥子"似的蹬三轮车。《北京人在纽约》有句经典台词："如果你爱他，就把她送到纽约去，因为那里是天堂；如果你恨她，也把她送到纽约去，因为那里是地狱。"岂止纽约，哪一座城市不是天堂，不是地狱？有多少人向往着天堂，跌进了地狱；又有多少人从地狱爬上了天堂！

没想到，这几年，快递像上世纪90年代初的股票、21世纪初的楼盘，陡然就火起来，而且火得不可收拾，不时有歌舞村村民丢下锄头，像吴琼花投奔红色娘子军似的顺着弯弯山道走来，加入快递队伍。消息像解放军占领南京似的捷报频传，谁谁谁赚到钱了，谁谁谁买了车，谁谁谁买了楼。接着，一拨又一拨村民从歌舞乡出发了。

快递让歌舞村的村民热血沸腾了……

2002年4月17日，国家邮政管理局下文禁止民营快递经营轻于500克的邮件，同时要求民营快递的收费标准要高于EMS。哪票信件让邮政查到就要罚款，少则5000元，多则5万元。可是，在21世纪初，电子商务像一窝刚孵出蛋壳的雏鸟儿，闭着眼睛，张着嘴巴等着喂。民营快递若不经营信件就等于绝食。

这时，民营快递险象环生，前有堵截，后有追兵。1984年，美国联邦快递作为航空快递公司进入中国。两年后，德国敦豪通过与中国对外贸易运输集团总公司合资的方式进入中国。上世纪80年代，中国像专门生产低档消费品的大车间，出口极其有限。到了世纪末，"大车间"流水线的廉价消费品几乎不见，高新科技产品一浪接一浪地涌出。中国加入世贸组织后，外商像一群群的鸟儿飞越大西洋、太平洋落在这片神奇的土地上。2002年，在中国从事各种业务的外资企业已达数万家，对快递的需求像烧开的水，吱吱作响，冒着腾腾热气。

20世纪90年代，随着申通、顺丰、宅急送等民营快递的崛起，EMS独揽天下的局面被打破。民营快递像一群被困在深山的饿狼，野性十足，生猛而强悍，在EMS和国际快递巨头面前，他们就是山寨版的DVD，拥有超强的纠错能力，不论正版还是盗版的光盘可以通吃。扫荡过后近乎寸草不留。

信件是国家拨进EMS盘子的菜，他人是动不得的。可是，对农民来说，没有什么规矩好讲的，不管谁的菜，也不管在谁的篮子或盘子里，只要能吃，绝不客气。

中国农民经历过战争，经历过土改，经历过合作化，经历过文革和市场经济浪潮，已不再唯唯诺诺，不再愚昧无知，不再没见过世面，他们已变得机智勇敢，变得"可上九天揽月，可下五洋捉鳖"了。俗话说，光脚的不怕穿鞋的，他们怕什么？他们或不清楚邮政局的规定，或不接受城里人的规定，农村人若按着城里人的规则出牌，只有去扫大街，搬运煤气罐，或在建筑工地上卖苦力。

毛泽东说，没有贫农便没有革命。没有农民，改革开放就像一辆有转向轮，没驱动轮的跑车，开不起来。邓小平知道中国的改革必须从农村开始，从农民开始。中国拥有八亿农民，这是一片汪洋大海，承载得起改革的巨轮。

没有农民，也不会有民营快递。在上世纪末和本世纪初，城里人是绝对做不了快递的，他们挨不住那份辛苦。农民给中国的快递市场带来了勃勃生机和繁荣发展，也带来了惨烈的竞争，带来了兵荒马乱和狼烟四起。

"好虎架不住一群狼"，何况中国快递"御林军"——EMS还是只被娇宠得连老鼠都不抓的猫。EMS在竞争中屡战屡败，节节败退，惨失半壁江山，国内市场份额从97%跌至40%。EMS右手握着尚方宝剑——《邮政法》，1986年制定并实施的《邮政法》明文规定："信件和其他具有信件性质物品的寄递业务由邮政企业专营……"20世纪末、新世纪初，每百票快件有几票不是信件？他们左手握着办理"超常规邮件"的特权——他们的运输车可以跟邮政车一样在城市畅通无阻；他们的邮件可享受铁路、民航的优先装运权；另外，国家规定，党政司法机关的文件必须由EMS投递。

EMS败了，邮政拉开了执法检查的序幕，要把民营企业从快递行当赶出去。可是，民营快递就是游击队，神出鬼没，将"敌进我退，敌驻我扰"演绎得出神入化。邮政执法部门是8小时工作制，而民营快递拥有24小时的机动灵活。

中通成立的当天，全网仅收57票，还不如申通随便一个网点。

圆通起步时，每天也就50票左右。不同的是，喻渭蛟领着那17条好汉像游击队似的住在部队招待所，白天去"扫楼"收揽快件，喻渭蛟也不例外。

世界快递史上最惨的一幕还不在中国。1973年3月12晚，7架达索尔特鹰式货机呼啸着飞离跑道，冲上云天，拉开了美国联邦快递试运行的序幕。可是，6架飞机仅运送7个包裹！

二、走不出的天井岭

老史，也就是联邦快递创始人弗雷德里克·W·史密斯，他是疯狂的冒险家，也是执着的追梦人。1965年，在耶鲁大学攻读经济学与政治学时，老史居然产生一个在常人看来不着调的想法——航空快递。

对常人来说，想想也就罢了，可是老史偏偏不是常人，他把这一想法写进了自己的经济学报告。荒诞，绝对的荒诞！导师在他这"不着调"的报告上打了一个"C"！在导师的眼里，所谓的快递也就只能送送比萨饼什么的。

1971年，年近而立的老史将快递的梦想付诸实践时，浙江省桐庐县钟山乡天井岭村的赖梅松刚刚1岁，在蹒跚学步。老史不知道有老赖，老赖也不知道有老史。

老史出生于美国田纳西州孟斐斯城的运输世家，祖父当过船长，父亲在美国南部地区经营过灰狗长途汽车公司，老史27岁创办联邦快递，老史家的祖孙三代把海陆空占全了。

老赖的祖父是农民，父亲是农民，他也是农民。老赖和老史两人的梦想就好比起步，老史上来就是23只"赫耳墨斯鞋子"（喷气式飞机），老赖只有5只带轮的"溜冰鞋"（网络班车），其中4只还是租的。

梦就像数学的射线，向一侧无限延伸。条条大道通罗马。古人将四周为山，中间低洼的地形称为天井。老赖就生在"井"里，这口井叫天井岭，"井"里住着十几户人家，守着一座祖墓。墓碑刻着："大清嘉庆拾玖年十一月日上浣吉旦，松阳郡、念三世先祖考秉信赖公、妣夏氏孺人之墓。"翻译过来就是这碑立于1814年12月12日，葬的是父亲赖秉信和母亲夏氏，他们是从浙江丽水市松阳县西那边过来的。

悠悠岁月，两百来年的云从这口"井"、这座墓飘了过去。山还是那座山，岭还是那道岭，人家已从一户繁衍成十几户。几代人的梦想在岁月中变得柔软、悠长、坚毅，又具体、现实、简洁、相似。老赖的父亲10岁上学，还没读完小学一年级就辍学了。1976年，老赖上学了，学校在歌舞乡。

歌舞，这是一个多好听的名字。上山下乡的年代，知青放弃了离城市近的公社，纷纷选择歌舞。他们到这里就哭了，如此偏僻落后的穷山沟，凭什么叫歌舞，有什么资格叫歌舞，有什么值得歌舞的？

谁知这荒郊野岭竟有历史掌故。2500年前，伍子胥被楚平王的手下一路追杀，逃到这个渺无人烟的荒山野岭，甩掉了追兵。伍子胥喜出望外，亦歌亦舞，于是后人将此地称为"歌舞"。不知该为甩掉追兵便亦歌亦舞的伍子胥悲哀，还是该同情祖祖辈辈生存在这衰草寒烟之中的农民。

1985年，赖梅松以3.5分之差与县里的高中失之交臂。这对15岁的他来说，无异于毁灭性打击。他对着那月朗星疏、虫鸣蛙鼓和飒飒山林，走出大山的渴望在心里翻腾着。不读书还有什么出路？难道像父亲那样下地种番薯，上山背树？

他跟父母说要去复读。

"过几天家里就要造房子了,你复读,帮忙的人盖什么?"妈妈担忧地说。

复读要住校,妈妈担心他把被子带走了,帮忙的人没盖的。采访时提起这事儿,父母说,为一床被子,赖梅松没有复读。赖梅松说,不是为一床被子,而是200元的学杂费。他说,父亲只读过半年书,母亲没读过书。读书有什么好,他们看不到。他们只想把家门口的茶叶弄得好一点儿,番薯种得比别人大一点儿,猪养得比邻居肥一点儿也就好了。

家里造房子,赖梅松忙了起来,计算各种开销,材料费、赊欠款,每顿饭的伙食费,还有怎样省工省料……房子造好了,家里剩下一堆木头。赖梅松把木头卖掉,赚了1000多元钱。

当赖梅松去杭州做木材生意时,已赚到4万元钱。

"你也做快递吧,快递这玩意儿挺好。"一天,同学商学兵对他说。

商学兵瘦削身材、白净面容,细长眼睛眨动得很快。他在做申通的温州网点。

"做快递?快递有什么好?"赖梅松莫名其妙地问道。

这时,赖梅松已赚五六百万,在杭州买了房子,成了家,娶的是天井岭村支书的女儿赖玉凤。

几年后,商学兵开着一辆依维柯回到歌舞乡,那辆依维柯对赖梅松有所触动。

"开一家快递公司需要多少钱?"赖梅松深深地吸了口烟,对商学兵问道。这时,申通历经"八年抗战"已在华东确立了霸主地位,版图从长三角辐射到华南、华北等地,年营业额突破10亿元。

"我想怎么也得四五十万吧?"商学兵挠了挠脑袋说。

赖梅松眯缝着眼睛,将烟吐出:"我的意见,要做就做自己的!"

赖梅松和赖建法、商学兵、邱飞翔等四人成立了浙江中通快递服务有限公司,赖梅松任董事长。

### 三、"李鬼"与"李逵"的周旋

在中通成立的3个月前,韵达3个月仅做11票业务,亏了几百万元,眼看资金链就要断裂,撑不下去了。

圆通也没什么生意可做，有时一天仅83票，月亏损20多万元，喻渭蛟时常拎着米口袋去借米。

提起21世纪初，金任群先生说："可能也就申通过得滋润一点，其他的都特别苦逼，日子真不好过。"

金任群是位学者，下海后创办过闻达快递，据说在鼎盛时期不逊申通，后来被桐庐农民打败了，败得心服口服。他现在是中通的副总，有时写写文章，品茗论剑，有点儿像那些"海归"的国军高级将领，在解放战争中被土八路打败后，进入军校给打败自己的对手讲授作战史。天生我才必有用，金任群在这方面渐渐有了名气，被称为中国快递界的"教父"。

民营快递起步时，客户不相信他们，没什么业务。陈德军想到一位老乡，老乡是一家公司的经理。老乡不会也不相信我吧？他跑去找老乡，那家公司正好有几票快件要寄往宁波。

陈德军恳求老乡把快件交给他来做。

"这都是重要的文件，你给弄丢了怎么办？"老乡为难地说。

"弄丢的话，我赔偿。"

他给老乡写份保证书，若要把件弄丢，就在他们公司白干一年。

他拿着件就坐火车去了宁波。件送完后，回杭州的车没了，他只好在候车室待一宿。

"没想到你比EMS还快！"老乡来电话说。

从此打开局面，不仅老乡公司的快件业务给了陈德军，老乡还帮忙给他介绍业务。

1997年7月1日，商学兵领着妻子和弟弟、弟妹，踌躇满志地到温州建申通网点，这时盛彤已改为申通。没钱买床，他们睡了好几个月地板。揽不到件，没钱赚，商学兵只得重操旧业——炒板栗卖。

第二年，商学兵有钱赚了，工商局找上门来，说网点是非法的，没在当地办理营业执照。商学兵蒙了，他哪知道做申通的网点还要到当地工商局办理执照？执法人员在抽屉里搜出一张银行卡，上面有6万多元，全部没收。商学兵一家四口抱头痛哭，弟弟和妹妹委屈得哽咽着说："我们回去吧，家里再穷也不会受欺负。"

商学兵那执着劲儿上来了，没回老家，找人办了营业执照，继续做下去。

邓德庚是跟商学兵一起下去做网点的。他跟陈德军同村，与聂腾飞是同学，比商学兵小两三岁。初中毕业后，他就回村种蔬菜和水稻。乡亲们纷纷跑出去做快递时，他丝毫没有动摇；做快递的亲友回来劝他，他也没去。"黑快递"是违法的，违法的事再赚钱也不能干，这是原则。

一天，听村里的广播喇叭说，快递是一个新兴行业，随着我国经济的快速发展，快递业的发展前景将会越来越广阔……闹了半天，快递还是有发展前景的新兴行业啊，邓德庚这下动心了。1997年正月初六，年的余味儿还在村里飘荡，鞭炮不时响两声，邓德庚就打起背包，告别父母，做快递去了。

他和哥哥扛着行李去了金华，他在火车站附近租了间房子，安部电话，印了十几盒名片。看着名片上印的"经理"两字，就像一轮朝阳在他那23岁的心灵冉冉升起，霞光万丈。

他让性情内向的哥哥守着电话，自己骑着自行车满大街去转悠，见到挂牌的地方就往里边钻，这间房子敲敲门，那间房子看看，逢人就像大肚弥勒佛似的笑容可掬，递上一张名片，套套近乎，介绍一下自己的快递业务。遇到有涵养的接过名片，把他送出去；遇到粗鲁暴躁的把他轰出去，他也不气不恼，边走边把名片递过去，表示下次再来；遇到心情不痛快的把名片丢在地上，他弯下腰捡起，笑嘻嘻地再递上去，对方不好意思了，只得把名片接过去。也许他那张天真无邪的娃娃脸让人陡生好感，也许被他那山里人的质朴和敦厚所吸引，也许被他那种不屈不挠的精神所征服，有时他还没转悠回来，业务已找上了门。

天道酬勤，邓德庚日业务量噌噌上升，还不到两个月，日业务量就达到32票。当时，金华快递业务量只有100多票，他占了近1/3的江山。

邓德庚赚到7000元，还差1000元就可以还债了。父母为他借钱不知跑了多少家，得尽快还上。谁知工商邮政的联合执法把他给逮住了，7000多元全部被罚没了。他咬咬牙，借了3000元的高利贷，办下了营业执照，继续做了下去……

有报道说，"邮政与快递之间的积怨由来已久。从2002年起，双方甚至已经势同水火。"还有媒体说，这样下去，99%民营的快递将会猝死。

邮政专营制度以及对私营快递的打压不是中国的专利。《美国邮政法》

曾经规定:"除邮政外,未经许可任何人不得运送信件。"20世纪60年代,私营快递在美国出现,美国邮政不仅以起诉相威胁,还成立一支拥有1900余名邮政监察官和1100余名邮政警察的执法队伍,对私营快递严格监管。执有尚方宝剑的监察官"在有理由相信存在非法递送信件的情况下,有权打开并搜查可能装载邮件的车辆、物品和办公场所等,有权查封、扣押非法信件、邮袋和装有信件的包裹"。

可以想象,美国的"黑快递"跟中国的"黑快递"日子差不多,举步维艰。1979年,美国邮政才出台《限制私营递送信件的规定》,开放私企的特别紧急信件的经营权,私营快递才逃脱劫难。

没合法身份的快递犹如播撒在寒冬腊月的麦子,想发芽、拔节、吐穗、扬花,那是不容易的。中通运营发展中心总监何世海说,那时,他还在申通当押车员,像做贼似的提心吊胆,不敢去网点交接快件,怕被邮政逮着。交接件之前,要像特务似的琢磨在哪儿接头。班车在接头地点停下,押车员要先前后左右观察一番,看有没有可疑车辆,再把车门打开,迅速交接。发现可疑车辆,立马关门走人,换个地方再交接。有时,车跑不远回头一看,那可疑车辆不是邮政的,是驾驶员内急,找个背静地方解手,一场虚惊。

何世海他们不得不谨小慎微,一旦被抓住,麻烦可就大了,不仅要扣车扣件,包裹要拆开检查,还要罚款,有时罚三万五万,还容不得讨价还价。为避免被邮政执法人员查到,押车员或把信件装进盒子里,把盒子封住,或把信件打进包裹,或让司机捆在身上……

2004年5月,江苏邮政局行业管理处发现:宁沪高速公路、京沪高速公路(江苏段)沿线,违法经营行为猖獗,于是摸清了快递运输车辆的路线、时间、牌照号码,与公安部门在这两条高速公路展开了联合执法行动。

这两条高速公路是民营快递的生命线,不论江苏省内的,还是省外的都绕不开。

5月28日子夜,一辆申通网络班车由北向南驶向江阴大桥北端,在收费处被交警拦下。驾驶员把车停到路边,出示了驾驶证和行驶证。还没等交警检查完,五六名没穿制服的江阴邮政执法人员拥过来,上车检查。

两个月前,也就是2004年3月11日和12日的联合执法中,江阴邮政从申通的网络班车查出37票信件,以"未经批准,擅自经营邮政专营业务",

将37票快件予以扣押，并罚款1.8万元。申通乖乖交了罚款，扣件却没取回，被江阴邮政作了暂时封存处理。申通提起行政诉讼，将邮政告上法庭。没想到上次的扣件还没解决，这次又被抓了现行。

次日上午10点40分，申通的网络班车被放行，江阴邮政查出的234票违法经营的信件被扣下。申通闻讯急忙派人赶去，想交罚款，取回扣件。

"你们一次次违法经营信件快递业务，所以要重罚，每票罚款1万元。"邮政执法人员冷着脸说。

每票1万，234票234万！申通经过一番讨价还价，罚款从每票1万元降至每票1000元。申通交了2000元，赎回两票急件。执法人员收下罚金，以个人名义打张收条。

"针对不法快递公司的特点，抓住重点，守候伏击，当场查处；对重点检查单位采取集中兵力、连续出击的办法；在僵持不下时，可与公安部门联系并联合执法，掌握违规快递公司的作业流程和运输路线，联系公安部门上路执法。"这是江阴邮政的执法经验。

江苏省邮政局将申通、DHL、大田和大通列为重点查处对象。DHL是世界著名邮递与物流集团，中文名为敦豪航空货运公司，是德国的快递企业，2004年5月进入中国。

江苏邮政的联合执法，让进入江苏境内，尤其是经过江阴大桥的民营快递网络班车像进入敌占区似的惶恐不安，遇见邮政执法就仓皇逃窜。一次，申通的网络班车发现邮政执法，夺路而逃，邮政紧追不舍，一部警匪大片在公路上演。最终以一场车祸告终，申通的运输车撞死一人……

难以为生，60家民营快递公司将江苏邮政上告到国务院法制办、全国人大法制工作委员会、商务部、国家邮政局。

执法最严的除江苏之外，还有江西，抓着就罚款3万元。

金任群说，我觉得邮政最牛的地方是他没约束，想在高速公路截车就截车，截下来他们就可以自己定义了。"把这台电视机给我扣下！""电视机为什么扣？""电视机里有说明书，说明书属500克以内的信件业务，扣下！"

2004年，发生过两起邮政暴力执法的事件。2月20日，上海闻达快递公司的女负责人与浙江诸暨市店口镇邮政执法人员发生冲突，结果被从3

楼的阳台扔了下去；3月2日，申通安徽宁国市的一位业务员遭到邮政执法人员的暴力殴打……

申通是"三通一达"的老大，树大招风，他们遭受的压力与磨难自然要多一些。据说，那几年每年交的罚款就高达500来万元。申通有关负责人无可奈何地说，"我们发展太快，所以成为邮政的眼中钉。"民营快递将这种罚款称为"买路钱"。

任过桐庐县副县长的浙江理工大学新校区建设办公室主任葛建纲说，地方邮政是按照当时的国家政策法规执法的，不能说错了，只能说不够"人性化"。"三通一达"在初期的发展过程中比较艰难，说明国家的体制机制已不能适应社会主义市场经济了，需要改革。改革要经历"阵痛"，在民营快递业发展过程中，这群农民付出的代价过于沉重了。

## 四、"没文化农民"的文化

聂腾飞、陈德军、赖梅松、喻渭蛟等农民不仅创造了中国快递的奇迹，也创造了世界快递的奇迹。这样一群从闭塞、落后、穷困的山沟里走出来的农民，在城市既没有根基，又没有背景，还没资本支撑，赤手空拳地打造出"中国快递第一集团军"的四支劲旅，这不是奇迹是什么？

金任群自愧不如地说："一群都没有受过很好教育，也没有什么经营和管理经验，没有任何政府背景和资金来源的年轻人，却各自建立了数十亿产值的庞大帝国，靠的是什么？答案只有一个：那就是文化。正是这种带有强烈地域特性的文化成就了'三通一达'，也正是这种文化使得浙江系快递企业被邮政管理局认同和尊重。"

《周礼·地官·遗人》云："凡国野之道，十里有庐，庐有饮食。""庐"即驿站。据甲骨文记载，商朝就有邮驿，桐庐是邮驿之乡，桐庐人做快递是否天经地义？

邮驿是官办的，桐庐农民创办快递却没有一丝邮驿血统。上世纪末，本世纪初，中国合法快递只有一家——EMS。桐庐农民快递与"庐"无缘，与邮驿的历史文化无缘，如想在他们身上寻觅一点儿历史文化渊源的话，也许镖局更贴切些。官办驿站，民办镖行。镖局业务有六种——信镖、票镖、银镖、粮镖、物镖和人身镖。现今大多民营快递除人身镖和《邮政法》

规定的现金和珠宝业务不做之外，其他都做。不过，个别的快递六镖皆做，不仅承揽现金和珠宝业务，连接人送人之类的业务也做。

二者在文化上有何渊源呢？镖局讲究的是义、情、礼，歌舞农民讲究的是仁、义、礼、智、信。这也许就是"三通一达"与镖局的历史文化渊源。

几十年来，一场接一场摧枯拉朽、铺天盖地、"触及灵魂深处"的暴力与非暴力的斗争，已将政治、文化、经济的中心地带传统文化扫荡无数遍，中华民族传统价值观——仁、义、礼、智、信，像古老的寺庙、近代的教堂被拆得七零八落荡然无存，歌舞这种穷乡僻壤却像伍子胥似的逃脱了厄运。

申通、中通、圆通、韵达的创始人均出身贫寒农家，可仁、义、礼、智、信让他们有了融资渠道，实现了诚信成本的最低化。

"天下第一难"的事情——借钱，在歌舞乡反而变得容易了。散落在山坳的村子犹如一个个充满温情的鸟巢，村民犹如一家人，不论谁家杀猪，全村都有肉吃；不管谁家熬糖，村里孩子嘴巴都是甜的；有一家建房子，全村人都拿着各种各样工具赶去帮工。在村里，一人的事就是一家的事，一家的事就是村里的事。有人想做生意，全村倾囊相助，哪怕再穷的村子也能筹到几千元钱。

"抱团扎堆发展"是浙江农民文化的一大特点，也是弱势群体想做大做强，快速发展的必要抉择。这一文化特点不仅导致浙江的"块状特色经济"发达，也带来了成本与价格的竞争力。穷人自有穷人的智慧，农民有着农民的韬略。申通创业初期，夏塘村和子胥村的父老乡亲借钱筹款，呼朋唤友，抱团走出深山。聂家父子采取了联产承包制和土地租赁制的手段，把一座座城市像山里的荒地似的承包租赁了出去，让父老乡亲在承包的地盘打桩、开荒、播种、收获，自负盈亏。

申通借助加盟制得以迅速扩张，短短几年的时间就在各省市铺设数百个一二级加盟点，成为华东地区网络最完整、规模最大的民营快递企业。当时，申通的加盟与承包费很低，农民只要象征性交点钱，在城里租间房子，安部电话，买几辆自行车，这个网点也就OK了。他们像一棵棵榕树，根须在城市里延伸，一旦站稳脚跟就向区县发展，建起一个个网点……

1997年6月，商学兵在杭州申通总部对聂腾飞说："我想到下边做网点，想自己干，行吗？"

"行啊，你有多少钱？"聂腾飞眼睛闪烁着兴奋目光，问道。

"6000元。"商学兵有点儿底气不足地说。

两个月前，商学兵去上海找初中的同学陈德军，说自己想改行学做快递。

陈德军是实在人，对同学更为实在："你要学快递的话，最好别跟我干，回杭州找我妹夫聂腾飞好了，他比我懂。"

6000元钱，刨去2000元的加盟费，还余4000元钱，紧一紧，差不多够建一个网点了。

聂腾飞把他和邓德庚叫过去，让他们挑选建点的城市。聂腾飞说了几座城市，商学兵茫然地摇了摇头，这些地方对他来说太陌生了，一个都没去过，邓德庚选择了金华。聂腾飞又点了几座城市，听到"温州"两个字时，商学兵一下就春风拂面了。

"温州。"

商学兵去过温州，在那儿买过人力三轮车。

签协议交加盟费时，商学兵却在路上把钱丢了，一脸沮丧，两手空空地站在聂腾飞的面前，不知说什么好。聂腾飞二话没说，让妻子取出2000元钱，替他垫上。临别时，聂腾飞还叮嘱他好好干。

商学兵的网点开张后，生意冷清，何止是门可罗雀，冷清得简直连雀的影子都没有。他着急上火地枯守在出租屋时，聂腾飞坐着大巴风尘仆仆地从杭州赶来，不仅耐心指导他如何开展业务，还鼓励他好好干，钱是一定能赚到的。

商学兵的生意犹如凌晨的东方渐然泛亮泛红时，却惊悉聂腾飞车祸身亡。他万箭穿心，悔之肠断，"聂腾飞来时，我怎么没好好招待一下？"世上最宝贵的不是钱，不是权，而是机会。现在就是摆下满汉全席也请不来他了，没机会感恩和报答了。商学兵能做到的，只有年年清明节去给聂腾飞扫墓。

中通起步时，歌舞的"优质资源"已被申通、韵达和圆通三位大哥所占，中通只得降低门槛，加盟费降到1000元，而且不论是桐庐的，还是其他什么地方的都欢迎。这样一来，网络就变得复杂，鱼龙混杂，给以后的扣件埋下了隐患。

"赖总，这个地方你派别人来做吧，我真的做不起来了。"加盟商L心灰意冷，满眼凄绝地说。

网点生意清淡，没钱赚不说，还很辛苦，他实在挺不住了，想割肉退出。L在中通称得上老快递，他们夫妻最早做申通，折腾了一阵子，没做起来，改换门庭到了中通，又折腾了一番，还没做起来，于是决定退出快递江湖。

"要相信快递这个行业是好的，做中通是有前途的，蛋糕肯定会有的。"赖梅松苦口婆心地劝道。

这番话，他不仅对过去不认识的加盟商这样说，对亲朋好友也这样说。

"你要是把网点卖掉的话，将来一定会后悔的。"赖梅松对上海松江的加盟商说。他跟松江加盟商是发小，发小的老婆还是他的表姐。

"不做了，做快件太苦太累，现在出手能卖160万元。"发小破釜沉舟地说。

"你千万不要卖，卖掉的话花几倍的钱也买不回来。"

最后，发小还是把网点卖掉了。没过几年，那网点就像上海的房价一样涨了上去，就是花1000万元也买不回来了。

赖梅松派人一次次到L的公司指导，还是不见起色。最后发现症结在L身上，他对快递缺乏信心，钱攥在手里不肯投。下边有六七十个网点，L的公司却连个门面都没有，夫妇俩开辆面包车在网点之间转来转去，给下边承包商的感觉是他们好像随时都要逃之夭夭似的。这个样子，下边网点哪有信心，没信心哪会投资，不投资怎么会做大做强呢？

赖梅松对L说，这样吧，把你公司的股份卖我一半，我再借你20万，公司还由你经营，利润你拿6成，我拿4成。怎么样？

那几年，下边的公司或网点做不下去了，赖梅松就采取这个办法。这样一来，北京、武汉、天津、大连、杭州、苏州等十几家公司都有了他的股份。

L一听，立马来了情绪，赖总的钱都投进来了，说明这个公司还是有前景的。他信心大增，该投资的投了，公司的门面也有了，利润节节攀升了。2013年，那家公司赚了550万元，L分给赖梅松220万。

"赖总，是你救了我。当初你要是不投资，或者不给我做的话，我就没有今天了。你教育了我，让我知道了坚持，知道用心去做……"L感激不已地说。

### 五、挥之不去的梦魇

加盟制就好比十人捧着一口锅。十人捧着一口锅,重在心齐。人心齐,泰山移,这世上最难的事恐怕就是心齐。无论是战场上的兵败如山倒,还是企业的一夜崩盘,十之八九不是败在实力,而是人心。

2003年的某个夜晚,夜色将波涛翻滚的喧嚣吞没,溽热悄然将上海淹没。子夜与凌晨交割时,万籁俱寂,似乎整座上海都沉睡了。突然,电话铃声大作。赖梅松被惊醒,伸手摸过手机,按下接听键。

"赖梅松吗?我是……"语调像严冬的西北风似的冷冽。

赖梅松听出来了,是承包商Y。这人平素对赖梅松挺恭敬,今天怎么了?他的心不由得悬起来。此人是苏北人,一年前加盟中通。他折腾来折腾去不仅没赚到钱,还赔了。他赔了钱就像被人割了肉似的蹦跶,一个劲儿地找上一层加盟商,找总部。

"有事?"赖梅松问道。

"有一车快件被我拉回老家了——盐城阜宁。你要想要件的话就马上过来,拿钱换件。"说完,挂断电话。

赖梅松急忙起床。

新世纪初,对民营快递来说,扣件是一种司空见惯的事情。一天,周柏根接到董事长聂腾云的电话,让他速去张家港处理扣件事件。那时,周柏根做快递时间不长,上海去过几趟,张家港听都没听过。怎么去?他只好给总部打电话询问。总部说,张家港网点归无锡公司管。

周柏根到无锡后,跟下边的人商量一番,决定报案。

没想到派出所说,你们这属于内部经济纠纷,要自行解决,解决不了就到法院起诉。报案不行,那就自行解决吧,周柏根找到加盟商的家。加盟商说,我投了那么多钱,不仅没赚,还赔了,你们要赔偿10万元钱,我就把件还给你们,不拿钱,没门儿。谈不拢,那就来硬的,他们从上海调去二三十人,想借人多势众,逼迫对方交出扣件。"强龙压不住地头蛇",这招儿不灵。最后,只有一条道了,到法院起诉,打官司,结果发现这招儿更不灵了。打官司要时间,客户等不得,催件的电话像涨潮似的,一浪接一波地打过来。在周柏根记忆中,一个凄冷的凌晨,大约三四点钟,天下着暴雨，车行半路就开不了，他坐在车上，焦灼地望着亮亮的雨帘划破夜幕……

赖梅松找来中通的副总张惠民。张惠民是老快递，不仅经验丰富，而且加盟商和承包商熟络。听说件被扣了，张惠民陡然紧张起来。对刚起步的中通来说，扣件将是重创，有可能会致命。新快递揽件本来就难，件没及时送到，还被扣下了，客户不翻脸才怪呢。

遇到这种事只得任人宰割，跟对方协商，把件赎回来。

凌晨3点多钟，赖梅松的桑塔纳驶进阜宁境内，见到对方的车。

那车掉头而去，赖梅松他们心领神会地跟在后面。那车没驶向县城，而是绕着山道向山里驶去。跟还是不跟？若中了圈套，被他们绑架了怎么办？桑塔纳车里的人紧张起来。

跟！无论如何也要把那车件要回来！

赖梅松感觉坐在身边的张惠民似乎在抖。

"老张，你不要怕，我是老板，绑架的话也只能绑架我，不会绑你……"他对张惠民说。

夜色像浩瀚的海水在车灯照亮的瞬间合上，树林阴森恐怖，路边的悬崖像一张开阔的大嘴，随时都可以将车吞下……

天有点见亮了，前边的车还在山道绕来绕去。要去哪儿？扣件，要挟，谈钱，有必要搞得如此阴森森恐怖吗？

"掉头，去县城。"赖梅松突然对驾驶员说。

"扣件不要了？"张惠民疑惑地问。

"件肯定要，钱可以谈。可是，我们不能让他们牵着鼻子转。"赖梅松气愤地说。

到县城时，天已大亮，中通的另一部车也到了阜宁，车上有七八个人。扣件对全网来说是件大事，不论哪个网点收揽的件被扣下都很闹心。

"我们不跟他谈了，回上海吧。"赖梅松改变了主意。

"不谈了？"张惠民望着赖梅松问道。

"这是他的老家，在这里是谈不好的。那些件除了对客户有用，对他是没什么用的。他拿那批件是换不来钱的。我们回去，让他找我们。"

"赖总，这事怎么办？"车到江阴大桥时，对方电话打了过来。

也许他没想到赖梅松会转身回去，没有像一条被钓到的鱼儿任其摆布，于是慌了神。

赖梅松气愤地说："你没诚意！给我们搞到乌漆麻黑的山上绕来绕去的，你要干吗？我们感到不安全，回去了，不谈了！"

对方不吱声了，赖梅松要是不要那批件了，他投进去的钱就收不回来了。

"你这个快件一份不少地送回来，给你10万元转让费，我们另找人接这个网点。"

对方没讨价还价，也许达到了他的心理价位，也许他也失去了耐性，不想再耗下去了。

最终，对方收下10万元钱，乖乖交出所有被扣的快件，中通保住这一网点。

有报道说，一家拥有数百个加盟商和承包商的快递公司，每年要发生扣件事件十几起，甚至二十多起。

让何世海记忆犹新的是，2004年的南通扣件。那是一对夫妇，他们以为网点从别人手里兑下后，会像一只被一群饿狼追赶玩命往山顶上蹿的兔子，越蹿越高。谁知它却是跟兔子赛跑的那只乌龟，不论你把鼓擂得多响，它就是慢悠悠地爬着，时而爬错方向，还得爬回来。你说，气不气人？

不过，那个点也的确难做，网络班车不能直达，件要去无锡交接，一天仅车费就要100元钱。这样一来，搞得老婆看到快递就像老公的私生子似的，搞得家里狼烟滚滚。一地鸡毛时，老婆就像杨子荣似的决绝地说：不做了，有快递没我，有我没快递，你说话吧！

老公见此，立马妥协，夫妇达成共识，化干戈为玉帛，同仇敌忾，齐心协力与快递决裂。

他们夫妇达成了共识，何世海就倒霉了，要一遍遍往南通跑，劝那对夫妇要舍得投资，没有投入，哪有产出？劝归劝，民营快递连个合法的身份都没有，何世海自己也看不到什么远大的前途。

老公想了想，这快递还得做。没干几天，老婆就觉得这网点像土改中分到的一块薄地，种吧，打不了几斗高粱；不种吧，又没别的地种。越想越憋气，越憋气就越上火，憋气加上火就得吵，于是"军阀重开战"，战后又达成共识。

何世海又去劝，又去鼓劲儿。劝十几次后，他们达成新的共识，这次不是做不做快递的问题了，改为扣件了。

何世海和赖建昌带人心急火燎地赶过去。赖建昌是赖梅松老婆的哥哥，是个急性子，这事却急不得。他只得耐着性子对那对夫妇说，你们扣的件不是我们中通的，而是客户的，这属于第三方财物，扣押第三方财物属于违法。

这对夫妇哪里听得进这个？他们的逻辑是网点赔了，必须得找个埋单的，爷这雷扔出去了，管他是谁的呢，有人顶就行。赖建昌没辙了，那就谈钱吧。这对夫妇摆出"三年不开张，开张吃三年"架势，张口就是10万。南通的网点不同于上海，不值钱。赖建昌走南闯北练就了好口才，结果谈了好几个回合都没结果。人家的态度比防盗门还坚固。

件扣了，面子没了，也就不能讲理了。盐城有过一起这样的纠纷，那加盟商是女的，她的网点开张就赔，总部给些优惠政策，还不行。赖梅松觉得这事解决不好就等于埋下一枚地雷，说不上什么时候就引爆了。结果没过多久就扣件了，那女的在当地有势力，赖建昌在那儿待了一个月，问题也没解决，最后中通以17万元的高价收回了那个网点。交件时，她却没将一批贵重快件交还，发现时，她已拿到了钱，死活不认账。中通只好赔客户32万元，里外里花了49万元。

吃一堑，长一智。赖建昌和何世海的智慧就是这么一点点地积攒下来的。赖建昌跟那对夫妇谈话时，何世海就自由了，悄悄地溜出来，四处转悠。他们会把件藏到哪儿呢？他有点儿好奇，边转悠边踅摸。没想到，他还真就找到了，一部分在面包车里，还有一部分在后院的房间里。他叫人拖住那对夫妇，把赖建昌换下来。

赖建昌和何世海悄悄地把件"偷"了出来。再回到谈判桌上，那对夫妇一下就瘪茄子了，理性也回归了，条件像熊市的股票一头跌了下去。最终，赖建昌借钱把那个网点盘下来，雇人经营。那几年，他接了好几个这样的网点，赔了几十万元。

### 六、十人抬的锅偏了

会议开了两天，会议室烟雾弥漫，看样子再开三天三夜也解决不了问题。

2006年，中通以年租金240万租下嘉定区曹安公路3818号的场地。2007年，成立了中通快递网络第一届理事会。理事会第一次会议就提出有偿派费。

有偿派费一提出来就难产了。怎会不难产，割谁的肉谁不痛，谁痛谁不跳起来？做生意的往往都是"我的你不能动，你的咱俩商量商量"，现在要"商量"大佬的钞票了，这能好商量吗？有人说，有偿派费就是杀富济贫。"三通一达"一直实行互免派费，上海寄往杭州的件，或寄往宁波的件，上海网点是不需要支付杭州网点和宁波网点派送费，对方还必须按时送达，违者罚款。

赖梅松要创新，要走跟申通、圆通、新时达不一样的路子。这两年，中通通过创新开通了省际班车，从而提高了速度，降低了价格，业务量猛然上涨，缩短了他们跟三位"大哥"的距离。

大佬强烈反对。谁是大佬？经济发达地区——珠三角和北京的加盟商。加盟制快递企业是靠大佬支撑的。大佬跺跺脚就可能地震，甩甩袖子就能掀翻总部一项决定，谁敢动他们的奶酪？中通北京公司日收件1万票，相当于50个湖北公司。每票收1元的派送费，他们一天就要支付1万，这眼睛一睁一闭，1万元钱就没了，一年365万元钱就没了，怎会接受？

可是，提出有偿派费的是赖梅松，若是别人，也许大佬早就蹦起来骂娘了。

北京的加盟商叫陈加海，安徽人，年纪比赖梅松小四五岁，做快递比赖梅松早多了，在拎着蛇皮袋子坐火车的时代他就加入了。中通成立后，他加盟中通，将浦东下边的一个网点做得风生水起。

"赖总，北京做得那么不好，还不如让我去做呢。"一天两人一起打牌时，陈加海说。

北京公司业绩较差，日收件仅100多票，还不如上海一个网点。

"好啊。"

"不过，我没钱……"也许见赖梅松有了兴趣，陈加海说道。

"要多少钱？"

"60万就可以了。"

"你把手里的网点卖掉差不多有30万元吧？我再出30万元怎么样？"

赖梅松又给陈加海20%的管理股。陈加海接手北京公司后，甩开了膀子干，仅几年的工夫，北京中通就成为全网第一大户。要割他的肉，他能不跳起来吗？他的理由很充足：你们对我中通北京公司实施有偿派费，这等于无形中增加我的成本。申通、圆通、韵达的北京分公司都没有搞有偿派费，他们的成本都比我低，我怎么跟他们竞争？让我怎么做得下去？这哪里是割肉，这不是要命吗？

可是，经济欠发达地区，比如中西部、东北等地是淘宝件的消费地，派件量大，收件量很小，这些地方的网点就是累吐血，也达不到发达地区的水平，只能是亏损，亏损，再亏损，电子商务越发展，他们亏损越大。过去派件量少，网点有一两个快递员就行了；现在派件量大增，不得不增加人手，亏损越来越大，已经挺不住了。

双方争得不可开交，加盟制的特点就是诸侯割据，各有各的利益。

几个月后，赖梅松约陈加海等人去经济欠发达地区视察。在一个月前，赖梅松到北京办事时，约陈加海逛过十三陵。

明十三陵占地百余平方公里，安寝着明代230多年的13个皇帝，宠大的陵寝建筑群气势磅礴，重重院落前后相连，仿佛永远也走不到尽头。红墙映衬着琉璃瓦，肃穆里有低调的奢华。赖梅松双手抄在背后，仰望着高大巍峨的祾恩殿，意味深长地说："即便是皇帝，天下都是他的，最后还不是什么都带不走。"

说完，他若无其事地上了汉白玉台阶，走进了祾恩殿。

陈加海明白了，这哪是游十三陵，分明是借古喻今。对皇帝来说，"普天之下，莫非王土；率土之滨，莫非王臣"，最终也不过如此，活着的人为何不洒脱一点？何况，北京分公司又不是他陈加海一人的，还有赖梅松的股份。

随后，他们又去了东北。车出山海关进入松辽平原，过了辽宁，穿过吉林，到了有"东方小巴黎"之称的哈尔滨。这一路所见的网点都一片凄凉，有人倾其所有投资网点，前两年收件量不大，派件量也不大，自己家人也就够了。这一年多，派件量像睡醒的狮子在邮路狂奔起来，收件量却像寒冬的棕熊还在冬眠，不论他们怎么拼搏都不见涨。派件多了就得增员，搞得他们像一首歌中唱的"东北人都是活雷锋"一样，整天忙着无偿送件了……

分手时，陈加海表态可以接受有偿派费。中通开始推行有偿派费，送一件0.5元，这笔钱是通过IT系统平台，从发件网点的收件利润中提取，转给派件网点。

东北之行让赖梅松感触颇深，不禁想到，中通成立五六年了，有许多网点还没走访过，决定带几个大区的老总到中、西部经济欠发达省份走一趟。

贵州是经济落后的省份，过去有一句顺口溜："天无三日晴，地无三尺平，人无三分银。"赖梅松他们在贵阳市郊一个陡峭半山坡上找到了中通贵阳市网点。

网点怎么会建在这么个鬼地方？不仅距离市区很远，而且门前山坡很陡，驾驶员几乎把油门踩到底，车像宰猪似的嚎叫了一阵才冲了上去。他们正望着那幢破败的房子感到疑惑时，一位年逾古稀的老人把他们迎进去。

屋里简陋到极点，若不是亲眼所见，谁会相信这是个快递网点呢？

老人说，他们收件很少，每天也就二三十票，派件量也不大，可是地点很分散，有的件要跑很远才能送到，一个人一天送不了多少票。自从有了有偿派费之后，生意好多了，有的件过于偏远，送一趟要大半天时间，还是亏的。

这网点是他女儿的，老人是退休的公务员。

正聊着，有快递员回来了。坡太陡了，他只得跟跟跄跄往上推。他说，下去时就更难了，不刹闸的话，车就会像出膛的子弹冲下去；刹闸的话，一不小心轮打滑摔倒，会连人带车滚下山去……

"这里太偏了，会影响收件，还有，离市区太远，快递员一天要多跑多少路？你们要把网点迁到市区去。"话音刚落，赖梅松意识到他们之所以把网点设在自己家里，为的是节省开支，"总部给你两万元，我个人赞助一万元，三万元够一年房租了。把网点迁到城里，生意也会好些。"

赖梅松说罢，从兜里掏出一万元钱给了老人。老人感动不已地接下钱，眼泪流了下来。老人过去是公务员，当过公安局缉毒处的处长。

老人要请他们喝酒，掏出一瓶纸包纸裹的酒来，是茅台。老人说，这瓶茅台已存放三四十年了。三四十年，这跟赖梅松的年龄差不多了。

"这个就不要了……"赖梅松急忙阻拦。

可是，老人已把瓶盖打开，浓郁的酒香在空气中飘荡。

几杯酒下肚，赖梅松动情地说："要相信中通是好的，只要坚持就有前途！"

### 七、割股打造"一体化"

2010年初，中国民营快递的一匹黑马——具有加盟制血统的深圳DDS轰然倒塌，犹如一股寒流席卷加盟制快递企业。倒掉前，被称为"物流巨人"的DDS董事长兼CEO的邰伟卖掉自家的房产，把能动用的资金全部投入公司，还给1.2万名员工写了一封信，呼吁员工每人捐款"同舟共济，渡过难关"。

邰伟在DDS拥有一批追随者，被一些员工视为偶像，这次却没多少人伸手援救，个别分公司的老总和网点负责人还趁机卷走员工的押金、客户的货件和货款。

加盟制快递企业纷纷加快了转直营的步伐。民营快递最早转直营的是顺丰。1993年，王卫在广东顺德创办顺丰速运公司，仅3年工夫就占领了华南地区。2002年，顺丰迈出加盟转为直营的步伐，将加盟商转为职业经理人。2008年，顺丰完成了由加盟到直营的转化。不过，有人对王卫恨之入骨，甚至雇凶追杀，王卫不得不随身带四五个保镖。

"三通一达"，第一个"转直"的是圆通。业内对喻渭蛟的评价是大胆强硬，他既有追求，又有魄力，还勇于付出，不论对人对己都有股王佐断臂般的狠劲儿。

2009年3月，圆通"直"北京众和圆通时与加盟商发生冲突，导致一场震惊快递江湖的"3.19事件"——4万余票快件被延误与积压。

据圆通张副总裁说，2008年，总部跟北京众和圆通经理金文胜和严建华商量，每年付他们280万元，公司转为直营，金文胜仍任经理，严建华调到总部另有任用。2009年初，喻渭蛟和张副总裁出差的路上得到消息：北京众和圆通反悔了，把总部派去的人赶了出来。喻渭蛟派张副总立即赶去处理。张副总裁是张小娟的老叔，即喻渭蛟的叔丈人。喻渭蛟和张副总裁都是父母的老儿子，都有四个哥哥，他俩很对脾气。

"叔叔，这次你不要怪我啦。"据张副总裁讲，一见面，严建华就尴尬而无奈地说。

严建华像张小娟一样称张副总裁为叔叔。不过，他不承认众和圆通与上海圆通是加盟关系。他说，当年在喻渭蛟牵头下，亲朋好友分别在上海、北京、杭州等12个城市创办12家公司，均叫圆通快递，北京众和圆通与上海圆通应该共享圆通品牌和各自的经营权。他还说，2005年后，快递业务量以意想不到的速度增长，圆通的日收件高达36万票，其中北京众和圆通为4万票左右，占圆通的11%。他们每份面单费交上海圆通0.7元，一年近千万元，这样严建华和金文胜还能赚800万元左右。2009年2月3日，春节刚过，他和金文胜就去上海圆通谈退出补偿问题。上海圆通答应一年给他们320万，为期10年。10年后，给他们20%～30%的北京圆通股份。

2月15日，上海圆通派人到北京跟他们签协议时，却将承诺的320万元降为300万元，还将其中的120万元与北京圆通效益挂钩。他们不答应，上海圆通就在2月18日阻断他们的快递网络。

"你要有人性啊，这么冷的天你把大家都赶出去？都是自己的人，你做得出来？"张副总裁板着脸，冷若冰霜地说。

"没办法的，下面的兄弟们一定要跟我吃饭，要这样子……"也许严建华见张副总翻脸了，也有点儿不客气了，何况利益纷争都是寸土不让的，哪里是和和气气谈得来的。

"要跟你这样做吗？大家可以坐下来商量，你何必做得这么绝？你真要这样做那就别怪我不客气了。"

张副总裁说罢拂袖而去，看来是个脾气暴躁的人。

在三四年前，张副总裁就跟喻渭蛟谈过圆通网络的问题，举了两个例子，一是北京，二是广州。北京转运中心在北京加盟商的手里，不管发往北京的件，还是发往新疆等地的件都要经过北京转运中心，收费和中转速度都控制在加盟商手里。广州加盟商对揽件上心，派件不上心，服务质量上不去。他们想把总部、二级加盟商、三级加盟商三层收费改为两层，也就是总部和三级加盟商，把二级加盟商去掉。张副总裁的想法得到喻渭蛟的赞同，将转直营这块硬骨头交给了他。

第二天，张副总裁就在北京找了一个新场地，从下面的各网点抽调100来人，成立了新的北京圆通，全面取代众和圆通，各地寄往北京的件不再运送到众和圆通。

可是，全国各地的快件铺天盖地而来，堆积在新场地，张副总裁能不急吗？张副总裁打电话给各网点负责人，想把他们找来开个会，签一下约，这样也就把他们"收编"了。谁知拨了好几个电话，均无人接听。这是什么意思？难道这些人铁了心跟金文胜和严建华走吗？

北京众和圆通是张副总裁的大哥，也就是喻渭蛟的岳父创建的。他创建两个圆通，另一个是宁波圆通。他忙着做茶叶生意，没时间打理快递，给几个钱就转让了出去，众和圆通转让给了同乡严建华，仅收5万元钱。在张副总裁眼里，你金文胜和严建华花5万元钱从我大哥手里买下众和圆通，7年后就成为一年获利280万元钱的摇钱树，你不是捡块宝吗？

下边网点拒接张副总裁的电话，金文胜和严建华事先得知张副总裁想召集下边网点的头头，领着那几十个头头去洗浴了。进了洗浴中心，人机分开，张副总裁哪里打得通电话？

这不过耍个小聪明，躲过一时，躲得了一日么？何况手机有来电显示，那些头头发现有来电再拨回去，你挡得住吗？

这哪里难得倒张副总？两年前，他怀揣着一张存有100万元的银行卡两眼一抹黑去了广州，一个月后，广东圆通就被"直"了。接着，他又以280万"直"了苏州。圆通在别人眼里不过是一家企业，在喻渭蛟和张副总裁的心目中却是身家性命，要将它做得尽善尽美，无任何瑕疵和遗憾，为圆通，他们不仅可付出友情，甚至可"大义灭亲"。

他们开刀的第一个加盟商是宁波的。这家公司也是从喻渭蛟岳父手里转让出去的，加盟商是喻渭蛟岳父的二弟、张副总裁的二哥。

张副总裁说："你跟不上圆通网络的需求和发展，那你就要退掉了。"这比广东圆通还早两年。"让我哥回家了，我们每年给捎点钱过去，安度晚年嘛。"

第二个是喻渭蛟哥哥的临安圆通。张副总裁说，"他不肯退，后来还是硬让他退下去了。你不退，做也做不好，就是浪费资源啊。"是喻渭蛟亲自跟哥哥谈的。

天南海北的快递还像雪花似的飘向北京，越积越多，张副总裁不太熟悉北京，搞不清楚哪条胡同在哪条街上。不过，这没难住他，他一边叫停各地发往北京的快件，一边雇北京其他快递公司来消化积压的快件。

"领导，你能不能跟董事长再商量商量？我们还是按照原来的计划走下去好了。"张副总说，三五天后，众和圆通就跑去求张副总裁了。

"这个不行。既然你这样做了，我也防你一手了。"张副总裁冷脸说道。

关系僵了，也就没了信任，不得不防一手。圆通在这方面的教训是深刻的。昆山的谢老板发现自己出局后，不仅扣压了两车快件，还连人带件蒸发了。这下可闹大了，全国各地网点纷纷跑到昆山找件，警方立案侦查，还惊动了江苏省邮政管理局……据说，谢老板搞得昆山圆通两年都没缓过气来。

几天后，新的北京圆通门前突然来了一群说桐庐话的老人，他们把大门堵住，快递网络班车进不了，也出不去了。据说这群老人是众和圆通派大客车从桐庐老家拉过来的。新的北京圆通几次报警，警察来了，说这是你们企业内部经济纠纷，调解一下也就撤了。

圆通的"强直"触动了快递江湖的敏感神经，加盟商都担心众和圆通的今天就是自己的明天，申通、中通、韵达、汇通等公司的加盟商联名致信国家邮政总局和中国快递协会，要求主持公道。有人说，"有人认为圆通这样是过河拆桥，卸磨杀驴……"

尽管有各地加盟商力挺，金文胜和严建华他们最终还是惨败了。最终下边网点头头纷纷倒向上海圆通，连严建华的亲戚都靠了过去。众和圆通像张失去四条腿的麻将桌，连面板都做不成了。最后，上海圆通支付金文胜和严建华600万钱，把众和圆通买了过去，这场持续数月之久的纠纷总算是落下了帷幕。

在加盟转直营上，圆通已蹚出一条路，中通会不会也顺着那条路走下去呢？

中通将"上海中通快递服务有限公司"更名为"中通快递股份有限公司"。股东大会上，赖梅松提出以股份置换实现加盟转直营的方案，他出让了20%的管理股，对老股东，包括他自己持有的股份进行压缩，拿出45%股份用于收购华南、华北、华中等地的分公司。

紧接着，中通完成股份评估：总部占55%，广东和北京共占30%，其他各省区占15%。董事会研究决定给北京中通15.5%的股份。北京中通的股份已不像当初赖梅松和陈加海各占50%，又有两位股东王吉雷、胡向亮加入进来。

陈加海提出退股，并对北京中通估值为一亿元。当时在国内赫赫有名的天天快递公司才估价1.3亿元，而且业内还认为估高了，北京中通哪里估得出1亿元？没想到赖梅松却同意了，他与王吉雷、胡向亮以3500万元的价格买下陈加海的股份。陈加海拿着这笔钱去创办了全峰快递。

2011年秋季，中通实现直营。

**八、高地是这样坚守下来的**

2008年正月初八，徐明以4万元的代价买下天津中通和平二部网点，投资1.7万元买辆二手面包车，又花1万多元买下十几辆电动自行车，没过3个月，面包车和电动自行车就都丢了。

徐明已山穷水尽，内外交困。老爸一下蹦起来，别干了，这快递哪是人干的活？随便打打工都比这个强。借来的6万多元钱就这样没了，你就是想干也没法干了。

2000公里外的成都，李黎坐在新都中通网点的仓库里，看着墙上的"中通"两个字，伤心地哭了。年仅28岁的李黎做了3年快递，出4次车祸。一次是车买回来，没钱交保险了，只得"裸"着上路，那败家的车却自燃了，将车上的件烧成灰烬，他赔了三四十万元；一次，下雨路滑，车翻进鱼塘，损失十二三万元；一次是车在高速公路追尾，对方车上的6个环卫工人都受了伤，赔7万多元；最后一次更是邪门，车速每小时三四十公里的货车，居然撞死一个老太太，赔了48万元……

踢足球和做网店赚的钱全赔了，还欠了20多万元外债。李黎抹两把眼泪，给朋友打电话说想把网点兑出去，让他帮忙找个买主。

徐明不服：我跟快递死磕，说什么也要干下去，给那些看不起我的人看看。别看他年纪不大，比李黎还小6岁，可是在2002年，年仅16岁的徐明就跟桐庐莪山畲族乡老乡跑到天津做快递了。

李黎跟徐明不同，他从8岁开始踢足球，踢过国家少年队和天津泰达队，22岁离开绿茵球场。14年来不知伤过多少次，也不知伤得多么惨，他从没哭过。有一次，他把队友打伤住进医院，被"三停"——停赛、停训、停薪，他一滴眼泪都没掉。恢复集训的第三天，他脚后跟筋腱拉断了，不得不离队，他也一滴眼泪没掉。

李黎做梦也没想到做快递比踢足球还苦，苦不堪言。新都中通的品牌还不如天天，日业务量只有一二十票，人家申通件多得要用4.2米的货车拉。李黎不服气，要超过申通，要成为新都快递的大佬。他一个人负责送大半个新都的快件，还要当天的事儿当天完，哪怕跑三四次也要把件送出去。

李黎对朋友说，这快递不做了，真的不做了。

"多少钱？"朋友问。

"6万。"

看来真做伤了，宁可赔2万多元也不干了。

徐明在快递江湖却如鱼得水，从天津中通做到北京中通，又从上海中通做到广东申通、泉州圆通……跑过十几个地方，把"三通一达"的"三通"都做个遍。他成了老油条，把快递江湖摸得门儿清，越干越有道行。

一家医药公司将业务分给中通和圆通各半。圆通的快递员年纪比徐明大十几岁，有点瞧不起徐明，动不动就讽刺挖苦他几句。一天下暴雨，徐明冒雨跑去取件，医药公司说，今天没件。徐明沮丧地离开了，在道上碰到避雨的圆通快递员。对方得意地说，医药公司今天把件都给我了，十几票呢。

徐明知道他在说谎，还是跑了回去。医药公司见像落汤鸡似的徐明惊讶地说："下这么大雨，你怎么又来了？"

徐明说，你骗我，你有件不给我！

"今天没件，不仅你来，谁来也没有！"

"圆通说，你给他十几票件。"

医药公司火了："他怎么能乱说呢？从今往后，他的件都归你了！"

圆通出局了，徐明偷偷地乐了。

快递离不开自行车，可是他们骑的车子差得不能再差，破得不能再破。徐明连丢三辆自行车，有两辆是在同一地方丢的，旁边还站着一个保安。

"我的自行车在你旁边丢的，你怎么不管？"他质问那个保安。

"我们不管自行车。"

"你真不管还是假不管？"他较劲地问。

"真不管！"

"那好，你不能管啊。"

徐明说罢，在几排自行车中挑了一辆好的，扛起就走，保安还真就没管。他叫辆面的，把车弄上去，拉了回来。

2007年，21岁的徐明在上海杨浦承包了三条马路。做了5年快递，他总算有了属于自己的地盘，梦像上海滩开业庆典的彩球在半空摇曳。也许该他破财，送件路上撞断了一个孩子的腿。交警认定他负1/3责任。这1/3责任让他倾家荡产，不仅自己攒的3万多元钱没了，还欠下1万多元的债。他丢盔卸甲地离开了上海滩。

徐明回到莪山畲族乡，在床上躺了好多天。自己活得怎么就这么失败？读中学时，他爱打架，一次次被学校开除，自己有难时，那些生死弟兄都躲了，想借200元钱都没借到。他们为啥这样待我？说明我自己有问题。

徐明一下就明白了，认为自己必须东山再起，要活出个样来，取得哥们儿的信任和敬重。他想兑网点，手里没钱，想借又借不来，只有孤注一掷，去逼父母。父母都是老实巴交的农民，老妈在工厂打工，月薪仅几百元钱；老爸胃不好，只能打点儿零工，赚不了几个钱。父母很生气，这个儿子从小就让他们操透了心，现在还逼他们借钱买网点，这怎么行？

可是，他们不答应，儿子就不起床，还绝了食。

奶奶声音颤抖地说："有什么想法说出来啊，家里能帮你都会帮你……"

他家两代单传，上一代三女一男；这代也只有徐明这么一个男孩。

最终，老爸老妈借遍了十里八村才凑了几万元钱。他领着老爸和女友北上天津卫，兑下这个网点。

万事开头难，徐明哪是一个"难"字了得？老爸既不会用手机，又不敢坐电梯，还不认识门牌号，出去就回不来；女友不会电脑，看着屏幕两眼发呆。他们爷儿仨哪里干得了网点？徐明咬咬牙高薪招快递员——底薪提到1200元，提成25%……

在江湖上混了6年，他混得脑袋灵光，见啥人说啥话，很讨人喜欢。有一个减肥药卖家，一天做100多票，徐明拿下同城业务，还想拿下外地业务。他知道北方人讲究人情，每次去取件就举着7串糖葫芦，分管发货和打单子的7个姑娘人手一串儿，没过多久就把她们争取了过来。接着，他找老板谈，我们中通是大快递，优势在华东、华南和北京，你不信上网搜一下。姑娘们做内应，他又仗义，每票比其他家便宜1元，拿下了他们的所有业务。

不论徐明还是李黎，似乎天生就属于快递，李黎跟朋友说完没过多大一会儿就反悔了，一个电话追过去："网点不转了，你就当我没说好了。"

为提高中通的知名度，李黎花钱在公交车的座套和三轮车夫的马甲上，以及大大小小的足球赛上做广告，中通渐渐有了知名度。有时EMS的业务员都对客户说："你要嫌贵的话，可以去找中通。"

徐明刚有点儿起色，面包车就丢了。老爸想，赶快放弃这败家的生意，哪怕打打工也能赚钱；徐明不肯放弃，这要是失败了，朋友就更看不起他了……没想到老妈却劝他说，车丢就丢了，不要太难过。眼泪一下遮住他的双眼，他怎么不难过，家里的泥土房想翻修都没钱，自己却一下子赔这么多钱，能不难过，能不上火吗？

老妈太了不起了，大钱借不来，她就借小钱，一千两千地借，借了几十家筹了3.7万元，给他买了一辆新的微型面包车。

运气随着那辆车而来，第二年春节，徐明开车回到老家，拎着11万元钱一家接一家地跑去还债。他的尊严站了起来，在朋友中有了信誉。

5年后，徐明的网点已有25个员工，15辆汽车、18辆三轮车和9辆电动车，日收件从20票涨到600多票，派件从50票涨到1700多票。他接手和平二部网点时，那一片势力最强的是圆通，其次是申通、韵达，中通最弱。现在，他的业务量相当于圆通与申通之和。2012年，他用"双十一"那两个月赚的钱买了一辆轿车。

李黎的新都中通也做起来了，下边的承包区已扩大到40多个，日收件近40000票，"双十一"达到70000票，新都中通还被评为四川省先进网点。

2013年底，徐明又买下中通武清区网点。一年后，武清的日收件达到600～900票，派件已达5000票。

## 九、中国式的"使命必达"

联邦快递的创始人、首席执行官弗雷德·史密斯有过三年军旅生涯。他讲过这么一个故事：海军步枪连连长到弗雷德·史密斯所在排视察，晚上把脏手套递给一个士兵,"把手套洗干净,我明天要戴。"

弗雷德想,海边湿气这么大,为避免暴露军事目标,上级明文规定禁止生火,这手套洗完可怎么弄干呢?

没想到,那个士兵却把手套洗干净后贴在自己的身体上,把它烘干了。

"不计代价,使命必达。"是联邦快递的核心理念。他们认为快递是一种服务,服务就是使命。使命必达就是,不怕牺牲,排除万难,将快件按时送到客户手里。

1998年,美国宾夕法尼亚发洪水,纳克小镇像座孤岛被困在滔滔洪水之中。镇外的医生每周的周五要通过联邦快递把药品寄给镇上一位病人。药品到快递员杰克的手里时,这"最后一公里"已过不去。怎么办?天灾是不可抗拒的因素,他可以等洪水退下再去。可是,那样联邦快递就违背了承诺——使命必达。于是,杰克找来一个铁盆,把药品放在盆里。他一手推盆,一手划水,泅渡了过去,按时把药品交到病人的手里。

联邦快递将那年的"金鹰奖"颁给了杰克。

"三通一达"的许多快递员绝不比杰克逊色,按联邦快递的评奖标准,均该获"金鹰奖"。

2004年的一天,洛阳158厂(中航光电科技股份有限公司前身)要将一票1.25公斤的快件发往江苏泰州。厂方对洛阳中通的经理苏团喜说,这是重要的配件,必须在三天之内送达。

"请放心,保证按时送达!"苏团喜信誓旦旦地说。

几个月前,苏团喜从别人手里兑下洛阳中通,当时日业务量仅10来票。他骑着一辆破旧的自行车满洛阳取件送件。有家企业距市区约10公里,其他快递都嫌远不肯去,苏团喜为三五票件要骑着自行车去取件。

苏团喜为拿下158厂这个大客户,攻了好几个月的关。苏团喜的心随着那票快件发了出去,当时中国还没有一家快递公司有快件信息跟踪系统,苏团喜就用电话一路"盯着"。他对寄往华南、华北、华东地区的件还是比较放心的。在中通网络中,这三个地区做得最好,尤其是华东,差不多等于总部直营。苏团喜跟客户拍胸脯说,别的地区时效不敢保证,华东是绝对可以保证的。那票快件走得的确不慢,次日中午就到了泰州,网点却没派送。

苏团喜打电话一问,傻了。泰州网点把件扣了。

苏团喜急得直跺脚,一遍遍地给泰州加盟商打电话,恳请他派送,实在不行就把件原路退回,对方却不予理睬。他只得垂头丧气地对厂方如实相告:发往泰州的快件被扣,估计三天之内送不到了,该赔多少钱赔多少钱,我认了。

厂方一听就翻了:你认了,我们不认!这是重要军工产品的配件,不可复制,多少钱也买不到。早就知道你们民营快递不靠谱,我怎么就让你给忽悠了呢?

苏团喜明白了事态的严重性,给泰州扣件的加盟商打电话说,你扣的是军工产品,延误了,或者丢失是要被送上军事法庭的,你无论如何都要按时送达。他答应给对方500元"辛苦费"。

那边不作声了,态度没那么强硬了。苏团喜把"辛苦费"加到1000元,对方仍不作声。

时间一个小时、一个小时过去了。晚上8点多钟,苏团喜再次打电话:我用5000元买回这个件,两个方案供你选择:一是我把钱打进你的账户,你明天中午前务必把包裹送到收件人手里;二是我派人今晚坐火车到泰州,把钱当面给你,让我的人把件送去。

对方还是不作声。

他对扣件人说,你我都是做快递的,知道包裹对快递人是多么重要。我要不惜一切代价拿回这票件,按照承诺准时送达。

在这之前,苏团喜遇到一件倒霉事:给一家中德合资公司运送的发动机车模被航空公司弄丢了。

那家公司委托他将两个重100公斤的发动机模型发往孟买。当时,中通没有开展国际业务,苏团喜联系上海总部,将两个发动机模型打成两个箱子,委托东方航空代为运送。谁知孟买方只收到一个箱子,另一个箱子石沉大海杳无音信。重达100公斤的箱子在搬运的过程中被航空公司弄丢了!

这牵扯到国际客户,车模公司的上海总部对此格外重视,经过调查,查明责任不在中通,而在东方航空公司。根据相关规定,航空公司赔偿车模公司100美元,可是丢失的模型价值人民币一万多元,余下的损失,苏团喜先赔付一半,还有一半,通过免费寄送包裹来偿还。

谁知那件事刚处理完就遇到泰州扣件,真是雪上加霜。他表示不论多难,信誉不能丢,承诺客户的就必须做到,不论发生了什么。

对方听了苏团喜的话,明白碰到把件当成命的主儿了,也许敬重这是条汉子,也许相信了他的承诺,当即表态:你不用派人过来了,我明天上午一定把那票件送去。

第三天上午,收件方如期拿到那票快件,苏团喜如约将5000元打给了扣件人。

雒成刚是甘肃省白银市中通公司的经理。2012年春节前夕的深夜,他开着网络班车从兰州返白银。车灯快速扫在高速公路的路面上,光线之外漆黑一片,无论白雪覆盖的黄土高坡,还是凄凉的荒漠都被黑暗淹没。

半夜零点多钟,雒成刚的车下了高速,快要到家了,他舒口气,速度也减了下来。突然,对面车道驶来一辆打着远光灯的卡车,雒成刚被晃得什么也看不见了。那车过后,一辆轿车和一辆货车遽然出现在眼前,而且排停在路上。他急忙踩刹车,可是已经来不及了,车撞在轿车的尾部后,强大的惯性又将车甩出去,重重地砸在大卡车上……

那两个驾驶员被惊得目瞪口呆,反应过来时冲过去,从已变形的面包车里拽出浑身是血的雒成刚。双脚一落地,雒成刚连喷几口鲜血。可是,他什么也不顾,蹒跚地向散落地上的快件走去,每走一步浑身都在战栗。他的脚使不上劲儿,胸像刀戳似的,呼吸一下就痛得不得了,他却硬撑着把快件一件一件捡起来。几个快件重了点儿,他搬不起来,就用力去拖、去推。

"你不要命啦?"那两个驾驶员冲他喊道。

他们见他不予理睬,急忙过来帮他捡件。

110接到报警赶过来,交警见那辆面包车已被撞烂,倒吸一口凉气,看来这车上的人是完了,肯定没命了。可是,他走过去,探头往驾驶室里看,却没见到人。再看看地上,有一摊鲜血。

交警对着正在公路搬快件的两个驾驶员怒吼道:"这车上的人呢?"

交警能不火吗,不赶快救人还捡什么东西,那东西再贵重还有人命值钱吗?

突然,身后边的卡车底下传来粗重的喘息与微弱的声音:"我,我在这儿呢。"

原来，雒成刚发现有几票快件落在卡车底下，钻到车下，将快件一件一件往外推。寒冬腊月，白银气温零下十几度，路面冰冷，寒气穿透棉衣，冻得他一个劲儿哆嗦。

当雒成刚灰头土脸地从车下爬出来，交警一看就笑了，他认识雒成刚："嗨，算你命大。我以为今晚要给你收尸呢。"

雒成刚笑笑，胸部的剧痛将他的嘴角扯歪了："不用收尸，这不还活着呢。"

在两个驾驶员的帮助下，散落在地上的快件一件不少地捡了回来，堆放在路边。雒成刚拨通一位员工的电话，让他马上过来接件。挂断电话，他发现一个浴足盆的收件人离出事的地点很近，于是就拨通了他的电话："抱歉，路上出一点儿事故，你要是方便就过来把浴足盆取回去。"

120救护车来了，雒成刚却说什么也不走："我得等公司的人过来，把快件交出去。"

救护人员只得把担架放在地下，让雒成刚躺在上面。过往的车辆轧得地面轰轰作响，卷起的寒风扫在脸上像刀刮似的痛。他清楚自己伤势不轻，肋骨也许断了，甚至有生命危险。可是，他必须要把快件交出去，在这堆件中说不定有客户急需的快递。

一对夫妇赶了过来，他们是那个浴足盆的收件人。他们看了看被撞得稀烂的面包车，又看了看躺在担架上的雒成刚，这人都撞成这样了，还想着快递？

雒成刚说："不知盆摔没摔坏，坏了，我们照价赔偿……"

"都这时候还想什么浴足盆哪，赶快去医院啊……"那对善良的夫妇焦急地说。

雒成刚公司的员工赶来了，他放心了，让救护人员抬他上救护车。救护车的蓝灯闪烁，急促地叫着向医院驶去。

"你不要命啦？踝骨骨折，还能走动；三根肋骨骨折，还搬东西？断的肋骨要是戳穿了肺部，你就没命了……"医生生气地训斥他。

第二天，雒成刚术后，打开电脑查看那几百票快件，见全都签收了，没一件丢失或损坏。

那对善良的夫妇被雒成刚所感动,给中通总部写封感谢信。信被传到中通的内网,不到24小时就有数万人跟帖和点赞。

一年前,半夜的电话将雒成刚惊醒。一位外科医生抱歉地说,他刚发现手机有几个未接电话和一条短信。他才下手术台,这台手术做了十几个小时。短信上说有他一个快件,快递员来送两次都没找到他,只好把快递带回公司了,说明天8点钟再送过来。医生说,他猛然想起快递的件是进口的医疗器械,明天上午8点的手术要用。快递员要是上午8点送过来,手术就要耽误,请雒成刚现在送过去。

雒成刚二话没说,爬起来穿上衣服跑到公司,找到那票快件,送了过去。他到医院时,医生和病人家属都等在医院门口。医生见到雒成刚,如释重负地长舒了口气:明天,不,今早的手术可以如期进行了。家属千恩万谢,非要送给雒成刚一个红包不可。他谢绝了。白银中通的信誉就这么一点点创下的。

### 十、仅仅把它当成包裹就错了

一年深秋,联邦快递的快递员格里霍兰要送一个包裹到田纳西州一个特别偏僻的农场。他没去过那个农场,怕走错路耽误收件,给客户打电话询问一下。接电话的是个老婆婆,她告诉他来农场要途经一段悬崖边上的山路,车难以开过,建议步行。

"你真的能来,路过市场时能不能帮我捎几罐豆子?"老婆婆说完路况后说。

格里霍兰答应了。他给老婆婆送去了包裹,还捎去了老婆婆要的豆子。

这个带有温情色彩的故事被快递界广泛传颂。格里霍兰获得联邦快递的紫色承诺奖。

浙江温岭大溪区也有一位像格里霍兰那样的快递员,他叫陈佐毅。

一天,一对年轻夫妻来到中通大溪区的门店,女人从兜里掏出两罐蜂蜜,说要寄往贵州山区。

陈佐毅说,蜂蜜是液体,按规定是不能邮寄的。

谁知那个女人听罢,两眼一红,当场就哭了起来。

她流着泪说,过几天就是她母亲的生日,妈妈身体不好,医生说最好要多食蜂蜜。

听女人提起妈妈，陈佐毅的心就软了。谁没有父母，谁不想守在父母身边尽孝？做快递的人有几个不是远离家乡和父母？几年前，大学毕业，当过村官的陈佐毅和妹妹离开家乡，跑出来做快递，年过花甲的妈妈孤守在湖北和四川交界处的家里。他特别体谅这位女人的心情，逢年过节或母亲的生日，他和妹妹也给母亲寄些东西。

陈佐毅在大溪区做了六七年快递，跟当地人混熟了，哪些包裹是寄给父母的，他一看就知道。凡是寄给父母的，他都尽量少收一点儿费用。他对客户说，省下点儿钱多给父母买些东西吧。在陈佐毅的眼里，每个包裹都是有生命、有感情的，它们可以传情达意，有父母之爱，有儿女之情，有夫妻之恩。

大溪区有一个阿姨经常给四川贫困山区的孩子寄衣物、鞋子和学习用具。陈佐毅从来不收她的快递费。他觉得在这包裹里也有自己的一份心意。没想到，那位阿姨却成了他的义务宣传员，她不仅说服亲朋好友，还说服了她家附近的水泵厂，把所有快递业务都交由陈佐毅他们办理。

陈佐毅对那个寄蜂蜜给妈妈的女人说，我帮你争取一下，看能不能单独处理一下。

陈佐毅拨通中通温岭公司经理的电话，讲述了这件事，问能不能特殊处理。

经理沉吟良久说，走中通自己的网络班车，可以作为特别包裹处理，前提是必须包装好，防止罐子破损，蜂蜜流出污染其他快件。

女人破涕而笑，感激不已。她要交快递费时，陈佐毅却说，不必了，我们免费给你递送这件给妈妈的礼物。

女人的眼睛湿润了，也许在那一刻她感到无比幸福，还有什么幸福比得上别人对自己母亲的尊重？

陈佐毅特意去市场买回一个大小合适的泡沫箱，将蜂蜜放进去，好在装蜂蜜的是塑料瓶，不用担心中途打烂。他将周边和缝隙都用纸和泡沫塞好，再用密封条封好，然后在外面套上中通专用的纸箱。他在纸箱外面贴了一张字条："这是女儿寄给大山里母亲的生日礼物，请小心寄送。"

这两罐蜂蜜就这样从温岭大溪区寄出了，它们经过温岭、杭州等地中转，搭乘着中通网络班车一路向西,被送到贵州大山深处的村庄。

这是一次"违规"的递送,这是一次充满温情的特别递送。经过了许许多多的手,快递员、分拣工、扫描员、搬运工,在那位妈妈生日的前一天,一位快递员叩响农舍的柴扉,母亲捧着蜂蜜笑了,笑得比蜂蜜还甜……

这个温情故事岂不是比格里霍兰的还要感人?陈佐毅没有获得什么奖励,因为在"三通一达",在中通,这样的故事实在是太多了,恐怕奖励不过来。对他们来说,"温情包裹"每一天、每一小时、每一刻钟都在发生,谁记载得下来?记得下来的是温情,记不下来的也是温情,只不过故事没被传播,被感动的人少些了,可是感动深度是不变的。

有一天,一个客服姑娘接到电话,有位军刀收藏者已走到生命尽头,他有一个愿望还没实现,那就是想拥有一把真正的瑞士军刀。一位朋友特意给他买一把,通过国际快递寄到国内,又通过韵达寄往上海。

"尽快送给他,尽快、尽快!"客户急切地说。

收件人的生命像油已耗尽的油灯,如豆的灯火在黑暗中摇曳,说不定在哪次摇曳中消失,也许差一小时,也许差一分钟,他就带着收藏的缺憾离去,那把军刀就失去真正的收件人。

客服姑娘迅速地查询单号,发现军刀已到上海,还没派送。她立马联系网点,几分钟后,一辆专车驶向医院;半个小时后,那把军刀到了病人手中。他笑了,终于收藏到这把军刀,死而无憾了。

真正的温情是不会消逝的,陈佐毅的故事并没有完。几天后,那位年轻女人又来了,不仅告诉陈佐毅那两罐蜂蜜妈妈收到了,还给他送来了海参,以表达自己的谢意。陈佐毅谢绝了,真诚地说,我们都有父母,孝敬父母的心是相通的。

从那之后,那女人时不时到店里来寄东西,秋天给母亲御寒的衣物、冬天寄温岭的特产……

"双十一"购物狂欢节的前几天,她又来了。原来,她看见中通大溪区的店门贴出招聘临时工的启事,过来报名。

"双十一"最紧张的那两天,她在网点起早贪黑地忙着。"双十一"过后,她眼圈也黑了,也瘦了。陈佐毅付她工钱时,她却摆摆手,笑着离去了。

2008年,江南下了一场百年不遇的大雪,苏州的交通瘫痪了。苏州圆通指示：路途近的，步行派件；路程远的，电话向客户解释，待雪停后再派件。

快递员赵友兵跟一位客户解释时，对方焦急地说："这个包裹必须今天送到，那是救命的药……"

赵友兵找到一看，面单果然写着"特效药"4个字，再看看地址，心凉了，在七八公里之外。

救命药，再远也得送。赵友兵背起包裹，穿上笨重的棉衣，上路了。

他在雪地上深一脚、浅一脚地走了3个小时，终于把包裹送到。

## 十一、决战"双十一"

2014年11月10日，"双十一"即将拉开序幕。

天终究耐不住时光，黑了下来。数以亿计的网民眼睛瞪得圆圆的，守着电脑和手机，期待像篝火，将人烤得不安，烤得难耐，烤得焦躁，烤得恨不得把钟表拨快，将那几个小时跃过去……

2009年，互联网掉下一个节日——"双十一"购物狂欢节。2012年"双十一"，天猫的销售额创下191亿元，2013年又创下350.19亿元的新纪录。这是一个既让人爱得发疯、又让人恨得发狂的日子，有人将其称为"剁手党"的狂欢节，或"败家娘儿们"的狂欢节。不知是发觉有失公允，还是惹恼了女人，有人反诘："败家爷们儿"比"败家娘儿们"少多少？

"狂欢"也好，"剁手""败家"也罢，都离不开快递，离不开"三通一达"。有调查显示，在2013年，它们占据了大淘宝80%的份额。有人说，"双十一"不单单是购物的狂欢、电商的盛宴，还是对中国物流快递业的大考，是检验中国快递业的重要指标。2010年，成交额9.36亿元，快件达到1000万件；2011年成交额33.6亿元，快件为2200万件；2012年成交额191亿元，快件达7800余万件；2013年成交额350亿元，快件达1.8亿件。

据国家邮政管理局预估，2014年"双十一"的包裹量将突破5亿！对快递业，对"三通一达"，"双十一"犹如鱼汛，快件像一群群活蹦乱跳的鱼排山倒海似的游来。这又是一场让人恐惧的恶战，将会累得两腿绵软，不论坐在哪里都不想动弹；连续十多天的熬夜加班，眼睛像小白兔似的红红的，看到太阳就痛得流泪；手指磨破了，不管碰到哪儿都火烧火燎地痛，痛得钻心，那是摸快件摸的，装卸货、写大字、扫描、打包，手指都要跟快件亲密接触……

时针，终于指向午夜零时，阿里巴巴总部的数字屏幕上，显示的销售数字每秒刷新一次：

75秒1亿；3分钟10亿；38分钟100亿。2013年100亿用了5小时49分。13时31分，天猫成交额达362亿元，突破了2013年纪录；24时，"双十一"这一天离去时，天猫销售额达571.12亿元，由此带来的2.78亿订单，南到智利，北到格陵兰岛，远至乌拉圭，需同时发往全球217个国家和地区。京东、唯品会、苏宁易购等其他电商的交易额，也有大幅攀升。

境外媒体以"疯狂"来形容这个由中国网购者"购买出来"的节日。

美国《福布斯》说："忘掉黑色星期五和网购星期一吧，中国的光棍节才是全球最大的网购狂欢！"

法新社称，中国"双十一"的销售额已超过美国感恩节、"黑色星期五"和"网购星期一"三大网上购物活动的销售总和。

美国《环球邮报》称，超过2.7万个品牌和商家参加了"双十一"活动，大约200个国家和地区的消费者加入到这一购物狂欢中，阿里将"双十一"变成全球购物节。

"双十一"令全世界看傻，随之而来的，是可绕地球赤道4周半的5.86亿个包裹，即将被运往中国及全世界200多个国家和地区的各个角落，一场快递大决战就此拉开大幕。

有人说，电子商务拯救了中国民营快递，没有电子商务，"三通一达"绝没有今天，此言极是。

可是，有没有人想过，倘若没有民营快递，没有"三通一达"，电子商务会不会有今天？倘若中国快递仅有EMS，电子商务将会是什么情景呢？也许邮费就像中国的网费——高得离谱，慢得要命。连李克强总理都看不下去了，敦促"提网速，降网费"。

英美的网购为什么没有中国这么便宜？他们没有"三通一达"。《广州日报》在题为《"黑五"抢购成色在网购无"节"原因多》的报道中，采访了两位有海外网购经历的消费者。

"以伦敦为例，同城3天到达都算快的了。我之前网购一双鞋，折前

50英镑，折后30多英镑，但邮费用了7英镑，收到商品都是一周后了。"

邮费7英镑相当于人民币65.12元，占网购费用的14%。中国网购一双鞋的邮费仅10元人民币，通常连鞋价的4%都不到。

美国的"物流贵、速度慢、周末还不送货，跟中国物流的勤奋程度相比，完全不在一个级别上"。

对此，马云是最清楚的，他连连赞叹："作为个体，你们（快递员）的辛勤劳作解决了商品和消费者对接的关键一环；作为一个群体，你们及其背后的快递物流业，帮助中国内需经济走向更深入的层面，你们才是当之无愧的'年度经济人物'。"2014年9月19日，阿里巴巴在美国纽约证券交易所上市时，8位敲钟人中就有"三通一达"的代表，

"双十一"这天，中通总部信息管理系统的数字屏幕，与阿里的数字屏幕一起在跳动。赖梅松的目光，时不时掠过屏幕上跳动的数字：

13时58分，中通快递全网业务量突破1000万件，这一速度比2013年提前了7小时30分；

22时整，全网业务量突破2000万件，达到了赖梅松的预期；

24时，由国家邮政总局发布的各大快递公司的榜单随之产生——申通：3050万；圆通：2532.6万；中通：2420万；韵达：2058万；百世汇通：900万……

"'双十一'谁都怕亏损。人力工资高，货又多。"陈佐毅说。

这不是牢骚，是切身感受。温岭是浙江制鞋产业集聚地，大大小小鞋厂5000余家。"双十一"大溪地那片的网店卖出去的大都是冬鞋。快递赚的是重量差价，冬鞋重量为0.8～0.9公斤，夏鞋仅0.3～0.4公斤，冬鞋不仅重量大，鞋盒子也是夏鞋的3倍，快递费却是一样的。因此，冬鞋发得越多赔得越多。

"'双十一'要在夏天就好了，我们会赚疯掉的。"陈佐毅笑着说。

这个愿望恐怕连上帝都没法让他满足。

他特羡慕温州网点，"那边是眼镜，一年到头都是这个产品，量大，赚得就多。"

大溪地"双十一"业务量比平时翻三番，收件与派件加在一起要3000票左右。陈佐毅提前20天就备足了面单，提前一天派人到网店摸底，送面单，

了解情况。

新都的"三通一达",中通的李黎投入最大,仓库面积2000平方米,其他快递最大的才600平米。他们还在当地电视做滚动广告,在开发新区开了三个门面……

李黎为"双十一"作好了充分准备,哪怕业务量翻个五番六番也不会出现爆仓。

"总公司给我们开会,说'双十一''双十二'多么可怕。我说越是可怕,越是赚钱的机会。"徐明说。

这几年,他成了"双十一"的弄潮儿,2012年的"双十一",他借机发力,两个月赚了20多万元,买了一辆轿车;2013年的"双十二",他买下了武清中通。

2014年一过完春节,徐明就开始招人,要手快、腿快和嘴快的,这样的人才能确保送件快,取件快。徐明一下子就招了20多人,为"双十一"准备4个快递员,紧张时,他和老爸再冲上去,这就等于多出6个人了,这样一来,不论谁家缺人,他家都不会缺人了。

"双十一"必须要冲得上去,关键的时候是绝对不能掉链子的。前一年"双十一",和平二部那片的"三通一达"其他三家,一家换老板,新老板人生地不熟;一家三个股东闹矛盾,有个股东带6个精明强干的员工"转移"了;还有一家人力严重不足,累趴下了,三四千票件堆在门口……

哇,机会来了。徐明把他们来不及收的件统统都给扫了。

有一个淘宝客户,业务做得很大,是那一片的No.1。徐明做梦都想把他挖过来,可是人家用的是"三通一达"的另外一"通",说什么也不肯换快递。徐明摸清了,那"通"每票收7元钱,他给那客户6元,少1元,这有多大的诱惑力?结果人家却说,那"通"好,你们中通不好。

他怎么个好,我怎么个不好?

客户说不明白,反正就是不用你中通。

不用没关系,徐明这人执着,盯上就不放,没事就过去坐坐,聊聊天。

结果,"双十一"前,那客户却主动找上门。客户说,过去"三通一达"总换快递员,现在那三家开始换老板了。还是你好,你在这片干了这么多年,越干越猛,而且连快递员都不换。

他终于选择了徐明。徐明的业务量猛地一下子增加五六百票,送件量也翻了一番。

没过多久,新的No.1又诞生了。徐明网点门前有十几个车位,市区寸土寸金,没有专门的操作场地,就用这十来个车位的地儿来操作快件。有辆车停在他们的停车位上,那人倒是客气,说:"我是楼上的,停一下,很快就走,不好意思啊。"

"你停嘛。"他这么一"不好意思",反倒让徐明不好意思起来。

没想到那人是做国外代购的,每天发200多票快件,走的是顺丰。一来二去,他们就熟了,他成了徐明的客户,"双十一"那个月,他发了11万多票件!

"双十一"的序幕一拉开,火药味就弥漫开来,越来越浓。徐明的武清公司一下子蹿到8000多票,他的和平二部蹿到6000多票,两边加一起就是1.4万票!徐明守在仓库那边,他的手机可以看公司的监控,发现情况及时处理:他的老爸和老妈坐镇和平二部,他的岳父岳母和小舅子盯在武清……

"你们怎么弄出这么多件?"管库的阿姨对徐明的印象不错,见面就说。

"武清那边是处女地,别人不敢开发,我开发出来了……"徐明得意地说。

"件太多了,累死人了。"那位阿姨说。

徐明何等精明啊,立马跑出去买回一大堆饮料,分发给大家。

"辛苦,辛苦,帮忙装一下车,我给加班费。"

徐明总是能把不可能的变成可能,把不现实的变成现实。你看,人都累得像一摊泥了,还得挣扎着帮他装车。

"有钱花在刀刃上",驾驶员往和平二部拉一趟货,徐明给补贴100元;往武清那边拉一趟,补贴150元。驾驶员一天下来,补贴费就有1000来元,能不玩命干吗?快递员和客服人员也不少,每天补贴100元,伙食费增加10元。这样一来,积极性上来了,仓库4点半上班,快递员6点半开工……

徐明还在仓库附近的酒店包了间房子,车一到就让驾驶员去休息,车装完了再下来。不能让驾驶员过于疲惫,那样容易出车祸。不过,车不能闲着,要24小时连轴转,驾驶员睡觉要忙里偷闲。

几天下来,驾驶车和码车工都脸黑黑的,要撑不住了。徐明让驾驶员去睡觉，租车拉件，拉一车给450元。码车工即装车工，件要码得严严实实，否则不仅装得少，还容易损坏。码车最累的是腰，几天下来腰都要累断了，徐明掏出一张按摩卡，让他们去按摩。

"你对我有意见吗？我全靠这几天赚钱呢。"驾驶员说。

徐明还能说什么？那就继续拉吧。

"这两天，我得干。"码车工也不开心了。

"你年轻，不要把腰给毁了。"徐明说。

码车工累腰，快递员累腿，那两条腿像没了似的，说什么也找不到了。三年前，申通的一个快递员跟徐明说，他一天送300票。徐明说，吹牛吧！他现在知道了，人家根本就没吹牛。他下边的快递员最多送800多票件。那得多少？几十个麻袋！派件费一票一元，那个快递员一天光送件就赚800多元。"双十一"是可怕又可爱。

快件的第一个洪峰抵达新都时，是"双十一"的第二天，20分钟一辆车，快件像山丘似的大浪涌来，又像山丘似的大浪涌去，若不是愚公，不是快递员，肯定看着眼晕，看着恐慌，或者像网络说的"尿了"。平时收件2万多票，派件4000多票，这段期间收件蹿到了10万票，派件达到1.4万票！

建包工从上午9点钟就忙开了，要建到半夜11点多钟。所谓的建包就是把运往同一目的地的快件打成一个大包。库房堆放着十几件方便面、八宝粥和矿泉水，饿了就吃，渴了就喝，累了却不能歇。建包要不断地弯下直起，特别累腰，没干过的人不到一小时就直不起腰，或直起来弯不下去。这样起早贪黑地干，专业建包工也受不了，受不了也得咬紧牙关撑着，实在撑不住了，拽过一块纸板倒在上面，或躺在板凳上袋子上休息十几分钟。

李黎看不下去了，下令休息一小时。一小时，那是60分钟，3600秒，谁肯这么奢侈，休息那么久？他们小憩一下，爬起来接着干。

他们都知道李黎是足球运动员出身，性格比射门还急，当天的件必须当天发出，容不得件堆在库房，他们就玩命地干。让李黎感动的是他们公司在"双十一"当天的件当天走，没有积压。

李黎把音箱搬到库房，播放轻音乐，组织60多位员工跳跳广场舞《小苹果》。让他们笑出来，把累的感觉释放一下。员工累，老板更累，李黎不仅跟员工吃在一起，干在一起，而且建包工人9点上班，他7点钟就到了，他们半夜11点多下班了,他要12点多才走。

业务员像蚂蚁搬家似的不停地送件收件。人多难免手杂,手杂难免出错,有两个郫县的和温江的,分拣错了,分到别的地儿了。

"你们干吗的?我今天要坐飞机啦。"客户在电话里喊道。

他们知道快件一延误,客户就爱这么说,知道有些件迟到一天半天没多大关系。李黎却不允许这样,派人把分拣错的件取回,直接送过去。从新都到郫县三四十公里,到温江要50公里,为一票件就跑一辆车。

公司的员工辛苦,下边的网点更辛苦。经营国际商贸城中通网点的是一对80后的小夫妻,他们带领着六七个90后的年轻人在那儿打拼了两年多,做得风生水起,如火如荼,"双十一"那天竟收了七八千票件。国际商贸城中午12点打烊,1点钟电梯关停,件被困在三四楼上。

怎么办?没门儿,走窗户!那帮年轻人把窗子打开,用绳子把件一票票地吊下来。七八千票,他们从中午吊到晚上八九点钟。打好包的件被送到公司,三四千票没来得及打包的件堆在了地下停车场。怕货丢了,货的周围用车围着,那对小夫妻穿着棉衣守了一夜。地下车库空气很糟,湿气很大,他们就睡在冰凉的地上。第二天,他们浑身痒得难受,把衣服掀起来一看,身上被跳蚤咬得一串串的红包。

大溪地,前四天的重点是收件,后四天的重点是派件,快件像大海的波浪,一波接一波地上来,车一到就得卸货、分拣、派送……

17日,台州地区的两辆班车晚点,下午一点钟才到,库房一下堆满,下午没法取件,取回来没处放,只得跟客户商量,今天的件可不可以先不取,待把这批到件派送完。

客户都很谅解:"你们辛苦了,累惨了。"

用陈佐毅的话说,我们跟客户的关系好得不得了。网点下边有6个牵头的大客户,还有16个小据点。

16个小据点都是路边的小超市,他们分散在16个村落。有了据点,快递员就可以大件送到家,小件送到超市,然后给客户打个电话,让他们取就是了;村民有件要发也送到超市,快递员也就不必挨家挨户取件送件,否则在"双十一"期间无论如何也跑不过来。

关系在处,两好轧一好。陈佐毅总叮嘱快递员,每次去买一瓶水,或

快递中国

买包香烟。哪怕有水有烟也要买。你买了水，喝不掉带回来大家喝，钱我拿。买大米和油，今天这里买点儿，明天那里买点儿，没关系的，钱我拿。这样的话，小店店主见到你就像看到财神爷一样。不能一个月给超市多少钱，那成生意了，他甚至会觉得钱少，不会用心给你管。要有人情味。油盐酱醋茶，逮着就买。要谈感情的，不是金钱交易，完全是两回事。

迟到的那两个件，当晚八九点钟全部送完了。第二天一早，陈佐毅领着他们全力以赴收件。

陈佐毅说，做快递必须过得了"双十一"这道坎儿，吃不了苦不行，贪生怕死不行。平常没干过这个活的人，见这么多的件会形成心理压力。招快递员的时候，就跟人家讲清楚，一年有两个加班，"双十一"和"双十二"，同意，留下来；不同意，就不要做。"双十一"期间，一天每个人加100元薪水，挺过这两个节，每月加200元奖金。

白银这时已进入冬季，气温降到零下20度左右，白银中通却热火朝天。收件猛然暴涨，冲到1000多票。第四天，派件的洪峰涌来，蹿到5000多票。他们有15个员工，又招了12个临时工，仍紧张得拉不开栓，所有人员吃住在公司，起早贪黑地干，一天最多睡三四个小时。

经理雒成刚说："没想赚多少钱，想把任务完成，确保不压货。"

这像抗洪一样，是一场大决战，动员大会开了三次，严防死守，决不压货。雒成刚跟兰州中通保证，员工跟他保证。

洪峰一次次涌来，没见过这阵势的人别说干活，吓也吓得两腿像煮烂的面条似的发软，扛包什么也不拿都站立不住。可以说，凡是能在"双十一"坚持下来的人都称得上好汉。

27岁的强小龙是好汉中的好汉，一天送300票！人家还是读书人啊，在白银中通数他读书多——正儿八经的大学毕业生。最紧张时，他家男女老少齐上阵，"全民皆兵"，除刚刚三个月大的孩子之外，父母和老婆都过来帮忙。强小龙负责的片区既大又偏，其他快递都不肯去的地方，他却坚守在那里，而且所有件都送。白天送不完就晚上送。白银的冬季天很短，似乎过了午没多大会儿就黑了，他深一脚浅一脚地送件。有时，他敲门，人家睡了，穿着睡衣来收件。他还乐于助人，有的小区桶装水送到楼下，不负责送上楼，见到老人或女人拿不上去，他就帮忙给扛上楼。给公司打电话表示感激他的人特别多。

"双十一"有急件怎么办？雒成刚考虑周到，专门抽出一个人来，骑着摩托送急件。有个外地客户要带一份重要文件坐上午9点多钟的飞机去北京，那个文件却不在手里。在哪儿？快递的路上，确切地说在网络班车上。7点钟，班车在翘盼中抵达，可是在800多票快件中找到这票件绝不是件轻而易举的事。雒成刚对客户说，我们竭尽全力找，来得及就给你送去，来不及就给你转递至北京，保证不耽误你的事。

时间在一分一秒地向9点钟靠拢，网点上下十几号人快速地分拣着，查找着。

8点半钟，那票快件找到了，那位专递急件的快递员骑上摩托风驰电掣地向宾馆赶去。赶到时，那位客户已退完房，拎着行李走出来，正准备上车出发。

客户激动了，这是在"双十一"啊！快递忙得连喝口水的时间都舍不得，却在那堆积如山的快件中，把他要的这票信件找到了，送来了。他带着这份大西北的温暖上路了。到了北京，他打来电话，千恩万谢。

晚上7点多钟，一位年逾不惑的女画家上门来，要发一个长度超限的"大件"。网络规定件的长度不能超过2米，她那个件偏偏超了10厘米，这么紧张的时候，她要寄这个，这不是添乱吗？她焦急地说，她找过顺丰，找过申通，找过圆通，找过德邦，找过EMS，人家都不给发。你们中通是最后一家了，说什么也得给我发了。她说，这是件参展作品。她画了20多年画了，好不容易找到这么个机会，你们不给我发，我这么多年的心血不就白费了吗？她说着说着眼泪就涌了上来。

雒成刚是个性情中人，哪里受得了这个？

"你碰到这个机会不容易啊，我给你发，哪怕罚款我也认了。"

这么个瞬间，她的事就变成了他的事，他清楚违规是要罚款的。

画家如释重负地笑了，坐飞机走了。

雒成刚被罚了200元钱。他被罚笑了，损失200元钱换来她的机会，值得。

几天后，她给他发来短信，画入围了，她感谢中通，感谢雒成刚他们这些有职业操守的人。他激动了，把她的短信一遍遍地读给员工。

"我们是要挣钱，可是遇到特殊情况，我们还是要帮的，否则她的心血就白费了。你说是不？"

谁说不是？做快递要讲情讲义。

远在新疆的罗云说："洪峰"16日抵达新疆，寻常日子的业务量是2万多票，"双十一"高峰时达到11万票。其他快递都爆仓了，只有我没爆，为此，新疆邮管局表扬了我们。我们在年初就作好了充分的准备。我们每天干十七八个小时，直到30日"双十一"结束。

2014年"双十一"，徐明不仅又捞了一把钱，他的武清中通也升值了，15万元买的，现在能卖几百万元了。

2011年，罗云接手时，新疆中通仅有14个网站，现在县一级已全覆盖，乡镇网点有220多。网点布局我们是最好的。

李黎的新都中通，业务量比新都申通与圆通之和还多，韵达也只有申通的一半。笔者问他，你的公司值多少钱？他毫不犹豫地回答："无价。"

我们细想一下，李黎是对的。如今，钱似乎成为社会的唯一度量标准，我们动不动就谈钱，不论什么都用钱多钱少来衡量，连亲情、爱情、友情、尊严、人品也都打上了元角分的烙印。其实，不论对赖梅松、李黎，还是徐明、雒成刚、陈佐毅，还是罗云，公司或网点对他们来说已远远超出了金钱之外。

## 十二、共和国总理的点赞

2014年11月19日，"双十一"接近尾声，快递量却像秋老虎似的余威逼人。

傍晚5点多钟，稀薄暮色将中国网店第一村——义乌市青岩刘村尽染，街灯亮了。

中通网点的员工还在紧张地忙碌着，进进出出地搬运着快件。

青岩刘村日用百货批发市场，及江东货运市场，占地面积28万平方米，却有2800家网店，每天从这里流向世界的商品就有3000多万件，年交易额近20个亿。有物流需求就有快递足迹，30多家快递网点驻扎在此。

突然呼声响成一片："总理，李克强总理来了！"

李克强总理穿着深灰色夹克衫，面带亲切的笑容，走进了中通网点。

网点经理范浩浩激动得心像擂鼓，疾步迎上前，紧紧地握住总理的手。

范浩浩是个90后，眼睛不大，身高不矮——1.80米，长着一张圆圆的娃娃脸，平时就面带喜庆的笑容，这会儿笑得更甜了。

总理环视一下网点，80多平方米的店面到处都是快件，却码放得井然有序。

"'双十一'期间，你们一天的件量是多少？"总理关切地问道。

"'双十一'我们的件量比去年增加了1倍，达到了近2万件。"范浩浩自豪地说。

李克强提了一个又一个问题，范浩浩惊讶不已，没想到总理对快递行业这么熟悉。

总理又问："西藏能送到吗？"

范浩浩干脆地说："能！"

范浩浩17岁就做了快递，第二年就承包了这个网点。那时，店里只有他和弟弟两个人，两辆自行车，他们一年365天从没有休息过，常常忙得连上厕所的时间都没有。6年的拼搏,他的网点拥有了8辆车,30多个员工,日业务量达12000多票。

李克强看到义乌团市委发给青海高原小学校的爱心包裹后，说："今天上午国务院常务会议刚刚部署了帮助贫困地区儿童的工作，你们的爱心快递就是实实在在的帮助，要把爱心真正传递给孩子们。"

上午，范浩浩接到电话：我们义乌团市委为青海高原的班玛的一所小学捐献一批教学物资和衣物，可不可以通过你们中通免费寄送？

免费寄送爱心包裹绝对没问题，这些年来，只要有慈善物资运送，中通全网各站点都积极配合。可是班玛地处青川边缘，境内山脉纵横、山峰重叠、河流交错，十分偏僻，国内除EMS之外，其他快递都无法通过自己的网络直接将件送达。范浩浩打电话给义乌中通经理，得到答复：先把包裹接下来，想方设法送达！

李克强说罢，亲自为那些包裹贴上了爱心标志。他又走到客服前台，随手拿起一沓快件底单，见第一张是寄往安徽的，风趣地问道："你们是不是知道我是安徽人啊？"第二张是寄往辽宁的，"你们是不是知道我在辽宁待过啊？"

李克强把在场的所有人都逗笑了。范浩浩刚从外边回来。下午4点多钟，义乌团市委送来的投影仪、教学用具、棉衣等16个包裹后，他就出去派送面单了。幸好没遇到什么事，如耽误一下，他也就见不到总理了。

"原来你们的业务量这么大啊，不简单，不简单！"李克强看完底单后，有几分惊讶地说。

李克强接着又说："从小处说，你们不仅创造了就业岗位，也创造了新生活；从大处说，农村的东西送到城市去，城市的东西送到农村来，缩小了城乡差距。物流是现代经济核心之一，快递是物流重要组成部分，工作虽然很普通，但很关键。你们的工作了不起！开创了一个大的市场空间，在服务着实体经济，自己本身也在干着实事，希望你们越来越发达，大家越来越兴旺，每个人生活、工作越来越愉快！"

这是李克强总理在2014年第五次为快递点赞。

这几年来，中国民营快递，"三通一达"得到了国家领导人充分肯定。2012年，中通副总裁王吉雷作为中国民营快递的唯一代表，随同习近平主席访美；2015年4月，中共中央政治局常委、全国人大常委会委员长张德江在河南保税物流中心考察时，到中通快递跨境电商出口包裹分拣区，不仅查看了货物配货、封箱、贴单等全过程，还听取了赖梅松的工作汇报。

20分钟后，李克强总理与范浩浩握手告别。范浩浩感到晕乎乎的，有一种醉的感觉。

视察中通网点后，李克强总理掏出钱来，委托义乌团市委代购一批棉鞋，一起寄给青海高原的孩子们。

11月20日，这批爱心包裹随着中通网络班车到了上海，21日航运到兰州。晚上6点，一辆载有爱心包裹的班车驶向青海果洛的班玛。

天像化不开的墨，车像萤火虫行走于崇山峻岭。海拔越来越高，氧气越来越稀薄，呼吸不那么顺畅了。突然，手机信号消失，导航仪也失灵，驾驶员从没去过班玛，请了一个藏族导游，谁知藏族导游也迷路。车在黑夜中，在山路上转悠来转悠去，摸索着前进。

太阳从东方喷薄欲出，霞光将高原高远湛蓝的天空染成一片灿烂。次日早7点多钟，班车终于抵达班玛县，本该700多公里的路程，却走了900多公里。爱心包裹的目的地是班玛西北部的马可河乡寄宿制小学。马可河乡在班玛最偏僻的地方，那个乡仅有1000人，99%为藏族。在那所小学的189名孩子中，一半以上家境贫寒，他们的父母赶着牛群羊群，带着藏獒，常年在牧场放牧。这些孩子周末也不能回家。

  班车进入校园，穿着厚厚藏袍的孩子呼啦啦地围了过来，他们黝黑的脸上挂着两团可爱的"高原红"，像天使似的笑着。车厢门打开，几个高年级孩子挤过来帮忙搬包裹，低年级孩子像麻雀般叽叽喳喳，用那皲裂的小手抚摸着，也许在猜测里面是什么。义乌团市委捐献给他们的投影仪、教学用具和 200 件棉衣在前一天已经送达。

  孩子们穿上棉衣和棉鞋，唱起歌，那天籁般的歌声在高原回荡……

  班车驶离班玛时，2014 年的第一场雪飘落下来，转眼间，天地一片洁白。雪封锁了道路，迟一天的话，爱心包裹就难进班玛了。

  2014 年，对中国快递业来说，是具有里程碑意义的一年，也是中国快递业在世界快递史上写下浓墨重彩的一年。这一年，中国快递服务企业累计业务量达到 139.6 亿件，首次超过美国，跃居世界第一；快递收入超过 2040 亿元。

  "三通一达"已占据中国快递的大半壁江山，成为中国快递第一集团军的主力，聂腾飞、陈德军、赖梅松、喻渭蛟等桐庐县的农民创造了一个世界的奇迹。2010 年 10 月，桐庐县被中国快递协会授予"中国民营快递之乡"称号。据桐庐县商务局统计，在"三通一达"的带动下，全国由桐庐籍民营企业家创办和管理的快递企业多达 2500 余家。赖梅松说，中通在 2014 年增加就业岗位 6 万个，2015 年要创造就业岗位 10 万个。按照现在的情形推算，到 2020 年，中通的平台将超过 100 万人！

  美国《洛杉矶时报》认为，如果中国在过去的 10 年里没有形成 8000 多家快递公司，阿里巴巴绝不可能达到今天这样的规模。快递为中国的虚拟经济架设的跑道，让它得以在现实生活中降落。快递改变了中国，改变了中国人的生活。

  圆通速递副总裁郎鸿飞说："中国民营快递要走向世界，应该抱团取暖，要有志于打造中国的 FEDEX（美国联邦快递）。"

  "三通一达"已走出了国门，从歌舞到桐庐县 50 多公里，聂腾飞、陈德军和赖梅松的先辈 200 年也没走出去；从中国到世界，他们仅仅用了 22 年……

# 中国之蒿 |陈廷一|
## ——屠呦呦获诺贝尔奖之谜

原载《北京文学》(精彩阅读)2016年第3期

  青蒿,古名"菣"。春生苗,叶极细,嫩时人亦取,杂诸菜食之,至夏高四五尺,秋后开细淡黄花……根、茎、子叶并入药用。此蒿生挪敷金疮,大止血,生肉,齿疼痛良。
——摘自北宋苏颂主编的《图经本草》

## 1. 走近屠呦呦

  仿佛横空出世,"屠呦呦"这个名字突然间在中国的媒体上铺天盖地地闪亮登场,盖因被誉为诺贝尔奖"风向标"的拉斯克奖名单之后,中国女科学家屠呦呦荣获诺贝尔奖。

  呦呦鹿鸣,食野之蒿。

  2015年注定是属于中国人的光辉年,从小说《三体》获得文学大奖雨果奖,到纪念抗战胜利70周年纪念大阅兵,世界的目光无不聚焦迅速崛起的中国。

  多喜临门,就在国庆节后的第五天又传来一则好消息:10月5日,中国女科学家屠呦呦获得诺贝尔医学奖。

  从小就低调的屠呦呦长大后仍然不喜欢热闹的场面,即使在名扬天下后，对于一般的邀约也是能推则推。我幸运地通过同事拨通屠呦呦的手机，与她取得了联系，她终于答应接受采访。

踏着北京初冬的第一场瑞雪，迎着凛冽的寒风，走了半天的冤枉路，我终于寻到屠呦呦居住的社区。应该说这是北京城里的老旧小区，与周边崛起的千奇百怪的高楼大厦相比，这幢十多年前的建筑，显得些许陈旧。不过小区整洁、安静，冬青长青，绿化到位，每幢单元楼之间的间距也很大，走在里面十分惬意、舒服。

在屠呦呦家的单元楼门口，坐着一位身穿绿大衣的保安，这是其他单元楼没有的"配置"。很明显，他是小区专门安排在这里为"屠呦呦挡客"。我说明了来意，坐电梯到了屠呦呦居住的楼层。

这一层共有6户人家，3户贴着对联，另外3户的门面干干净净，哪一户是屠老家？我还不清楚，我所了解到的信息，只精确到老人所住的楼层。

少顷，隐约传来一个人打电话的声音，贴着门缝仔细听了听："对，对，这几天来看我们的人太多了，谢谢你！"淡淡的宁波口音，我想就是她了。

刚要按门铃，屠呦呦的丈夫李廷钊打开了门，我作了自我介绍。对方说："进来吧，我家老屠已经推掉了很多采访。"

屠呦呦的家宽敞整洁，进门的书柜中摆满了老人获得的各种奖牌奖杯，其中最醒目的是2011年国际医学大奖美国拉斯克奖授予她的临床医学研究奖。细看房间很干净，偏中式的装修，家具的色调以棕红色为主。客厅的钢琴上摆着两小盆波斯菊，一盆红色，一盆黄色。客厅与阳台被大大的落地玻璃门隔开，阳台上，安静地躺着8个大花篮，都是这几天收到的。

屠老穿着红色的上装，精神矍铄，完全不像85岁高龄的老人。

她从沙发上慢慢站起来，满脸笑容地迎接我。我送去了对她荣获诺贝尔奖的祝贺，她淡雅地笑了，自我调侃地说："我是呦呦鹿鸣，食野之蒿。这个青蒿素是传统中医药送给世界人民的礼物。青蒿素的发现是集体发掘中药的成功范例，获奖是中国科学事业、中医中药走向世界的一个荣誉。这可不是我一个人的功劳。"

我问，什么时间到瑞典领奖去？她说，按照流程，12月10日得去瑞典领奖。但她又说，要看我这条老腿让不让去了。她指了指自己的膝盖："好疼。"

2011年，她在丈夫李廷钊的陪伴下，从美国领回了有美国诺奖之称的

"拉斯克奖",而这一次,她觉得去瑞典便有点困难了。

在今年6月,她又获得了哈佛大学颁发的医学院华伦·阿尔波特奖,"是我在美国的女儿代我去领的。"这个奖还没拿回来,就传来获诺奖的消息了。

屠老说消息来的时候,她正在洗澡,一个接一个的祝贺电话打到家里,"我还以为是哈佛的那个奖。"

我们的采访持续了一个多小时,临近10点时,屠呦呦的老伴李廷钊抬头看了看墙上的挂钟示意我说:"还有领导要来。"

从屠老的单元楼下来,太阳已经从东面转到头顶,望着我投射在地上的身影,我默默在想:屠呦呦的名字不仅因"呦呦鹿鸣"而雅致,而且因"食野之蒿"将被人类永远记住。当她把名字中所蕴藏的人文密码认定为一生的职业宿命时,"青蒿素"的神话故事便成了中国科学界的诺贝尔传奇——一个鲜为人知的密码。

## 2."呦呦鹿鸣",诗意一般的名字

翻开地图,你可以看到宁波是一个海港城市。

宁波的历史可以追溯到7000年前的河姆渡文化。夏时,宁波所在地区称为鄞。唐朝,称宁波为明州。同时,宁波依赖地理优势成为全国最大的开埠港口,与日本、高丽均有非常频繁的贸易往来,对外贸易的进一步发达使得宁波成为海上丝绸之路的出发地。元代,宁波已经成为南北货物的集散地和全国最为重要的港口之一。清代,宁波出现了全国闻名的著名学派——浙东史学,与西方的交流也日渐频繁。鸦片战争后,1844年,宁波开埠。外资的进入使得宁波本土经济受到重创。此时,宁波商帮开始转变为近代商人,并将新兴的上海作为主要活动地点,对上海的城市建设和文化发展产生了重要的影响。中华民国时期,宁波经历战乱,经济发展起伏很大。1916年8月底,孙文考察宁波,在当时的浙江省立第四中学(今宁波中学)发表讲话,鼓励商人积极经营并敦促宁波改善市政。但是,在同一时期,军阀混战也给宁波带来了动荡。1917年,军阀蒋尊簋、周凤岐等人宣布宁波"自主",与浙江省督军杨善德军队交火,周凤岐溃军进城抢掠。1927年1月至2月,国民革命军击败孙传芳部军阀,进入宁波。同年3至7月,由于国民党清党,宁波也发生了一系列国共之间的冲突,其中的一些冲突直接由蒋中正领导。这些动荡直到20世纪30年代方才有所缓解。

屠呦呦正是在这个动荡的年代在宁波降生了。

1930年12月30日黎明时分，宁波城的上空还响着稀疏的枪声。居于宁波市开明街508号的屠家，传来了婴儿"呦呦"出世的声音。

这是屠家迎来继3个儿子后终日所盼的"千金"。

呦呦哭声，犹如鹿鸣。

呦呦的声音使呦呦的父亲屠濂规沉浸在呦呦到来的幸福之中。他随口吟诵出《诗经·小雅》中的著名诗句"呦呦鹿鸣，食野之蒿……"

"女诗经，男楚辞"是中国人古而有之的取名习惯。于是，当家的父亲便给小女取名呦呦，呦呦之声永远地荡漾在父亲的听觉之中，以表示他对于女儿的喜爱、庆贺，以及未来神话般成长、发展的期待。应该说，屠呦呦的传奇人生正是沿袭父亲的神话般期待走下来的，无可复制，完美无缺。

父亲在吟完"呦呦鹿鸣，食野之蒿"后，意犹未尽，又对仗了一句"青青蒿草，报之春晖"。似乎这才富含哲理，这才对仗完美。这四句充满童话般的诗，使呦呦度过了幸福诗意的童年和人生。

尤其是"青青之蒿，报之春晖"，竟使呦呦一生冥冥之中与青蒿结下了不解之缘。

整个孩提时代，屠呦呦一直生活在宁波开明街——这片地处中心城区的"莲桥第"区域，令屠呦呦从诗意童年起，就浸淫于旧时宁波最为精致、最为小桥流水、细雨朦胧的江南气息中。

江南，本就是人之向往的地方，而江南的宁波古镇更是非去不可的地方。那里的人美丽、温婉，那里的水清清、细腻，让人站在那里陶醉，不想离开。

在这里八面来风，五方交会，风情万种的《夜上海》《夜来香》等民国歌舞，光怪陆离的古老中幡、肚皮拉车等民间杂耍，拍案叫绝的皮影戏、木偶戏等民间戏剧，如火如荼的斗鸡、斗狗表演，一一精彩纷呈、叹为观止。漫步于商业作坊街，体验濒临绝迹的造纸、酿酒、榨油、打铁等传统行当。跻身民间小吃坊，江南小吃姜糖、打年糕、老嫩豆腐也应有尽有。尤其是清晨街边的叫卖声，清脆悦耳，让您乘兴而来，尽兴而归，在娱乐中感受民国沧桑，在休闲中领略百业精彩。这给屠呦呦留下了永不泯灭的幼年记忆。

从这片水乡美景向东步行3公里左右,则是20世纪30年代宁波城的另一处精华所在——三江口。姚江和奉化江,一个由北而下,一个由南而上,相汇于此处,然后合二为一,投身甬江,经镇海的招宝山入海口后,向着东海奔腾而去。一时间,宁波人可以将大半个中国纳入其贸易视野。与此同时,三江口的江厦码头也一度兴盛不已,千帆竞发,百货流通……于是便又有了那句俗话:"走遍天下,不及宁波江厦。"

不过,在屠呦呦的儿时记忆里,三江口的繁华,一定不如距家不到两站地的天一阁更具有吸引力——这是城中最大的图书馆,她在这里博览了她喜爱的群书。

同时,天一阁顶层的藏书楼,里面还收藏了两本关于屠呦呦家族的宗谱:一是父辈《甬上屠氏家谱》,二是母辈《鄞县姚氏宗谱》。两本宗谱记录着两家数百年的家训,共同向我们昭示着家族兴盛之道——重学重教、礼义传家、踏实做人,传递着关于立身处世、治家持业的谆谆教诲。翻阅宗谱,屠呦呦家族重教兴义、累仁积德的家风跃然纸上。

在宁波,屠家称得上名人辈出、家学深厚,而屠呦呦母系所在的姚家也是书香门第。两家皆为名门望族。

宁波文史研究者袁良植介绍,屠家祖先在南宋庆元年间从江苏常州府无锡县迁居至宁波,至今绵延达800余年。中间出过包括吏部尚书、太子太傅赠太保屠溥,文学家和戏曲家屠隆,博物学家屠本畯等等,既有高官显贵,又有文人墨客。

历史总有惊人的巧合之处。

在屠家宗谱里,屠本畯这个名字让人惊奇。数百年前,他就从事着生物药品研究工作。著有《闽中海错疏》《海味索引》《闽中荔枝谱》《野菜笺》《离骚草木疏补》,其中《闽中海错疏》成书于明万历丙申(1596年),是中国最早的海产动物志,在江浙一带闻名遐迩。

重读书,好探究,时间跨越数百年,屠家两位生物药品研究者在冥冥中产生了一次神奇的交集。在祖国医学史的星空中,屠呦呦和她的祖宗屠本畯,相映生辉,光彩照人。

再说宁波开明街26号姚宅,是屠呦呦外婆家,它像"外婆的澎湖湾"一样承载了屠呦呦另一段少年时代的记忆。

这是开明街旁当下仅存的一幢典型民国建筑，已成文物。由屠呦呦的外公姚咏白兴建。

这幢坐北朝南的建筑，由前厅、大厅、正楼、后屋组成。前厅和大厅为三间二弄的二层楼房。饰车木栏杆，廊楼板端面有卷草纹雕饰。正楼为面阔三间一弄、进深五柱的高平屋，五脊马头山墙。后屋为三间一弄硬山式高平屋。穿过空荡荡的大厅，可见一个不宽敞却温馨的小院子。一株高大的乔木用繁茂的枝叶遮蔽了正楼的面貌。深秋时节，红叶会悄然铺满院子，像一幅秋实图刻印在屠呦呦的脑海里。

在素有尊师尚道之风的宁波，姚咏白曾任上海法学院、复旦大学、厦门大学教授。给呦呦印象最深的是外公身穿长袍、脚蹬布鞋、满脸慈祥的形象。

在屠呦呦父亲屠濂规的个人档案中，还记载着他早年工作于上海太平洋轮船公司，后来做银行职员。屠呦呦幼年，父亲常年在上海工作，两地分居，所以屠母带着她住进了外公外婆家。在这座大宅门内，屠呦呦与众多亲人一起，共同度过了那段动荡的岁月，常常听到日机的轰炸声和吓人的防空警报声，声声灌耳。

姚宅的周边邻居中，曾汇集大批名人故居，包括元代"甬上第一学士"袁桷、一代邮票设计大师孙传哲、宁波帮巨子李镜第……堪称文人荟萃、望族云集。

在屠呦呦之前，姚宅最出名的，当数她的舅舅——著名经济学家姚庆三，是影响民国的英雄人物。

生于1911年的姚庆三，1929年毕业于复旦大学，随后留学法国，毕业于巴黎大学最高政治经济系。归国后，1931年起他开始任职于上海交通银行总管理处，投身于中国货币研究。1934年，姚庆三的专著《财政学原论》出版，这也是中国最早的财政学教科书之一。

1934年6月，美国通过购银法案，国际银价上升，中国白银大量外流。对此，南京国民政府即使开征收银出口税，也未解决问题。这在当时的经济学界、金融学界也爆发了一场有关白银问题与改革币制的大讨论。持不同观点的经济学家马寅初，与支持实行货币改革的姚庆三等学者展开了舌战，震撼了民国学界。

直至1935年11月，姚庆三等学者的观点被采纳，法币改革开始，这是中国货币体系现代化过程中迈出的关键一步。

姚庆三与西方经济学大家凯恩斯也缘分颇深。

可以说，将凯恩斯学术思想引入中国，并留下中国第一批研究凯恩斯理论文献的人，正是姚庆三。

1953年起，姚庆三开始在新华银行香港分行任职，并于1979年调任中国建设财务有限公司（香港）任职至1985年。这两家机构，皆为香港中银集团的前身，从42岁到75岁，姚庆三始终为祖国海外金融事业的繁荣贡献良多。同时，姚庆三也是屠呦呦父亲进入银行界的引领人。

这个出色的舅舅曾使呦呦敬仰一生，成为她一生的榜样。

如今她已八旬高寿，离开宁波60多年了，仍是一口流利的宁波腔，对宁波的记忆犹新，可见她对家乡、故人的眷恋程度和家国情怀。

### 3."呦呦"哭声，注定她生不平庸

屠呦呦爱哭。

在襁褓时，她就常哭，渴了也哭，饿了也哭，黑天也哭，白天也哭，动不动就哭，而且哭得没完没了，闹得四邻不安。都说屠家生了个"哭叫子"，呦呦鹿鸣，是鹿的转世。

父亲屠濂规听了这话，暗暗窃喜，他笃信玄学，再加上囡囡的哭声很似鹿鸣呦呦，他认为小女名字起对了，从她发出的第一声哭啼，就是这种鹿鸣的感觉，难怪街坊四邻亦这样说。

父亲屠濂规很欣赏这种"呦呦"的哭声，像是播放一种音乐，洋溢在他的心田，有一种醉醉甜甜的感觉。这种声音弥漫在屋里屋外，里弄院外，他不认为这是扰民，而是一种和谐美满的幸福。他能在这种"呦呦"的音乐声中眠而不醒。

而母亲姚氏并不这样认为，她认为这是一种不祥的预兆，是一种病理的反射。小女每一场长时间的哭泣之后总是眼泪汪汪的，这让做母亲的心急如焚。抱孩子去医院看大夫，大夫说哭是孩子的天性，爱哭不是坏事，注定你的爱媛生不平凡。说得母亲破涕为笑，揩去眼中幸福的泪花。

出身于书香门第的屠呦呦，5岁时被父母送入家门前的幼儿园，转年

进入宁波私立崇德小学初小，扎着鹿角辫，成为一名小学生。11岁起就读于宁波私立鄞西小学高小，13岁起就读于宁波私立器贞中学初中，15岁起就读于宁波私立甬江女中初中。

民国初年，女孩放脚、求学、走向社会，男女平等之风已如冰山开化。尤其是上海的宋氏三姊妹，花光了她们的嫁妆，被父母送到大洋彼岸的美国求学，大学毕业后三朵金花纷纷回国，光鲜耀人，一个嫁给广东的孙中山，一个嫁给了宁波的蒋介石，一个嫁给了山西的孔祥熙。她们的榜样风范在江浙一带被人高歌、效仿。犹如一股暖流，抑或一股旋风在江浙风行、时尚。与整个宁波重教之风相应，按照父母的安排，屠呦呦开始了求学之路。女孩也要去读书，这更与屠家对子女教育一贯的重视密不可分。屠呦呦的父亲屠濂规也受这股风的影响，特别重视女孩的读书和教育。作为家中唯一的女孩，屠呦呦从小就开始接受了完整的教育。

不幸的是屠呦呦的学生生涯，到1946年戛然而止。

这一年，16岁的屠呦呦经受了一场灾难的考验——她不幸染病，高烧不退，被迫中止了学业。

起初，大夫诊断是疟疾发作。

这种病民间叫"打摆子"，发病有规律，时热时冷，在我国南方发病率居高不下，北方也有，全世界都有，尤其是东南亚国家更是重灾区。得病快，治愈率低，死亡率高。

大夫经过仔细观察，又否定了疟疾，最后确诊为肺结核，闹得家人虚惊一场。倘若是得了疟疾，在当时是没有救的。因为还没有这种青蒿素救命药。现在有了，那应是屠呦呦的功劳。我们在采访中询问屠老，屠老自我调侃地笑说："我之所以不是疟疾而是肺结核，主要是青蒿素这种救命药还在等待我去研究、发现。倘若说我真正得了疟疾倒下，就不会有今天的青蒿素问世了。看来这是上天冥冥中的安排。"

正是那场突如其来的急病乱投医，使16岁的少女屠呦呦第一次听到"疟疾"二字。这个吓人的病魔，在当时是与死亡画等号的。她也为自己最终没有确诊为"疟疾"而庆幸不已。同时反而使她下定了决心——"我要学医，拿下疟魔，救死扶伤，贡献社会"。

应该说，一代大药学家的原始起点，抑或诺贝尔奖的因子，就是源自这种"救死扶伤"的朴素愿望。

家教的熏陶，也让屠呦呦对医药渐生极大的兴趣。

父亲屠濂规，平时喜好读书，也影响了女儿。家中楼顶上那个摆满古籍的小阁房，既是父亲的书房，也成为屠呦呦最爱的去处。父亲看书时，屠呦呦也会坐在一旁，装模作样摆本书看。虽然看不太懂文字部分，但是中医药方面的书，大多配有插图，既读书也识字，何乐而不为呢。

乐趣是在学习中建立的。那个小阁房成为少年屠呦呦的阅览室。多本医学古籍如《黄帝内经》《神农本草经》《伤寒杂病论》《千金方》《四部医典》《本草纲目》《温热论》等，都曾在那段时间与屠呦呦"亲密接触"。屠呦呦记得，当时年纪小，识字不多，但是在磕磕绊绊中，认得了几百种中草药的名字。接着她又读了本家屠本畯的著作——《闽中海错疏》《海味索引》《闽中荔枝谱》《野菜笺》《离骚草木疏补》等，她发誓要像先祖一样，成为一名药物学家。

在笔者采访她的时候，她说父亲是支持她学医的，家族的支持又给了她新的动力，添加了新的翅膀。

## 4．疾病来袭，中途辍学两年

时间到了1948年秋月。

肺结核休学两年，病情好转，青葱岁月的屠呦呦开始进入宁波私立效实中学高中班就读。

"长得还蛮清秀，戴眼镜，鹿角花瓣，一个宁波小姑娘的样子。"这是老辈的家乡人，对屠呦呦青葱岁月的印象。

效实中学是宁波名校，早年父亲屠濂规也从这里毕业。和屠呦呦一班的同学李廷钊对她的到来有着新鲜感，以致后来默默地暗恋着她。

创立于1912年2月的效实中学，由中国早期物理学家何育杰以及叶秉良、陈训正、钱保杭等一批著名的科学家，联手宁波当地实业家李镜弟共同创办。学校以"私力之经营，施实川之教育，为民治导先路"为宗旨，创校之初就提出了"教育之事，贵有适性，与人适意志，与地适风尚，与时适际遇"的教育理念。

学校办至1917年时，早已声名鹊起。名校上海复旦大学及圣约翰大学皆与效实中学订约，凡效实中学毕业生皆可免试，直接保送入学。

1948年2月，当屠呦呦以同等学历进入效实中学读高中一年级时，学校刚刚从抗日战争的战火中走出不到3年。在1941年4月宁波沦陷后，直至1945年10月25日，效实中学才得以复教，这一天，也成为后来的宁波效实中学校庆纪念日。

这家以"忠信笃敬"为校训的中学，有着令人啧啧称奇的院士校友群体。迄今为止，这里已走出了15名中国科学院、中国工程院院士。与天津的南开中学、北京的四中、汇文中学颇为相似。

在1955年，就有3位从效实中学走出的科学家当选中国科学院院士——化学家纪育沣，1916年肄业于宁波效实中学旧制第三届；实验胚胎学家童第周，1922年毕业于宁波效实中学旧制第九届；土壤农业化学家李庆逵，1930年肄业于宁波效实中学高中部。1980年，又有5位曾经的效实学子——地球物理学家翁文波、土壤化学家朱祖祥、遗传育种学家鲍文奎、核物理学家戴传曾、医学家陈中伟，当选为中国科学院院士。1995年，则有5位当年的效实学子，包括材料科学家徐祖耀、电磁场与微波技术专家陈敬熊、核技术应用专家毛用泽、无机化工专家周光耀、核武器工程专家胡思得，分别当选中国科学院院士和中国工程院院士。1997年，又有两位效实校友——电子信息系统工程专家童志鹏、土木结构工程和防护工程专家陈肇元，当选为中国工程院院士。

这15位"产自"效实的院士，也成为宁波作为"院士之乡"的最大的骄傲。

虽身在名校，高中阶段的屠呦呦，整体学业成绩并不算拔尖。当年，这位在效实中学学号为A342的女生，高中学籍册和成绩单中清晰地列着——语文平均成绩71.25分；英语平均成绩71.5分；数学平均成绩70分；生物平均成绩80.5分；化学平均成绩67.5分。

生物成绩能如此突出，也源于屠呦呦对生物课的特别喜欢。每次生物老师在课堂上讲课，屠呦呦都听得津津有味。有一次，老师开玩笑似的说："如果其他同学都能像屠呦呦一样勤学好问，认真听讲，我即使再辛苦也开心！"

屠呦呦承认，"那时的我很文静、很低调。"读高中时，她表现并不是很突出，但是读书却很认真。同学陈效中回忆："她很普通，衣服穿得也很朴素，不是特别引人注目，属于默默无闻型的。"

效实中学对于屠呦呦，除了学习，还有另一层渊源——她正是在这里和李廷钊成为同班同学。当时在班中交流甚少的二人，未曾想到，多年之后会成为夫妻。

1950年3月，屠呦呦转学进入宁波中学读高三，这是她在宁波求学生涯的最后一年。

屠呦呦就读于宁波中学时的班主任徐季子老师，曾给这名当时并不起眼的女学生写下鼓励的评语："不要只贪念生活的宁静，应该有面对暴风雨的勇气。"使她重拾医药救国信念，在她的报考志愿表中毅然决然地写下了"北京大学医学部药学系"，亦令当年同班同学，后来是北京大学常务副校长的王义遒，中科院院士石钟慈，著名学者兼出版家的傅璇琮，刮目相看。

## 5. 向医而行，"北大"医学部的骄子

1951年，是新中国诞生的第三年，呦呦以优异的成绩考取了比较生疏的北京大学药学系，成为共和国的第一代骄子。

收到通知书那天，父亲让母亲多做了呦呦爱吃的几个菜，请来了亲朋好友，以示庆贺呦呦的录取。父亲喝点小酒，在庆贺中又吟诵了他心中的诗：呦呦鹿鸣，食野之蒿；蒿草青青，报之春晖。接着他说："我们的呦呦，考上北大药学系，研究《本草纲目》，食之蒿草，是真正的名副其实了。望你步步登高，永不退缩，爸爸妈妈就是你的坚强后盾，让我们共同干杯庆贺。"在一阵碰杯声中，呦呦表示了自己北去求医的决心，激起了大家的掌声阵阵……

在呦呦接到通知书的第二天，她隐隐约约听到，还有几个同班同学被北京高校录取，其中包括她未来的丈夫李廷钊同学，考进了北京工业学院，即今天的北京理工大学钢铁系。当时对屠呦呦来说还谈不上什么好感。他们心仪相爱，则是以后的浪漫。

50年代的北京大学医学院，在这座千年古都中显得颇为洋气。设在北京市西城区西什库天主堂附近的校园，被包裹在当年的皇家建筑群之中，

学子们每天抬头可见的,却是典型的西方哥特式建筑。在校期间,屠呦呦和同窗们的实验室和宿舍,则设在附近的菜园胡同13号。

报到那天,屠呦呦是带着她对未来的自信和憧憬,抑或她的医学梦和父亲的期待——"呦呦鹿鸣,食野之蒿;蒿草青青,报之春晖",昂首阔步走进北大红门的,并在校门前留了影。

当年的同窗周仕锟回忆,他们这一班,按入学年份排序,称为药学第八班,全班一共七八十人。与屠呦呦同龄的周仕锟记得,他们在班上年龄相对较大,称为学姐学兄,最小的同学比他们小3岁。

升入大四,各班分科,按照不同方向分为药物检验、药物化学和生药三个专业。这一班的学生中,选药物化学的最多,有40多人;选择生药的最少,只有12人,其中就有屠呦呦。

生药的英文为 crude drug,意指纯天然未经过加工或者简单加工后的植物类、动物类和矿物类中药材。

屠呦呦从入学的那天起,就像一头美丽的小鹿,闯进无垠的蒿海里,尽情地享受着"食野之蒿",在父亲期待的路上奔腾、寻觅。据考证,蒿,即青蒿。呦呦这个名字和青蒿这种植物,跨越2000多年,以这种奇特的方式联系在了一起。这为一个科学家的故事增添了几分令人遐想的诗意。然而,现实中,这位传奇的屠呦呦的人生关键词里,基本是没有诗意这一层的。她是一个苦读生,在宽敞明亮的图书馆里,她翻阅了几乎所有的古医典,比如《神农本草经》《黄帝内经》、张仲景的《伤寒杂病论》、孙思邈的《千金方》、陶弘景的《本草经集注》、宋慈的《洗冤集录》、许国祯的《御药院方》、刘完素的《素问玄机原病式》、张子和的《儒门事亲》、朱丹溪的《格致余论》、李东垣的《脾胃论》、李时珍的《本草纲目》、刘文泰的《本草品汇精要》、吴又可的《瘟疫论》、徐春甫的《古今医统大全》、叶天士的《临证指南医案》、吴鞠通的《温病条辨》、王孟英的《温热经纬》、薛生白的《湿热条辨》、王清任的《医林改错》《古今图书集成医部全录》《圣济总录》,等等。

在中华医学宝典的海洋里,她找到了青蒿的解释:"青蒿,古名'菣'。民间又称作臭蒿和苦蒿。春生苗,叶极细,嫩时人亦取,杂诸菜食之,至夏高四五尺,秋后开细淡黄花……根、茎、子叶并入药用。此蒿生挪敷金疮,大止血,生肉,齿疼痛良。"

同时她也觅到了青蒿入药治疟的妙方。中国最早见于马王堆3号汉墓出土的古书《五十二病方》，其后的《神农本草经》《补遗雷公炮制便览》《本草纲目》等典籍都有青蒿治病的记载。

有趣的是，说来也巧，诗云"呦呦鹿鸣，食野之蒿"一语成谶，千百年过去，呦呦爱蒿、学蒿、用蒿、吃蒿，因蒿出名，轰动了全世界，怎么偏巧正是这位屠呦呦呢？难道世间还真有冥冥之中的神话和预言吗？

当年与屠呦呦选择同一专业的王慕邹，退休前为中国医学科学院药物研究所研究员。他说，当时生药专业毕业的学生，更多的去向是做研究，而药物化学专业更多与全国各大药厂相关。对生药专业的屠呦呦而言，生药学课程比其他专业课时多些，其主要内容就是学习各类原产中药材的分类、认识，以及通过显微镜切片观察其内部组织等。给他的印象是，屠呦呦搞实验一丝不苟，十分认真，有时近乎苛刻。

当时，开设生药学的是楼之芩教授，这位1951年刚刚回国的留英博士，也是生药专业唯一的教授。后来，楼之芩曾任中国药学会理事长，是中国现代生药学的开拓者之一。她对屠呦呦印象更深刻，说她是个低调又能吃苦的好学生。

当时屠呦呦大学学习的背景是，1950年8月，第一届全国卫生会议召开。毛泽东主席提出"面向工农兵、预防为主、中西医结合"是新中国卫生工作的三个基本原则。

1953年12月，毛泽东主席在听取时任卫生部副部长贺诚汇报工作时，给予中医高度评价："我们中国如果说有东西贡献全世界，我看中医是一项。我们的西医少，广大人民迫切需要，在目前是依靠中医。对中医的团结要加强，对中西医要有正确的认识。"

把中医放到中国对世界的一大贡献的高度，足见毛泽东对中医非常重视。

1954年，毛泽东又专门针对中医药问题作出批示：中药应当很好地保护与发展，我国中药有几千年的历史，是祖国极宝贵的财富，如果任其衰落下去，那是我们的罪过。中医书籍应进行整理。应组织有学问的中医，有计划有重点地先将某些有用的，从古文译成现代文，时机成熟时应组织他们结合自己的经验编出一套系统的中医医书来。

屠呦呦正是在这个大背景下，完成大学本科专业的。时代的潮流追逐督促着她，在宁静的校园里，屠呦呦学习刻苦，勤勤恳恳，踏踏实实，但成绩并非十分拔尖，也并非不堪。她对课外文体活动不太热衷，做事为人非常低调。熟悉她的周仕锟与王慕邹都用了"非常普通"来形容对大学时代屠呦呦的印象。

1955年，是新中国第一个五年计划的第3年，经历4年的寒窗苦读，屠呦呦终于完成了大学学业。

正在这一年，新中国百事待兴，直属于卫生部的中医研究院开始筹建，也就是现在的中国中医科学院，从全国各地抽调一批名老中医到北京，充实中医研究的专家力量。作为刚刚毕业的大学生，头扎鹿角辫的屠呦呦，洋溢着青春活力，被分配到该院中药研究所工作。

1959年，参加工作4年后的屠呦呦，积极响应毛主席的号召，报名参加了卫生部举办的为期两年半的"全国第三期西医离职学习中医班"，开始系统全面地学习中医药知识。倘若说北大的求学偏重于西医专业，这次两年半学习则是中医药学习，使她打下了坚实的中西医贯通的知识，为屠呦呦以后发现青蒿素家族埋下了伏笔，抑或机遇留给有准备的人。

## 6. 爱情敲门，助理研究员的传奇人生

大学时期的屠呦呦是"两耳不闻窗外事，一心只读圣贤书"。参加工作后的屠呦呦，却是一个工作狂。

1956年，全国掀起防治血吸虫病的高潮。她和自己的大学恩师楼之岑共同完成了对有效药物半边莲的生药学研究。1958年，这项研究成果被人民卫生出版社出版的《中药鉴定参考资料》收录；此后，屠呦呦又完成了品种比较复杂的中药银柴胡的生药学研究，1959年，这项成果被收入《中药志》……她收获了一项项科研新成果，可将近30岁了，谈情说爱还是一张白纸。这可急坏了宁波老家的父母，可是远水不解近渴——干着急。呦呦给父母的回答是：不是我不找。爱我的人我不爱，我爱的人还没到。

殊不知，在熟悉的朋友们眼中，屠呦呦是另外一个样子——她是一个粗线条的"马大哈"。

"屠呦呦生活上粗线条，不太会照顾自己，一心扑在工作上。"屠呦呦的高中同班同学、清华大学数学系的老教授陈效中曾经讲过屠老生活中鲜

为人知的故事。

"有一次,她的身份证找不到了,让我帮忙找找。当我打开箱子,吓一跳,我发现里面东西放得乱七八糟的,不像一般女生收拾得那么妥当。

"还有一次,我们几个人到宁波出差开会,她因为还要出席一个重要场合,多留了一晚,第二天单独坐火车回京。想不到,发生了一件非常好笑的事——火车停靠途中站点时,屠呦呦下车走走。结果,火车开走了,她竟然被落下了。

"由于她过于专注工作,她的爱情亦像是生活中的列车,也把她抛下站了。

"从一方面看,屠呦呦是失落不幸的,从另一方面看,有人在偷偷地暗恋着她,她又是幸福的。这个男人不是别人,正是宁波效实中学的同班同学——李廷钊。此时李已是一位很棒的工程师。他从北京工业学院毕业后,被分配至马鞍山钢铁厂。后来,他又留苏学习钢铁冶金5年半,从钢铁实务、科研到管理,他的人生与钢铁结下了不解之缘,并在业内小有名气。他看好屠呦呦的做事为人,从中学分别后,一直在暗恋着她,从没有机会表白。

"且说分配到马鞍山工作的李廷钊,有个姐姐恰好在北京工作,因为都是同乡,屠呦呦也常会同李廷钊的姐姐会面。当在中学时就对屠呦呦有好感的李廷钊从马鞍山到北京看望姐姐时,也常会遇到老同学屠呦呦。姐姐看出他们间的爱慕,主动当起了红娘,远在千里红线牵,一来二往,两颗年轻的心,中学时代很少交流,大学时代断绝交流,而后犹如磁铁一样,渐渐变得相互欣赏、吸引,成了天生的一对。

"1963年,她们在北京重逢两年后,正式走进了婚姻殿堂。不久,又迎来了他们的爱情结晶——大女儿和小女儿的降生。"

有朋友戏称,李廷钊与屠呦呦的结合,是传统(中药)与现代(钢铁)的融合,他们的结合一定会碰出火花,耀眼世界。

屠呦呦自己承认,要让身边的生活琐事变得井井有条,"我依然不灵光,成家后,买菜、买东西之类的事情,基本上都由我家老李做。"屠呦呦口中的"老李",是她的丈夫李廷钊。

婚后,两口子有共同的理想——为国奉献。

屠呦呦告诉笔者:"我和我先生应该算是生在旧中国,长在红旗下的第一代。从小接受的教育,都是告诉我,服从组织,忠于组织,把自己献给组织,组织包管你的一切。组织里的领导找下属谈话，最典型的一句话是，你只管好好工作，努力完成组织交给你的任务，你的个人问题，组织会替你考虑。交给你任务，就要努力工作。只要有任务，孩子一扔，就走了。"说起往事，屠呦呦显得很淡定，那时，她被派去海南岛试药，老伴李廷钊则被派去云南的五七干校。为了不影响工作，他们咬牙把不到 4 岁的大女儿送到了托儿所，把尚在襁褓中的小女儿送回宁波老家。也正是由于长时间的骨肉分离，以至于大女儿当时接回来的时候都不愿叫爸妈了。

在小女儿李军的朦胧记忆里，自己第一次对母亲有清晰印象，已是 3 岁多。那天，在外公外婆家门前的小巷口，李军远远就瞧见一个阿姨，拎着行李快步走来，张开双手，嘴里不停地叫着自己："小军、小军，我是你的妈妈……"

小军却下意识地往后退了好几步，那一刻，小女孩的脑中，已经没有"母亲"的记忆，她不知道，眼前这个风尘仆仆的女人，就是自己脑中想象过无数次的母亲——屠呦呦。长大后的小军至今也纳闷，母亲那时如何能认出自己。

3 至 4 年才能有一次的母女相会，一直持续多年。于是，女儿李军在很长时间里无法理解妈妈，认为母亲抛弃了自己。

每次都颇为"陌生"的母女相会，也让屠呦呦暗暗怀疑过自己当初的选择。当初的选择，在现在看起来有些不近人情，对于如今家中摆满女儿和外孙女照片的屠呦呦和李廷钊而言，这是迫不得已，是那个年代的人都理解——服从组织、别无选择。

像父母当初的选择一样，如今两个女儿也都依照父母的榜样，成功地选择了自己奋斗的人生，她们皆是成功者。

## 7. 光杆司令，"523"课题组的组长

地球的旋转，旋转的地球。

当时间定格在 1969 年的时候，正是"文化大革命"的第三个年头。

大乱到大治，全国革命派的大联合汹涌澎湃……中医研究院是"文革"的重灾区。大字报贴满全院各个角落，科研几近停止状态。

然而，这一年的 1 月 21 日，助理研究员屠呦呦迎来了她科研人生的重

要转折。

这一天，中医研究院来了两个神秘的人，一高一矮，一位穿军装，一位穿便装。他们自称是中央"523"办公室的人。

"523"很新奇，有何秘密？

屠呦呦脑子转了几圈也想不明白，后来才打听到，原来这是一个素未听闻的全国大协作的疟疾科研项目——"523"为其秘密代号。

疟疾，中国民间俗称"打摆子"，在今天的中国已基本绝迹。多数人对它的认知来自反映战争年代或者更久远年代的影视剧或文学作品。疟疾病人发起病来如坠冰窟，颤抖不止，冷感消失以后，面色转红，发绀消失，体温迅速上升，通常发冷越显著，体温就愈高，可达40℃以上。高热患者痛苦难忍。有的辗转不安，呻吟不止；有的谵妄，甚至抽搐或不省人事；有的剧烈头痛、顽固呕吐；患者面赤、气促；通常持续2～6小时，个别达10余小时。症状处间歇性，死亡率极高。

在历史长河中，将疟疾列在蹂躏人类最长时间疾病的榜首可能都不为过。早在公元前二三世纪，古罗马的文学作品中，已经写到出现了疟疾这种周期性疾病。在我国，现存最早的中医理论著作，成书于先秦时期的《黄帝内经》中也有对疟疾的详细记载。

古时人们对这种传染疾病束手无策，甚至认为是神降于人类的灾难。苏美尔人就认为疟疾是由瘟疫之神涅伽尔（Nergal）带来的，古印度人则将这种传染性和致死率极高的病称作"疾病之王"。古希腊的亚历山大大帝和文艺复兴初期的意大利著名诗人但丁，均死于这种凶如猛虎的疟疾。

但丁虽然死了，在《神曲·地狱篇》却留下了他对疟疾恐惧的深度描绘，令人发指。他说：犹如患三日疟的人临近寒颤发作时／指甲已经发白／只要一看阴凉就浑身打战／我听到他对我说的话时就变得这样／但是羞耻心向我发出他的威胁／这羞耻心使仆人在英明的主人面前变得勇敢。

在中国的兵书征战史上，疟疾也是一名常客。

汉武帝征伐闽越时，"瘴疠多作，兵未血刃而病死者十二三"；东汉马援率八千汉军，南征交趾，然而"军吏经瘴疫死者十四五"；清乾隆年间数度进击缅甸，都因疟疾而受挫，有时竟会"及至未战，士卒死者十已七八"。

值得人们关注的是当时正在进行的越南战争。

随着战事升级，美越双方伤亡人数不断攀升。

很快，战场上出现了比子弹、炸弹更可怕、更恐惧的"敌人"——抗药性恶性疟疾，一染即亡。美、越两军苦战在亚洲热带雨林，疟疾像是"第三者"插足，疯狂袭击交战的双方军力，大大高于战斗性减员，令双方苦不堪言，它比敌人更可憎。

据河内卫生局统计，越南人民军 1961～1968 年伤病员比例，除 1968 年第一季度伤员多于病员外，其他时间都是疟疾病员远远超过伤员；抗美援越的中国高炮部队也深受其害,据说减员达 40%。再据美军有关资料表明，在越南战争中，1964 年，美军因疟疾造成的非战斗减员比战斗减员高出 4～5 倍，更是天文数字。1965 年驻越美军的疟疾发病率高达 50%。美国也在寻找有效药，但欲速不达。

越南地处热带，山岳纵横，丛林密布，气候炎热潮湿，蚊虫四季孳生，本就是疟疾终年流行的地区。而当时的抗疟药——氯喹及其衍生药，因其抗药性，对越南流行的疟疾已经基本无效。

能否抵抗住"疟疾"这个敌人，甚至成了越南战场上美、越双方"胜负的杀手"。

越共总书记胡志明了解这个情况后，心急如焚，亲自给毛泽东写信，派特使秘密到北京，请求中方支援抗疟疾药物和方法。

在革命战争时期曾感染过疟疾、深知其害的毛泽东，认真阅读了老朋友胡志明的信，对胡的特使说：解决你们的问题，也是解决我们的问题。告诉老朋友，我会记在心上。

送走了特使，毛泽东又把胡的信批转给周恩来。周恩来亲自布置了抗疟新药的研发。于是，这项研究又成了带有军事色彩的紧迫绝密任务。

1967 年 5 月 23 日，这是个特殊的日子。

中国人民解放军总后勤部和国家科委在北京召开了抗药性恶性疟疾防治全国协作会议，组织 60 多家科研单位通力攻关，并制定了三年科研规划。防治抗药性恶性疟疾被定性为一项援外战备的紧急军工项目，以 5 月 23 日开会日期为代号，称为"523 任务"，一直沿用下来。

由此，拉开了抗疟新药研究的序幕。

先是军方开路，后是地方跟进。随着时间的推进，先后有7个省市全面开展了抗疟药物的调研普查和筛选研究。至1969年筛选的化合物和包括青蒿在内的中草药有万余种，但未能取得理想的结果，使研究者一筹莫展，让人质疑研究进入了死胡同……

正在这个当儿，两位523的"神秘人"径直走进位于东直门内的中医研究院领导的办公室，亮明身份，开诚布公地说："中药抗疟已做了好多工作，到流行地调查，收集秘方试验，有一定效果但不满意，用法、制剂等方面也存在问题。方子拿了不少，很多是大复方，这么多药怎么办？哪个方子好，什么起主要作用，我们经验少、办法少。根据首长的批示，希望贵院能加入此项科研活动。"

对方恳求的眼神，让院领导没有打磕巴就接受了任务。

"523"办公室的领导走后，院领导召开紧急会议，拉下窗帘，按照"523"办公室的要求——"谁能担当大任？"对本院科技人员逐一进行筛选，3个小时过去了，颇让中医研究院领导们有些犯难。

作为"文化大革命"的重灾区，当时的中医研究院，科研工作几近全面停顿，经验丰富的老专家有的被打倒，有的被劳教，有的"靠边站"，政治上不能委以重任。

他们反复筛选，最后有一人浮出水面，不是别人，正是37岁的屠呦呦。

她有两大优势：一是性格认真执拗，虽然职称尚是助理研究员，但来到中药所已14年，中西医贯通，基础扎实。二是她年富力强，正致力于研究从植物中提取有效化学成分，已经步入中药所研究第二梯队人选。

以当时中药所的现状，屠呦呦正是最合适的人选。自20多岁便与屠呦呦共事的中国中医科学院中药所原所长姜廷良回忆说，将重任委以屠呦呦，这是对的，在于她扎实的中西医知识和被同事公认的科研能力。

当晚，领导找她交代任务，屠呦呦爽快地应允了。

屠呦呦问："还有什么人？"

领导告诉她："暂且你一人，其他人后定。"

从此，人们便看到她像一个陀螺开始旋转起来。中药所里、资料室里、图书馆里、老中医的家里，多了个疯狂翻阅历代医籍，甚至连一封封群众来信都一定要打开看看的忙碌身影。

这就是 37 岁的屠呦呦，在被任命为课题组组长后，她正式走上抗疟寻药之路。

鸿运当头，重担压肩。

当时，谁也无法预料，院领导的这个决定，将是"523 任务"取得重大进展、取得重要成果迈出的第一步。

说是课题组，在最初的阶段，屠呦呦"光杆司令"一个，只有她一个人孤独地踏上了尝百草的寻药之路——归宿了"呦呦鹿鸣，食野之蒿"，对仗了"青青蒿草，报之春晖"。

## 8．次次失败，190 次后的成功

"成功的花，人们只惊羡它现时的明艳，谁知道它当初的芽儿，却浸透了奋斗的泪泉，洒遍了牺牲的血雨！"

从领导办公室走回自己的办公室，已经星斗满天。屠呦呦很激动，她觉得这是一副担子，重重压在了她还有些细嫩的肩上。她多年科研的梦想一下子成了现实，领导的信任，任务的紧迫，特别是越南战场上饱受疟魔折磨的将士们，睁大了求救的眼神，一个个在乞望着她，她觉得时不我待，加快了研发的脚步。她不敢多想，就一头扎进《本草纲目》等古典药典，寻觅自己的灵感，抑或突破口。

"523"项目的任务十分明确，就是通过军民合作开发防治疟疾药物，同时对所开发防治药物的要求是高效、速效，预防药物要长效。

在采访中，屠呦呦告诉我们说：

"中西医知识的积累让我意识到，必须从古代文献中寻找解决方案。我开始系统整理古方。从中医药医学本草、地方药志，到中医研究院建院以来的人民来信，采访老大夫等等，不放过任何一个机会。花了半年时间，最后做了 2000 多张卡片，编出 640 多种抗疟方药，作为我的基本功，考虑从中找到新药。"

一年过去了，两年过去了，时间伴随着她和她的团队忙碌的身影，在指尖中不知不觉流去。该做的实验都做了，这 2000 多种方药中整理出一张含有 640 多种草药，包括青蒿在内的《抗疟单验方集》。可在最初的动物实验中，那时青蒿还没有涉入她的视野，真如大海捞针，茫无头绪。但她一直坚持实验，有时累得呕吐不止，头涨脑昏，怀疑自己中了毒，结果一检查，是中毒性肝炎，大夫让她休息。她哪能休息呢？越南的炮火在催促着她，伤病员的眼神在乞求着她，怎能停下手中的实验工作呢？她吃下一把药，又走出家门，开始了失败后的重新筛选。

冬战"三九"，夏战"三伏"，有时累得吃不下饭，四肢无力，连走回十步之遥的宿舍的力气都没了。希望似乎化成了泡影，她也如死了一般。在这个时候，"失败是成功之母"，在她脑海里划过，犹如彩虹映在她眼前，她又如触电一般地从床上弹跳起来，重新开始实验、筛选。失败，再失败，她一度怀疑她当初的选择。又是多少次失败，她始终坚信：乌云遮不住太阳，失败孕育着成功的阳光。说不准是多少次失败了，这个与她名字有着联系的青蒿，冥冥中闯进了她的视野。经过实验，青蒿的效果并不出彩，屠呦呦的苦苦寻找再度陷入了僵局。

问题出在哪里？屠呦呦再次翻阅葛洪的《肘后备急方》，企图在这本古典中再寻突破。书不知翻阅了多少遍，四角已经微微翘起，颜色愈加变黄。

这本古代医书究竟有何渊源？屠呦呦再次陷入作者的故事中……

《肘后备急方》由东晋葛洪著。凡举名医，必有一段艰难的求学历程，以其超人的毅力去探索和学习。葛洪自幼十分好学，沉着稳重，从不与别人嬉戏贪玩，经常写字、抄书至深夜。13岁时，他父亲去世了，家境败落，十分贫苦，就靠上山砍柴换取文具，用来学习。《肘后备急方》由葛洪摘录自共100卷的医书《玉函方》中可供急救医疗、实用有效的单验方及简要灸法汇编而成，是我国第一部临床急救手册。之所以叫这个名字，是因为"可以放在手肘后面，带在身边，随时拿出来救急使用"。书中，他尤其强调灸法的使用，用浅显易懂的语言，清晰明确地注明了各种灸法的使用方法，只要弄清灸的分寸，不懂得针灸的人也能使用。葛洪在《肘后备急方》序中说道，"穷乡远地，有病无医，有方无药，其不罹夭折者几希。丹阳葛稚川，夷考古今医家之说，验其方简要易得，针灸分寸易晓，必可以救人于死者，为《肘后备急方》。"

此书共有8卷70篇。后经南朝梁时陶弘景增补录方101首，改名《补阙肘后百一方》。此后又经金代杨用道摘取《证类本草》中的单方作为附方，名《附广肘后方》，即现存《肘后备急方》，简称《肘后方》。该书主要记述各种急性病症或某些慢性病急性发作的治疗方药、针灸、外治等法，并略记个别病的病因、症状等。书中对天花、恙虫病、脚气病以及恙螨等的描述都属于首创，尤其是倡导用狂犬脑组织治疗狂犬病，被认为是中国免疫思想的萌芽。该书今有明、清版本10余种。1949年后有影印本和排印本。

《肘后备急方》中收载了多种疾病，其中有很多是珍贵的医学资料。这部书上描写的天花症状，以及其中对于天花的危险性、传染性的描述，都是世界上最早的记载，而且描述得十分精确。书中还提到了结核病的主要症状，并提出了结核病"死后复传及旁人"的特性，还涉及了肠结核、骨关节结核等多种疾病，可以说其论述的完备性并不亚于现代医学。书中还记载了被疯狗咬过后用疯狗的脑子涂在伤口上治疗的方法，该方法比狂犬疫苗的使用更快捷、更有效，从道理上讲，也是惊人地相似。另外，对于流行病、传染病，书中更是提出了"疠气"的概念，认为这绝不是所谓的鬼神作祟。这种科学的认识方法在当今来讲，也是十分有见地的。书中对于恙虫病、疥虫病之类的寄生虫病的描述，也是世界医学史上出现时间最早、叙述最准确的。

屠呦呦的目光最终停留在《肘后备急方》："青蒿一握，以水二升渍，绞取汁，尽服之。"突然她眼前一亮，获得了"诺奖级别"的灵感，马上意识到，以前的高温可能破坏了青蒿中的有效成分，她随即另辟蹊径采用低沸点溶剂进行实验。在190次失败之后，屠呦呦改用乙醚低温提取，终于成功了。

成功就在一念间。

1971年，屠呦呦课题组在第191次低沸点实验中发现了抗疟效果为100%的青蒿提取物。1972年，该成果得到国人重视，研究人员从这一提取物中提炼出抗疟有效成分青蒿素。

屠呦呦反复实验和研究分析还发现，青蒿药材含有抗疟活性的部分是叶片，而非其他部位，而且只有新鲜的叶子才含青蒿素有效成分。课题组还发现，最佳采摘时机是在植物即将开花之前，那时叶片中所含青蒿素最丰富。

细节决定成败。

喜讯传来，屠呦呦和她的四人团队，高兴得跳了起来。

姐妹们相拥而泣，多日的沉寂化成天边的云彩被风吹散，再苦再累也一扫而去，她们成功地破解了青蒿素的密码，像是打了一场大胜仗，1000多个日日夜夜，胜仗虽来得迟些，但毕竟来了，怎不让她们高兴呢？

清华大学医学院常务副院长鲁白告诉笔者，改用乙醚提取是关键一步，突破了瓶颈。此后，屠呦呦与中科院生物物理研究所、中科院上海有机化学研究所、中科院上海药物研究所等单位合作，对青蒿素里有效成分的化学结构进行了测定，并对其改造，最终获得抗疟疗效显著的蒿甲醚、青蒿琥珀酸酯。这两个化合物被国家批准成药，并在全球成功挽救了数以百万计生命。所以她是"523"项目一个代表性的人物，是最大的功臣之一。

## 9. 中国之蒿，世界之神药

青蒿，是中国南北方都很常见的草本植物，外表朴实无华，长年在山野里默默生长，随时准备在机会到来的时刻绽放自己的绚烂。一岁一枯荣。就是这普普通通的小草内却孕育着降妖伏虎的魔力，不声不响地隐藏着神奇，而到了今天才贵族式地华丽转身，成为走出国门、享誉全球的救命神药。有言道：中国一株小草，让千万人喜获新生。

阶段性胜利，没有让屠呦呦放慢脚步。很快，大家开始进行对青蒿乙醚提取混合物中有效成分青蒿素的分离、提取工作。殊不知这也是一项十分艰难的工作。

由于北京产的青蒿中青蒿素含量只有万分之几，要大量提取青蒿素以供动物试验和临床观察用药，难度可想而知，她想到了求助南方的药物所……

回忆那段攻坚期，屠呦呦丈夫李廷钊很"心疼"妻子："那时候，她脑子里除了青蒿还是青蒿，回家满身都是酒精味，还得了中毒性肝炎。"

那是"文化大革命"特定的时期，工厂都停工了，实验室都关门了，为了做实验，他们买了好几个大缸，在大缸里作隐秘的提取，那种挥发很多，人天天围着缸。为什么得肝炎？不是吃那药得的肝炎，是吸那个乙醚得的肝炎，不但屠老，当时课题组都是如此。

屠呦呦的肝炎是来自乙醚等有机溶媒的毒害。姜廷良回忆："乙醚等有机溶媒对身体有危害，当时设备设施都比较简陋，没有通风系统，更没有实验防护，大家顶多戴个纱布口罩。"

日复一日，科研人员除了头晕眼花，还出现鼻子出血、皮肤过敏等反应……这些都没有阻止她们的行动。

乙醚中性提取混合物有了，但在进行临床前试验时，却出现了问题，在个别动物的病理切片中，发现了疑似的毒副作用。

经过几次动物试验，疑似问题仍然未能定论。

人与动物有差异，只有反复人体试服后才能为病人使用，即临床应用。为了让191号青蒿乙醚中性提取物尽快应用于临床试验，被世人称作"中国居里夫人"的屠呦呦向领导提交了志愿试药报告。

领导不放心地问："试药有风险，再说你刚得过病毒性肝炎。"

屠呦呦当仁不让："不，我是组长，这是我的宝贝，我有责任第一个试药！"

当年，她的表态令很多人惊叹：这位戴着眼镜、斯斯文文的江南女子有着鲜为人知的女汉子的一面。

"在当时环境下做这样的工作一定是极其艰难，科学家用自己来作试验，这是一种献身精神。她比英雄还英雄，让人崇敬。"清华大学副校长施一公如是说。

屠呦呦的试药志愿获得了课题组2位同事的积极响应。

1972年7月下旬的一天，这是个让人难忘的日子。

屠呦呦和她3名团队科研人员，在家属的陪同下，一起住进了北京东直门医院，成为首批人体试毒的"小白鼠"。

不是战场胜似战场，不是出征胜似出征。

她们穿上病号服，向家人挥手告别，向死神宣战，更像一场大战前的出征，信心百倍地走进病房，静静地躺在病床上，接受大夫的药物注射，细心体验药物在身体中的反应……应该说这是一项严肃性的试毒体验，一旦有失，将是终身的遗憾。作为医药工作者，屠呦呦比谁都明白，但她和她的同事义无反顾地做了，可见她对科学的献身和追求比生命都重要，这多么让人崇敬！

还好，在医院严密监控下进行了一周的试药观察，未发现该提取物对人体有明显毒副作用。

为了充分显示醚中干提取物的安全性，科研团队又在中药所内补充5

例增大剂量的人体试服。当临床试用效果不理想时，经过努力坚持，深入探究原因，最终查明是崩解度的问题。改用青蒿素单体胶囊，从而及时证实了青蒿素的抗疟疗效。

终于赶在这一年的8～10月，赶赴海南疟区实验。

所到之处，"有屋无人住，有田无人种，蒿草遍地，荒冢累累"，屠呦呦想起了毛主席的诗句——"绿水青山枉自多，华佗无奈小虫何。千村薜荔人遗矢，万户萧疏鬼唱歌。"屠呦呦亲自携药，寻找患者，验证她的新生"宝贝"对疟原虫的厮杀。

初次临床，必须慎之又慎。

更可贵的是，她亲自为病人端水服药，用药剂量从小到大，逐步增加。屠呦呦根据自身试服的经验，分为3个剂量组。病人选择，从免疫力较强的本地人，再到缺少免疫力的外来人口；疟疾病种，从间日疟到恶性疟。屠呦呦亲自给病人喂药，以确保用药剂量，并守在床边观察病情，测体温，详细了解血片检查后的疟原虫数量变化等情况。

最终，在海南高温下，屠呦呦完成了21例临床抗疟疗效观察任务，包括间日疟11例，恶性疟9例，混合感染1例。临床结果令人满意，间日疟平均退热时间19小时，恶性疟平均退热时间36小时，疟原虫全部转阴。

这一年，还同时在北京302医院验证了9例，亦均100%有效。

1973年，新年的钟声刚过，屠呦呦发现青蒿奥秘的消息不胫而走，中药所就不断接到各地来信和来访。屠呦呦都亲自回信、寄资料，热情接待来访者，毫无保留地介绍青蒿、青蒿提取物及其化学研究进展情况。很快，云南和山东等数个研究小组借鉴了她的方法，对青蒿素的提取亦有斩获。

1973年9月下旬，屠呦呦在青蒿素的衍生物实验中又有新的发现，青蒿素经硼氢化钠还原，羰基峰消失，这也佐证了青蒿素中羰基的存在，并由此在青蒿素结构中引进了羟基。经课题组同志重复，结果一致。此还原衍生物的分子式为$C_{15}H_{24}O_5$，分子量284。这个还原衍生物就是双氢青蒿素。

1975年，课题组对青蒿素、过氧基团去留、内酯环羰基还原、乙酰化等的构效关系进行了研究。证实了青蒿素结构中过氧基是抗疟活性基团，在保留过氧基的前提下内酯环的羰基还原成羟基（即双氢青蒿素），可明显增效，临床药效提高10倍；在羟基上增加某侧链，药效可进一步增加，提示修饰青蒿素的部分结构，能改变其理化性质，增强抗疟活性。因此，双氢青蒿素的发现是屠呦呦及其课题组又一个重要贡献。

时间到了1995年，这是一个传奇的故事。

故事发生在肯尼亚的疟疾重灾区奇苏姆省，有位怀孕的贵族妈妈得了恶性疟疾。大夫开诚布公地告诉她：如果用传统的奎宁或者氯喹治疗，即使母亲能活下来，胎儿也很容易流产或致畸。

她问大夫还有什么新药？

大夫告诉她，还有中国新药青蒿素"科泰新"，无毒副作用，只是我们医院没有了这种药。

于是，他们把眼睛投向千山万水外的中国，寻求青蒿素的支援。中国班机在最短的时间里把药物送达，在接受中国的青蒿素抗疟药"科泰新"治疗后，奇迹出现了，母子平安无事！妈妈一遍一遍地亲吻着胖胖的娃娃，父亲说"科泰新"救了孩子，孩子就叫"科泰新"吧，让他永远不要忘记中国神药的救命之恩。多么感人的话语啊！

20年过去了，如今的"科泰新"已长成标致漂亮的大姑娘了，真正意义上，她已成为明星特使，现身说法，活跃在世界的舞台上。

由于双氢青蒿素药效高，用药量小、复燃率降至1.95%，进一步体现了青蒿素类药物"高效、速效、低毒"的特点。在很长一段时间里，"科泰新"甚至是中国国家领导人出访非洲必送的礼物，在当地被誉为"中国神药"。

作为"中国神药"，青蒿素在世界各地抗击疟疾显示了奇效。2004年5月，世卫组织正式将青蒿素复方药物列为治疗疟疾的首选药物。英国权威医学刊物《柳叶刀》的统计显示，青蒿素复方药物对恶性疟疾的治愈率达到97%。据此，世卫组织当年就要求在疟疾高发的非洲地区采购和分发100万剂青蒿素复方药物，同时不再采购无效药。

青蒿素的横空问世，成为当之无愧的"救命药"。

如今，为进一步提高药效，中国科学家还研制出青蒿琥酯、蒿甲醚等一类新药。其中，青蒿琥酯注射剂已全面取代奎宁注射液，成为世界卫生组织强烈推荐的重症疟疾治疗首选用药，在全球30多个国家挽救了700多万重症疟疾患者的生命。

由于青蒿素作用十分迅速，疟原虫根本来不及诱导抗氧化酶及抗氧化剂的合成。因此，栖身与红细胞的疟原虫，因缺乏足够的抗氧化活性物质保护，几乎不可能抵御青蒿素的凌厉攻势，一旦遭遇必陷灭顶之灾。

古老的"中国小草"正释放着令世界惊叹的力量。

40年来仍然保持奇高的治愈率，成为抗疟药中的一枝独秀。

更神奇的是，正当抗氯喹疟原虫肆虐而让疟疾患者无药可救时，青蒿素有如"及时雨"般地横空出世，令世人叹为观止。

疟疾，与艾滋病和癌症一起，被世界卫生组织列为世界三大死亡疾病之一。全球有100多个国家、3/7的人口，约33亿人受疟疾威胁；每年发病人数3～6亿人，主要在非洲等发展中国家。

诺贝尔生理学或医学奖评委弗斯伯格说："屠呦呦的发现对人类的贡献不可估量。每年约50万人死于疟疾，其中大多数为儿童……屠呦呦对青蒿素的发现引起对抗疟新药品的研制和发展，该药品已挽救上百万人性命，将过去15年疟疾的致死率降低了一半。"

根据世卫组织的统计，全球有20多亿人生活在疟疾高发地区——非洲、东南亚、南亚和南美。自2000年起，撒哈拉以南非洲地区约2.4亿人口受益于青蒿素联合疗法，约150万人因该疗法避免了疟疾导致的死亡。

津巴布韦卫生部抗疟项目负责人姆贝里库纳什说，津巴布韦卫生部2010年至2013年进行的一项跟踪调查显示，服用青蒿素抗疟药物的疟疾患者治愈率高达97％。津巴布韦自2008年开始推广以青蒿素为基础的复方药物。21世纪初，津巴布韦疟疾患病率为15％；到2013年，这一比率已下降至2.2％，青蒿素抗疟药物的普及和推广在其中发挥了重要作用。

在南非的夸祖鲁纳塔尔省，中国的复方蒿甲醚使疟疾患病人数减少了78％，死亡人数下降了88％；在西非的贝宁，当地民众都把中国医疗队给他们使用的这种疗效明显、价格便宜的中国药称为"来自遥远东方的神药"……

世界卫生组织非洲区事务负责人特希迪·莫蒂说，青蒿素治疗疟疾的发现对世界人民的健康福祉带来巨大改变，"疟疾是非洲人民尤其是非洲儿童的主要健康杀手。多年来，青蒿素挽救了大量非洲人民的生命，对非洲实现联合国千年发展目标发挥了重要作用"。

利比里亚卫生部长伯尼斯·达恩表示,"在我的国家,疟疾是人民健康的主要杀手。"此前,利比里亚一直用奎宁等其他疗法对付疟疾,都有明显副作用。自从改用青蒿素以来,这些顾虑便消除了。

塞内加尔卫生部长阿娃·塞克说,她曾在一线工作多年,有过治疗疟疾的经验,亲身见证过青蒿素的疗效,青蒿素研究成果给非洲所有受疟疾困扰的国家带来希望。

"我的国家每年都会暴发疟疾疫情,"尼日尔卫生部副部长阿尔祖马·达里说,"我很感谢中国长久以来对我们国家的医疗援助,尼日尔也在用青蒿素药物控制疟疾,并取得显著成效。"

加蓬卫生部副部长塞莱斯蒂纳·巴说,中国在公共健康领域付出了很大努力,抗疟药物青蒿素的发现对治疗疟疾有重要作用,尤其是在卫生条件有限的国家和地区。

自20世纪60年代起,中国就开始派遣医疗队前往非洲进行无偿的医疗支援和疾病防治。截至2009年底,中国在非洲援建了54所医院,设立30个疟疾防治中心,向35个非洲国家提供价值约2亿元人民币的抗疟药品。

2015年10月23日,毛里求斯总统阿米娜·古里布—法基姆来华期间,专门访问中国中医科学院中药研究所。这位同时身为著名生物学家的女总统对屠呦呦获得诺贝尔奖表示祝贺,实至名归。她说,屠呦呦研究员的工作让世界的目光重新聚焦到传统医学上,不仅对中国非常重要,对于发展中国家和世界传统医学也有非凡意义。对中医药有着浓厚兴趣的她同时表示,非洲的传统医药资源非常丰富,迫切希望与中国建立起传统医药领域的合作关系,以此拓展"南南合作"平台,毛里求斯将成为中医药走向世界的窗口。她还希望与中国同胞一起,在五千年的中华医药宝库寻找出更多的神药。

## 10. 诺贝尔奖风波的由来及反思

2011年9月,犹如一道闪电划破长空,从大洋的彼岸——美利坚合众国传来81岁的屠呦呦获得拉斯克奖的消息。

这是中国发明青蒿素30多年后获得的国际认可的最高奖项。评审委员会成员露西·夏皮罗评价发现青蒿素的意义时说:"人类药学史上,像青蒿素这种缓解了数亿人的疼痛和压力、挽救了上百个国家数百万患者生命的科学发现,并不常有。"

但是,美国拉斯克奖为中国青蒿素赢得了国际声誉的同时,也重新在国内点燃了青蒿素的发明权之争。屠呦呦又荣获诺贝尔医学奖后,又遭遇诺贝尔奖风波。一面是热情和盛赞,一面是争议和不解……

坦率地说,举国之力、参战人数众多的"523"大会战项目,始自1967年,结束于1981年,长达14年之久。"神药"——青蒿素家族的横空出世,大协作的抗疟新药研发计划徐徐谢幕,也为"神话造神"的时代画上了句号。

应该说"523"项目的谢幕比较仓促,甚至说连"最后晚宴"都没有来得及吃,就匆匆散伙了,一切并不像最后"那份文件"所希望的"排名争议达成一致"。因为那是个集体主义至上的英雄年代——"荣誉归党,问题归己"。当年"523"研究小组的600多名专家流着眼泪、作出的种种牺牲和让步,却让这段历史在此后几十年里依然十面埋伏、扑朔迷离、剑拔弩张、争议不停。

且说1986年,屠呦呦和北京中药所用所有发明单位共有的研究资料单独向国家卫生部申请了新药证书。此事却炸了锅,立即引起一场不小的风波,另外几家发明单位向国家科委、卫生部和国家医药管理局写报告抗议,后来还引发官司,婆说婆有理,公说公有理,最终伤了和气,不了了之。

应该说这场官司被认为是青蒿素历史中"一个极不和谐的杂音",对国内艰难起步的青蒿素产业造成了严重的负面影响,也给原来大协作群体内部造成了不小的伤害,尤其是对当年的大协作精神提出了挑战。

时间向前推进,集体英雄年代不再。

再说20世纪80年代,当年"523"项目发起人、组织者周克鼎先生到重庆出差,专程去看望当年的贡献者罗泽渊夫妇。并对他们说:"'523'不会忘记你们夫妇对青蒿素的贡献。"但罗泽渊没有想到,当年"523"项目的老领导、老同志为澄清这段历史真相,还在奔走,风餐露宿。

2005年,四川中药研究所教授万尧德给科技部的一封信《还历史的本来面目》,让波澜再起。据他回忆:1975年大会战的关键时期,屠呦呦曾通过"523"办公室派了两个同志到四川中药所来学习。短短21天,化学室的刘鸿鸣协助北京中药所提取了800克的纯青蒿素。紧接着,他们又花一万块钱到四川中药所买了一公斤青蒿素。此后仍三番五次通过"523"办公室向四川所索要青蒿素。"四川'523'办公室的领导都是老革命,教我们不能有自私之心,人家要,我们就给人家。说老实话,知识分子都是有所顾忌的。"

回首往事,万尧德有些愤愤不平地说,"既然屠呦呦早就提取出来青蒿素,为啥要派人来学,又求爷爷告奶奶地买?这不是开玩笑吗?"

2006年,原"523"项目组织人张剑方、周克鼎、傅良书等老一辈"523"成员编写的《迟到的报告:五二三项目与青蒿素研发纪实》一书问世。用大量的数据讲述了青蒿素的发现及研究过程,讴歌了数以千计在"文化大革命"中无私奉献的知识分子,告诉人们如今享誉世界的青蒿素属于我们伟大的祖国、伟大的军队和参加此项研究的"523"战士。

其实,屠呦呦获奖前,美国科学院院士米勒·路易斯曾在公开场合说:"青蒿素的发明是一个接力棒式的过程——屠呦呦第一个发现了青蒿提取物有效;罗泽渊(云南省药物研究所)第一个从菊科的黄花蒿里拿到了抗疟单体青蒿素;李国桥(广州中医学院)第一个临床验证青蒿素疗效。"这一说法得到在场大多数"523"老科学家的认可。米勒·路易斯也是这样主张排名申报美国拉斯克大奖的。

而一个值得一提的细节是,在推荐拉斯克奖的提名人时,李国桥推荐的是罗泽渊。李国桥认为:"青蒿里有7种结晶,只有一种结晶是青蒿素。"他多次表明,"我是用云药所的黄蒿素完成了首次临床验证工作的。"

没想到几天后,拉斯克大奖的结果公布于世,这三个相互传承的"第一"全部归功于屠呦呦一人,顿时让问题复杂化。正如中国"大锅饭"时说的俗语那样:"外国有个加拿大,中国有个大家拿,不要白不要,不拿白不拿。"面对巨额美元奖金,谁不心跳?

对于屠呦呦获奖,当年亲历者大多心情复杂。"你问我到底感受怎么样?我说一点不难受是很虚伪的。我难受的不是我没有得,我是觉得奖一个人太不合理了。"罗泽渊说,"如果这个奖给我,我也承受不了,它的确是一个大集体的作品。"

云药所成立50周年时,罗泽渊应邀作了一个关于青蒿素的专题报告。"在场很多'523'课题组老同志都流泪了,因为那是大家亲历过的往事。"

罗泽渊如是说。

屠呦呦获奖后，中国科协主席韩启德说："青蒿素的发明，一直是我国引以为豪的科技成果，但仅仅由于难以确定成果归宿，而一直没有得到足够的表彰和奖励。"

有研究者说，"青蒿素是一个奇迹，一个波谲云诡的传奇，它只会在中国发生……"

坦率地说，拉斯克奖风波实质上是中西方国家认识上的偏颇，抑或误差。就像过马路时，西方是车让人，我们则是人让车；看到梨在桌面上滚动时，西方人想的是万有引力，我们想的则是孔融让梨；看到蜡烛燃完时，西方人是快换一支，我们则是能省则省。难道不是这样吗？

屠呦呦能获拉斯克奖，应该说与美国国立卫生研究院的两位科学家米勒·路易斯和苏新专的大力推荐有直接关系。

有业内人士称，2007年，米勒·路易斯和苏新专特意来中国调查了青蒿素的研究历史，并写了《青蒿素：源自中草药园的发现》一文。对于美国人为何将拉斯克奖颁给屠呦呦，身在美国的苏新专说了心里话。他说，拉斯克奖评奖委员会共有24名评委，他们都是美国人，其中半数是诺贝尔奖获得者，都是知名科学家。最终的评奖结果由这24名评委投票决定。

此次评奖关键看三个方面：一是谁先把青蒿素带到"523"项目组；二是谁提取出有100%抑制力的青蒿素；三是谁做了第一个临床试验。

屠呦呦第一个把青蒿素引入"523"项目组，第一个提取到100%活性，第一个做临床试验，这三点中的任何一点都足够支撑她得这个奖。

美国人颁奖，注重科学发现的思维，而不在乎是谁做的。美国人不会把奖颁给一个具体做事的人，而会颁给告诉你做这件事的人，这与国内的标准不一样。也许有其他人在屠呦呦的小组里做过实验，某种意义上他才是亲手做这件事情的人，但他是屠呦呦团队中的一员，实验的想法是来自屠呦呦的。

拉斯克奖毕竟是对中国医学的首肯，同时它又是诺贝尔奖的风向标。

时间过去了4年，到了2015年10月5日。

中国科学家屠呦呦继拉斯克奖后又获得诺贝尔奖，终于实现了中国科学家获诺奖零的突破！中国人为此欢呼雀跃，媒体将此置于消息头条，《北京晚报》破天荒地出了号外，全版套红予以庆祝！可以看出中国人的喜悦之情。

但是，在人们高兴的同时，疑问也随之而来：为什么一个土生土长未出国留学、不会英语的科学家，没有博士学位、未获院士称号的科学家，研究工作没有发表过 SCI 论文（国际期刊）的所谓"三无"科学家，能获得诺贝尔奖？这样的疑问同屠呦呦获奖的消息一起在网络上传播，一些主流网站如人民网、凤凰网等刊登了相关文章，而微信上相关的文章更是被广泛转载，风光一时。

对于屠呦呦无博士学位和留洋背景，人们倒是可以理解，这是"文革"前的历史条件所致。但对于她几次被提名参评院士但均未当选，则需要探究。这些文章还举出像"杂交水稻之父"袁隆平、中科院上海系统所研究员李爱珍等，这样作出国际认可的重大科学贡献却落选院士的科学家，相当比例的政府高官和企业高管当上了院士，说明中国的科技体制，尤其是院士制度值得检讨，抑或反思。

作为过来人，香港大学李嘉诚医学院金冬雁教授心平气和地说：我本无意凑热闹参与有关屠呦呦教授的讨论。对于中国的院士选举和学术评审，我过去曾作出过强烈的批评。根据现在掌握的文献材料，我认为屠教授对青蒿素的发现有重大贡献，是够格当院士的，屠的落选再次说明中国的院士选举确实荒腔走板。我由于过去同中国学术界的联系，对屠当年的落选有一些了解，现在根据自己对陈年旧事的记忆提供一点背景资料供大家评论。我个人认为，屠当时落选最主要的原因——屠在发现青蒿素过程中的关键性贡献有一定争议，由屠一人将其发现整碗端去确有不妥，而更要命的是屠本人自我介绍也确是言过其实。尽管如此，我个人认为她对发现青蒿素还是有原创性重大贡献的，但提出乙醇提取的原始思路、独立分离到活性单体及测定结构的同事，功劳也不在其下。在当时组织大协作的历史背景下，协作组起到任何个人都起不到的作用。作为个人本应更加积极地肯定其他做出重大贡献者。这方面周维善老师在 2008 年的访谈中就做得至少要比屠好一些。我记得当时领导上是作过认真调查的，不但开会，而且私下也广泛听取了中医研究院内内外外方方面面人士的意见，特别是参加协作组对内情有所了解的学者。但听到的几乎无一例外全是负面的评价，有人指其贪天之功为己有，有人指其压制他人，有人指其愚昧和学识不足。当时领导上得出的结论是，选屠作为当年协作组的代表难以服众……根据当时中国院士选举的惯常做法，屠也就注定要落选，并非有什么特定的权威人士一定要拉其下马。科学家活在同行的心目中，没有任何奖项比同行心中的形象更重要。一个科学家如果只说自己如何伟大而别人如何渺小，是很难赢得同行尊重的。现在有些人大造舆论，发动新的造神运动，将屠当成新的偶像来崇拜，是其所是而非其所非，其实并不公正。

金冬雁说，由屠的落选可以看到，中国院士选举的一个弊端就是过于注重学术贡献以外的问题，有时达到吹毛求疵的地步，甚而包括做人个性的审判。如何将焦点放在学术成就之上，将之作为压倒性的评选标准，应是两院今后的努力方向。人无完人，评院士主要应该评正面的贡献，不应"扒粪"和"揪小辫"。评院士的标准不应随心所欲，而要尽量客观。强调学风是对的，但抓住一点小事不放就过分了。正如我过去所指出，中国院士选举或其他学术评审的荒腔走板，是与中国社会风气和中国科学家的个人素质修养密不可分的。院士选举是民主的，是完全由现有院士们的意志所决定的，舍此别无他法。两院领导应大力说服现有院士多从国家大局出发、从科学出发，充分考虑对从事科研的年轻人的影响，选出真正对国家学术发展有重大贡献的新院士。有关青蒿素发现的具体细节，都带着过去时代深深的烙印，要用历史的观点与角度来解读。

最为滑天下之大稽的是，正如周海滨所说的那样——中国竟有人联名投书诺贝尔评奖委员会拿下屠呦呦，言下之意她不是我们选的。说什么没有征得基层同意，没有一层一层上报，甚至连国家科委、卫生部可能都不知道，便把载入史册的科学最高荣誉授给了中国人屠呦呦——一个连英文都不懂、院士都不是、论文都没几篇的中国老太太，你们错了！

应该说，诺奖让中国人备感荣耀与惊喜的同时，也让一些中国人感到了难堪。早在4年前，屠呦呦被美国的拉斯克奖砸中时，国内就有人把酸犯到了太平洋对岸。有人公开表态说，"这个奖不是我报的，也没有征求我的意见。我不赞成她一个人得奖，我赞成国家科委批准的发明单位都应该得奖。"甚至有人联名向诺贝尔评奖委员会写信，"阻截这个奖项的评定"。

但是，诺奖是不按某些中国人所认同的"程序正确"来办事的，也不是按照地位高低、论资排辈来分果果的。诺奖委员会成员汉斯如是说："我们是把奖项颁给被传统医学启发而创造出新药的研究者。"

宁可不要这个诺奖，也不要屠呦呦一个人独享。这个看上去正义感很强的呼声，可能符合中国特定环境下的某种思维定向，但看来并不符合拉斯克、诺贝尔奖的评判标准。价值与价值观的区别，在屠呦呦的人生际遇中昭然若揭。

在诺奖评委会看来，屠呦呦作为青蒿素发现过程中起了关键作用的"发现者"，人类有必要记住她的名字，记住她的贡献。但在一些中国人看来，这份荣誉只能属于祖国，属于集体，属于中医。这是可以拿上台面来犯酸的理由。而台面底下的犯酸，却实际上是犯难。真正的心态在于，中国第一个真正意义上的"纯本土"诺贝尔科学奖得主，不是在数以千计的中国院士身上出现，而是任由一个"三无科学家"被墙外之士捧得这么高，这让那些中国正统意义上的科学家、拿着巨额科研经费的"领军科学家"情何以堪。也因此，一些肚肠酸翻了天的人士甚至怀疑，这诺奖的评委要么是有意搅局，要么是集体看走了眼。

诺奖不是完美无缺的。但诺奖挑剔的目光，今天看来远没有中国的院士评审制度来得更挑剔，也远没有中国科学界一些自以为出自正统的人士更挑剔。如果不是诺奖，完全有可能，单凭一封慷慨陈词的联名信，屠呦呦这个名字今天很难被中国人拿到台面上来说事。

诺奖没像少许中国人所期待的那样，把屠呦呦的名字从获奖名单上拿下来。这就像诺奖没像许多人所猜测的那样，把桂冠递给分子生物学的研究成果，而是落在寄生虫研究这个相对"小众"领域一样，诺奖的"任性"，是不以人的功利诉求而妥协的。

现实就是这样严肃，有的人一辈子都在押题，但他们能够押准上司在想什么、押准自己的哪句话哪个行为方式能够精准地迎合上面的需要，押准科研项目和经费，但他们押到了职称职务，押到了这奖那奖，却押不到诺奖。他们风光了大半生，眼见着人世的风光一下子被这个不善交际、个性直率的"三无科学家"给独占了去，心里差点酸出了血来。

心里酸，是因为屠呦呦的行政职位、教育背景、学术地位，与自己不相匹配，是因为屠呦呦的实话实说、口无遮拦的个性与这个正统的圈子文化不般配。他们看重的不是一个人的发现，不是这个"只是一个牵头人、参与者"最后的研究成果救了成千上万人的生命，而是在这个环境中能够兜得转的被各方认可的"八面玲珑"。

屠呦呦是注定不会合群的。这个登不上中国科学领域大雅之堂的女人，不是能力与贡献问题，而是不会说英语，不会写论文，不会说顺话。她有能力改变人类生存的机体抗争力量，但她无法改变圈子化了的傲慢与偏见。她是孤独的。这个被正统学术所边缘化了的女人，自20世纪70年代初提出用乙醚提取青蒿后，在长达40年时间里，只有1977年署名"青蒿素结构研究协作组"的一篇论文、2009年的一本专著，在中国的医学界刷着一份存在感。直到2011年，这个很特别的中国名字，被拉斯克奖砸中，才被人们注目。

这是中国科学领域人为的冷落，是中国人才制度的沦落。尽管今天会有各种犯酸者能够找到很多堂而皇之的理由兑冲这种矛盾，但再漂亮的说辞，都无法掩盖中国太多"良币"被驱逐的现实。倘若我们今天不愿面对这些现实、这个结果，我们的科学技术就会伴随着更多的张呦呦、王呦呦们被冷漠，而在自欺欺人的麻醉中继续犯酸，继续沦落。

外界的声音传到屠呦呦的耳朵里，她只能让"各种各样的说法"存在，"我姑且听之"。在科研事业的黄金时期，屠呦呦并未收获太多的名声。她的沉默和国际医学界的忽视一直存在。如今，公众对诺贝尔奖的热情在85岁的屠呦呦身上栖身，但她本人对于年事已高的无奈才是内心中最真实的情感。

"我都已经风烛残年了，还能管一辈子？就是这么回事嘛。"一句无奈、没有底气的话，为争论画下了个重重的大大的惊叹号！

## 11. 永远的屠呦呦

2015年10月5日，瑞典首都斯德哥尔摩，卡罗琳医学院诺贝尔大厅。

这是一个富丽堂皇的大厅。

全世界都将关注的目光投向瑞典，聚焦这个金色大厅，专注地倾听着诺贝尔奖的"心跳"。

诺贝尔奖年度颁奖大会，关乎世界人类前沿科学的今天和未来，历来备受世人瞩目。

来自世界各国的记者，身着五颜六色的服装，早早地聚集在这里，抢好位置，架好摄影机、照相机，长短不一，高低有致，像在打一场"战争"，把镜头的"枪口"对准了大厅的主席台，单等那一刻的到来。

高高的穹顶上巨大的金色吊灯，将中央大厅映射得金碧辉煌。在这个金色的大厅里，灿灿的金橘、火红的杜鹃、绿色的叶兰和天冬，与几百号中外记者一起，迎来了重要的历史时刻——上午11时30分。

音乐骤起。众目睽睽之下，诺贝尔生理学或医学奖评委会常务秘书乌尔班·林达尔和3位评委，优雅地缓步走上主席台——发布诺贝尔奖新闻。

乌尔班·林达尔面带着微笑，先后用瑞典语、英语宣布，将2015年诺贝尔生理学或医学奖授予中国药学家屠呦呦以及爱尔兰科学家威廉·坎贝尔和日本科学家大村智，表彰他们在寄生虫疾病治疗研究方面取得的成就。诺贝尔奖评选委员会用"成果无法估量"来评价2015年的获奖成果："由寄生虫引发的疾病困扰了人类几千年，构成重大的全球性健康问题。屠呦呦发现的青蒿素应用在治疗中，使疟疾患者的死亡率显著降低；坎贝尔和大村智发明了阿维菌素，从根本上降低了河盲症和淋巴丝虫病的发病率。今年的获奖者们均研究出了治疗'一些最具伤害性的寄生虫病的革命性疗法'，这两项获奖成果为每年数百万感染相关疾病的人们提供了'强有力的治疗新方式'，在改善人类健康和减少患者病痛方面的成果无法估量。"

就在林达尔宣布的同时，他身后的大屏幕上，已随即出现获奖者的照片和简介。照片中的屠呦呦戴着眼镜，嘴角微微带笑，简介中写着"生于1930年，中国中医科学院，北京，中国"。

此时，是北京时间2015年10月5日下午5时30分。已成为全世界媒体都在寻找的采访对象，85岁的屠呦呦尚浑然不知，她正洗澡时，在客厅看电视的老伴突然告诉她："你获奖了！"

起初，屠呦呦并未在意。很快，贺信和鲜花纷至沓来，一波波记者竞相约访——诺贝尔奖获得者的身份，让屠呦呦迅速处于一种她并不习惯的热闹之中。所有人都在为屠呦呦的获奖而兴奋异常，因为历史已因她的这次获奖而改写——中国首次获得诺贝尔奖的女科学家、中国医学界迄今为止获得的最高奖项、中医药成果获得的最高奖项。

北京时间2015年10月5日,屠呦呦获奖的当天,中共中央政治局常委、国务院总理李克强致信国家中医药管理局,对中国著名药学家屠呦呦获得2015年诺贝尔生理学或医学奖表示祝贺。

北京时间2015年10月6日13时,屠呦呦接到乌尔班·林达尔的正式致电,通知她获奖的消息,表示热烈祝贺,并诚挚邀请屠呦呦于2015年12月赴瑞典参加诺贝尔奖颁奖大会。屠呦呦一如既往地淡定,耄耋之年的她在回应时,着重提及的,是"这不仅是个人的荣誉,更是国际社会对中国科学工作者的认可"。

三天后的2015年10月8日,中国科协主办了"科技界祝贺屠呦呦荣获诺贝尔医学奖座谈会"。

一个多月后的12月6日,应诺贝尔奖委员会邀请,屠呦呦乘机到达瑞典领奖。12月7日出席2015年诺奖得主新闻发布会,并发表主题演讲《青蒿素的发现:传统中医献给世界的礼物》,激起大家长时间的掌声。她在半个小时的演讲中10次提到"中医药"。她在结束演讲时说:"我想再谈一点中医药。中国已故领导人毛泽东的话,强调'中国医药学是一个伟大的宝库,应当努力发掘、加以提高'。青蒿素正是从这一宝库中发掘出来的。通过抗疟药青蒿素的研究历程,我深深地感到中西医药各有所长,两者有机结合,优势互补,当具有更大的开发潜力和良好的发展前景。"

12月10日是诺贝尔的逝世纪念日,是每年的诺贝尔奖隆重颁奖典礼的日子。庄严素雅的瑞典首都斯德哥尔摩音乐厅,再次布置一新。

当地时间16时30分,身着亮紫色长套裙的屠呦呦,显得格外精神、漂亮,与其他领奖人逐一登上领奖台就座。诺贝尔基金会主席卡尔·亨里克·赫尔丁首先致辞,欢迎获奖者来瑞典参加颁奖仪式。

在诺贝尔生理学或医学奖评选委员会的代表介绍了该奖得主屠呦呦的获奖成就后,瑞典国王卡尔十六世·古斯塔夫向屠呦呦颁发了诺贝尔奖证书、奖章和奖金。颁奖现场回荡着嘉宾表达祝贺的掌声。

2015年诺贝尔生理学或医学奖奖金共800万瑞典克朗(约合92万美元),屠呦呦将获得奖金的一半,另外两名科学家将共享奖金的另一半。

2015年诺贝尔物理学奖、化学奖、文学奖以及经济学奖的获奖者也在颁奖仪式上获颁各自的奖项,瑞典王室成员、政界领导人及其他各界人士1300余人出席颁奖仪式。

屠呦呦载誉而归。

在北京,她又接受了记者的采访,屠老十分风趣、幽默、率真,像位老顽童,现场掌声雷动。

记者开口问道:"您一直在申请院士资格吗?"

"是的,一直申请。"

"为什么没有当选呢?"

"因为诺贝尔奖一直等着我!"

现场爆发出热烈的掌声,人们为老人的乐观精神和机智语言喝彩。

记者接着问:"您获得了诺奖,可直接晋级院士,您愿意吗?"

"不,我不愿意,因为院士们要活下去!"

现场又是一阵掌声。

"您今年85岁高寿,经常喝牛奶吗?"

"不,我不喝牛奶。因为我也要活下去!"

现场更是哄堂大笑。记者最后说:"谢谢您接受我的采访!"

老人答道:"别客气,我知道,你也要活下去!"

现场哄堂大笑声、掌声、欢呼声,经久不息!

追星当追屠呦呦。

诺贝尔奖,不仅是一个巨大的世界荣誉,更重要的,这是为屠呦呦坚守几十年的沉默,作了一个最佳的注脚,抑或诠释。

人生如烟,几十年的坚守、沉默,化成天边的彩虹,永远定格在共和国的星空,与日月同辉,变成历史的永恒。这种永恒正像恒星一样,给中国科学界带来了渴求多年的荣耀与自豪,更为中国后继的科学研究者点燃了强大自信,为实现科技复兴民族之梦注入了无穷动力,难道不是吗?

12月22日,习近平致信祝贺中国中医科学院成立60周年,表示60年来,中国中医科学院开拓进取、砥砺前行,在科学研究、医疗服务、人才培养、国际交流等方面取得了丰硕成果。以屠呦呦研究员为代表的一代代中医人才,辛勤耕耘,屡建功勋,为发展中医药事业、造福人类健康作出了重要贡献。习近平强调,中医药学是中国古代科学的瑰宝,也是打开中华文明宝库的钥匙。当前，中医药振兴发展迎来天时、地利、人和的大好时机，希望广大中医药工作者增强民族自信，勇攀医学高峰，深入发掘中医药宝库中的精华，充分发挥中医药的独特优势，推进中医药现代化，推动中医药走向世界。切实把中医药这一祖先留给我们的宝贵财富继承好、发展好、利用好，在建设健康中国、实现中国梦的伟大征程中谱写新的篇章。

在北京，中科院院士陈凯先接受了笔者的采访。他说，屠呦呦的成就可以讲，是中国整体的社会科学繁荣发展的缩影，也让我们再次认识到中医药的作用和潜力。其实早在20世纪50年代，毛泽东就提出中医药是"伟大的宝库"，同时他又提出"中医药要出国"，为人类作贡献。这也证明了毛泽东的先见之明。

屠呦呦站在中医及中医古籍著作上而成功，就像一面镜子，让多少对中医妄自菲薄以及浅薄认知的人无地自容，也让当代国人好好地上了一堂传承老祖宗智慧的一课，这其实比获得诺贝尔奖还重要。

习近平主席日前对于中医药传承创新的一段讲话，精彩纷呈，颇令人深省。他说"我们以古人之规矩，开自己之生面"，体现出国家对中医药的发展给予重大的重视和发展导向。

在采访的途上，笔者一直在回忆，曾几何时，那段腥风血雨的日子里，有人一叶障目不见森林，割裂五千年历史，抛弃中医药文明，曾让人惊骇不已。实际证明，我国中医药文明史已经创造了N个世界第一。倘若放在今天，这些成就都应该获得诺贝尔奖。君不见名医华佗是世界第一个从植物中提取麻醉剂用以开刀手术的；君不见葛洪的《肘后备急方》，除了提到青蒿素，同时他还记录把疯狗的脑组织取出来，涂在狗咬伤的地方，可以治愈狂犬病，殊不知这是1200年后巴斯德才发现的秘密；君不见我国古代医圣孙思邈，用葱来做导尿管也早了西方数百年；君不见中国人是最早提出口鼻是传染病之源，等等。屠呦呦的获奖，昭示着古老的中医药文明之花，孕育着很多很多诺奖的因子，它像报春的红梅，也昭示着后人——屠呦呦获奖了，我坚信还会有第二个、第三个屠呦呦跟上来。就像屠呦呦是站在古人的肩膀上去摘取诺奖王冠一样，后人还会站在屠呦呦的肩膀上，去摘取更多的王冠，为人类，亦为这个地球村作出更大的贡献，难道这还是一场永远的梦想吗？

当今世界还有很多顽疾需要去战胜，五千年的中华医药宝库为我们提供了开门的密码，抑或钥匙。马克思说："在科学上没有平坦的大道可走，只有不畏劳苦沿着陡峭山路攀登的人，才有希望达到光辉的顶点。"屠呦呦也寄语中国的年轻学者们为人类造福。她说："我希望这次获得诺贝尔奖，能够产生一种新的激励机制，让年轻人更努力，做到有所发现，有所创新。传统中医药是个伟大的宝库，我们应该继承发扬，努力提高，为人类造福。"亲爱的青年学子们，请记住他们的话，身体力行，忧天下之忧，乐天下之乐，去破解更多的不为人知的密码，再添一页人类的文明！我坚信，明天瑰丽的彩虹，就是你！

# 薇甘菊 |李青松|
## ——外来物种入侵中国

原载《北京文学》（精彩阅读）2015年第2期

> 看起来样子很迷人，
> 姿态摇曳，婀娜曼妙。
> 种子缤纷，
> 像长了翅膀的童话四处飞。
> 不要被美遮蔽了双眼，
> 其实它的本性特别贪婪：
> 残忍、蛮霸、无情。
> 随地匍匐，
> 逢草覆盖，
> 遇树攀援。
> 它蔓延到哪里，
> 就把灾难播种到哪里。
> ——题记

## 一、薇甘菊爱情

叶影斑驳中，薇甘菊暗怀心事。

春天，广东东莞一座橘黄色的小楼。头戴长舌帽的吉他手小白在自家阳台上种了几盆薇甘菊。薇甘菊的种子在充足的阳光下，很快就拱出芽芽，接着长出茎茎，接着又很快伸枝爬蔓。夏日里，水灵灵的叶子，垂悬于两层楼之间，形成了一个绿色的帷幔，若隐若现，如梦如幻。傍晚，常有吉他的旋律飘出。薇甘菊在音乐的滋养中，也给楼下的人家遮起一片绿荫。

由于担心楼下人家讨厌薇甘菊，吉他手小白几度打算把薇甘菊茎蔓拢起，并抑制它生长，但总是因为陶醉于自己的演奏，每每忘了办这件事。

有道是：无心栽花花自开，无心种草草自茂。

次年10月，正是薇甘菊花朵盛开的季节。当吉他手小白在自家阳台上欣赏一簇一簇白花时，忽然发现楼下有几株爬山虎即将攀上他的阳台。他手扶阳台栏杆向下看时，一个身穿荷叶裙的女孩儿微笑着向他招了招手。那女孩儿长得颇像小山口百惠，一对小虎牙很顽皮。

原来，这个像小山口百惠的女孩儿是他的歌迷，每天他在楼上弹吉他时，她就在楼下静静地聆听，静静地欣赏。虽然，人坐在小板凳上，一只手托着下巴，一只手放在一本翻看的书上，可是，心，却已经飞到楼上来。小山口百惠患有抑郁症，是楼上的音乐打开了她心灵的那扇窗，让她感受到了生活的意义。

有音乐相伴的生活真好。

——那是多么美妙的时光啊！在傍晚时分，在心窗敞开的时刻。

为了感谢他种的薇甘菊挡住了夏天的烈日，也为了感谢他弹奏的吉他给自己的女儿带来了快乐，走出了阴影，小山口百惠的爸爸就种了爬山虎作为回馈。

这天傍晚，那个长着茂密薇甘菊的阳台，又传出那首人们熟悉的旋律，并伴着轻轻的哼唱——

  只因为在人群中多看了你一眼
  再也没有忘掉你的容颜
  梦想着偶尔能有一天再相见
  从此我开始孤单思念
  想你时你在天边

想你时你在眼前

　　想你时你在脑海

　　想你时你在心田

　　宁愿相信我们前世有约

　　今生的爱情故事不会再改变

楼下，小山口百惠听得早已泪流满面。

　　几个月之后，爸爸意外发现，戴长舌帽的吉他手小白与女儿小山口百惠手拉着手，步履亲昵，在公园里散步。爸爸望着那一对背影，长长舒了一口气。

　　突然有一天，两个身穿执法服装的森防检疫员叩开了小白的家门。他们告诉小白，他家阳台上的植物薇甘菊是外来有害生物。根据法律规定，必须连根拔除，根茎叶要全部焚毁。请小白配合一下。

　　可是，它……它，能不能不拔？小白央求说。

　　不行，薇甘菊会四处蔓延，危害别的生物。检疫员态度坚决，不容商量。

　　次日，从橘黄色的小楼下经过的人，再抬头打量小白家的阳台时发现，那个以往充满绿色生机的地方，已是空空荡荡。

## 二、即草即藤

　　薇甘菊，非竹非木，即草即藤。

　　薇甘菊，远看像是北京墙体上噌噌乱窜的长脚的爬山虎，茎细长，或匍匐，或卧行，或攀援。近看像是四合院里的牵牛喇叭花，茎多分枝，披短绒毛，幼茎绿色，老茎淡褐色，具多条肋纹。叶呢，也很有意思，通常都是一对一对的，像是古代奇怪的兵器——戟，先端（底部）渐尖，边缘数个浅波锯齿，两面无毛。茎上部的叶渐小，把位置和能量留给花了。花为白花，头状花序多数，一序含小花四朵，一花苞片四枚，狭长椭圆形，顶端渐尖，部分急尖。顶部的头状花序花先开，依次向下渐开，特别有序，不躁，不乱。花有香气，是那种难以言说的清香，淡淡，不稠，不寡，蜜蜂喜欢光顾。薇甘菊的花蜜味道是不是很特别呢？嘘——！这事还真是不能说。

有人作过定点观测，一平方米面积内，薇甘菊计有头状花序 2 万～5 万余个，含小花 8 万～20 余万朵，花朵生物量占地上生物量的四成多。薇甘菊瘦果细小椭圆形，亮黑色，底部一圈冠毛。

有趣，乖巧。——怎么能说它是杀手呢？

薇甘菊从花蕾到盛花约五天，开花后再过五天完成授粉，又过五天种子成熟，然后种子散布，开始新一轮传播。五五五，三五一十五，一轮接一轮，似乎它的使命就是传播。薇甘菊的种子细小而轻盈，且先端（底部）有冠毛，其实，这就是薇甘菊种子的翅膀，借风力飞翔，也可借水流、动物、昆虫以及人类的活动而远距离传播。

薇甘菊是外来物种。有资料记载，1919 年，当五四运动在北京爆发的时候，薇甘菊也悄悄在香港生根了。薇甘菊是在"自由、民主、科学"的口号声浪中来到中国的吗？封闭已久的中国，一旦打开窗子，呼的一下，清新的空气涌进来了，随之苍蝇蚊子飞进来了，薇甘菊也跟着进来了。是怎么来到中国的呢？乘船来的吗？乘飞机来的吗？还是鸟的翅膀上抖落下来的？真是不得而知。

目前，在我国薇甘菊主要分布于北纬 24 度以南的热带地区，如广东、广西、云南、海南、台湾的部分地区。每年发生面积约在 58 万亩，在广东珠江三角洲地区、云南德宏州边境地区最为严重。1984 年，深圳发现薇甘菊，后传播至整个珠江三角洲。广东全省薇甘菊分布面积 51 万亩，深圳、惠州、东莞、珠海均未能幸免。薇甘菊通过攀援缠绕并覆盖附主植物，排除毒素抑制自然植被和作物的生长，阻碍光合作用继而导致附主死亡。薇甘菊对森林生态系统构成了严重威胁。

从现有资料看，除原产地中南美洲各国，薇甘菊已经大踏步侵入印度、孟加拉国、斯里兰卡、泰国、缅甸、菲律宾、马来西亚、印度尼西亚、巴布亚新几内亚、美国南部等国家和地区。

一般情况下，在地球上南纬 24 度与北纬 24 度之间的区域，薇甘菊都可以尽情生长。国际组织把它列为全球 100 种有害生物之一。也就是说，它是上了国际组织的黑名单的。中国国家林业局发布的"全国林业检疫性有害生物名单"中，涉及的 14 个有害生物检疫对象中，有害植物仅有一个，就是薇甘菊。这些年，薇甘菊在中国简直是作恶多端，臭名昭著。人们送给它的，几乎没有什么好词——

　　欲望横生

　　邪念勃发

　　肆无忌惮

　　荒淫无度

　　令人不可思议的是，薇甘菊既可有性繁殖，也可无性繁殖。什么意思呢？打个比方，公狗和母狗交配，母狗才能生出小狗——这叫有性繁殖。可突然有一天，母狗没跟公狗交配，也生出一只小狗，甚至公狗也生出一只小狗，这大概就是无性繁殖吧？孙悟空不就是有这样的本事吗？从自己头上拔一撮猴毛，噗地吹一口气，亮光一闪，接着一股青烟处，猴毛就纷纷变成了小孙悟空。那些小孙悟空个个身手不凡，手持金箍棒，呼呼呼，棒子舞得生风。

　　薇甘菊就是这么厉害，它不用种子也能繁殖，它茎上的节点，也叫胳肢窝（茎腋）的地方，自身就可以生根，不可阻挡。

　　薇甘菊幼苗初期，嫩芽若隐若现，头一个月最容易被忽略，因为这时它给人的感觉呆兮兮的，没什么想法，没什么企图。错了，这正是它储存营养，蓄势待发的阶段。一个月后，它的疯狂本性渐渐暴露出来——它的一个节一天就能生长20厘米。在内伶仃岛，薇甘菊的一个节在一年中所分枝出来的所有节的生长总长度可达1007米。故而，西方学者把薇甘菊又翻译成"一分钟生长一英里的草"。说英里不习惯，那就换算一下吧——换算成公里，公里再换算成米。具体长多长，就清楚了。

　　薇甘菊，属菊科假泽兰属，又名小花假泽兰，有"植物杀手"之称，原产中美洲和南美洲，引入印度尼西亚时，是作为废弃垃圾场的绿色覆盖植物种植的。但是薇甘菊在印度尼西亚的表现，却是始料未及的——它随后逸为野生，四处作恶，八方造孽。

　　起初，印度尼西亚人在巴西观光时发现，薇甘菊绿化废弃垃圾场效果挺好。垃圾场属于不太雅观的地方，破鞋、破衣服、烂袜子、破塑料布、瘪肚子的矿泉水瓶、鱼骨头、粪便……应有尽有，味道也不怎么样。人工清理，费时费力，花钱也不少。薇甘菊一覆盖，不雅观的东西就都遮挡了，有道是：一绿遮百丑啊！

于是，印度尼西亚就乐呵呵地从巴西引进了薇甘菊。

当薇甘菊的狰狞面目暴露出来之后，印度尼西亚人就再也笑不出来了。

薇甘菊是怎么进入中国的呢？有人开玩笑说，是从印度尼西亚飞来的。这话还真是有一定道理。印度尼西亚离中国不远，一场风就有可能刮来了，何况薇甘菊有翅膀呢。

除了飞，薇甘菊同人一样，也是可以偷渡、外逃和潜行的。比如，它把自己的种子挂到轮船的货物上，或者包装箱上，轮船到哪里它就到哪里了。货物或包装箱在哪里上岸，它就在哪里上岸了。只要有了阳光、土壤和湿度，生根、开花和蔓延就不是问题了。

### 三、田野调查手记

因工作关系，我于 2014 年 10 月间在广东、海南行走时，看到或了解到薇甘菊危害的一些现场，着实令人吃惊。

广州市白云区虎门炮台周边，薇甘菊汹汹袭来。

当年，林则徐一定没见过这东西，若是见过并知道这东西的危害性的话，依他的性格，会断然拔除，并与鸦片一起，投入销烟池中，一股脑儿烧掉的。

广州从化区"北回归线标志塔"周边多处发现薇甘菊。向北，向北，再向北。突破北回归线，薇甘菊不费吹灰之力。

广东江门新会区著名的"小鸟天堂"已有薇甘菊入侵，面积 95 亩。薇甘菊继续向大榕树逼近，像是怀着什么阴谋和企图，无人知晓。巴金先生的梦中也会有疯狂的薇甘菊闹腾吗？

广东惠东县白花镇长沥村。沟谷间的香蕉园几乎被薇甘菊全部毁灭。蕉叶如同肮脏的破布，或耷拉着，或横卧地上。香蕉园的主要空间都被薇甘菊占领了。路边的桉树林也遭受薇甘菊缠绕，所幸桉树高大，一时半会儿还不会被缠死。我相当费力地把一棵树体上紧紧缠绕的薇甘菊撕扯下来，才发现薇甘菊已经把树干勒进去很深的凹槽了，如同木匠的凿子凿过一般。

村头，一户人家的房舍已经被薇甘菊厚厚地覆盖了，拨开薇甘菊，才能找到门框和窗框。灶台和灶口隐约可见,鸡舍和牛棚也爬满了薇甘菊。据一位村民说,那户人家的房主叫黄法通,于去年被迫搬走,另盖房子住了。一只黄狗汪汪叫着,从薇甘菊的叶子后面探出头来。

广东惠东县城附近,多处果园薇甘菊疯长。荔枝、龙眼、柑橘被薇甘菊缠绕覆盖。一废弃的汽车上全是薇甘菊,已经不见车体轮廓。一木材加工厂的角落,薇甘菊攀墙而入,进入院落后,呈扇面摊开四处蔓延。

西枝江公园。薇甘菊从江边上岸,越过铁栅栏,夹杂于绿篱丛中花卉丛中,蓄势待发。我和广东省森防站长谢伟忠等人用力去拔,结果越拔越多。糟糕的是,薇甘菊的根,根本拔不出来,拔的都是"半截子"的茎。不拔不知道,一拔才知晓,除治薇甘菊是多么难的一件事情。因为要想找到它的根,确实需要付出一定代价。

广东博罗县罗阳镇梅花村。村民李太光承包的30亩龙眼树被薇甘菊覆盖。起初,李太光用药治了一次,薇甘菊都蔫了。李太光以为薇甘菊都死了,挺高兴。哪知,转年更厉害了。还想接着除治,一算成本,买药钱,加上人工防治费,得赔本。何况,即使收了龙眼也卖不上好价钱,便索性放弃不管了。

薇甘菊欢喜无比,疯长。

离李太光承包的果园不远,翻过一座小山,是一片香蕉园。我们站在山顶向下一望,惨不忍睹,香蕉全部被薇甘菊覆盖。肃杀之气,令人有些恐怖。

广东博罗县龙华镇旭日村,乌榄树古树群附近。薇甘菊疯长,芭茅和野草上薇甘菊蔓延,并向村中一座废弃的古建筑群落挺进。虽然村民已经除治过一次,但薇甘菊卷土重来,气势汹汹。旭日村先辈陈瑞是一位富豪,别名"陈百万",于乾隆二十九年建造了矩形格局的豪宅,如今人去宅空,杂草丛生,正好给薇甘菊留下可乘之机。

在门口偶遇一位老者,自称是"陈百万"的后人。问其年龄,他哇呀哇呀说了半天,我们不知所云。他见我们懵懂的表情,就哇啦一句"卢沟桥啦!"我们一下听明白了——77岁啊!

我们把从乌榄树上撕扯下来的薇甘菊放在他的眼前,问他认识这东西吗?他摇摇头,摆摆手。

深圳大鹏新区坝光水库附近。一台湾人租赁的果园哀歌遍野。园中的荔枝、龙眼全部被薇甘菊绞杀覆盖。那果园原本是一座庄园，有餐饮，有泳池，有娱乐设施，一度宾客云集，觥筹交错，歌舞升平。想不到的是，薇甘菊的入侵，把那位台湾人的田园梦彻底搅没了。他一气之下，再也没有露面。平时只有一个看门人和一只狗在那里。

深圳蓝田港。周边山体林间爬满薇甘菊。

高速路全坑加油站。周边树林、山坡、沟渠爬满薇甘菊。一来自河南驻马店打工者正在给罗汉松浇水，我们手指树上的薇甘菊，问他认识吗？他说不知道那东西是什么。他说，你们要是买罗汉松，他可以叫他的老板过来谈价钱。他放下喷着水的水管子，拿出手机说。我们说，不买不买，你要把那东西拔一拔，那是薇甘菊，有害的植物。

他看看树上的薇甘菊，神情茫然。

深圳莲花山森林公园，邓小平大步奔走的雕像附近，数棵桉树上爬满薇甘菊。这里被除治多次，薇甘菊残余仍顽强地占据这里，争夺林中空间。

海南文昌县东路镇皇冠木材场。场内堆放的是巨木——坤甸木。巨木之上爬满薇甘菊。木头缝隙间，树皮碎屑里也长出薇甘菊。还有一些野性发作，乌乌泱泱地爬上栅栏，奔隔壁大院去了。隔壁是镇政府。看来，薇甘菊是要跟镇政府叫板了。

据说，这些坤甸木是从马来西亚进口的。在东南亚，坤甸木的分布很普遍，马来西亚、印度尼西亚、越南、老挝、泰国、缅甸都生长坤甸木。

文昌人盖房子做船都喜欢用这种木头。坤甸木耐腐蚀，不怕水泡，风吹雨淋也不开裂，不变形。

当地人告诉我，在海南凡是堆放坤甸木的地方，必有薇甘菊生长蔓延。此语引起我的警觉：坤甸木是不是携带薇甘菊的种子？口岸检疫了吗？

海南文昌县湖美村。这里是著名的文昌鸡故乡，家家都有许多鸡笼，每个鸡笼里都蹲着许多正在育肥的黄色羽毛的鸡（出栏前一个月让鸡长膘）。进笼育肥之前，鸡是散放的。湖美村多榕树椰子树棕榈树，龙眼树和柑橘树也不少。鸡在树下觅昆虫，食榕籽，追逐嬉戏。文昌鸡的个体都不大，翅短脚矮，身圆股平。文昌鸡的传统吃法，是把鸡做成白斩鸡，也叫白切鸡，蘸蒜蓉佐食，味道鲜美嫩滑。这道菜在广东珠三角、香港及东南亚一带备受推崇，名气颇盛。糟糕的是，文昌鸡的原产地之一，湖美村正在遭受薇甘菊的侵害，村中薇甘菊到处疯长。椰子树、棕榈树、龙眼、柑橘等树木上爬满了薇甘菊。甚至，珍贵的花梨木上也有薇甘菊缠绕了。在一农户门前，我们看到那些花梨木都是用钢筋栅栏围着的。也就是说，贼人要想偷走花梨木，必须先据掉钢筋栅栏。可是，花梨木的主人想不到的是，另一个贼——薇甘菊已经攀越钢筋栅栏，把一棵花梨木死死缠住了。

也许，用不了多长时间，那棵花梨木就会慢慢窒息而死。当我们把薇甘菊危害性告诉花梨木的主人时，他的目光有些疑惑。心想，你们是不是打这棵花梨木主意呢？

海南临高县多文镇头龙村。全村几乎所有甘蔗地都被薇甘菊占领了。甘蔗遭到毁灭性打击，薇甘菊在甘蔗地里疯长。一打问，甘蔗地都是撂荒地，农民种甘蔗赚不到钱，就干脆不管不问了，任由薇甘菊糟蹋。当地有一家糖厂，过去都是收购当地农民的甘蔗榨糖，甘蔗的价格也还不错。但这几年糖价下跌，甘蔗的价也跟着下跌了。糖厂资金链条出现问题，负债累累，拿不出现金收购甘蔗了，就只好给农民打白条，已经打了三年白条。蔗农家家都有一把白条，农民开始怀疑糖厂的信誉，失去了耐性，干脆就不种甘蔗了，已经种了的也不再管理不再收割了，把水牛和山羊赶进去放牧了。

薇甘菊疯长，老牛和山羊进去吃甘蔗都很难找到空地儿，下嘴都挺费劲的呢。

我们站在地头观察，看牛是不是吃薇甘菊，观察了半天，也未见老牛吃一口，吃的都是甘蔗。

甘蔗地里的牛是水牛，巨大的犄角盘在头顶，尖尖上挑着一绺薇甘菊。贪吃的水牛咯吱咯吱嚼着甘蔗，对于我们的到来并不理会。

那头水牛膘肥体壮，毛色亮闪闪。

在广东、海南等地行走时，一个现象引起我的注意——精耕细作的土地上薇甘菊难以立足，生态系统稳定的森林中也没有薇甘菊的生存空间。这倒令我思考一个问题，即：人不用心思的地方，或者说，懒得用心思的地方，正是薇甘菊疯狂的地方。——这是什么原因呢？

### 四、植物杀手

薇甘菊的故乡在巴西的乡村。事实上，也不光是巴西，阿根廷、哥伦比亚……整个中美洲和南美洲都是它的故乡。马拉多纳家的庭院里种薇甘菊了吗？没见媒体报道过，即便种植了，也会被那些二五眼的记者忽略了。他们只盯着马拉多纳脚下那个球了，只盯着马拉多纳是不是吸毒了。

薇甘菊出身很苦，家庭也没有什么背景，生长环境也很糟糕。它本来乖巧，温顺，常常羞涩脸红。但是，成为杀手之后，却心毒手狠，出手无声。

世界上本无天生的英雄，也就本无天生的杀手。做杀手首先要杀掉自己内心的胆怯，要把自己的生死置之度外。一切考虑好之后，用什么杀，杀人的工具藏在哪儿是个问题。荆轲是杀手，武器藏在图里，图穷匕见。杀手也不一定都是侠肝义胆之士，汪精卫是杀手，自己也被杀手追杀，险些丧命。汪精卫后来做了汉奸，源于内心的恐惧和惜命。他后来是被国人的唾沫淹死的。他其实是个软骨头。

炸药、手枪、匕首、石头、木棍，甚至赤手空拳……都有可能是杀手的武器。杀手要动作麻利，要快，要冷不防就出手。美国西部大片的杀手都是快枪手，枪出套，人倒地。手指插在扳机里，唰唰唰——！把枪耍几圈，然后插进枪套，再说事儿。——这都是有套路的。

一个好的杀手，不是怎么杀，而是等待时机什么时间杀。杀手的最高境界是静，是静中之动。静的过程就是寻找时机的过程，一个时辰，两个时辰，三个时辰，这些时间的静，就是大动。出手之前，杀手的内心波澜壮阔。

当杀手都是有原因的。或者为了复仇，或者为了政治信仰，或者为了谋生，就是干这个的，靠杀人吃饭。海明威有篇小说叫《杀手》，那两个杀手就是职业杀手。那天，两个杀手走进餐馆点菜，眼睛却望着窗外。

薇甘菊成为杀手也是有原因的。离开故乡后，它忽然发现，自己周围的敌人不见了，也就是要杀它的杀手不见了，没影了。呃，原来它们也忙着呢，没有跟过来。——失去了制约的感觉真好。不知不觉间，它就开始恣意妄为了，开始做坏事了。

绝对的权力产生绝对的腐败，绝对的自由产生绝对的杀手。

一簇一簇的薇甘菊就把别的植物地盘全部占领了。那些植物在薇甘菊毒汁的作用下，叶子就变黄了，就变褐了，就变黑了，就死了。加上一两场秋雨，就全烂了。

物竞天择，适者生存。什么是适者？适者就是禁得起被杀，又懂得去杀的生物。

恐龙没有天敌，结果绝种了。原产毛里求斯的渡渡鸟，因为生活在没有天敌的小岛上，长得又大又胖，飞不起来了，翅膀失去意义。欧洲人登岛后，它们一一被杀，架在火上烤，嗞嗞冒油，全进了欧洲人的肚子。这会儿，谁还见到过渡渡鸟？

多少土著民族，原来在自己地域上生活得好好的，外面的人跟他们一接触，他们就大量死亡。什么原因呢？外来的疾病、细菌把他们害了。

生物的进化需要竞争，而竞争就必然产生杀手。

**五、有翅膀的种子**

薇甘菊种子丰沛、饱满，每一粒都是传奇。

有专家通过数学公式计算，一粒薇甘菊种子，5年繁殖的薇甘菊数量可以达到若干若干兆株，甚至还多。我数学不行，对若干若干兆没有概念，一片模糊。他略停了停说，这么讲吧——若干若干兆株薇甘菊不仅足以播种整个地球表面，甚至可以覆盖太阳系所有行星，哪怕每株薇甘菊仅占一平方尺空间，其他任何植物也无立锥之地。何况，薇甘菊还可以无性繁殖，通过根茎传播。

——好家伙！

看，种子在我们的视野中凭借风力直上青云。

成熟的季节一到，薇甘菊的种子如同青春期的少女一般，就开始躁动不安了。如果成簇成片地飘然坠地，委实可惜，它们的目标是远方。远方在哪里？远方在前面，远方在不可知的地方。风骤起，种子展开翅膀，哗哗向着远方飞翔。

张开翅膀，随风飘逸是薇甘菊种子的特性。

不要说狂风，即便轻风微拂也足以让薇甘菊种子御风远航。

科学家能够准确计算出宇航船如何进入轨道的数据，无论航程多远，总能计算出它的运行轨迹。然而，谁能计算出薇甘菊种子的航程，计算出它最终的落脚点呢？没有。从前没有，将来也不会有——因为种子传播的过程从来就充满着不确定性。

小时候，农村的孩子们都玩过这样的游戏——用蒲公英的种子，来预测爸爸妈妈是否还要他们。轻轻吹一口，如果一口气把种子全部吹走了，就表明爸爸妈妈不会再要自己了；如果还有一些没吹走，就表明爸爸妈妈还要自己。

蹲在荒草连天的原野上，双手托着下巴，傻傻地看蒲公英种子在空中飞翔的情景，饶有趣味。

"加拿大飞蓬从北美能够传入欧洲，在于风将种子吹越了大西洋。"——这话好像是林肯说的。作为政治家，林肯何时对种子感兴趣了，并且观察细致入微？这个我还真是无从考证，但我知道林肯所在的国家，有一个叫梭罗的人，继《瓦尔登湖》之后，又写出了一部伟大的作品，那部作品的名字叫《种子的信仰》。梭罗在这部作品中对种子有着详尽的描述："种子犹如轻盈的精灵，即便无风，那些种子若不在空中千兜百转，绝然不会翩然落地。遇上强风，更是尘埃般御风而行——就像印第安人所说的小蠓虫，须臾间不知所终。"

梭罗写道："哪怕遇到丝毫震动，有些种子亦会落地，有些却高挂在纤细的树梢，久久悠荡，不肯下来，似乎在等待春风的最后邀请。"他曾经突发奇想，如果冬春两季多风季节，在他的家乡康科德的任何地方的空中架起一张大网，每天该能捕捉到多少凌空飘舞的种子啊！

土著印第安人就是通过蓟草判断天气的。一旦蓟草大量云集海面上空，预示一场狂风即将来临。尽管天空没有一丝风，每当印第安人看到蓟草冠毛颤动，树林里叶片乱抖，就会即刻把马群牛群羊群赶往避风处躲避起来。

可谓观草知天象。

长着翅膀的薇甘菊种子，会带给我们什么样的启示呢？

忽然，我想到英国史学家贡布里希说过的一句话："20世纪的最大特征，就是世界人口繁殖增长的可怕速度。这是个大灾难，是一场大祸。我们根本不知道对此如何是好。"

我尚不清楚薇甘菊种子究竟能跋涉多远，飞跃多高，但它飘过大西洋，飘过太平洋，迅速侵入亚洲和世界各地适生地区是完全有可能的。我相信，比蒲公英种子还轻盈的薇甘菊种子，飞越千山万岭实在不费吹灰之力。

事实上，它已经来了，说来就来了。

或许，你已经酣然入睡，而薇甘菊种子正在路上，奔波不歇。

## 六、内伶仃岛的噩梦

在中国，薇甘菊最早的落脚点是香港，继而传入深圳，继而传入东莞，继而传入广州。跳过深圳和东莞不说，广州的薇甘菊是怎样传入的呢？话说一队工人架设高压线，从东莞一路向广州挺进。架线师傅在高压线上行走如猿猴般敏捷。或空中，或地面；或涉水，或穿越森林；或横跨农田，或跨过果园。当他们来到广州东郊时，一位工人感觉裤管里的腿有些痒痒，便跺了一下脚，裤管上的几粒细小的种子便落在了地上。刚好那片地的土壤湿乎乎的，薇甘菊便迅速生根了。仅仅跺了一下脚，薇甘菊就这样从东莞传到了广州。

有人开玩笑说，广州的麻烦是一脚跺出来的。

然而，广州的麻烦同内伶仃岛的麻烦相比，那是小巫见大巫了。

薇甘菊在内伶仃岛编织了一个巨大的"天罗地网"。岛上的动物和植物，就是那张网要捕获的"鱼"。

那张网网住了白桂木，网住了刺葵，网住了常绿阔叶林，网住了灌丛，网住了草地。

疏林树木，林缘木被薇甘菊缠绕，枝枯、茎枯，生态系统呈现逆行演替趋势，一片凄惨的景象。鸟群鲜有光顾了，猕猴惶惶逃之了。

内伶仃岛原名零丁山或伶仃山，位于珠江口伶仃洋东侧，地处深圳、珠海、香港、澳门四座城市中间。它因文天祥《过伶仃洋》"伶仃洋里叹伶仃"而闻名遐迩。

正如它的名字一样，内伶仃岛是一座孤悬海外的岛。从空中看，内伶仃岛形状既像龟，又像鱼。屿东距香港9公里，西距珠海30公里，北距深圳蛇口17公里，面积554公顷，涨潮时480公顷，面积比钓鱼岛大了116公顷。有人说它是蛇岛，有人说它是猴岛。

在"深挖洞，广积粮、不称霸"的年代，内伶仃岛是海防前哨，岛上是有驻军的。如今，岛上的防空洞、掩体、碉堡等废弃建筑已经被薇甘菊全部覆盖。松树本来是岛上的主要植物，但由于前些年松材线虫病的入侵，松树被迫全部砍光了。留下来的都是以常绿阔叶林为主的天然次生林，比如榕树、木麻黄、朴树、相思树、菠萝蜜等，还有灌木，能叫上名字的有玉叶金花、九里香、首冠藤、酸藤果、拔契、蛇葡萄等。然而，薇甘菊上岛之后，这些常绿的阔叶乔木和灌木几乎遭受了灭顶之灾。薇甘菊是一种灾难性的植物，它们缠绕着那些树木的躯干，并释放出毒汁，使树木吸收不到阳光或中毒窒息而枯死。岛上野生动物赖以生存的香蕉、荔枝、龙眼和野生橘都被薇甘菊覆盖绞杀，使得猕猴、穿山甲、松鼠和野兔的生存一度成为问题。岛上的野生动物，不得不泅渡过海四处寻找食物，以致闯入居民家中厨房大吃大喝，干出惹是生非的勾当。

内伶仃岛上有猕猴16群1200余只，活动范围遍布岛上各个角落。岛上猕猴虽然很多，但掌控岛上生态链条顶端控制器的却不是猕猴，而是蟒蛇。岛上每年自然死亡40只老弱病残猕猴，新生猕猴60只左右，种群一直稳定。有人好奇，每年死亡那40只猕猴的尸体哪儿去了？被蟒蛇吞肚子里去了。正是有了这些蟒蛇，所以内伶仃岛上从来没有发生过瘟疫及其他传染病。自然界真是奇妙。人参上火，人参头降火；椰子肉上火，椰子水降火；莲子上火，莲子芯降火。上火还是降火，自身的平衡靠自己拿捏。生在热带的椰子，应该性热，它的水反而最寒；生在沙漠的仙人掌应该性燥，它的花反而清凉。——其实，自然法则就两个字。哪两个字呢？平衡。

物无美恶，过则为灾。过多，是灾；过少，也是灾。洪涝，是灾；干旱，也是灾。多与少，是度的问题，适度，就是平衡，过了度，就会失衡，就会演变成灾害。体壮为健，心怡为康。生命在于运动，但运动过量，也会损伤健康。

休要烦絮，还说内伶仃岛。在岛上，除了蟒蛇，岛上的眼镜蛇、竹叶青、金环蛇、银环蛇等剧毒蛇类的分布也十分广泛，可以说，霸道横行。蛇群的蛮霸对于岛上猕猴种群来说并非坏事。老弱病残的猕猴进了蛇腹，生存下来的都是强者。所以，岛上猕猴种群的兴旺，在很大程度上应当归功于蟒和蛇。

猕猴是内伶仃岛上的标志性动物，它的生态学特征是独特的，不可替代的。猕猴栖息活动能够清晰地反映内伶仃岛上生态系统的完整性。然而，这一切因为薇甘菊的侵入而被打破了。

薇甘菊的身上有一股晦暗的阴气。薇甘菊是可怕的，哪里出现薇甘菊，哪里就会有噩梦降临。薇甘菊在生态系统中发挥着什么样的作用呢？须臾不可或缺吗？不是。生态系统中不是必须有它。它制造的麻烦和灾难远远大于它的益处。

内伶仃岛上生态系统的演替发生了可怕的逆转。在这个世界上，当善还没有醒来的时候，恶是如此蛮横。

### 七、疯狂的原因

水是有源的，树是有根的，薇甘菊猖狂总是有原因的。

薇甘菊一旦侵入，就会给当地植被造成严重危害和巨大损失。薇甘菊主要危害农作物及天然次生林和人工林，对所有乔木灌木几乎都能造成危害，对低郁闭度的林分危害尤为严重。

不妨探寻一下薇甘菊猖獗的原因。国家森防总站专家常国彬多年从事薇甘菊防治研究，他把原因归纳为四条——

一曰生存能力强。薇甘菊好湿喜光，除了对土壤湿度有一定要求外，对土壤肥力、酸碱度等要求均不高，大量生长于洼地、水沟边、路旁、菜地和弃耕地，也常成片生长于海岸滩涂、红树林林缘滩地、公园、苗圃、果园、茶园、林缘及疏林地，适生环境广泛。薇甘菊的种子量大，节与节之间都能生根，叶腋也可长出新枝，生命力极强。二曰制约因子少。在原产地中南美洲，薇甘菊并不造成严重危害。薇甘菊与环境因子、生物因子之间建立了相互依存、相互制约的稳定关系。在南美洲，有多达160种昆虫和菌类作为天敌控制薇甘菊的生长量，使其难以形成危害。一旦侵入新的地区，薇甘菊没有了天敌，失去了有效控制它的因子，短期内，生态系统平衡又不能很快建立起来，这就给薇甘菊的疯狂提供了机会。三曰扩散途径多。薇甘菊有自然和人为扩散两种方式，且二者常相互关联而演变出多种途径。薇甘菊的自然扩散就是种子随风和水流等扩散，而人为扩散则是通过运输以及人为活动等携带扩散。薇甘菊从原产地南美洲到亚洲的远距离扩散，完全可能是人为因素造成的。当薇甘菊定居之后，所产生的大量种子就为其自然扩散提供了充分的种源。四曰管理强度低。在我国，成片薇甘菊常见于被破坏的林地边缘、荒弃的农田，疏于管理的果园、茶园、苗圃，水库、沟渠、河道两侧。这些地方管理缺失或强度不够，放之任之的情况普遍，久而久之，薇甘菊便逐步泛滥成灾。

四条，就这四条，干巴巴的四条。

虽然有些枯燥和生涩，但常国彬归纳得非常准确。说一千，道一万，最重要的原因还是失去了天敌的制约，于是，它就疯狂了，它就泛滥了。

在印度和印度尼西亚，薇甘菊给茶园造成的损失难以估量。在斯里兰卡和马来西亚，由于薇甘菊的覆盖，橡胶树种子萌芽降低27%，橡胶产量在早期减产29%。在萨摩亚，由于薇甘菊入侵，使得椰子林抛荒，成年面包树死亡。

光是在广东珠江三角洲一带，每年因薇甘菊泛滥所造成的生态损失在8亿元以上。给南方诸省造成的生态损失是多少呢？这个数字恐怕更是巨大了。

## 八、钱不是问题，问题是花了钱没解决问题

薇甘菊在深圳的情形如何？——让我们把目光投向深圳。

"薇甘菊的清理工作，就像割韭菜一样，刚割完又长出来了。"

在深圳大鹏新区一处薇甘菊疫点，当地森防人员告诉我："薇甘菊的种子一旦落户一个地方，只要这个地方人流稀少，就给它提供了生长空间，它就疯狂地扎根生长。就算铲除它的根茎，也难以将它完全清除。"当地森防人员不无苦笑地耸耸肩，作了个无可奈何的手势。

大鹏新区发动了一场剿杀薇甘菊歼灭战。2012年11月，大鹏新区在薇甘菊开花结果前，组织发动辖区居民在新区境内对薇甘菊进行人工清除。新区财政专门拿出一笔款子，干这件事情。

"收购薇甘菊，每斤5元"——大鹏新区对外发出告示后，居民积极响应。

大鹏新区有薇甘菊分布面积40000余亩，严重威胁到当地森林和生态安全。大鹏半岛位于深圳市最东边，与惠州相连，与香港隔海相望，面积占深圳的六分之一。大鹏半岛有着完整的生态系统，生物多样性也很丰富，森林覆盖率达到76%，是难得的一块绿色宝石。然而，不幸的是，这里的

生态系统正在因为薇甘菊的入侵而失去平衡。半岛四成的区域已经出现了薇甘菊的身影。

从观音山的后山山脚向山上望去，就可以看到正在开花的薇甘菊。在山脚下和山腰间像是刚刚下过一场恶雪，凶暴的白色覆盖了翠滴滴的绿色，喑哑无声，甚至连一只小鸟都未见光顾。真是令人心里恐慌呢。

眼下，正是薇甘菊开花的盛期，采摘一斤薇甘菊能卖5元钱，这可比种菜划算多了，省略了中间一切劳作过程，只采摘回来就能变成钞票。啊呀呀，那薇甘菊漫山遍野都是呢，采吧，摘吧，剪吧，割吧，薅吧，除吧……弄到篮子里就是钞票。以前，政府每年都派人来喷药，但都除不干净。现在，采摘薇甘菊可以卖钱了，居民清除薇甘菊的劲头极足，大人小孩齐出动，农田、菜地、山林、道路两旁、水库周围，四处去采摘薇甘菊，少的人家一次能采几百斤，多的人家能采上千斤。仅仅5天时间，各收购点收购到的薇甘菊就超过400多万斤。这就意味着大鹏新区财政要耗资2000多万元。大鹏新区叫苦不迭，老百姓却满心欢喜，采摘薇甘菊的积极性空前高涨。

居民不仅在大鹏新区境内采摘，还跑到邻近区县采摘薇甘菊。大鹏新区发现问题后，就在本区出境要道设关卡，拦截出境采摘人员，并明令各收购点非大鹏新区薇甘菊不得收购。

但是，薇甘菊并未贴着标签，哪个是大鹏新区的，哪个是非大鹏新区的根本无法识别。无奈，大鹏新区又贴出告示，进一步明确收购薇甘菊分为三个等级。一等级为连带完整根头部，藤长至一米，带叶，头尾捆扎，无杂草和杂物，每公斤10元；二等级是连带完整根头部，含藤、花、叶，藤长一米以上，并头尾捆扎，无杂草、杂物，每公斤5元；三等级为无断根，藤、花、叶基本完整，无杂草、杂物，每公斤2.5元。当地负责人说，居民送来的薇甘菊大部分只能达到三等的标准，鲜见一等和二等的薇甘菊。在短期利益驱使下，居民获利心切，光顾把地表面的叶子、爬藤甚至其他植物都抓挠来了，却把最应该铲除的根留在地下了。

钱不是万能的，没有钱万万不能。问题是，花了钱，也没有解决问题。这就让花钱的人心里有些堵得慌,有点那个了。哪个？唉，还是不要说破吧。

有人建议，收购政策应该调整，重点收购根茎及地面半米以下部分，价格可以提高到每公斤30元。他还建议，居民所交的根茎需附带拔除后位置的数码照片,并注明拔除薇甘菊地点位置及范围,所注明的位置范围由政府有关部门即时派人去核实后建档。这样一块地一块地地拔除,一个点一个点地根治,也许会收到一定的效果。

民间还真是有琢磨事儿的人,这建议很快被部分采纳了。

看来,薇甘菊除治的关键是要把每一个细节都处理好。否则,就会往返徒劳,白忙活一场。

薇甘菊带来的麻烦岂止是花钱呀。

深圳大鹏新区的薇甘菊防治主要采用人工持续清除、特定除草剂化学防治和生物防治等方法。深圳森防站郭强说,化学除治方法收效快,作用明显,但效果受到环境、天气、施药时间、施药方式等诸多因素影响,容易产生药害,而且还会对其他植物、土壤及环境造成一定负面影响。有些化学除草剂喷施时靶标性不强,薇甘菊被灭了,薇甘菊旁边别的植物也被灭了。有的过量施用还会造成土壤板结,苔藓或菌类的灭绝。所以,化学除治的施用范围应尽量避开敏感植物,比如叶榕、野苎麻、马缨丹等乔木和灌木,及其他菊科、十字花科、禾本科植物等。万万不能施用于农田、苗圃、花卉、菜地,也不能施用于高尔夫球场、湖泊、流溪和池塘。

郭强的话是有所指的。

去年,在除治薇甘菊时,因施用化学除草剂用药过量,一家防治公司吃了一场官司。那家防治公司承包了一片荔枝园的薇甘菊除治,结果刚刚打完药,就下了一场雨,雨水把树上的药都冲下去了。白忙活一场不说,附近菜农用水沟里的水浇菜,还导致那些青菜中毒、打蔫、枯黄、烂掉。有关方面一调查,不是药的问题,是操作时没有按照规程配比,浓度太高了,而恰恰又赶上一场雨捣乱,就摊上了这场官司。

法院判决结果:防治公司赔偿菜农 13 万元。

如果说人工除治和化学除治是治标的话,那么生物防控方法就是治本的了。生物防控方法主要是指对生物群落进行改造,引入能够遏制薇甘菊生长的生物,削弱它的疯狂势头,使其虽然存活但不构成灾害。此法适用于林地、缓坡地、丢弃地。

郭强说,薇甘菊人工除治的最佳时间是 10 月底 11 月初,因为这个时间是薇甘菊开花的季节,在这时容易发现哪里有薇甘菊,赶在种子成熟之前除治，可以有效控制薇甘菊的再传播。郭强说，人工除治的优点是安全、快速。缺点是必须投入大量的时间及人力，且需要连续清除，清除过程中容易折断根茎导致薇甘菊再次生根。清除应尽可能连根拔除，关键是清除根部，而且人工清除后应将薇甘菊的茎、根，集中起来统一烧掉，不让它有复生的可能。管住细节，不得随意堆放。防止意想不到的无端传播。

大鹏新区各个收购点的薇甘菊堆积如山，正准备集中烧掉呢。

然而，剿杀薇甘菊是一场持久的战争。有道是：野火烧不尽，春风吹又生。故事并未停歇，一切刚刚开始。

### 九、口岸消息

近年来，薇甘菊潜入境内的消息不时闪烁。

2011年10月5日，秦皇岛出入境检验局从一批进口巴西大豆中，截获了国家禁止入境的检疫危险性杂草种子薇甘菊。这是河北省口岸首次截获。从纬度来看，秦皇岛不可能生长薇甘菊，但秦皇岛入境的薇甘菊，就可能随着货物辗转到南方，在南方某地生根蔓延。

检疫无小事。东北有句俗话：针鼻儿大的窟窿，斗大的风。意思是说，小漏洞，可能导致大灾祸。对于检疫来说，该检疫的必须检疫，没有例外。

2012年4月19日，广西防城港检验检疫局从一批来自巴西的进口转基因大豆中，检出薇甘菊杂草籽。有关方面立即对这批大豆作了无害化处理。在哪里发现问题，就在哪里就地处置，不给薇甘菊喘息的机会。广西的陆川、北流、博白等3个县，已经发生薇甘菊疫情，涉及14个乡镇，71个村级疫点。

人往高处走，财往利处聚。广东沿海及珠江三角洲是中国最富庶的地方，薇甘菊图谋已久。汕头陆云口岸频繁截获薇甘菊杂草籽。光是龙湖口岸2012年就有6次。从什么货物中检验出来的呢？主要是装载晶片、电感器、钢线、绝缘漆、聚丙烯、化纤布等货物的集装箱里，还有入境货物的外包装、纸卡板、木托盘等辅助材料的缝隙中夹杂着薇甘菊杂草籽。2013年11月25日，汕头检验检疫局在国集码头对一批加拿大木板材实施检疫时，检出杂草籽。经鉴定，此杂草籽为薇甘菊。

据口岸检疫人员介绍，那些货物多数来自日本、马来西亚、菲律宾、中国香港和台湾等国家和地区。发运到汕头陆运口岸的货物大都在香港仓储堆积过。货商为节约成本，反复使用木托盘、纸卡板等辅助材料，并随集装箱运输往返于世界各地，携带薇甘菊草籽，交叉感染，远距离传播的可能性极大。

2013年，广东省入境口岸共截获薇甘菊32次，全部是种子。从大豆、木薯片、松木板、铁杉木板等粮食或木板中截获8次，从装有涤纶布、电容器、铜丝、液晶显示屏、三极管、激光头和集成块等产品的集装箱中截获24次。货物来源为巴西、加拿大、日本、菲律宾、印度、印度尼西亚、新西兰、越南、泰国、中国台湾、香港等国家和地区。有关部门对检出薇甘菊的大豆、木薯片进行了定点加工，并对下脚料进行了销毁。对检出薇甘菊的集装箱进行了清洁和无害化处理，对薇甘菊种子集中收集，销毁。

口岸是国与国的通道关卡，能够截获的薇甘菊也仅仅是九牛一毛。漫长的边境线上，薇甘菊要想偷渡、潜入，简直易如反掌。

就说云南德宏州吧。德宏州地处我国西南边陲，云南省西部，所辖的芒市、盈江、陇川、瑞丽、畹町均与缅甸接壤，国境线长达500多公里，占整个中缅边界线的四分之一。德宏现有瑞丽、畹町、盈江、章凤4个口岸。有9条公路通往缅甸，有28个渡口与缅甸对应，有64条乡间小路两方边民往来，有一条国际通信电缆和9条输电线路直通缅甸。德宏州沿边有24个乡镇600多个村寨与缅甸山水相连。有22个边民互市点，赶圩之日，摩肩接踵，边贸兴隆。

我与几位朋友在瑞丽口岸边墙根上行走时，看到所谓的墙其实就是象征性的稀疏的铁栅栏。边民双手一拉，就拉出一个空隙，人一弯腰就钻过去了。两边的猪、鸡、鸭、猫、狗……自由地出入，空中的鸟自由地飞翔。那边就是缅甸，某些地方的薇甘菊疯长，甚至翻过铁栅栏，向中国境内悄悄挺进。

何况，谁能说那些家畜家禽及其飞鸟的身上没有薇甘菊的籽粒，谁能说它们的粪便里就没有秘密啊！

所谓边境线，有些地方仅为一条小水沟，一道田埂，甚至有的地方压根儿就无明显的"线"——"一寨两国""一家两国"、一株薇甘菊占据两国地面的现象比比皆是。在缅甸，根本就没有有害生物和无害生物一说，对薇甘菊从不除治，甚至还常被大量用于军营、战壕、单兵掩体的覆盖物。故此，缅甸边民又把薇甘菊称为"山兵藤"。

2000年，薇甘菊从缅甸传入瑞丽。起初，当地人只是将长势郁郁葱葱开着白花的薇甘菊视为一种寻常杂草，便没把它当回事。后来发现，成片成片的甘蔗林、柠檬林、香蕉园、咖啡园被这种叫不上名字的似藤似草的植物覆盖成了山丘，造成三成至五成的减产，甚至绝收。农民着急了，扯下几根这种似藤似草的东西就去找专家鉴定。

经专家鉴定才知道，那种似藤似草的植物，就是"植物杀手"——薇甘菊。这时，薇甘菊已在瑞丽蔓延10万亩了。专家们惊出一身冷汗。

具体是怎么传进来的呢？至今无人能说清楚，也不可能说清楚。

离中缅边境不远处，一位头戴斗笠蹲在地上吸水烟的老人回忆，上世纪80年代，对面邻国缅甸种植了大量薇甘菊，用来掩护兵营和军事工事，遮盖防空洞和炮位。"那东西疯长，把哨所和哨所附近的菜田和果园都盖上了。站在这边的山上往那边看，清清楚楚。我当时就寻思，那东西会不会跑到我们这边来呀？"

那位老人的话，一语成谶。

薇甘菊没有国籍，也没有血液和肤色之分，极其轻巧且长有翅膀的薇甘菊种子飞入瑞丽是绝对可能的。这不，说来就来了，挡都挡不住。

瑞丽有了薇甘菊后就向整个德宏州蔓延，先攀援后覆盖，用绞杀和分泌毒汁的手段，造成成片成片树木死亡。薇甘菊来势凶猛，眼下正以德宏为据点迅速向保山、临沧等8个周边州市的30个县蔓延。

必须清醒地看到，薇甘菊给我国南方一些地区生态状况造成的重大改变，负面影响不但深远，且在一定程度上再也不可逆转。更重要的是，它们的侵害还在继续之中。肆意妄为，势如破竹。薇甘菊要建立自己的帝国吗？

这是一位老农的哀求："哦，老天，求求你们让那些该死的薇甘菊停下来吧！"

### 十、滇缅公路

著名的滇缅公路正在遭受薇甘菊的袭击。

事实上，早在二战时期，薇甘菊就潜伏这里了。滇缅公路与中印公路（又称"史迪威公路")相接,历史风云,跌宕起伏,战火硝烟在这里演绎了一个又一个传奇故事。滇缅公路东起中国昆明,西至缅甸蜡戌,全长1453公里。公路始建于1938年春,于当年12月初建成通车。是二次世界大战时期中国西南后方的一条历时最久,运量最大的国际通道。美国的援华物资主要是通过这条公路运过来的。

滇缅公路每天都遭受日军飞机的狂轰滥炸。

当然,日军飞机每天狂轰滥炸的岂止是滇缅公路,整个太平洋战场上的盟军军事设施,都是日军飞机狂轰滥炸的目标。为了隐蔽目标,迷惑日军空中飞机侦察,那时美军在马来西亚、印度等东南亚、南亚地区,曾大量用薇甘菊作伪装,遮掩军事设施。"一叶障目"——薇甘菊障眼法有没有效果,不得而知。但在战时,薇甘菊也算英勇无畏,始终与美军相伴相随。

滇缅公路中方一侧的终点——畹町小镇,当时是中美英三国盟军的大本营,也是战略物资的集散地,每天有成百上千辆军车从这里将物资运往内地,几十万中国远征军从这里出入国境。空中,飞机轰鸣,火光闪闪;地面,车轮滚滚,战马啸啸。时而炮声隆隆,时而枪声大作,到处弥漫着呛人的硝烟。咳咳咳——!而今天,畹町小镇附近不远的地方,薇甘菊毋庸置疑已在那里落脚,并且恣意丛生。有的玉米地、果园和甘蔗林已经被它们吞噬,正常的农事活动被它们搅乱了。这还不算,它们还觊觎着村庄,要把世代在此生活的乡亲们也赶走吗?

抗战期间,薇甘菊在哪儿呢?

薇甘菊就在这里——炮弹箱子里有薇甘菊,帐篷缝隙里有薇甘菊,车轮的轮纹里有薇甘菊,军靴靴底凹眼里有薇甘菊,马匹的鬃毛里有薇甘菊……或根,或茎,或叶,或花,或籽儿,各种各样的军事辎重,真是薇甘菊垫伏的好地方。运输的粮食、生活食品、器械、防化用品、医疗用品,等等,甚至连骡马饲料里也可能混有薇甘菊的种子。

不过,那时薇甘菊在滇缅公路沿线还不成气候。退一步说,即便成了气候,在炮火连天的战场上,也不会有人注意到它的存在。逃命还来不及呢。抗战胜利后,记录这段历史的电影电视及其文学作品中也鲜有对薇甘菊的描述。

需要提到的是,1950年,这里发生的一场大地震,又成为薇甘菊传播的助推器。因为大地震引发了河水泛滥，致使薇甘菊种子四处漂泊，随处传播。

岁月如梭，光阴荏苒。

一年前，云南植物研究所几位植物专家选择木康至畹町桥段进行勘察发现，缅甸公路贯穿德宏段竟是薇甘菊分布的核心区，呈井喷式蔓延态势，不禁大吃一惊。

那里紧靠北回归线附近，纬度低，属于南亚热带季风气候。四季不明显，春温高，夏季长，秋多雨，冬季短，雨热同季，干冷同期。从气候条件看，是典型的薇甘菊适生区域。沿公路从芒市至瑞丽，随纬度降低，薇甘菊分布面积和厚度逐渐增大，距中缅边境越近，薇甘菊分布点越密集。最小的点，面积 8 平方米；最大的点，面积 2000 平方米。据观察，田边、地角、稀疏林地、河流、溪水、水沟两侧、农户院落四旁等，也就是人的活动较为频繁，但又不是很喧嚣的角落，是薇甘菊危害最严重的地方。

2014 年 9 月初，我在瑞丽参加薇甘菊防治现场会时，也专门沿滇缅公路进行了一次探访，所见薇甘菊造成的危害，确实如专家所言，令人揪心。

在松山战役旧址，我看到薇甘菊正在疯狂地向四处蔓延。当地人阿黑说，这里的薇甘菊已经除治多次，但还是没有根除。阿黑说，薇甘菊的种子在松山蛰伏很多年头了，最近几年开始冒头，作恶，并四处乱窜。他说，据分析，松山上薇甘菊最初的种子，是日军松山秀治联队从缅甸那边调防时带过来的。

抗战时，松山的战略地位非常重要。它扼滇缅公路要冲，紧靠怒江惠通桥，是滇西进入怒江东岸的交通咽喉。左右皆山，前临深谷，背连大坡，居高临下可控制怒江打黑渡以北 40 里江面。1942 年中国远征军首次入缅作战失利，滇缅公路被切断。撤退到怒江东岸的远征军与日军隔岸对峙。日军在怒江西岸及滇缅公路旁的松山修筑了坚固的防御工事。1944 年 6 月 4 日，中国远征军向松山发起进攻，同年 9 月 7 日占领松山，并歼灭松山秀治联队，共歼敌 3000 余人。这是二战亚洲战场上的一次著名战役，被称为"玉碎战"。

据说，由于当时战死在掩体、碉堡里的日军太多，尸体无法处理，便就地掩埋了。奇怪的是，这里每隔若干年，就闹一次鼠疫。有人猜测，鼠疫可能与那些尸体有关。我在想，当年松山秀治修筑那些工事时是不是也撒了大量薇甘菊的种子？忽然意识到，薇甘菊怎么跟战争联系得这样紧密？它是喜欢闻火药味，还是喜欢闻血腥味？

明晃晃的公路路面上也出现了薇甘菊。它们是从桥梁下、地沟里或涵洞里冒出来的，气势汹汹地缠住了公路两边的电线杆、灯柱、垃圾箱、绿篱和灌木。尽管路面上的薇甘菊被呼啸而过的车辆碾成了绿泥，泥乎乎地在过往的车轮下喷溅乱飞，但它们还是前赴后继地窜上公路，就像成群的章鱼一样，缠绕并撕扯着猎物。它们疯狂的藤蔓甚至还从窗户、门缝爬进道班房里或路边居民的家中作乱。它们还会袭击哪些目标？那些餐馆、加油站、汽车修理铺、超市、工厂、学校……也会遭受劫难吗？

能匍匐，能卧行，行迹无常；能蹲坐，能跳跃，变化多端；能站立，能攀援，深谋远虑。是一条一条的绿毯子吗？草地覆盖了，灌层覆盖了，乔木覆盖了。20余米高的大树顶端，它也能自如攀上，自下而上全部覆盖。我惊叹不已。望着森林上空飘浮的云朵，我在想，如果给它时间，薇甘菊也可能爬上云彩，甚至把夜空的月亮拽下来呢。

它危害植物的高度由被侵害植物的高度决定。不是它敢不敢的问题，而是它想不想的问题。它是魔术，还是荒诞的"包裹"艺术？我突然想到那个叫克里斯托的"包裹"艺术家。克里斯托用匪夷所思的方式包裹山谷、海岸、大厦、桥梁和海岛，让公共建筑和自然界呈现熟悉而又陌生的浩然景观。上个世纪70年代，克里斯托完成了三个惊世的作品——《包裹海岸》《包裹峡谷》《奔跑的栅篱》，海岸被包裹了，峡谷被包裹了，栅栏被包裹了，所用材料都是帆布、尼龙布和不同色彩的织物。克里斯托可能忽略了薇甘菊，或者压根儿对薇甘菊就没有感念，不然用那么多布和织物干吗，撒一把薇甘菊的种子不就成了吗？1995年《包裹帝国大厦》横空出世那天，吸引了全球500万游客前来观看，大厦挤得水泄不通，盛况空前。然而，薇甘菊毕竟不是艺术，薇甘菊包裹的是绿色的生命，它带来的是无尽的灾难。

专家经过比较研究认为，薇甘菊侵害性远比紫茎泽兰、飞机草、鬼针草、五色梅等有害植物要严重得多。目前，云南省森防局正组织力量在滇缅公路受威胁区域建立阻击带和隔离区，全力剿杀薇甘菊。

## 十一、气味

薇甘菊有鼻子吗?不然,它怎么会闻到气味?越肮脏的地方它越喜欢去。它一定是先闻到气味,然后一下一下尺蠖般的就过去了。比如:垃圾场,它喜欢去;养鸡场,它喜欢去;养猪圈,它喜欢去;屠宰场,它喜欢去;乱坟岗,它喜欢去;沤粪池,它喜欢去;茅厕顶上,它喜欢去;破败的砖瓦窑,它喜欢去;坍塌了的蛛网纵横的老房子,它喜欢去。

总之,越是肮脏的地方,越是臭气熏天的地方,越是乱七八糟不堪入目的地方,薇甘菊越是喜欢去。

薇甘菊的心思难以揣度。它心里发酵的秘密泛着蛊惑的幽光,一旦它的能量积蓄到一定程度,就开始兴奋了,开始无法自控地传播、蔓延了。它相当自信,它知道自己完全有能力占领那些地盘。它的毒汁对所有植物构成伤害,它到达的地方,所有的道德和逻辑都被颠覆。

薇甘菊对这个世界抱有矛盾的态度,既有情人般的缠绕依恋,百媚千娇;又有女恶魔般的残酷无情,冷艳决绝。

薇甘菊有着怎样的阴谋?高处也要去的。它闻到了高处的什么气味?它盘踞、匍匐、卧行,或者缓缓抬起头来,觊觎那些大树的顶端,那些傲慢的制高点。终于,攀援而上,就像爬树的蛇,身子缠住树干,三下两下的事情。随之,它的毒汁的液面也在上升,像亡灵起舞,哀声滔滔。很快,勃勃生机的局面开始瘫痪,从低处到高处,一幅凋败绝望的景象。那些傲慢的头颅低下来,低下来,如同霜打的茄子,抽抽巴巴,凄凄然,蜷缩一团。高处有高处的风景,然而,那却是薇甘菊的风景了。

正如诗人艾略特所言:"世界即是如此的结束——不是砰的一声消失,而是悄悄耳语地淡去。"

残阳如血。秘如黄昏。

## 十二、外来有害生物黑名单

其实,外来生物无所不在。玉米是吧?红薯是吧?小菠菜是吧?西红柿是吧?狮子是吧?犀牛是吧?洋槐是吧?桉树是吧?……是,统统都是。但是,没有人说它们是有害生物,反而,我们从它们那里获得了益处。就说玉米和红薯吧，在今天中国人的餐桌上，它们是那样受到青睐。这些东西，或者是张骞出使西域的成果，或者是西方传教士来中国传教时带来的，或者是民间贸易的产物，或者是其他什么原因搞来的。

薇甘菊并不是入侵中国的唯一物种。福寿螺、食人鲳、水葫芦、美国白蛾等等，外来生物在中国作恶的事件屡屡见诸报端。北京的餐馆曾经有人食用了福寿螺，产生了疾病，致使餐馆老板被告上法庭。正常情况下，福寿螺有水才能繁殖，但福寿螺在干旱的季节可以在泥中度过6至8个月的时间，即便泥中、土壤中没有水，它照样可以存活，遇到洪水或灌溉又能活跃起来，因此它的生态适应能力非常强。

水葫芦又叫凤眼莲，它的原产地是巴西。最初引进来就两个目的，一曰当观赏植物，因为它紫色的花特别令人赏心悦目；二曰给猪当饲料，它的生物量大。想不到的是，水葫芦的密闭度强，长满了水葫芦的水体就甭想长别的了。这就带来一个问题，水葫芦就像给水面罩上了一个毯子，阳光照射不到水里，水面缺乏光照，水中缺氧，慢慢地，水葫芦疯长的水域，其他水生植物就全部灭绝了。滇池就遭受过这样的生态灾难。

广西柳江是珠江的重要支流。夏季，清澈凉爽的江水每天都会吸引众多市民游泳消暑。而令人想不到的是，柳江中突然有一天出现了鱼咬人、鱼咬狗的事件，引发了许多人的恐慌。这种咬人的鱼叫食人鲳，也叫食人鱼。

食人鲳是文雅的叫法，叫食人鱼更通俗，我们还是叫它食人鱼吧。食人鱼，原产南美洲。长着像剃刀一样锋利的锯形牙齿，喜群居，是天生的杀手。据说，食人鱼能轻易咬断钢造的鱼钩，至于人的手指就更不在话下了。它们猎食一切可以移动的生物，将它们顷刻间撕成碎片，继而分食干净。在南美洲，一群食人鱼可以在10分钟内将一头误入河里的活牛吃得仅剩下一具白骨。当地土著人用它们的牙齿来做工具和武器。亚马孙河、圭亚那河、巴拉圭河等河流是食人鱼经常出没的场所。

酷暑天，一个叫张凯博的柳州市民正在柳江边给小狗洗澡，突然遭到三条瞪着红眼睛的鱼的攻击。其中一条大个的，死死咬住张凯博的手掌不放，张凯博疼痛难忍，用力抓住它，并把它摔上岸。那条鱼气呼呼的，一蹦一蹦地在岸上挣扎，向人示威。张凯博定睛一看自己的手，哎呀，手掌被啃掉一块肉，已经血肉模糊了。

好家伙，食人鱼就是这么厉害。

类似的事件，柳州多有发生。在柳州，一度谈鱼色变。

柳州市政府悬赏剿杀食人鱼——在河段内捕获食人鱼的每条奖励 1000 元。一时间，捕鱼高手云集柳江，捕获多少食人鱼呢？或许是另有原因吧，媒体未见报道。

中国本没有食人鱼，中国出现的食人鱼主要是一些不法商贩以观赏鱼的名义通过走私引入国内，以牟取丰厚利润。我国内河流域普遍缺少对食人鱼的自然制约因素。而亚马孙河流域的气候与中国南方许多地方的气候相似，加之食人鱼对环境的要求比较粗放，而且繁殖速度快，一旦流入自然环境，并在某一流域达到一定规模时，它们就会大量地屠杀水中生物，包括在水中活动的人，造成不可估量的损失。同样，原产于亚马孙河流域的福寿螺引入我国后，迅速在一些江河流域泛滥成灾。20 世纪初被作为观赏花卉引入中国的水葫芦，如今也正在广大水域泛滥成灾。国家为此每年至少花 10 亿元巨资进行打捞和清理，但成效甚微。

福寿螺未见减少。水葫芦还在水中哧哧哧地笑。

不能不说到美国白蛾。美国白蛾是对中国广大地区危害较大的一个外来物种。目前受它危害的有 9 个省 476 个县。美国白蛾的最大特点就是食性广，胃口好，食量惊人。食性广是什么意思呢？就是不挑食，凡是绿色的叶子它就往肚子里吃，树叶子菜帮子统统都吃，但它最喜欢吃的叶子似乎还是杨树叶子。它一年能产两代，甚至三代，繁殖能力极强。据专家观察，美国白蛾交配的时间，在昆虫中不是最长的，也是较长的了——8 小时至 36 小时。美国白蛾每次产卵量高达 800 粒以上。美国白蛾幼虫孵化后会吐丝结网，形成一个大的虫包，幼虫群居网内取食叶片，叶片被食尽后，幼虫移至树杈的其他部分，结成新网继续取食叶片，把树上的叶子全部吃光，再转移到另外一棵树上。

中国是外来生物入侵最严重的国家之一。近 10 年来，入侵中国的外来生物至少有 20 余种，平均每年新增两种以上。外来生物入侵呈现出传入数量增多，频率加快，蔓延范围扩大，发生危害加剧，经济损失严重的趋势。

中国最具危险性的 20 种外来有害生物黑名单——

烟粉虱稻水象甲

苹果蠹蛾马铃薯甲虫

橘小实蝇松突圆蚧

椰心叶甲红脂大小蠹

红火蚁克氏原螯虾

松材线虫香蕉穿孔线虫

福寿螺紫茎泽兰

普通豚草水葫芦

空心莲子草互花米草

薇甘菊加拿大一枝黄花

生物入侵涉及农田、森林、水域、湿地、草地、岛屿、城市小区等多种生态系统，对中国生态安全构成严重威胁。

专家说："生物入侵，是一场没有硝烟的战争。"因此，维护生物多样性，全力抵御外来有害生物的入侵确已刻不容缓。

### 十三、鲤鱼、葛藤闹美国

当薇甘菊及美国白蛾等有害生物在中国逞凶的时候，中国有两样东西也把美国人搞得很头痛。那就是鲤鱼和葛藤。

先说鲤鱼。因密西西比河鲤鱼泛滥成灾，奥巴马总统曾签署法案，关闭密西西比河一座水闸，阻止亚洲鲤鱼逆流而上进入五大湖（苏必利尔湖、休伦湖、密歇根湖、伊利湖、安大略湖）。同时，奥巴马把鲤鱼定性为"最危险的外来物种"。可以想象，在奥巴马的脑子里，鲤鱼就是密西西比河里的"本·拉登"。

30多年前，美国南方的一些水产养殖场浮游生物和微生物大量繁殖，美国政府经过慎重考虑和多方论证，决定引进中国鲤鱼。中国鲤鱼果然有种，很快把那些水塘里的浮游生物和微生物吃光了。问题是吃光了之后怎么办？没有吃的了，不能等死啊！那些鲤鱼也是这么想的。机会来了，一场洪水把鲤鱼们蒙头蒙脑地冲进密西西比河。它们一旦进入宽阔的水域，便开始疯狂占领河道,沿河大量产卵繁殖,一条鲤鱼产卵竟达30万粒,有的甚至还要多。这些鲤鱼适应性超强,食量惊人,每天都要吃掉相当于自身体重一半左右的食物,能轻轻松松地长到一米多长,100多斤重。硕大无比的中国鲤鱼沿着密西西比河逆流而上,跟美国本土鱼类争夺食物。美国本土鱼哪里是鲤鱼的对手,看到鲤鱼就哆嗦,连嘴都不敢张了,统统被鲤鱼打败。

饥肠辘辘的美国本土鱼类,惶惶然不可终日了。

奥巴马政府宣布,将斥资1亿美元,防止五大湖遭到亚洲鲤鱼入侵。美国政府行动了——往鲤鱼密集的水域投毒,可毒死的偏偏都是美国本土鱼类。这令美国政府很尴尬。中国鲤鱼似乎百毒不侵。

投毒不行,就用电击。

美国政府在密西西比河上游设置了一道又一道电网。可是美国人压根儿就不知道,中国自古就有"鲤鱼跳龙门"的说法,那些鲤鱼跳跃的本领正没处展示呢,这下好了,嗖嗖嗖全跳过了电网,继续北上。这下美国政府黔驴技穷了——怎么办呢?怎么办呢?

对此,中国人觉得不可思议,多大点事啊!糖醋鲤鱼、剁椒鱼头、水煮鱼、麻辣鱼、冷锅鱼……吃货们在哪里?嗯?

美国五大湖保护委员会执行主任艾尔达说:"目前,密西西比河大部分流域鲤鱼泛滥,令美国政府堪忧。在北美洲,还没有一种鱼类能够吃下一条成年鲤鱼。白鹈鹕和鱼鹰也派不上用场。"他说,"鲤鱼繁殖能力极强,生长速度极快,它们从本土鱼口中大量抢夺食物。我们虽然采取了一些措施,但鲤鱼入侵的势头仍然难以完全控制。"

面对鲤鱼的入侵,艾尔达坦言:"我们最大的希望就是鲤鱼们不要侵入到五大湖,那里是我们最后的底线。"

然而,这也许是艾达尔及其美国政府的一厢情愿。据媒体报道,鲤鱼泛滥的伊利诺伊河距离五大湖中的密歇根湖还不到90公里。有人断言,鲤鱼通过相连的运河入侵五大湖是迟早的事了。

事实上,有渔民已经在五大湖里发现了鲤鱼的影子。

中国鲤鱼,也叫亚洲鲤鱼,是美国人对青鱼、草鱼、鳙鱼、鲢鱼、鲤鱼等原产自中国八种淡水鱼类的统称。一般而言,鲤鱼习惯于在湖泊和河流的底部觅食，这样会造成水质浑浊，降低水域质量。鳙鱼会改变藻类和其他浮游生物的聚集，甚至导致美国本土鱼类或贝类的灭绝。

当然，也有专家说，密西西比河里的鲤鱼已经变种了，应该叫北美跳鲤。美国人喜欢吃海鱼，很少吃河鱼，他们觉得河鱼土腥味重。我的一位朋友曾专门去吃过北美跳鲤，回来说，肉质比鲤鱼粗，也有嚼劲，味道还不错。他觉得不可思议，为什么美国人不吃呢？

2014年9月9日，美国一个专家团专程来中国，寻求解决中国鲤鱼在美国泛滥的方法。这个专家团参观了上海水产市场和武汉水产加工厂，也品尝了红烧鲤鱼和鳙鱼头泡饼，感觉味道也很好嘛！

从他们吃鱼时的表情和认真劲儿来看，这个专家团是要为在美国多得成灾的鲤鱼寻找商业贸易的可能性。

撇下鲤鱼，再说葛藤。

同鲤鱼一样，葛藤把美国人搞得也很闹心。葛藤原产地在中国，华南华北的森林里都有这种东西。在北京，四合院的垂直绿化，葛藤也担任着重要角色，那些密密的紫藤架子已成为庭院里的一景。上世纪40年代，在日本召开的一次会议上，美国人看到这东西用来垂直绿化，挺好。既然是好东西，美国怎么可以没有呢？想都未想，立马就引到美国去了。哎呀，一到美国，葛藤可就不怎么听话了——忒好啦！这空气，这土壤，这湿度，不就是给咱老葛准备的吗？慢慢地，葛藤就有些不乖顺了，就有些不可掌控了。它把当地的树木都绞死了，造成了当地物种的大量减少。

美国人百思不得其解，在中国那么守规矩的葛藤，为什么到了美国就野性大发呢？

是空间造就了葛藤？还是时间改变了葛藤？

空间因时间变形了。写《时间简史》的霍金说，时间是可以储存的，也是可以弯曲的。

### 十四、大闸蟹：德意志的烦恼

一波未平一波又起。鲤鱼在密西西比河泛滥的问题还没解决呢，大闸蟹在德国那厢又横行霸道了。诗云：

生是青铜色，

死时丹凤红。

偏偏横行，

偏偏横行，

不管东南西北有人行。


偏偏横行，

偏偏横行。


傍晚，借着夏日残破的余晖，大群大群的大闸蟹悄悄向柏林的德国联邦国会大厦挺近。街道上行驶的汽车不经意地驶入了大闸蟹铺就的"移动着的地毯"上，噗噗噗，轮胎接连被扎破。铃铃铃，铃铃铃，柏林警局接到的报警电话不断。警察来到现场，看到那些挥舞双钳的大闸蟹，耸耸肩，也是束手无策。

大闸蟹每天能爬行12公里。大闸蟹善挖洞穴，破坏水坝，还会搞坏捕鱼工具，吃掉网具里弱小的鱼虾。甚至，一些房屋和工业基础设施也成为它们的袭击目标。世界自然基金会的报告称，仅在德国，大闸蟹造成的损失已经高达8000万欧元。

德国大闸蟹泛滥的区域主要集中在德国的易北河和哈维尔河。易北河全长750公里，每年大闸蟹都会大量集群迁徙，穿过易北河到达千里之外的北海繁衍生息。

最讨厌大闸蟹的是德国渔民。因为他们撒网捕鱼时，捕捞上来的往往不是想捕获的鳗鱼，而是张牙舞爪的大闸蟹。他们成批成批地将大闸蟹杀死，用来做肥皂或者动物饲料。也有的渔民定期向中国餐馆或者越南餐馆出售，每公斤能卖到5～8欧元。行情还算不错。

尽管中国大闸蟹的名声在德国不怎么样，但也有学者为大闸蟹辩护。德国慕尼黑大学教授盖斯特说："中国大闸蟹入侵德国河流是全球化的产物。"他说，"这是自然界演变过程中一个正常的现象。只不过这一现象并不常见，倒使我们大惊小怪了。"

盖斯特多次来中国长江流域考察，对中国情况很熟悉。他说："大闸蟹变得具有攻击性,是因为人类不断改变它们的生存条件。在中国河道变直,堤坝和闸门阻碍了大闸蟹前往产卵区域的通道,工厂排污又严重污染了河流,加之中国人喜食大闸蟹,捕捞过度,致使大闸蟹的数量不断下降。而德国易北河和哈维尔河水质清洁,为大闸蟹提供了良好的生存条件。"

其实,大闸蟹落户德国并非近几年的事情。

100多年前,鸦片战争后,德国人就把圆明园里的瓷器和黄浦江里的大闸蟹运到了德国。那个德国人是不是指挥八国联军火烧圆明园的瓦德西不得而知。如果赛金花在世的话,也许她知道。

大闸蟹在德国百余年的繁殖过程中,保持了纯正的品种。有人建议,中国人喜欢吃大闸蟹,把德国的大闸蟹运回国内销售,是绝对有市场的。让德国大闸蟹跟阳澄湖大闸蟹一样,成为中国人餐桌上的美味,不是很好的事情吗?正是——

　　秋风起,蟹脚痒,
　　舞双钳,闹柏林。
　　喂喂喂,看这厢,
　　吃货们,舌尖忙。

## 十五、看法说法

据初步统计,目前我国有488种外来入侵物种,其中植物265种,动物171种,菌类微生物和病毒等若干种。还有大量外来物种处在潜伏期,尚未大面积爆发,我们还不知道它们会不会是有害生物。外来物种的入侵危及本地物种生存,破坏生态系统,每年造成的经济损失高达1200多亿元。在国际自然保护联盟公布的最具危害性的100种外来有害生物物种中,我国有50多种,其中最严重的有11种,这11种外来有害生物,每年给我国造成的损失达600多亿元。

对任何一个国家而言,要想彻底根治已入侵成功的外来物种是相当困难的。据美国、印度、南非向联合国提交的报告显示,这三个国家每年物种入侵造成的经济损失分别为1500亿美元、1300亿美元和800亿美元。

近年来，外来物种在非洲也迅速蔓延，已严重破坏了生物多样性和经济的发展。对生态的影响可能比估计的要大得多。有专家指出，外来生物的入侵会造成非洲生态系统的癌变，这种癌变不但造成生态和经济的巨大损失，甚至会威胁公众的健康。

外来物种引进是与生物入侵密切联系的一个概念。任何生物物种，总是先存在于某一特定地点，随后通过迁移或引入，逐渐适应迁移地或引种地的自然生存环境，并逐渐扩大其生存范围。这一过程即被称为外来物种引进，简称引种。其实，正确的引种，会增加引种地区的生物多样性，也会丰富物质生活。美国于20世纪初从中国引种大豆，种植面积现已达到4亿多亩。美国已成为世界上最大的大豆生产国和出口国。在中国，最早从国外引种的人恐怕就是张骞了。早在公元前126年，他出使西域的时候就往回引种了。苜蓿、葡萄、蚕豆、胡萝卜、豌豆、石榴、核桃等等，就是张骞用骆驼沿着丝绸之路驮回来的。而玉米、花生、甘薯、马铃薯、芒果、槟榔、无花果、番木瓜、夹竹桃、油棕、桉树等物种，也是在张骞之后历经几百年陆续引入中国的。

一个基因可以繁荣一个国家，一个基因可以繁荣一个民族。

如今的世界是生物经济的世界，谁拥有了丰富的生物资源，谁就占据了世界经济的制高点。

然而，引种是有风险的，一旦引种不当，就可能瓦解生态系统的功能，导致生态失衡或本地物种的减少和灭绝，危及一国的生态安全。此种负面意义的引种，即被称为外来物种的入侵了。

外来物种入侵作为全球性问题，已经引起世界各国和国际组织的广泛关注。就如何引进外来物种，如何预防和控制外来物种入侵，已经制定和通过了40多项国际公约、协议和指南。

一般来说，生物入侵要经历传播、定居、生长繁衍等几个阶段。入侵性强的物种繁殖能力一定强，这样不仅可以提高后代存活的绝对数量，也提高了这一物种传播的几率，在入侵的几个阶段都占有优势。

在一个稳定的生态系统中，生物链条是坚固的，"一个萝卜一个坑"。因之没有空余的"坑"，外来生物就无法入侵。这就是原始森林里薇甘菊成不了气候的道理。如果某个地方恰好少了一个"萝卜"，出现了空余的"坑

"，那外来物种就乘机入侵了。外来物种在新区域得以生存繁衍，不是因为入侵种本身具有的特性所致，而是由于它们偶然到达了不具备天敌或其他生物限制的新环境，因而快速扩散造成危害或灾难。也就是说，外来生物之所以在其原产地没有什么危害，是因为在原产地有天敌或其他生物因素限制了它的灾难性爆发，而在入侵地恰恰少了这些讨厌的克星，于是这些外来生物就不失时机地为所欲为了。

专家说，外来生物入侵有一个重要的现象——时滞。就是入侵物种在一个新的环境里，从定居到种群开始快速增长和迅速占领某地之间的时间延迟期，或者叫潜伏期。它们刚到一个地方不会大量繁殖，扩展领域，而是安安静静地生长，聚集能量。薇甘菊于1919年就在香港发现了，为何这几年才在珠三角大爆发呢？这就是薇甘菊的时滞现象。

时滞产生的原因很复杂，至今难有合理的解释。也许，当初种群太小，没有引起人的注意，但种群是一直增长的，增长的数量在未突破临界点前是不会大规模爆发的。它在潜伏期，储存能量，等待环境的变化。一旦条件具备，它就发威逞能，为害作乱了。

也有专家批评说，生物入侵最根本的原因是人类的活动。是人类的活动把这些物种带到了它们不应该出现的地方。说它们入侵，是不公平的，它们在地球上有了人类之前就已经存在了，它们是地球史的一部分。扩张和蔓延是它们的本性。所谓有害，是它们只是出现在了错误的地方，而造成错误的原因恰恰是人。是人类的欲望和贪婪，直接或间接地导致了生态系统和生物多样性的一片哀鸣。

需要声讨的是我们人类自己，不是薇甘菊。

不是吗？

## 十六、除害

在中国人的记忆中，最著名的除害运动就是上世纪50年代的除"四害"了。毛泽东亲自把老鼠、苍蝇、蚊子和麻雀定为"四害"，号召全国人民用10余年的时间，打一场人民战争，在一切可能的地方，把"四害"彻底消灭。

1958年春节刚过，在全国各地的城市和乡村，先后掀起了消灭麻雀的高潮。运动不再局限于青少年范围,而是男女老幼全出动。北京、上海等大城市,更是几百万人停下手上的工作,同时上街。在打麻雀的方法上,除以前用过的网拉、毁巢、毒饵诱杀等适用于单兵或小团体的办法外,还创造出了一些适用于大兵团作战的方法。从平地到屋顶、树梢,大家各守一块地儿,或敲盆打桶,或持杆乱打,不让麻雀有片刻休息的可能,使其心力交瘁,疲劳而死,或者被赶到某一有毒饵或埋伏有火枪队的地方。晚上,再掏鸟窝除掉残留的麻雀及鸟蛋——这被总结为"轰""毒""打""掏"四部曲。

在这场"宁可错杀一千,不可放过一个"的对麻雀大屠杀运动中,有鸟类学家郑作新昧心的鼓噪,也有著名科学家钱学森、华罗庚上街讨伐的身影。

据统计,从1958年元月至1958年12月,全国共消灭麻雀21亿只。然而,想不到的是,1959年春天,虫害在全国大爆发。毛泽东这才意识到,打麻雀可能打错了。就在一次会议上说:"麻雀不要打了,代之以臭虫。"

从此,消灭麻雀运动才算正式停止下来。

古典文学中,武松打虎该是著名的除害经典故事了。景阳冈上老虎被唤作"吊睛白额大虫",因吃了很多人,此大虫就成了害虫。那大虫凶猛异常,即便强人也不敢随便上山造次,这就恰恰成就了武松。武松打虎先是用哨棒,哨棒打断了,就用拳头。也就是说,武松是用哨棒和拳头把"吊睛白额大虫"打死的。

哨棒和拳头是武松打虎的工具,叫武器也行。

不过,清理薇甘菊用哨棒和拳头恐怕不行。

用什么呢?武松那个年代肯定还没有的东西——什么呢?除草剂。用喷雾器噗噗噗一喷,除草剂就与薇甘菊亲密地接触去了。

用除草剂灭杀和控制薇甘菊管用吗?当然。但是管多大用,是不是彻底管用,那还得看用的是什么除草剂。

目前,我国应用面积较大的除草剂有森草净、草甘膦、灭薇净和紫薇清。这几种除草剂各有优劣,各有千秋。草甘膦杀死薇甘菊幼苗效果不错,但不能根治,也就是对薇甘菊的根部奈何不得,尽管茎和叶枯萎了,但过段时间根部的新芽又萌发了;灭薇净既能杀茎,也能杀根,但药效的劲儿不够，对幼苗有作用，对壮年的薇甘菊不行；森草净劲儿倒是猛，但毒性也大，杀死薇甘菊的同时把相伴的生物也杀死了，有关部门已经明令禁止使用了；紫薇清是一种复合制剂，靶标明确，有出色的选择性和内吸性，能根除薇甘菊，同时对其他生物也不构成伤害。

比较来看，紫薇清是目前比较理想的除草剂。

人工清理是没有办法的办法。那些茶园、果园、菜园及农田周边的薇甘菊除治，多半靠人的双手清理。在云南瑞丽一片林子里，林农把清理出来的薇甘菊全都堆到一张塑料布上。

我问：为什么呢？

答：薇甘菊生长速度太快，如果清理出来的薇甘菊随便丢弃地上，用不了一会儿，就会噌噌生根，噌噌长出芽芽。

瞧瞧，这生猛的劲头。嚯！

**十七、天敌：菟丝子、血桐、幌伞枫**

大鱼吃小鱼，小鱼吃虾米，虾米吃泥巴。其实，天敌就是自然界中一种生物克制或压制另一种生物繁衍的关系。比如，草的天敌就是食草动物，食草动物的天敌是食肉动物。人呢？人是所有动物和植物的天敌。因为人类为了自己的生存和发展，每天都在糟蹋着地球、糟蹋着大自然，对所有动物和植物都构成威胁。人的天敌呢？恐怕就是自己了。二战时期，希特勒就是丘吉尔的天敌，斯大林的天敌，戴高乐的天敌。在情场上，西门庆就是武大郎的天敌，丹特士就是普希金的天敌。

研究人员发现，菟丝子可以寄生到薇甘菊上，薇甘菊蔓延到哪里，菟丝子的网就布到哪里。薇甘菊不是缠树吗？它就缠薇甘菊，直至把它缠死。

一种生物的天敌也可能有很多种，很多个。

野兔的天敌就有很多个，鹰、狐狸、狼，爱吃肉的猛禽和爱吃肉的猛兽都是它的天敌。为了生存，野兔怎么办？一靠大量繁殖，它的繁殖数量惊人，在量上取胜；二靠拼命逃避，一有风吹草动，它迅速作出反应，远离危险。

青蛙的天敌是蛇。但有时救自己命的也是天敌。这是澳大利亚摄影家抓拍到的一个镜头——布里斯班山洪暴发，慌乱间，一只青蛙跳上一条巨蟒的脊背，尽管蟒蛇的脊背光滑至极，青蛙还是死死抓住了那恐怖的斑纹，借以渡过湍流和漩涡，逃出巨浪席卷的洪水。

突然降临的灾难，让青蛙忘记了巨蟒是它的天敌。天敌用自己的身体为青蛙提供了逃难的工具。此时，青蛙与蟒蛇是什么关系？天敌已经不存在了，滔天的洪水才是它们共同的天敌。

在自然面前，人常常感到困惑。保护了可爱的海獭，就保护不了稀有的鲍鱼，因为海獭每天要吃7只鲍鱼。保护了麋鹿，就保护不了草原，因为麋鹿可以把草吃光，到了冬天，还是一群群地饿死。

有媒体报道，美国西部的橡树平原已经严重退化了，各种植物、动物和微生物的关系发生了倾斜。什么原因呢？美国专家说，是多年没有发生火灾造成的，那里的人们太努力防火了。由于没有天然的火灾定期清理，外来生物大踏步入侵，使得本地生物反倒处在弱势地位了。从这个意义上说，火灾是谁的天敌呢？

天敌不是简单的吃与被吃的关系。天敌既包括捕食关系，也包括竞争关系。同为杂草的菟丝子寄生在薇甘菊上，致使薇甘菊丧失营养而死亡。而菟丝子呢？菟丝子会不会疯长呢？通过观察，不会。因为薇甘菊枯萎后，菟丝子所需的营养没了，用不了多长时间自己也会一声叹息，而与这个世界拜拜了。

菟丝子，虽然也是一种寄生植物，但本身的细胞中没有叶绿体，它利用爬藤状构造攀附在其他植物上，并且从接触宿主的部位伸出尖刺，戳入寄主直达韧皮，吸取养分。薇甘菊一旦被菟丝子缠住，厄运就降临了。我小时候就见过这东西，黄豆地里多的是。黄色的，像小姑娘头上扎辫子的猴皮筋那么细，东拉西扯的，蛛网一样罩在黄豆秧上，把黄豆缠得喘气都费劲，蔫巴巴的，没办法。

不过，广东省森防站站长谢伟忠告诉我，薇甘菊有"假死"现象。菟丝子对薇甘菊抑制时间，只有一个月左右，因为菟丝子的生长时间短，生长期一过，被缠住的薇甘菊就会挣开"枷锁"，很快又恢复了体力。菟丝子的尸体反而成了它的肥料。

瞧瞧，多么悲壮的菟丝子呀。

菟丝子的名字还真是与兔子有关。说是从前有个伙计给土豪家养兔子，土豪立下规矩，如果死一只兔子，就要扣掉他四分之一的工钱。有一天，伙计搬东西时不慎把一只兔子脊骨给弄伤了。伙计担心土豪知道，就悄悄把那只兔子扔进豆地里。过了一段时间，他发现那只兔子并没有死，而且还痊愈了，长得又肥又胖。伙计欢喜无比。能不欢喜吗？——四分之一的工钱不用扣了。伙计用心观察，发现，原来兔子是吃一种缠在豆秧上的黄丝藤才很快康复的。恰好，那段时间，伙计老爹的腰也扭伤了，他就用这东西给老爹熬汤喝，老爹的腰也很快就好了。他又试了几个人，结果都有效果。他断定，黄丝藤可治腰伤病。伙计一想，我给土豪养兔子，有什么出息呀！还不如自己去当赤脚医生，用黄丝藤给人治腰伤，多高尚的事呀。于是，他就去当赤脚医生了。后来，他把这黄丝藤干脆就叫兔丝子了。李时珍知道这件事，说，既然是草药，那就在兔字头上加个草吧。这样《本草纲目》里就有了这味药——菟丝子。

菟丝子的种子和全草都是中药呢。火旺，阳强。有什么作用呢？固本。人体的本就是肾。菟丝子入药，可补肾，治腰伤，治阳痿遗精，这是指对男人。治血崩带下，治习惯性流产，这是指对女人……《神农本草经》都有记载。菟丝子，看起来柔软如丝，但骨子里坚硬刚强。正是靠着这种柔软与刚强的特性，它才能在一定程度上把薇甘菊制服。光柔软不成，薇甘菊也柔软；光刚强不成，薇甘菊也刚强。但是，把二者搅和在一起再较量，薇甘菊就不如它了。

然而，就耐性和持久的韧劲而言，薇甘菊还是强过菟丝子。因为薇甘菊是多年生植物，即草即藤。而菟丝子是一年生植物，即草非藤。所以，准确地说，菟丝子对薇甘菊的遏制还只是有限度的遏制。

专家意外发现，在我国南方有两种土著树种——血桐和幌伞枫也可以有效遏制薇甘菊蔓延。血桐，又称象耳树。不是像耳朵的树，是像大象耳朵的树。当血桐树的树干表皮受损时，流出的树液及髓心，经氧化后会变成血红色，像流出的血一样。而它的叶子颇像大象的耳朵。血桐木材性情柔顺，不燥，不裂。早年间，火柴及火柴盒就是用它做的。血桐的根、干、树皮、绿叶及穗亦可入药，止血止咳并有催吐的功效。若是醉酒了，用血桐叶子煮水，喝下去，立马就可呕吐，把肚子里该吐出来的秽物统统吐出来。据观察，薇甘菊特别畏惧血桐，它从不敢攀爬和覆盖血桐。血桐身上藏着能够使薇甘菊致命的武器吗？至今是个谜。

另一土著树种幌伞枫能够分泌一种化学物质来抑制薇甘菊生长，是已经很清楚的了。那种化学物质叫什么呢？我一时还真说不清楚了。总之，一物降一物吧。

幌伞枫，又名幸福树，富贵树，鸭脚木，广散枫，大蛇药。别名一长串。幌伞枫，在广东、云南、广西、福建四省常见。山民被蛇咬伤了，用幌伞枫的根、树皮煎成的蛇药就派上用场了。性味苦、凉，清热解毒，活血消肿，止痛。我想，既然能治蛇咬之伤，那么幌伞枫的毒性就一定比毒蛇的毒更强，所谓以毒攻毒嘛。否则，怎么攻啊！

也有人把幌伞枫当观赏树的。幌伞枫树冠圆整，形如罗伞，羽叶巨大，如同鸭脚，叶片茂密，在庭院可孤植，也可片植。冬季圣诞节前后，多置放在商场、饭店、宾馆和一些家庭中做圣诞树装饰。树上再挂一些小灯笼、巧克力、糖果、小彩色气球之类，装点节日气氛，却也浓浓。

深圳机场办票大厅里有多棵盆栽幌伞枫，颇有富贵之气。我在惠东县行走时，所住的宾馆大堂里也摆放着两盆幌伞枫。我还特意嘱咐同行的人，拍了一些照片。

从外表看，幌伞枫很温和，哪知道它的内里有那么强的毒呢？

在广东很多地方通过种植菟丝子、血桐和幌伞枫，并配合施用生物农药，剿杀薇甘菊收到了一定效果。

**十八、薇甘菊能吃吗？**

有人在网上戏说薇甘菊。说，什么叫薇甘菊呢？我们得从舔菊的习惯去追溯。试想，如果当初没有人舔，谁又会知道它是微甘的呢？当然，此"微"不是彼"薇"也。但嚼过薇甘菊的人说，回味确实微甘，淡淡的微甘。

这就引出我憋了很久的一个问题：薇甘菊人能吃吗？

在回答人能不能吃之前，先回答猪能不能吃。答案是肯定的——猪吃薇甘菊。

2014年10月22日15时至15时30分，海南临高县多文镇美山村村头水渠边，一头黑猪在吃薇甘菊。

那黑猪个头不小，浑身滚圆，腰部下垂，尾巴打了一个卷了，一摇，一摇，再一摇。它抬头看看我们,见没什么危险,就接着吃,咯吱咯吱咯吱。它吃的薇甘菊都是蔓尖尖和花骨朵部分,老茎和根部它是不理的。

我们一行人站在桥上注意观察。

那头黑猪吃累了,就去水渠里拱泥,打了几个滚儿,懒懒地站起来,用力抖了抖,身上的泥点点就都甩到薇甘菊的叶子上了。薇甘菊像是触了电,簌簌一阵动,就静了。黑猪接着吃,咯吱咯吱咯吱。也许,猪就是为吃而活着,为活着而吃。

这个偶遇的发现,令我们兴奋不已——薇甘菊可以吃,至少猪可以吃。

当地朋友:哇,想不到猪吃薇甘菊。

我:猪吃,说明薇甘菊没什么毒。但是,人吃薇甘菊还是要慎重。

当地朋友:我们会留心观察那头猪的情况。包括它的健康和生活习性,将来宰杀时也要看看它的肉质怎么样。

我:据专家说,薇甘菊不含蛋白质,但含的纤维丰富。

当地朋友:这不正好可以做减肥食品吗?女士们一定喜欢。

我:人们对吃薇甘菊还是有心理障碍的。

当地朋友:我们机关的食堂可以先做几道菜试试。比如:爆炒薇甘菊,蒜茸薇甘菊,水煮薇甘菊,干炸薇甘菊,等等。

我:那一定是新闻了,你们要好好宣传一下。

临高乳猪闻名遐迩。多文镇美山村就是著名的临高乳猪产地之一。临高乳猪以烧烤的味道最佳。据说,烤一只乳猪约四五个小时,烤出来的乳猪全身焦黄,油光可鉴,散发着浓郁的香味。我在临高时,当地的朋友特意请我们吃了烤乳猪。用箸夹一块蘸白糖,入口,轻轻一嚼,咔哧一声脆响,肉细、骨酥、满口香啊!不过,我不得其解的是,为什么要蘸白糖呢?也许,海南人喜欢甜,就像北京人喜欢咸,吃烤鸭一定要蘸甜面酱一样吧。有意思的是,当地还有早餐吃蒸乳猪的习俗,以姜泥蒜泥佐食,味美不腻。

我在想,临高乳猪与薇甘菊是什么关系呢?如果吃薇甘菊的乳猪,烤(蒸)出来的肉质更加特别,味道更加美妙,那么或许我们就间接找到了薇甘菊可以利用的一条途径。乳猪吃薇甘菊,我们吃乳猪。

其实,自然界中可以食用的植物还真是不少。比如,槐花、荷花、桃花、杏花、菊花、玫瑰花等,都可以做成美味可口的菜肴、糕点、饮料、茶、酒以及其他食品。北京稻香村的月饼名气那么大，其秘密就在于月饼的馅里放进了各色不同的花蕊和花瓣，那种独特的口感和味道就出来了。

花朵是什么？花朵就是植物的生殖器。最有营养的东西都在那里边呢。花朵里边的维生素高于新鲜水果，蛋白质也远胜于肉类食品。特别是盛开时的花朵，因为含有大量花粉，其营养价值更胜一筹。试验表明，花粉中含有上百种物质，包括22种氨基酸，14种维生素和其他微量元素，具有强身健体的作用。有的花朵还有药用价值。芙蓉花可以清肺凉血、去热解毒；栀子花清肝明目、清热凉血；百合花可以润肺止咳、宁心安神；桃花治疗水肿、脚气、心腹痛、脓包疮和头癣；玉兰花可以治疗头风、鼻塞不通、高血压；杜鹃花则是哮喘咳嗽的克星。总之，即便不治病，经常食用花卉食品，美容养颜是肯定的。

李时珍没见过薇甘菊，更没去过中美南美那些国家，不然《本草纲目》就是另一种写法了。不过，《本草纲目》中记载的，也不一定就是我们本土的植物，曼陀罗就是一例。我在深圳植物园见过曼陀罗，它应该是一种灌木，叶子肥大，稀疏，其貌不扬。它的花是黄色的，像是老式留声机的喇叭。在海南的一个村庄也见过曼陀罗。它的果是圆球状的，球面上凸起好多包包。当地把行为不正常的人叫"加罗"，意思是那人吃了曼陀罗的果。在西方，教徒与上帝对话之前，要先吃曼陀罗的果，产生幻觉，才能与上帝沟通呢。据说，曼陀罗种子是玄奘去天国（天国即天竺，今印度）留学取经时带回来的。曼陀罗的花与火麻子泡酒，涂在要做手术的部位，再做手术，患者就不痛了，曼陀罗有麻醉的作用。施耐庵的《水浒传》对这东西也有记述。在母夜叉孙二娘开店的故事中，说孙二娘经常往酒里下蒙汗药麻醉住店的人，然后扛到人肉案板上，大卸八块，用人肉蒸包子。花和尚鲁智深和行者武松就因喝了下了蒙汗药的酒而险些丧命。其实，那蒙汗药的主要成分便是曼陀罗，可见曼陀罗进入中国至少也有一千多年了。

薇甘菊是有害的植物，但薇甘菊能入蒙汗药吗？我在云南瑞丽的山林里曾经拽了几根薇甘菊，放在嘴里嚼了嚼，除了味微甘，似乎没什么其他特别的味道，一两个时辰后也没找到云里雾里、如入仙境的感觉。

但是，有毒的植物是确实存在的。比如，蓖麻籽，它可能是所有植物中毒性最强的。在我的记忆中，我们老家村庄的房前屋后就生长着很多蓖麻。谁家的鸡啦鸭啦腿脚骨折了，就摘几片蓖麻叶子捣成糊糊再放些酒，给骨折的鸡啦鸭啦包扎上，十天半月就痊愈了。蓖麻籽是用于榨油的。在那个年代，物资紧缺，润滑油更是紧缺中的紧缺物资了。所以，上边就号召家家户户种蓖麻，用蓖麻油来补充润滑油的不足。当听到老牛拉着的木轴辘铲车发出吱嘎吱嘎的叫声时，爹就说，车轱辘涩了，该膏油了。于是，爹就拿起装有蓖麻油的小铁皮壶，把尖尖的壶嘴对准车轴咕咕挤出几滴，老牛拉着车再走时，车轴就润滑了，车轱辘就不再吱嘎吱嘎地叫了。我和小伙伴们曾摘过许多蓖麻籽儿，去掉外面那层长着毛刺的硬壳，里面是饱满的籽粒，用细柳条串成串，然后把串弯过来，对接成一个圆环，用火柴点燃后，拿一根棍子挑着，耍着玩儿。那圆环就是一团燃烧着的跳动着蓝色火苗的光圈，光圈还不时发出砰砰的脆响——那是燃烧的蓖麻籽儿在高温作用下爆裂的声音。

不过，我们从来没吃过蓖麻籽，不是不想吃，而是它散发着一股奇怪的味道，令我们没有胃口，也没有想法。幸亏没吃过，不然早就玩完了。

蓖麻籽有剧毒，我是后来才知道的。

据说，即使是一个体格健壮的成年人，吃上两颗蓖麻籽，也许就会被毒死。蓖麻籽里面含有一种有毒的物质叫蓖麻蛋白。这种物质可以妨碍细胞产生蛋白质，在没有蛋白质的情况下，细胞会死亡。这样，就会导致人体肌能受到破坏，最终导致死亡。居心不良的人可以用它来杀人，无论是吸入，还是注射，只要使人摄入了500毫克以上的蓖麻毒素，一准一命呜呼了。

蓖麻也是个外来的种，是张骞出使西域时从阿拉伯国家用骆驼驮回来的。遥遥几千里路途，驮点啥不行，驮那玩意儿误食中毒了怎么办？可是，张骞有张骞的考虑。一则那东西出油率高，可用于老百姓点灯照明；二则，可从蓖麻油中提炼出润滑油，派别的用场。别的用场是什么用场？也许，张骞当时也不是十分清楚，但是张骞毕竟是有眼光的人，有眼光的人就是能看到别人看不到的地方，能预知将来可能发生的事情。后来的历史证明，张骞果然是有眼光的人。西汉以后，不仅民用的马车牛车驴车的车轱辘用上了蓖麻油（润滑油），就是今天在天空中翱翔的飞机也用上了蓖麻油（润滑油）。

其实，外来物种，也不一定就有害，有害无害都是相对的。菟丝子虽对寄主有害，但它是一味中药。我们对薇甘菊的研究和了解还远远不够，比如，薇甘菊能否入药，能否做工业原料等等，都需要科学家们作出回答。

剿杀薇甘菊不是立竿见影的事情。专家们心里清楚，像赶走日本鬼子那样把薇甘菊从中国的土地上彻底赶走，是不可能的。把薇甘菊的危害程度控制到最低，使这个"植物杀手"逐渐失去侵害性，回归为一种普通的外来物种。专家认为，外来物种侵害性并非天生就有的，也不是一成不变的。有些物种在原生地没有入侵性，引到其他地域后却打破了原有的生态平衡，改变了当地的生态状况，就给它造成了入侵的机会和可能。

就像一个贼，明明入室盗窃是很心虚的事情，不敢声张，本想拿点钱财就走的，可偏偏见这家的保险箱不上锁，里面是成捆的钞票，存折、银行卡随便放在茶几上，首饰珠宝满抽屉。看到这些后，那贼的想法还能是偷点小钱吗？如果再看到这家里只有一个女人，偏巧，那女人姿色诱人，风情万种，她将臀部扭几扭，肢体动作里暗含燎灼的欲望和挑逗，并不把他当作贼，想想看，会发生什么事情呢？

薇甘菊防控专家许少嫦说："外来物种中具有入侵性的，也就仅有千分之一。大多是听话的，可控制的。"她说，"和我们生活息息相关的西瓜原产于非洲，小麦、黄瓜、姜原产于印度，玉米、红薯、马铃薯、花生、草莓、南瓜、辣椒、西红柿原产于南美洲，它们都是外来植物，但它们都有益无害。"

许少嫦说："目前，对薇甘菊的研究还很不够，对它的生物学特性，它的脾气秉性还不十分了解。用科学的方法把有害生物变成无害生物是我们努力的目标。"

人是自然的一部分，从自然角度来看，应当平等对待自然的每一个分子。入侵是由人类作出的社会学定义。一旦人类的利益受到侵害，即给对方定义为入侵，定性为有害。于是，就采取措施反击，甚至赶尽杀绝。实际上，每一个生物体都有生存的权利，人类应该给予合理的空间，底线是不伤害人类的利益。

换个角度看，人不就是薇甘菊吗？人的内心布满自私和贪婪的霉斑。河流污染、天空雾霾，生态破坏，社会风气的每况愈下不都是人类自身造成的吗？人类作为单一的物种，把自然一块一块地蚕食之后，建造了一座一座的高楼，然后稠密地聚居在一起，在文明的夜幕中争斗、冲突、杀戮，以灭绝万物为乐。

对外来有害生物应当用科学方法管控，实行用生物控制生物，也许是最有效的办法。因为每一种生物在复杂的生态链条上都有自己的位置，相互依存又相互竞争。通过竞争，外来入侵生物必然会被有效控制。问题是我们要找到那个比它更厉害的竞争对手。

### 十九、美的遐想

如果地球上没有植物，人类面临的现实只有一个，那就是死亡。从生存基础来说，植物为我们人类提供了氧气和食物。植物利用本身的光合作用，吸入二氧化碳，呼出氧气。作为人类的我们恰恰相反，要吸入氧气，呼出二氧化碳。若是没有了植物，就意味着没有了氧气，没有了氧气，相信我们谁也不会生存下去。同时，人类也直接或者间接地以植物为食，失去了植物，就等于失去了面包、大米、蔬菜、肉和奶，没有了这些东西，人类就会慢慢饿死。

但是，没有薇甘菊，人类可能不会饿死。

一种植物对于地球生命来说，是不是不可或缺呢？艾斯利说："小小一片花瓣，却可以改变地球面貌。"这大概就是说的薇甘菊吧。

黑格尔说，存在就是合理的。每一种生物都有其存在的价值。我们应当把薇甘菊的价值通过科学的方法挖掘出来，为人类所用。比如，薇甘菊有"一分钟生长一英里"的神奇速度，它的速生基因能否挖掘出来，用于其他生长慢的植物？再有，既然薇甘菊生长如此之快，生物量又特别巨大，能否作为沼气开发，用于农村新能源呢？能否作为纸浆，用于造纸呢？等等。

倏忽间，由薇甘菊想到非洲丛林里的黑猩猩。由黑猩猩想起一个人，她是一个黄头发蓝眼睛的奇女子，她叫古道尔。古道尔为了破解生命的密码，就不远万里从伦敦跑到非洲的坦桑尼亚观察猩猩。她发现，黑猩猩居然懂得把草秆插到白蚂蚁的洞中，再拉出来，吃爬在上面的白蚂蚁，吧唧吧唧吧唧。香。美味。

其实，借助工具猎食，是动物的本能，也是植物的本能。薇甘菊即把身边的植物当成了工具，也当成了食物。

一种动物，也可能是另一种动物的工具。据说，早先云南的原始森林里有一种鸟叫令鸟，它的叫声特别恐怖。要是在夜晚听到了，就会吓得不敢睡觉。令鸟与老虎如影相随，老虎捕食后牙缝里会塞满肉丝，它就会在太阳下张大嘴巴，让令鸟把它的牙缝里塞的肉剔得干干净净。如果说令鸟是老虎的牙签的话，那么老虎就是令鸟的餐馆了。而此时，老虎正眯着眼，趴在树下美美地睡觉。令鸟呢，就站在老虎的脊背上，东张西望，放哨。

老虎是森林里的王，它的额头上就写着那个"王"字呢。

薇甘菊要称王吗？即便是王，也是个流寇王，草大王，而不是统领天下的王。有今天，没明天，人人痛说它的坏，它的恶，它似乎比任何植物都有危机感和紧迫感。似乎冥冥中它感觉到自己的气数就要到头了。就像薇甘菊一样的人，不抓紧时机，政策就要变了，时机就要过去了。因而，富要暴富，财要横财。一切没来得及改变之前，先颠覆已经存在的。一头是赢，一头是输。赢也好，输也罢，结果都是一个死。好吧，那就索性疯狂一把，让死来个痛快。

摸一摸薇甘菊的茎吧，灵动婉转，像是一节一节的旋律。它能以完美的弧线匍匐在地，也能站立起来，如倒置的绳索，展示螺旋之妙。它的身体柔软到不可思议的程度，就像情意绵绵的水波。薇甘菊是孤独的，因为它不允许它的存在处有别的东西存活。要，就要全部，对于琐碎的部分，它不屑一顾。

蛇捕食猎物，是囫囵吞下的，从不咀嚼，靠胃酸黏液让猎物在腹腔里一点一点消化。

薇甘菊就是植物里的蛇。

薇甘菊的目标是整体囫囵吞下，无论这个目标多么微小脆弱，它都不会放过；无论这个目标多么强大坚固，它都不会惧怕动摇。

薇甘菊的性格也许不是贪婪，而是一种极致忘我。

我们怎样对待自然，自然就怎样对待我们。自然是一面镜子，能够照出我们的灵魂，照出龌龊和丑陋。当然，也能照出善良和温暖。

薇甘菊具有持久的生命力吗？我们不知道它何时出现在地球上，但却知道它注定不能很快消亡。上帝说，欲使其消亡，先让它疯狂。它的触须伸张到哪里是个尽头呢？既然不能很快消亡，那么为何如此疯狂呢？

就个体生命而言，薇甘菊是美的。然而，薇甘菊在创造了美的同时，

不可医治的乡愁

也在制造着灾难。美到极致的东西，一定要有迅速凋零的美，才会使种子获得永生。绝美的凋落，在那近乎疯狂的日子，是为了贪婪发疯，还是为了传种而狂？我真是搞不明白。如果一种东西发了疯，就是千年的火山爆发了。死，是为了更美的复生。不妨说，有的时候，毁灭就是永远。那花朵虽然仅仅是几天的惊艳，但可以让薇甘菊生了死，死了又生，生生与死死轮回交织。

生态问题是个世界问题，不必为薇甘菊的猖狂和气势汹汹而滋生悲观情绪，一个时代总要接续另一个时代。这个时代，问题重重，麻烦多多，未来是不可知的——但是未来不见得就是世界末日。历史的尽头还远着呢。何况，尽头往往就是源头。

关于历史，只有一项通则可以绝对成立，那就是只要有人类，历史就会继续下去。生态问题是描述人类生存状况的基本尺度，生态问题说到底是人的问题。人心如何，自然便如何。

陀思妥耶夫斯基说："世界，将由美来拯救。"

一人问智者："智慧哪里来？"智者说："精确的判断力。"再问："精确的判断力哪里来？"智者："经验。"再问："经验哪里来？"智者说："错误的判断。"

有消息说，吉他手小白和小山口百惠已经结婚。婚后不久，双双就到薇甘菊故乡巴西旅行去了。10个月后归来，小山口百惠生下一个大眼睛囡囡。小白给小囡囡取名：薇甘菊。

吉他手小白从不认为薇甘菊是有害生物。他以自己的方式固执地表达这种看法。因为，薇甘菊见证了他们的爱情。

事实上，科学家发现，研究某一物种如同跟某一类人相处一样，了解越透彻越容易相处，也就越容易发现对方的价值。了解了一切，也就原谅了一切。用眼睛欣赏自然，用大脑思考自然，用心灵感知自然，就会发现美无处不在。

也许，到了那一天，我们再来看薇甘菊，它可能就不那么讨厌了，"植物杀手"的帽子也可能摘掉了，代之的是讴歌和赞美。

想起了纪伯伦的那句话："美，可以使我们返璞归真——大自然，那里原本就是我们的起源。"

# 重症监护室 |周 芳|
## ——ICU 手记

原载《北京文学》（精彩阅读）2015 年第 11 期

## 引 子

### 镰刀，轻轻掠过

深夜3点醒来，白茫茫一片在眼前晃动。

白茫茫的，是五床，65岁，行肺癌切除术。最初的病灶被手术刀剔除，叫癌的细胞却埋下隐祸，它在跑，跑得肆无忌惮，跑得比手术刀还要快，快千百倍。跑到了肝，跑到了淋巴，它占领了这具肉体。

白茫茫的，是八床的脑梗，42岁。每天探视时，八床的家属海啸一样涌来，扑在玻璃窗前，他们呼喊八床。强、强子、志强、强叔、强儿。他们已呼喊他28天了，他们把八床从冰冷的代号里抽出来，还给他自己的名字，还给他各种身份，还给他亲属链上的某个重要环节。他却不肯醒来，他遇到了梗。梗是什么呢？梗是肉体里的一根刺，吞不下去，将生命死死卡住。护士长说，梗在大脑司令部，肉体的整个机能就瘫痪了。再多的金钱，再大的权势，都不过是个虚弱的笑话，没有力量抗得过它。

许多的白茫茫，都无法抗过。白茫茫的床单上，白茫茫的死亡。它在我的3点醒来。

这已是这3个月来的常态了。我无法一夜安睡到天明。2013年11月24日，以一个义工的身份进入ICU前，我告诫自己淡定、从容，如战地记者。可是，这个告诫如同谎言。对于我这样一个黏液质的人来说，ICU，根本不可能是零度现场。我不可能绷得住。

不，不仅是我这样黏液质的人，不仅是你这样胆汁质的人。

所有的人。

所有习惯了活着的人。

对"活着"这件事，我们习惯了。我们恋爱，评职称，我们钩心斗角，呼朋引伴，我们上街买小白菜，看美国大片。

不会想到这是活着。习惯意味着麻木。

我们出生后，一直活着，从未死过。死，是别人的事。

这里却是ICU, Intensive Care Unit 的缩写。它的中文意思是重症监护室。重症，监护，一下子就说出了生与死这两个字。这是两个大字，而此刻却异常具体。具体到痰培养，到肾上腺素大量注入，到20厘米的引流管插进身体的每个漏洞。漏洞里，住着死，也住着生，它们在进行着拉锯战。

在ICU门前，会看到许多张面孔，焦灼的、悲伤的、木讷的、期盼的。从凌晨到深夜，他们在这门前游荡、呆坐、失神或者痛哭。如果有喜悦，那便是历经艰难的等候获得生命的大赦。

门内，一群人，躺在白茫茫病床上，正一分一秒死去，一分一秒从死亡线上跑回，一分一秒学会重新呼吸重新微笑。

一分一秒，天荒地老。

ICU，像一道咒语，箍紧命运。

监护室里一共10张床，空着的时候极其少，有人离去，有人不断地填补上来。离去的，有承蒙上天眷顾，历经九死一生，得柳暗花明，终究转到了普通病房；有山穷水尽后，漏洞继续溃堤，家人不得不放弃的。戴上简易借氧面罩，被家人飞奔带回家，最后一口气落在自家床上。带不回家的，我们只能交给那个身影，他已驻足等候许久。

我们从没邀请过他，他以他的方式走过来，他无声无息，他在每个角落里踯躅。他是安静的，不慌不乱的。只取走他想要的东西。他有着冰冷而顾长的手指，手持镰刀，在我们头顶掠过。

房间里什么声息都没有了，只有他，他在挑选，他是唯一的主宰。

"咔"，我们听见了，声音辽阔而苍凉。镰刀落下。一床监护仪上所有的数字归于零。他带走了。

分分秒秒，我与他共处一室，我的呼吸里有他，我的惆怅里有他，我的疼痛里有他。他穿透我，将一个习惯置入我的血液。

习惯死亡。

ICU给我当头一棒：我得重新开始一种习惯。关于死亡的种种。

一床一床地来，一床一床地走。死，死里逃生、九死一生、生死攸关、死不瞑目，是如此普通的存在状态，铁一样钉在钉子上。我每天都在经过。有个声音提醒我，或者我该怀疑，我与生命到底有多大关联？那些花枝招展的活着，那些锱铢必较的活着？那些名利双收的活着。它们真的存在过？如果活着的，只是肉体，我还有什么理由爱这活着？肉体多么不堪，镰刀在轻轻掠过。

我一日一日谈论着死亡。谈论每个肉身的千疮百孔，谈论每一寸终将被消亡的部位，谈论每个腐烂的穷凶极恶的细胞，我被围于一个新的言语表达体系。

但，这只是折射。死亡的隧道里，有没有一孔关于活着的天窗？

死亡，我不再对它不依不饶。

2013年12月15日

## 不存在的七加三

死者姓名：刘军兰。

性别：女。

出生日期：1987年7月10日。

死亡日期：2013年12月15日。

直接导致死亡的疾病或情况：脑干出血，脑死亡。

一个死去的人正被屈医生填进一纸证明，《居民死亡医学证明》。5厘米宽,8厘米长,薄薄的一张。握在手里,几乎不被人看见。它却是必需的。作为尚存在我们视线内的一具肉体,经户籍销户,到火葬场火化,都得用上它。

生命的征程,不过是被无数次地证明,无数次的签字画押。诸如出生证、疫苗接诊证,诸如团员证、健康证对于刘军兰而言,她已缴械投降,不再前行。她不再需要结婚证、初婚初育证、婚检证、独生子女父母光荣证。带着这最后一份证明,结束她完整的肉身。

我们曾经设想过,从她完整的肉身上能留下点什么。前两天,一个护士给我算过有关刘军兰的数字。

眼角膜两个、心脏一个、肾脏两个、肺脏一个、脾脏一个。护士小刘扳着指头认真地数。小刘的意思是刘军兰的眼角膜可以捐给两个人,心脏可以捐给一个人,用器官捐赠的理念算下来,刘军兰至少可以让七个人受益。对,还有肝。扳到第七个,小刘又补了三个指头,他说,她这样年轻的肝可以移植给三个肝癌患者。

我们计算这些数字时,就站在五床刘军兰身边。她的床头标签上标明脑干出血,脑死亡[1]。我们还不能填写死亡证明,要等待传统的死亡标准"心跳停止""血压为零"的到来。在心电图记录监测仪、多功能呼吸机、氧饱和度监测仪等医疗仪器设备的支撑下,刘军兰仍维持着心跳、血压这些生命体征,但她的脑干发生结构性损伤破坏,脑功能已经永久性丧失,任何医疗手段都不能阻止心脏的最终死亡。面前的刘军兰,可以命名为死亡者,也可以命名为待死亡者。她最后的出路也有两条分支,是化为灰烬,还是成为一名器官捐赠者。

并不是所有的死亡者都可以成为器官捐赠[2]者。刘军兰是个例外,年仅26岁,车祸导致脑死亡,其他部位的器官和组织依然健康。作为捐赠供体,她是一位非常理想的潜在捐赠者。

---

1 脑死亡:对于临床上虽有心跳但无自主呼吸,脑功能已经永久性丧失,最终必致死亡的病人,称为脑死亡。
2 器官捐献:是指自然人生前自愿表示在死亡后,由其执行人将遗体的全部或者部分器官捐献给医学科学事业的行为,以及生前未表示是否捐献意愿的自然人死亡后,由其直系亲属直接将遗体的全部或部分捐献给医学科学事业的行为。

刘军兰脑死亡前，并没有填写捐赠协议书，这表示在她死亡后，由其家人决定是否将部分器官捐献，所以能不能成为供体，决定权在刘军兰的家人。

一通电话正在红十字会负责器官捐献的协调员和刘军兰的父亲之间展开。

如果死亡是伤口，那"捐赠"二字就会是盐粒。多年的协调经验告诉协调员，人们仍旧将器官捐赠看成残忍的代名词。他小心地选择词语：可不可以让刘军兰的生命在其他人身上延续？比如说，她的眼角膜。

不要说了。协调员的话当即被生硬地打断。听着话筒里传来的一阵忙音，协调员倒是舒了口气，原本就知道第一次提及会被拒绝。虽然如此，协调员仍旧希望家属能慢慢地接受"生命延续,功德无量"这八个最有力的字眼。

刘军兰会不会成为第二个高巧巧呢？

2011年8月，湖北省第11例多器官捐献者，也是年龄最小的多器官捐献者高巧巧，她的"人体器官捐献登记表"签字仪式就是在刘军兰现在所住的重症监护室的主任办公室里进行的。

8月19日晚，13岁的农村女孩高巧巧不慎从自家二楼阳台摔下，头部遭受重创，迅速送到医院抢救。8月22日，病情恶化，做完紧急手术后再也没能醒过来，被确认为脑死亡状态。8月26日，面对女儿的不幸离开，高巧巧的父母做出了一个伟大的决定，将她的多个器官无偿捐献出来。巧巧捐献的一个肝和两个肾，连夜经过配型成功后，顺利移植给了三名患者。捐献的眼角膜也让两名患者重获光明。

高巧巧的父亲在"人体器官捐献登记表"上签下名字的那一刻，在场的工作人员满含泪水，向他深深地鞠躬。

裴多菲说："生命的多少用时间计算，生命的价值用贡献计算。"当人们以奉献为乐事时，审美就会融入人的生死时限中，人们就会克服生、死、痛苦、忧惧的困扰，就会在审美的愉快中达到非功利性的超越。

人不仅向往生存，更向往生命之美。高巧巧失去年幼的生命，她的父母擦干眼泪，代她做出艰难的决定，为这世界留下宝贵的生命礼物，让她的一部分生命，仍能在这个世界上延续。这是对生物生命的超越，让有限的生命焕发出无限的光亮。

20世纪50年代起，逐渐成熟、被称为"医学之巅"的器官移植技术，已成为众多终末期患者得以延续生命的最后企盼。然而，我们现在面临的现状是，我国器官需求与供给比为150∶1。有90%的病人在漫长的等待过程中死去。

器官捐献遇到了一只"拦路虎"：身体发肤，受之父母，不敢毁伤，孝之始也。

安徽长丰县一位名叫程凤无的老人去世前签下遗嘱，要求捐献遗体和所有可用器官，老伴与子女同意执行遗嘱。安徽医科大学遗体捐献接受站工作人工员到了村口，被村里人拦住了。村里人将程家围了起来，大骂其子女不孝，老伴糊涂。尽管完成了老人的遗愿，但程家人却无法再在村里立足，只好搬走。

在国外，遗体器官捐献是一件很光荣的事情。但在我国内地却行不通，观念没有跟上，宣传做得不够。在内地各大医院，几乎很难看到器官捐献的宣传册子。家属们从红十字会那里第一次接触到"捐赠"，无异于往伤口上撒盐。协调员已经将盐粒撒到了刘军兰家属伤口上了，结局会怎么样呢？我们当然渴望着更多的超越。

4点钟探视时，刘军兰的母亲希望能进科室，再看看刘军兰。我们不忍心拒绝这位母亲。5天之内，她老去了50岁。

她呆呆地望着刘军兰的脸，那脸浮肿得变了形，像一个被无限发酵的馒头。蜡黄的皮肤被撑得薄薄的，吹一口气，就会破。她哽咽着，叫着兰，兰。她伏下身轻轻抚摸着刘军兰的手，摸了手背，又把手翻过来，摸她手掌。

你们来摸，她是热的，热的。刘军兰的母亲喃喃自语。

她又将脸贴着刘军兰的脸，贴得紧紧的。她说，这儿也是热的，热的。她猛地抓住一个护士的手，贴在刘军兰手上。你摸，摸，是不是热的，是不是？她盯着刘军兰的手，那手那么温热，这个热的女儿怎么会死？"热"揪住这个母亲不放，她大叫着：你们来摸，热的呀，热的呀！

她连男朋友都没谈过，她还只有26岁，她怎么就走了？刘军兰的母亲瘫坐在地上，失声痛哭。她一边哭，一边质问。谁能给她回答呢？她望着白茫茫的天花板，绝望地摇头。

我们搀扶她走出科室，她双手冰凉，浑身颤抖。这时，刘军兰的父亲和哥哥也提出了进科室的想法。护士小刘很为难地说，刚才不是进去看了吗？刘军兰的哥哥说，我们没进去。他语气低沉，眉头紧皱。像有根导火线缠在他腰上一样，只要我们说不，他就引爆。

刘军兰父亲掀开她身上的被单，只有下体处盖着一件病号服。他用手轻轻地触摸着她的身体，从脖子到小腿，他触摸得那么仔细。触到刘军兰右下胸时，他问道，这里怎么有刀口？这里肋骨撞断了。肋骨？当时救护车送过来时，就发现肋骨被车撞断了呀。哦。他应了一声，又一次从头到脚地触。一寸皮肤一寸皮肤触摸过去，他在寻找着什么。刘军兰的哥哥沉默着，他的目光在刘军兰身上一遍遍搜寻。他也在寻找。

在这具脑死亡肉体上，他们在寻找什么？

他们在寻找证据。刀口。取走器官的刀口。

我们回过神来，心底抽了一口凉气。他们以为我们已经取走刘军兰的器官，怎么会这样想呢？

如此荒谬，我们只有苦笑。这荒谬却是可以被原谅的。他们被"死无全尸"打倒了，刘军兰会缺个心脏缺个肝被送往火葬场？不。他们得让她完整离去。

把这边翻一下。刘军兰的哥哥吩咐。我们不敢怠慢，连忙将刘军兰的身体侧过来，他们低下头，仔细地看。

薄薄的被单重新盖上。刘军兰的父亲将她胸前的被单往上拉了拉。他冷冷地说，你们不要再打电话了。

打电话？

你们。

我们？没有啊，什么事？

不要再说捐赠的话。

捐赠？

捐赠，器官。他将这个句子截成两段，他说得很吃力。说完后，长长地叹了口气。

刘军兰的母亲原本坐在椅子上，一见他们出来了，赶紧站起来，三个人很快地交换了眼神。科室铁门快关拢时，刘军兰哥哥说，你们不要再打电话了，不要给我们提这个事。他的语气里有愤怒，有无奈。我们重重地点了点头。

我们并没有给他们打电话，作为收治医院，我们没权利和家属谈器官捐赠这件事。这两天，是红十字会的协调员在和他们沟通。从他们刚才搜寻证据的荒谬举动里，可以想见协调员撒上的那盐粒太重，他们完全不能接受。刘军兰的亲人不需要赞美与敬意，只愿意这个连男朋友都没有谈过的肉体保持她的纯净和完整，"体面"地离开人世。

我们唯一能做的是尊重。小刘伸出的七个手指外加另外三个手指都只能是理论上的，它们起于医学，止于伦理。

凌晨5点10分，刘军兰停止心跳。7点53分，屈医生开始填写死亡证明。7点58分，她填了3分钟，刘军兰的一生填完了。

**补记：**

昨天下班前，护士长召开了一个简短会议。强调这两天与刘军兰家属打交道时要注意的事项。

第一，家属问起病情，就只说病情，与病情无关的任何话都不能提。关于"脑死亡"的概念，家属不问，我们也不要说。

第二，不要特意表现出对家属的关心和热情。其他家属可以，但这两天对刘军兰家不可以。

说到第二点，护士长看了我一眼，补充上一句：特别是周老师，我理解你想多陪家属说会儿话，但刘军兰家比较特殊，一旦我们说错话，就会给我们造成大麻烦，我们得保护好自己。

护士长的话引起大家的不满，这无中生有的事，怎么弄得像个真的。

护士长说，我们多理解一下家属吧，他们这样想，也情有可原。尽量做到让他们满意。

下班时，我第一次没有从科室正门出去，刘军兰母亲和大哥就坐在门口。他们严峻的眼神扫过每个从科室走出来的人：哪一个要将刘军兰的眼角膜、肝摘取下来。

我走另一个侧门，回家后，我打了两个电话。

第一个打给爱人胡。我去红十字会填写器官捐献志愿书，好不好？

你疯了，神经病。胡骂了一句，电话挂了。

过一会儿，他把电话打了过来：找没有找扣子的班主任，谈她近期表现？我说还没。上个月的物业管理费交了没？我说还没。胡吼一句：这些事都没做，发神经病。

我不反驳。被骂习惯了。他最憎恨我的任性。一个上有老下有小的中年妇女不好好做家务带孩子，谈什么器官捐献，就是任性。

电话挂了不到半分钟，他电话又追过来：不准给扣子说你那神经事。晦气。

第二个打给死党。我要是哪一天死了，就把眼角膜啦肝啦肾啦捐献出来，或者把整个遗体捐献给医学院。

呸，住嘴。死党怒喝。

我是说等我有一天死了。

住嘴。

死了就死了，一无所用，捐出来还有点用。

你不用让我心里有阴影，好不好？活得好好的，谈什么死不死。死党挂断了电话。我们平日谈论话题没边界没底线。床上动作、夫妻关系都谈。现在，我们不能谈死。

第三个电话，原本想壮着胆给父亲打，不敢打了。

2013年12月23日

## 你说怎么办

你说怎么办？他收回前倾的身子，靠在沙发上。阳光透过豹纹的窗帘打在他的身上，他的脸显得明一块暗一块，很斑驳，只有一道光笔直笔直地射向我。那是他的眼光。

"你说怎么办？"他把它当成一个皮球，反转身，踢还给了我。

刚才，我提出了两个建议，但一个矛一个盾，一个南辕一个北辙。他有这个权利让我自己为难自己。

那你说怎么办？我的眼神也笔直笔直地望着他，不躲闪。我把皮球再次反踢回去。

踢完后，我拿起湿纸巾，擦了擦手上的西瓜汁，腻腻的，黏黏的，像我们现在这个话题。我慢条斯理地擦，尽量擦得从容一点，我要掩饰我心底里的恼恨。我恼恨我自己：我凭什么就以为这是个问题？

能解决的才叫问题。而他,显然是拿我的问题作无解了。

等二床患者一脱离危险,转到呼吸科,我就邀了眼前这个40多岁的男人在茶楼里坐一坐。

最开始我忽略了他。因为在每天4点的探视中,我们是与二床的母亲通报病情。那是一个很强悍的老妇人。做了30年的社区妇联主任,现在70多岁了,还撑得住场子,临危不乱。二床突然呼吸衰竭,一群人乱了阵脚,她擦一把眼睛,堵住涌上来的泪水,命令二床的哥哥和妹妹:你们一人拿两万块钱出来,没有就想办法去借。她活过来了我想办法还你们;活不过来,钱就没了。

她与女儿的病对着干了十几年的仗,如何进攻,如何防守,她心里明镜似的。有一天,她让我们拿出用过的免疫球蛋白瓶子给她检查。一瓶、两瓶、三瓶、四瓶、五瓶。数到标注有她女儿名字的五瓶后,她才收回怀疑的目光。免疫球蛋白是一种提高机体免疫力的药物,一瓶就要538块钱,一天下来,二床在这个药物上得花掉2000多块。外加ICU的其他开支,一天得7000多。谁也没有金山银山堆着花不完,所以,尽管她查看我们的药瓶,核对药费单,质问我们免疫球蛋白是不是都用在二床身上了,那语气那眼神充满十万分的怀疑,我们还是积极接受她的审查。

一个白发人照顾一个黑发人,确实不简单。探视完返回科室,我对护士长说。

护士长不以为然地笑了笑,她加快步子向科室走去,五床病人骶尾骨出现了褥疮[3],得赶紧处理。我有点生气她这种漠视,就加了一句,二床的妈妈还有高血压呀,70多岁了。护士长反问我一句,疾病长了眼睛?我无话可说了。疾病又没长眼睛,父母儿女都是它盯梢的对象。它根本就不用眼睛来判断,逮住谁算谁。

要说不简单,那个男的倒是不错。护士长说。哪个男的?那个天天和她妈妈一起来探视的。

那个男人我有印象。在每天探视的一帮人中,他不怎么讲话,只是静

---

[3] 褥疮:也称为压力性溃疡,是由于患者局部组织长期受压,影响血液循环,导致局部皮肤和皮下组织发生持续缺血、缺氧、营养不良而致组织溃烂坏死。

静地看着玻璃窗内躺着的二床。等一群人散了，最后留下的两个人，一个是母亲，一个是他。有两次，护士长说账上费用不多了，得交一点钱。他说知道了，等会儿就去交。

他是二床的老公、二床的男友、二床的哥哥？我将这三种身份排了排，都有33%的可能性。

他是二床的前老公。护士长说。我怔住了。"前老公"？

他们1985年结婚，2000年离婚。2001年二床患病，再无第二次婚姻。他这些年也无第二次婚姻，一直在外打工。他原本是个中学老师，1998年，辞职下海学模具工。现在是个比较出色的模具师。在湖北、四川等地打工，每年积攒下来的钱中有笔很大的开支，就是供二床住两到三次呼吸科。像今年这次，病情发展到呼吸衰弱心跳衰弱，只得住进ICU，他的钱恐怕就只能支付住一次的费用。

二床最初患病时，到武汉协和医院、同济医院拍片，做CT，都没有一个确诊结果，没发现任何器质性病变，但就是无力衰弱。服用几种药后，再三排查，确定了重症肌无力。

因为眼皮下垂、视力模糊，二床不能清晰地看清面前的事物；因为讲话大舌头、构音困难，二床不能清晰地表达自己的意愿；因为咀嚼无力、吞咽困难，二床不能正常饮食。因为无力，二床的所有生活都封锁了，处于一种空白状态。当然，一个月一千多块钱的药费是不能少的。

愈往后走，二床的肌体功能就会愈来愈衰弱，住进ICU也许会变成常态，那怎么办？现在，我的问题还不是这个，我问的是，你和她怎么办？

你还是用每年的工资供她住院，那么，还不如复婚。我说。

他弹了弹烟灰，说，不，我不能忘记过去。说到这里，他不作声了，狠狠地吸了一口烟。

过去，有许多顶在民间称为"绿帽子"的东西戴在他头上。

二床患病之前，是当红美女。这个当红，一是指她的容颜。她被肌无力折磨了这么多年，美的印记还保持着——瓜子脸、高鼻梁、双眼皮。当红的第二个，是指她的职业，她是当时整个城区最大旅社的一名会计。这两者让二床要风得风，要雨得雨。据二床母亲回忆，想当年，人家一麻袋一麻袋地往家里送鱼送肉。送鱼肉的人，有账务上有求于她的，也有喜欢美女会计的许多领导同志。

　　二床唯一的遗憾就是关于他。他是个老实人，也生着一张书生面相。当初也是自由恋爱。结婚后一个在乡下教书，一个在城里当红。时间带走流水，也改变了他们的格局。二床愈来愈花红柳绿，春色无边；书生愈来愈病树沉舟，暮霭连天。他一个月拿回的工资还比不上她随便报销的几张单据。

　　为了及时争得经济上的主导权，稳住这场摇摇欲坠的婚姻，1998年，书生丢掉教书匠这个生了锈的铁饭碗，下海淘金。两人分开后，很快就有人代替了他在床上的位置。他在乡下教书，早出晚归的间隙，中途也有插队的男人。

　　你堵住了现场？在一片烟雾中，我问他。

　　你要我说第几次的？他淡淡地问我。这时，他的脸转向了窗子，他在问窗子。窗子上灰蒙蒙的，被什么蒙上了，看不大分明，大概是我残忍掀起的往事吧。掀起来干吗呢？灰扑扑，尘满面。

　　服务员在过道里给客人们添茶水，这是一个很漂亮的女孩子，齐刘海，勾了眼线的眼睛很大很深，脸上是流行的裸妆。这女孩子也该是当红的美女，她未来的婚姻呢？与谁婚配？和她一样打工的男孩，还是一个有些钱有些权的男人？如果原本和一起打工结识的穷小子结婚，后来遇上了一个所谓的有钱人有权人，那怎么办？望着那张精致的脸，我想得有些遥远了。这是二床和他的婚姻给我带来的阴影，我不该安放在这个女孩子的生活中。我冲她笑了笑，说，给这位先生添点水。

　　他把视线从窗户那里收回来，坐直身子，说了声谢谢。我舒了口气，刚才他面对窗子的沉默，让我心里堵得慌。我搅起的这团灰与这个午后多么不协调。窗外，是城市中心广场，亮丽的少妇们带着孩子嬉笑着，几个老年人在放风筝。

　　那，那你再成个家吧，你看，这些年，漂着，总不是个办法。

　　呵，你怎么和我老娘一个说法？他笑了笑。他说，我这次回来给她治病，根本不能让老娘知道。要是晓得我花了这么多钱，我娘肯定会骂死我。

　　我理解他的老娘。她的儿子被儿媳抛弃了，而且是以"绿帽子"的方式，这是奇耻大辱，她在全村老少面前都抬不起头。

前几年回家的次数还多一点，这几年回来得少了，不敢回，回了没办法给老娘一个交代。她希望我带一个人回去。

这些年都没遇到一个合适的？

唉。他唉了一声，没往下说，眼里浮起一缕缥缈的光。

一个都没遇到？

遇到过。

那为什么不？

我这个样子，能给人家什么？不能害了别人。他很快打断了我的话。

你不和她复婚，就另成个家。

不。

那你说怎么办？

你说怎么办？

我们来回踢皮球了。

复婚？再找一个人成家？这是我一北一南的两个建议。我把生活拧得太清白了，要么这样，要么那样，一个男人总得属于一种状态，我不习惯这样悬着。或者说这是出自一种比较狭隘的小我主义，我心疼这样的男人，他不应该这样悬着。

在 ICU 门口，有几次，我看到他站在窗户边吸烟，一根一根猛吸。他的脸被一张看不见的手揉皱了，巨大的眼袋像两声沉重的叹息。我们在茶楼刚坐下，他问了句，我可以吸烟吗？烟是他保持平衡的一个杠杆。他的中指和食指顶端被烟熏成微黄色。

从 3 点钟到现在 4 点半，他抽完了 10 根烟。

也许，等她走了，再找个人吧。他轻轻地说道，她活不了几年的，一次一次病，身子一次一次垮下去，说不定哪天一口气上不来，旁边没有人及时发现，她就走了。前年住了两次院，去年住了三次院，今年到了 ICU，明年呢？他望着窗子摇了摇头，摇得很无力。

这是他连续说得最长的一段话。他预测到死亡就在路上了，他赶不走它，只好等它。它随时来，他随时等。他不能忘记那些年他戴过的绿帽子，也不能眼睁睁看着她在死亡线上挣扎，去做一个陌路人。

死亡，命定的死亡，成为"你说怎么办"这个命题的唯一答案。

下午 5 点钟，我们结束了这场腻腻的黏黏的话题。

走了啊，周老师，谢谢你的茶。他向我摇摇手，骑上自行车奔医院而去。马上快到医生下班时间了，他得赶过去，询问今天的医治情况。

他转过弯，看不见人影了，我赶紧给我的几个死党打电话，询问海宁皮革城的大促销活动。刚才，他说到了海宁皮革城。是二床先说到的。昨天，二床大着舌头，含糊不清地说，快、快过年了，能不能、买、买，一件皮、皮、草。白、色的，短的，貂貂、貂皮、皮的。

2014 年 1 月 3 日

### 明年，我给你坟头上烧蛮多钱

轰隆，轰隆。

轰隆声一直在响，好像有风在吹，大风，吹在墙上，被逼退回，又一次呼啸着扑过来。五床王桂香老人再次看了看这房间，全封闭的，四面的墙白得刺眼。没有风，是机器在轰隆。

到处是机器，到处是轰隆。

她的床头有一台机器。护士告诉过她，那是呼吸机，帮她呼吸的，没有它帮忙，她一口气吸不上来，人就不行了。

四床那儿也有。一个大机器[4]在轰隆隆地转，机器上伸出几根管子，四床的血从体内流出来，通过管子进到机器内清洗，又通过管子流进四床体内。四床是个老头子。护士说，他肾坏了，排不出尿，得用这个机器帮忙。

六床那儿也有。护士正将一根长长的管子伸进六床喉咙里，他踩着一个开关，他踩一下，机器[5]就轰隆一声，六床触电似的弹起。

三床、二床、一床，全部包在轰隆声中。无尽的风，不停歇地吹。

它们什么时候会停下来？在黑夜？可是，这里没有黑夜。房间里总是亮堂堂的，总是不停地有人走来走去，有时，他们还快跑。

---

4 指血液透析机。血液透析是肾功能不全终末患者的替代疗法。通俗说法是人工肾、洗肾，是血液净化技术的一种。它利用溶质的弥散、水的渗透和超滤作用，清除患者血液中代谢废物，纠正电解质和酸碱失平衡状态，并排除体内多余水分。

5 指吸痰机，可迅速吸走病人体腔内浓痰、脓血等黏稠液体。

一个血淋淋的女人被送到了八床上。白大褂们在机器间急促地穿梭。不一会儿，一个白大褂举起双手，摇了摇头。他的手被血染红了。一个男人从外面踉踉跄跄冲进来，趴在八床边，他抓起八床的手，紧紧地按在自己胸前。他不哭，不叫，只有肩膀在剧烈抖动。

　　八床死了？王桂香老人觉得她的头又一次被谁狠狠地压进水里，喘不过气来。她下意识地摸了摸插在嘴巴上的管子。管子还在。

　　八床死了。有两个白大褂正包着她。他们手脚麻利地抖开一副白床单，包八床的头，包八床的脚，包八床的身子，两分钟就包完了。从脚趾到额头包得严严实实，薄薄的一长条，看不出哪端是头，哪端是脚。这是王桂香老人看到的第三个长条了，下一个，是我，是我？更汹涌的水压过来，王桂香老人被水吞没了。她不由自主地抓住了管子。抓住，抓住它，抓住救命的稻草。

　　天花板上的日光灯已灭了。有医生和护士陆陆续续走进来换班，可以确定这是新的一天。王桂香老人心头一酸：天亮了，她又获得了崭新的一天，她不会被包成一个长条！

　　想到这里，王桂香老人用力地咳。她要把痰咯出来。吸痰管子伸进喉咙里再难受，她也配合。现在，鼓励她好好咯痰的医生走过来了。

　　昨天，那个戴眼镜的医生鼓励她，多咯痰，配合医生的治疗，等到能完全脱离呼吸机，肺部感染控制住了，她就可以转到普通病房。

　　我走到五床身边，向她微笑，我要表扬她的配合。她咳得那么难受，她还在咳。这是个听话的老人。我就是那个戴眼镜的假冒医生。我只不过是个义工，戴上口罩、手套和帽子，看上去像个医生而已。如果老人神志清晰一些，能看进我的眼睛里面，看到惊惧、担忧、恐慌，她就能看清我的真面目。我并不具备专业医护人员所应有的淡定、从容。

　　前两天，刘医生试着给她脱掉呼吸机，只戴上简易供氧面罩。近20厘米长的管子从喉咙里抽出来，过了近3个小时后，她嘶哑的嗓子可以试着说话，她说的话吓了我一大跳。她说：你看，那里有个人，有个人。哪里？那里。她的手虚弱地指着头上。我向上望了望，那里只是天花板。没有哇。有，有，在那儿。天上，有，血，血人。我惊诧地再次望去，还是天花板。我说，没有，哪里有人？有，有，血人。她固执地叫着，有人，血人，血人。

这老太太说胡话了吧？我问护士长。她说，这是重症监护室综合征的体现，人在这种全封闭环境下，离开亲人，整天接触到的都是机器声，都是刺眼的光，还会看见一些死去的患者，恐惧感孤独感会让他们产生种种精神障碍。最突出的就是谵妄状态。

谵妄？

就是意识障碍，思维凌乱，常会产生幻觉，多为视幻觉，也有听幻觉，内容都非常恐怖。

天花板上的血人是王桂香老人的幻觉？

对。

过了一会儿，老人又叫起来了，放我出去，放我出去！天上有人，血，我儿子，车祸，放我出去！儿子。我儿子！

把这些词连缀起来，那就是："我儿子出车祸了，成了一个血人，挂在天花板上，你们放我出来，我要看我儿子。"

所有的幻觉都应当有一点现实的底子在里面吧。会不会是老人在科室里见到过一个血淋淋的人，这个血淋淋印在她的脑海里，又被她与儿子组合起来了呢？我翻了翻前几天的治疗记录，果然有一起车祸，送过来一个血淋淋的人。

你儿子在外面等你，没出车祸。

血人，血人，在天上。快点，放我出去！

你看，这里没有人，没有。我找来一根棍子，捅了捅天花板。

我儿子，我儿子！

护士长将我拉开了，她说，五床这时候思维是混乱的，你给她讲不清楚。

五床王桂香老人73岁，肺结核患者，肺部严重感染，出现咯血，已不能自主呼吸。我们给她气管插管[6]，上呼吸机。两天前，刘医生试着给她脱掉呼吸机，但没有成功，只得再次气管插管。尽管经过了两次气管插管的痛苦，王桂香老人仍旧是位非常配合的患者。她努力咯痰，感觉到有痰了，就示意我们帮她吸。因为配合得好，作为嘉奖，我们给了她右手的自由，

---

[6] 气管插管是指将一特制的内导管经声门置入气管的技术，这一技术能为气道通畅、通气供氧、呼吸道吸引和防止误吸等提供最佳条件。

没有用约束带绑住。

好些了吗？我问她。

她轻轻地点了点头。

我们开始给几床病人作晨间护理。护士小王领着两个人进来了。一个是五床的儿子，一个是五床的老伴。他们一言不发地望了望五床，又将目光转向刘医生。他们刚才已单独和刘医生沟通了半天。

五床婆婆看见儿子和老伴进来，她的脸上浮起一层笑意。她吃力地抬起右手，伸向儿子，她想握住他的手。但儿子的手没有伸过来，他正望着刘医生。

这让刘医生怎么开口呢？她说，还是你们说吧。那父子俩默默地看着她，他们的脸上如死水一样平静。刘医生不得不小声说道，婆婆，我们把管子拔了啊。

王桂香老人脸上的笑意凝固了，怎么又要拔管子？是像上次一样试试能不能脱离呼吸机吗？脱了儿子就将她接回去？她将目光转向儿子和老伴。他们扭过头，看着一旁的急救柜不说话。

我们回家治。刘医生一边说一边去解嘴上的面罩。五床婆婆一把抓住了呼吸管子，惊恐地望着刘医生。管子插在她嘴里，无法开口，可是她很清楚，这管子不能拔。上次医生给她拔过管子，拔了一会儿，她就喘不过气来，又变成了一个溺水人，一口气也呼不下来，她要窒息而死了。她那破棉絮状的肺纤维组织给不了她呼吸，只有这管子能把她从水中打捞上来。管子在，命就在。

刘医生试着又去拔管子，五床婆婆的手更用力了。她抓着管子，摇头。

你们看，她不愿拔管子，我们也没办法。刘医生说。她实在不愿意拔这呼吸管。刚才五床家属一直要求脱掉呼吸机，将病人转回乡下医院治疗。她反复给他们解释，这种肺结核病人，不将肺部问题处理好，随时都有可能窒息而死。乡下医院根本就不能解决问题。现在，你们把病人拖回去，能不能顺利到家，都保不住。

我们问过了，乡镇医院也有那种简易氧气面罩。五床的儿子说。

那与呼吸机完全不同。

儿子不说话了，过了一会儿，他问道，我妈还得住几天？

这个说不准，得看她自身的机体恢复能力，毕竟70多岁了，又是个老肺结核患者，她的肺损耗太大了。

到底还得几天？一天的呼吸机费用就得两三千。

这个真的说不准。我们也想快点给她脱机，长期用呼吸机对病人不好，会增加肺部感染的几概，不用，她的呼吸又不好。这也是没办法的事，我们也想减轻你们的费用。

她这病以后还会不会再发，再到你们科室来？儿子问。

这个，这个刘医生犹豫了一会儿，不知该不该告诉真相。她说出来，一定会吓到他们。这种病人，随时都可能窒息，都要进重症监护室。曾经有病人一个月住进来了两次。

医生，求你了。我们没钱了。五床的老伴沙哑着声音，一脸的愁苦。这位瘦骨嶙峋的老人，一直在科室外面等着。五床婆婆在重症室住了7天，他就在外面等了7天。他的双颊更深地陷下去，整个人像骷髅一样可怕。他说，能借的，我们都借了，到现在，都借了三四万，实在没地方借钱了。

刘医生还能说什么呢，只得进来充当这拔管人。

姆妈，我们回家去给你治。

王老太太目光直直地望着儿子，她还是摇头。

我们回家治。老伴说。他给她穿裤子，她的脚又摆又踢，不让他穿。她想大叫不回去，可是呼吸管堵住她的嘴巴，她叫不出来。我们只看到她那张痛苦的脸，在不停地扭动。她把管子抓得紧紧的。

她现在很清醒，她不愿意拔，你们再不走，我们就报警了。刘医生终于忍不住了，她哽咽着下逐客令。

两个男人转过身，默默地退了出来。那儿子似乎瘸得更厉害了，每走一步，都像踩在刀尖上。"钱"这只老虎咬住了他，咬得血淋淋的。一个六千，又一个六千，他受不住了。

"六千"是王桂香老人住进重症监护室之前的一段插曲。

七天前，接到呼吸科电话，通知有病人要转过来。我和刘医生小跑到科室门口。只有一个40多岁的男人架着一副拐杖，一脸惊慌地等着我们。

病人呢？我们急忙问道。

多少钱？他很快接上一句。

多少钱？刘医生一时没反应过来。

住一天得多少钱？他小声问道。

六千块左右。

六千？他的声调稍稍高了起来。"六千"挂在上扬的语调上，像个怪物。他听不懂它的含义。他怔怔地望着我们，过了会儿，他压低声音，自言自语念道，六千！六千！他听懂了，他接收到了刘医生提供的信息"一天六千块"。

之前，呼吸科主任告诉他病人得住进ICU，不过，你们家属要做好准备，那个科室花费比较大。几多钱？他问。主任说，这个你们要问他们科室。他拐下来，还不等我们按程序进行，"钱"就被他推到风口浪尖。

按程序，住进科室前，我们得与他谈话。涉及到费用、不能陪护以及其他一些情况的告知。一天得花多少钱必须说清楚。进了重症室，钱就是只老虎，扑上来，狠狠地咬着你。

六千！他不相信。

六千！！他更大的不相信。

然而，他必须相信这是真的。一天六千块这只是常规收费，如果要做一些特殊治疗，如置PICC，做CRT，一天的费用就会蹿到一万五左右。

他扭头走开了。留下我们和洞开的ICU铁门。他去找呼吸科主任问个明白，非得要这个"六千"才能保住性命吗？

两小时过去了，病人还没下来。"六千"这只老虎，正在咬人。那个转身走掉的男人会放弃吗？

三小时后，"六千"患者转进了重症室。我舒了口气，可是也为这个瘸子家属着急。不知有几个"六千"等着他，他能对付"钱"这只老虎吗？果然，在催费单上频频见到五床的名字。五床王桂香，欠费3800。五床王桂香，欠费4200。在每天的欠费和借债中，五床度过了8天。

这几天，五床成为我们谈论的主要话题。我们担心五床家属放弃治疗。有些病人有钱可是没有命。如一些脑梗病人，家属说，你们用最好的药，尽管治，我们有钱，有钱。我们也只能残酷地告诉他们，病人治愈的希望近乎为零，钱的意义不大。有些病人有命可是没有钱。如这个五床，她的治愈希望非常大，但钱呢？儿子，患小儿麻痹后遗症，终生残疾；一个女儿，远嫁到广西，日子也过得不富裕。用五床老伴的话说，他们家都是穷人，得了这个病，就好比家里来了个强盗，把仅有的一点钱都给抢走了。

面对疾病这个汪洋大盗，有多少人能赤身肉搏，并获得决定性的胜利呢？

科室门又被打开了，这次进来的是三个人，王桂香老人的老伴、儿子、女儿。他们围在五床旁边，默默地站着。女儿最先控制不住情绪，她喊了一声妈妈，眼泪就哗地一下流下来了。儿子抬起头，死死地盯着天花板。老伴给她穿裤子。

王桂香老人的脚还在乱摆乱踢，女儿按住了她的腿。妈，我们实在没钱了，我们没钱了。女儿号啕大哭起来。五床的腿软了，不摆，不踢，两行泪水无声地落到了枕头上。

老伴低声说道，明年，我给你坟头上烧蛮多钱。

**补记**：

我是不是太过脆弱了？

在科室里和这群病危者待在一起，总想他们能快点醒来，睁开眼睛，眨个眼皮。我渴望眼睛的对视。

探视时，我才知道有些对视是这样艰难。

家属们望着你，眼神无力，虚弱，又执拗。

已经很明晰的病情被他们反复提及。

今天叫他还是没有反应？

没有。

一点也没有？

没有。

一点点？

真对不起，我们尽了全力。

沉默半响，他们的眼睛仍看着你。无力，虚弱，又执拗。"放弃"哽在喉咙里说不得。

医生也不能说。医生换个说法：你们也尽心了，病情一直这样没法好转，要不，接回家去保守治疗？

回家？回家就意味着放弃。

意味着对一个人生命宣布结束。

意味着杀死一个人的不是病,不是脑死亡,是家人。

这一刻,他们眼里装了多少虚弱:不是我,不是我,不是我结束他的生命。

这一刻,我低下头,不再看他们。这些勇敢的人,写下"放弃一切治疗"六个字。未来的岁月,他们必将踩在刀尖上过日子。

2014 年 1 月 12 日

### 我喜欢人多一点

二床,王佳瑜。

我不可能不熟知她的名字。我的左边口袋里装满了她的名字。

佳瑜,妈每天上午与几个人来问医生情况。下午4点才能到病房外看你。小朱、爱华、海珍,她们都来了,还有你不认识的人。

佳瑜,你的病情有70%的好转,再打两天免疫球蛋白,就能转出来的,我们要一直打到你有力。

佳瑜,妈妈今天到肖港佛堂去求菩萨保佑你了。

佳瑜,你安心休养,过两天就会好的,我们等你。我们用一切办法把你治好,一定要把你治好。

妈,我回来了,我在姥姥家喝了藕汤吃了麻糖,你放心。凯凯。

我的右边口袋里也装满纸条,那是她写给外面的信。

我会好起来的。

谢谢我的亲人的关心。

凯凯,你要听姨妈的话。

我的身份是情报员,主要任务为她传递情报。在传递之前,我得先做她的书童。

我没想到她要写字。

最开始我以为她不配合治疗,她的手很不听话,被约束带绑住了,仍一刻不停地比比画画。我说,你要听话呀,治好了,你就能快点转出去。但她不听,手还在画个不停。先是大拇指和食指中指伸开,接着,食指和中指并拢,和大拇指一起在空中画。她要写字吗?我盯着她的手势,仔细辨认，横，横，竖，竖。真是笔画。我这才发现，柜子上的一沓护理记录单上，画满纵横交织的笔迹。一笔赶着一笔，一笔连着一笔，有时，捺笔划破了纸面；有时，一横又扬到了天上。

这应该是字，可这是一些什么字啊？我拿着这沓纸发愣。护士小玉无奈地摇了摇头，她说，二床昨晚画了一晚上字。你看她又要画了。我们没工夫一天到晚举着纸让她画。

我来吧，我来。我解开了二床右手的约束带。她的手在不停地抖动，她试了几次，才把手中的笔抓紧了。我半蹲着身子，将纸正好举到她写字的高度。

她捏紧笔，努力想把笔画安在规定的位置上。然而，她管不住她的手。因为肌无力，她手在不停地颤抖，笔画们便乱了方寸，头落了地，脚上了天，一个字五马分尸般惨烈。愈抖她愈用力，愈用力她愈抖。她画下去的每一笔都有刀刻般的力度。那刀又在不断晃动。

写好一个句子，她就急切地望着我。嘴里含糊不清地叫着，看看我一边轻轻地拍她的手，安抚她别急，一边在脑海里快速拼凑那堆支离破碎的笔迹，按它们的走向，猜测意思。

第一个句子我猜了三次意思，没猜对。第二个第三个句子，我也猜了两次才猜对。

痰多了，她难受。

她喘不过气来，到处堵住了，不能出气。

快点，不行了，好难受，要闷死了。

她的表述里全是用的"她"，她不说我，我不存在了。她说"她"，她妄想那个正在受刑的不是自己。

她不是她自己近10年了。

2000年，刚开始发作时，谁也不知道是哪个混蛋加害于她。抽血，化验，拍片，做CT，做加强CT，都没有发现病灶，没发现任何器质性病变。肾是好的，心脏是好的，肝是好的，什么都是好的，但她就不是她自己。她眼皮下垂，视力模糊，不能清晰地看清面前的事物；她讲话大舌头，构音困难，不能清晰地表达自己的意愿；她咀嚼无力，吞咽困难，不能正常饮食，只能吃流食；她不能正常的地劳作，稍稍一点体力活，就感到疲惫不堪。发展到最后，她不能上楼，不能举起胳膊晾衣服梳头发。

重症监护室——ICU手记　　　　　　　　　　　　　　　　　　　　　161

她什么都不能了，她还是她自己吗？在此之前，她是一家单位的会计，年轻、漂亮、能干。现在，一切都毁掉了。最可恨的是找不到幕后凶手。它穷凶极恶地一次次出拳，一家人陷进惶恐不安的泥沼。武汉、上海、北京，几家医院间奔走，反复核查排除，最后逮住了它——重症肌无力。

这是一种全身免疫性疾病。在中医学上被称为痿证，是以肢体筋脉弛缓，软弱无力，不得随意运动，日久而致肌肉萎缩或肢体瘫痪为特征的疾病。由于肌无力，她因呼吸、吞咽困难而不能维持基本生活、生命体征。一年住进呼吸科两三次，这是常态。这一次因为感冒诱发并加重了病情，导致呼吸衰竭，不得不住进 ICU。

王佳瑜一住进科室，就成了异类。她太不安静了。在约束带允许的范围内，她不断地敲打着床沿。把护士敲来后，就举起她的手，比画着写。她要写字。护士们费好大工夫才能猜出字意。她似乎有用不完的力气，要不停地写。昨天写了一晚上。写什么呢？就写我刚才看到的那些句子。反反复复写。

王佳瑜不能不写，写是她存在的一种方式。她只是无力呼吸无力运动无力循环，但思绪还不曾无力。她是如此清醒，她渴望表达。

这清醒于她却是有毒的——她比那些陷入昏迷的任何患者都要痛苦，她如此清醒地感知她的疼痛，她的绝望，她的挣扎，她的渴望。有一刻，我甚至希望她能昏睡过去。

又要给她吸痰了。吸痰管一伸进去，她就拼命摆着头，想摆掉管子。她一摆头，我就赶紧向小玉摆手。我说，别吸了，别吸了。小玉很讨厌我这个医盲。她不屑地对我笑了笑说，那好，你来帮她咯痰？我只好不作声了，扭过头捂住了耳朵。

你能忍受近一尺长的管子伸进咽喉里的情景吗？我不能。科室里当然有比吸痰更让我这个医盲害怕的操作，置管，抽血，一管子一管子地抽。但它们不发出声音。吸痰却要发出海啸声，呼呼呼。病人则像遭受电击一样，僵硬着身子一阵阵弹起。我不忍心听也不忍心看。病人要吸痰了，我唯一能做的事就是赶紧跑开，离得远远的。可是，对这个二床病人，我是跑不掉的，她紧紧地拉住了我的手。我捂着耳朵战战兢兢地守在她的身边。

她拉住我的手不放开，是从她发现我也是个异类开始。

"你是这里的医生？"她在纸条上写道。我点了点头。她眼里闪过一丝怀疑，分明在说"你不是"。

我学着她的样子，也在记录单上写下"我是"。她摇了摇头，写下"你不是！"她一连打了四个感叹号。我只好投降，在纸上写下"我是刚分进来的医生"。她咧开嘴笑了笑，一副看破我嘴脸的神情。

是什么出卖了我？白大褂、口罩、帽子，一样不差的装备齐了。是我的眼睛。不安、恐惧、痛苦、欣慰、担忧、期盼。人间的所有情绪都深深地镶嵌在我的眼睛里。进科室将近两个月了，我仍然是个异类，医生和护士们的那份淡定从容，我无法学会。这个二床，如此敏感，仅仅凭着对痛苦的相同感知，她认出了我这个异类。

我在她的床头站了近两个小时，我不能动弹。我刚要把手抽出来，她明明闭得紧紧的眼睛就很快睁开了，一眼的恐惧。"你听话，我一会儿就回来。"我小声说道，她摇头，随之，我的手就被更紧地抓住。

等她又闭上眼，很安静地入睡了。我又小心翼翼地向外抽手，一根手指头，两根手指头，眼看第三根手指头要突出重围，她却再次睁开了眼。睁开了，眼神就凝固在我脸上了，眼里的恐惧加深，加深。我羞愧地低下头，将抽出来的手反扣住了她的手，紧紧地握住了。

至此，我的任务就很清晰了。除了探视时，给她和家属传递纸条外，就是握着她的手站在她身边。站在她身边的不是我，而是一个标志。

标志她还活着，活在一个活生生的世界里。她不能咯痰，不能吞咽，不能呼吸。她仿佛生活的一个虚无影子。她被虚无折磨得太久了，她的世界摇摇晃晃，只有握住的一只手标志着她还在这人间。

她的大拇指和食指中指伸开，接着，食指和中指并拢来，和大拇指一起在空中画，她又要写。那些仓促的笔画，踉踉跄跄被一口气追着。

你不走。

我喜欢人多一点，我喜欢人和我说话。

我不敢睡着，我害怕我一睡着就醒不过来了，你把我抓紧一些[7]。

---

7　这是肌无力患者常见的呼吸肌无力现象。胸式呼吸微弱或消失，气短，气憋，常需补充深呼吸或叹气样呼吸，有的病人在睡眠中憋醒，感觉呼吸不能，精神紧张需喘息半小时才逐渐恢复，不敢睡眠，重者需用呼吸机维系生命。

**补记：**

和屈医生送一个病人转到骨科回来，已到下午六点多钟，扣子放学已一个多小时了，我赶紧冒雨骑车往家里赶。在食堂的拐角处，我右手扶车，左手正在扯雨衣，眼看一辆车从左边转过来，我来不及腾出手来捏刹车片，笔直撞了过去。

对方一个急刹车，跳下来，看他的车。还好，只是车门那里被我的电动车撞掉了一小块油漆，而我这个肇事者还活着，瘫坐在地。他开口便骂，你给老子不长眼，赶什么赶，再早一秒，撞死你。

我呆呆地听他骂。他的酒气扑到我脸上。车撞上的那一瞬间，我的大脑迅速短路，我蒙了：灾难？这就是灾难？如果再早一秒，我笔直撞到车头，我的头就碎了？

是我没有捏刹车片的错？可是，他在转弯时，并没有按喇叭，是不是？我仔细回忆，他真的没有按喇叭。交通事故里，我不应该负全责吧。

对方还在骂。他一边检查车门一边骂：老子撞死你，能赔几个钱。

如他所言，我被撞死了，他赔不了几个钱。他买了保险。

好了，这篇补记写到这里就应该打住。因为这有攻击车辆保险的嫌疑。我不想说车辆保险的坏话，我想说的是，车主们有保险作后盾，我们，一条命拿什么作保障？

凯迪拉克开走了，雨水冲走了我膝盖、胳膊上的血。想起护士长说过一个数据，假如十二张病床住满了，那么，其中两张床的濒临死亡者就是车祸造成的。

2014年2月3日

## 一把火的几个版本

火先是在他嘴上燃烧着，作为一支烟。

他每天都要吸三包烟。早上起床吸，中午吃饭吸，晚上睡觉吸。

跟了他一辈子的弱智不影响他抽烟。相反，他只有抽烟时，看上去才和正常人没有两样。

但火不老实了，不知怎么就跑到了衣柜里。一团衣服燃着了。

接着，燃着了他的头发，他的脸。火呈圆球形包裹着他的脸。

火燃到衣服再燃到他的脸，有个时间差，他飞跑一步，是可以躲过圆球包裹的。但他没有成功逃跑出来，一双手拼命地抓着扑打着火。火又不是一顶帽子，他怎么抓也抓不下来。火又将他的手裹住了。火还裹着浓烟，冲进了他的咽喉，很快地将咽道变成了烟道。

护士小刘指了指一根插在他咽喉部的管子，管壁黑乎乎的，下面的容器里盛着近200毫升的墨水。那都是从他体内抽出来的。

他傻呀，大白天着火不知道跑。看着那200毫升黑漆漆的液体，我真是为这人着急。小刘用手指点了点自己的后脑勺，说，他有点那个。

哪个？

智障。

智障？我惊诧地望着二床，这不断抽搐的身子，这痛苦万分的表情，这被烧坏的脸，烧坏的手，烧坏的人，和一个普通患者又有什么区别？

他的两只手虽然被约束带束住了，仍旧神经质似的向上抓，抓他脑袋上的一团火。他浑身在波动，一种叫疼痛的波浪从他的后背一排排汹涌而来。小刘细心地给烧破处的皮肤涂上磺胺嘧啶银，这种药可以有效地收拢脓包和消炎。因为烧伤面积太大，已达到了烧伤三级，他的全身几乎都被涂上了药，后背上还在不断冒出脓包。护士们拿来钳子，小心地戳破脓包，涂上药水。

他这种情况过几天可以出院？我问小刘。

出院？今天。

今天？

嗯，昨天探视时就说了，今天拖回去。

拖回去？我心里咯噔一下，有点发慌。我明白在这种情况下，拖回去意味着什么。

我回头看了看床头监护仪，那上面的心跳数心律数氧饱和数都控制在正常的范围内，怎么就要拖回去？因为智障，因为他只不过是个傻子？可是，在ICU，他和一个局长、一个董事长是平等的，他现在只有一个身份——患者。

福利院浮出水面，他的妹妹浮出水面，妹夫浮出水面，浮出水面的还有村主任，还有民政部门。他傻，但他不是石猴，每一个生命应有的盘根错节，他都具有。这样，我在这篇文章开头描写的那段火就成了虚构。

每天都喝得醉醺醺的。前两天中午，又喝了酒，要不是白天，我们会担多大责任啊！那要烧死多少人。福利院院长愤愤不平地说。

这是一个三四十岁的妇女，很干练。然而，她的干练遭到了挑战。她的愤愤不平里，有讨伐的意味，但更多的是无奈。她能拿一个智障人怎么办？

早上8点钟，我配合小刘做完二床的护理后，就一直在ICU门口等二床的家属。等了半天，没见到二床的妹妹和妹夫。旁边有人告诉我，福利院院长和民政部门的人也在楼下等家属。

也许是因为我的白大褂，代表了医院似的。我一开口问，二床家属来了吗？院长就凑上来了，她原本在大厅里焦急地晃来晃去。

我们那病人怎么样？她问。

还好，刚做了护理。你们今天要拖回去？

他们家属说要拖回去。"家属"两个字被院长以重音突出出来。

就这个样子拖回去？我后边的话没说下去。拖回去就是放弃，放弃就是死亡。院长不会不懂这个事情的进程。

她很快就懂了，连忙接过我的话头，强调道，是家属昨天说好了拖回去的，我们也在等他们。

他们在出院手续单上签字了？

还没有，今天来签。她一边说一边回头看了看大厅外。她旁边是乡民政部门的一个中年男子，正在打电话。

等一会儿，他们还在商量。中年男子回过头来对院长说。

家属同意拖回去，你们要不要赔点钱呢？我犹豫了半天，决定问这个问题。

我们怎么可能赔钱呢？我们本来就是一个福利事业。替他们家养了这几年，白吃白喝的，不可能赔钱。院长坚决地摇了摇头，她看我的目光也掺进了一点敌意，很警惕。

我是说，做一些人道性的补偿，毕竟是在你们那儿出的事。是不是？我赶紧赔上笑脸，为她搭了一个后退的台阶。我不能和她谈崩了。

那是当然的，后期的料理，甚至安葬费什么的我们都会出。院长毫不回避地谈到了死亡。

哎，你们碰到这种情况也是倒霉，多亏你们送得及时。我深表同情地微笑。院长的面色缓和了一些，眼神不是那么警惕了。她指了指椅子，说坐一会儿。她摆出和我长谈的架势。

你知道吧，一直到今天，我咯出的痰还是黑色的，那天就是我冲进去把火扑灭的，这老头真是害人啦。

烟头不小心烧起来了，他又不晓得跑，要是一个健全人，肯定早就跑出来了。我为二床辩解着。

我怀疑不是不小心，是他故意的。纵火。院长说到这里，停了会儿。
她给我一段消化的时间。我吃惊地望着她。

怎么可能呢，纵火？我压低了声音。

你想啊，床单被子都没烧，怎么单单只烧了衣服？衣服还叠成一堆，放在柜子里。明显是他故意放火的。

没理由哇。

前几天他和他妹妹吵了一架，我们也不知道为什么。反正他心情不好，喝了酒，就回寝室里，点燃了衣服。幸亏是白天，要是晚上，我们福利院就遭大殃了。

我的面前出现了一幅画面：1月31号中午，65岁的二床想到妹妹，想到吵架，想到几只老虎在他脑子里横冲直撞，他喝掉了大半瓶酒，他想这样我就可以干掉老虎了。他跟跟跄跄直奔寝室，打开了衣柜，衣服清理出来摆成一堆，接着，他坐在衣服旁，开始吸烟。他点燃了第一件衣服，点燃了第二件、第三件。浓烟升起时，他自己就成了一件被点燃的衣服。

然而，院长让我画出的这幅画面也是一个虚构。谁目睹了那一幕，谁又是那个弱智二床？没有谁，没有对证。二床在我们精心护理下，还活着，不能对证，他被拖回去后，也不能对证。因为死亡即在眼前。

先是皮肤大量脓疮，全身感染，再是因为身体大量失水，失水性休克，肝肾等各器官代谢紊乱，微循环系统破坏。

就这样拖回去，二床一道鬼门关也过不去。

不拖回去呢？

护士小刘给我算账。抗感染抗失水抗微循环破坏，这是前期医治，然后，就是大面积皮肤移植。整个花费没一百万拿不下来，这还不包括后期的护理调养。

拖，是必然的了？然而，是谁决定的拖？这个问题又固执地横在我心上。

院长还在清算二床的过错。他曾经喝多了酒要跳楼。他曾经殴打一个80多岁的爹爹。他曾经癫痫病犯了。现在有些人真可恶，将人送过来的时候，都隐瞒病情，像这个老头送进福利院时，他妹妹根本就没说起癫痫病。当时我们嫌他痴呆，怕出事不肯接纳，他们家下保证出了事不找我们麻烦。你看，这不就出事了，真烦人。院长站起来，向窗外看了看，她又有点着急了。

我这几天就一直守在这里，什么事都不能做。你说烦不烦人。

我决定再给她狠狠一击，让她闭嘴。我说，你知道吧，他们家要是不拖回去，你就有一个无底洞，永远填不满。

这个晓得，晓得。院长不再讨伐二床了，她开始说自己的难处。全院30个老人，痴呆、傻子就有六七个，90多岁的有5个，高血压的、糖尿病的、冠心病的，不下10个。

那你们配有医生吗？

呵？哪来的医生？我们配有救心丸降压药等一些常规药物。一些简易的救护工作我们都懂一点，比如说癫痫病犯了，就死死地按着他手腕处一个穴位，按一会儿就没事了。院长一边说一边演示给我看。在我面前露一手，让她感到轻松了一些。

说话间，一群人走上楼来。走在最前面的是位高个子的乡下老人，穿着一件崭新的夹克。乡村地摊上常见的一二十块钱一件的劣质品。显然还没下过水，今天第一次穿，衣服上僵硬的折线像钢筋一样，绷得整件衣服像一个不合时宜的外来物，很别扭，就如同现在他的表情，很严肃，很郑重其事，但这严肃的背后又有点虚，没有什么作依靠，他的目光是飘浮的。他整个人就是一个乡下人的执拗与怯弱的交织体。他的身后紧跟着一个精瘦精瘦的男人，目光淡定，步伐稳重，一看就是一个主事的人。最后面是两个二十几岁的女孩子搀扶着一位五六十岁的妇女，看上去如幽灵一样，好像有什么深深地压着她，一直压着，这压力内化成她身体的一部分，再也摆脱不了。

院长和民政部门的人赶紧迎上来。精瘦精瘦的男人向他们介绍高个子男人，他就是二床的妹夫。他们之所以到现在才来，就是等他。他刚从西安一个建筑工地上赶回来。现在，他的身份很敏感。按人伦秩序，轮不上他作决定，但他是二床妹妹的老伴，他的意愿就是她的意愿。在乡村，一个老妇人除了带带孙子晒晒太阳，等着一天天变老，她们基本上没有属于自我内心的东西，她们的意愿经常被忽略掉。

现在，一群人要处理的是这个老妇人兄长的生死，但，兄长的智障人身份，让老妇人的话语权显得更是微乎其微。在这场签约中，二床的妹夫才是那个拍板的人。

民政部门的人伸出手紧紧地握着他的手，连声说，真是对不起，对不起，出了这样的事。

是他不听话，总是喝酒，喝出了事，给你们添麻烦了，我们对不起公家。高个子男人果然是拍板的样子，他很得体地握着对方的手，有节奏地摇了摇。刚才上楼时那点怯弱不见了，他毕竟是一个人情练达的乡村老汉，懂得进退分寸。

是我们没照看好，事情也出了，您看怎么办？

听我们村主任的吧。他指了指那个精瘦精瘦的男人。

村主任从口袋里掏出一张纸，递给民政部门的人。我凑上前想看看，但那人一见我向前凑，就有意识地收回了纸。这是他们之间的机密。

是协议吗？应该涉及赔偿吧。尽管刚才院长一直不承认"赔偿"这个词。二十万？三十万？

一纸协议在院长、民政部门的人、二床的妹妹和妹夫手上传看了一遍。没有人提出异议，大家默默地看着。村主任环视了一圈，说，那就按手印。他掏出了一盒印泥。来，你先来。他对二床的妹妹说。老妇人犹疑地伸出右手食指，抖抖的，不知按哪里。村主任用手指点了点。老妇人的手印按上去了。

村主任和院长几个人在商量如何运二床回去，如何和乡医务室联系时，老妇人靠在墙上一言不发。她的眼神直直地望着地面，脸上像撒了一层灰。

院长对老妇人说我们去叫医生吧。老妇人抬起头，疑惑地望着院长。她没有听懂"叫医生"的含义。院长说，还要在出院手续单上签字，我们先前不是说好了吗？您看，刚才按了手印。您放心，后面的事我们都会处理好。民政部门的人、村主任，都可以作证。

院长的声音有点急,但不是那么明显,压抑着。老妇人不在出院手续单上签字,谁也不敢把二床从病床上拖走。

老妇人呆呆地望着院长,泪水很快涌上她的眼眶。院长停住了她的嘴巴,空气静默了。只听得到泪水一颗一颗砸在地上,砸了很久,老妇人轻轻地点了点头。

哦,那麻烦你快去叫医生。院长赶紧对我说道。

签字时遇到一个麻烦,老妇人无法把自己的名字写在放弃合约上,她不会写字。那你们谁来写,她按个手印也可以。医生说。

二床的妹夫写上了"同意放弃治疗"六个字,老妇人右手食指抖了抖,最终不动了。我看那个弧形的指纹正好压住了"同意"两个字。

到现在为止,院长担心的变卦不存在了,几方面人都在场,签了字画了押,今天出院是铁板上钉钉子。一群人套上鞋套,随医生去病房拆去各种管子,运二床出来。ICU门口空了一大片,安静了许多,仿佛刚才的一切是个梦。

突然有哭声响起。是二床的妹妹,她趴在一个拐角处的墙壁上哭着。声音很小,但是很有力,铁锯似的一锉一锉,像一匹猛兽被抵在铁笼里,在拼死挣扎。

我走过去,默默地扶着她的肩膀。她的身子抖动得更厉害了,那猛兽要冲出铁笼了。

是不是在半路上就会死?她问我。

这个,看情况吧。我不知道应该怎么回答她。我就这个问题请教过刘护士,因为二床的咽道全部烧坏了,用呼吸机维持呼吸。出病房后,只有一个简易的呼吸气囊,靠人不停地挤压气囊,送进空气供二床呼吸。气囊又会维持多长时间呢?我不能告诉老妇人真相。

他在半路上就会死,是不是?她又问我。

其实她也没有问我,根本不指望我回答。她就是要明明白白地说出那个"死"。由自己说出来,把自己逼到绝路。

她不签字,没有人会拿着枪逼她。

她不签字,也没有人告诉她从此就是艳阳天。

父母去世后,这个名叫哥哥的人在她家里过了好几年,一年、两年、三年,她都扛过来了，但抗不过时间的漫长。一家人的日子不能总是浸泡在他酗酒、癫痫与弱智里。隐瞒他的癫痫病史，当着院长的面砸破他的酒瓶，发誓不准他喝酒，在福利院里坎坎坷坷熬了几年。她只不过为他喝酒又骂了他几句，骂他这个累赘，骂他害人。她没想到这把火。

签字，不签字，都是被抵在铁笼里的一匹猛兽。说出的"死"让老妇人获得了一种死而后生的痛快。早点把自己逼到绝路，早点了断她对艳阳天的期望。生活中，她没遇到枪，她遇到的东西比枪还要凶险。她开始号啕大哭，没有言语，只有哭。

这时，门开了，院长村主任妹夫民政部门的人出来了，他们推着一辆车，车上是二床，全身裹着白色床单，只有他的脸露在外面。污黑的、肿胀的、变了形的脸上涂满了磺胺嘧啶银，像一摊淤泥里撒进的一撮盐。

二床曾经睡过的床被刘护士清理得干干净净了，看不见脓包，看不见败破的脸，败破的手。他作为一个人，也将被看不见。

看不见的还有一把火的原因。在文章的开篇，我满心以为我看到了，但院长说那是我的虚构，她给了我两个版本，一个是纵火烧死自己，一个是纵火不仅烧死自己还要把整个福利院的人都烧死。我以为院长也在虚构，因为我们之间缺少一个重要的人证。

一个弱智，死无对证，生也无对证。

**补记**：
临睡觉前，读到弥尔顿的一首诗：

无论谁死了
我都觉得是我自己的一部分在死亡
因为我包含在人类这个概念里
因此，我从不问丧钟为谁而鸣
为我，也为你

2014年2月13日

## 你见或不见

这个结果,让我们大跌眼镜。

我们先是将她的床头摇起来,只要她稍稍扭过头,就可以看见探视家属。窗外,老爷子不停地敲打着窗子。他提醒她,他就在外面,他来看她。

她摇着头,被呼吸罩捂住的嘴支支吾吾的。她还看不见?我们又小心挪动呼吸机、氧气瓶,将床由竖着摆放变成横着放,又把两边的窗帘拉得开开的。这样,婆婆的整个人全暴露在玻璃窗面前了。谁知,她猛然一低头,没有被约束带绑住的左手极快地捂住脸。她的头摇得更厉害了。

一天一次的探视,她不接受!

我们愣住了。我们还没遇到过拒绝家人探视的患者。ICU作为一个特殊的科室,不能让家属陪护,这对病人和家属是一种除了疾病之外的另一层心理上的考验。在科室大门口,经常可以看到被子、手电筒、充电器、脸盆、毛巾和饭盒等。家属们用日用品撑起另一个生活场所。患者一天不转出,他们就等24个小时;两天不转出,就等48个小时。其实,我们留有家属的号码,为了保证联系的畅通,一般会留两位主要家属的。请医生会诊,做气管切开,做静脉管道建立等一系列非常规治疗方案,都会提前与家属沟通,不需要他们整日整夜守在门口。但是,在ICU门口,从早到晚始终站满家属。似乎除了这儿,他们再无其他藏身之处。

有一天早上7点钟,来上班的护士刚掏出钥匙开门,只见一个中年妇女从一旁冲过来。"让我进去,让我进去。"她抓住护士的胳膊,歇斯底里地叫着,眼睛里闪着恐怖的光。"你们知不知道,我等了一晚上,让我进去,我要看我老公。""你不要着急,你放心,有什么事情医生会通知你的。"护士安慰着。"不,不,我要进去,我要进去。"话还没说完,她就昏倒在地上了。这是一位胃大出血患者的家属,患者昨天晚上9点钟左右送到ICU。一阵紧急处理后,病人的生命体征稳定下来,我们劝家属回家,等第二天上午医生的告知,谁知她在走廊外等了一晚上。走廊上本来有两条长椅子,被另两床患者的家属占住了,一个人裹一床薄被子,窝在上面,也不知道这个中年妇女是如何度过这早春的寒夜的。看着她苍白的脸,我说,"你在这儿什么事也做不了,白白地等着,何苦呢?"她惨淡地一笑,反问道,"你说,我在哪里能做事?我还能做什么事?"

家属们什么事也不能做,只有等待。ICU的大门什么时候会打开,将亲人放出来,这是一个未知数。在中途,会打开几次。有时是交代病情,有时是送病人出去做相关检查。每次开门,都会涌起一股潮水。家属们涌过来,他们说起许多他们认为重要的信息,重要的建议。明知这些信息建议与目前的救治完全不相干,甚至南辕北辙,我们还得耐心倾听,允许他们表达完,他们的焦虑恐惧需要一种释放的渠道。退潮后,大门口又冬夜一样寂静。一群人陷入等待。有人蹲在角落里一支一支抽着烟。亲人还有多长时间醒过来,意识能够恢复吗,脑内出血能止住吗,最终能熬过去吗?这都在等待中。ICU冰冷的铁门将生死线上挣扎的亲人隔开了。亲人会配合医生吗?会挺过来吗?一天一次的探视显得尤为珍贵。4点钟不到,探视大门口就挤满了人。

对于清醒的病人而言,4点钟的探视不亚于他们的一次重生。尽管隔着玻璃窗,看见亲人的脸就是通向外面世界的通行证。凭借这通行证,他们可以从病魔的控制下暂且脱身,他们不再叫二床,也不叫三床,而是叫强子,叫志强,叫强伢。他的名字在亲人的呼唤里一次一次得到强化,给他注入与病魔抗争的力量。

在整个治疗进程中,探视工作是一件大事情。我们尽可能安抚家属的情绪,字斟句酌地告知病情。

眼前这位六床婆婆,早上送过来时,整个人就像一台发动机,轰隆隆地响。首先是呼吸机的响声,再就是她自己的呻吟声。她耷拉着头,整个人蜷成一团。她完全不配合治疗,过不了5分钟就要拉下呼吸面罩,拉不了罩子就想拉管子。

整个上午,六床床头监护仪上的数字反复出现异样。一会儿氧饱和掉下来了,掉到七十几,六十几,一会儿心率达到每分钟一百二十几。

与其看着她这样折腾自己,倒不如让她骂我们一顿。骂了,也许她就安静了。我走到她身边,说道,你要是不舒服,你就骂我们。她瞪着眼,摇头。

我们挨的骂够多了,骂我们是杀人犯。你们是什么医生?不给我吃,不给我喝,不让我儿子来看我。我要出去,我爬都要爬出去。前段时间,有位老爷子就是这样骂我们的。是啊,我们不让人家吃,不让人家喝,还将他与亲人隔开，我们不是杀人犯又是什么呢？我们苦笑着，听他骂着。这个六床婆婆不骂人，除了难受得呻吟外，她在无声地抗争，拉管子，拉呼吸罩。她像一只受伤的刺猬，到处是伤口，到处是荆棘，好像她的身体已装不住她，她要挣脱，她要到哪里去呢？护士长只好派两个护士一左一右看住她。我们比任何时候都渴望4点钟的探视。家属的安慰，会让婆婆的情绪稳定一些吧。

谁知，是这个"我就是不见"的局面。

六床婆婆患尿毒症已8年了。8年间，每一个星期都要做两到三次间断透析。

一个星期两到三次透析，那谁陪着做？我问老爷子。

我。

您啦？

嗯。

您子女呢？

都在外地上班。

那您方便吗？

习惯了，没事。那种透析比你们科室里做的这种持续透析要简单一些。

走到拐角处，老爷子又回头看了一眼，窗帘已关得严严实实的了。他说，医生，求你一件事。

您说。

你等会儿进去，就告诉我婆婆，说过两天，二儿子从济南出差路过孝感，来看她。

这是好事呀，您家老二要回来看她。

不是，不是。老爷子赶紧打断我的话。不能这样说，要说出差路过顺便来看她。

这？

如果说特意回来看她，她就会胡思乱想，认为自己快不行了，孩子们急着赶回来见最后一面。

老婆子一生刚强，要面子。老爷子说到这里，无可奈何地笑了笑。他拿这老太婆可真是没有办法。探视走廊里，别的家属都扑在玻璃窗上，热切地望着亲人。只有他，像个被人遗弃的小孩子，没人认领。他的老婆子被病痛折磨得生不如死了，仍旧要面子，不肯给他看见乱糟糟的样子。

第二天的探视，老婆婆还是"我就是不见"。第三天，她的病情有所缓解，摘除了呼吸罩，整个面色不再死灰一样，她能安安静静地躺着，监护仪上的数字也保持在正常值。如果继续好转，有望明天转到普通病房。4点钟，我们将她床头的窗帘拉开，她没有像前两天那样摇头反对。

要不，让老爷子进来和你说会儿话？

好。她的眼睛亮了一下。她抬起右手，试图理一下头发。她的手抖抖的，使不上力，护士小玉赶紧上前帮忙。挽起来。六床老太婆说道。扣子，扣子。她又小声叫起来，她要扣住胸前的两粒扣子。

家属当然不能随便进病房，可是老爷子吃了两天的闭门羹，让我们都觉得心疼。他眼圈微红，说话时却一直带着笑意。她啊，是这样的，倔。他担心我们责怪六床的不可理喻，为她找着理由。

你乖啊，争口气，过了今天晚上，我们明天就转出去啊。老爷子趴在床前，轻言细语地说着。

晓得，晓得。

你争口气，争口气。他走了几步远，又转过身来叮嘱她。

她微侧着头，右手抬起来，向外一摆，意思是你这老头子可真啰唆，快走吧，快走。可是她的手指向外摆的动作并不明显，有点招手的意思，等老爷子转过身再叮嘱时，她的手向内招了招。老爷子赶紧三步并成两步，来到她床前。

你不来了？老婆婆噘着嘴巴问他。

来，来。老爷子笑眯眯地点头。他的身子向前探了一步，轻轻地拍她的后背。

那我要吃话梅。她嘟囔着。

话梅？

就是。

医生，能不能吃话梅？老爷子急切地转过头来问我们。老太婆下了圣旨，他不知道应该如何执行。她是他的女皇，但这里不是她的疆域，由不得她做主。

甜的吗？甜的不能，她的血糖还蛮高。

不甜，不甜。我们买的是咸的，她嘴里乏味。她平时都是吃咸的话梅。

那就少吃一点。

不多，不多，就给她带两颗。他又对婆婆说，听到没，只能吃两颗。

好。婆婆的嘴巴终于不翘起来了。嘴巴咧开，她有似小顽皮地笑了笑，这是她第一次笑。

你要听话，争口气，明天我们就回家。老爷子又念紧箍咒。

晓得啦。这一次，老婆婆的手势很明确，是挥，是让这饶舌人快走。

过了近一分钟，又有急促的步子跑过来。我们一看，又是那个老爷子。

你是忍一会儿等我送米汤来时一起带过来，还是现在就想吃？

老婆婆噘着嘴巴，想了想说，现在。

好，好，现在，现在，你等着啊，等着。老爷子趔趄着小跑出去了。快转弯时，他回过头，像是冲着我们，又像是冲着老婆婆，他竖起大拇指，打了个胜利的手势。

一时间，整个科室哄堂大笑。笑了之后，我们的眼里开始有泪水打转。

如果有一天，我们81岁了，不幸被病魔逮住，希望我们也能为另一个人"对镜贴花黄"。那个人，83岁，他说，你要听话，明天我们就回家。

2014年2月18日

## 我这是脸，不是屁股

科室里只有6位患者，其中有3个陷入深昏迷，两个在浅昏迷，但整个科室里还是异常吵闹。

六床的老爷子又在和我们叫板。

前两天，我们不用讨饶，我们热烈欢迎他给我们使使狠劲儿，和我们对着干。

六床这个糖尿病晚期患者只住进来半天，我们就发现了不同凡响。这么说，有点故作玄虚。一个遍身插满管子的老人，能做出什么大动作，足以不同凡响呢？

不同凡响的是他的手，手上的力。

护士小玉要给老爷子擦身子，就轻轻地拉了拉他的被子。小玉一拉，没拉动被子，小玉再一拉，被子还是没被揭开。低头一看，老爷子的手抓着被子。他不可能抓得这么紧啊。小玉不相信，又使了劲。哪知她愈使劲，老爷子抓得愈紧。一个死命地拉，一个死命地抓，拔河一样。

我们几个人都不相信小玉的描述，也跑过来轻轻地拉了拉老爷子的被子，我们也失败了。老爷子的五指铁钳一样，牢牢地抓着。而真实情况是，老爷子的躯体已衰败得很不像样子了。肾衰，心衰，呼吸衰。这钢铁力气来自哪里？

我们试了一次，又试了一次。有时，刚和他拔过河，歇了会儿，趁他放松警惕时，猛拉一把，那枯枝瞬间变成了钢铁，我们在拉力与反拉力中僵持不下。

在探视时，董医生向家属谈到了这一点。

真的呀！六床一直愁眉不展的二儿子一听这话，就惊喜地叫起来。这是个50多岁的男人，面色憔悴，眼里布满了血丝。这个时候，他握住董医生的手不放，连连说道，这就好，这就好。

他每年都要住院几次，身体一天比一天弱。为了锻炼他的意志力，我们就经常和他做拔河游戏，让他用力拉。这样也能防止他老年痴呆。男人解释着。

他知道拉你们，就表示他的意识还没完全消失，是不是，是不是？他又急切地问道。

应该是这样，幸亏你们平时的拔河游戏，这么大年纪了，竟然扛过来了。

我父亲长征过。男人很自豪地说。

啊？老红军？怪不得这样，了不起，了不起。六床的这个身份让董医生兴奋不已。

董医生没有理由不高兴，病菌发起进攻，看起来是在侵犯人的肉体，实质上是在较量人的意志。同样一个病，在意志力强和意志力弱两个患者身上的表现是完全不一样的。红军，怕什么？董医生被胜利的曙光充溢着，我替她高兴，也替老爷子高兴。患者的治愈其实依靠很多因素，家人的鼓励、坚持，患者自身的斗志、求生欲望，这一切比单纯的药物、救治手段更有力量。

我们将探视所得的情况及时通告了所有医护人员。那几天内，除了常规的治疗外，这是对敌人的正面打击，我们又抄小路，施以援军，我们得空就去拉拉老爷子的被子，训练他的对抗力。他越使狠劲儿和我们对着干，我们就越高兴。

重症监护室——ICU手记

拉不拉得动？

拉不动。

科室里时不时响起这样的对答，很兴奋。

3天后，六床从昏睡中醒过来了，他扛过了肾衰、呼吸衰这两道鬼门关！没有想到的是，他又和我们扛上了。

老爷子，你乖一点啊，乖一点，来，张嘴。

老爷子不乖。他和小玉谈判。

我要坐起来，我要坐起来。他嘟囔着，摆着头，伸到他嘴唇边的沾水棉签被他摆开了。小玉要给他做口腔护理，就得答应让他坐起来。

您就拉在床上。

不行，不能拉在床上。

我们帮你处理，您就放心拉在床上。

我解不出来。

给您用开塞露。

我就是解不出来。

小玉的手还举着，他的嘴巴还闭着。又在拔河了。

护士长放下另一床的护理，走过来给他说好话：老爷子，你乖一点，乖一点嘛，我们争取活到100岁。

100岁？我凑上前看了看床头牌，上面清楚地写着93岁。可是他的整个面容看上去也就是六七十岁的样子。皮肤塌陷得并不厉害，绷得紧，还有些光泽。

他这个样子？我指了指六床的脸，小声说，他的脸这么饱满，怎么93岁？

肿的。护士长的声音更小。

100岁呀，老寿星。我乐呵呵对六床说，将一张笑脸盛开给他看。

老寿星听话嘛，来，来，听话，听话。小玉机灵，又跟了一句。

六床勉强张开嘴，小玉小心地将棉签塞到他嘴里，仔细清洗着口腔。护士长也拿来了开塞露。谁知老爷子他食指一指，说，你们一边去。我们抿着嘴笑起来，护士长赶紧向我们做了个制止的眼色，她把开塞露递给了男护士小罗。

我偷偷扭过头看了看，老爷子用被子把自己盖得严严的，大腿处稍稍

不可医治的乡愁

拱了起来,一双眼睛紧紧地盯着那拱起的一块。他的那张脸因为用力,显得有些微红。

小罗给他擦了屁股,换了纸垫,再准备给他擦洗身子。

我要坐起来,我还要解手。他又叫起来。

刚才不是给您用了开塞露吗?

不行,我不在床上解。

您听话呀,您现在不能坐起来。

我要起来,起来。

再给您用开塞露,好不好?

我要起来,起来。

刚才用开塞露,拉出的大便并不多。现在老爷子仍要坐起来,并不说明他真的有那么多便意,他就是要不乖。小罗小玉他们假装没听见"我要起来",径直去给三床做清洗。

三床是个深度昏迷病人,脑内出血,两天前做了颅内手术,引流管里已盛了许多瘀血。小罗小玉两人配合着,小心翼翼地将管子里的瘀血处理干净。

啪,啪,啪。从六床那儿传来响声。我们惊诧地望过去,老爷子在扇自己的脸。

我这是脸,不是屁股啊!他一边扇一边嚷。

"羞耻"这个词重重地伤害了一位老红军。他忍受过枪林弹雨,忍受了九死一生,就是忍受不了"大便",它比死亡更让他羞耻。

老爷子,这是医院,您不要想那么多。护士长抓住他的手,安慰他。

我这是脸,不是屁股啊!他满脸涨得通红。他用力摇着头,手还要伸向自己的脸。

监护仪上的心律呈现出异样,他这样不镇静,治疗效果就会受影响。从昨天夜晚起就在进行的 CRRT[8] 还得几个小时才能完成,我们只得破例让家属进来做安抚工作。

---

[8] CRRT:连续肾脏替代疗法的英文缩写。又名CBP(continue blood purification):床旁血液滤过。定义是采用每天24小时或接近24小时的一种长时时间、连续的体外血液净化疗法以替代受损的肾功能。

我要回家，我要回家！一看到儿子，老爷子就叫起来。他的声音比刚才还要大，眼睛里放着光。

那怎么能回，现在我们在治疗啊。儿子蹲下身子，趴在他面前，轻声说道。

我就要回家。老爷子声音低了下去，他寻着儿子的眼睛。儿子进科室后，看了一眼那肿得发光的脸，就把眼光放在了被子上，儿子躲着那张脸。

您要听医生的，我们都要听医生的，现在将您的血抽出来，洗干净后再返到您身体内。

他们又要给我打针。

不用打针，您看，那边不是有根管子吗，血从管子里返回来。

那返回来了，就回家？

好，好，做完了我们就回家。儿子把眼光抬起来，对准父亲乞求的眼神，重重地点了点头。

你不走。老爷子伸出右手，按在了儿子的手腕上。

我不能在这里，这是个特别的病房，别的家属都不能进来，人家医生是看您年纪大了，给您面子，才让我进来的。

我一个人在这里。老爷子的手更紧地按在儿子手腕上。

哪里是一个人，这些医生都在这儿。我们都在外面，外面有个大厅，我们在大厅里陪着您。您想要什么，医生会给我们说。您听话，这个血透不贵！

我把这个50多岁的儿子后背拍了一下，我拿不准说出一次血透4800块钱这个价格，是会让老爷子更加心疼钱，变得更加烦躁不安，还是看在钱的分上，老老实实接受透析。但是我宁可相信前者。花钱，花大把大把的钱，对每个老人来说，都是一件要命的事。

男人看了我一眼，下面半句话没有说出来。

血透机运行着，老爷子闭上嘴巴不说话了。他已经明白他的儿子也是我们一伙的，儿子站在医生这边，他孤军奋战，寡不敌众，只好先撤一步，缓口气。

男人向我们致了谢，向走廊走去。

"老二，老二。"老爷子反攻了，来得这么及时。儿子的腿刚迈开两步，他仓皇地叫了起来，每个音都拉得长而急促，就像一个溺水的人在抓一根要漂走的浮木。

儿子踉跄了一下，转过身，急奔过来。

您听话呀，我们治完了就回家。儿子捏住了老爷子伸过来的手。这一次，他的眼光直直地落在老爷子瘦骨嶙峋的手臂上。那里插了三根管子，暗红的血循环着。

儿子，我要穿裤子。

现在不能穿，您的股动脉做了穿刺，怎么能穿呢？

他们不给我穿裤子。

您要打针，不能穿。

儿子，你帮我把裤子穿上。老爷子一边说一边试图动弹他的腿，但两边的约束带系着，他没有成功。

您听话，治完了，我帮您穿。

我的裤子在不在这里？

在，在，您看，这裤子，这毛衣。儿子拎起床下的衣服一一让老爷子检查。

哦。老爷子长长地吁了口气，不再吭声。他有些累了，闭上眼想眯会儿，他的手还抓着儿子的手腕。过了近两分钟，他睁开眼，虚弱地问道：你们，你们都在这儿？

都在，都在。儿子的泪终于绷不住了。

**补记**：

（申明，今天的补记跑了很多火车，也许不应该记，但我记了。）

六床爹爹为了他的尊严，一定要穿裤子，那么，八床爹爹呢？

八床爹爹，82岁，多日的无尿肾衰、内环境的紊乱和中毒性肠麻痹，让老人多脏器衰竭。下午5时，老人心率逐渐减慢，屈医生去问家属是否要进行胸外按摩和心内注射等抢救手段，家属平静地摆摆手，说："不，不用了，让他走吧。"

老人走了，走得平静安详。后来，老人家属给我看了他的遗嘱：我快死时，请不要进行过度抢救。

在肿瘤科还有这样一位老太太。肺癌晚期，做了3个周期的化疗，被药物副作用折磨得不成样子。她彻底弄明白自己的病情后，和儿子商量，放弃化疗。她说，儿啊，你不要担心亲戚朋友甚至邻居，说是因为你不让医生治,把我给"弄死了",是我选择的放弃。她住院时唯一的"特殊要求"是,希望有一个单间,这个空间由她自己安排。墙上挂满了家人的照片,还让儿子把自己最喜欢的几件小家具从家中移到病房。过最后一个春节时,她亲手制作充满童趣的小礼物,送给来看望她的亲人。去世前三天,老人一直在镇静状态中度过,偶尔会醒来。醒来的时候,她总会费力地向每一个查房的医生、护士微笑。有力气的时候,还努力摇摇手,点点头。她保持着她独有的优雅。

重症监护室也抢救过另外一位老太太。切开了气管,做了心肺复苏。她的孙子强烈要求:医生,你们一定要像打一场战役一样救我奶奶,这场战役只能胜利,不能失败。这位几经折腾被抢救过来的奶奶多大岁数呢?105岁。

这使我想到了巴金老人。巴金老人最后的6年时光,都是在医院度过的,先是切开气管,后来只能靠鼻饲管和呼吸机维持生命。周围的人对他说,每一个爱他的人都希望他活下来,巴金老人不得不强打精神表示再痛苦也要配合治疗。但巨大的痛苦使他多次提到安乐死,他不止一次地说:"我是为你们而活。""长寿是对我的折磨。"

也许,今天的补记不应该记下来吧,这好像与重症监护室救死扶伤的宗旨相违背。

怎么能不心肺复苏,气管插管,心内注射呢?这些惊心动魄的急救措施,就是为了避免"因病抢救无效"。在现实生活中,无论多么高龄死亡都是"因病抢救无效",这不是一句讣闻中的套话,而是一种社会意识。再也没有寿终正寝,唯有高技术抗争。

可是,当我们从死亡的深井里向外拔人时,能不能做得从容一点、郑重一点?

生,需要尊严,死,也需要尊严。

补记至此,脑子开始跑火车:当有一天,我的生命无法挽回走向尽头,我会选择"体面"地离开还是"插满管子"地活下去?

活着还是死去,还真是一个问题。

脑子继续跑火车:《阿甘正传》中,阿甘的妈妈对阿甘悄悄地说:"别害怕,死是我们注定要去做的一件事。"

2014 年 2 月 27 日

### 被遗弃的母亲

八床在搜寻我。在一大群忙碌的身影中，只有我是最闲的，最有可能和她多说会儿话。

我却不敢多说。

我害怕成为众矢之的，我的安抚对比出护士们的淡漠，我也害怕我在那儿听她絮絮叨叨，影响其他病人的治疗，我不得不回避她的目光。我侧着头，低着头，尽量不向她的床那儿看去，她的眼直勾勾地向我这边望着。

我等着被她诅咒。科室里每个人都被诅咒了。有时，我们刚忙完一阵急救，坐下来喘口气。她就开口诅咒了，诅咒我们不得好死，诅咒我们断子绝孙，诅咒我们被车撞死。这三个句子使用频率之高，让我们防不胜防。如果她诅咒我们，还能证明她的存在，比如说她还活着，还能骂人，还有言语功能。那么，诅咒吧。

75岁的八床，因为一场车祸住进了重症室。几经抢救保住了命，现在只剩下腿部骨折。考虑到老人年纪大，不宜动手术，应该回家调养，保守治疗。但我们找不到肯接她回家的人。

### 电 话

她清清楚楚地念出了儿子的手机号码，真是不可思议。她在科室里躺了3个多月，躺到时间都模糊了，她报给我的号码竟然一个数字也没错。

拨打了三次，无人接听；第四次，通了。

快，快。我赶紧将手机贴到她耳边。

大旺，她急切地叫着。电话断了，她不知所措地看着我。

没事，没事，手机信号不好，我再来打。我一边安慰她一边再拨过去。

对不起，您拨打的用户已关机。清晰的语言提示。护士小李投给我一个冷笑：看吧，就这样，你以为你比我们能干些？我又拨打了两次，还是"对不起，您拨打的用户已关机"。

王婆婆，那您还记得谁的号码呢？

我小姑娘的。刘小香，在深圳的小姑娘。

她一边在脑子里搜寻着号码一边断断续续地念着，中间停了三次，但最终还是正确地记出了刘小香的号码。

接通电话了，一个年轻的女人喂了一声。王婆婆高兴地叫道：小香，我是姆妈。

这一次，刘小香承认自己不是石头缝里蹦出来的，她叫了一声姆妈。她可能在吃早点，声音有点含糊，但我和王婆婆都听到了这声姆妈。这真是个良好的开端，我索性打开了免提。

小香，你在上班啦，仔仔呢，上学去了？

是的。我们在到处筹钱，要把您转出来做手术。

小香，我想出去了。

莫急，莫急，我们现在都没钱了，钱都交给医院用完了。不是我们不管你。

大旺呢，我刚才让这个医生帮忙打大旺电话，电话打不通。

我们筹到钱，就马上过来接你。我们在找那个撞你的司机家的人，他们不赔钱，我们就要打官司，非得让他们赔。您想，我们都在外面打工，哪来的钱？

那你们什么时候来这里？

哎呀，给您说了，让您耐心点，我们筹到钱，就马上过来接您。

小香，我想出去。

我们现在哪有时间照顾您？您在医院里要耐心点。

小香，你来看我，我想吃肉。

上次，我来看过您，您不记得了？上次，我来了的。

哦，那你下次再来呀。

晓得的，晓得的，我在上班，不说了，我们在筹钱。

不等那端挂断电话，护士小玉一下子冲过来，抢过我的手机，迅速给挂断了。

刚才电话声在科室里响起时，不断有人向我这边恶狠狠地皱眉头，她们要摔我的手机，摔死电话里的骗子。护士长一直给她们使眼色，才勉强拦住了。现在，小玉听到"我们在筹钱"，她听不下去了，她冲着王婆婆的床头大叫：医院没收你们家一分钱，你也不用做手术，就是要回家调养。她把你扔给医院不管你，她这个骗子，你儿子也是骗子，都是骗子！

我惊愕地望着小玉。她的胸口急剧地起伏，口罩遮住了那张气得通红的脸，只有露出来的眼睛在冒着火。这是一个细心的姑娘，每次给王婆婆处理大便都少不了她。王婆婆的右腿和右胳膊完全不能动弹，因此做起日常护理来，要格外小心。小玉趴在那堆大便面前，先用卫生纸擦一遍，再用湿纸巾擦一遍，最后还扑上一层爽身粉。前一刻挨了王婆婆的诅咒，后一刻照样趴在大便面前眉头都不皱一下。可是，她现在的眉头皱成了陡峻的山川。

她生这个骗子的气。

这却不是我要的结果，我拨通长途电话就是要给王婆婆一个安慰。她的子女再怎么回避医院，逃避责任，面对这个具有"母亲"身份的人，总会找理由为自己开脱。

小玉，你为什么要戳穿呢？

面对小玉冒火的眼睛，我只得无言地将手机装回口袋。王婆婆留恋地望着我的口袋，望了好大一会儿。

下午，我去六床边帮忙翻身，王婆婆一眼就认出了我，她招招手，示意我过去。我靠近她，她又招手，我低下头，贴近她的脸。

我儿子姑娘都在筹钱，准备接我回去。她小声说着，有种压抑不住的满足。她的脸上放着光亮。

我再次掏出了手机，这一次不敢用免提了。小玉她们可以尽心尽责地照顾这个被遗弃的母亲，她们就是不能接受一群遗弃者的愚弄和欺骗。我为什么要打这个电话呢——也许王婆婆脸上的光能维持更长一段时间。

对不起，小玉，这一次让我站在你的对立面吧，我拨通了刘小香的号码。

嘀，嘀，嘀，电话在冗长地响，好久，好久，始终没有人接。我羞愧地躲过王婆婆热切的目光，她痴痴地望着我。

肯定是她将你的号码存起来了，一看见这个号码，就不接了。小玉告诉我。小玉说护士长隔个三两天就拨打她儿子和女儿的电话。最开始他们接了，再后来一看到是医院这边的电话，就再也不接了。

## 过　年

今天腊月了？

腊月了。

腊月初几了？

初七。

哦，初七，初七。她想搬起右手帮忙左手算算，但右手还是不能动，她就反复念着初七初七。呃，还有 23 天过年。

对，23 天。

快过年了啊。她的眉头舒展了一下，眼神又暗了下去。她说，我不想在医院过年，我想回去。

当然要回去，过年嘛。

我家里有田有房子，我还养了二十几只鸡，一天下十几个蛋。我还喂了两只鹅，一只鹅有十多斤重，我回去过年做卤鸡蛋，还做年糕。到时候，你到我们家来，我给你吃。

好哇，到时候，我去看您。

我做的年糕蛮好吃。

可怜的人啦，你到哪里过年呢？我心里暗暗叫苦。摆在她面前的问题并没有解决，她无家可归。

医院通过报纸网络等媒体，报道了这件事。相关政府机构也找到了王婆婆的子女协商，让他们将老人接回家，但他们百般拒绝，一会儿说应该找肇事方负责，一会儿说在筹钱给老人做腿部手术。事实是，肇事方已在车祸中死了，老人保住了一条命已是万幸，现在年纪大了，不宜再做手术。前期所有治疗，医院不收一分钱，只需要他们将老人接回家调养。

护士长说政府打算请律师，与她家儿子谈判，要告他不赡养罪。可是，到了法律程序，那是一天两天的事吗？

春节的步子却不等人，它是一天一天被王婆婆逼近的。

她先是逼问元旦的日期。

我每天听她说话的一个主要内容就是时间。

现在 1 月份了？

不是，是 12 月。

2 月？

不，12 月。

那是不是要过元旦了啊？

186  不可医治的乡愁

是啊，快了。

那我能回去过元旦。

好的，回去过元旦。

我在这里是不是住了一年了哇？

不是，您是 10 月份进来的，快 3 个月了。

哦，3 个月。3 个月了，怪不得我睡觉有点冷。

不会冷的，这里有空调。

你们把我送回去，我要睡我家里的床，木板子的，睡木板床好。

送回去家里没人照顾啊。

哦。

她停了会儿，不再说话。她咧了咧嘴巴，想挪动一下右腿。右腿被抬高搁在一个铁架上，一根粗钉子横穿过脚板心，牢牢地固定着她。她艰难地动了动，没成功，她像一块死铁粘在了床上。

哎，受罪呀，不如死了，不如死了。她又开始说话了，这时，话题就转到第二个内容了。

我不该恨他。那天，我用扫帚扫他的遗像框子，扫完后，撮了垃圾去倒。垃圾桶就在马路对面。我过马路，一辆车就撞过来了。

不是您的错，是那个人骑摩托车太快了。

我是不该恨他。他不成器，嫖娼，和他侄媳妇搞上了。把我的大房子都给她了，那个女人不要脸，巴望我早点死。

呃，呃。我支应着，接不上话。她也不需要我接话。她就是要说说她死去的老伴，说说那个不要脸的侄媳妇。侄媳妇欺负她，先是把她男人霸占了，又霸占了她的房子，现在又霸占她儿子。她骂道，她不要脸，她叫我儿子不认我。

是你儿子不讲良心，不到医院来看你。

他黑了良心，都是那个不要脸的女人教的。我儿子被那个不要脸的女人压着，不敢来看我。我儿子遭孽，12 岁就出去打工，赚的钱都被侄媳妇哄去了。

他的腿长在他身上，他想来就可以来，是您儿子不对。我替那个不要脸的女人辩解着。

上次我儿子来，你们医生推他，吼他，他吓着了，不敢来了，我儿子胆小。就是她们，吼他。她伸出指头，偷偷地指了指在一边忙着的护士们。

我无奈地苦笑。上次，是她儿子3个月内第二次来医院。护士们气恨他良心被狗吃了，斥责他不接电话，不来探视。

你们医生坏，吼我儿子。你们医生她兀自说下去。她是不是又要诅咒了啊？我赶紧冲她摆摆手。您别这样说，您看，我们没收您一分钱，成天照顾您。

有医生好，像毛主席一样好，像毛主席一样伟大。来问我好不好，给我带东西来吃。你看。她很急迫地用左手掀开一个塑料盒盖子，盒子里放着两根火腿肠，一盒"好吃点"饼干，一袋榨菜。她这又是说的哪一天的事呢？旁边的护士们被她的神神道道闹得哭笑不得。她情绪好了，就来一句毛主席一样伟大；情绪坏了，就诅咒断子绝孙。但不管怎样，从第一个字到最后一个字，她绝对不说儿子一个"不"。这激起了科室全体护士的公愤：她这是在姑息养奸，在自作自受。

你白养了他们，你当初怎么不掐死他们，你做母亲怎么就做到这个地步？护士们被她诅咒得承受不了，会批她，斗她。但她绝不开口说儿子的一个"不"。

有母亲说儿子的坏话的吗？她固执地将母亲这个身份死死地捆在身上。

她是四川人，原本在四川有段婚姻，生有一子。离婚后，经人介绍，嫁到我们湖北孝感，与那个"不成器"的结婚，又生有两男一女。然后，又丢下他们回了四川；然后，又回了孝感。这来来回回的缘由呢？没有人解释得清楚。唯一清楚的是，三个儿子一个女儿都振振有词：我们小时候她没抚养过我们。

到目前为止，王婆婆在医院里住了3个多月，她在孝感的大儿子刘大旺来过医院两次，小儿子一次也没来，他的电话也从来就没打通过。女儿刘小香来过一次，送来两件换洗衣服，就再不见踪影。她是来要密码的。王婆婆一个月有65块的养老金，存折上估计有几个钱。刘小香要到密码了吗？我问护士小天。他说，应该没要到，王婆婆说记不得了。

这位母亲如果能顺利出院，即使她的两条腿全坏掉了，她也能生活得很好，她有回忆，有憧憬，她有和人说话的强烈欲望。这是一个病人强大的力量支撑。

她不知今夕何夕了，却一直计算着时间，计算着元旦、春节。她就是要回到"人"，回到人来人往，人声鼎沸，回到给人做年糕做卤鸡蛋的春节。

你给我拧条毛巾吧。王婆婆吩咐我。

她抬起唯一能动弹的左手仔细地擦着。耳朵根、后颈窝、手指缝、肚脐、乳房、大腿两侧，她一丝不苟地擦了又擦。

我说我来帮您。她说你帮我拧毛巾就好了。我帮她拧了8次毛巾。

## 眼　泪

那边的窗帘拉得严严实实的，我看不见帘子后的真相。

昨晚，我扔了3次硬币，一面阴一面阳，第3次卡在砖缝上了，因此，我无法猜测王婆婆还在不在那张床上。

王婆婆的床在最里面，靠近玻璃窗。先前探视时，那边的帘子并没有拉上，家属们总是站在这儿尽力向内望。呀，看，看，她的脚又动了一下，动了，动了。她的头在摆，是不是不舒服？惊喜的，担忧的，难过的，每一张脸都和玻璃贴得非常近。但没有一张脸是属于王婆婆的亲属。王婆婆会张望着外面一张张脸，日子久了，再轮到探视时，她就干脆埋着头，一副睡觉的样子。护士们也意识到这样对她是一个打击，再探视时，窗帘拉严实了。

我撩起帘子，一开口，"新年好"就长了翅膀飞出去了。飞出去了，我就后悔。

她还在床上，认出了我，还给了我一个笑脸，说新年好。

打开科室门前一分钟，我属于春节。我喝酒，我穿新衣服，我做指甲，我看电影。我在ICU窒息过，我需要这样热气腾腾的生活。可是，我爱这窒息，我爱它的挣扎，它的苦痛，还有它的新生。我迫不及待地推开门，然后，我放轻了脚步。

每一步都是地雷，都是暗区，不知道哪一脚就踩上心衰、肾衰我轻轻地在病床间移动，查看床头片。上面写着姓名年岁和击倒他们的凶手。二床脑干出血，五床尿毒症，一床肾衰。

从大年三十到今天，每一张白茫茫的病床上从没有缺少疾病和死亡。我在外面衣香鬓影时，觥筹交错时，它们都在。我们谈一场恋爱，我们结婚，我们与老友重逢，我们为什么挑选良辰吉日，这才是我们唯一可以做主的日子。其余的，由一双无形的手操控。

这个还给我"新年好"的母亲，她有什么可以作主的呢？春节，这个良辰吉日也由不得她。她说，过年，别人都吃好东西，我连一块肉都没吃。

她凄惨地说着。我看见了她瘪下去的嘴巴，瘪下去的腮帮子，瘪下去的眼眶。我看见了她眼角里面一团液体凝聚着，非常饱满。因为眼眶的凹陷，那液体被深深地包在里面。

4个月了，我终于看到了它们。她骂我们的时候，她给儿子打电话的时候，骂那"老不成器"的时候，她看着不属于她的探视家属的时候，她都没有让我看到它们。

它们叫——眼泪。

2014年3月13日

## 我为什么会犯病

5厘米厚的铁门都挡不住。

挡不住号啕大哭，呼天抢地，撕心裂肺。

他们就在铁门外，我站在铁门这边，不敢开门，不敢把她交给他们。

10分钟前，我和王医生去告知一个事实。门一开，他们冲上来了。可是没有声音，像默片。他们围在我们身边，谁也不发问，只有眼光虚弱地望着我们。心脏复苏成功了？心跳了？活过来了？这些话在心底翻江倒海，他们就是不说。不敢说，只怕一说就成空。我们却不能不说。

王医生先是环视了人群，似乎在决定将这个事实落在谁的眼里，然而，他没有找到一个合适的眼睛，每只眼睛都是待宰的羔羊。他实在下不了决心，去逮住谁的眼睛，他只得收回目光，看了看自己脚下，然后，他将视线抬高，放远，放在对面一堵苍白的墙壁上。过了一会儿，他摇了摇头，说，走了。我几乎没听清楚"走了"——哭声扑来，压住了。

哭声混合着哭声，分不出谁和谁。哭者抱着哭者，看不清谁和谁。

一个中年男子趔趄地走向窗户边的椅子，他重重地跌坐在椅子上。他的头低得那么深，低得快要放进胸腔了。仿佛受伤的刺猬，蜷缩着将满身的刺扎向自己。

他是走了的五床的爱人。现在，五床松了手走了，留他一个在原地。他承受不了这失重，只好靠紧着一把椅子。

　　我们折回科室和太平间里的工作人员一起处理五床的遗体。主要是将破损的器脏收拾整齐一些，拔掉她身上的管子。它们分别叫鼻饲管、导尿管、输液管、引流管。

　　他们拔掉了五床身上15根管子，我从来不知道身体里有那样多的纵深容忍那些管子。一根鼻饲管拔出来有近50厘米深，胸部拔出的管子带出了满管的瘀血，乌黑乌黑的血，像黑夜。他们又在拔她的导尿管，我拿起一块医用尿布盖住了那里。太平间的工作人员说不用的，等会儿要用床单包。他要揭开它，我按住了他的手。他望了我一眼，将手拿开了。

　　他们抖开了一条白裹单，平铺在平板车上。包了头部，包了脚部，整个裹单又往两边折了折，裹得紧紧地扎在下面。是包着的一根木头，还是一枕铁轨？这条白茫茫的裹单，已分不出哪端是头哪端是脚。我还得开门，把她还给他们。

　　我一咬牙，打开了铁门。哭声冲上来，包围了这白茫茫。那个被椅子撑着的男人抬起头，空洞地望着一群交错的哭声，仿佛这哭声在遥远的地方，与他没有任何关联了。车进了电梯，工作人员按了下行键。突然，男人蓦地站起来，像疯了一样猛扑过来，扑向推车，他要揭开裹单，要看看她的脸。两个满脸是泪的男人赶紧拦腰抱住了他。让她走好，让她走好。他们一边说一边将差点被拉开的裹单又严严实实裹好。男人趴在床沿上，失声痛哭。他终于找回了哭声。我的心安稳下来，我多么害怕他不哭。哭是一种救赎。

　　送到太平间后，我返回科室，准备给他们拿死亡证明。在电梯门口，突然看见他们。我的心一惊，待在那里，不知怎么办才好。刚才一直没看到他们，我还感到一丝庆幸。

　　她是五床的母亲。每次探视，我都下意识地尽量避开她，我无法面对那张脸。因为衰老，她的整张脸都垮了下来，就好像里面的骨头挂不住外面的肌肉，五官完全错位。可是，她的眼神，因为恐惧，又格外向往突出，好像一下子就要扑过来，紧紧地抓住你。求求你们，要救活她呀，我的儿，你们大菩萨，大菩萨要救她！她嗫嚅着嘴巴，呜咽着。她双手合十，举起，停在额头，停顿片刻，深深地向我们作揖。我们害怕这作揖求救，她是我们的母亲，她是天底下所有人的母亲。

　　让我们害怕的还有五床的父亲。高高瘦瘦的个子，患有高血压、心脏病。每次探视时，看着他颤巍巍的步伐，我们都不忍心给他交代病情。他也不发问，只是静静地听着，默默地望着玻璃窗内。有一次，探视快结束了，家属们都从侧门出去了，他还失神地望着窗内的五床。我轻轻拉了拉他的衣袖，他回过头，笑了笑，那样隐忍，那样慈祥，让我心疼了好久。

　　在后来两天的探视里，我又犯了主观主义毛病。我说，老爷子，您要放宽心，应该会好起来的。他安静地听着，安静地微笑。他越这样安静，我越不停地犯病，不停地主观臆想。会好起来的，会的，您要好好的。负责探视的王医生一再用眼神阻止我，我假装没看见。

　　在探视时，这样宽慰的言辞一般不能轻易给家属讲，除非有百分之百的把握可以起死回生。你讲了，就是给他们一根救命草，而这根救命草是如此的摇摆，它要历经九死一生的考验。

　　比如说脑出血，要起死回生，起码得挺过三关。脑部还会不会继续出血？这是一个问题，挺过这关，还得挺过水肿关。脑水肿的高峰期一般三至七天，你会看到病人的整个头部面部发馒头一样肿起来。因为长时间的水肿压迫，也可以使脑组织产生损伤性，甚至坏死性改变。渡过这一关，还有炎症关。一关一关渡过来，你不知道哪一个关口就卡住了。

　　妖魔四起的病菌，将病房里的人与病房外的人都流放在一条叫死亡的路上。因为隔离，因为一天只有一次探视，家属们的流放之感更重。他们迫切地要做点什么，来打破这无能为力的僵局。他们一直希望医生可以明示，给个指引。医生，您告诉我们，我们能做什么。家属们往往会遇到两个答案。

　　第一筹钱。第二准备"人财两空"。

　　我多么不喜欢"人财两空"这个词语，不仅是不喜欢，而且是愤恨。我给治疗班的医生说出我的愤恨。她淡淡地笑了，说，那你指望我说些什么？

　　不能将病情说得乐观一点？

　　病情是能被"乐观"的东西？

　　有些病人本来就是随时可能死亡，我现在不说，明天病人死了，家属就会找我们的麻烦，会认为是我们没处理好。你知道的，ICU 是与外界隔绝的，很多突发的死亡，他们都不可能看到。家属们对我们质疑很多，我们得保护自己。

她用上了"保护"，我还能说什么！事实正是如此，有家属泪流满面地感谢嘱托，也有家属气急败坏地质问：怎么越治越坏，用了呼吸机没有，做了血透没有，打了免疫球蛋白没有？他们会让医生标好免疫球蛋白瓶子数，一二三地数清楚。他们探视时，会偷偷地准备好录音笔，会偷偷地拍下医生的样子。

谁也不想说出"人财两空"，可是医生叹了口气，说，我们天天给他们近乎残酷的预告，其实是在给他们打预防针。将他们的神经磨迟钝，增强抗体。当死亡到来时，疼痛会少一些吧。在一个一个渡过的难关里，他们提前支付了那份痛。

我不知道五床正在渡过哪一关，我却一再放纵自己犯病，主观主义病。我说了那么多的"放心"。现在，我该如何面对这位父亲。

他耷拉着头，右手哆嗦地在口袋里摸着什么。摸了好久，他摸出了茶杯，哆嗦地拧着瓶盖，拧了好久。他站起来，颤巍巍走到老伴面前，将杯子递给她。那遭了雷劈的老母亲，还嗫嚅着嘴巴，呜咽着，求求你们，要救活她呀！我的儿，你们大菩萨要救她！只是她的双手抬不起来作揖了，老年丧女的悲痛抽走了她全身的力气。她怎么会相信那个被裹单裹得不见头不见脚的是她的女儿？

你、你喝口水，你、你不是说要坚强吗？你、你要坚强些。老父亲一双手颤巍巍地伸过去，抹着老伴脸上的泪水。他一抹，再抹，怎么也抹不完。

**补记：**

夜里 10 点，一个比我年少 10 岁的朋友来煲电话粥。此女结婚 3 年，尚在婚姻磨合期。今晚，和我谋划一起癌症晚期患者失踪事件。

谋划先从讨伐婆婆开始，婆婆怎样偏心小姑子，怎样怂恿她儿子不做家务事，怎样抠门，一直讨伐她家老公。老公当然更不是个东西了。罪行累累，恶习滔滔，在十字架上钉上一百次，都不能赦免他的罪孽深重。

最不可饶恕的：她感觉他不爱她了。

我昨天植了眉毛，问他，我脸上有没有变化。他看了半天，说，没有。

我今天在单位挨了头儿的训,心情不好,让他陪着看场电影,他说,我晚上要赶个材料。他肯定不爱我了。他不把我放在心上,他眼里心里都没有我。

他肯定不爱我了,肯定的。她在电话那端怨气冲天。

要不,我们做个实验,看他把我放不放在心上。她又不甘心这样的结论,便提出实验建议。

怎么做呢?

你在医院帮我弄个诊断证明,比如说子宫肌瘤、卵巢癌、乳腺癌,反正哪一种要人命就开哪一种,最好是晚期。

开回证明后再怎么办呢?

我就离家出走,我还要在诊断证明旁边放一封我的亲笔信,一起放在床头柜里。

信?

我走了,请不要找我。当一切结束时,请记得"珍惜"。

你说,他看到这诊断,这信,会怎么样哟?会不会急死啊?我才不管他,我去旅游去。

呵,你不怕他事后知道这是假的诊断。

不怕,我就说不小心拿了个同名同姓患者的诊断。这种情况存在吧,同名同姓,诊断拿错了的,是不是?对了,你要告诉我晚期患者的临床表现是什么,在出走前几天,我要表现出来,等我离家后,让他懊悔死,恨自己没长眼睛。另外,等我走两天后,你就给他打电话,告诉他,你带我做过检查,怎么没看到结果,打我电话又关机,不知是怎么回事。我肯定要关机,你放心,我用一个新号和你联系。

你说,我这样能不能搞定他?

亲爱的,做你的失踪美梦去吧,晚安。我挂了电话。

这孩子,把生活当剧目来演。殊不知,当剧目成为生活,多少人难以承受它的跌宕起伏。有机会,得把她带到重症监护室里走一遭。

### 尾声:我是体面的败类

那个一脸苦大仇深的,母老虎一样的,呵斥孩子的妈妈是好的。我说好,是指她好好地活着,连同她那被呵斥得满面鼻涕的孩子,连同她扇在他屁股上的两巴掌，连同她的气急败坏，她的无可奈何。这一切都是好的。

那个拎着塑料袋的中年妇女是好的。我说好，是指她好好的，包括她失了光泽的脸，包括人老珠黄这个词语，包括她穿着大背心和菜贩子声嘶力竭地讨价还价。这一切都是好的。

那个在斑马线上抓紧了儿子手的老爷子，那个惊恐地等待红绿灯的老爷子是好的。我说好，是指他枯木般的手，枯井般的眼，趔趄的步态，手心里微微沁出的汗，冷汗，都是好的。他还活着。

我说的好，包括男人扔在沙发上的臭袜子，包括他骂人，他放屁，他二愣子一样混账。我说的好，包括女人堆在眼角的那摊眼屎，眼屎边纵横的，长的短的皱纹，还有那挖向鼻孔的手。

我没有了原则，没有了底线，我见到的都是好。

我感受到的每一缕呼吸，只要它是热腾腾的，都是好的。骂娘也好，挖鼻孔也好。我相遇的每一具肉体，只要他能眨眼，他能笑，能哭，能告诉我，他在，就都是好的；他老得不像样子也好，他被酒灌失了方向也好。

我粗俗。

我粗鄙。

我粗糙。

我是"体面"的败类。

从我踏出重症监护室的大门那一刻起，不要再叫我美人，不要再叫我教授，不要再给我那些光芒。叫我"人"吧。

人，还活着。粗俗地粗鄙地粗糙地，好好地，活着。

足够了。

花红柳绿的你，人五人六的你，锣鼓开道的你，你不会知道：

在那白茫茫的病床上，在那一望无际的金黄色葡萄球菌、大肠杆菌、芽孢杆菌中，你将虚弱得像一个影子，可有可无的影子。血和死亡是影子的前生和来世。你是一个逃不掉的影子。你不过是个影子。

你不能伸伸你的手指，握一握我的指尖我的掌心我的纹路。

你不能眨眨你的眼睛，调笑的，妩媚的，勾引的，秋波一样，你眨眨你的眼睛。

你不能动动你的面肌，向我笑一笑，我只求你的一个微笑，一个涟漪，像晚风吹过的荷塘。

亲爱的，你什么都不能。你的名字叫失去。失去你的江山和美人。

只有床头的监护仪是真实的，存在。

心率。呼吸。心电图。血氧饱和度。每一组数据里都隐匿着生和死。我盯紧了它们，我盯死亡的梢，我看它走到哪里才是尽头。

死亡没有尽头。从前在死亡，现在在死亡，将来也在死亡。

可是，亲爱的，活着也没有尽头。

从前活着，现在活着，将来也活着。

死亡与活着是情人，如同我们和这世界。我们和这世界有过情人般的争吵，我们还会一直争吵下去。

你挺住了。亲爱的。我们争吵。

我牢牢地盯住了那组数字，我祈祷，它们永远在山峰，绝不要一条直线，指向虚空。

重症室的日子，我的苦痛，我的辗转反侧，我不能做个言说者，我不能告诉任何人，我是指那些还被光鲜包围的人。他们会骂我神经，骂我不讲体面。当我将果汁杯端向他们时，他们很快躲开，我的手沾了太多的血和死亡。我是不净的，我晦气。

有一天，我不小心说出我送那个32岁的肝癌逝者去太平间。他们不约而同地全体起立，从椅子上跳起来，惊恐地望着我，像在哀悼我的死去。有人让我赶紧向上天三作揖三鞠躬，有人让我赶紧去买三炷香。"你怎么和死人沾上了，你呀，你。"我这个体面的败类，仓皇地逃出了酒席。

我是个潜伏者，默默吞噬那些所谓的体面之外的东西。我蜕去了许多光鲜，潜伏在这可能的死亡里。

如果，我曾经的体面是蝶，那我便是化蝶成蛹，那污秽不堪的蛹。疼痛，挣扎，呻吟，或者默然无声，死亡的大翅膀覆盖下来。

可是，我爱这蛹。这是一只蝶死亡后生出的新的蝶。我从内科走过，从儿科走过，从妇科走过，从化疗室走过，我在每一缕消毒水的气息里泪流满面：我见过生命的大挣扎大苦痛，也有大喜悦。

让我成为体面的败类吧，我有我的体面。

# 世界屋脊上的北京门巴 |林 遥|

原载《北京文学》(精彩阅读) 2016 年第 8 期

## 序章 北京来的门巴

  在中国的版图上,西藏是阳光照射时间最长的地方。这里素有千山之祖、万水之源的美誉,是世界屋脊的屋脊,地球第三极。西藏自治区的首府拉萨,是离太阳最近之地。皑皑的雪山连绵起伏了千年万年,世世代代藏族儿女的多少眺望、祈盼纷纷落于山巅谷底。在这片空旷的土地上,祖祖辈辈让圣洁的桑烟随风飘移。所有发自肺腑的呼吸,喃喃祷语,都是来自原野的悄悄回音。人们燃起的青柏,总是令黎明柔和而缥缈;人们合起的双手,把大地变得博大而坚硬。

  这个美丽圣洁的地方,却因为高寒的气候条件、恶劣的自然环境,与内地的经济发展不相匹配。中央政府和内地各省市,从干部、资金、技术等方面,对西藏进行全方位援助。1994 年 7 月,中央召开第三次西藏工作座谈会,确定了对口支援的援藏方针,针对在西藏的岗位、职位需求,选拔干部赴西藏工作,一般三年一轮换。1995 年,中央派出第一批援藏干部,北京市对口支援的地区正是拉萨。20 年间,北京市共派出 7 批卫生干部援藏,这些援藏干部包括卫生管理人员 10 人、医疗队 8 期 78 人。他们在高原上守护着藏族同胞健康,把首都医者的情怀留在了拉萨,与藏族同胞建立了深厚友谊,用勤奋和智慧,诠释着"苍生大医"的精神。

  1995 年 5 月 26 日,北京中医医院的医生蔡念宁,作为北京市首批派出的援藏干部中的一员，与其他 20 名援藏干部一起前往拉萨。

飞机经停成都，稍作休整后飞往高原。透过小小的舷窗，蔡念宁从万米高空俯视地球深处隆起的这块最年轻的高原，山势奇峻，气势恢宏磅礴，犹如万马千军，又像是波澜壮阔的海洋。她的心情如这山岭一般起伏不定。

他们这批援藏干部到来的 6 个月前，援藏干部孔繁森以身殉职，倒在了工作岗位上。

在孔繁森的事迹中，有一个广为传颂的小细节，就是孔繁森随身携带着一个小药箱。因为西藏地区医疗卫生条件较差，孔繁森每次下乡时都带一个医疗箱，买上一些常用药，送给急需的农牧民。一个医药箱虽然解决不了所有问题，但对接受治疗的患者来说，却往往是性命攸关。

这个"小药箱"的细节让蔡念宁久久难忘，她就是一名医生，更觉得有责任把这种精神延续下去。蔡念宁准备了一个装满了常用药的小药箱。看着小药箱，她仿佛找到了自己的信念，一路没舍得撒手，背着走下了飞机。

因为是中央援藏会议后的第一批援藏干部，西藏自治区的领导非常重视，虽然是北京市支援拉萨市的干部，但自治区负责了接待和安排。按照组织部安排，蔡念宁任拉萨市卫生局副局长，分管红十字会、藏药科、医学会等部门的工作。

1995 年的拉萨生活条件的确艰苦，最困扰援藏干部的两件事是经常停电和缺少蔬菜。早上两人见面时的问候语是"昨天晚上你们那边有没有电？"回答说"满天都是电线，满地都是电杆，满桌都是蜡烛。"至于蔬菜，更是奢侈品，水果是不敢想，不是没有，而是太贵。

蔡念宁说："在这块平均海拔 4000 米以上的高原，你首先得学会呼吸，你得学会调节身体的全部机能，让你不至于随时鼻血长流。"她每次爬楼都要停歇两次才能爬上去，一阵阵心慌，脑子清晰记得是谁，却叫不上名字，记忆力受到很大影响。

蔡念宁是卫生局的行政干部，负责拉萨市的卫生事业发展和规划。当时拉萨地区的医院没有评级，各种医疗工作虽然开展了，但缺设备、缺人才、缺学科领军人物，工作经验也欠缺，医生的学历都是中专生，职称最多中级，科室规划也不完善，只能满足基本就医需求。拉萨市下面的几个县，虽然也成立了县医院、卫生所，但技术水平差得就更多，不是所有人员都受过正规培训，县医院能开展的手术也就是切除阑尾而已。

"当时真是硬件也不够、软件也不够，药也没有。"蔡念宁说起当时的情形，不由得很感慨，"对比起现在来，确实有差距。"

在蔡念宁的积极努力下，她争取到了42万元的资金和设备，改善了部分硬件设施。1998年，拉萨市的医院全部通过了医疗卫生机构的评审，也第一次组织了拉萨市的卫生救护培训，医学会开展了论文评奖活动，推动了学术评比的开展。

在她返回北京前，拉萨市正在进行卫生监督单位的筹建，在第一批所有援藏干部回京之后，蔡念宁仍然多留了两个月，直至所有工作的完成。

蔡念宁没有忘记自己是一名医生，只要下乡，她就会背着自己的小药箱，以便随时看病，随时送药。药送完了，她就自己花钱再把药箱填满。

1995年8月30日，曲水县才纳乡才纳村发生了前所未见的泥石流。泥沙伴着石块，无情地冲毁了当地农牧民群众的房屋和牲畜。

拉萨市红十字会获知这个情况后，即刻派出由蔡念宁带领的四人小组赶赴灾区。曲水县地处拉萨市以南、拉萨河下游、雅鲁藏布江中游北岸，是去往山南、日喀则、阿里、尼泊尔的必经之路。由于暴雨的缘故，行至途中，蔡念宁的车被困在水里达两小时，进退不得，幸亏遇到路过的曲水武装部的车辆，在他们的帮助下，赶在中午到达了曲水。

蔡念宁一行顾不上休息，在乡干部陪同下，直接来到了才纳村，为受灾群众进行医治。看到医生到了，很多伤者围了过来。两位医护人员一时满足不了群众就医，满头是汗地被救治者里三层、外三层地围着。蔡念宁看到这种情况，就让随行的司机做翻译，也加入到为农牧民诊治的行列中。

这是蔡念宁第一次为藏族同胞看病、发放药品，给她留下了深刻难忘的记忆，即使回到北京多年，她想起那天的情景依然历历在目。

"藏族同胞的眼睛太清澈、太虔敬，你会觉得当一个医生能为患者解除痛苦，实在是太幸福了。"

在藏语中，藏族同胞平时对医生的称呼是"安吉拉"。这个发音是从英文Angel而来，英国传教士在西藏传教时期，留下了这个称谓。但在传统的藏语叫法中，医生被尊为"门巴"。按我的理解，"安吉拉"一如我们称呼"大夫"，"门巴"则是"医生"。蔡念宁于是就被称为"北京来的门巴"。

在林周县北部旁多乡，蔡念宁为一位84岁身患多种疾病的藏族老阿妈进行了诊治，在她将要收拾东西离去时，老阿妈突然伸手拉住了她，用另一只手抚摸着她的额头说："共产党好，毛主席恩情大，门巴长寿。"

在尼木县麻江乡唐堆村，一位80岁名叫卓拉的老阿妈，在接到蔡念宁留给她的120元钱和几种药后，泣不成声地说："谢谢你，你是好人！"

回顾在拉萨的日子，蔡念宁非常感慨："在拉萨，我度过了生命中最难忘的一段时光，当年孔繁森身背药箱足迹踏遍阿里，我用他的精神不断激励着自己，让这个小小的药箱，传播党的温暖，传递汉藏情谊，我也在为农牧民的服务中，真切地体味到'苍生大医'的含义。"

路明于2007年6月担任拉萨市卫生局副局长。初到西藏，路明高原反应严重，头疼、失眠，甚至腹泻。但是上班的第一天他就赶到单位，到拉萨不到一个月就下乡了解当地医疗卫生情况。

"最远的县城距离拉萨市区200公里，汽车离开国道，行驶在坑坑洼洼的土路上，每周我都要在这样的道路上颠簸一次。"

2007年，拉萨市的社区卫生服务站仅仅是医院在社区派驻2名医生，而且不承担公共卫生服务项目。路明对拉萨市城区的所有社区挨个走访，起草了《拉萨市城市社区卫生服务实施方案》。这一方案得到了拉萨市政府和西藏自治区卫生厅的认可。国家发展和改革委员会根据方案拨出资金，在拉萨修建8个标准的社区卫生服务中心。拉萨市卫生局党组书记次旦朗杰说："路明来了以后，有些原来不能开展的工作逐步开展起来了，工作不规范的地方也逐步规范了。"

2009年，甲型H1N1流感突然袭来，路明临危受命，担任拉萨市医疗救治组组长，统筹安排甲流病人的救治工作。

也正是从路明这批援藏干部起，为了更好地为拉萨的卫生事业服务，加大对口支援力度和倾向民生，解决拉萨地区医疗技术水平薄弱的问题，北京市的援藏干部队伍中增加了医生。这些医生属于一年一轮换的卫生专业技术干部，每批分三期赴拉萨市人民医院、市妇幼保健院，当雄、尼木和堆龙德庆县医院，把更好的医疗服务带给藏族同胞。

有限的时间，没有妨碍医生们为藏族群众身体健康的长远思考。

"下乡送诊时，发现农牧民因盐的摄入量过多，不但普遍高血压，还高得可怕！"

积水潭医院心内科副主任医师赵兴山支援的是当雄县人民医院，他讲述了这样一个故事：一位 60 多岁老太太的血压用电子血压计怎么也测不出来，改用手测才得出结果：245/140 毫米汞柱！高压竟然达到了 245，这是一个可怕的信号！数据显示，大约 2/3 脑血管疾病和 1/2 的冠心病与高血压有关。

赵兴山很快和自己的"援友"——同样来自积水潭医院的援藏医生何峰提出了《西藏高原地区高血压普查和简化治疗研究》课题，并将其申请为自治区重点科技项目。该项目着眼于西藏地区生活特点，设计代用盐结合小剂量利尿剂的简化治疗方案，探索在本地区简单有效而且经济实用的高血压控制方法。

经过对当雄县羊八井镇近 600 户、872 名 40 岁以上居民的高血压患病情况及饮食方式的初步调查，发现高血压患病率高达 52.6%，高血压控制率低达 3.3%；牧民每人每天食盐量约 30 克，竟高出世界卫生组织建议量的 5 倍！

可喜的是，实验表明，代用盐结合小剂量利尿剂的简化治疗方案，取得了令人鼓舞的降压疗效。这意味着，如果该治疗方案有效性得到进一步证实，并能够适当推广，将为农牧民减轻很大的医药费用负担。这不但填补了西藏在高血压普查和简化治疗领域的空白，还为制定有效的高血压防控措施提供了支撑。

为了更好地带好队伍，路明和他的后继者谢向辉，坚持从"项目援藏、资金援藏、智力援藏"三方面开展医疗卫生的援藏计划。他们带领医疗队发挥首都医疗优势，开展医疗"传、帮、带造血工程"，积极推进西藏自治区"双百工程"中，先心病儿童赴京免费救治的民生工程等等。

北京来的门巴，来了一批，又走了一批，他们把技术传给当地医生，提高当地的医疗水平和整体素质，培养一支留得下的医疗队伍。

"这叫什么，这叫'授人以鱼，不如授人以渔'，你做一万例手术，不如教给他们做好一例，然后再教给其他的医生，形成一个传、帮、带的梯队。中青年医生的培养很关键，他们是未来十年的希望。"谢向辉这样说。

北京门巴们的多年努力，促使拉萨市人民医院通过了三级医院等级评审，拉萨市妇幼保健院通过了二级医院等级评审，在受援助的医院，北京门巴们帮助建立了妇科诊疗常规、病例管理办法等20多项管理制度，规范了当地的医疗卫生管理。他们协调当雄、曲水和墨竹工卡三县建立突发灾害事故医疗救援中心，参与了农牧民和城镇居民体检工作和先心病筛查工作，为奥运火炬登顶珠峰、奥运火炬拉萨市传递、纪念西藏和平解放60周年、拉萨市雪顿节等大型活动进行医疗卫生保障，促进了拉萨地区卫生事业的顺利发展和社会稳定。

雪域海拔虽高，但料峭的寒风，吹不散北京门巴们胸中那份盎然的生机和对于生命的敬仰。他们精湛的医术和无私的爱心，宛如闪烁的星辰，镶嵌进高原穹庐上永恒的星空。

## 第一章 呵护风中的酥油灯

点点灯光摇曳，若繁星闪耀，这是西藏寺庙中千盏酥油灯闪烁的壮观场面。酥油灯在藏族生活中占据着重要位置，除了寺庙，在藏族人家中，也会看到长明不灭的酥油灯。酥油灯在藏传佛教信徒心中如精神之灯，生命的终结，若无酥油灯的陪伴，灵魂将在黑暗中感到迷茫。

西藏的人口中，妇女和儿童占了66%，藏族没有"只生一个"的计划生育政策，每名藏族妇女一生可能要生育几个孩子。相对于高生育率，孕产妇死亡率和新生儿死亡率一直高于内地。

孕产妇和新生儿的生命如同劲风吹过的酥油灯，在闪烁中挣扎。10年间，来自北京"妇幼"岗位上的援藏医生们，与拉萨市的医务人员站在一起，携手围成灯罩，为生命挡风、祈福，呵护它不致熄灭。

堆龙德庆县丁嘎寺活佛说，援藏的医生们，为人类能够降生到世间，铺平了道路。

### 一、为了孩子清澈的双眸

拉萨市妇幼保健院坐落在拉萨市城关区中心，路上满是服装、餐饮的小门脸，不小心就会错过医院的大门。小院里两栋相连的二层小楼，病区条件简陋。很难把它与一个省会城市的妇幼保健院联系起来，这里更像是上世纪80年代某机关单位的小院子。但就是这样的一所医院，却承担着拉萨市所有妇女儿童的健康保健任务。

2007年，第五批援藏干部队伍中增加了医生。当罗岚蓉、郭伟等7名医护人员克服了来自家庭、事业的种种困难，收拾行囊踏上前往西藏的征程时，以更加关注民生、关注西藏农牧民健康为宗旨的医疗援藏工作拉开了帷幕。

也正是从此开始，20余所北京三级甲等医院的骨干医生，陆续走进高原、走进牧区，他们忘我的敬业精神和先进的医疗理念，改变着拉萨地区医院、医生甚至病人的观念。

北京市妇产医院妇产科主治医师罗岚蓉，是第一位来到拉萨市妇幼保健院的妇产科援藏医生。

在传统的就医习惯下，西藏地区的群众在身体不舒服时，大多会选择自己抓点草药或随便买点药物，直至病情严重才到医院，而这往往延误了病情的最佳治疗时机。分娩更是横亘在西藏农牧区广大妇女面前的一道"鬼门关"，不少孕产妇因此痛苦一生，甚至命丧黄泉。

拉萨市妇幼保健院专业人员的严重匮乏，医疗设施老旧不全，诊疗操作没有更新流程规范，孕产妇没有完整保健档案……这些所产生的后果就是孕产妇和新生儿的死亡率居高不下！问题的严重性更在于当地的孕产妇，根本就没有关于孕期及围产期的保健意识，孕妇住院分娩率不到40%。由于居住偏远、交通不便，宗教信仰等原因，部分藏族同胞面对生老病死甚至听天由命。

拉萨市妇幼保健院医生护士们尽心尽责，但她们却没有机会接受培训；临床工作认认真真，但却没有围产章程遵循……种种现实困难让援藏医生感到压力重重。

罗岚蓉每次下乡都尽力向农牧区产妇宣传现代、科学的医院分娩方法，从产前准备、产中安全和产后恢复等各方面进行对比，促使产妇转变生产观念，到医院进行分娩。在设施不完善的前提下，她逐步完善了一套在西藏简陋条件下接产的独特方法，先后挽救了多位年轻母亲的生命。

罗岚蓉几乎所有的节假日都没有正常休息过，她的手机24小时开机，号码向所有患者和医生公开，不管多累，她都坚持每天下班前详细查看每一位病人，掌握病人的病情变化。就连拉萨市下属各县、区医院遇到危、急、重病患者，只要接到会诊通知，她第一时间就会赶到现场协助抢救病人。

2008年，援藏医生换成了北京妇产医院的谢丹，在"接力"式支援下，拉萨市妇幼保健院业务水平大幅提升，先后荣获了全国妇幼卫生先进集体、全区妇幼项目指导先进集体等荣誉称号。继任者王小榕医生依旧来自北京妇产医院，她结合拉萨市妇幼保健院设备相对落后的实际情况，协助医院新进了一台胎心监护仪，手把手地指导临床医生使用仪器，实现了科室人员从最初"无从下手"到"运用自如"的转变。这台拉萨市产科门诊唯一的胎心监护仪，对减少围产儿合并症和死亡率，提高新生儿存活率发挥了重要作用。然而，让大家感到沮丧的是，这台胎心监护仪，用了一年就"罢工"了，以至于北京海淀妇幼保健院的孟然和蒋红清来到时，仍然送去维修未回，产科病房仅靠多普勒仪听胎心。

2010年，拉萨市妇幼保健院唯一会做剖宫产手术的产科老主任次仁穷达面临退休，院长带领着全体职工热情欢迎孟然、蒋红清的到来，他向所有医护人员介绍，说："大家鼓掌，这是到我们医院来的北京大专家……"

孟然和蒋红清深切地感受到院长眼中的期待，瞬间感觉到了肩上的重任。一切都在催促着：赶紧工作吧！尽管地点不一样，但对医生来说，医院就是永远不变的家。

孟然和蒋红清分了工，蒋红清留在病房，孟然则前去门诊。

在门诊工作的任务就是及早发现危重病人。然而由于不少藏族妇女对于孕期认知不够，孟然大多数时候都扮演着医疗知识宣传员的角色。

"我在门诊，一天得接待30多位病人，这里缺少医务人员，没有护士，从病人挂完号，咨询指导包括检查，全是医生来做。虽然病人少，但医生也少，有时候连喝口水的工夫也没有。"孟然一阵苦笑说。

由于地处高原，拉萨地区的孕产妇比较容易患高原地区妊娠期高血压，经常能碰到一些病人的血压在200/130～140毫米汞柱，这些对孕妇和胎儿影响特别大，容易造成孕产妇脑水肿、抽搐、肾功能损害，引起胎儿缺氧、胎盘早剥、胎死宫内等后果。

大多数孕产妇缺乏对高血压的认识，孟然就掰开了揉碎地说给她们听，同样的话往往一天要说十遍二十遍。有的人能接受，有的还要固执地回家，这时候，孟然只有动员产妇的家属，甚至拉来院长劝说她住院治疗。

从当雄、那曲等高海拔地区匆匆赶来的孕产妇是让孟然最窝心的，往往一来就是一大家子，公公、丈夫、小叔子，风尘仆仆，看得出大家对孕产妇的重视。农牧区的孕产妇最易严重贫血，有些孕妇从来不吃肉，只吃糌粑。脸红红的，但血色素只有四五克，相当于内地的两三克。这就急需补充多种维生素，但孟然语言交流不通，即使进行了翻译，她们也不太明白补充维生素的道理。

孟然无奈："她们信任你，但是不理解你。"

每到这时候，孟然就会很无助。哪怕磨破嘴皮子，只要能说通一个人，孟然都会感到欣慰许多。

相较于孟然在门诊的宣教和孕产妇的前期预估，病房则是孕产妇的最后一道关口。来到医院的当天下午，不到半天的时间，蒋红清就摸清了自己"新家"的家底——产妇大部分都未产前检查，没有基本的产检记录；看不懂日历，孕周确定困难；入院产科检查，要进行骨盆外测量，但没有测量器械，仅靠估计。

困难还不止这些。在北京，蒋红清身后有一支专业的团队，各科室技术力量均衡，抢救措施能及时到位，遇到疑难问题还有专家指导。而在这里，你就是专家，其他医护人员甚至还要指望你来拿主意。种种现实的困难让蒋红清感到压力重重，没到半个月，头发明显白了许多。

蒋红清根据调研结果，分析制定了一份详细的工作计划，从帮助医护人员建立基本产科诊疗常规，规范查房制度、病历、产程图书写要求开始，编口诀、写模板、培养基础知识和意识，并根据医院及医护人员实际情况制定了16个妇产业务培训项目。

蒋红清笑着说："每周我都会召集医生们开大课，把我所知道的、这里需要的讲给大家听，但效果却不尽如人意，可能高原缺氧大家记忆力不太好吧！"

后来她想出一个办法，每天早晨召集医生们一起查房，一个一个病例分析，把讲课的内容融进查房里，这样效果就好得多，大家的学习热情高涨起来。蒋红清的辛勤付出也得到了认可，他们高兴地称呼她为"达瓦卓嘎"，意思是高原上洁白纯美的月亮仙子。

孟然在门诊筛查出的妊娠期高血压孕产妇，会安排住院。产后出血是妊娠期高血压常见后果，拉萨血源紧缺、药物匮乏常常是孕产妇死亡的首要因素。针对这些客观困难，蒋红清能做到的是，一方面尽量让手术操作精细、熟练，缩短时间，来减少围产期创面出血。另一方面动手动脑，制备特殊长纱布消毒备用，运用传统的宫腔填塞纱布方法来控制产后出血。蒋红清还亲手缝制了一个简易人体模型，让全院医师骨干们在模型上反复进行手术演练，示范剖宫产手术、产钳助产、宫腔填纱术、子宫背带缝合术等手术技巧。

2012年12月的一个周末，医院接诊了一位来自海拔近5000米的当雄县宁中乡美林村的产妇桑旦曲珍，剧烈的腹痛使她大汗淋漓，面色苍白。简单询问病史及体检后，值班医生朗吉曲珍联想到不久前举行的疑难病历分析，与之非常相似，是产科的急重症胎盘早剥，若不及时处理，将很快并发产后大出血，造成全身凝血功能障碍及休克，危及母子生命。

医院立即启动抢救流程，应急分队迅速到位，各负其责，蒋红清和拉萨妇幼的同事们争分夺秒，在最短的时间内手术娩出胎儿，最终母子平安。

经历了紧张辛苦，医护人员的情绪却非常高昂，平时反复的学习、观摩及演练的辛劳，成就了今天的成功。

这令蒋红清非常自豪："技术援藏不是让我们到这里来挑大梁，而是通过我们，把先进的技术、知识和理念带到这里。我保证，我走后技术留了下来，并且在当地生根发芽！这才是技术援藏的初衷。"

蒋红清带的徒弟就是朗吉曲珍。

"我在内地的大医院学习时，几乎没有临床操作的机会；9月初回到拉萨后，蒋老师带着我做了20多台剖宫产手术。"朗吉曲珍高兴地说。

让蒋红清颇为欣慰的是，在她临走时，手术台上的事儿，朗吉曲珍已经能基本应付，即使自己不在医院，只要一通电话，就能"遥控"急救。

妇产科医生的工作非常紧张，因为摆在面前的是两条生命，突发的未知情况太多，往往令你措手不及。2012年，北京宣武医院的幺宏彦在拉萨市妇幼保健院工作的第一天，就遇到了一个下马威。

下午5点半，幺宏彦准备下班，正在收拾东西的时候，医生叫住她："幺老师，产房病人产后出血，您去看看！"

这名产妇妊娠 28 周，早破水 4 天后分娩，产程顺利，却在产后 1 小时开始出血。在产科危重症中，产后出血对于产科医生来说，是最常见、处理起来比较成熟的一种。可在幺宏彦进来之前，朗吉曲珍已经处理半个多钟头了。

幺宏彦问："有裂伤吗？"

朗吉曲珍摇摇头："看不清！"

幺宏彦穿好隔离衣，戴好手套，细致检查后，给出了结论，没有裂伤。

幺宏彦又问："胎盘胎膜完整吗？"

"完整，刮宫没有发现残留。"朗吉曲珍肯定地说。

幺宏彦把仅有的两种宫缩剂都用上了，又安排专人按摩子宫。患者处于失血性休克状态，血压 80/50 毫米汞柱，心率 100 次 / 分钟。幺宏彦加快输液速度，检查血红蛋白、凝血，并立即配血。

患者出血渐渐减少了，幺宏彦心里有了底，看来就是宫缩惹的祸！因为破水时间长，宫腔可能存在感染，导致宫缩乏力，引起产后出血。

血红蛋白只剩 65g/L，结合敷料血染程度，幺宏彦估计出血量 1500～2000 毫升，按常规应立即输血，否则凝血会继续恶化。拉萨市妇幼保健院没有纤维蛋白原、凝血酶原复合物和血库，后果不堪设想！经过联系，整个拉萨市血站只有 200 毫升全血，根本不够用！

已经是产科主任的朗吉曲珍，转过来安慰幺宏彦，说："我们西藏人对出血的耐受性好，您放心吧。"

幺宏彦将信将疑，却看到出血的确渐渐止住了。回到宿舍，幺宏彦仍不放心，不时电话询问病情，在提心吊胆中度过了一夜。第二天，幺宏彦早早来到医院，看到病人安好，才放下心。赶忙看血红蛋白复查结果：89g/L。

幺宏彦几乎不相信自己的眼睛，怎么长这么快？是血液浓缩的缘故吗？两天后再次复查：112g/L。幺宏彦这才信了朗吉曲珍的话，西藏同胞对出血的耐受性真很强，增长血红蛋白的能力远超内地的患者。看来民族不同，地区不同，处理方案和结果也确实不同，幺宏彦对于在拉萨处理病人又多了几分领悟。

这种急救经历，对于援助拉萨市妇幼保健院的 11 位医生来说，都是常事。每次遇到难产、产后大出血等突发状况，24小时全天候，"北京援藏的老师"就成了当地医生的主心骨。

宋征是来自北京妇产医院的一名助产士，采访她时，产房正有产妇待产，宋征几分钟就要去观察一次，楼上楼下穿梭不停，瘦小的身躯仿佛有使不完的劲。

很多人不懂，产房不是有医生吗？助产士又是做什么工作的呢？其实，在医学的观点中，产妇并不是病人，而是处于一种特殊的健康状态。助产士既不是真正意义上的医生，也不是真正意义上的护士，却可以在分娩室里处理着医生和护士都可能面对或者根本遇不到的多变情况。一个有经验的助产士对产妇的帮助会超过一个产科大夫，助产士的工作性质决定了她集接生、护理于一身。在产程中，助产士对产妇的陪伴时间要较医生多，因此也能更细致地捕捉到产妇在整个产程中细微的生理、心理方面的变化。

在拉萨市妇幼保健院，没有助产士这个岗位。宋征度过初上高原的不适应，第三个月，就主动申请进入夜班轮值，她觉得这样可以方便自己将助产技术更好地传授给助产人员。

原则上，援藏的医生不安排上夜班，因为语言不通，接诊会有困难，有问题再打电话赶过来。但宋征认为，夜班的产妇分娩量比白班多，这是产科特点，只有值夜班才能帮助更多的产妇。

在宋征的眼里，她要做的工作远不止这些。由于医疗条件的限制，很多在内地医院的医疗服务，在拉萨得不到有效的实施。比如"三早"措施，由于环境条件所限，"早接触、早吸吮、早开奶"，在临床实践中被简化了许多。宋征费了一番心思，将产房中的设施、设备重新进行规划，挪动了产床、新生儿辐射台、婴儿秤原本的位置，使其物尽其用，更提高了产房的环境温度。尤其是新生儿辐射台的重新布局，可以让新生儿出生后体温丧失减缓，使"三早"措施得以正确实施，提高母乳喂养成功率。

宋征随后又建立"晨课"和"病历分析"制度。每日早晨交班后用10分钟全科共同学习院内各项规章制度或临床理论性概念。每月抽出一份有代表性的病历，由全科医务人员讨论学习；统一"五大助产专科技术操作"（会阴冲洗、铺产台、接生、会阴切开缝合术、新生儿复苏），并亲自结合现阶段的临床实际情况，编辑并制定"五大"技术操作考核评分标准，组织妇幼保健院助产人员进行考核评定，使助产工作标准化、规范化。

产科病房，宋征亲自教护士们以科学的方法护理新生儿，传授她们增加母乳喂养有效率的各种方法，并亲自教她们制作成本不足 2 元的简易"乳头矫正器"。在产房，宋征带领科室的同事们普及"会阴阻滞麻醉和局部浸润麻醉"的概念，让全科人员理解，这种麻醉不是只有在会阴侧切术中才可以使用的。在这些新的理念和技术普及过程中，宋征不仅专门培训助产人员，还要亲自教授麻醉方法，使这种方法更好地服务于临床、服务于产妇，减轻产妇分娩时的疼痛感。

为了缓解待产过程中产痛带给产妇的不适，宋征与北京妇产医院联系，为拉萨市妇幼保健院的产房添置了音乐播放器，让产妇在柔和的音乐旋律中迎接新生命的到来。

2014 年 6 月 10 日，拉萨妇幼保健院党员大会上一致通过，宋征光荣地成为一名中共预备党员。她是第七期援藏干部进藏后发展的第一个中共预备党员。

宋征说："在拉萨，没有正式的助产士，即使是在城关区条件较好的医院，也是由护士代替助产工作，而下面的县里就只有医生辛苦代劳，真的很需要相关的助产专业培训，来提高母婴安全率，降低新生儿死亡率。"

宋征举着手中的一张纸，笑着说："我一直在学藏语，需要和产妇沟通的话，我都要学，现在能说 40 多句了！"

一年的援助时间已到，宋征决定申请再留一年，把自己的所学和临床经验传授给这里的助产人员。

从 2007～2013 年，援藏医生和她们的藏族同事们平安助产分娩 7000 余例，顺利开展手术 800 余例，没有手术并发症发生，这些数据刷新了拉萨市妇幼保健的历史纪录。

## 二、在高原收获"极乐"

凡·高有一幅非常有名的画，叫作《加歇医生》。加歇大夫是凡·高的朋友。凡·高自己画画，很愿意用黄的颜色，但这幅画却用了蓝颜色，非常深重，非常沉重，医生的眼睛也是蓝的，可以体会出一种深深牵挂，一股深深忧虑。医生实际上是在拯救病患中磨炼自己灵魂的职业。同样，在这个过程中，他们要面对各种不同难治的病，面对各种不同难处的人。

2013年7月，谷奇、李红霞、党绍林、赵力波四人来到拉萨市堆龙德庆县人民医院，开始为期一年的医疗援藏。

堆龙德庆县位于拉萨市近郊，距市中心约12公里，地处西藏中南部、雅鲁藏布江中游拉萨河拐弯处及其支流堆龙河两岸，平均海拔4000米。"堆龙"在藏语中意为"上谷"，"德庆"藏语意为"极乐"。

李红霞来自北京展览路医院，妇产科副主任医师。妇产科是医院最忙碌的科室，孩子在凌晨两三点出生的概率较高。李红霞常常是结束了白天的正常诊治工作后，晚上还要接着为产妇接生，一天24小时工作成了家常便饭。李红霞回忆起最忙碌的时候，一晚上接生了5个新生儿，忙得像陀螺般一直在转，但见到产妇和孩子都平安健康，她觉得再辛苦也值得。

"体重少了十几斤，虽然忙了点，但踏实。"

进藏工作一年，李红霞已经记不清多少次晚上被电话叫起来，即使回北京过春节，她的电话也没停过。由于医院急救条件有限，每次听见电话响，李红霞都觉得战战兢兢，如履薄冰。

一个周日的晚上，已经快11点，李红霞刚准备休息，电话响了，告知有产妇产后出血，李红霞急忙穿上衣服赶去了医院。

产妇25岁，名字叫冲日，德庆乡丁嘎村人，二胎生产，由于出血多，值班大夫已经作了检查和治疗。冲日处于高度紧张状态，双腿并拢，不让李红霞作任何检查。由于语言不通，李红霞默默地拢了拢她沾着汗水的头发，轻轻地抚摸她的脸，向她微笑。看着李红霞的笑容，冲日精神终于有所放松。李红霞立即戴上手套开始查找出血原因。冲日生完孩子后，有部分软产道裂伤，医生缝合后不再出血了，大家都以为没事了，没想到15分钟后，再次大量出血。

堆龙德庆县医院，夜里没有化验、B超等辅助检查，也不具备输血条件，留在这里只能凭医生的经验判断出血情况及原因，非常危险。可是看看冲日疲倦的面容，充满信任和希冀的眼神，李红霞实在不忍心再转院折腾她。李红霞决定留下冲日，不再转院，自己亲自看护。经过近一小时的抢救，冲日的出血逐渐减少，所有的医生刚松了一口气，冲日却又说感到恶心、胸闷。

李红霞脑子里飞速旋转：不能排除是最凶险的羊水栓塞，但是也有更多的可能是药物反应导致的。怎么办？李红霞略微思忖，立即控制静脉输入的药量，并加大吸氧压力。大约15分钟后，冲日的症状缓解，出血没有增多。

然而李红霞依然不敢放松警惕，仔细地观察着冲日的反应。

李红霞带教的学生次旦拉姆说："李老师，您满头大汗，休息会儿吧！"李红霞摇了摇头，说："没事儿，我再观察一会儿。"

李红霞不敢松懈，也不敢离开，一直到凌晨2点，出血没有增多，冲日的精神状态转好，她身上的汗水才慢慢落下。

高危孕产妇的管理对于产妇的平安生产至关重要，但拉萨地区卫生事业的发展与内地有距离，管理工作仍然不能发挥作用。说起一个让人印象深刻的病例，李红霞现在想想仍心有余悸。

一名产妇待产，家属告诉李红霞这已是第三胎。按常理，之前有生产史的孕妇，再次生产的时间会缩短，但让李红霞没料到的是，产妇在宫口全开后，一个多小时却仍未有任何动静。

产妇早已破水。羊水破后若不及时生产，孩子很可能会因缺氧死去。产妇在手术台上痛苦呻吟，胎儿的生命危在旦夕。李红霞十分焦急，一度想把产妇送往条件更好的市里医院。但李红霞又考虑，转运毕竟要时间，产妇如果在路上颠簸，发生任何变故都不能得到及时抢救。李红霞咬咬牙，冷静地思考，依靠自身的知识和多年的经验制定出了紧急措施。足足4个多小时的抢救，孩子终于以非正常胎位平安出生，生产过程虽然惊险，但总算母子平安。

李红霞特别奇怪，按道理不会有这种难产的情况出现啊。李红霞又找到了产妇的家属，家属这时才透露一个消息，原来这名产妇曾有过不良孕产史，前两胎孩子都未能存活！听了这话，李红霞吓出一身冷汗，这属于高危产妇！怎么之前的孕检档案上都没写啊？

中国妇产科学的先驱林巧稚医生曾经说："妇产科，特别是产科的根本是预防，妊娠不是病，妊娠要防病。一个只会处理难产，而不会去预防难产的产科医生，其责任已经丢掉了一半。"所以，林巧稚强调产前检查最好从妊娠一开始便享受保护，定期检查，严密监护，确保母子安全。

这些话成为中国围产保健工作的认识基础。

这件事情后，李红霞便将精力放在完善高危产妇的管理机制上，建立了堆龙德庆县人民医院高危妊娠管理制度，门诊医生若在检查过程中发现高危产妇，立即登记在册，由专人负责，每个星期通知其到医院进行检查和监测。针对部分孕妇住家较远，不便到县医院检查的情况，李红霞又对乡医、村医进行了培训，交代这些医生必须将有不良孕产史的产妇纳入高危管理行列，形成高危产妇名单网络，嘱咐高危产妇各种注意事项，劝说她们按时到医院复诊。

通过这一措施，堆龙德庆县的孕产妇、婴儿死亡率进一步下降。经过援藏医生及本地医生的长期宣传，孕产妇们也有了主动参与孕检的意识，大大加快了优生优育的步伐。

2013年8月的一天，李红霞正在产房忙着，门诊医生让一个病人过来找她。病人叫曲吉，古荣乡杰布村人，22岁，说是外阴肿痛不能行走。李红霞经过检查，发现只是个最简单的脓肿。李红霞将曲吉收住院后给予消炎治疗，第二天，施行了脓肿切开引流术。手术中，妇产科里的同事全围在手术台边认真地观摩，李红霞详细讲解了解剖位置及常见病、多发病。同事们都说，第一次见这样的手术。手术之后，曲吉5天就痊愈出院了。

无独有偶，几天后，急诊又转来一个外阴红肿的老人巴姆，已经76岁，一直尿急、尿痛，输了两周的消炎药，病症没有减轻反而加重了。李红霞一看，是一个典型的药物性霉菌阴道炎。李红霞停用了一切抗生素药物，只进行了冲洗和局部用药，所有症状都消失了。

通过这两个病人，李红霞想，一个简单的小手术就可以解决曲吉走路的问题，一个简单的冲洗可以不让巴姆老人那么痛苦，为什么之前没解决呢？根源还是出在治疗简单、没有检查、没有规范诊治上面。

针对这样的情况，李红霞要求门诊对任何就诊妇科病人，一定要作妇科检查，给予正确的诊断和治疗。李红霞根据门诊遇到的病例，进行了培训。一段时间以后，遇到妇科常见病、多发病，当地医生虽然不能给予明确的诊断，但已经知道该作什么检查，能够给予初步的诊断和治疗，也能观察进展，简单处理。

有李红霞作后盾，妇产科的工作逐渐有了突破，做了首例剖宫产，开展了大月份药物流产，以前不敢单独做的绝育术，现在也能单独做了，基本常态化。

经过半年的辛苦努力，李红霞逐步规范了妇产科诊疗规范、病历书写、围产期保健流程，培养出一个高年资主治医师王仕会做了二线医生，建立了三级查房制度。尤其让李红霞欣慰的是，学生次旦拉姆在她的鼓励和帮助下，以较高的分数考上了华西医科大学硕士。

拉萨市妇幼保健院院长尼玛旦增说："你们最近转我们院的病人少多了。"

县医院的救护车司机边巴每次看见李红霞都很高兴，说："李大夫，从你来到医院，我晚上出车都少了。"

李红霞笑了："当一名妇产科医生，能看到产妇平平安安、新生儿哭声洪亮，这不就是最大的幸福吗？"

谷奇，1961年生人，首都儿科研究所小儿外科主任医师。援藏任务下达到首都儿科研究所时，谷奇不顾自己高血压、高血脂、高尿酸等身体不适，报名参加了援藏工作，成为第7期北京援藏医生中年龄最大的成员。

谷奇有丰富的小儿外科经验，在全国也卓有名气，除了在堆龙德庆县人民医院完成手术和带教外，其他县医院有需要，他也二话不说，鼎力相助，充分发挥了医疗队领队的作用。

2013年9月17日，援助当雄县人民医院的北京外科医生高志学打来电话，说有个急腹症的孩子需要会诊、手术，问谷奇能不能立刻赶过去。

这天是拉萨市的民族团结进步节。谷奇笑了，说："这对咱们援藏医生来说，太有意义啊！"谷奇没犹豫，和一起在堆龙德庆县医院援藏的泌尿外科医生党绍林动身赶往当雄县。

病人是当雄牧区一个15岁的姑娘，因为病痛的折磨，身体极为单薄，看起来像个十一二岁的孩子。这姑娘一年前发生了一次肠梗阻，手术之后反复发作，多次到拉萨市人民医院治疗，但始终没有痊愈。姑娘半年内梗阻6次，往返于拉萨和当雄的路上，长期的腹痛、恶心、呕吐，使本来天真烂漫的姑娘，变得沉默寡言，面带痛苦，人也消瘦得不成样子。

副院长扎西次仁介绍完这个孩子的情况，谷奇和党绍林开始反复检查，进一步斟酌病情可能发生的各种情况。

谷奇叹了口气，说："扎院，孩子虽然病程时间很长，但是手术指征不是太充分，就怕手术后还会梗阻……"

扎西次仁说："谷老师，这个病把这姑娘折磨苦了。家长听说有北京的专家来了，特别盼望你能做这个手术，毕竟你在小儿外科方面经验丰富。"

谷奇沉默了许久，没有说话。

谷奇一抬头，就看到小姑娘痛苦的表情，再一转脸，正好碰到家长期待的目光。家长不会说汉语，只是用期盼的眼神望着他。

曾经是军人的谷奇脾气上来了，不帮西藏的孩子解除痛苦，我来这儿有什么用？这个手术做了！

在扎西次仁的配合下，谷奇开始进行开腹探查，找一找反复发生肠梗阻的原因是什么。腹腔打开后，谷奇很快就找到了原因：小姑娘第一次进行手术的部位，产生了粘连，从而导致肠梗阻频发。谷奇手法轻柔，仿佛弹琴绣花般，小心细致地理顺了肠管，分离了粘连；然后加大药量的比例，反复冲洗腹腔，给这个小姑娘彻底解决了这个反复发作的"心腹大患"。

谷奇在当雄县开展儿童肠梗阻手术后，消息传到了尼木县人民医院。尼木县人民医院刚刚启用新病房楼，手术室还没使用。恰逢两个儿童疝气的小患者收治住院，院长谭申权当时就想，能不能请谷奇来做这个手术。谷奇没多想就同意了。

谷奇到达尼木县人民医院，马上赶到病房检查患儿的症状，查看检验结果，确定没问题后，谷奇决定立即开展手术。

谷奇手术做完后才知道，他这次手术，是尼木县当地14年以来，首次开展外科手术。谷奇开玩笑说："谭院长不厚道，都没告诉我，我这是在给他们医院的手术室开张啊！"

### 三、心香一瓣飘尼木

从拉萨回来，我的书柜放上了产自尼木县的藏香，因为它能驱虫杀菌，还预防流行疾病。遍布尼木县的芬芳藏香中，其实还有一缕馨香，在雪域高原上，遇雪尤清，经霜更艳，萦绕在藏族同胞的心头，这就是北京援藏医生奉上的一瓣心香。

从 2003 年来到尼木县人民医院的第一位北京援藏医生杨爱民开始，已经陆续有 19 位医生支援尼木县的医疗事业。尤其是 2007 年后，援藏医生梯次接续，为尼木县人民医院的发展奠定了坚实的基础。

尼木县地处西藏中南部、雅鲁藏布江中游北岸，位于拉萨市西南 140 公里。2014 年初夏，尼木已经变得绿油油，我和第 7 期第一批的援藏医生李敏和刘向梅乘车从贡嘎机场的隧道口驰过，沿雅鲁藏布江逆流而上，沿途村落的不少人家都在田间劳作。一路呼吸着雅鲁藏布江的水汽，嗅着油菜花的独特香气，听着田间地头的劳动欢歌，车拐进了尼木县城，来到了尼木县人民医院。

院长谭申权是湖北恩施人，2002 年湖北民族医学院毕业，作为引进大学生进了西藏，就留在了尼木。提起来自北京的援藏医生，谭申权非常感激，在几批援藏医生的持续努力下，不仅为尼木县人民医院培养出了专业技术人员，推动了学科建设和人才发展，也为这里的医生树立起了优秀医务人员的品质和作风。这其中最为明显的就是妇产科业务能力的提升。

由于西藏特有的婚姻制度和生活习惯，藏族群众的卫生习惯极差，妇女病发生率比较高。一直以来，尼木县医院没有麻醉科和血源，不能开展手术，距拉萨较远，需要几小时的路程，转院不便，孕产妇和新生儿死亡率一直较高。由于健康意识薄弱，住院分娩率较低，也影响到这两大死亡率。来自北京的妇产科医生，援藏的目的就是尽可能降低这两大死亡率。

2007 年妇产科援藏医生曹彤来了，第一步就是给就诊的农牧民宣传住院分娩的好处和家中分娩的弊端，明确表示藏族妇女生孩子是全部报销的，医疗费用不需自己承担，解除她们的顾虑。下乡义诊时，曹彤也不忘广泛宣教，教给产妇要牢记自己的妊娠时间，以便能正确估计孕周。

尼木县的有些乡村距县城较远，有时会来不及送到医院。曹彤又加强对乡医、村医进行接生的培训，发放产包，积极宣传提前住院待产。对大部分乡的乡医、村医进行了产前检查和接生技术培训，手把手指导。

曹彤来了以后，尼木县医院的妇产科才正式独立出来，受过专业培训的妇产科医生共 5 人，两个藏族、3 个汉族，都有专业知识和技术，但都不熟练、不系统。曹彤开始带领她们组建妇产科，制定妇产科管理工作规章制度，如查房制度、交班制度、各种登记制度、月总结制度等。制定妇产科常见病诊疗常规及产科危重急症抢救流程。规范各项规章制度及操作流程，每周进行专业知识理论讲课，开展催产素引产，对产程的观察处理进行技术指导，规范接生步骤及注意事项，掌握产科并发症的处理。充分利用现有的 B 超和多普勒胎心仪，指导她们使用并进行结果分析，从而更好地诊断和处理。

尼木县医院的医生们都很勤奋好学，技术提高很快。由于卫生条件较差，产房消毒隔离制度不完善，传染病发生率较高，合并肝炎和水痘者比较多。曹彤又制定了产房消毒隔离制度，尽可能较少传染及感染。

2009 年，北京友谊医院的王陶然医生来到尼木时，妇产科已经正常运转起来，但想要把技术长久地留在这里，就要能留下一支医疗队伍。王陶然着重身教，每天带领科里医生查房，首先详细询问病史，养成她们注重搜集病史的良好习惯，再手把手地教她们系统的查体方法，纠正不规范动作。通过分析病史，结合查体结果，提示正确的规范的诊断和鉴别诊断，提高当地医生对疾病的正确诊断能力，传授给她们规范的治疗方案。

尼木县医院不具备手术条件，王陶然把提高处理难产能力，确保母婴平安当成工作的重点。针对当地医生不会处理头位难产中常见的持续性枕后位和枕横位，王陶然耐心地讲解改变产妇体位配合手法旋转胎头的可行有效的处理方法，带着医生们动手做，逐渐掌握了这项技术。

2012 年 4 月的一天，一位高危产妇被送到医院。入院检查时，胎儿的胎心已降到 70 次 / 分，按照正常胎心的标准，应该在 120～160 次 / 分，这种情况意味着胎儿随时面临死亡。

终止妊娠，实施剖宫产手术，是最好的方法，无奈尼木县医院做不了，产房也没有助产用的产钳或胎头吸引器。如果转到拉萨市的医院，路途两个多小时，随时可能胎死宫内。

援藏医生商文金急了："赶快送产房，做好新生儿窒息的抢救准备！"

没有胎心监护仪，商文金只能把听筒贴在孕妇肚皮上，数着多普勒胎心仪的胎心波动声音。

伴随着孕妇子宫每两分钟一次的收缩，商文金开始用手压着孕妇腹部，一分钟后放开。手术室里，多普勒发出"哒哒哒"的声音。

4 月的尼木，气温依然是寒冷的，但商文金的额头上不停地渗出汗珠。

商文金按压的动作循环往复,几乎维持了1个多小时,孩子终于出来了!

怎么没哭声?产房里突然安静下来,商文金看见婴儿躺着一动不动,全身发白,顿时头上的汗出得更多了。她找来一根管子,连上气囊,插入孩子的嘴中,用管子把孩子嘴里的羊水吸出来,同时给孩子做心外按压。

3分钟后,孩子"哇"一声哭了出来,全身顿时红了。

这位干了18年妇产科的医生,下班后给朋友打电话,说:"我在高原见证了一次生命的奇迹!"

谭申权对我说:"来这儿两个月,商老师的体重下降了30斤。她说,以前在北京,怎么努力减都减下不来。"

商文金则非常感慨,对谭申权说:"谭院长,得赶快组建手术室啊!"

骨外科医生李金亮援藏前任北京延庆县医院副院长,2012年到来后,协助尼木县医院制定了绩效考核方案,完善了多项管理制度。在他的帮助下,开始针对建成后的手术室进行合理规划,设计了设备采购方案,并制定了手术室无菌及操作规范。

2013年,北京第7期第一批援助尼木县医院的3名医生中,李敏来自北京上地医院,妇产科主治医师;刘向梅来自北京海淀妇幼保健院,儿科主治医师;许猛子来自北京海淀区医院,骨科主治医师。三人一到,就看到了崭新的尼木县医院矗立在面前。谭申权院长给三人的第一个任务,就是规范设置手术室;确定手术室物品的摆放位置,购买药品及手术器械等等。

按照妇产科常用的药品和器械,李敏曾开列了一张清单,两个月间,各种药品、器械陆续齐备。李敏私下里也在想,自己在这里的第一台手术将会在何时开始呢?

两天后的10月24日,下午一上班,住院医师拉宗找到李敏,说:"李老师,您来看看这个产妇。"

产妇名叫曲吉,33岁,是尼木县普松乡人,已经生育过4个孩子,这是第5胎。目前怀孕39周,因为感到两条腿浮肿,上午来到尼木县人民医院门诊进行检查。门诊医生接诊后,先给曲吉量了血压,发现血压高压150、低压120,血压增高明显;又进一步检查了尿蛋白,发现尿蛋白增加到了3个+号,这是非常典型的子痫前期(重度)的表现。门诊医生不敢怠慢,赶紧联系住院医师拉宗,将曲吉收治住院。

重度的子痫前期或子痫,会发生产妇抽搐、脑出血、肝肾功能衰竭、心力衰竭、胎盘早剥、胎死宫内、新生儿窒息、视网膜脱落,甚至死亡,直接威胁孕妇和胎儿的生命。更糟糕的是,这种疾病还存在后续效应,即使产妇治疗得当,躲过了子痫这一劫,日后得高血压、糖尿病、血栓性疾病的风险也会比常人高出数倍。

西藏地区的农牧民保健意识差,做不到按时检查,往往发现时已经很严重。

李敏知道,曲吉虽然目前还没有引起抽搐,但随时都有可能发生。按照治疗常规,最佳的方法,就是进行解除痉挛、降低血压的处理,等待血压控制住以后,实施剖宫产手术,终止妊娠,保住产妇和胎儿。

李敏赶快下医嘱:硫酸镁15克静脉输液预防抽搐、硝苯地平10毫克口服降压,并交代病房护士密切监测血压及胎心胎动。

李敏问妇产科主任央金:"这种情况咱们以前是怎么处理的?"央金说:"咱们手术条件不成熟,都是转到拉萨市的医院去做,明天看看血压平稳了,直接转院吧。"

李敏一时犹豫,手术室已经建立起来,剖宫产手术也是自己所擅长的,难道就不能把病人留在尼木吗?一来开展了手术,二来也会减少病人转院的折腾。

李敏给谷奇打了电话,把自己想开展尼木县第一例剖宫产手术的想法说了。

谷奇外科手术经验丰富,他首先就问:"你觉得把握大不大?"

李敏说:"B超预估了一下胎儿的重量,大概五六斤,不会太大,我觉得有把握。"

谷奇又说:"风险呢?你觉得风险在哪儿?"

李敏说:"产妇是O型RH阴性血,血型不好配,担心手术后子宫不收缩,造成大出血,危及产妇生命。只能在手术中多注意出血情况,及时给予子宫收缩药促进子宫收缩。"

谷奇语气并不轻松,说:"O型RH阴性血可是罕见稀缺的熊猫血啊,拉萨的血库都不一定有。你觉得出血几率大吗?"

李敏说："权衡一下，不是特别大。但我还是想做这个手术，总得有第一例。"

谷奇笑了："有这个心气儿就好，做吧。手术那天，我和李红霞、党绍林都过去，在手术室给你作保障。"

李敏心里顿时觉得踏实了很多。她找到了谭申权院长，汇报了自己的想法。谭院长又请示了尼木县卫生局局长扎西，又把情况汇报给了尼木县县委书记范永红。

范永红和尼木县县委副书记、常务副县长彭松涛，副县长李鲲鹏都是来自北京的援藏干部，按照援藏指挥部的安排，他们和李敏、刘向梅、许猛子都属于援藏指挥部的第六党支部，彼此比较熟识。考虑了一下，范永红也问了李敏对手术的把握。李敏把自己的预估对范永红说了，特别强调了谷奇等人也会过来作保障的事情。

范永红拍了一下大腿，说："你说得对，总要有第一例，准备做吧，这个风险，县委和县政府来承担。手术那天，我和彭县长、李县长都去给你助阵，我们作不了医疗保障，但我们可以作你的精神保障！"

范永红的信任，让李敏感到无比振奋，回到医院就开始作术前准备。这时，拉宗在找产妇曲吉的亲属签手术同意书时，曲吉的亲属却犹豫了，他们提出要先到寺院里去问问活佛。

这是李敏事先想不到的事儿，她这时才意识到，这儿和北京不一样，藏族同胞全民信仰佛教，宗教在这里拥有巨大的力量。

加拿大医学家威廉·奥斯勒曾说过一句名言："对于一个医生而言，了解什么样的一个人得病，有时候比知道一个人得了什么病来得更重要。"

对李敏来说，在尼木县人民医院，了解自己的病人这个最重要的事，却异常困难。李敏想向曲吉和她的家属解释，但他们基本上不会说汉语，李敏只能把希望寄托给央金。

央金用藏语给曲吉反复解释，她指着李敏介绍："这是北京的医生，是专家，她会把你治好的。"

曲吉的家人到底还是请教了活佛，晚上赶回来签了手术同意书。

李敏舒了口气，心想："无论医生还是僧人，我们都是敬仰生命的。"

不料第二天又出现了波折。

谷奇等人来到尼木，李敏和刘向梅正在办公室和他们谈论着手术注意事项，麻醉师欧珠进来了，说："李老师，曲吉家属不肯签麻醉同意书，他们又放弃了手术。"

李敏顿时愣住，这又是为什么？

原来欧珠去找曲吉家属签麻醉同意书，他逐项将麻醉风险和手术风险翻译给他们，因为各项风险听起来很可怕，曲吉感到害怕，不敢进行手术了。

李敏顾不得多想，再次和央金来到病房，去做曲吉的说服工作。

依然无法交流，李敏听着央金对家属进行劝说，这个面容清秀的湖南女子只能微笑，尽自己最大的善意微笑着。

光线透过窗户，映入病房，由于逆光，李敏感觉整个房间氤氲了起来。她突然看到了曲吉胸前挂着的佛像。

李敏灵机一动，她侧过身，面对曲吉，用手指了指佛像，然后双手合十，看着曲吉的眼睛，继续微笑着。

曲吉仿佛感受到了李敏的善意，她仰卧在床上，也双手合十，看着李敏。

曲吉最终同意进行手术了。

欧珠说："李老师，你真有办法。"李敏笑了，这个世界上万物皆变，唯有爱可以永恒地穿透一切。医学的行为和宗教的行为迥然有别，却唯有爱可以将其永恒地联结在一起。

一切准备就绪，当天下午1点，谷奇、李红霞等人陪着进了手术室，刘向梅作好了应对新生儿出生的准备，手术开始了！

正如同李敏手术前预估的一样，曲吉在手术中出血量300毫升，并不大，子宫收缩良好，整个手术非常顺利，分娩出一个女婴。刘向梅抱着孩子走出手术室就吃了一惊，继而差点乐了出来。县委书记范永红、副书记彭松涛、副县长李鲲鹏、卫生局长扎西、院长谭申权都围在手术室门前，一见刘向梅抱着孩子出来，大家都兴奋异常，拿出手机一通狂拍。

刘向梅工作在北京海淀妇幼保健院，有多年新生儿专业经验。她发现，在西藏的基层医院，多数医师没有接受过规范培训，存在复苏设备不完善、流程不清晰、操作不熟练等诸多问题。为了尽可能降低转院率及死亡率，刘向梅到达尼木县医院的第一周，就开始对医护人员进行新生儿窒息复苏、呼吸管理、营养支持、消毒隔离措施的培训，并把长期闲置的新生儿培育暖箱启用，开始收治一些不需呼吸支持、病情相对稳定的早产儿及高胆红素血症患儿，很多藏族孩子从中受益，免去了转院的长途跋涉和经济负担，他们的父母高兴得连连道谢。

刘向梅又向谭申权院长申请，配备了包括喉镜、复苏气囊在内的两套完整的复苏设备，在产房及儿科病房各备一套，明确专人管理，这样极大地节省了抢救时间。

通过半年的技术培训和实际操作考核，医务人员、特别是儿科医师的新法复苏技术基本达到了规范化和熟练化，新生儿抢救水平上了一个新台阶，通过新法复苏成功抢救窒息新生儿10例，窒息新生儿死亡率降为零。

在医院的工作中，刘向梅也常常被善良淳朴的藏族同胞所感动。2013年，雪顿节后上班的第一天，来了一个肺炎合并心衰的小女孩，当班医生建议转院，孩子妈妈却用藏语说，听说来了北京的医生，她不想转，想让北京的医生看。

刘向梅听不懂她在说什么，但却读懂了她眼神里饱含的期盼和信任，来的时候这个母亲在掉泪，此时却一直憨憨地笑着看着自己。一股暖流一下涌上了刘向梅的心头，她轻轻地对自己说："好吧，我尽力！"

镇静、吸氧、强心、利尿、改善循环、加强抗感染……第二天，小女孩呼吸困难明显好转，心衰症状得到控制；第三天，肺部罗音好转；第五天，小姑娘给刘向梅唱起了《北京金山上》，还拉着她的手问，去北京要走多远……

## 第二章　手术刀就是斩魔剑

汉语修辞往往称疾病为"病魔"，是病痛对人类的折磨。外科医生手中的手术刀就是剑，用以披荆斩棘，用以斩掉病患毒瘤，还病人一个健康洁净的躯体。思路清晰、心地善良、心灵平静，这三点，是外科医生临床工作的基线。

### 一、了却孩子们的"心"愿

人的生命是一纸随时可能中断的契约，太过脆弱，也太需要保护。使行将熄灭的生命烛光重新点燃，替趋近枯萎的花朵枝叶注入绿色的生机，向在死亡的沼泽地挣扎的生命伸出援救之手，为受创躯体和痛苦的心灵铺设一条通往希望的小径，在这一刻，医学的价值，甚至就是个体、群体乃至人类生命的全部。

先天性心脏病是所有先天性疾病中最严重的一种，在新生儿中的发病率为6‰至9‰。由于海拔高、缺氧等因素，西藏儿童先天性心脏病的发病率几乎是中、东部地区的两倍。除了高原缺氧，卫生条件、营养水平、母体叶酸缺乏和近亲结婚等因素，也是西藏地区先天性心脏病发病率高的原因。

2012年4月初，西藏自治区在拉萨召开会议，动员部署儿童先天性心脏病医疗救治工作。经过会前的初步筛查，西藏自治区约有9147名患先心病的儿童。根据西藏自治区卫生厅的《西藏自治区儿童先天性心脏病医疗救治实施方案》，全国17个对口援藏省（市）和17个中央援藏企业，每年将各免费救治西藏100名先心病儿童，从而达到两年内救助区内所有病童的目标。北京市儿童医院和安贞医院，承担拉萨地区先心病患儿的救治。

经过了援藏医生的奔波努力，对西藏自治区69382名0~18岁的儿童进行了初筛，发现疑似病例802名，其中由北京负责对口救治的拉萨市地区共确定病例54名。为保证患儿得到及时治疗，7月，北京儿童医院先期派出心脏中心5名医务人员来到拉萨，对拉萨市的尼木及当雄地区儿童又进一步全面筛查，以确定是否适宜手术。

9月18日，T28次京藏列车缓缓抵达北京西站，金兰中、刘辉等医生带着索朗多吉等最后确定的14名患有先天性心脏病的孩子，还有陪护的家长，在鲜花的簇拥下走下火车，分别乘坐救护车前往北京安贞医院和北京儿童医院进行免费就治。

北京安贞医院和北京儿童医院都非常重视先心病患儿的救治工作，专门成立了以院领导主要负责的指导小组，同时组建了由心脏中心主任、护士长、医疗专家、护理骨干及辅助检查人员组成的医疗小组。为使患儿得到很好的照顾，医院特意腾出心脏中心所有单间病房，并安排专人负责他们的饮食。安贞医院考虑到家长和孩子们的饮食习惯，膳食科的师傅们还专门买了酥油，做了酥油茶。

北京儿童医院心外科护士长王雪静在孩子们到来前，弄了很多毛绒玩具悬挂在病床的床头，还在网上找了些藏文的祝福话，写在纸牌上，贴在病房内，并且为每个孩子特别安排了两位护士，给他们洗澡。

3岁的女孩拉珍，在北京儿童医院系统检查后哭了。除了房间隔缺损和动脉导管未闭两个心脏问题，拉珍还有先天性的脊柱侧弯，由于年纪小，还在生长发育中，这一情况在拉萨并没有被发现。

患病的儿童主要都患有房间隔缺损、室间隔缺损和动脉导管未闭这几种病症。房间隔缺损是左、右心房之间遗留孔隙；室间隔缺损是左、右心室之间产生了异常通路。

动脉导管本来是胎儿时期肺动脉与主动脉间的正常血流通道，胎儿在母亲的体内，肺并不进行呼吸，所以来自右心室的肺动脉血，经过导管进入降主动脉，而左心室的血液则进入升主动脉，动脉导管是胎儿时期特殊循环的必需方式。孩子一旦出生后，肺开始膨胀，并承担气体交换，肺循环和体循环各司其职，导管就不再发挥作用，自动选择闭合，而持续不闭合就形成了动脉导管未闭，形成肺动脉高压，严重者会发生心力衰竭。

病症形成的主要原因就是因为高压缺氧。孩子和他们的家长最初都以为呼吸不畅、胸闷等症状是高原的正常反应，没有入院治疗的意识。

"别哭了，孩子，检查出来是好事啊，我们会给你安排治疗。"刘辉轻抚拉珍的头发，微笑着说。

在心外科主任李晓峰的主持下，联合骨外科医师对拉珍进行了会诊。因为孩子年龄比较小，外科医师建议，脊柱侧弯可以等到5岁以后再做，当前第一步是做好房间隔缺损和动脉导管未闭这两个手术。

先天性脊柱侧弯，造成胸廓的位置不好，给手术带来了一定难度。而且这些孩子一直生活在含氧量少的高原，到了北京的平原地区，氧气充足，肺的含气量减少，做彩超的时候，肺膨胀不起来，心脏总是看得模模糊糊，也给手术增添了不确定性。

一个外科医生的手术技巧固然是重要的，特别是一些微创的或内镜的手术，但专家们剖析的结果也证明，完美的手术，技巧只占25%，其余75%是决策。

手术前，心外科医生们进行了周密的术前讨论。刘辉怕开刀产生大出血，最后选择了介入治疗。通过切开股动脉，放置导管，输送封堵器对房间隔和动脉导管的缺损处进行封堵。拉珍的缺损很大，动脉导管很粗，刘辉以前从没见过，因此需要的封堵器也大，但孩子血管又很细，如果封堵器选择不好，已经形成的肺动脉高压，会不会给顶出去？如果封堵了其他血管，更是麻烦。

刘辉反复推演，生怕遗漏了任何一个环节。

患有法洛四联症的旦增卓嘎经过了全面的检查，也要准备手术了。她的手术由心外科主任李晓峰亲自来做，与拉珍的手术相比，旦增卓嘎手术的复杂性要大得多。

李晓峰说："一般这种手术我们做的都是6个月左右的孩子，这么大的孩子还真没做过。心脏具有4种畸形，必须一个一个地进行矫正，需要大量的时间。另外，这种病症的孩子都长不大，旦增卓嘎已经12岁了，她的心肺很多地方长成什么样，我们是想不到的。最怕的是侧支血管开始代偿肺内供血，造成肺内出血，好在这些担心最后都没有出现。"

旦增卓嘎的手术做了5个多小时，李晓峰从手术室出来时，已经汗流浃背。回忆起这个手术，他笑笑，没有过多的言语，却是如释重负。

另一边，刘辉给拉珍做的手术也很成功。做完手术的孩子在监护室观察着，最长4天，最短1天，然后转回了病房。14名孩子的先天性心脏病都成功得到了手术治疗。

旦增卓嘎从监护室出来时，嘴唇已经变得红润，远离了困扰她10多年的紫色。她摘下了围巾，开始喜欢粉色的衣服，佩戴粉色的饰品，变得特别地爱照相，每次合影都主动上前。

护士长王雪静给孩子们准备了图画本和水彩笔。小男孩索朗多吉给医生叔叔、阿姨画了画。画面上，索朗多吉自己输着液，但满脸都是微笑。

医生们通过手中的柳叶刀，斩除了病魔，挽救了生命，为孩子们开辟了另一条人生道路。

2012～2014年，在北京市、江苏省和中华慈善总会的大力支持和无私援助下，拉萨市累计筛查先天性心脏病儿童222321人，确诊391人，已经全部安排免费救治手术。

2013年，北京密云县医院的援藏医生刘晓华，全程照顾患病孩子赴京。手术结束后，刘晓华陪着孩子和孩子家属、藏族医生一起去了天安门、八达岭长城等地参观。由于内部装修,他们一行没去成毛主席纪念堂,让刘晓华大为动容的是,藏族孩子在纪念堂外排成了一排,集体向毛主席纪念堂鞠了一躬!

## 二、黄色的哈达

尽管我们有一双手、两条腿,但谁都知道,每一个都弥足珍贵。从北京顺义区医院来的援藏医生高志学明白,自从选择了骨外科,让患者肢体保全功能,比什么都重要。

2013年7月的一个周二,高志学在病房再次看到患者益西。高志学顿时非常惊讶,眉头一下就皱了起来,回头问当天的值班医生陆振刚:"他还没有转院吗?"

陆振刚摇了摇头:"家属没要求转院。"

高志学伸手撩开了益西身上盖着的床单,目光透过黑框眼镜,直接就扫在了益西的右脚上,脚趾已经开始发黑!

高志学转身走出病房,找到了当雄县人民医院主管业务工作的副院长扎西次仁。

"这个人必须马上手术,否则他这条腿恐怕保不住了。"高志学神情凝重。

坐在椅子上的扎西次仁一下站起来了:"这么严重?怎么没转到拉萨市医院?"

"昨天我看过这个患者,对家属说了,赶紧转院,但家属可能犹豫,昨天没有转院,今天病情有了变化。"高志学叹了口气。

患者益西28岁,来自那曲地区,前天骑摩托车摔伤了右腿,右胫腓骨中下段粉碎性骨折,畸形严重,右小腿内侧有3厘米皮肤裂伤,鲜血直流。摔伤后在那曲当地进行了简单处理,仅用两条凳子腿临时固定了一下,在4小时后来到了当雄县医院。

接诊的急诊医生马上给予伤口包扎,但没有缝合,更换了两块夹板固定,在观察室留观。第二天,医生陆振刚感觉病情较重,告诉家属,要立即转到拉萨市内的大医院,病人家属在犹豫时,赶上了援藏医生高志学查房。高志学恰恰是骨外科医生。

陆振刚向高志学介绍了基本情况,高志学不敢怠慢,看了看X光片,立即查看伤处。在陆振刚的现场翻译下，高志学问了益西的感觉。益西说，他感到腿疼，特别地疼。高志学眼光一闪，用手捏住了益西的右脚，仔细观察了一下，觉得有些青紫。

"血运不好啊，末梢已经出现青紫，有可能要发生骨筋膜室综合征。"高志学对陆振刚说。

陆振刚说："是不是包扎得太紧了？"

高志学点了点头，说："有可能。把绷带打开。"

解开伤口绷带，高志学发现小腿前侧皮肤已经发黑，这说明这部分皮肤已经坏死。高志学转头对陆振刚说："现在要立即处理伤口，先把外伤控制住。把开放骨折变成闭合骨折，临时固定治疗骨折，同时进行抗炎、消肿。等待皮肤这些软组织条件允许后，再看情况手术。但是如果想转院，应该马上就走，耽误不得。"

当天下午，高志学在县里开了一下午的会，没有回医院。等第二天高志学再回到医院，却发现益西还没有走，这只黑色的右脚在高志学眼前一出现，高志学就暗道：不好！脚一变黑，说明血循环非常不好，缺氧严重，整条腿有坏死的可能！

高志学和扎西次仁来到病房，再次打开了益西的包扎绷带，果不其然，右小腿内侧伤口由于没有进行外伤缝合处理，只能依靠包扎止血，肢体末梢血运极差，脚已经发黑、肿胀，小腿已经被勒得和骨头一样宽，情况不容乐观。

高志学有些急了，回头对扎西次仁说："扎院，这个手术能做吗？"

扎西次仁是麻醉医生出身，是整个当雄县医院的台柱子，外科手术基本都由他来操作。他皱了下眉，说："我们这里没有做过骨科手术，器械也不全，成吗？"

这时候，闻讯赶来的院长巴桑也到了病房，了解了益西的情况，巴桑说："高老师，由您来组织手术，可以吗？"

高志学一愣，这一天，是他作为来自北京的援藏医生，来到当雄县人民医院的第二个星期。

高志学沉吟了一下，但并没有过多的犹豫，直接说："这种手术只能放置胫骨髓内钉或者外固定架，咱们有没有髓内钉？能不能打外架。"

扎西次仁想了想："医院里可能有克氏针，但牵引弓、牵引锤都没有。"

巴桑也说："高老师，我们这里10多年没有做过骨科手术，也没有C形臂（C型X线透视机），你没办法在术中进行透视造影，看到骨折的具体情况。"

几个人是在用汉语交流，小伙子益西听不懂，躺在病床上看着他们在讨论着，眼中则充满着希冀的光芒，因为他已经听说了，这个站在他床边，身材高大、戴着眼镜的医生，是来自北京的专家。

北京来的专家，那一定是很了不起的专家啊！

高志学看了看益西充满着敬意的目光，点了点头，对巴桑说："困难咱们想办法克服，把库房的器械找出来，赶快消毒！"

手术者是将军，其他人是团队成员。手术就是一场战斗，要求指挥员机敏、果断。迟缓、优柔寡断不是外科医生应有的品格。既然作了决定，就要迅速行动，高志学看看从库房取出的、尘封已久的器械，指示护士逐项消毒。

在这个手术里，按照高志学的设计，第一步是清理右腿的外伤，进行伤口的缝合。第二步再进行骨折的处理，如果能够固定住足踝，通过跟骨牵引复位，也许以后不用开刀再做骨折的手术了。

高志学带领着医生和护士，准备好清创包，熟练地消毒，麻利地全层缝合，紧密包扎，外伤的处理基本结束。按照手术前的设想是美好的，但当用来固定骨骼牵引的克氏针拿来时，高志学还是傻了眼。

这枚克氏针是真够旧的，不仅如此，上面居然还长着锈！高志学不禁有些奇怪，问："没有其他的了吗？"

护士说："就这一根了，我们很费劲才找到的。"

扎西次仁在旁说："这根克氏针大概是上个世纪70年代援藏的巡回医疗队留下的，很多年了。"

高志学又气又乐："你们这是给我找来一件文物啊！"

但有总比没有要好，毕竟还有一枚，只是这消毒可就难办了。将锈迹清理完后，高志学把克氏针放在手术室酒精盘子里泡了40分钟。

高志学盯着这枚克氏针，心里还是忐忑不安。这消毒能成吗？这可是要在患者体内存留好长时间啊！万一感染，引起败血症或者骨髓感染怎么办？

战地救护？对，战争时期遇到这种情况怎么办？

高志学毕业于吉林大学白求恩医学部，从大学直至博士毕业，没有换过学校。吉林大学白求恩医学部前身就是白求恩医科大学，再往以前推，就是解放军第一军医大学，高志学还真接触过战伤的学习。

就这么办吧！

高志学一把抓过消毒盘子的盖子，直接倒了过来，在里面注入 75% 比例的医用酒精，将克氏针夹起放在里面，抄起打火机一点，顿时火焰升腾，燃烧起来！

火焰的高温完全破坏了微生物的蛋白质及酶，从而达到消毒、灭菌目的。高志学小心地转动盘盖，使酒精燃烧得更为均匀。

"就这样烧吧，把酒精烧完就成。"高志学脸上不禁露出了微笑。

手术室里已经聚集了很多人，护士、大夫、实习生，大家都想看看北京来的大夫怎么做骨科手术，高志学对突发情况的处理让他们闻所未闻。

消毒完成之后，高志学对扎西次仁说："扎院，准备麻醉！"

早已准备好的扎西次仁，将丙泊酚 100 毫升推入益西的静脉，观察着益西的反应，逐步调整着药量。这些前期的准备顺利地完成了，接下来便是一连串的攻坚。

按正常手术顺序，应该用手摇钻在跟骨上打孔，然后再放置克氏针固定，但医院的手术器械里没有骨科最常用的手摇钻，高志学只能想办法寻找替代品。

他提前让一名医生从负责后勤修理的师傅那里借来了一把维修用的锤子，并进行了清理消毒。握着这柄锤子，高志学出了一口长气，紧紧盯住手中的克氏针，将这枚克氏针从益西右腿足跟骨内侧敲入，外侧敲出，使两端等长。手术完毕，没有牵引弓进行牵引，骨折的部分依然无法复位。又一个"怎么办"摆在了高志学面前。

高志学用绷带编织成牵引弓，两端拴在克氏针两侧，远端汇成一股，中间找了个小木棍，支在中间，以免绳子压迫足跟。没有牵引锤，高志学对身边的一个实习学生说，咱们这儿石头有的是，你给我找一块 6～8 斤重的石头。

石头找来，用绳子系好，绑在绷带做的牵引弓上，益西的腿复位成功了！

手术第二天，高志学就发现益西右脚的血运逐渐改善过来。手术一周后，右腿缝合处皮肤坏死结痂，不过没有感染及脓性渗出，坏死的界限基本确定，益西也没有出现发热，血常规也未见白细胞增加的现象。高志学这时心中才长吁了一口气，知道这次冒险的手术成功了。

接下来的一个月里，又是雪顿节，又是纳木错环湖行走活动，高志学都要参与医疗保障，但他心里一直记挂着益西，指导护士定期换药。一切按照高志学最初的设计发展，益西皮肤上的软组织逐渐好转，高志学和扎西次仁商量了一下，给益西打了个管形石膏，让他回家静养，定期复查。半年后益西的骨折完全愈合，不但保住了肢体，还没有留下任何残疾。

这是高志学援藏期间的第一个手术，对于他来讲，意义非凡。在他的职业生涯里，实在不是什么惊天动地的手术，在北京只能算是一台极其普通的小手术，但它确实成为当雄县人民医院的第一个骨科手术。处理益西手术时，全院上下十几个医护人员在参观，都说开了眼界，以前没见过。

高志学带给这些医护人员更多的感动，是高志学没有条件创造条件，也要为病人着想的精神。也从这台手术起，院长巴桑充分信任了高志学，他希望高志学能把当雄县人民医院的骨科带出来。

七月，是西藏最怡人的季节。山下的田里金色的油菜花像海浪一样翻滚着，山上的溪水像白银伸出的舌头。一辆10多年的老奇瑞汽车，载着我和高志学，前往他工作的当雄县人民医院。高志学开着车，我坐在副驾驶的位置上，听他讲着他和病人的故事。

当雄县人民医院全院职工74名，外科医师7人，算上院长，有主治医师1名，具有执业医师资格的3人。副院长扎西次仁及外科主任丹增多吉既做手术又负责麻醉。外科只能做一些阑尾炎、脓肿切开这样的小手术，医院没有开展过一台骨科手术，以往骨科病人都是保守治疗或者直接转往拉萨市内大医院。

在高志学为患者益西完成了当雄这个高海拔地区的第一例骨科手术后，他的名声在当雄县传开了，患者慕名而来。

一个月后，来了一名被藏獒咬伤的87岁老太太，前臂大面积皮肤、软组织脱套伤，多处肌肉及肌腱撕裂伤，高志学在没有清创车及清创包的条件下成功手术。手术历时两个半小时，下了6根橡皮片引流。在这期间，高志学的妻子韩晶来当雄看他，他依然赶到医院指导换药。10天后，老太太痊愈出院，没有发生感染及坏死。

"还有一个8岁男孩骑马摔伤，看似简单的股骨上段骨折，因为孩子不配合，拍片不成功。手术进行中才发现是粉碎性骨折，末端完全都碎了，幸亏我准备了长钢板，有惊无险。"

"我配合扎西院长做了多次阑尾、肠梗阻等手术。过去剖腹探查他不敢做的，现在我俩责任共担，他的胆子也大起来，做的手术明显多了。"高志学笑着说。

高志学粗算了一下，一年间共做了大小手术120余台，其中骨科手术40多台。

当雄县人民医院院长巴桑，一提起高志学，非常激动："高老师，我们是好兄弟！"

提起前几天的一例手术，巴桑却难掩嫉妒，嘟囔着："我当医生18年了，都没有收到一条黄哈达；他来这儿不到1年，居然就收到患者送的黄哈达了！"

敬献哈达是藏族同胞的传统习惯，人们把献哈达看成是至高无上的礼仪，哈达代表了诚心、忠诚和尊敬。藏族同胞用敬献哈达，表达了对援藏医生的感谢。

这些哈达都是白色的，象征着纯洁和吉祥。但黄色哈达不同，它属于五彩哈达。五彩哈达颜色分为蓝、白、黄、绿、红，蓝色表示蓝天，白色是白云，黄色、绿色是江河水，红色是空间护法神。藏传佛教教义解释五彩的哈达是菩萨的服装，所以它只在特定情况下才用，比如敬献给活佛时使用，这是藏族最为隆重的礼物。

高志学竟然收到了一条黄色的哈达，难怪让身为藏族人的巴桑为之嫉妒。

作为援藏的技术干部，医生支援的时间是一年，在将要到期的时候，高志学又作了一个决定，他向党组织申请，要求在当雄县人民医院多留一年！

在当雄县人民医院，我跟着高志学去查房。手术室和外科病房都在四楼，为了省电，电梯没有开，我们俩爬到二楼时都停了下来，大口地喘气，这时候，我问了这个问题："你为什么想要再留一年？"

院长巴桑首先就希望高志学能多留一年，他对高志学说："高老师，再援一年，把骨科再带一带，医院的创伤中心年底就能竣工，你再留一年，给我们留下一支带不走的医疗队。"

高志学当时也是犹豫，离家一年，老人、孩子都是他心中的牵挂，家里大大小小的事都压给了妻子，妻子能同意吗？

这时，有两名患者的治疗情况，让高志学最终决定留下来。

一名患者名叫德珍，24岁，在一年前上山时摔伤，导致左臂的尺骨鹰嘴骨折。

德珍的丈夫是纳木错的一名村医，他们在近5000米的地方工作生活，德珍摔伤以后，没有到医院进行进一步的治疗，而是由丈夫进行了简单的处理，以为仅仅是骨折而已，只要骨骼长上就没有问题了。然而，经过了一年的时间，以为已经痊愈的德珍，才发现自己的肘关节非常僵硬，左臂没有一点活动度，无法进行屈伸，基本等于废了。听说当雄县人民医院来了一名北京的专家，特地赶过来看病。

高志学经过诊治，发现德珍骨折之后，尺骨已经变形，但没有进一步的复位，就这样不当地愈合了。高志学当即决定进行手术，在手术中，当把德珍的尺骨剥离出来，发现尺骨断端已和肱骨长在一起，尺骨鹰嘴已经吸收、变形。高志学对尺骨进行了修正，重新固定，并行广泛肘关节松解。手术后的德珍，左臂的活动度、屈伸情况非常好，恢复了基本的能力。

另一名患者叫曲珍，是一位31岁的女性牧民，与德珍的情况非常相似，也是摔伤后畸形愈合，导致前臂完全不能旋转。但这个手术的难度比德珍的手术难度要大，"骨折的地方已经长上了，桡关节脱位，复位后肯定会短，影响她的肢体活动。"

犹豫了很久，高志学还是决定上这个手术。在手术中，他把桡骨骨折处打断，重新固定并给予植骨，在尺骨进行假关节成形术，形成一个假的腕关节，在术后用石膏临时固定。

从手术后的X光片上可以看出，曲珍的前臂骨骼得到了矫正。高志学指着片子上钉在桡骨上的一排钉子说："看到没，这些钉子都不一样长，我们这儿，钉子都缺，有的钉子较长，没得换，只能如此。"

术后曲珍右前臂的旋转功能明显改善,腕关节稳定,恢复了九成的功能。

讲完两个患者的故事,高志学动情地说:"当雄是牧区,很多人因为住得远,骨折受伤之后没有到医院就医,只是自己养着,等到发现肢体功能丧失时来看病,往往已经晚了。在这里,丧失了肢体的能力,就意味着丧失了劳动和生活技能,会影响到一个家庭。这种陈旧性骨折的恢复,在内地已经非常少见,我愿意把陈旧性骨折的恢复当成一个课题。再多留一年,多做一些手术,让我在这里的学生也能多接触一些病例,让更多的患者恢复肢体的活动能力。"

## 第三章 人间的曼荼罗

藏传佛教在举行宗教仪式和修行禅定时,常会用到一种象征性的图形,称之为曼荼罗。曼荼罗意译为"坛城",佛教认为此处遍布佛与菩萨,所以也称"聚集"或"轮圆具足",是修持能量的中心。

医生对人体的"创造、修复、破坏"行为,构成了他们在人间的修行中心,恰好印证了民国时期太虚法师一首很出名的偈语:"仰止唯佛陀,完成在人格。人成即佛成,是名真现实。"

医生对生命健康的守护,以及他们所面对的纷繁复杂的众生相,构成了一幅人间真实的"曼荼罗"。

### 一、大"内"群英

按普通人的理解,会把一些常见的可以通过手术治疗的疾病划入外科疾病,把应用药物手段治疗的疾病列为内科疾病。

事实上并不如此,随着医学的发展,原先认为应当手术治疗的疾病,现在可以非手术方法治疗;原本不能施行手术的疾病,现在已经有了有效的手术疗法。内科可分为呼吸内科、消化内科、心血管内科、神经内科、内分泌科、血液内科、传染病科等,可以说是包罗万象。所以,有一个概念无可质疑,内科是所有其他临床医学的基础,往往以"大内科"称之。

在北京市援藏的 78 名医生中,内科医生占了三分之一,他们不像外科急诊的六月雷霆,急如星火,却似三春小雨,润物无声。外科是一门在刀尖上跳舞的艺术,如果有可能,内科能做的,是协助他们准备好舞谱,而不是把他们逼上刀尖。

混沌理论有一个通俗的比喻：安第斯山脉的蝴蝶扇动一下翅膀，孟买就会起龙卷风。其中蕴涵着的思想是，几乎注意不到的微小事件的组合，甚至可以导致一场巨变。人体在内外因素的综合作用下，微小的、分子水平上的基因改变，都相当于蝴蝶翅膀的一次扇动，换言之，疾病的早期会有一些有重要临床意义的"早期事件"发生。这些早期事件倘若不能及时发现，往往会引发危及生命的"龙卷风"。

2010年9月22日，援藏医生吴东方在拉萨市人民医院例行查房。吴东方援藏前是北京朝阳医院消化内科的副主任医师，挂职拉萨市人民医院副院长。

在内科病房，吴东方第一次看到白玛丹增。

白玛丹增是西藏大学藏语言文学系的一名大学生，在学校他和队友踢了一场足球赛，获得了学校足球联赛的冠军。正在和同学欢呼雀跃的时候，这位充满朝气的阳光小伙子突然感到身体无力，险些晕倒。白玛丹增很快被同学和老师送到了拉萨市人民医院。

吴东方第一眼看到白玛丹增，就感觉到他的脸色不对，转头问值班医生："这小伙子什么病？"

值班医生说："昨天在门诊收治住院的，经过初步诊断，认为是贫血，所以住院治疗。"

贫血？吴东方眉头一皱，看了看入院的病历，让白玛丹增躺下，轻轻压了压他的胸骨，问："疼不疼？"白玛丹增点了点头。吴东方又仔细进行了查体，重点摸了摸淋巴和肝脾，又看了看白玛丹增的眼底，一种不祥的预感突然从心头升起。

吴东方转身问值班医生："血常规、血型都查了吗？"

值班医生说："入院时查了，血色素低，所以判定是贫血。"

吴东方沉吟了一下，说："重新查，除了血常规，再查出血时间、凝血时间，检查骨髓象。"

值班医生惊疑不定，说："难道您怀疑……"

吴东方凝重地说："但愿我怀疑错了！"

病房的医护人员行动迅速，当天下午，化验结果送到了吴东方的手中。

红细胞及血小板减少，白细胞数增加，骨髓象增生，分类中原始细胞明显增多。

吴东方叹了口气。内科的特点就是见微知著，这些身体外在的表象，不幸被自己言中了。白玛丹增患的不是贫血，而是急性白血病！

吴东方对内科的值班医生说："立即采取对症管理治疗，赶快通知他的家长。"

急匆匆赶来的父亲拉顿听到吴东方告诉他的这个消息时，顿时蒙了。拉顿是定结县党校的一名老师，他知道这个病对儿子意味着什么。

拉顿颤抖着声音问吴东方："吴医生，能有什么办法吗？"

吴东方安慰拉顿，说："您别太着急，目前这是我的初步判断，这里的医疗条件有限，还需要到大医院作确诊。即使是这个病，目前通过治疗，已经有不少患者病情得到缓解，可以长期活着。孩子的病情发现得比较早，咱们有希望。"

吴东方嘱咐好了拉顿，又仔细对白玛丹增进行了复查。9月30日，吴东方早晨给爱人左丽宏打通了电话。左丽宏是北京朝阳医院血液肿瘤科护士长，她没想到丈夫从数千里外打来电话，没有问候，第一句话就是："有名藏族大学生，血常规检查高度怀疑急性白血病，这里没有进一步诊治的条件，需要转往北京，否则很可能有生命危险，你协助安排好住院。"

左丽宏立即请示了医院的领导，在病床十分紧张的情况下，提前为白玛丹增预留了床位。

10月4日，经过北京援藏指挥部的协调，白玛丹增在父亲拉顿的陪伴下，第一次来到了首都北京，朝阳医院专门开启了绿色通道，迅速为他办妥了住院手续。诊断结果确实与吴东方所判断的一致，白血病类型为"急性髓系白血病M2型"。

拉顿一个月工资加起来也就4000多元，全家人就靠着这仅有的工资生活。白玛丹增有一个刚大学毕业的哥哥，目前还没有找到工作。

刚到北京时，父子俩只背着一个包，身上还有紧急借来的10万元。但这笔"巨款"并没给拉顿足够的底气，他心里明白，要彻底治好儿子的病，钱还差得远。

这时，吴东方不仅给予了白玛丹增精神上的鼓励，还号召援藏医生和援藏干部为他捐款。白玛丹增在住院期间，北京市第6期援藏干部领队贾沫微和北京援藏医疗队负责人谢向辉，都十分关注白玛丹增的病情和治疗进展情况，多次借回北京开会的机会，到医院看望白玛丹增，并带来了北京援藏干部的捐款。

社会各界也纷纷伸出了援助之手。有一位不透露姓名的好心人为白玛丹增一家在医院附近租下了一套两居室的房子，解决了住宿困难。朝阳医院团委、党办、工会等部门，纷纷倡议在全院范围内为白玛丹增捐款，几天就捐款8万元。但是，这对于四五十万元的骨髓移植治疗费，还是杯水车薪。于是，朝阳医院又积极联系社会各种慈善基金会，幸运的白玛丹增获得了红十字会捐款，阳光基金会也承诺愿意负担骨髓移植的高额费用。

经过6个疗程的化疗，白马丹增的病情得到缓解，而且白玛旦增和他哥哥的骨髓配型完全吻合，

1月21日，从拉萨返京，吴东方顾不得休息，放下行李就去看望白玛丹增。

白玛丹增一家视吴东方为恩人。白玛丹增看到吴东方就止不住眼泪，说："吴叔叔，要不是您，我可能坚持不到现在。"

吴东方紧握着白玛丹增的手，说："不是我给你们希望，是因为白玛有信心战胜这个病，才能走到现在。"

白玛丹增的眼中透出坚毅，说："有那么多好心人鼓励，我有信心战胜病魔。"

白玛丹增于2011年5月进行了骨髓移植治疗，痊愈出院。

吴东方是消化内科的副主任医师，他所擅长的其实是内镜下的操作，是国内使用内镜技术的专家。

内镜是一个配备有灯光的管子，它可以经人体的天然孔道，或者是经手术做的小切口进入人体内，可以看到X射线不能显示的病变。随着医学技术的发展，一个多功能内镜，除具有观察镜的功能外，在同一镜身，还具有一个以上的工作通道，具有照明、手术、冲洗、吸引等多种功能。使用内镜的治疗方法可以准确判断患者的病情，通过内镜治疗也可以减轻患者的痛苦，利于伤口恢复。

拉萨市人民医院的内镜中心在2008年前后就成立了，但由于技术操作不过关，很多检查都无法进行。2010年，吴东方开展了内镜下逆行胰胆管造影术（简称ERCP），这在拉萨市人民医院是第一例。

内科战线冗长，食管而下，直至肛门的消化道，外加肝、胆、胰、脾这几个关系密切的脏器，都是内科负责的势力范围，要摸透一种疾病的秉性，就不得不慢下性子。内镜就成了医生手中最有利的"武器"，如果把疾病比作这漫长战线上的一枚地雷，消化内科医生就是拿着探测器小心翼翼、步步为营的工兵。

西藏的肝硬化患者众多，而上消化道出血非常常见，许多患者尤其是年轻患者，由于病情危重而死亡。吴东方看在眼里，急在心里，为了挽救更多的藏族同胞，他从内地带来了药物及教学光盘，向医院领导说明内镜下治疗给病人带来的益处，得到了大家的认可，决心把内镜中心运行起来。

2011年5月，吴东方在拉萨成功开展了多例内镜下胃底静脉栓塞术联合食道静脉套扎术，治疗肝硬化及上消化道出血病，吸引了许多患者从山南、日喀则等地慕名而来。

吴东方还积极推行结肠镜单人操作技术，指导本科医生单人操作技术要领，一年来开展结肠镜30余例，并开展了内镜下结肠息肉切除术，使单人操作结肠镜检查技术推广开来。同时，吴东方还深入开展胃镜检查工作，使拉萨市人民医院在检查数量和诊断水平上有了明显的提高。

义诊，其实是北京援藏医生的一项常态化的爱心活动。在繁忙的工作之余，援藏医生利用周末和节假日，带着医疗器械、药品和宣传材料，行走在拉萨市的7县1区以及各个农牧区。他们通过义诊送医送药下乡，分发各种常见病的药品以及防范疾病的宣传材料。

在义诊中，医生常常会遇到令他们意想不到的感动。

2007年11月的一天，北京天坛医院内科副主任医师郭伟到尼木县偏远的帕普村义诊。一个满脸沧桑的藏族老人，把一杯青稞酒举到郭伟面前，虔诚地请郭伟喝。但由于当时很忙，郭伟高原反应也很厉害，就向老人摇摇头，表示自己不喝。老人失望地走开了。

义诊开始，郭伟忙着问诊、查体、开药……猛然抬头，他又看到那位老人依然端着那杯青稞酒，深情地望着他。郭伟无暇多想，就向他笑笑，继续工作。老人仿佛受到了鼓舞，拨开众人再次把酒杯举到他的面前，老人的眼睛里噙满了泪水。看着眼前排队的病人，郭伟又一次用微笑拒绝了他，老人沮丧地走开了。

义诊结束，人群散去。唯独那个老人还举着那杯青稞酒站在夕阳里，拖着长长的身影，显得有些凄凉。郭伟赶紧走上前去，请同来的藏族医生问老人有什么事情？原来老人是郭伟看过的一个病人，当时病情很重，家里人都开始准备后事，听说县里来了北京医生，家人就用马驮着他找郭伟看病。

郭伟这才想起来，两个月前的一个傍晚，他正在宿舍吃晚饭，值班医生打来电话："郭老师，来了一个重病人！"郭伟放下碗筷直奔医院，远远地就看到格桑医生正和几个人一起把一位病人从马背上抱下来。老人已经昏迷，胸廓膨隆，呼吸急促，不用听诊器都可以听到肺内呼噜呼噜的痰鸣。郭伟马上作出判断，这是个慢性阻塞性肺炎、心肺功能失代偿的患者，病情很重！

在郭伟和同事们的精心治疗下，老人终于逃离了鬼门关，所以一直想找机会表达谢意。看着老人热切、甚至乞求的眼神，郭伟的双眼湿润了。

他这时再也顾不上高原反应和身体疲劳，按藏族"三口一杯"的习俗，将酒喝尽。望着空空的酒杯，老人满脸的皱纹舒展开来，像是要开怀大笑。可突然，老人双手捂住脸，激动得呜呜大哭起来。郭伟赶忙上前，为老人拭去泪水。

此时的郭伟，内心涌起一股暖流，有欣慰，有感动，更有自豪。

2012年年初，北京援藏医疗队队员前往一寺庙义诊。中途，寺管会工作人员拉着医疗队队长史旭波的手说："山上闭关修行的僧人中有人生了病，您能不能上山看一下？"

史旭波当即决定上山。通往山上只有一条野路，磕磕碰碰，史旭波走了一个多小时。山顶海拔4700米，山上的风呼呼响。史旭波回忆说，当时孤零零地站在山顶上，即使穿着防寒服和保暖衣，也冻得够呛。

根据藏传佛教的规定，闭关僧人闭关期间是不能见外人的。既要看病，也要尊重闭关僧人的宗教仪轨。但是量血压、测心率……这些基本的诊疗程序必须要有。为了保障这个诊疗过程，通过门口挂着的厚布帘，史旭波只能将一只手伸进去号脉、诊断。

这是史旭波做医生20年来，最特别的一次诊疗。

交流病情时，僧人只能用不太熟练的汉语解释。史旭波诊断了16名僧人，却用了5个多小时。

其中一名僧人背部的皮肤有瘙痒和不适，史旭波诊断后，没有感到他的身体有何异常，表示要看一下病变部位，但按僧人闭关的规定，这是一种禁忌。

史旭波一下为难了，看不到病变的位置，这个病还怎么看？

史旭波想了想，同僧人商量，让其他僧人把这名僧人身体的其他部位用布遮住，只露出背部瘙痒的部分。史旭波用相机拍了照，带回去分析，再对症下药。

整整一个下午，史旭波顾不上吃中饭，又冷又饿。他的双手冰凉，双腿也失去了知觉。

然而，让史旭波感动的是，每看完一个病人，僧人会紧紧地抓住他的手，在他的手掌里来回搓动。

"虽然看不见对方，但我能强烈感受到他们的信任和感激之情。"

临走，僧人从帘子里递出一个吉祥包。在黄色纸上，写着藏文的吉祥祝福，里面包着青稞，用红线绳缠起来。当地人说，这代表着最高级别的感激。史旭波一下子接到传出来的十多个吉祥包，都来不及接了。

在高原上生活的藏族同胞，世代都保持着高热量、高脂肪的饮食习惯。肉、酥油等食品的长期摄入导致脂肪肝、高血脂、高尿酸等病症的高发。而由于种种因素，通常等到病情严重到一定程度才来看病，这时往往已经到了疾病比较严重和复杂的阶段。

为改变这种疾病预防理念缺乏的状况，北京援藏医疗队在进行义诊的同时，还要进行健康宣教，藏族同胞们在家门口得到了北京大医院专家的诊治。

医疗队每次下乡送药，常有老百姓竖着大拇指喊"北京门巴，雅古都（藏语：北京医生，很好）！"这些随时带着氧气瓶下乡的北京门巴，被当地人称为"阿达啦"（藏语：很亲的人）。

据统计，7年间，医疗队为农牧民免费义诊十余万人次，赠送药品价值近百万元，发放健康宣传资料十万余册。

援藏医生所做的，并不仅仅是看病，也并不局限于为当地带来先进的技术，他们还把大量的精力放在整合和打造西藏地区医院的医疗新格局，根本改善当地的医疗现状上。

2009年9月，北京老年医院消化内科主治医师郑曦，支援堆龙德庆县医院已经两个月，临近的拉萨墨竹工卡县发现了首例西藏地区的甲流病例，郑曦将北京老年医院作为"非典"定点医院时，防控呼吸道传染病的经验，第一时间传授给医务人员，协助拉萨地区的医院制定了防控方案，并为全体医护人员作甲型H1N1流感诊治和防护知识培训，提高他们应对甲流的医疗能力，有效控制了甲流疫情，确保无一人漏诊，医务人员零感染。

在堆龙德庆县医院，病人不多，每天内科门诊只有十几个病人，生活节奏慢。郑曦觉得应该抓紧时间多为当地做点事。她联系了拉萨市疾控中心，希望他们提供西藏城乡居民高血压等慢性病的发病率统计数据，实施《拉萨城乡居民高血压患病情况及影响因素调查》和《拉萨市公众结核病防治知识认知情况和影响因素调查》两个课题。然而，郑曦经过询问才知道，对拉萨市疾控中心而言，慢性病管理这一领域还是空白，没有任何统计数据。郑曦决定要填补这个科研空白，这意味着她要花大量的时间做前期的信息采集工作。她按经济发达地区和经济欠发达地区、农区县和牧区县等综合因素标准，从拉萨的7县1区中随机选择3个县和1个城区，作为样本的选择区域。

随后，郑曦组建起一个包括其他援藏医生在内的十几个人的课题组，每次安排5～6名医生和她一起去各个村子里采集数据，包括访谈当地农民对高血压问卷上的100多项内容。由于西藏农村95%的村民只会使用藏语交流，每次他们外出都需要一位当地医生做藏语翻译。

堆龙德庆县医院经费不足，这个课题的经费由郑曦自掏腰包。有的县很偏远，只能驱车前往，医院可以提供救护车作为交通工具，但油费需要郑曦支付。每个村子需要2～3天的时间才能采集完数据。当时，"甲流"正流行，还有一个村里正流行鼠疫，郑曦和同事们还是照样去采集样本。

这样辛苦了将近8个月，采集了1000多例样本，完成了基础数据采集的工作。在调研中，她发现拉萨城乡居民对高血压等慢性病的认知十分有限，大部分人不知道高脂、高盐对血压影响等基本常识。完成课题后，郑曦把自己课题组的数据提供给当地的疾控中心，并帮助他们进行高血压等慢性病的监控和干预工作，为后来拉萨市的慢性病防控工作提供了数据支持。

## 二、医者信念唯苍生

美国诗人罗伯特·弗罗斯特的诗《The Road Not Taken》，其中有两句：一片森林里分出两条路／而我选择了人迹更少的一条／从而决定了我一生的道路。

选择成为医生，又在生命中的一个阶段选择了援藏，意味着就要面对很多未知的困难。

每一期援藏干部登机的一天，北京市委组织部以及援藏医生单位的领导都会赶来送行，热情的鼓励、殷切的期望、家人的嘱托，充溢在首都机场的候机大厅。事实上，每一名援藏医生都有着难以割舍的情愫，有的刚当上爸爸十几天，还需要照顾新生的婴儿；有的妻子卧病在床，还需要尽做丈夫的责任；有的父母正在医院做手术，不知道老人能否挺过病痛的煎熬……在这个年龄段的医生们，都是上有老、下有小，家庭与社会责任集于一身的阶段，谁能没有丝毫牵挂呢？然而，既然承担了援藏这个沉甸甸的使命，他们就此告别家人，怀着赤诚的心，登上了飞往雪域的飞机。

作为医生，赢得尊重最直接的方式自然是救死扶伤。医生是一份需要有使命感的职业。有使命感的医生能更好地承担医者的责任。选择了医生这个职业，就是选择了天大的责任。

马力医生毕业于首都医科大学，硕士、博士，导师都是我国著名心血管内科专家胡大一教授。当年，胡教授援藏，在藏区自然条件最恶劣的阿里地区一呆两年多。更让学生和圈内人士赞叹的是，在那个让许多内地人畏惧的高海拔地区，胡教授在义诊工作之余，凭借超人的毅力看完了一本超厚权威业务书——《希氏内科学》。对老师的敬仰，促使马力在北京天坛医院接到动员令时毅然报名援藏。循着导师当年援藏阿里的脚步，加入援藏队伍。进藏工作不久，马力便以她的执着敬业和精湛医术赢得了患者和同事们的尊重。

2012年8月，拉萨正值旅游旺季。外面的街市喧嚣热闹，拉萨市人民医院妇产科病房内气氛却异常凝重。一位35岁的二次分娩孕妇妊娠检查时被发现高血压、蛋白尿等情况。刚刚在孕32周便被迫接受了剖腹产。马力见到她时，产妇全身严重水肿、大量腹水、低蛋白血症、低钾、低钠，多脏器功能不全，涉及肝脏、肾脏和心脏，由于严重低钠，患者意识淡漠，反应迟钝。经过认真询问病史和治疗经过，马力判断这是一例随性血容量严重不足导致的多脏器功能衰竭症状。于是她和产科医生认真研究病情、计算补液量，积极补充电解质和白蛋白，并配合利尿治疗。那段日子，刚上高原不久，仍需每天与高反、疲乏、失眠作斗争的马力，每天至少两次到妇科探望这位病人，根据患者的病情变化随时协商调整治疗方案。经过医患双方的共同努力，患者意识逐渐好转，浮肿和腹水逐渐消退，肝肾功能指标也在第五天逐渐趋于正常。随着这例危重患者最终母子平安出院，北京来的门巴马力在医院里也声名鹊起，哈达、溢美之词接踵而来。原本沉默低调的马力走在医院里，常会遇到主动迎上来打招呼的患者、家属，当然更多的是各科的医务人员。也经常会有其他科室的医生带着病人来找马力会诊看病。作为一名医生，能够在专业上得到患者和同行的认可，正是让她最高兴的事情。

在西藏，让马力最放心不下的就是儿子阳阳。"去年去内蒙古，今年到西藏，为什么妈妈总要离开我？"一次电视台做《藏地飞鸿》的节目，阳阳知道妈妈在西藏的工作事迹后，感动得痛哭流涕。学校把这期节目作为德育教材，组织同学观看，阳阳变成了学校的"名人"。从此，他再也不贪玩淘气了，学习成绩也大幅提高，用他自己的话说："我不能给'名人'丢脸！"这可能是马力医生在西藏意外的收获。

医生，陪伴人类走过生老病死，扮演的是天使神的角色，承担的是一份性命攸关的责任。因为这份责任——医生就是夜半三更，病孩母亲理直气壮地将你从睡梦中唤醒的人；就是一个简单的午餐中，三次放下食物走进急救室的人；就是多少次辜负家中亲人的等候，而陪伴在病人床前的人；就是拖着疲惫压抑烦躁而和颜悦色安慰情绪不安的患者的人；就是工作中出现了问题难以被理解，投入多、风险大、压力重而收入不高的人……

2010年11月26日，尼木县中心学校有339名学生出现不同程度的咳嗽发烧症状。得知此消息，北京援藏的拉萨市常务副市长陈文、副市长马新明根据市委市政府的指示，迅速赶往现场组织救治工作，采取措施防止病情进一步蔓延。在尼木县援藏的3名北京医生王军、陈颖、张秋生冲在最前面，在病情尚未确诊，防护条件极其简陋的情况下，他们不顾个人安危，全力施行抢救工作。

由于医院床位有限，只能收治12名学生，其余学生都在尚未建完启用的宿舍楼内进行隔离。到午夜时分，气温逼近零度，援藏医生们依然穿着薄薄的单衣，在病房里穿梭忙碌了整整一夜。经过连续20多个小时的全力救治，直到孩子们恢复健康，排除疫情感染，医生才可以喘一口气。

"在一个什么都没有，什么都缺的环境里，你如果把事情做成，那就是最大的成就。"来自北京石景山医院的援藏医生胡坤说。

2012年2月底，胡坤发现左侧内衣里有血性痕迹，她没放在心上，"当大夫的总对自己的事情不太在乎。"

一个月后，内衣上的溢液越来越多，她的左侧乳房也出现一个直径大约2cm的包块。当地医院无法诊断，她必须回北京治疗。

在北京手术期间，援藏医疗队队长史旭波给胡坤打电话慰问，让她好好养病，毕竟7月份，他们这批医生的援藏时间就到期了。但没想到胡坤反倒安慰起他来，"没事的，我马上就会回去上班，你们不用担心我。"

手术一周后拆线，胡坤发现伤口处隐隐作痛，还有少量溢液。多年妇产科医生的经验告诉自己，伤口并没有愈合好，但要强的胡坤还是回到拉萨的岗位。是啊，再有不到两个月时间，她要结束在拉萨的工作，可她向院长承诺过，在离开前，要给县城里所有孕前妇女作一次检查。

不过伤口产生的溢液越来越多。她面临最大的风险是，如果做不好消毒换药，极易感染。"疼能忍受，就是恐惧。"她不敢跟家人说，怕他们更害怕。"如果我的丈夫知道了，他肯定会立马让我坐飞机回去。"

胡坤忍着疼痛，一边接诊产妇，一边给自己身上的伤口消毒换药。一周后，她的伤口逐渐愈合。

在即将离开拉萨前，胡坤还是遗憾了，她要给当地所有孕前妇女作体检的工作并没有全部完成，这成为她的一份未竟的承诺。

挂职拉萨市卫生局常务副局长的谢向辉，在高原上工作3年，他总结说："血压高了、心率快了、头发白了、听力视力下降了、记忆力滑坡了、用药量增加了。"

2010年7月，他正准备前往拉萨，来自北京市原崇文区的一位第5批援藏干部陈北信，突发脑溢血，抢救无效牺牲。

身边亲人问谢向辉："身体吃得消吗？"他不语。

在岗位上坚守的不只是他一个人，在援藏期间发现身体出问题，做完手术再次回到拉萨的医生，也并不只是胡坤一人。

2011年春节，援藏医生吴东方回京休假体检时，发现右肾错构瘤较前增大，泌尿科医生建议手术治疗，但术中出现了大出血，险之又险。吴东方待身体稍稍恢复后，就又回到拉萨，回到了他日常工作的第一线。在完成援藏任务将要回京之时，吴东方又接到了为西藏和平解放60周年庆祝活动作好医疗保障的任务，他依旧毫无怨言，继续在西藏多留一段时间。

2011年11月，体检时，援藏医疗队医生范久庆的甲状腺检出一肿块，大小是1.0cm×0.8cm。两个月后，肿块变成了1.2cm×0.9cm。

这是一种不祥的征兆。这位40岁的男人到拉萨后，为排解身在异乡的孤独感，从不抽烟的他抽起了烟。同事们劝他别抽了，开玩笑说，再抽就要得肿瘤了。没想到这次他真被检出恶性肿瘤。

必须回北京检查，医院给他下了最后通牒，要马上手术。2012年5月4日，通过手术，范久庆的甲状腺几乎完全被切除。手术后，范久庆的喉咙上留下一条长长的刀疤。每天他需要吃药片，才能维持体内激素平衡。6月11日，手术后一个月，带着刀疤，范久庆又返回拉萨。当天，几位援藏医生聚在一起为他接风。

许红飞端起一杯酒敬范久庆，开玩笑说："老范，拉萨欢迎你回来。"两人援藏的医院都是当雄县人民医院，许红飞理解那种从死亡线被拉回来的感觉。2011年冬天，许红飞感染风寒，从医院回到宿舍，因劳累过度导致休克，坐在凳子上，突然失去知觉。幸好室友发现及时，把他送到医院。等他醒来，已躺在拉萨的病床上。

"要是没再醒来，那会怎么样？"许红飞说着，两眼发红。尽管发生很多意外，在当雄县人民医院的岗位上，他从未离开过一步。

孤独而压抑，这是异乡人的感受，尤其是夜深人静的时候。

这是所有援藏医生的真实感受，也是很多援藏干部不愿提及的话题。高原反应常常让他们彻夜难眠，睡一个囫囵觉是一个难以企及的奢望。克服缺氧已经变成一种习惯，而真正致命的是忍受孤独、耐住寂寞。

援藏医生刘晓华在一篇随笔中这样写道：

西藏的高寒缺氧和孤独寂寞是一对"孪生兄弟"。选择了援藏，就要忍受孤独寂寞的生活。没有电视、电脑，甚至没有照明的灯光……伴随着摇曳的烛光，漫漫长夜是最难熬的。思念的藤蔓一旦生长起来，缠绕的就不只是一个人的思绪了——作为女儿和儿媳，对双方父母不能尽孝；作为妻子，不能对丈夫尽爱；作为母亲，不能对女儿尽责……这就是我的生活和精神状态。每当夜深人静的时候，仰望星空，思乡之情油然而生，那股酸酸的味道，就会一直冲到我的鼻根和眼底，直到眼泪潸然而下……

再睁眼时天已经亮了。他们收拾起自己的情绪，再次回到各自的岗位，依旧热情地面对接踵而来的藏族同胞。每当成功救治一名患者，顺利完成一例手术，安全接生一名婴儿时，他们都会有同一个感受——幸福。

"这种幸福感实际上就是一种强烈的责任感！它压过了高原反应的折磨，盖住了缺氧导致的身体损害，抵消了远离家乡的思念。我们为自己的这种幸福感而骄傲！"

这句话成了援藏医生们共同的心声。

## 采访手记

在拉萨，我每时每刻都被浓郁的宗教氛围包裹着。蔚蓝的天空飘着朵朵白云，湛蓝的湖水波光粼粼，晴空下冰雪苍茫，黄绿色的草原连着天地，藏家民居高高飘扬的五星红旗和五彩经幡交织在一起。

在采访中，我也经常能听到医生们对前来看病的藏族同胞的评价——"淳朴"。他们之所以以如此近乎审慎的态度作出这个评价，我其实很能理解，因为他们在拉萨几乎没有遭遇过医患矛盾。

这二者之间其实有其必然的联系。

援藏医生们在西藏的最大收获，我想就是藏族同胞对于他们无限的信任。在这里，他们没有过多的考虑，他们唯一需要考虑的就是，如何在一个医疗指南范围内治好患者。如果没有这些藏族同胞无条件的信任,援藏医生高志学的骨科手术也不可能开展得如此大胆而成功。

世界医学协会1948年日内瓦大会采用了一份《日内瓦宣言》,成为此后世界各国医生进入这个行业的誓言。好在文字不多,我将这篇宣言放在文末,纪念这些可敬的援藏医生们:

在我被吸收为医学事业中的一员时,我严肃地保证将我的一生奉献于人类服务。

我将用我的良心和尊严来行使我的职业。我的病人的健康将是我首先考虑的。我将尊重病人所交给我的秘密。我将极尽所能来保持医学职业的荣誉和可贵的传统。我的同道均是我的兄弟。

我不允许宗教、国籍、政治派别或地位来干扰我的职责和我与病人之间的关系。

我对人的生命,从其孕育之始,就保持最高的尊重,即使在威胁下,我决不将我的医学知识用于违反人道主义规范的事情。

我出自内心和以我的荣誉,庄严地作此保证。

散文

# 梁晓声散文两篇 |梁晓声|

原载《北京文学》（精彩阅读）2015年第10期

## 父亲的荣与辱

### 一

我的父亲是新中国第一代建筑工人。

我上小学前见到他的时候是不多的——他大部分日子不是家里的一口人，而是东北三省各建筑工地上的一名工人。东三省是新中国之重工业基地，建筑工人是"先遣军"。

那时的我便渐渐习惯了有父亲却不常见到父亲的童年。

我上小学二年级那一年，父亲所在的建筑工程公司支援大三线建设去了，父亲报名随往。去与不去是自愿的，父亲愿去。作为新中国第一代建筑工人，他觉得能在国家需要时积极响应号召，是无上之光荣。

父亲远赴外省之前，母亲与他几次发生口角——因为水泥。

当年的哈尔滨，除了道里、道外、南岗三处市中心区，大多数居民社区其实没有什么明显的城市特征可言，多是一片片的泥草房，即黄泥脱坯所建，稻草为顶的一类房子。长江以北的中国农村，家家户户住的基本是那类房屋。而住在哈尔滨市那类房屋内的，大抵是1949年以前"闯关东"的农民——我的父亲也是。他们没钱在市中心买砖房，城市也没能力解决他们的住房问题。他们只能自己动手解决，并且，也是买不起水泥和砖瓦的。

所以，只得在经允许的地段自盖那类泥草房，形成了一片片当年的城中村。

那类房屋，每年都须用黄泥抹一层外墙。因为经过一年的风吹雨打，起先的一层黄泥处处剥落，土坯墙体暴露出裂缝，如不再补一层泥，冬季必然挨冻。俗话说，"针尖大的缝隙斗大的风"啊。

为使黄泥不易剥落，人们想出了多种多样的和泥之法。普遍的经验，是将草绳头，破袋子、草帘子拆开，剪为等长的干草截搅入泥里——那个年代，除了市中心，农村进城的马车几乎随时随地可见，城里人只要留意，草绳破草袋子草帘子也几乎处处可以捡到。甚至，这一户城里人家可以向那一户城里人家借到铡刀。足见，某些所谓城里人家"城市化"的历史有多么短。他们转变身份之前，即将某些农具带入城里了，预见必会有用，也将完整的农村生活习惯带入了城里，如养鸡鸭，养猪。少数人家，虽已入城市户籍，却无工作，靠围一块地方养奶牛卖牛奶为生。像在农村时那样，以土坯盖房屋，以泥草维修房屋，对于他们是轻车熟路之事。对于我的父亲也是。

然而成为城里人后，毕竟会学到新的经验以使干后的墙泥结实——将炉灰拌入泥中，便是很城市化的法子。但一户人家烧一冬季的煤，其实煤灰多不到哪儿去，即使挺多也没处堆放，用时还需筛细，挺麻烦。所以，此法往往只在和泥抹内墙、炕面、窗台或锅台时才用。在当年，筛细的炉灰对于寻常百姓人家便如同水泥了。

记得有一年，一座炼铁厂搬迁了，引得许多人家的老人女人和孩子纷纷出动，带着破盆、破筐，推着小车争先恐后地前往。

去干什么呢？

原来铁厂的某处地方，遗留下了厚厚一层铁锈——聪明的人不约而同地想到，将铁锈和到泥里，干后的泥面一定不容易裂，大约也比较能经得住水湿。事实果然如此，并且泥面呈褐色，也算美观。

我家住的虽然是当年的俄国难民遗留的小房屋，已有三十几年历史了，地基下沉，门窗歪斜，早已失去了原貌，比刚住几年的草坯房差多了。父亲早已开始用黄泥维修了。

某年父亲和泥抹房子时，母亲又一边帮他一边唠叨不休："说过几次了，让你从工地上带回来点水泥，怎么就那么难？"

父亲那时每每板起脸训母亲："再说多少次也白说！从工地上带回来点儿？说得好听，那不等于偷吗？水泥是建筑行业的宝贵物资，而我是谁？……"

母亲也每每顶他："说来听听，你是谁？你不就是十七岁闯关东过来的山东农民的儿子梁秉奎吗？"

父亲则又不高兴又蛮自豪地说："不错，那是从前的我，现在的我是中国第一代建筑工人，中国领导阶级的一员！休想要我往家里带公家的东西，你那是怂恿我犯错误，有你这么当老婆的吗？"

"抹抹窗台、锅台、炕沿，那才能用多少水泥？怎么话一到你嘴里，听起来就是歪理了呢？"——母亲光火了。

"我把咱家的窗台、锅台、炕沿用水泥抹得光溜溜的了，别人一眼不就看出来了吗？你当别人都是傻子？如果谁一封信揭发到我们单位去，班长我还当得成吗？"——父亲也光火了。

"那就不当！不当又怎么了？我问你，那么个小破班长，不当又怎么了？"

母亲则将铁锹往泥堆上一插，赌气不帮他了。

为了修房屋时能否有点儿水泥，父母之间不止发生过一次口角。

当年我的立场是站在母亲一边的。我讨厌窗台、锅台、炕沿经常掉泥片儿的情形。依我想来，就是一次带回家一饭盒水泥，几次带回家的水泥，也够将我们的小家很主要的地方抹得美观一点儿了。当年我也挺轻蔑父亲将自己是一名建筑工地上的工人班长太当回事儿的心理。在这点上，我的一辈子与父亲的一辈子完全不同。父亲当他的班长一直当到"文革"开始那一年，以后不再是班长了，似乎是他心口永远的"痛"。而我这一辈子，从没在乎过当什么。不管当过什么，随时都可以平静对被"免去"的结果——只要还允许我写作。而今，连是否"允许"我继续写作都不在乎了。快七十岁的人了，爬格子爬了大半辈子了，一旦不"允许"了，不写就是了。

父亲去往大西南的前一天晚上，母亲又与他闹得很不愉快，还是因为水泥。

母亲一边替他收拾东西一边嘟哝："说走就走，一走还去往那么老远的省份，把这么个破家丢给我和孩子，叫我们往后怎么办？你看这炕沿、窗台，还有外屋那……"

父亲打断道:"还有外屋那锅台是不是?你就别叨叨了,饶了我行不行?我还是那句话,占公家便宜的事我肯定不干,因为我是领导阶级一员,领导阶级得有领导阶级的样子!"

父母之间的不快,使父亲与我们临别前那一个晚上的家庭气氛沉闷又别扭。

我上初一那一年夏季,父亲自四川归来。他这一次探家历时六日,先要从大山里搭上顺路卡车到乐山,再从乐山乘长途公交至成都,而后乘列车至北京,从北京至哈尔滨。当年直达车每日一次,没赶上的话,只得等到第二天。如果还没买到票,还得再等一日。直达的票极难买到,父亲便索性一段段向北方转乘。因为根本无法确定到哈时间,父亲就没拍电报要家人去接他。

他是很突然地进入家门的,在晚饭后那会儿。当时家中有位邻居大婶与母亲唠嗑,不唯那大婶,母亲和我们几个儿女也讶然不已。他带回了太多东西,肩挎一截粗竹筒,一手拎一只大旅行袋,还背着一只不小的竹编背篓,很沉。我和哥哥帮他放下背篓,见他的蓝工作服背一片白,像是被面粉搞的。

母亲用扫炕笤帚替他扫时,邻居大婶惊诧地说:"哎呀妈呀,你家梁大哥太顾家了,还从四川那么远的地方往家里带东西啊!四川不是出水稻不出麦子的省份吗?"

父亲无言地笑笑,没解释什么。

等邻居大婶走了,父亲才说,背篓里那两个布袋子装的不是面,而是白灰和水泥。

母亲心疼地说:"你中魔了?那是非往家带不可的东西吗?"

父亲说:"是啊,我要了你的心愿,用水泥把咱家窗台、锅台、炕沿抹得光光溜溜的,再把咱家屋刷得白白的,也让你见识见识中国第一代建筑工人干活的质量标准!"

母亲愣愣地看了父亲片刻,一转身,双手捂面无声而泣。

我们的家在父亲连续几天的劳累之下旧貌换新颜了。粗竹筒里装的是十来份奖状,都是晚报展开那么大幅的。花钱仔细得要命的父亲,居然舍得花钱买了十来个相框。当十来份奖状镶入框中,分两排挂在迎门墙上后,简直可以说很壮观，使我们的家蓬荜生辉了。

片警小龚叔叔来家里看父亲，而父亲去工友家尽自己的探家义务去了。小龚叔叔扫视两排奖状，正了正警帽，庄重地敬了个礼说："向支援大三线建设的建筑工人致敬！"

母亲将小龚叔叔的敬意告诉了父亲后，父亲红着脸笑了，笑得满脸灿烂辉煌……

## 二

1978年，我回哈尔滨探家时，父亲已六十二岁了，退休不久。因为家中生活困难，单位照顾他，特批他晚退休两年。退休与没退休，每月差二十元左右呢。在1978年，二十元对任何一户普通城市人家都是一笔关乎生活水平的钱数。

自1966年"文革"发生后，父亲两年没再探过家。1968年我下乡了，从此与父亲南北分离，天各一方。算来，十余年没见过父亲了。

我又见到了父亲，他已是完全秃顶，蓄着半尺长白须的老头了。

那年我二十九岁，不太觉得自己与十年前有什么区别，但父亲的变化着实令我暗自神伤，感慨多多。父亲不仅是一个老头了，而且，分明还是一个自卑的老头了。似乎，不知从何时起，他那种"新中国第一代建筑工人""领导阶级"之一员的光荣感、自豪感，被某种外力摧毁了，彻底瓦解了。为了使他开朗一点，起码不那么像个哑巴似的，我经常主动找些话题与他聊，然而他总是三言两语地应付我，一次也没聊成。

一日，家里收到一封挂号信，是父亲单位从四川寄来的——一份"政治问题"审查结论书，写的是关于父亲系"日本特务"之嫌疑罪名，实属诬陷，彻底平反。而关于父亲在"文革"中的错误言行，经复查一一属实，维持原处分。

我大愕。

问父亲："日本特务"之嫌是怎么回事？

父亲说，那是因为自己当时说几句日本话跟工友开玩笑惹出的祸。自己是从"伪满时期"过来的人，会说几句日语也没什么值得大惊小怪的啊。

又问："文革"中的错误言行是怎么回事？

父亲说,"停产闹革命"时,他想不通,确实说过一些话,如——"普通的工人阶级文化程度都很低,文化大革命跟咱们没多大关系。""工人都不做工了,农民都不种地了,这么闹下去,天下大乱还只是乱了敌人吗?"

再问:"后来号召'抓革命,促生产'了,那时怎么没为你平反呢?"

父亲吞吞吐吐地承认,自己当年还先动手打了批斗他的人,一拳将对方打得口鼻出血,这当然激怒了对方,围殴他。他也被激怒了,抡起了铁锨,差点儿劈死了一个人……

这太符合父亲的性格了。不问我也想象得到,父亲肯定因而大吃苦头。

我说:"爸,你别管了。你的事,我管定了。"

我当即复信,在信中写了几多"你们他妈的""混蛋王八蛋"之类,总之是骂了个淋漓痛快。信末,限对方在我要求的时间内给我以答复,否则我将亲往四川,找他们当面算账。

如今想来,我还是认为,那是我生平写过的最好的信之一。

当年,那也太符合我的性格了!

为了等到回信,我推迟了回北京的日子。在我要求的时间内,家里收到了回信。是一封措辞极为客气、恳切、委婉,承认他们思想认识有局限性的信——结论嘛,自然是按我要求的那样,一概平反,赔礼道歉。

我将那封信读给父亲听时,他一动不动地仰躺床上,眼角不停地流下老泪来。

自那以后,父亲"幽闭"般的沉默寡言终于不再,颇愿与我这唯一上过大学的儿子交谈了。有时,甚而是主动的。

于是,我也就了解了他的某些屈辱经历——不是解放以前的,而是解放以后的;并且,如果我不讲,弟弟妹妹们是不知道的,连母亲也知之不详。

毕竟他是新中国第一代建筑工人,一名获得过许多奖状的优秀建筑工人,故有人暗中保护过他。他被派遣到一座山上独自看仓库,以示惩罚。一年见不到几次人,连猫狗也不许养。倘允许,父亲当年是宁愿与一只小猫或小狗分吃自己那一份口粮的,但绝不允许。父亲也从没有过"半导体"。即或有,在大山里也收听不到什么广播,而且那是更不允许的。也没有任何读物。非说有,便是家信了。家信辗转到他手中,比以往晚一两个月的时间——得由上山拉建材的人带给他,还得那人愿意。

那些年里，父亲自制织针，偷偷下过几次山，向村里的妇女们请教，以极大的耐心学会了织衣物。他寄给我们的线背心、手套、袜子、围巾，便是那几年里的成果。他收集建筑工人们丢弃的破劳保手套，洗净，拆开，于是便有了线。父亲的织技发挥到最高水平，也只不过能织成一件背心。

"文革"结束后，他仍留在山上，反而不愿下山了。到了退休年龄，他还独自留在山上。那时他已有伴了——一只被他发现，由小养到大的狍子。

六十二岁他不得不离开那座山之前，将狍子带往深山放跑了。他说，如果自己不那么做，狍子肯定会被上山的工人们弄死吃掉的。

他还说，即使在看仓库的那些年，他也完全对得起国家发给自己的六十二元工资。因为他不只看仓库来着，还在山坡开出了几大片地，用自己的钱到村里去买菜籽种菜。每隔几个月，山下的工地食堂便会派人派车上山拉走，多时一次能拉走两卡车。

"我好后悔。起初我是瓦工，瓦工最高是七级。我到四川之前就是四级瓦工了，可是偏让我当水泥工班长。水泥工最高才六级。退休前终于给我涨了一次工资，也不过是五级水泥工。同级的水泥工与瓦工相比，每级少几元钱呢。熬到五级，少十几元钱呢！……"

这是我从父亲口中听到的唯一的抱怨话。

他一向说："他们对不起我。"

从不说："国家对不起我。"

他是新中国第一代建筑工人，工龄三十余年，退休后的工资是四十六元，我记不太清了，总之是四十几元而已。

父亲的身体一向很好，偶生病也就是吃几片药"扛过去"罢了。即使患了癌症，也没住过一天院。何况一检查出来便是晚期，住院也是白住。

我服从他的意愿，使他得以"走"在家中。在一个中午，我与他并躺床上，握他一只手，他就那么静静地走了。

三十余年间，他享受公费医疗待遇的钱，加起来不超过三百元。

我曾问他："爸，你是工人的年代，工人是我们国家的领导阶级，你觉得你真的领导过什么人吗？"

他沉默良久，才以低缓的语气回答："我明白你的话是什么意思。但凡是一个国家，哪一个国家没有几种说法呢？有些事是不必较真的，太较真没意思。"

片刻，又说："我作为新中国第一代建筑工人，对得起发给我的每一份奖状，这就行了，是不是？"

我反而不知再说什么好了。

我觉得父亲也算是幸运的，退休早，避过了后来千千万万工人的"下岗"。

而如今退休工人们普遍一千七八百、两千多元退休金的待遇，父亲却没赶上。这对于他，又不能不说是终生憾事。

如今的退休工人们，比如我的弟弟妹妹们，时常抱怨"那点儿"退休金太少，根本不够较宽松地来花，但比起父亲当年的四十几元退休金，委实是他做梦都不敢想的啊！

联想到新中国第一代、第二代、第三代工人们，不禁生出疼惜不已的敬意……

## 好心怎么就做下了坏事

四月中旬某日，北京的树虽已开始绿了，然而天气并未明显转暖，忽冷忽热，正是所谓春寒料峭之季。但那一日天气却难得地好——几乎没有雾霾，可见晴空白云，气温也升高到了20度左右，外边比家里还令人觉得舒适。

中午时分，我隔窗听到鸽子的叫声——咕咕，咕咕，持续经久，听来蛮焦虑的。在邻家的外窗台上，落着一灰一白两只鸽子。白鸽雪白，比之于灰鸽，体形略小，俊美好看。灰鸽自然也是好看的，却分明是只胖鸽子，胖得富态，估计"鸽龄"比白鸽大些。世上没有不好看的鸟儿，每一只鸽子都是漂亮的——至于秃鹫，虽属禽类，我却从不将它们视为鸟儿，总觉得它们更是长翅的怪兽。

那只灰鸽并非完全的灰，它身上闪耀着紫色和孔雀蓝、翡翠绿相间的羽泽，仿佛被洒上过那三色彩粉。我们小时候，叫那样的鸽子"灰彩光"，以区别于通体全灰的叫"瓦灰"的鸽子。

白鸽不断地替"灰彩光"梳理羽毛，还时时与之碰喙，以自己的叫声回应"灰彩光"的叫声——总之两只鸽子耳鬓厮磨，缠绵不休。

忽然，"灰彩光"飞起，落在了我家厨房窗外的空调筐上。白鸽反应迅速,几乎同时落在了"灰彩光"旁边。我看出来了,它们是夫妻关系,"姐弟恋"式的夫妻。并且,还处在甜蜜蜜的阶段。

我家厨房窗口的左右两侧,是我家一间卧室和邻家一间卧室的外墙。两面外墙,夹成了五六米长的幽巷般的空间。我家住十三层,楼高二十余层,以前也常有鸽子光顾那空调筐——就高度与隐蔽性而言,是鸽子们小憩的安全之地。我家厨房未安装空调,所以空调筐里放了两摞瓷砖,其上盖塑料板。瓷砖没将空调筐占满,一边余有一掌宽的空处。"灰彩光"咕咕叫了几声,跳入那空处去了,白鸽也毫不犹豫地随之跳入,我便看不见它们,只闻其声了。

我顿悟——"灰彩光"是要在那里生蛋呀!

但我家那空调筐也太脏了呀,多年没清理过了,积了很厚的灰土。特别是那一掌宽的空处尤其肮脏,除了灰土不说,还因曾在"筐"中碎过咸菜坛子,又风干了的咸菜疙瘩仍在那里——两只鸽子怎么能卧得舒服呢?

我虽未养过鸽子,却是自幼喜欢鸽子的人。谁会不喜欢鸽子呢?不论家鸽野鸽,它们看去都是那么的温良儒雅,风度翩翩。我一向觉得鸽子是鸟类中特有"君子"气质的。不是所有的鸟皆有气质可言。鹦鹉、八哥虽善学人语,但其实并无气质。孔雀有贵族气质、天鹅有仙家气质、鹤有道家气质、猫头鹰有股子先知气质,而若论"君子"气质,我认为非鸽子莫属。

出于自幼对鸽子的好感,我决定将那空调筐清理一番,以使"灰彩光"有一处条件不错的产房。

儿子也在家,听了我的打算,表示支持。

我关上厨房门,打开窗子,正欲探身去,儿子问:"爸,你要干什么?"

我说:"抓住它们,请它们在厨房待会儿。"

儿子说:"何必将它们请进厨房?你让它们先飞走不就行了吗?"

我说:"那我替它们弄好了一处小窝,它们不再飞回来了呢?我岂不是白费事了吗?先将它们请进厨房,一会儿不是可以直接将它们放入窝里吗?"

儿子想了想,表情特理性地说:"你先别惊动它们。"

他将一只长方形的,一面透气的帆布拎包取来了,那是专为带我家的猫去看病用的。

儿子说："你抓住了鸽子，先放这里。"

我说："笨办法。第一，放入放出的，麻烦。第二，如果将屎拉在里边，得刷洗，更麻烦。一切在我掌控之中，不用协助，你离开就是。"

儿子不以为然地离开了。

我首先抓住了白鸽，口中喃喃自语："乖，别乱飞，我是为你们好，要懂事啊。"——将它放在了矮柜上。它似乎听懂了我的话，只从矮柜上飞到厨案上，再就不飞了，困惑地歪头看我。

它的良好表现增加了我的信心，我接着将"灰彩光"抓住，同时喃喃自语一番。两只鸽子挤在狭窄的地方，无法躲避，更无法立刻飞起，所以抓住它们可以说是手到擒来之事。然而"灰彩光"的表现却不像它的郎君那么良好，我刚一将它放下，它立刻展翅飞起来。我家才十来米的空间，也不是能容一只胖鸽子飞来飞去的地方啊，结果它便接连撞在墙上，撞在窗玻璃上，撞得掉下了两片羽毛。也许由于撞得有点晕了，终于歪歪地落在了冰箱上。

儿子显然听到了声音，隔了门问："爸，要不要参谋？"

我说："不要，一切都在掌控之中。"

儿子又说："作什么决定前最好考虑周到些。"

我说："我已经说过了，一切都在我掌控之中，你最好闭上嘴从门口消失。"

接下来的事简单多了——"灰彩光"不是即将当母亲了，而是已经当母亲了。那么一会儿工夫，它居然生下两只蛋了！我将两只蛋小心翼翼地从肮脏的角落里拿起，放在了预先准备好的碗里。

我当然是做事考虑周到的人，一切也当然在我掌控之中——这么一件小事，难道我还至于出差错不成？

我有条不紊地做着——将厚积灰土的塑料布轻轻地卷起，塞入垃圾桶；将瓷砖一块块搬入屋里；用拖把将空调筐清洁了两番；放了一块预先备好的三合板垫底；最后将同样预备好的塑料提篮放于板上。提篮是红色的，不大不小，放那儿之前，用厚纸板围了三面，留一面透气……

这一切我做得真是有条不紊，谁能说我考虑不周呢？

接下来，无非就是将两只鸽子请出门了。我第二次抓白鸽时，它还是没乱飞，只不过有点不情愿地躲了几躲。我将它放入窗外的窝里后，它却一秒钟也没在里面呆，立刻飞走了。没飞多远，落在邻家外窗台上，疑虑重重地望着我。

我相信它会喜欢那个窝的，也相信"灰彩光"会喜欢那"产房"的。我出其不意地抓住了"灰彩光"——就在那一瞬间，极其不好的结果，也可以说是悲剧发生了。我的手不够大，而它却挺胖。我抓的是它的肩膀，那是它全身最宽的部位。我没敢用力，抓得不紧。它本能地一挣，我也本能地攥紧，却还是被它挣脱了，但——它的尾巴整齐地攥在了我的手里！整齐的意思就是，每一枚尾羽都在我的手里了！

它惊恐地在厨房里飞，东撞西撞，又撞了多次才从窗口飞出，不，那明明是仓皇地飞逃而去，摇摇晃晃的，像秃尾巴的鹌鹑，也像被击中的战机。白鸽也立刻伴之飞走……

它将装着两只蛋的碗弄掉地上；一只蛋碎了，另一只掉在拖布上，侥幸完好。

我一手攥着一把鸽尾，另一只手捡起完好的蛋，看看窗外我煞费苦心为两只鸽子做的干干净净、舒舒服服的窝，傻眼了，也心疼极了！

怎么会这么个结果？

我是爱它们甚至对它们心怀敬意的呀！

可我接下来能做的事，也就唯有往造成它们灾难的窝里，深怀罪过感地放入那只幸存的蛋了。并且，在放入前垫了绒片儿。为使那只蛋一目了然，还在绒片儿上铺了块红色的布。

不久，白鸽单独飞回来了。很明显，即将做父亲的它牵挂着那两只蛋。它先落在邻家的外窗台上，几分钟后，开始一点儿一点儿横移身体，保持高度戒备地接近着空调筐。终于，它鼓足勇气落在了空调筐上，却只低头看着它陪爱妻趴过的角落，对我为它们提供的窝却连瞧都不瞧一眼——我又想抓住它将它放入窝里，刚一开窗，它机警地飞走了……

儿子进入厨房，看看一地鸽子的尾羽和碎了的蛋、碗，吃惊地问："爸，你怎么会将事情搞成这样？"

我无言以对。

两只鸽子再也没飞回来过。

至今，十几天过去了，那只幸存的鸽子蛋不知为什么也碎了，可能是由于当时摔出了裂纹。而每每向我认为见多识广的人问："完全没有了尾巴的鸽子还会活下去吗？"

没有谁肯定地回答："能。"

一想到一对即将做父母的亲亲爱爱的夫妻鸽，就因为我一片好心要为它们提供一处窝，不仅使它们的两只蛋"完蛋"了，还使母鸽残疾了，我的罪过感很难消除。

就算它们在那个肮脏的角落孵出了两只小鸽子，也是根本无法在那个肮脏的角落将小鸽子抚养大的——我也只有这么安慰自己。

但我却不能不反省自己好心做下了坏事的原因：

我抓住两只鸽子后，根本无须将它们"请"入厨房。手一松，它们自会飞走。而它们一飞走，我想怎么做就可以怎么做，丝毫不会受到干扰。

在我将为它们提供的窝放入空调筐后，也根本不必再抓它们，只消将窗户开着，它们自会飞出去的，"灰彩光"也就断不至于没了尾巴。或许，它们没受到惊吓和伤害，有可能愿意接受我为它们提供的窝。

我既要为它们提供一处窝，就应对它们有所了解，预先搞清楚，它们比较愿意接受什么样的窝，对什么样的窝反而会心生疑虑。甚至，什么颜色会使两只无家的流浪鸽不安，这也是要有常识的。绿色的塑料提篮，内铺块红色的布，篮体又高，会不会使它们觉得是陷阱？如果并不放那篮子，只将清理干净的空调筐铺垫柔软、温暖，不但省了事，也许反而正是它们愿意接受的窝吧？

我自信满满，认为"一切都在掌控之中"，这意味着，我主观上当时是有控制欲的——不但控制着整件事情，也能操控两只鸽子本身。否则，我不会犯那么低级的错误，居然非两次将鸽子抓在手中不可……

世上一定有不少人好心反而做下了坏事。

我想，这些人中，像我一样好大喜功、自以为是，同时控制欲作祟者，估计也为数不少吧？——若是政府官员，恐怕便会激起民怨甚而民反了呀。

民可不像鸽子那般君子……

# 目　光 |杜卫东|

原载《北京文学》（精彩阅读）2016年第7期

我们去凭吊一位先贤。

时值残冬，面包车驶入遵义近郊的沙滩村，眼前仍为之一亮：一亩亩池塘碧水盈盈；一洼洼菜田绿色正浓。远方，山色如黛，檞树成荫；近处，野菊未凋，桂树飘香。山坡上，一幢幢白墙红格的双层农舍错落有致、形状各异；碧波粼粼的乐安江绕村而过，如一条绿色飘带，把这一方水土勾勒得钟灵毓秀。遵义的朋友说，现在不是最美的时候，如果夏天来，才真是"人间仙境"呢。我听了暗自感叹：如此山水，必有大贤。人杰地灵，此之谓也！

朋友，你猜对了，此行，我们是来拜访黎庶昌。

车在路旁停下。庭院两进，门楼一座；前带清流，后枕山峦。正房屋檐下有一黑漆竖匾，"钦使第"三个字灵动飘逸，像三只穿越了百年风雨的火凤凰，为这座古旧的宅邸衔来了几片沧桑。庭院中有水池，金鲤摇尾；宅檐下长杂花，叠红吐绿。

这里，就是一代先贤的人生起点，也是这位贵州好汉的人生归宿。

## 1

秋风已至，落叶渐稠。京城一间民宅里，一位身着青布长衫的后生推开面前的窗户。已近午时，蓝天高远、白云惨淡，院中槐树上有几只夏蝉，正低一声、高一声嘶鸣，似乎是叹息生命的短促。后生凝望片刻，头一甩，脑后的长辫画出一道弧线，啪一声缠在脖子上。他已踌躇多日，终于下决心回到案前，咬住嘴唇，饱蘸浓墨，在案头的宣纸上写下了第一句话：臣愚伏读七月二十八日星变诏书……而后，眉头微蹙、奋笔疾书，洋洋七千余言一挥而就。

他就是黎庶昌，时年26岁。两次乡试不中，一贫如洗，滞留京师已走投无路。

这是1862年10月的一天。太平天国正与清廷激战，英法联军不久前攻陷了北京。近来又天呈异象：正月太阳三晕，二月流星南奔；春夏之交，阴云遮日，旱蝗四起。西北有洪水暴发，东南现台风肆虐，七月间更有陨石雨和彗星划破苍茫天际。刚刚通过"辛酉政变"掌控了国家最高权力的慈禧，认为这是"危亡倾覆"的征兆，为消灾弥变，以皇帝名义"下诏求言"：申谕中外大小臣工，务各齐心悉虑，于朝廷政治得失大且要者，谠言无隐。

在黎庶昌这封被后人与贾谊的《上疏陈政事》、诸葛亮的《隆中对》和范仲淹的《上宰相书》相提并论的《上皇帝书》中，自号黔男子的一介山野书生，以心雄万夫的气概，要"为一代除积弊，为万世开太平，为国家固根本，为生人振气节，上以回天变，下以尽人事"。笔锋所至，直指清廷种种弊端，陈述兴利除弊的方略大计。行文犀利，雄视千古。

黔地，古有"鬼州"之谓。飞鸟不通、荒蛮贫瘠，在世人眼中乃瘴气弥漫，非人所居之城，故李白曾放逐夜郎，刘禹锡被谪贬播州。这样的闭塞之地，为何走出了一个才高七步、腹隐珠玑，敢蔑视天颜、顾盼自雄的黎庶昌？

此时，我就伫立在黎庶昌沙滩故居的老屋中。

青砖铺地，横木成梁；一张圆桌，两把座椅；靠墙有六尺卧榻，四周挂着白纱帷幔。黎庶昌别妻辞子，束衣整冠，就是跨出这间房子，一路翻山越岭，走州过府，千里迢迢赴京城应考。满腹才华、一腔抱负，却不被认可。犹龙困浅滩、虎落平阳，我能想象他当时的愤懑与无奈。生他养他的沙滩村，乃黔北一朵文化奇葩。方圆不过数里，渔樵耕读、学风鼎盛，自清乾隆年至清末已延绵百余年。其间，出了几十位名人贤士，著书上百种，内容涉及经史、诗文、音韵、地理、训诂、科技、金石、书画等诸多领域。代表人物之一的郑珍有"西南大儒"之称，曾国藩仰其名几欲相见，都被淡泊名利的郑珍婉言相拒。郑珍是黎庶昌的表兄，曾教授过这位志向宏大，才学卓然的表弟。黎庶昌自幼读古人之书，即思慕古人之为。十七八岁时便立下志向："以瑰伟奇特之行，震襮乎一世。"他留心时政，探寻强国富民之道，对种种时弊洞察入微。两次乡试落第，更使他对八股文取士的陈规不屑一顾，直言批评皇帝："乐于求才而疏于识才，急于用才而略于培才。"

黎庶昌上书清廷，认为吏治腐败、人心散坏，光是"危道"就列出十二种。消息传到沙滩，连郑珍都吓了一跳，言其惹下杀身大祸。出人意料的是，清廷并未加罪于黎庶昌，反而恩赏了他一个"候补知县"，差遣到曾国藩江南大营听候调用。是清廷确有剜病除脓、改革图强的勇气吗？事实是，黎庶昌上书所列种种弊端，凡涉及权贵利益和更改旧章，均因"事多窒碍之处"存而不问，只是对诸如"荐举贤才"一类的建议，谕令有关衙门"遵照办理"。窃以为，黎庶昌因祸得福获得清廷破格提拔，一下子由贡生官至"正处"，虽是非正式领导职务，但毕竟有了晋升仕途的平台，盖因其时局——咸丰皇帝驾崩，他钦定的顾命八大臣被捕入狱，其中两位亲王还掉了脑袋，朝野上下无不噤若寒蝉，皇帝下诏求言，一个多月竟无一人应答。本来清廷此举是为排遣内心纠结作的一次自我按摩，如果尴尬收场，心何以安？

黎庶昌的上书不啻帮清廷找到了一个台阶。该贡生言辞激烈、话锋犀利，"朕"还降旨恩用，岂不更显"皇恩浩荡"？其实，黎庶昌后来投身江南大营只委了一个"稽查保甲"的小差事，若不是一个偶然机遇，他以小吏之身终老南山也未可知。有一日，曾国藩早起查看诸营，夜色未退，只远处一点星火露帷。他循星火挑帷而入，见一年轻人正习文练字，环顾案头收藏不俗，一番攀谈有感其才，遂把这个叫黎庶昌的年轻人调到身边，进了秘书班子。这之后，未见黎庶昌在军事上有过什么建树，但曾国潘为桐城派晚期领袖，其诗文成就在中国文学史上不可或缺。他身边又聚集着一群富有真才实学的文人骚客，黎庶昌与他们诗文唱和，文学上倒是日有精进。

清以小说名世，诗词成就并不为世人称道，但非乏善可陈。今人有"清诗三百年，王气在夜郎"一说，推尊郑珍为清代诗国第一人。甚至有论者认为，历代诗人中，除李杜苏黄外，鲜有能与之比肩者。黎庶昌自幼受郑珍指点，其诗词奇绝恣意，应有资格分沾这一盛誉。至于散文，他年轻时熟读司马迁与班固，尊尚儒术，兼收诸子百家。入仕后又师承曾国藩，其文简练缜密、风格奇伟、意境开阔、雄恣华瞻，确是一代文章高手。后来黄遵宪与他作竟日谈时，说他是"一世倜傥之才，抗时希世，海内外驰名"，绝非虚与委蛇。

黎庶昌仕途塞滞，一度想彻底投笔从戎，为此他曾写信向已调任直隶总督的曾国藩求教，并希望他推荐自己到李鸿章的淮军，在镇压陕西的回民起义中建立军功。曾国藩回信认为不妥，理由是，太平天国剿灭，中原初定，建立军功已殊为不易。况且，"李相西征，部下尚多，必不能舍其屡立战功之旧人，更用未习军旅之文士。阁下杖策相从"，充其量混个助理、秘书罢了，何必呢！曾国藩让他稍等数月，说正在为他活动差事。清朝晚期，候补干部多如牛毛，想得一实职殊为不易。

黎庶昌对曾国藩是敬重的。他以"曾门弟子"为荣，在曾国藩死后对其一生梳理总结，撰成《曾国藩年谱》十二卷，后又为其作了一篇长达万字的传记文章。曾国藩位高权重，但礼贤下士，对黎庶昌有提携奖掖之恩。他曾明奏密奏清廷几次，希望为黎庶昌谋一实职，并在黎庶昌落魄时多方为其奔走。不过，这一瓢冷水浇得正逢其时。如果黎庶昌随李鸿章部去"剿匪"，手上就会沾染起义农民的鲜血，笔下则少了意蕴丰沛的华章。这当然并非曾国藩初衷，历史在这里愣了一下神儿。于是，清廷失去一条镇压农民起义的鹰犬，中国近代史多了一位引火种于华夏的先贤。

2

站在黎庶昌的老屋前，眺望微波荡漾的乐安江，我的眼前曾出现一幅幻境：江水千回百转、一波三折，终于奔流入海。湛蓝的大海欢迎她远道而来，绽放开一簇簇晶莹的浪花。无垠的海面上，一艘轮船正准备启航，从乐安江走出来的黎庶昌站在船首，迎风而立。

乐安江是乌江的支流。它动静交织，流经处，有两岸峭壁林立、水势湍急的险滩；也有水面滞缓宽阔、鱼翔浅底的平湖。我在想，黎庶昌的人生多像他的母亲河，如同一曲扣人心弦的古筝，有激越的抒情也有无奈的低吟。1876 年 10 月 17 日，当他随公使郭嵩焘出任大清国驻英参赞，登上英轮"塔拉万阔"号从上海吴淞口起锚出海时，可曾想到，这一天注定要被写进中国的近代史，而他的荣辱进退也将构成祖国母亲脸上的细微表情？

记述这次行程的散文《奉旨伦敦记》，就安放在黎庶昌故居的展柜中。隔着玻璃，那斑驳的字迹依稀可辨，沿途的见闻亦在字里行间呈现。历时50余天，航程31000里，这不仅是一次地理意义上的跋涉，更是一次观念和思想的跨越。

可以想见黎庶昌当年的情景——多少次日出，多少个月落，他站在甲板上，手扶船栏，极目远眺，但见烟波浩渺、水天一色，雾锁山头山锁雾，天连水尾水连天。低头，海浪击打船舷，有如碎玉乱溅；抬首，一行海鸥正掠过天际，引发了他内心一腔豪情。说来令人惊诧，当时的封建士大夫固守"华夷之辨"，以"天朝上国"自居，即便是娘肚里的双胞胎，西人也是"其足向天，其头向地"，咱们"则自生民以来，男女项背端坐腹中，是知华夷之辩，即有先天人禽之分"。故光绪二年，清廷开始向外派遣使节，凡出使外邦者皆为人不屑。郭嵩焘奉旨首任英国公使，竟被乡党耻笑和辱骂，他原拟檄调的参赞也有人囿于偏见托词不就。黎庶昌则不然，他卓然而立，清廉自守，在颓靡的晚清官场仕途不顺；更重要的是，他受林则徐、魏源影响，企盼能有机会走出国门学来富民强国之道。尽管行前娇妾爱子百般不舍，他还是毅然奉调，成了贵州走向世界的第一人。

一旦踏上西方诸国，开明的黎庶昌还是有些"蒙圈儿"。

出使西欧五年，他历任英、法、德和西班牙四国参赞。在《曾侯两次呈递法国国书情形》一文中，他曾这样描述递交国书的过程：宫门外陈兵一队，奏乐迎宾。至门前下车后，他以参赞身份手捧国书，紧随公使曾纪泽身后，"以次鱼贯入其便殿，三鞠躬而前"，法国总统则"向门立待，亦免冠鞠躬"。双方互致诵答后，鞠个躬就齐活了。

黎庶昌觉得很新鲜。不妨对比一下他日后回国被召见的情景——半夜两点半来到军机房候着，早上八点半才应招进殿。"太后御座上遮一黄纱幔，制如屏风，皇帝则坐于幔前"。黎庶昌进门即跪，高呼"跪请圣安"；复摘冠于地，再呼："叩谢天恩！"随即一个头要在地上磕出响儿来。其后，所有的回话都要跪在地上。慈禧先和他扯了几句闲篇儿，突然问："见他们的国君是怎么样？"黎庶昌据实而奏："见面不过是点点头，仪文甚简。"这位中年妇女产生了好奇心："是站立么？""是。"老佛爷很是自得："他们也还恭顺。"听话音儿，仿佛鸦片战争一败再败后，割地赔款、签订丧权辱国条约的不是腐朽的清廷，倒是以两万余众便长驱直入北京，令慈禧仓皇出逃的西方列强。而一个外表显赫，实则已腐朽到只能靠可悲的精神胜利法来支撑的王朝，焉有不倾倒塌陷之理？

出使西方递交国书，只是履行一般的外交程序。作为参赞，黎庶昌还被邀参观了法国议院开会的场面，这让素有师夷之长以自强的黎庶昌眼界大开。在一个可容纳200人左右的会议厅里，议长居中而坐，手边放着一个铃铛，与会者可自由发言，议长"不欲其议"，摇铃铛制止也没人理会。有一个绅士，"君党也，发一议，令众举手以观从违，举右手者不过10人，余皆民党"，或嘲讽讥笑，或拍手起哄。法国总统马克蒙因为在议院中得不到多数支持，只好下台。"朝定议，夕已退位矣。"巴黎的老百姓生活如常，好像不曾听说一样。而且开会时，"人声嘈杂，几欲交斗"，如此"家丑"不但不刻意遮掩，还令外国使节当场观看。

黎庶昌没有嘲笑"蛮夷之地"的不臣之举，反省清廷决策施政过程，认为这才是民政之效也。感叹中国乃君主专制之国，皇帝独揽大权，既不让朝臣分担责任，也不把权力放置于类似西方议院那样的机构予以制衡，怎么能保证决策的正确与科学？

黎庶昌参观了军工厂、印刷厂、纺织厂、造船厂、瓷器厂，看到了火车、轮船、电器和各种机器生产确是强国富民之要术，见证了顶层政治设计对生产力发展的推动作用。仅举一例，中国以农业立国，却连一座专门的农务学堂都没有，还停留在牛耕人拉、靠天吃饭的水准。而在西班牙的一所普通农业技校里，他看到了配有各种精密仪器的化学实验室、物理实验室、植物标本陈列馆、教具陈列馆以及各种先进的农业机械。他与社会广泛接触，认真体察各种民俗，感到西洋民众的文化艺术修养确实高于国人，他们观看戏剧、参观画展、举办舞会，被封建卫道士斥为桑间濮上的所谓"淫靡"之风，较之大清国的"男女授受不亲"，亦不过是社会风气开化的表现罢了。资本家"嗜利无厌，发若鸷鸟猛兽"，但有钱后却能捐资办学，赞助慈善。由于法制相对完善，为官者较之清廷也廉洁得多。耶稣蒙难日那一天，西班牙王室举办纪念活动，国王和王后竟亲自给平民洗脚。在大清王朝，有这想法就触犯天条，说出来那还得了？纯属作死！

黎庶昌变法的思想愈加清晰。中国地广人稠，但如果妄自尊大，一味墨守成规、不思变革，必为世界潮流所淘汰，他将这些见闻详尽记录了下来。按说，黎庶昌游览西方诸国，事事皆动于心，文章应该声情并茂、色彩斑斓。可是，在他这些文章的结集《西洋杂志》中，却没有文接千载的议论和思飘万里的描绘，都是纯客观记述，用现在的话说，属于零度叙事。这其实是有原因的，当年应召上书，就因为黎庶昌出语无忌、直抒胸臆，受到了朝中保守势力弹劾，如果不是特定的历史背景，被"递解还乡"甚至杀头也未可知。郭嵩焘是曾国藩的儿女亲家，作为首任中国驻外使节，他对西方文明推崇备至，每每谈及，欣赏羡慕之情溢于言表，结果被朝中保守势力抓住了小辫儿，斥之为"汉奸"。堂堂二品大员被一撸到底，成了一介平民，死后还险被开棺鞭尸。不过，倘据此认为黎庶昌是因为官场颓风熏染而变得圆滑了，则不然。入仕后，他清廉自守，以学问立身，如求自保，他可以尸位素餐，一言不发。作为一个窃火者，黎庶昌其实是想尽量不被保守势力纠缠，多运些薪火于暗夜沉沉的晚清，让更多的国人感受到民主与科学的沾溉。

雄鹰收翻栖息于枝头，不是为了逃避，而是为了更远的飞翔。

## 3

1884年3月的北京。春寒料峭，绿色还在路上。一匹快马疾奔而来，扬起一路黄尘。在位于东堂子胡同的总理各国事务衙门前，佩戴腰刀的折差一挽缰绳，烈马前蹄腾空，发出一声长鸣，路旁古柏上几只宿鸟被惊醒了，呼扇呼扇翅膀，慵懒地飞向天空。

日本成功实行"明治维新"的第16个年头，驻日公使黎庶昌再次上书清廷求变。历史把一个重要的变革机遇，假黎庶昌之手推给了宫禁森严的紫禁城。

使欧归国后，黎庶昌升任日本公使，时年45岁。官帽上的顶珠已由青金石换成了珊瑚，穿上了绣有锦鸡的清廷二品高干制服。那时的他对未来一定踌躇满志，"斯游应比封侯壮，莫道书生骨相穷"，或许是他心境的真实写照。不然，展室墙上的黎庶昌怎么会怡然而笑？只是他肯定不知道，这笑容会在那张已被岁月雕刻过的脸上持续多久。

日本的发展曾很落后，中国进入奴隶社会向封建社会转化时，日本还处于原始社会。在很长一个历史时期内，日本以中国为师，改革其氏族奴隶制国家阻碍生产力发展的种种弊端，渐显赶超之势。特别是1868年由中下层武士发动的明治维新，开始拜西方文明为师，以富国强兵、殖产兴业、文明开发为目标，推翻了封建幕府长达300年的统治。实行内阁、建立国会、颁布宪法，使日本走上了资本主义道路，生产力水平得到迅速发展，国力大增。不但废除了和西方列强签署的一系列不平等条约，摆脱了沦为殖民地的危机，还俨然与其平起平坐，把曾经的老师中国甩在了身后。

黎庶昌有充分的理由微笑。中日文化交流源远流长，1868年宣布改元明治开始的明治维新，"明治"的年号就是取自《易经》："圣人南面而听下，向明而治。"明治维新后，日本虽然已实行"脱亚入欧"，但文化界仰慕华风的余温犹存，朝野中许多学士大夫对中华文化颇有造诣，不少人可以用汉文成诗。黎庶昌家学渊远，学识超群，上任甫始，便经常与日本友人吟诗唱和，风骚独领。一时间，在日本的文人骚客当中，如果与黎庶昌没有过从竟成了一件很没面子的事。黎庶昌和他们之间的吟诗唱和并非官场客套，而是加深中日民间友谊，弘扬中华传统文化的有力之举。比如，西学渐兴，旧版秘籍已不为日本书肆所重视，其中竟有不少国内早已亡佚的古籍，有的还是极为珍贵的孤本。黎庶昌如获至宝，通过日本友人以重金四方收访。"耗三年薪俸积余，举银一万八千两"，刊刻出了精美的《古逸丛书》200卷。

此刻，这套丛书像劫后余生的勇士，成军一列，立于黎庶昌故居的展柜之中。文字是文化传承的重要载体，文字起源的历史就是中国古代文明开端的历史。作为鲜活的历史符号，先哲们著书立说，记述了对社会发展与自然进程的独特认知。每一本书都是一个用黑字印在白纸上的灵魂，一个个睿智的灵魂聚集，便成就了光耀千秋的炎黄文化火炬。古老的中华民族五千年来聚而不散，靠的就是其文化的巨大向心力。如果古籍珍本不断亡逸，便如同江河断流，中华民族的血脉何以延续？仅此一事，黎庶昌即居功甚伟，值得我们脱帽致敬。

在沙滩黎庶昌的故居里，还保存着一块前些年出土的石碑。长一米，宽半米，碑文典雅畅达、凄婉动人，书法遒美健秀，颇具二王之风。如果不是遵义友人提示，我真不敢想象，碑文和书法皆出自一位叫贞子的日本姑娘。她的父亲海南先生是日本学有所成的汉学家，与黎庶昌相识后，情谊日浓。黎庶昌再使日本后，海南先生正在外地养病，不日后去世。黎庶昌特赶去送葬，写下了情真意切的墓志铭，并从此对海南先生的遗孤多有关照。《海南文集》出版，先生的女儿贞子请黎庶昌为之作序，还不时来署探访求教，与黎庶昌随行日本的夫人赵氏情同母女。后来赵氏归国后病逝，贞子闻讯，"悲恸不能言"，为赵氏写的墓志铭感人肺腑，黎庶昌令工匠按手迹勒石镌刻，藏于地下。我望着石碑感叹不已，当年，一位日本小姑娘竟有如此的汉学功力和书法造诣。遵义的朋友告诉我，黄苗子先生曾参观黎庶昌故居，面对其碑文也十分惊诧，拓了两幅，一幅送与日本友人，一幅自己收藏。昔日的文化外交成就斐然，留存于今的这一佳话似可佐证了。

遗憾的是，黎庶昌脸上的笑容没有能够持续多久。他以文化为纽带的外交特色时被世人称赞，应该得益于其文人本色。"焦遂五斗方卓然，高谈阔论惊四筵"，本质上他还是一介书生，对本国及所在国文化的掌控能力是他手中最有力的武器。除此之外，黎庶昌也有难以言说的苦衷。初任日本公使时，黎庶昌很欣赏前任大使的参赞黄遵宪，想留其共事，却被黄遵宪一口拒绝了，理由是，"非不为公佐，实弱国无外交可言。"那时中日尚未开战，日本还不为大多数中国人所认知，即便是中国的知识界也自以为："即便放眼五大洲，中国也堪称强国。与东海区区一岛国相较，之其渺乎不足比数亦，土地之大，人民之众，物产之富，何啻十倍于倭、百倍于倭而已？"

黎庶昌上任后不久，即感到黄遵宪言之不虚。在许多外交场合，他所受到的礼遇颇为疏阔，远不如西方诸国使节受到尊重。战场上拿不到的东西，更休想在谈判桌上得到。比如，他任日本公使时，中国的属国琉球已被日本强行设县。黎庶昌赴任后，曾试图通过交涉有所转圜，终因国力衰微，只能眼巴巴地看着日本将其彻底吞并，算是切身体会到了"天朝上国"怎样被"东海区区一岛国"所轻慢。他还经手过一起人命官司，长崎巡捕以查巡鸦片为名殴伤华侨数人，其中一人不治身亡。日本外相井上馨对黎庶昌惩办凶手的要求根本不予理会，咬定是误杀，不应抵罪。黎庶昌性格刚健，与日本外相"文书往复辩论至两月之久"，日方最后才将凶犯判了五年监禁，赔了家属几千块银洋。这件事在华人中争相传颂，因为能有这样的结果已实属意外了。而黎庶昌的自尊心仍然受到了伤害,日本所以敢轻慢"天朝上国",实为其国力已超过清廷。他出使欧洲六年,足迹遍及西方诸国,再使"明治维新"后的日本,反观清廷的因循守旧、国力日衰,更加痛切感受到了变法求新的迫切性。

使日第三年,黎庶昌经过深思熟虑,写成了《敬陈管见折》递交总理衙门,请求转奏朝廷。主张"整饬内政""酌用西法",提出了七条富国强兵的措施。其中第一条就是加强海军实力,认为现在的水师"战舰未备,魄力未雄","实难责与西人匹敌",要练足一百号兵船,分成南北两个水师,专做攻敌之用,而且每个水师应有铁甲巨舰四五艘。可惜,这道奏折老佛爷连看都没有看到。总理事务衙门认为"情事不合,且有忌讳处",竟然"寝而不奏,将原折退回"。曾纪泽知晓奏折的内容后,认为"大疏条陈时务,切中机宜","弟怀之已久而未敢发";掌管总理衙门的亲贵大臣认为这道奏折有涉忌讳处,也不是纯属的推诿之词。天朝威武,一派祥和,慈禧觉得有水军撑一下门面就可以了,花更多的银子去添船置炮纯属多余,如果当时看了黎庶昌的折子,难保不甩脸子。至于朝廷那些守旧的大臣,因"循袭旧之见牢不可破",仇视"火车轮船",对黎庶昌的相关奏请更会横加指责。

清廷又错失了一次历史性机遇。如果黎庶昌的奏折当时能被采纳,后来的甲午之战也许就是另外一种结局,中国近代史也是另外一种走向了。

可惜,历史不能假设。

## 4

余晖下的沙滩村别有一番景致。

远方的山峦被镶上了金边,近处的水面泛起满目碎银,江畔的垂钓者持竿未动,仿佛镀上金辉的雕塑。有几只叫不上名的飞鸟在空中盘旋,例行归巢前的最后一轮搜巡。如果来得巧,据说还能听到江边古寺的悠远梵钟和渔家女子的清亮歌喉呢!

遵义的朋友问:"黎庶昌墓离此不远,可否有兴致凭吊?"

我来到庭院中,端详着他的半身雕像不愿移步。真是感叹能工巧匠的精湛技艺,居然把一位一百多年前的先贤塑造得如此栩栩如生:瓜皮帽、长布衫,剑眉下是一双炯炯有神的眼睛。那目光如两道利剑,脱鞘而出,正穿越一个多世纪的历史风云向远方眺望。

我站在他的对面,我们的目光在瞬间对接。

哦,他的目光中为什么会有难以排遣的忧怨?是的,比起他使日归国,"饯别宴会无虚日,惜别祝颂之词数以百计。启程之日送行者盈途塞港,情谊涤笃者竟追饯至数百里外"的盛况,黎庶昌的晚景可谓凄凉。十米卧室、两进庭院,覆盖了他生命的全部空间。"君看缥缈綦江路,百马如龙出贵州",他本来应该有一个更为壮丽的人生舞台。更何况,他忧郁成疾,孑然独处,生命最后的时光终日以泪洗面,一介翩翩名士已成了一个疯癫孤寂的山间老叟。世事弄人,殊荣与失落的变幻在晚清官场已近常态,他的恩师曾国藩接受直隶总督关防时,曾被赐予在紫禁城里骑马的殊荣旷典,气势之煊赫,足以使百官生慕。其后一年,即因天津教案谤怨交集,成为众矢之的。一代"中兴名将、旷代功臣",几近身败名裂。黎庶昌非恋栎老骥,视荣华如浮云,自然明白官场荣枯无常的道理。

他的忧怨是因为他对大清国的失望。甲午开战之前,时任四川川东道员的黎庶昌曾请命去日本斡旋,以避战端。因为两任使日经历,他明白战端一开断难取胜。不是因为兵单力薄,那时,仅北洋水师已有各种舰船70余艘,号称亚洲第一,世界第九。但是决定战争胜负的不仅仅是表面上的军力对比。政治腐败,贪腐盛行,李鸿章已把北洋水师当成自己在官场谋身立命的私产,上下不能一心,将士难以用命,水师成军后装备从未更新,指挥、训练、现代海战理念、日常管理以及火力配备,已在日本海军之下,一旦交手,胜算能有几何?清廷没有"恩准"他的这一请求。翁同龢主战,光绪皇帝主战,慈禧亦主战,他们已被表面上的强大所迷惑。深知北洋水师实力的李鸿章则有口难言,因为他以操练水师有功揽权邀宠,已获得了清廷太多的褒奖。战败后他曾自嘲,貌似强大的北洋水师不过是纸糊的老虎,虚有其表,小小风雨尚可支吾应对,一旦有大的风浪袭来,露馅儿是必须的。黎庶昌也是自作多情,虽然他出使日本时以道德文章在日本文化界享有很高威望,但以他的游说想使日本休兵罢战,则天真得有些迂腐。日本不满岛国之境久矣,对外扩张是既定国策。黎庶昌早就明白,国之是非皆以实力强弱而论,没有道理好讲,他不过是心存侥幸罢了。但是一旦开战,作为爱国者的黎庶昌则从主和派变成了坚定的主战派。双方已然交手,再提后撤无异投降。甲午之战从1894年7月始,至1895年4月终,每闻战败消息,黎庶昌即忧愤至极,终日不食。

焉能不怨?当他听说北洋水师的主力舰定远号,在海战的关键时刻竟只剩三发炮弹,前后主炮各一发后,剩下的一发竟要划拳而定;当他听说黄海一战,邓世昌驾驶着航速只有18节且已受伤的致远号,去撞击航速22.5节的日本旗舰吉野号中弹而沉,邓世昌壮烈牺牲;当他听说李鸿章命丁汝昌避而不战,躲进威海卫,水师苦撑待援,终陷绝境,总兵刘步蟾下令自沉定远号"以免资敌",并与提督丁汝昌先后自裁殉国;北洋水师被日军海陆夹击,"包了饺子";可以想见黎庶昌心肝俱裂、痛不欲生的情状。十年前就上书清廷需厉兵秣马的黎庶昌,曾在战事中要捐白银万两以襄军费,并奏请朝廷令各级官员出钱助战,也被清廷置之不理。就在黎庶昌每闻败耗便失声痛哭时,慈禧却正在筹措巨资,一门心思为自己举办60大寿庆典,准备接受百官朝贺,大宴群臣呢!眼看败绩连连却无能为力,黎庶昌的眼泪仅仅是流给阵亡的将士吗?作为一介儒生,黎庶昌的内心是矛盾的。清廷的专制与腐败他洞若观火,而忠君的历史局限又让他不愿看到大厦将倾。这和他的恩师何其相似乃尔,曾国藩深知清兵腐朽无能,弹压内乱尚可,抵御外敌堪忧,曾提出裁撤绿营编练新军。清廷拒绝了他的军改方案,曾国藩就心知肚明了,作为异族统治者,原来清廷惧内乱较外患更甚,由此对清廷绝望至极。但听幕僚预言清廷将在50年内灭亡,却唯愿速死。曾国藩救得了清王朝,清王朝却救不了灾难深重的中华民族。这是一代效忠清廷知识分子的悲哀,又何尝不是中华民族之幸事呢?"凤凰台上凤凰游,凤去台空江自流"。况且,凤非凤台非台。情系华夏,当为奔流不息的江水而歌;心念苍生,何必因沉舟病树哀伤?

我的目光和黎庶昌的目光对视。我发现,他目光中的忧怨似乎有些退隐,代之一束穿透历史风云的睿智。莫非,九天之上的先生痛定思痛,与我心有戚戚焉?

我们知道,自汉以降,中国与西方的交流主要靠陆上的丝绸之路。18世纪中叶,西方列强的坚船利炮打开了中国封闭的大门,也开辟出了一条抵达中国的海路。更直接、更舒适、更安全的海上交通工具使中西交流变得更具规模。晚清一大批知识分子作为文化交流的使者,几乎无一不是通过海路抵达西方的。

黎庶昌是其中优秀的一员，他站在中西文化的交汇处，胸襟开阔，目光深邃而明澈。

较之洋务派，黎庶昌固然也重视科学技术对社会发展的巨大推动，并为此考察了西方诸国的各类工厂。游历巴黎万国博览会时，他随众人坐上腾空而起的热气球，并不是为了欣赏巴黎美丽的景致，而是记录下了热气球的各种数据。但是，他更关注民俗民风所反映出的国民心理，更重视议院政治对权力的约束与监控，这在他记述外交活动和日常民俗的多篇散文中可以看到。国民心理，折射的是一种民族精神；民主政治，反映的是一种施政理念。这或许比坚船利炮更能支撑起一个国家的强盛。

黎庶昌多次记述了递交国书的情形，包括向日本天皇递交国书也是"相视一笑，礼仪甚简"。反观清廷，仅一个"拜折"仪式就令人惊诧——地方官员向朝廷呈报奏折前，先要在衙门大堂内设香案，供奉用黄缎包裹的小木箱。僚属们则按等级排列庭中，主衔上奏官员穿戴齐整立于庭院中间，面对香案，门外放礼炮三响，鼓乐齐鸣，行三跪九叩大礼。礼毕，捧起木箱恭敬地交给站立一旁的折差武弁。折差接住，将木箱双手捧过头顶，疾步下堂走出辕门，再鸣炮三响，以示恭送。且看，专制之国与民政之国的分野何其巨大？而当年英法联军火烧圆明园的一个重要借口，就是时处颓势的清廷，仍坚持西方使节面见大清皇帝必须行跪拜大礼，而且，王八咬手指——死不松口。谈崩后扣押了对方谈判代表，囚于圆明园。在朝为官，黎庶昌不能僭越官场规则，但是他却在文章中曲隐地表达了对这种皇权专制制度的不以为然，希望以此唤醒国人对民主与自由的向往。

不过，与对西方文明顶礼膜拜者不同，黎庶昌对开放有着独立见解，主张"酌用西法"。他不认为中国传统文化糟糕透顶，反而认为西方列强的"美善之风"亦可从中国的传统文化中寻觅到珍贵的思想资源。"民为重，社稷次之，君为轻"，孟子不是在两千多年前就说过了吗？天下为公、天人合一的理念，在我们的经史子集中不是也一再倡导吗？至于中国传统的建筑文化更是美轮美奂了。西方一位使节曾断言绝不会向大清皇帝下跪行礼，可是他刚刚走到太和殿便双膝一软，扑通一声跪倒在地。因为，伟大的中国建筑太令他震撼了！黎庶昌与李鸿章均为曾国藩幕属，后来李鸿章权倾朝野，但黎庶昌对他的一味媚外很不赞同，曾婉言提示，或许李鸿章不以为然。黎庶昌无奈叹曰："两大之间难为小，然子产相郑，郑已立。国朝（指清朝）的子产安在乎？"郭嵩焘在引欧风美雨启迪民智上功不可没，但他认为大英帝国拥有大量殖民地，也是因为"仁爱兼至"，赢得了"环海归心"，就有点走火入魔了。在汲取与接纳西方文明时，黎庶昌没有忘记托承传统文化之精义，难能可贵。

黎庶昌的目光犀利而智慧，还表现在能与时俱进。他也曾受"华夷之辨"的影响，也曾盲目憎恨洋人。岂止他，即便是中国"放眼看世界"的第一人林则徐，不是也相信过"米利坚国并无国主，只分置二十四处头人"，相信英国兵"腿脚僵直，不善陆战"吗？可贵的是，黎庶昌经过实地考察，很快纠正了偏见，既有文化自信，又能从中西文化的对比中洞悉中国之种种不足。行文著书，引火种于华夏；不惧刀斧，发宏论于庙堂。他的见解不为清廷所采纳，不是由于他缺少洞察时事的目光，而是因为清廷没有刮骨疗毒的勇气。睿智与腐朽的种种细节，已经在历史的底片上纤毫毕现。

1897年冬，黎庶昌在沙滩老屋郁郁而终，时年61岁。

据说那一天，天降细雨，雨带西风。黎庶昌咽气时，院中古槐有一大鸟，灰羽白喙，开翅腾空飞起，绕树三匝，悲鸣数声。然后，消失在灰蒙蒙的天之尽头。

黎庶昌死后第二年，爆发了震惊中外的戊戌变法。其实，谭嗣同等人的改革主张大都在黎庶昌的历次上书中涉及。一腔热血谁珍重？洒去犹能化碧涛！如果说，戊戌变法是中国社会彻底变革之先声，谁能否认，菜市口刑场上空那血染的风采中，没有黎庶昌的一腔热血呢？

要离开这座百年老宅了。一代先贤在这里出生，一个甲子后又逝于斯处。这是一次简单的人生轮回吗？不，它标刻着中国近代史一次螺旋式的上升。积铢累寸，历史总是在坎坷中前行。我精心从庭院的角落采来几朵野菊，恭恭敬敬地置于黎庶昌塑像前。遵义的朋友见到了，说，我们正在征集反映沙滩文化精髓的词句，二十个字以内。黎庶昌是沙滩文化的重要代表，可否有兴趣撰一佳句，也算是献给前辈的一束馨香？

我略一沉吟，想了两句话。这应该是几代中国人的梦想，可惜，黎庶昌们积薪引火、不惜驱命，转头之间，已在历史的天空中化作了一缕青烟。而现在，吾生有幸，正由我们这一代人努力践行，虽然筚路蓝缕，却矢志不渝。但愿先生在天之灵能够期许：

　　——渔樵耕读，固文化之本；经世致用，圆强国之梦。

# 葛水平散文三篇 |葛水平|

原载《北京文学》（精彩阅读）2015年第9期

## 看戏去

想起四月，便想起桃花挑开的月色，一壶热茶退隐到呼应的气息之后，一群女子挽腰搭背吆喝着看戏去。

戏在民间，让历史有一种动感。大幕二幕层层开来，开，好端端的历史开合在人间戏剧里。乡间的风花雪月都是在舞台上和舞台下的，舞台上的行事带风，一言一行一招一式，都程式化，"上场舞刀弄枪；张口咬文嚼字"，"台上笑台下笑台上台下笑惹笑；看古人看今人看古看今看人看人"。

《三堂会审》剧中苏三受审那场戏中，潘必正问："鸨儿买你七岁，你在院里住了几载？"苏三答："老爷，院中住了九春。"刘金龙问："七九一十六岁，可以开得怀了，头一个开怀的是哪一个？"苏三答："是那王……啊郎……"苏三那兰花指一跷，那些花阴月影下，照他孤零，照奴孤零，轻弹浅唱出奴给你的温柔就全部殷出来了。那是"情"之一字贯穿古今的热闹啊。兰花指，挑拨岁月的一种味道。兰花指，纤长而优雅，举手投足间便有了一种情绪、欲望的指向。我极喜欢那一跷。在古代，跷兰花指是男人的专利，是他们显示男子气概的标志。如今，男子极其单调且流于僵直的手势，怎么看都缺失了一种内敛的气质。

戏是用来教化人的，看戏的人很会看出戏剧人物的深刻。生活中的吕不韦是大流氓，流氓的行径都出自一个套路，偷而奸。说他是大流氓，是因为他钓得一个难得的女子，这个女子生了一个皇帝，不是一般的皇帝，是始皇帝。好像没有后来者，有偷而奸者，没见生出过皇帝。帝王家的史料并不能直接产生艺术感染力，它必须经过戏剧化转换之后，才能作用于观众的情感，吸引观众的感性关注。

真或假？"以史说为内核，以戏说为外衣"，说是"戏"，可人人都相信始皇帝的爹就应该是吕不韦。我一直觉得吕不韦之后再没见过超越他的商人。吕不韦画像中，大多把他画得很丑，奸诈干瘪的瘦老头儿，太卡通，有点无厘头。人对不及的人，都会产生厌倦、妒忌，站在矛盾中，以虐待来享受那些优秀者。其实，古时选拔干部大都要相面的，做生意也一样。戏剧中的吕不韦和始皇帝相比有极大的反差，很戏剧，反而有点伤了历史的筋骨。

除了演绎历史，戏剧脸谱也好看，来源于生活，也是生活的概括。生活中晒得漆黑、吓得煞白、臊得通红、病得焦黄的人脸，在戏剧中勾勒、放大、夸张，成了戏剧的脸谱。关羽的丹凤眼、卧蚕眉，张飞的豹头环眼，赵匡胤的面如重枣，媒婆嘴角那一颗超级大痦子等，夸张着我们的趣味。不管怎么说，历史都是一张面具，带着面具离审美才会很近。

上海有一位艺术家，因人权问题，常没事琢磨把秦桧弄得站起来，不管缘由对否，这不是拿棍子在广大人民的精神心理积淀层搅乱时局吗？戏剧是啥东西？就是老不正经。

早几年我在京看过人艺的一台话剧《俄亥俄小姐》，是以色列重要剧作家、导演、诗人哈诺奇·列文的作品，讲的是一个老乞丐，一辈子都梦想找一个高档次的美国妓女——俄亥俄州小姐，共度浪漫良宵。70岁生日这天，他决定送给自己一件可以安慰一生的礼物，可由于囊中羞涩，他只能找一个街头流萤舒缓一下饥渴的灵魂和肉体。戏剧就这样不正经。一面是美好的理想，一面是崇高的理想；一面是肮脏的现实，一面是卑琐的行径。剧作家的本事就是在充满矛盾和多样性中并不惮撕开来给大家看，让你笑，让你哭，让你感慨，让你妥协。戏里演绎的看似生活，实际是梦幻的殿堂。

从前的舞台上没有麦克，声音不装饰，将自身作为人物的一部分，尽量让音乐从人烟当中响起，对热闹糟乱到极致；现在不是了，变幻多端的灯光让戏剧花里胡哨。我很迷恋戏剧里的戏文，有时候听一段唱，不无寂寞面对着空无学两句。在一个时间段上,我觉得只有戏剧才是人性的,看电视,我只看戏剧频道和少儿频道。《功夫熊猫》看了好几遍,每琢磨熊猫有那么细小的一个爹就想笑。美国人居然如此理解了中国的戏剧化。

历史上乱世英雄,都是来历不明的飞贼,都是由戏剧演绎出来的。

《苏武牧羊》里的苏武,一身单薄的青衫,天地苍茫间,大片的雪花飞落在他身上,他手握那根汉使节杖,那一声:"娘啊——"会叫我难过好久。再看那演员,一切酸苦都隐藏在那副严峻的面孔后面,一身单薄,一身骨节,一个最有意志的人,一身尘埃,一身岁月,世间没有一个人能从精神和信念上战胜他。幸福是一种心境,我刻意追寻和揣度的苏武应该是一个真实的人。有一段时间,苏武就是我喜欢的那种男人的样子:瘦、高、耐冻,最主要的是有一颗满怀对君王无限忠情的种子,生长期间宁肯让自己的世界变得狭小。历史中有些人物天生就是来入戏的,现实中真要有那样个人在,爱起来怕也吃力。

看戏多,且老与乡间观众坐在一起,戏看进去才有味道。看戏看热闹,台下的看见哪个女子水灵了,一涌一涌,涌到人家跟前,拉人家手一下,有些时候两个人就往庄稼地去了。生活和戏剧一样,只要能动情,合理性也是要大胆忽略的。舞台上唱到激动处,舞台下男人们沉重的咳嗽,妇女们尖利的噪音就小了。苏武牧羊,贝加尔湖的北海,那一声异族的声音响起:"你什么时候能让公羊生下小羊,我就放你回去。"就这句为难人的话,我就觉得苏武就是整个汉朝的气节。看到这里,台子下常常是嘘声四起。

戏剧演奏乐器里我最喜欢二胡,真要能配合上演员的唱是板胡,各个剧种有各个剧种的头把。京剧里有京胡,两根弦,拉出来的音千娇百媚。我无端地喜欢悲情的东西,二胡很适合对我煽情。现在戏剧乐队里增加了许多西洋乐器,只是还没有钢琴。舒伯特和托赛里的小夜曲也好,但我还是喜欢二胡;德莱克曼的钢琴曲也好,比较下来,我也还是喜欢二胡。我根本就是个山汉么!小时候,家里喂养了一头母猪,生了小猪,不知何故不愿意喂小猪奶,我爸用他自己做的二胡在猪圈上坐着拉,狗脖子竖着,不能发出正经音调,我爸拉了一段梆子戏哭腔,那声音灌满了整个村庄,那段曲子拉完后,母猪主动靠墙躺下叫小猪吃奶。

人养一个定乾坤,猪养一窝拱墙根。猪是家庭中最没出息的家畜,也懂得艺术。我认定是二胡特质的美感动了母猪。

戏剧乐器里没有箫，有笙。汉人的箫极好听，比筝和古琴都早。是否与剑和简书同一时代产生？箫是竹子做的，很适合淡薄仕途的人吹奏。也有神仙眷侣的戏中有箫，也只是一段落落寡欢地吹，不和众多乐器合奏。徐悲鸿先生画过一幅画《箫声》，画作于 20 世纪 20 年代，那幅画很唯美，据说画中的青年女子是他的前妻蒋碧薇。朦胧的色调下那个吹箫的蒋碧薇很闲雅，有云端的意境，犹如遥远的天籁。箫的独奏名曲有《妆台思秋》《鹧鸪飞》等，但都很适合月下或空谷里孤独吹奏。不知为什么，我一听箫音就感到山水要起雾了，大概箫声中有古典文化气息吧，喜悦和哀愁都是淡淡的，有一种含蓄的内敛。箫有安详知足的与世隔绝的大美，辽远空阔，但我好像没有见过在麦地或稻田里吹奏。陕西出土过一种乐器——埙。陶做的，粗粝、不匀称，甚至有些变形，吹出来的音也很古远。戏剧里的乐器是可以进入岁月的，凡是能入了岁月的东西都很适合生存。能存活下来的入了戏，存活不下来的，只能停留在某一个时期，顾影自怜等待入了小说中的传奇。

舞台是一扇窗户，如果你是演员，你可以由此而向外观望；如果你是观众，舞台是四维空间，它是你选着观望历史和现实的途径。不知为什么，我特别喜欢看《两狼山》。《两狼山》是杨家戏，由杨家衍生出来的戏很多。杨家的男子、女子，就连风烛残年的佘太君最后都要向她的国家交还一把骨头，有大国子民的气魄。杨家戏在舞台上用得最多的是马鞭，马上马下，奔波于疆场要依靠的，是他们的坐骑——强悍的马匹。马是龙的近亲，工业文明没有到来之前，农耕文明推动了战争，良马可以使萎靡的军队振作起来。

我的一位本家爷爷喜欢唱戏，也算民间把式，唱《两狼山》里的杨继业，唱到《苏武庙》碰碑那场戏，台上台下遍地哭声。盖世英豪，撩起征袍遮面，一头向李陵碑碰去！叹坏苏武，愧煞李陵。苍天啊，泪雨漾漾，洒向人间都是怨！

我的本家奶奶，性子滚烫，地里做工不输男人，搂茬割麦，打场，没有人敢把她看作是个女子。家里也是一把好手，做黄豆酱、腌萝卜芥菜，稍带做醋，日常生活拿得起，还要赶会，看丈夫唱戏。有一年看丈夫唱《两狼山》,在台下看到丈夫碰碑而死,她托小腰,一步三晃,走上舞台递一罐头瓶泡了胖大海的水给他的丈夫,台下笑场。

人间纷扰,形形色色的诱惑比仙界多得多。白蛇变化成白娘子下凡来了,想过人间的日子,说白了,是下凡找性爱来了。《白蛇传》是佛和俗展开的内心搏斗和尖锐的世俗交锋。人生会有这样的世俗情景,它需要某个人成全某件事,假如没有法海,一本戏就泄了;假如没有许仙左右摇摆的性情,两个人的爱情则无戏可演。断桥是《白蛇传》里的重要背景,背景对于剧情有非常重要的凝神作用,极大地形成了故事的向心力,并告诉我们爱情是在雨中诞生的。一把伞是道具。下雨的时候,关于天空是什么颜色?我好像觉得就是灰蒙蒙,伞下是什么颜色?是两个人的气息。气息之下呢?是一层雨水,摇曳着无数的雨涡涡。昏沉沉、冷飕飕、脏兮兮、湿漉漉,而这是尘世里才有的东西,云朵之上谁见过有雨。

戏剧就是这样,在熟识的世界里尽量叫你感觉陌生化。

西湖最美好的季节是秋天,道路两边长满了粗壮的金桂树、银桂树,地上星星点点,树上趴着一遇冷风就射尿的蝉,蝉鸣声却很有感觉。白蛇就出入在这里。我一直不喜欢许仙,没有啥好喜欢的,动不动就来句:"啊呀呀,娘子救我——"倒得牙一嘴口水。

戏剧讲究"无巧不成书",一个"巧"字,就有戏看了。我喜欢去恭王府的戏园子,它暗藏着青砖莹润内敛的霸气。享受在演出中,有昂贵的欲望,那是王爷和珅的府邸。嘉庆四年正月初三太上皇弘历归天,次日嘉庆褫夺了和珅军机大臣、九门提督两职,抄了其家,估计全部财富约值白银两千万两,相当于清政府半年的财政收入,所以有"和珅跌倒,嘉庆吃饱"的说法。在这样的园子里,喝茶嗑瓜子听戏,一时间觉得很知足,历史的政治舞台上自己的当下也有了几分出息。从前,死后的鬼魂都进不了这戏园子。说实在话,去恭王府听戏,我更喜欢享受夜晚走过那胡同的幽暗。

我在恭王府听过一次古琴演奏,如裂帛,撕开丝绸的感觉。觉得古琴是接近古人的唯一路径。听音,听的是山水、是胸襟;陶醉,醉的是寄寓、是心曲、是志趣。朋友说,古琴有点孤寂冷涩,有点不近烟火。仔细想想也是,少一些意浓姿逸,人心世情的气温。本来嘛,清风月白之夜,一曲《广陵散》就是鬼交给嵇康的。竹林七贤中性情最真的一位,也是最有骨气的一位。一进境界,则魂魄升腾。那一晚我听了《仙翁操》《秋风辞》《关山月》,听到最后忽想起:"清风明月不用一钱买,玉山醉倒非人推"来。古时还有一种乐器叫"瑟"和"筑"。瑟无徽而有柱,是二十五弦,李商隐的"锦瑟无端五十弦,一弦一柱思华年",现在也无法争清楚是瑟五十弦,还是人五十寿。至于"筑",现在也只有《荆轲刺秦王》里高渐离在易水河边"击筑"送行了。每一次听琴,我都要焚香打坐,全身心进入,想那些曲子背后的戏剧故事,仿佛自己也穿越到了古时。

我不喜欢大红的艳,比如,看谁家客厅有一幅那样的红梅,看到了会极其不舒服,不想停留,看戏剧舞台上那艳俗反倒喜欢得不想动步!生动的色彩,是民间的,我赏读它们时会心生一份雅童的眼光,觉得世俗是喜人的。戏一开场,锣鼓家什都不安分了,金枝欲孽都摇曳在舞台上了,让我眼睁睁地醉下去,醉在快要被人遗忘的戏剧里,到最后遗忘了我自己,才好!

### 旧时代里的丰腴又可另解

一个夏日的午后,我读一本关于首饰的旧杂志。一篇文章说胡兰成的女人怀孕了,找张爱玲去倾诉,那女人讲到她肚子里的孩子时,脸上有哀婉之色。张爱玲打开她的箱子,取出一只金手镯递给那女人。爱,生活的,全都逝去了,寂寞和孤独扑面而来。张爱玲要那女人去当了镯子,取掉那个孩子。那个孩子的出现本就带了一点鬼气。镯子如胡兰成的市井情调,即刻烟消云散了。对胡兰成的认识有赖于一张照片,照片上一个耗尽阳气的男人,嘴角轮廓还算柔和,不知为什么,也许是因为张爱玲,我看他时我的嘴角略带嘲讽。一个女人用一只金镯子给他爱过的男人埋单,这个女人容我五花八门去想,始终会想到她的大气。爱情本来并不复杂,来来去去不过三个字,不是"我爱你,我恨你",便是,"算了吧,你好吗?对不起。"仨字儿,动摇着这个世界建立起来的爱情。

这个社会没有一个人敢穿一袭清朝大袍走在大街上,张爱玲敢,她有那份举手投足间的气度。我看张爱玲的照片,她手上戴着的手镯不像是金子的,老照片已尽见她的雍容和妩媚,有一段时间我老想她的气质,那腕间戴着的该是什么材质?她的耳环长长短短,倒是都很明朗,每一张照片都可说是配得上经典。

　　旧杂志里我看见了宋美龄，106岁，那张素脸，那两粒翡翠耳扣，左手腕上一圈翡翠玉镯，右手腕上一圈翡翠玉镯，长长的一串翡翠珠子挂在脖子上，我猜她一辈子是喜欢翡翠的。一个女人，年老时脸上已经挂不住胭脂和薄粉了，她依旧画嘴唇涂指甲油，依旧戴环饰。一辈子颠倒众生，迷惑人心，到老都保持着政治界贵夫人的格调。欲望对女人的诱惑没有权力支撑时，首饰可以代替并满足一切。

　　我想起了林徽因。我没见过一张照片上林徽因手腕上有环饰，最多时候是脖子间的那一粒小巧的鸡心长项链，黑裙白衣，她是以书卷味与才女气质行走在民国。从个人化的诗人转型为北京的设计师，当年她拍案大骂吴晗保护北京不力，并勇闯北京市市长彭真的办公室，百试无功下，她痛心疾首地问天：有朝一日，悔之晚矣！这个女人，天也妒忌。我一直无法想象她戴镯子的样子。那么，如果她手上戴了玉镯呢？有人说，首饰很大程度上是围绕人的生殖区而装饰的。假如是，那一定是吸引。

　　林徽因不需要，好看的人不戴什么也好看。

　　说真的，我很喜欢腕间有悦耳的叮当声。有一位朋友，手腕上常戴着沉香珠子，知道他是什么珠子协会的。珠子协会里的人都喜欢收藏什么样的珠子呢？玛瑙？琉璃？玉石？珍珠？金子呢？水珠、泪珠、钢珠算不算？"泪落连珠子"，我想"泪珠子"也该算一种珠宝，因为它有情感。凡是掉泪珠子的人，内心都受到了外伤的冲击。其实，任何一种珠子都来自一次意外的伤害。比如珍珠，当海底一只海贝的身体被无意中嵌进一粒沙子的时候，为了保护沙子给身体带来的疼痛，海贝们开始分泌一种液体包裹那粒沙子，时间的最后让它们凝结成一粒珍珠。还比如琥珀，无端地把一只在尘埃中飞行的昆虫胶死在里面。"却与小姑别，泪落连珠子。""试把临流抖擞看，琉璃珠子泪双滴。"我当年看电影《红河谷》，当它的主题曲响起，我一听到那句"我的眼睛里含着你的泪水"这一句，我便也想落泪珠子。

　　想起来了，我有一串元青花包银手链，老瓷黑褐色的斑点上有带点锡光。我一看到它便怀想蒙古帝国控制下的漫漫丝绸之路，到达亚洲的另一端，已经是七百年前的事情了。青花瓷作为中国古瓷中最茁壮的一支，曾经为17、18世纪的欧洲人所迷恋。2009年7月我去新疆看到艾提尕尔清真寺，我突然明白了青花最初的发展壮大，却是为了响应伊斯兰世界的审美要求。包括后来用的"苏麻离青"就很可能直接来自伊拉克那个至今仍然称萨马拉的地方。艾提尕尔清真寺外墙贴满了青花瓷砖，一个叫香妃的女子葬在里面，听当地的人讲，棺椁里葬有她用过的首饰。

我的那串手链，一些时间里成为我着装的一个"眼"，我穿什么样的衣服，它在腕间都有一种与众不同的婉约。

旧杂志包含的信息量很多，仔细阅读，似乎办刊宗旨就是为了取悦女人。依旧是说女人的配饰，下意识地，我看我胸前的三粒"蜻蜓眼"，出土的玻璃料器，也叫琉璃。琉璃被誉为中国五大名器之首（金银、玉翠、琉璃、陶瓷、青铜），也是佛家七宝之一。到了明代已基本失传，只在传说与神怪小说里有记载。《西游记》中的沙僧就是因为打破一只琉璃盏而被贬下天庭。我用粗麻编了一条绳，那三粒琉璃就坠在我的胸口上。它沉积了历史的华丽，早晨一起床洗漱完毕我挂上它，抬眼时便看到世界到处是绚丽的快乐。

和"金"比较，我喜欢"银"，并且一定要老。喜欢老银的色调、质地、做工的样式，因为它传达着一个时代更为丰富的个人气息。有一段时间，我的手腕上会戴五六只很素的银镯，它的声响不是翠响，是若即若离。我举起手，放下，动作里我得到银的慰藉，真的很好，它让我愉悦。什么可以让女人愉悦？我认为就该是首饰。手腕上的银镯，如早晨的树，阳光升起来，隐约间闪亮着银的光，那光如喜动的蜜蜂。

那一年去德国，在海德堡的老店里，我买过一只民国特色的卡扣镯，可以开合，有簧片扣，两端有银链相系。与漆器手镯同戴在一只手上有意想不到的特殊美感。我在海德堡还买过一只红金手镯，是一条蛇，两只眼睛是红宝石，蛇头镶嵌绿松石，一头一尾是红金雕花，身子是一种麻，我说不出到底它是麻类的哪一种植物。蛇头下有一行英文，大意是1865年打造的，为一个女人。天光迅速流尽的冬日傍晚，它弯曲在我的手腕上，我举着一杯红酒，酒精在体内涌动，情绪在流淌中高涨，它从一个欧洲女人的手腕上来到中国，它诞生的那个时代，到底发生了怎样的故事？我的女友说，它的出现有可能是为了纪念他的母亲。首饰天生就是为女人打造的，母亲也是由爱情进化过来的名词，终归是和感情有关。我一直弄不懂，但我完全相信，这个世界发生的比我想象的要多彩丰富。

　　我还有一只藤包银的手镯，上面刻有暗八仙、寿字纹、葵花、盘长、芙蓉等纹饰，分别代表着幸福、长寿、多子、吉祥、富贵。它的空白处有一行小字，上面写了"月下美人来"，另一空白处写了"庆爷"。都是后刻上的。我觉得这几句话有些蹊跷，像是一个女人在偷情。银上的寓意已经明白，再写就是多余。何况那两个字"庆爷"江湖味儿又很是十足。我不管它的曾经，我戴着它，我想象我和那个"庆爷"调情，我不给他拒绝感，我只能告诉他，我是你想不到的唯一的一个例外，你已旧去，我还半新。

　　清代到民国时期精工打造的锁片、项圈之类也是我颈上配饰，如果搭民族风的衣裳走出去，也会成为众人瞩目的焦点。老银耳环中隆重的点翠和嵌宝耳坠我也有，一般不戴，我怕丢失。如果要戴，也要选面料柔软、不带蕾丝或网眼的衣服，以防摩擦或勾拉损坏。老首饰全是老银匠手工一点一点打制出来的，可见古代银匠工艺非凡。我朋友的父亲年轻时是一位小银匠，他说，在古代，好的银匠没有三年是出不了师的。好的首饰戴在气质般配的女人身上会叫人眼前一亮，会让我惴惴不安的心跳。

　　旧杂志上有文章纪念屈原，诗人把屈原当作自己的祖先。多少富贵荣华，多少功成名就，多少道德文章，多少方略宏图，一概远去了，可是谁的生命能够嵌入历史呢？那些被欲望绊着脚的享乐不能，历史把屈原抬到了文字的高处。不想那些沉重的话题了，想五月端阳是一个节日。我想起了端阳节前，生得白里透粉的女孩儿手腕间和脚腕间拴上了五彩丝线，温婉清丽的样子。在黄昏苍茫的院子里蹦蹦跳跳，时间和空间在氤氲之中被分割为两段，小女孩最幸福的年龄时段我认为是一无所知。端阳节好像是给女孩儿过的节日。各种丝线粗粗细细，袖管挽了很高，洗脸玩水都不舍得打湿了。我现在回想起来，那个年龄怎么回忆都是一团影子，只记得腕上最早的首饰是母亲给的。"彩线轻缠红玉臂，小符斜挂绿云鬟。佳人相见一千年。"是女孩儿的另一段开始。苏轼写这首《浣溪沙·端阳》的第二天就是端午节，他写给他心爱的女人朝云。岭南的旧历五月，天气应该是很热了，他的女人要用兰花香草来沐浴，然后用彩线缠臂，以期祛病除灾。男人是不是每一首诗歌里都要珍藏着自己的情感秘密和生命气息？

　　端阳节拴五彩丝线，有的地方叫"五彩长命缕"或"五彩续命缕"。"系出五丝命可续","五月五日,以五色丝系臂,名长命缕。"后人也称"续命缕"。我小时候戴端午彩线要戴到八月十五,躲过酷夏,在一个有雨的日子,我母亲帮我剪下扔进河里。母亲说,五彩丝线可以避邪和防止酷夏五毒近身。我还记得剪下丝线时,我和母亲站在河边,母亲口里念念有词:"叫河刮走吧,刮走近我闺女的邪门歪道。"我看着那旧了的丝线漂在水面上,一个小波浪、一个小波浪翻滚着远去了。河流带走了许多,我一直希望,守着一条河流,过世界上最美的日子。我知道我已不能,每个人都无法逃脱命运的悲剧。

　　说到悲剧,这本旧杂志上也写到了"杜十娘",女人一生的财富是她全部心身换得的首饰,她想戴着她的首饰离开那个淫言秽行的下流之地,去寻求清洁雅淡的风流。她不知,世间的"风流"原本都是露水恩情。她只能感叹:"妾腹内有玉,恨郎眼内无珠。"翠羽明珰,瑶簪宝珥,祖母绿、猫儿眼,值钱么?要我看最值钱的是睁着眼看世间百态。我认为,女人自己买首饰,某种程度可以助长女性的独立意识和欢喜,男人送女人首饰只能说一时之间可以扩大感情的衍生空间。

　　有一年去枣庄,去时已是冬天。去看"李宗仁史料馆"。经营史料馆的女人已经逝了,是李宗仁最后一位太太,影星蝴蝶的女儿,叫胡友松。她活着时说:"一生有着太多的迷茫,胸中有着万千沟壑。"影星蝴蝶告诉她:"记住,你只有母亲,没有父亲。"她是蝴蝶和人偷欢而来的。她和李宗仁的婚姻只有两年半。不知道她是否也一样拥有母亲"蝴蝶"的花容月貌?我问那个讲解员,那女孩看着我半天想不出来该如何回答。走到楼上的阳台前,她突然回转身说:"她手上一直戴着一个绿色的塑料镯子,因为她的首饰都捐献给了桂林李宗仁官邸,就那个塑料镯子,没有人看得出它的贱来,六十多岁的她戴着,衬托得她贵气逼人。"

　　我想到了女人手上的指环。在古代,戒指是用来区别和记载宫廷女子被皇帝"御幸"的标志。女人"进御君王"时,都要经过女史登记,女史事先向每位宫女发放金指环、银指环各一枚。如果某一宫女左手着银指环时,表示已安排将要与皇帝同欢,而右手着银指环时,表示已与皇帝同欢完毕。如果右手着金指环时,表示正当月事、怀孕之时,应该暂避君王御幸,女史见了就不将其列入名字,起到"禁戒"作用。项链和手镯就不用多说了,最早则起源于原始母系氏族社会向父系氏族社会转变时期所发生的抢婚。在从夫居的制度下,男子往往掠夺其他部落的妇女或在战争中俘获的女子作为妻子。为防止被抢妇女趁战乱或夜间逃走,胜利者往往用一根绳索或树环套住女性的脖子或双手,企图使她们驯服。后来逐渐演变成用金属套住脖子或手。耳环也是驯服女性的"刑具"之一。女人们啊,一路风雨而来,因祸得宠了。生命不可以返回初衷,到后来却点缀得女人风情万种。

看好莱坞大片,会发现好莱坞从来都是混迹着世界上最有型的帅哥,这些人的举手投足,包括他们的各种行头通过镜头传递到世界各地,手环、耳环、项链,就是潮流和魅力的标杆。再配上独具个性的发型,一副酷劲十足的眼镜,若隐若现着内敛奢华的袖扣,抑或是标准的六块腹肌……这些面子功课无非是"耍帅装酷"打造出一个酷型男。只是任何的修饰都不如一款有分量的手表和首饰来得画龙点睛、切中要害。看强尼·戴普,他可以算是手镯的忠诚粉丝,嬉皮的、西部的、搞怪的……你可以在他手腕上看见各种稀奇古怪又个性十足的手镯、手链。想想看,一个魅力十足的男人,必须是一个懂得在合适的场合借助恰当的配饰表达自我的男人。男人的首饰对接了男人的气质,有时候就是女人的毒药。

杂志的封底是一张老照片,旧的月份牌上穿旗袍的女子,旁边放着一包香烟。和中国的香烟比,我更喜欢西方的雪茄。其实雪茄之于男人,正如首饰之于女人,虽然男人表现魅力不在于肤浅的形式,而在于品位和生活态度。可我总认为雪茄在男人身上的表现,可以让生性浮躁的心有收山之势。作家里边陈忠实抽雪茄。抽抽停停,说说话话。似乎李敬泽也抽,记忆不起来。对陈忠实想起来较多,主要是因为那张脸,沟壑纵横,似乎是灞河水的波纹深嵌到了脸上,他那张脸很适合画油画。想他头顶扑打脸的尘土,一路走来,在一片金黄色的麦地前圪蹴着,嘴里一根长长的旱烟袋,温暖、结实、安泰。可他偏偏抽雪茄。雪茄与他的《白鹿原》的关系,实在容不得我们在阅读中太过傲慢。我和他聊天,雪茄的香气总是在谈话的背景中缭绕,很好闻,有一种促使话谈下去的潜移默化功用。仔细想来那种范儿,不是人人都能抽雪茄的。

真正西方现实生活中,能代言雪茄的大佬恐怕只有一人,那便是英国首相丘吉尔。历史风云人物,都有自己的嗜好。几乎所有的历史图片中他都是抽着雪茄的，因此雪茄被认为是他的标志性符号。据说，丘吉尔一生中吸过的雪茄的总长度为 46 公里，吸食雪茄总重量为 3000 公斤，是世界上吸食雪茄吉尼斯纪录的保持者。一个首相抽雪茄抽出了自己的牌子，为前卫的世界带来了丰富的人文意义。这些都还是其次了，我欣赏二战期间丘吉尔和一个记者的对话，记者问："莎士比亚与印度哪个更重要？"邱吉尔回答："宁可失去 50 个印度，也不能失去一个莎士比亚。"他之后再没有一个领导知道：能够征服世界，主宰世界，不是因为战争，而是因为拥有文化的精神力量。

## 难得文人不正经

"郎骑竹马来，绕床弄青梅。"如今郎骑竹马渐渐远，远的过程就是一切。怀旧，是人的通病，也是人的不正经，这些年很盛。说白了，不正经，是刻意营造一个自由宽松的环境，去想象历史，调侃生活。当下中国传统秩序严重退化成"一本正经"，从一个层面上展示了民间情怀的瓦解，另一个层面上又和政治衔接得紧张；再一个是怀旧风泛滥时，很多时候人会变得"醉生梦死，百无聊赖"。其实，"一本正经"和"不正经"就差那么一丁点儿。前者，毫无人味，有生活崇高志向作怪；后者，有人性解放，看淡衣食苦而风情不减。前者，把大下早已经整明白了的道理拿起当思想说；后者，则是把社会和那个常和社会打交道的神经，从崩溃的边缘拉回来的东西。

不正经，林林总总，俯拾即是闲言话语，和文人的情怀有关。文人坚守的领域，一直有一层神秘的面纱。在他们文字的不同叙述中似乎仍然是中国最后的精神和道德堡垒，仍然怀有和民众不同生活信念或道德要求，仍然生活在幻影和恶作剧当中。在社会中叙述故事，却不是故事中心，蠢蠢欲动又方向不明的社会里，文人的性子不能够尽情张扬，在社会的消费欲望中开辟发展新的领地，这个领地里的文人越发拿不正经当情趣了。

古时民间饮食是有规矩的，两宋之后百姓才有了一日三餐制。在此之前，按礼仪天子一日四餐，诸侯一日三餐，平民两餐。西汉时，给叛变被流放的淮南王的圣旨上，就专门点出，"减一日三餐为两餐"。普通平民日常饮食能从两餐到三餐最欣喜的是文人。

把饮食描写融入吟咏的诗词文赋中，苏轼的不正经决定了他的情趣。他写有《东坡羹颂》《猪肉颂》《老饕赋》《试院煎茶》《和蒋夔寄茶》等。饭饱生余闲，见人家妇人卖饼利少，心血来潮帮卖饼妇人写下了广告诗："纤手搓来玉色匀，碧油煎出嫩黄深。夜来春睡知轻重，压匾佳人缠臂金。"

"少年一段风流事，只许佳人独自知。"那个时代的苏东坡，有失意的处境，没有失意的人生。有一盘菜叫"东坡肉"，既是居士又吃肉，可说是人生修养的一个范例。"黄州好猪肉，价钱如粪土。富者不肯吃，贫者不解煮。慢着火，少着水，火候足时它自美。每日起来打一碗，饱得自家君莫管。"不正经的贪吃改变了他生命中很多重要的事情，历史才让他长久活在了当下。

张若虚的《春江花月夜》，被前人称作以孤篇压倒全唐。那一句"谁家今夜扁舟子，何处相思明月楼？"真叫把风月推向了四级之高。闻一多曾给这首诗极高的评价："在这种诗面前，一切的赞叹是饶舌，几乎是亵渎。"又说："这是诗中的诗，顶峰上的顶峰。从这边回头一望，连刘希夷都是过程了，不用说卢照邻和他的配角骆宾王，更是过程的过程。"闻一多1925年留学归国。走下海轮的刹那，他难以抑制心头的兴奋，把西服和领带扔进江中，看着它们漂向西方，他的中国身子急切地扑向祖国怀抱。

我见过出土的陶俑唐代侍女，乍一看就很温暖，暑气撩人的样子。元稹诗句"藕丝衫子藕丝裙"，欧阳炯诗句"红袖女郎相引去"，能看出唐代文人喜女子红装，喜媚俗。清风日朗，写虢国夫人身着描有金花的红裙，裙下露出绣鞋上面的红色绚履，走在长安郊外晒富，倦意来了，几个肥肥的女子，停留在日头晒不到的凉亭下饮酒，一幅挥汗而就的奇异画面，酒喝到火候，哥哥妹妹鱼水情深的样子。盛唐的音乐文化在与各民族的音乐文化融合后，发展兴盛到了历史顶峰。如是说文人不正经那份开放，不如说不正经那口酒和女子胸口前的大朵牡丹。

历史上不正经的文人被女人怀念的文人多了，比如北宋词人柳永，是一个具有艺术家气质的词人，他风流、落拓而又饱富才情。只是他那个时代，入仕是所有文人追求的核心目标，也是文人唯一的出路，因此艺术才能也要为之服务。那些在文坛执牛耳的领袖都能将两者完美地结合在一起，所以柳永虽有令人敬佩的才华，也只是用于花街柳巷。柳永最后家无余财，死后被一群妓女送葬，如果不是那活着时不正经的深广情怀，怎么能在历史上独成风景？

喜欢看文人不正经的书屋。文人的书屋安适独立，于世间纷乱争逐之外，不一定大，有书足可以裹卷文人的气场。

丰子恺先生在他的"缘缘堂"里写作、画画，多少打击和创伤能伤及他那颗善良的心？他的心一定具备了自给自足的本领，不然他不会给自己起名字叫"缘缘堂"。他不露声色地点化着凡尘俗世中心乱意迷的人们，他是可以在乱世中获得文化定力的那种。看看先生的漫画便知先生有多么不正经。他让一个孩子尝试雪花膏、牙膏的味道，他就想告诉世人，不为执着还为洒脱，人就这样一天天在无知、有知中把自己堆叠成了历史。

文人在历史上一直处于寂寞之中。又不甘寂寞，努力地在社会空间寻找自身的位置和确立话语权，寻找容身之地。文人率直，有一种莽撞地介入现实的力量，文人的不正经应该算是社会角落里的一朵奇葩。

现实生活并不是一般意义的一本正经，适用性太强的俗世，很容易激发人的功利体系，太正经的文人在此间活着，既不能真正的精神独立，又不能真正的空间独立，有几个字支着，很容易"看不惯一切"，很容易营造出一个"偏静"之境。中国文字在当代中国实用性中一直处于衰变过程，自己的书屋取一个什么样的名字并不重要，重要的是一定要有点不正经。文人活在精神田园里最典型的代表人物是陶渊明。"采菊东篱下，悠然见南山"，你看他那"桃花源"似的生活，千百年来，无论平民百姓还是王胄贵族，都在声色犬马的天地间念叨这种生活。现代社会，农民都不能够守节，真要让文人过这样的生活，恐怕文人不比农民强。

见过许多书屋的叫法，"人境庐""双忘斋"等，无非是"堂""斋""轩"，所有的出现形态大都是从古文人的文章间获得启悟。什么样的名字能有丰子恺的"缘缘堂"好呢？什么样的名字能有鲁迅的"三味书屋"好呢？什么样的名字能有郁达夫的"风雨茅庐"好呢？

岁月粗糙如煤渣，又粗糙了多少情怀？"朝来风色暗高楼，偕隐名山誓白头。好事只愁天妒我，为君先买五湖舟。"到最后变成在泪眼中争吵度日的夫妻，寂寞一旦被世俗化，郁达夫也只好不正经地拿起笔，饱浸浓墨，在那衣衫上大写"下堂妾王氏改嫁前之遗留品"而已。

葛水平散文三篇　　　　　　　　　　　　　　　　　　　　　　　　289

不知为什么，我一直不喜欢文人的山水画，偏重人物。再好的山水，也明知人家是在取法宋人元人，也具备了雄浑沉稳一格，可我偏就不喜欢。可能是住在太行山上，看多了自然山水的缘故，看那雨淋山崖皴的样子，一看就是为画画走进山中的，少了纵酒放笔，任气使才的性情。喜欢看文人的人物画，喜欢那一脸的人事之渺小，天地之唯我样子，很耐琢磨。

文人不正经是俗世的窗口，有呼吸，有体温，有古今。看看当下的社会闹腾得多有阵势，闲余看看文人不正经的文字，文人说：看看吧，看看吧，阳世哪里有鬼，鬼都在人心里，藏着呢。

文人里的字画最难求的，大家认为是贾平凹，其实是错误的认为。平凹老师的字很好求，只要你和他不正经。那一年去四川郎酒集团开笔会，酒桌上我说："平凹老师，外界对你评价不好呀，都说你小家子气。"他说："我哪里小家子气了？"我说："比如想求你字……"他没等我把话讲完，急忙说："你把你的地址给我，我回去就写好寄给你。"果然，半月后收到十个大字："凤栖常近日，鹤梦不离云。"和一个人正经，怎么可以求得到他的字呢？

文人喜竹子的人不少，由喜而画。画竹可以写实，可以写心，来得快，有文人难得的高雅在纸上。我一见难得的高雅就想到了难得的流俗。能画好竹子的人是有画者骨格在里面，竹影疏朗，看似画得自在，却能看出笔头生拙老辣，意态清新俊逸来。风流才子唐伯虎曾在一扇面上画了竹子，铺纸沾毫，他的画如何？倒是《画竹诗》："一林寒竹护山家，秋夜来听雨似麻。嘈杂欲疑蚕上叶，萧疏更比蟹爬沙。"可说是"流俗"得太不正经了。王维有"独坐幽篁里，弹琴复长啸"之句，与《黄冈新建小竹楼记》有一比，王维是唐时难得高雅的诗人。不是所有的文章都说竹子是好东西，也有骂的，"墙上芦苇，头重脚轻根底浅；山间竹笋，嘴尖皮厚腹中空。"人是个怪物，多少好诗句我没有记住，偏偏这尖酸、不正经，反倒鲜活在我心里。

古今能说出"宁可食无肉，不可居无竹"的，只有东坡一人。"门前万竿竹，堂上四库书"，只为了确证一件事——不可一日眼中无竹。可知他的另一面的不正经呢，"十八新娘八十郎，苍苍白发对红妆。鸳鸯被里成双夜，一树梨花压海棠。"一个"压"字，道尽无数未说之语！

我的书房里挂过一幅字，不是名家写的，很普通的一位友人应我要求写下。八个字："真水无香，假山有妖。"我喜欢这八个字。如今人到中年，觉得越老越难正经，倒不是想"玩世不恭"，实在是对自己很难正经。我不是名人，但知道名声卓著的人都有点儿不正经。看卢梭、托尔斯泰、雨果，包括我们的鲁迅。周先生给许广平写信是这样的："广平兄，我是你的小白象呀！"那年他44岁，长得又老又黑又瘦。

几年前在京看电影《东邪西毒》，东邪带着一坛新酒，从绿色遍染的东边，到风沙干烈的西域，送给那里的西毒。一坛酒，一世人，就只为了一个女人——桃花。桃花是以此试探西毒的真心，东邪是为借此一睹桃花的芳容，西毒是为了从此得到桃花的消息。一年一次，坛底见空。极喜欢王家卫那句把心掏走的台词："今年因为五黄临太岁，周围都有旱灾，有旱灾的地方一定有麻烦，有麻烦，那我就有生意。我叫欧阳锋，我的职业就是帮助别人解除烦恼的。"王家卫的电影有一种文人在美学上，甚至空间关系、人际关系上自己的解释，有些不正经的强调诗情画意。

我喜欢庄子说过的一句话："天地岂私贫我哉？"但，这句话一时没有想出来叫哪个不正经的文人来写。

# 时空中的一个坐标 |陈启文|

原载《北京文学》(精彩阅读) 2016 年第 1 期

## 一

北京东城,府学胡同 63 号,听起来有某种阴森的神秘感,像一座深藏着无数秘密的王府。当我问路时,哪怕是老北京,一下也反应不过来。一个坐在小板凳上的北京大爷朝我翻了翻眼皮,以一种近乎警惕的神情问,您说的那是啥地儿?

但顺天府学很多人都知道,不知道府学的也知道孔庙。去那儿,先要穿过一条苍老而瘦小的胡同,这条胡同只因有一座顺天府学而得名。岁月中有太多的阴差阳错,而偶然又往往变成必然。顺天府学的前身据说是元末的一座报恩寺,寺庙刚刚盖好,连佛像还来不及安放,明军便一举攻入元大都。报恩寺僧人在兵荒马乱中生恐寺院被明军强占。而和尚出生的朱元璋对佛庙之类满不在乎,却特别在乎孔孟等圣贤的庙堂,严令明军不得擅自闯入。众僧在惶急之中便将一尊孔子像置于庙堂,一座佛庙由此而变成了孔庙,再也改不回来了。永乐元年,在燕王朱棣以其"圣武神功"夺得天下后,升北平为顺天府,孔庙又成为顺天府学,而一条府学胡同,穿越 600 年岁月,从明朝一直贯穿至今。

我来这里,不是来拜谒一座孔庙或府学,而是来拜谒一座比府学还早一百多年的前身,一座几乎处于遗忘状态的土牢。在宫殿、王府和大夫第此起彼伏的老北京,眼前出现的是一座看上去很不起眼的建筑,一座寂静的门楼连接着一座坐北朝南的老宅院，土灰色的墙，土灰色的瓦，连北京深秋的阳光看上去也是土灰色的，愣愣地照着这土灰色的一切。它的表情是安详的、自在的，仿佛天生就是这个样子。

我瞅了瞅那个门牌号码，如同历史的指证，就是这里了。

没有丝毫震惊，也没必要仰望。走进大门，一目了然，远没有我想象的那样阴森神秘、深邃复杂，在一棵枣树向南倾斜的稀稀疏疏的树影下，大门、前殿、后殿，以安稳的节奏不紧不慢地展开。穿过一道狭长的过厅，如同穿过一个人的一生一世。这是一种设计，人类真是充满了智慧，他们可能连想也没想就这样决定了，用这样一道过厅来展示一个人的平生，这让一个人和一段历史有了一条不再拐弯抹角的捷径，也让一个人走进历史的途径变得直接而简单。然而，走过这段历史的过程还是比我预料的要漫长得多。

除了我，这院子里几乎没有别的人。这其实很适合一个历史旁观者在这里旁若无人地游走与遐思。回忆中的岁月如同倒流，与其说是回忆又不如说是想象。但无论如何想，还是难以想象，这里曾经是一座一半在地下一半在地上的土牢，这土牢隶属于元朝兵马司，又称兵马司土牢。一个王朝的开国皇帝，就是用这样一座土牢来囚禁另一个王朝的末代丞相，这让一座土牢成为时空中的一个坐标，既是历史的开端，也是历史的结局。但要找到那座兵马司土牢已经不可能了，连一座当年的元大都如今也剩残余的土城遗址。不说元代建筑，哪怕要寻找一座能完整地保存下来的明代古建筑也是一件奢侈的事。但我还是情愿相信，一个王朝最后的守望者，他生命的最后岁月，就是在这里度过的。

## 二

文天祥被押解到元大都的确凿时间，是元世祖至元十六年（1279）十月。当他从广州上路时还是春夏之交，抵达大都时已是深秋，秋风拂过枯败的黄叶，连同那薄如叶片的时光，从一个俘虏身上纷纷掠过，犹在我走过来的这条胡同里无声地飘飞。一个王朝灭亡了，这个秋天多么寂静，但还有一些前尘往事并未尘埃落定。

接下来的历史，只能按元朝的纪元来进行。这样意味着，又一个由北

时空中的一个坐标

方少数民族入主中原的王朝，已被中华民族奉为了一个正统的王朝。对文天祥而言，这无疑是一件非常尴尬的事，而他接下来的存在，事实上已是时空中的一个悖论。从胜利者来看，在征服了一个王朝之后，接下来要征服的是人心，而要征服南人之心，最好的方式就是从一个人心所向、众望所归的代表性人物开始。这其实就是文天祥最后剩下的利用价值，而眼下，他们俘虏的还只是文天祥的躯体，若要利用这个俘虏，还必须俘获他的心灵。

换一种视角，从文天祥来看，一个王朝已经灭亡，一个忠贞不渝的忠臣事实上已丧失了忠诚的对象。这样一个事实，在文天祥被押到广州时，那位俘获他的元将张弘范就及时点醒过他："南宋灭亡，忠孝之事已尽，即使杀身成仁，又有谁把这事写进国史？文丞相如愿转而效力大元，一定会受到重用。"但文天祥却执迷不悟："国亡不能救，作为臣子，死有余罪，怎能再怀二心？"张弘范微微一笑，不复再言。按张弘范的想法，他是不想带着这样一个累赘上路的，从他与文天祥打交道的过程中，他也知道这个人的愚忠已到了无可救药的程度。既然留着这没用的东西，那就不如干脆杀掉，兴许还能让南宋那些依然心存幻想的人们，在绝望中死心塌地归顺大元帝国。但张弘范还没有权力擅自杀掉一个亡国的丞相，决定文天祥生死的是元世祖忽必烈。忽必烈在灭宋之后突然变得仁慈了，慨然道："谁家无忠臣？"他命张弘范对文天祥以礼相待——这实际上又反映了统治者的另一种心机，善待另一个王朝的忠臣，说穿了也是对本王朝忠臣的一种激励。

有了元世祖殷切的关照，一个走在穷途末路上的亡国丞相一路上都受到了优待。抵达大都，他仿佛不是一个俘虏，而是上宾，他被安置在朝廷专门接待宾客的会同馆里。当然，接下来便有人来劝降招安了。第一个来劝降的是留梦炎。此公和文天祥一样，也是状元出身的南宋丞相，他于宋端宗景炎元年（1276）降元后，命也保住了，官也保住了，从礼部尚书迁为翰林承旨，后又拜相。从南宋丞相到元朝丞相，可见这个人是何等的识时务，识时务者方为俊杰。而他也的确为元朝立下了汗马功劳，在宋元交战之际，他为元朝招降了一大批"弃暗投明"的宋臣宋将，让蒙元大军兵不血刃就占领了大片大宋江山。现在，他以自己的现身说法来规劝文天祥，很谦恭，很真诚，很有说服力。但文天祥一见留梦炎就没有好脸色，搞得留梦炎只好"悻悻而去"。紧接着吕师孟又来了,此人原为南宋兵部尚书,德祐二年(1275年)正月,文天祥奉命与元军谈判,双方在谈判桌上正相持不下,吕师孟竟提前向元军献上降表。这让文天祥还怎么谈呢?回朝之后,文天祥立马上书请斩吕师孟,而吕师孟却干脆投降了元军。此时,作为降将吕师孟穿着一身元朝的官服,大摇大摆地走到了文天祥的面前。他就没有留梦炎那样谦恭了,一开口就挖苦文天祥:"丞相请斩叛逆遗孽吕师孟,现在我来了,丞相为何不杀了我呢?"文天祥厉声呵斥:"你叔侄都做了降将,没有杀死你们,是本朝失刑。你无耻苟活,有什么面目见人?"吕师孟讪讪地说了声"丞相骂得痛快",便转身走了。

眼看着一个个降臣降将的现身说法都未奏效,忽必烈又把一个投降的皇帝请出来了。文天祥不是南宋的忠臣吗,宋朝灭掉了,但皇帝还在。应该说,在对待南宋君臣上,元世祖忽必烈还真是表现出了一个胜利者足够的仁慈,只要投降,一律予以善待。文天祥尊敬的谢太后在归降之后被封为寿春郡夫人,文天祥所效命的天子宋恭宗(或称宋恭帝)赵㬎也被封为瀛国公。在宋元交战的最后几年里,这老太后与小皇帝也被屡屡恭请出来,以规劝他们的臣民放弃抵抗,让天下归心,而天下自然是元朝的天下。这样的劝降很有效果,与其说是来自一个老太后、一个小皇帝的号召力,弗如说是让那些在降与不降中挣扎的臣子们有了一种伦理上的解脱。既然太后和皇上都归降了,他们的归降就不能说是叛国投降,而是对太后和皇上的忠诚追随。从后世对谢太后是非功过的评价看,也并未把谢太后简单地看成投降派卖国贼,并且对她最后下诏降元抱有情有可原的体谅。从历史的实际出发,对于南宋末年那样一个孤儿寡母式的残破危局,这位太皇太后选择降元实在有太多的无奈,后世也实在不能苛求她抗战到底。又从历史大势看,汉民族可以接受异族的统治,却不能接受分裂,谢太后能舍半壁江山,求一统天下,与其说是投降,不如说是主动接受国家的统一。这就不是什么投降卖国了,这是一种政治智慧,有着更深远的历史眼光。谢太后在灭国之后又活了7年,享年74岁,也算是寿终正寝了。

宋恭宗5岁随太后降元,元世祖让他来劝降文天祥时,还是一个七八岁的孩子,又知道什么呢?他甚至连自己当过皇帝都懵懂无知。但在文天祥眼里,这孩子却依然是天子、圣上,一见赵㬎,他便北跪于地,痛哭失声,又深深地叹了一口气,对赵说:"圣驾请回!"——关于赵,还有一段后话:他18岁那年,忽必烈忽然赏给他许多钱财,叫他去西藏萨迦寺当喇嘛,法号和尊。他很有悟性,也很有佛性,在萨迦寺学会了藏文,还曾将《百法明门论》《因明入正理论》这两部汉传佛教经典翻译为藏文,在藏传佛教中影响很大,他也成了藏传佛教的高僧。据说,直到元英宗至治三年(1323),他年过天命时,才知晓自己从前的皇帝身份,在悲哀与惆怅中赋诗一首:"寄语林和靖,梅花几度开?黄金台下客,应是不归来。"然而,一个人知道了自己天命中的秘密,也就天命将尽了。他这首对自己的命运颇有些不甘心的绝句,很快就成了生命的绝唱。其时已是元英宗当政,英宗读了他的诗,遂下令赐死。赵死时53岁。关于这位亡国之君的结局,在正史中没有记载,但在汉文《佛祖历代通载》有这样一句:"至治三年(1323)四月赐瀛国公合尊死于河西,诏僧儒金书藏经。"

从南宋的灭亡到宋恭帝最终的命运,说穿了也是一种难违的天命。换句话说,这是历史大势之下的一种必然宿命。从长远的历史眼光看,当忽必烈从一个入侵的强寇,成为君临天下、为天下人所尊奉的大元帝国开国皇帝,当蒙古人建立的大元帝国被汉民族视为一个正统的王朝,当中华民族甚至以这样一个在开疆拓土上表现出巨大能量的王朝而倍感荣耀和自豪时,文天祥的忠诚和坚守是否还有意义?他忠诚的对象又到底是什么?对文天祥的忠诚是非常有必要解读的,这其实也是解读中国历史上那些爱国英雄、民族英雄的一个难解的症结,又正是这样一个难解的症结,一直支持着文天祥。我等后世,也只能基于历史事实来揣测他当时的心理。从士大夫的伦理看,摆在第一位的是忠君,宋恭帝投降前,他起兵勤王,可以说是忠君的具体表现。而宋恭帝投降后,他没有跟着投降,坚持"君降臣不降",又追随一个南宋小朝廷而赴汤蹈火,这就不是忠君而是效忠于朝廷了。而当南宋小朝廷在大海里沉没,他所有的忠诚对象都已丧失,他忠于的又到底是什么呢?按照孟子"民为贵,社稷次之,君为轻"的正统儒家信仰,此时他效忠的应该是社稷了。一个王朝灭亡了,但国破山河在,社稷还在,只是改朝换代了,如果他效忠于元朝,并没有改变他对社稷的忠诚。经过这样一番推理,他所忠诚的对象,就只剩下民族与人民了。而当宋朝的臣民一变而为元朝的臣民,也不会改变他对人民的忠诚。而最后剩下的就是对民族的忠诚了，这也正是他最后忠诚的对象——汉民族。他忠贞不渝的唯一意义，就是对汉民族的绝对忠诚。这就是他的历史意义和历史形象，他是一位民族英雄，一位汉民族的坚贞不屈的英雄。而当中华民族成为一个包括了蒙古族等众多少数民族组成的伟大民族，一个汉民族英雄也就失去了伟大的意义，而文天祥也就完全沦为一个狭义的汉民族英雄。

历史逻辑严谨而残酷，但我不想作模糊处理。基于这一历史逻辑，重新审视这一历史形象，我不得不问，他对历史大势是否出现了误判？文天祥被俘时才40出头，若能归顺元朝，还大有出头之日。而以元世祖对他的敬重和器重，甚至三番五次要拜他为丞相，而以元朝的天下之大，作为一国之宰相，也有足够的空间让他来施展自己的政治抱负。若按他为南宋设计的政治思路，他非常有可能成为一个利在当代、功在千秋的政治家，而这样的选择，是否比成为一个狭义的民族英雄更有政治家的远见卓识，对天下百姓更有实用价值？他的历史意义乃至接下来的整个历史是否可以重新改写？但在文天祥的坚守之下，历史注定已经无法改写。

由于多次派人劝降不成，元世祖终于忍无可忍，对文天祥"遂用酷刑"。文天祥从会同馆原本还算优待的软禁状态，带着一身受刑后的伤口与血痕被关进兵马司监狱。从此便被囚禁在这一半在地上一半在地下的土牢里，而他生命的最后一段岁月，也就处于这种半活埋的状态。对七百多年前的那个现场，我只能根据历史的残片来拼凑还原。那是一间如同墓穴般的土牢，冬天冷得像一个冰窖，春夏又潮湿闷热，由于不通风，空气恶浊，臭秽不堪。一个囚徒，戴着沉重的枷锁和脚镣手铐被狱卒呼来喝去，还要经受住一次又一次酷刑的折磨，哪怕一个铁打的汉子，也经受不住这炼狱般的痛苦。这样你就理解了，为什么他要一心求死，实在是生不如死。他在狱中绝食过，自杀过，然而，当一个曾经主宰天下的宰相一旦沦为囚徒，连死也不能自作主宰了。

只要文天祥一天不死，元朝统治者就不会放过他。在经历了一段时间的折磨后，文天祥又被押到枢密院大堂，这一次是大元帝国丞相孛罗亲自审讯他。此时他已经一身是病、形销骨立，却依然昂然而立。进门时，他只对孛罗抱了抱拳，就算打过招呼了。孛罗这次是来硬的，他喝令左右强迫文天祥跪下，他拼命挣扎着，哪怕被按倒在地，他也没有跪下。而经历

时空中的一个坐标

了这样一番折腾，被折腾的好像不是文天祥，而是孛罗，那故作高深的一张脸，此时连青筋都暴出来了，他用低沉而疲倦的语气问："你现在还有什么话可说？"

文天祥平静地说："天下事有兴有衰。国亡受戮，历代皆有。我为宋尽忠，只愿早死！"

孛罗立马露出一副强盗般的凶相，咬牙切齿道："你想死，我偏不让你死！"

对这样一个认死理的人，无论是丞相孛罗，还是元世祖忽必烈，还真是无计可施了。一个看上去那么文弱的书生，他的骨头、他的脑袋，竟然比岩石还硬。你越来硬的，他越是坚硬无比。忽必烈只得下令解除了他的脚镣手铐，过了半个多月，才给他卸去枷锁。又一轮优待开始了，狱卒奉命给他端来了香气扑鼻的饭食，文天祥已有很长时间没有吃过一顿饱饭了，一个饥饿的囚徒，痴痴地望着那精心烹制的鱼肉，拿起筷子忽然又放下了，"我不吃官饭数年了。"这下，轮到那狱卒痴痴地望着他了。在一个狱卒眼里，这是一个他永远也难以理喻的囚徒。

文天祥在这间土牢里被关押了四个年头，从劝降、逼降到诱降，元朝君臣倍感让一个囚徒俯首称臣，要比让一个王朝俯首称臣难得多。他们为此而绞尽脑汁，几乎把各种软的、硬的，能够想出来的手段使尽了，无论是参与劝降者之多、威逼和施暴的手段之狠，还是许诺的条件之慷慨优越，都远远超过了其他被俘或投降的宋臣，如此无所不用其极，达到了一种令人惊叹的地步。从囚禁的时间来看，还没有哪个王朝有这样长久的耐性，居然把一个誓死不降的人关押了三四年之久。时间也是一种逼人就范的力量，很多一开始誓死不屈的宋臣，后来纷纷被时间打败。这其实也是最狠的绝招，很多人可以在某个瞬间壮烈献身，却难以忍受这长时间的、缓慢的、如同凌迟的身心折磨，而一个人在长时间的孤独中感受着自己时，又会蹿出多少各种各样的念头？而人生也好，命运也好，往往就在一念之间决定了。

## 三

此时，我依然在一条狭长的过厅里踟蹰，窗外依然是北京灰霾密布的天空，我的脑子里也有各种念头频频闪现。在历史的背后，还有多少我们看不见的存在。当暗淡的阳光在土灰色的墙壁上照出我恍惚的身影,我的眼光下意识地瞟向了那个看不见的深渊,不止一次蹿出一个疑问:文天祥是否动摇过?又是否对自己的信念产生过怀疑?

我相信有过。这让我充满了道德的焦虑感。我一直在寻觅,又一直在排除这种发现的可能,而一个载于《宋史·文天祥传》的证据又是难以排除的,其中记载了文天祥的一段自问:"国亡,吾分一死矣。傥缘宽假,得以黄冠归故乡,他日以方外备顾问,可也。"所谓"以黄冠归故乡",也就是回故乡当道人。当时,一些降元宋臣也曾奏请忽必烈,在生死两端之间给文天祥第三种选择,恩准他回庐陵当道士。又有史载,在文天祥被囚期间,曾有一个叫灵阳子的道人来狱中跟他论道,这也勾起了他对三十多岁时那段隐逸生活的忆念。"谁知真患难,忽悟大光明,日出云俱静,风消水自平。功名几灭性,忠孝大劳生。天下惟豪杰,神仙立地成。"——这是文天祥写给灵阳子的一首赠诗,让我们看到了时空中还真有两个文天祥的存在,一个是以一曲《正气歌》抒发其舍生取义、正气凛然的文天祥,一个是在佛道中徘徊的文天祥。设想一下,如果忽必烈能放文天祥归山做道士,让他重返隐逸林泉的生活,从此一生不问政治,他也是能够接受的,也是情有可原的。这是一种寻求解脱的囚徒心态,也是中国士人"邦有道则仕,邦无道则隐"的传统,而佛道就是最好的隐逸之境。然而,在文天祥对道士表示"可也"的同时,紧接着还有一句"他日以方外备顾问",这个意思很明显,也很危险,他若答应将来以"方外之人"来充当元朝顾问,对他忠贞不屈的形象无疑是一次重创,这虽不是投降,但至少有变节之嫌,一个完美的英雄形象,至少有了瑕疵。当然,这一切都是假设,忽必烈最终也没给文天祥第三种选择,那个第一个来劝降的留梦炎及时点醒了他:"文祥出,复号召江南,置吾十人于何地!"就是这句话,彻底了断了文天祥在生死两端之间的另一线可能的生机,把文天祥的命运推向了生死抉择,一端是投降归顺以求生,一端是坚贞不屈而就死。而无论有多少种选择,我深信文天祥只有一个前提,那就是无损一个士人的大义与名节。

从文天祥留下的诗文看,他在内心里挣扎过,也在选择上彷徨过,但他从未动摇自己的底线,那就是他恪守的大义与名节,他看得比生命还要重。这也正是他超越了一切的信仰或信念,"人生自古谁无死,留取丹心

时空中的一个坐标

照汗青",就是他给历史留下的证词。但对此,他也同样有过疑虑。当他被押到大都后,就在另一首诗中发出了对自己的疑问:"亡国大夫谁为传,只饶野史与人看。"他以自问自答的方式,表达了自己选择舍生取义却未必就能"留取丹心照汗青",这种担心其实是他在理智上表现出来的另一种清醒。所有历史都是胜利者写的,成者英雄败者寇,而作为胜利者的元朝又会公正书写一个誓死抗元的志士吗?他们很可能会篡改和歪曲事实,是故,文天祥断定自己身后"只饶野史与人看"。而劝降者对他这种"留取丹心照汗青"的信念也一再予以打击:"国亡矣,忠孝之事尽矣。正使杀身为忠孝,谁复书之?"他们以为,这是文天祥唯一的信念,只有把这一信念打消之后,文天祥自然就豁然顿悟了。那个熟谙"良禽择木"之术的宋降臣王积翁,还苦口婆心地写信劝解文天祥。但文天祥的回信却未给他留下任何余地:"管仲不死,功名显于天下;天祥不死,遗臭于万年。"从"留取丹心照汗青"到"只饶野史与人看",再到"天祥不死,遗臭于万年",一步一步地让后世看出,文天祥在一步一步地设想之后,对所谓青史留名已作了最坏的打算。这既表明了他誓死不降、时刻准备殉命的意志,也表明他已清醒地意识到了历史的另一种评价,如此坚守,不一定是青史留名的结局,也有遗臭万年的可能。这也澄清了后世对他的误解与偏见,以为他最后的坚持只为身后名。好在文天祥以异常坚定的方式提前回答了:"殷之亡也,夷齐不食周粟,亦自尽其义耳,未闻以存亡易心也。"他是为信仰和信念而殉命,而绝非为了博得一个名垂青史的身后名。

当一座土牢将一位孤臣置于与世隔绝的绝境,在漫长而孤寂的囚禁生涯中,最考验一个人的还是骨肉亲情。文天祥膝下有二子六女,原本是一个洋溢着天伦之乐的大家庭,后在"毁家纾难"中家破人亡,只剩下了夫人欧阳氏和柳娘、环娘两个女儿。当文天祥率勤王之师奔赴临安时,两个女儿还只有十来岁,一别之后,从此永别。三年里,他给两个女儿写了很多诗,不只是悲切的思念,还有不尽愧疚。如《二女第一百四十八》:"床前两小女,各在天一涯。所愧为人父,风物长年悲。"就在他思念着妻子女儿时,他竟在狱中收到女儿柳娘的来信,得知妻子和两个女儿也被元军掳至大都,如今都在宫中为奴。而柳娘的信能到他手上,自然也是元朝统治者使出的又一招数。他知道,只要他一句话,哪怕点一下头,一家人就可以重新团聚，然后过上一个士大夫之家应有的生活。但肝肠寸断的文天祥却又心如铁石，他在写给妹妹的一封信中倾诉："收柳女信，痛割肠胃。人谁无妻儿骨肉之情？但今日事到这里，于义当死，乃是命也。奈何？奈何！……可令柳女、环女做好人，爹爹管不得。泪下哽咽哽咽。"当一个人连骨肉亲情都能割舍，除了等待死神降临，他已没有了任何牵挂。他只是从容地等待着死神，却没有主动扑向死神。他没有自杀，而是一直安顺守命地在这土牢里读书、写字、吟诗，或透过一线微弱的天光辨认着南方的季节……

春去秋来，季节深处已经历了七百多载轮回，当年的土牢之上，如今已是一座隔世的祠堂，当往事化为虚空，便有了一种禅意——空和静。这让我谛听到了来自另一个世界的声音，那是一个囚徒在纸和笔之间发出的声音，如同那时间深处发出的隐秘的回声。当一抹斜阳或一盏青灯勾勒出他的侧影，他又在伏案疾书。在这元朝的土牢、明朝的祠堂里，还保留着文天祥的一些遗物和手迹，他的《指南后录》第三卷、《正气歌》等，据说都是他在这土牢中写的。不看别的，只看这些文字，这些墨迹，就能理解，为什么忽必烈那样敬重他的人品与才学。我深信这样的敬重是真实的，也是真诚的。

历史没有遗忘这样一个细节：某日，忽必烈忽然问左右大臣："南方和北方的丞相，谁最贤能？"他这样问，其实是明知故问，而群臣心中似乎也早有答案："北人无如耶律楚材，南人无如文天祥。"这个答案，似乎也是一生杀人如麻的忽必烈，一直对文天祥迟迟下不了杀手的原因之一。在文天祥就义的前一天，忽必烈决定再作一次努力，他要亲自劝降。他知道，这是最后一次了。文天祥也知道，这是最后一次了。文天祥依然是彬彬有礼，对元世祖长揖而不跪。元世祖倒也没有强迫他下跪，只是说："你在这里的日子久了，如能改心易虑，用效忠宋朝的忠心对朕，朕可以在中书省给你一个位置。"这已不是转述，而是元世祖对一个俘虏的当面许诺，所谓中书省的位置，不是丞相就是枢密使。但文天祥又是淡然一笑："我是大宋宰相，国家灭亡了，我不当久生，但愿一死足矣！"元世祖摇了摇头，又挥了挥手，随即下了处决令。一个不可一世的帝王，可以战胜一个王朝，甚至可以征服大半个世界，但他最终却无法战胜一个手无寸铁的南宋士人，这让忽必烈多少有些悲哀。在经历了三四年的较量之后，那即将喷溅的鲜血，最终将见证一个帝王的失败。在忽必烈叱咤风云、纵横捭阖的一生中，还很少有这样的挫败感。

## 四

北京东城，府学胡同63号，那被土灰色的背景衬托着的两扇厚重的朱漆大门，关不住一棵苍老而遒劲的枣树，传说此树为文天祥手植。所有树木都会朝着天空生长，但这棵树的枝干却向南倾斜，一根根硬得像黑铁一样。我小心翼翼地看着它，谛听着，这北国的枣树仿佛听见了来自遥远南方的召唤。然而，哪怕真的还能听见700年前的马嘶、3000里外的潮汐，那也是非常渺茫而又极其可虑的消息。又想，当一个王朝的丞相，被另一个王朝的皇帝囚禁在这里，他用了多少年时间才能栽活了这样一棵树，又是否看到了一棵枣树开花、结果？我情愿相信，他曾亲口品尝过自己亲手种出来的枣子，这该是一个生命最后品咂到的滋味儿。然后，就在忽必烈劝降的第二天，他以一个士人的优雅姿态擦擦嘴，穿上一身宋臣的官服，迈开一个宋臣的脚步，一步一步地走出这囚禁了他多少年的院落，沿着这枣树的枝干指引的方向，在元朝的天空下去完成一个大宋国士的献祭。

那是一个必将载入史册的日子，至元十九年十二月初九日，公元1283年1月9日，一个王朝最后的丞相，被押到府学胡同西口的柴市，那里将成为他的祭坛。那一天，兵马司监狱内外，布满了戒备森严、如临大敌的元兵。数以万计的市民听到文天祥就义的消息，早早就伫立在胡同两侧。从监狱到刑场，文天祥走得神态自若，如同最后一次上朝。行刑前，文天祥再次辨认了一下南方的方向，随即向着空茫的南方拜了几拜。

监斩官问："丞相有什么话要说？回奏尚可免死。"

文天祥淡然一笑说："吾事已毕，心无怍矣。"

这个人一直到死都文质彬彬，他没有像岳飞那样发出怒发冲冠的呐喊，也不像辛弃疾那样血脉偾张地仗剑疾呼。作为一介书生，他似乎一直缺少这样的英雄气概，只有永远的微笑和一身的书卷气。他以一个读书人的形象，完成了一个民族英雄的另一种造型，一个引颈就戮的过程，对于他，仿佛是一次深呼吸。当一颗头颅坠地，一腔热血飞溅，瞬间让你觉得，这个人的生命能量是在最后一刻爆发的。又一次验明正身,刽子手在身首分离的血腥中翻检着一个士人的身躯,在他被鲜血浸透了的衣服中,有一片如同偈语的《衣带赞》:"孔曰成仁,孟曰取义。唯其义尽,所以仁至。读圣贤书,所学何事?而今而后,庶几无愧。"这是一个大宋国士以47年人生书写的一段生命偈语。

　　三年前,当文天祥被押往大都途经故乡吉州庐陵时,有个曾追随他起兵勤王的庐陵人王炎午,且深受他器重,本拟留军重用,但此人以父死未葬、母又病危辞谢而归,既当了逃兵,还博得了一个至孝的好名声。当他听说文天祥被俘后将押往大都,便在他的必经之路上张贴了数十张《生祭文丞相文》,这是历史上少有的活祭,每一张祭文都在催命,催促文天祥舍生取义。文天祥何尝不想死,死是他铁了心的念头,"惟可死,不可生。"他一路上服毒,绝食,却又怎么也死不了。在一种求死而不得、欲逃又不能逃的状态下,他只能一步一步走向自己最后的归宿。如今,文天祥终于死了,那个像催命鬼一般的王炎午终于如愿以偿了,又从活祭变成了死祭,而一篇《生祭文丞相文》也变成了《望祭文丞相文》。他赞颂文天祥之死使"山河顿即改色,日月为之韬光",此举又让他博得了一个"忠肝义胆,凛然如秋霜烈日"的英名。而王炎午自己却在大元帝国的天空下一直活到了73岁才寿终正寝,并于明嘉靖年间,受祀大忠祠,至今仍与文天祥一样作为庐陵先贤享受着后世的祭祀。若这样的人也可以作为爱国志士、民族英雄,文天祥也死得太不值了。

　　在文天祥死后四十年,他终于魂归少年时代瞻仰过的吉州学宫的先贤堂里,在"庐陵五忠"之列又多了一座肃然端坐的国士,他与欧阳修、杨邦乂、胡铨、周必大、杨万里合称为"五忠一节",一个少年见贤思齐的意念,从此化作永世的祭祀、永恒的存在。在他死去一百多年后,明洪武九年(1376年),一个隔代的王朝,又为一个隔代的丞相,在当年的土牢上建起了一座文丞相祠。而后世对他的评价,一种是比较低调但也比较公正的:"事业虽无所成,大节亦已无愧。"他一生的意义,其实不是作为一位名相,而是以名相而成为烈士。对此,还有一种更崇高的评价:"名相烈士,合为一传,三千年间,人不两见。"

　　在一个囚徒远逝七百余年后,我突然想来这里看看,来了之后我才发现,这是一个由来已久的年头。那个一半在地上一半在地下的土牢，我已无从进入，我能走进来的，是一座模棱两可的老宅院，既像是一座宅院，又像是一座祠堂。而一个被捆绑住了双手、戴着枷锁和镣铐的囚徒，已经冠冕堂皇地端坐于庙堂之上。看着他，像他，又不像他。

天下有太多的文丞相祠，但我觉得北京这一座最有纪念意义。毕竟，这是他最后的归宿。而每一个王朝的最后，都会有这样一个绝望而忠诚的守望者来为之送葬。这个人，既是一个王朝的最后守望者，其实也是一个王朝真正的尾声。一个王朝虽已灭亡，一个亡国之臣最终血祭的方式化作一座永生的大都之魂。从大都到北京，无论改朝换代风水流转，在一座京都的骨骼与经络之间都不能缺少这样一个灵魂，而时空中的一个坐标，也从此成为一个灵魂的坐标。在这里，北京东城，府学胡同63号，一个日渐丧失自身、越来越看不清自己的游走者或旁观者，在这里寻寻觅觅，又能寻觅到什么呢？

秋风骤然猛烈起来，我突然感到了自己的多余。

# 伯在黄土里等我 |王俊义|

原载《北京文学》（精彩阅读）2016年第5期

谁能忘记村庄后面的山岗？谁能忘记山岗上厚厚的黄土？谁能忘记黄土构筑的墓园？

伯就在墓园的一个角落里躺着，黄土堆起的坟墓上已经长满了荒草。苍耳子灰黄色的果实上结满了粗糙的尖刺，顺着坟墓走上一圈，裤管上就会粘满令人讨厌的果实。还有几棵枸杞，叶子间挂着鲜红的果实，在秋风里摇摆着晃动着。我看见枸杞果，就想起躺在坟墓里伯的血液，通过黄土流进枸杞里，或者是枸杞的根扎进伯的坟墓深处，汲取了伯的血液，枸杞果才会血一样的殷红。在苍耳子和枸杞的中间，是白色的茅草。春深的日子，茅草洁白的飞絮从伯的坟墓上起飞，顺着春风的力量，飞得很高很高，飞得很轻很轻，然后飞得很远很远。似乎那些飞絮就是伯的灵魂的种子，播撒在山岗上的黄土里，一旦雨季来临，就会萌发灵魂的嫩叶。有人说，白茅草就是诗人舒婷诗歌里写到的鸢尾花，在季节里会唱起动人的歌谣。但是伯仅仅是一个乡村的男人，他的坟墓上不会响起鸢尾花的歌声，不会飘飞诗人的浪漫。我年轻的时候读过舒婷的诗集，一直把鸢尾花看得高贵和典雅。当它的飞絮歌唱般在伯的墓园里飘飞，我就觉得任何灵魂都可能听见鸢尾花的歌唱，都能感受鸢尾花的高贵和典雅。

九年前冬天的一个上午，伯的躯体放在一个泡桐木棺材里，被八个乡村男人，抬到山岗上去的。黄土的小路上飘散着漆树上割下来的土漆的香味，飘散着泡桐树尘封的香味，也飘散着鞭炮燃烧后的香味。伯曾经说他的棺材要用土漆来漆，这样可以隔水，让自己的躯体在土地里多保留几天。伯是个农民，不是一个伟大的唯物主义者，而是一个渺小的唯心主义者。他总认为，一个人的躯体保存的时间越长，这个人在世界上存在的时间也越长。他活着的时候，对我说过："人死如灯灭，眼睛一合上，就什么也没有了。"但是他真正面临死亡的时候，却想在世界上保存自己，让自己的肉身尽量存在得更久一些。我上初中的时候，一个解放前区长的坟墓被扒开了，四、五、六的柏树板子很是结实，经过了几十年还完好如初。棺材盖子打开的时候，区长的面色依然红润。柏树的棺材用土漆漆得明明亮亮，水进不到棺材里去，人的躯体自然保护得很好。我们村庄所有的人家就用区长的棺材板子箍了粪桶，我的短篇小说《浪漫的汉柏》就是写的区长棺材箍粪桶的事情，一家杂志给了我一部中篇小说的稿费，让我十分高兴，直到今天我还记得编辑和主编的名字。当时，伯叹息着说："我不是区长，我死了是睡不了柏木棺材的。"一个邻居说："你真的当了区长，解放时不就挨枪子了，还能活到今天？"伯恍然大悟地说："是啊。但是我的棺材要用土漆来漆，尽量不让水轻而易举就进入到棺材里。"伯自己并没有很多钱，土漆的价格十分昂贵，他自己攒了一部分钱，就对我说："我买土漆的钱快够了，你再给我添一点吧。"恰巧我在吉林的《作家》杂志发了一个短篇小说《他们》，给了 200 多元钱稿费，我就全部给伯了。伯称了土漆，看着漆匠把自己的棺材漆得明明亮亮的，十分愉快和欣慰。他的棺材在他去世前十几年就打制好了，就漆好了。他说："棺材是自己最后的房子，就像人活着要住房子一样。房子住着人的身体，棺材住着人的魂灵。因此，自己活着的时候，看见自己的棺材，就是看见了自己魂灵的房子。一个人知道自己的魂灵在阴间住的是什么房子，死的时候就可以放心地闭上眼睛了。"

那天上午，是腊月初八，冬天的阳光照射在棺材上，土漆闪烁着明亮的光芒。山岗上黄土小路崎岖坎坷，伯的棺材在八个乡村男人的肩膀上晃晃荡荡，阳光也在棺材上晃晃荡荡。棺材抬到墓地上的时候，坟墓的坑穴已经挖好了，沉积的黄土在冬日的阳光下迸发出大地深处的芬芳和扑鼻的土腥。一个村庄的男人在走完自己 76 年岁月之后，就要走进黄土里去了，就要走进自己的脚步丈量过的山岗深处去了。伯以后就不再和村庄里的每一个人打交道了，就不再出现在我们的眼前了，就不再在长夜里咳嗽和白天叹息了，就不再摸着麻将说"我可自摸了"，就不再拿着篾刀破开竹竿，给村庄里的人们编织竹席了，就不再晒着太阳说诸葛亮和曹操了，就不再说我这一辈子坐过汽车坐过火车还没有坐过轮船和飞机了……黄土用它无言的力量拥抱曾经在黄土上耕种的人们，拥抱在黄土上行走的人们，拥抱在黄土上欢笑和痛苦的人们，拥抱在黄土上歌唱和哭泣的人们，拥抱着所有乡村的生命们。伯就是这个被黄土拥抱队伍中的一个乡村男人，就是一个不起眼的和黄土里的白茅草一样的男人，和黄土里不被人记忆的苍耳子一样的男人，和黄土里生长的经常被人忘却的酸枣树黄连树一样的男人。伯的棺材在鞭炮声中被放进了坟墓里，带着大地余温的崭新的黄土，开始往伯的棺材上堆放，一会儿就埋葬了土漆的明亮，就埋葬了伯的躯体，就埋葬了伯的魂灵的房子。一辈子在土地上行走的男人啊，一辈子在土地上生生息息的男人啊，一辈子身上沾着土腥味的伯啊，就这样无声无息地走进黄土的深处去了，就这样让自己的魂灵和黄土彻底相拥而眠了。我不想用灵魂这个被城市人玷污了无数次的词，而只想用魂灵这个词，来抒写伯和黄土的联系，乡村男人和黄土的联系。埋葬着伯的黄土啊，埋葬着爷的黄土啊，最终也要埋葬着我的黄土啊，我的村庄里山岗上的黄土啊！

  伯在世的时候，对于黄土并没有小说家描写的那样，乡村的男人对于黄土充满了感情，对于黄土地上生长的一切充满了感情。伯对于土地，有时甚至是充满了敌意。一个夏天的傍晚，深红色的晚霞从山岗上倾斜下来，把整个村庄都浸泡在一大片火红里。我和伯坐在村庄东面的河流边，双脚在水里摆动着。远处是即将收割的麦田，在晚霞里随着风涌起金色的麦浪。夏季里的鸟们在河流边的枫杨树上歌唱，鱼儿在河流里游荡，溅起朵朵浪花。伯哀叹一声说："我是个聪明人啊，我是个读书人啊，我不应该一辈子就在这个村庄里终其一生啊。但是，人不服命服，我又不得不一棵草一样长在地边，一棵树一样长在村头的路边，这就是命啊！你看戏上的男人，考秀才、中举人、点状元，为了啥？就是为了离开黄土，就是为了离开田埂。一个男人，一辈子在黄土里扒拉来扒拉去，没有多少意思，我就是这样的男人啊！"伯最讨厌的是夏天，小麦成熟了，要一镰刀一镰刀地割，要一车一车地拉，最后还要扬场，让麦秸和麦糠落满头和全身。伯也讨厌犁地和耙地，跟在牛的后头走来走去，牛没有烦的时候，伯就烦了。有的时候，伯被愤怒的牛从耙上摔下来，满脸的尘土、满脸的黄泥，让伯在村庄里很是没有面子。伯不会用牛，甚至成为村庄的笑话，传来传去。伯并不十分在乎，伯有伯的生存门路。伯是一个竹匠，手艺娴熟，活路精细，在方圆几十里的范围内很有名气，许多人家都用他编的箩头和篮子、席子和笸箩。伯有三根竹板制作的尺子，上面挂着两个藤条编织的篓子，里面装着竹匠所有的工具。他走在一个村庄到另一个村庄的道路上，信口唱着河南乡村里流传的曲剧。太阳把他的影子刻在田埂上，傍晚的时候瘦长瘦长，午间的时候则如同一个圆球在道路上滚动。伯在行走的时候，十分注意村庄里的竹园，他双眼一看，就知道哪个村庄里的竹竿柔软，哪个村庄里的竹竿坚硬。那些生长在村庄里的竹竿，就是伯赖以吃饭和养活一家人的圣物，假若没有竹竿，伯在乡村里的存在就要大打折扣。伯熟记了很多关于竹子的诗词，面对着自己的竹匠生涯，他把竹子叫竹竿，因为竹子太诗意化了。在他闲暇的时候，就开始背诵关于竹子的诗词，就把竹竿叫作竹子，因为竹竿出现在诗词里，又显得太粗糙了。伯成为一个竹匠，纯属偶然。在跑老日的前几年，我们的村子里来了一个叫程君的四川人。他既是一个竹匠，又是一个藤匠。他编织的竹席精细柔软，箩头结实周密。他编织的藤椅灵巧美观，又布满美丽的花纹。程君在我们的村庄里招收了几个徒弟，结果是徒弟里没有一个成为竹匠和藤匠，而在旁边闲看的伯却无意地成了一个竹匠和半挂子藤匠，让自己的一生拥有了吃饭的门路。日本人1945年春天打到了我们的村庄里，全村人跑老日的时候，联保主任说："程君，日你奶奶，你没来的时候，老日也没来；你来了，老日也来了。是你把老日领到我们村子里来了，日你奶奶，你就是一个汉奸。"联保主任有一根锛装，枪筒里装满了火药和铁砂。他把枪口对准程君的头颅，扣动了扳机，扑通一声，程君就倒下了。胡宗南的73军、84军在我们这儿抗击日军，程君倒地的时候，村庄里的人听到了国军和日军交战的枪声和炮声，也没有埋葬程君，就全部向深山里跑去。程君的命丢了，却把他的手艺无意间传给了伯。伯在说到程君的时候，一副惋惜的样子："我们都说程君不是汉奸，联保主任说程君不是谁是？谁是谁就替程君挨这个枪子。要不是程君，我哪来的手艺？"

伯在深山里做竹活，一般都要做到腊月十八左右。回来的时候，要挑着几十斤干豆角和几斤野猪肉，给我们的院子里带回一座大山的芳香和殷实。伯每一天竹活的工钱是一块二毛，每一个月让让工钱能挣 30 元。给生产队交 26 元，还能剩下 4 元钱，实在是很少很少，因此我们的生活十分拮据。过年的时候，要蒸一箩头白面馍，每人在初一的上午可以吃两个白馍。然后，伯就把剩下的白面馍装进一个比较精细的箩头里，挂在屋子中间的檩条上。谁就是再想吃一个白面馍，就是用尽孙悟空的办法，还是拿不到。我每一次从外边回到家里，都要抬头看看檩条上的箩头，都要想想箩头里的白面馍。穷人孩子的智慧，都用在为嘴的满足而努力奋斗上，并不是在读书上，我也是如此。无论伯如何把白面馍挂得高高的，我都要用我的智慧把白面馍拿出来，装进自己的肚子里。我准备了一根木棍，在一端拴上一根磨尖了头的铁丝。顺着半圆的桌子，上到大箱子上，从大箱子上，再爬到屋梁上。然后拿起木棍用尖铁丝扎住白面馍的底部，轻轻收回木棍，一个白面馍就顺着铁丝到了手里。每一天我都要通过这个办法拿走两个。三天过后，伯发现白面馍少了，就问我："是你拿的不是？"

我嗫嚅着："不是。"

伯厉声问："到底是不是？"

我说："是。"

伯说："你知道偷吃白面馍是要挨打的。"

我说："知道。"

伯说："我不打你。"

我惊恐地看看伯问："真的？"

伯说："真的。伯不能让你们在过年的时候顿顿都吃白面馍，是伯窝囊。自己窝囊了，去打你，让你也窝囊，那我们两个都太没有面子了。你知道过年是要来客的，来客是要吃白面馍的，你把白面馍偷吃完了，来客吃什么呢？"伯哀叹了一声说："你再吃一个吧，这个吃后就不能再吃了。"伯用我的带铁丝的木棍给我扎了一个白面馍，递给我说："吃吧，吃吧。但愿你长大之后，我们家过年的时候，人人顿顿都能吃上白面馍。娃子，那是需要很大本事才能办到的事情。"

以后，过年的时候，伯依然把白面馍挂在檩条上，我每天都要贪婪地看上一眼，但是再也没有勇气和胆量去偷吃一个了。后来全家过年再也不用为顿顿吃白面馍发愁的时候，伯说："现在的社会好，不要说过年了，就是平常的生活，也比过去的地主们吃得好。"伯对我说这话的瞬间，脸上总是带着无限的歉意，或许是他还记忆着我偷吃白面馍时我们的对话，或许那次对话我一生也忘记不了。但是那不是伯一个人的责任，也不是我一个人的贪馋，那是一个远去的时代，给予我们一个饥饿的伤疤。我们在某一天想起的时候，那个隐藏在内心里的伤疤就隐隐约约疼痛。直到今天，我们家檩条上那个挂笼头的钩子还在，我回到自己的院子里，坐到屋檐下，就能看到那个钩子。少年时代偷吃白面馍的岁月，就挂在那个钩子上，像一个影子，把我带进少年时代的难堪和痛苦里。

有几年，伯的智慧和力量不能让我们过年时吃上白面馍和一顿猪肉饺子的时候，伯就盼望在清华大学党委办公室工作的妹妹和在鹤壁煤矿当电工的弟弟，给自己邮寄一些钱来，买一些白面和猪肉。进入腊月二十，伯每天中午12点就站在村庄道路的大石头旁等待邮递员的到来，听见邮递员的自行车铃声一响，伯就问邮递员："有我的钱没有？"

邮递员摇摇头说："没有。"伯就垂头丧气地回到家里，黑着脸喝着稀饭，闷闷不语。直到有一天，伯在大石头旁等到邮递员把汇票交给伯，伯的腰才伸直了，微笑着回到家里对我们说："过年的肉有了，饺子有了，白面馍有了。你大姑给了20块，你三爹给了15块。"

我问伯："你看过《列宁在1918》吗？"

伯说："看过。在大路边放过7次了。"

我说："列宁说，面包会有的，牛奶会有的。"

伯问："列宁是哪国人？"

我说："苏联人。"

伯说："既然是苏联人，他只管给苏联人弄面包，还会管给我们弄面包？我们的白面馍要靠我们弄，我们弄不来了，要靠你的姑和叔老子给咱们接济。"

伯拿到汇票后，先是到县城找我的二姑和四姑，诉说自己的苦衷，诉说自己的困境，诉说自己难以解决的过年问题。在医院工作的二姑和在中学教书的四姑，给伯买了白菜、海带，甚至还有猪肉。我的祖母也会悄悄把她平时积攒的钱拿出来，一张一张地数出十块，递给伯。伯有些亏欠地说："妈，我这么大岁数了，还花你的钱。"祖母就说："我的这几个娃子，你是很聪明的，但是数你的命不好，过年连个猪肉饺子也吃不上。十个指头都是我的指头，无论哪一根疼，我的心都疼。"

伯在乡村里，是一个比较智慧的男人，除了是个竹匠，还会拉大弦。除夕的夜里，老天爷积攒了一年的雪花，从天空中飘落下来，纷纷扬扬的，一会儿，屋脊就白了，院子就白了，石榴树就白了，院子外边的土地和河流还有山岗，也白了。伯一边生着熬年的火，一边说："雪要是面粉就好了，我们天天顿顿都可以吃白面馍了。我也不用写信问你大姑、三爹要钱过年了。"

火盆里的火燃烧起来了，我们围着火盆坐着，伸出黑乎乎的手在火盆上烤着。一年的劳碌一年的日子，就在这火盆边消失了。另一年的劳碌和日子，又要从火盆边来临了。村庄的人们就是这样的生活着，从我们的祖先开始，到我们的祖父，到我们的父亲，又到我们，过着规范的宿命的生活。伯烤了烤手，做了一年竹活的手指上满是裂纹，有的地方渗漏着细微的血丝。他缓慢地站起身，从墙上取下自己的大弦，弹去上面的灰尘，定定弦音，开始拉自己常年不拉的大弦。大弦是河南曲剧的乐器，在乡村的剧团里，锣鼓和大弦就是乐队的全部。大弦就是在泥土里浸泡过的乐器，带着泥土味道的人对于大弦情有独钟，河南村庄的人们对丁大弦的声音情有独钟。伯在村庄的剧团里有一个独特的位置，就是第一大弦手和所有的大弦手集于一身。过年的时候，他坐在乡村戏楼的一角，膝盖上铺着蓝色的布，大弦放在蓝布上。他的眼睛并不看戏楼上唱戏的人，就开始拉动大弦的弓子，河南曲剧的调子就从大弦的弦上流出来，从戏楼上流进看戏人的耳朵里。村庄的剧团不演戏的正月，伯就把大弦放在腿上，对着火盆一个人拉着大弦，沉浸在河南曲剧调门的悲伤幽怨里。河南曲剧里有许多调门是为唱哭戏而准备的，因为曲剧产生在河南这块多灾多难的土地上，留存在民间的著名曲剧都是悲剧，都是乡村人说的苦戏。大弦里流出的苦洋调，简直就是所有悲剧的原创音乐。伯在拉苦洋调的时候，带血的手指颤抖着，弦音里能听出哭的撕心裂肺和灵魂忧伤的呻吟。特别是在伯没有能力让一家人吃上饺子的时候，蒸一箩头白面馍的时候，他的大弦就是他内心世界的颤抖和对脆弱生活的倾诉，就是他智慧的哀怨和对于自己能力无奈的感叹。伯的嗓子不好,在拉到动情的时候,他粗糙的嗓音开始随着大弦的哭洋调唱着在乡村里流传过的一个段落:"说个穷,道个穷,走得慢了穷撵上,走得快了撵上穷。活在世上做穷人,死了当鬼还是穷……"伯的唱腔和大弦的声音达成了默契,在火盆边流淌,在屋子里流淌,在院落里流淌,在飘雪的夜里流淌。此时灯影闪烁,伯拉大弦和唱哭洋调的身影,被灯光印在斑斑驳驳的墙壁上,成为一个剪影的连续画片,在缓慢地晃动着,在我的大脑里定格。伯去世六年之后的一个上午,我坐在火盆旁边,似乎还能看见伯的影子,瘦弱而悠长地在墙壁上晃荡。挂大弦的地方现在已经没有大弦,只有一个铁钉上落满了灰尘。如今在乡村,没有拉大弦的人了,也听不到哭洋调的声音了,河南曲剧在河南的乡村也没有任何市场了。假若50岁以上的人过世之后,河南曲剧在乡村就荡然无存了。真的荡然无存,我一点也不留恋,因为河南曲剧的调门,留给我的忧伤太多了,给乡村的忧伤太多了。在一个忧伤越来越少的年代,是乡村的幸运。谁还会把忧伤抱在怀里,当成一个孩子来养育呢?

  伯的记忆力很好,在他70岁的时候,还能背诵《三国演义》里的某些段落,还能记忆河南曲剧《卷席筒》《秦香莲》《二进宫》的全部戏词和唱段。伯的字写得还是可以的,直到他去世的前一年,家里的对联还是他自己写的。伯的对联并不是"天地人一体同春"之类的东西,而是"满壁云烟杜甫诗,一篇风雨王维画","窗无西岭西岭在,门有东吴东吴远"这些很古很雅的东西。贴在粗糙的门上和柱子上,显得十分的不和谐和不相称。伯晚年的时候,你和他坐在一起,才发现伯是一个儒雅的乡村男人,他的回忆里都是儒雅的事情,而不是困苦和忧伤。伯72岁那年,对我说:"我恐怕是活不到80岁了,我做梦的时候总有人在梦里喊我,让我到山岗上去。我跟着他前去,发现那个人是我伯。他是要把我领到他的地盘里去,跟他作伴。"

  我说:"梦里的事情,跟生活里的事情是相反的,他喊你去,你偏偏不去。"

  伯很是艰难地笑笑说:"人活千年,总有一死。但是我死了,你们很快就把我忘记了。我要给你编一个竹篮,你们用得仔细些,我死了,竹篮活着,你们看见了竹篮,就看见了我。"伯不知为什么总是想到一些关于生命与存在的问题,就是哲学家面对这些问题,也会一筹莫展。

我说:"你想这些问题干什么?"

伯说:"不是我愿意想,而是岁数到了,寿限到了,你不去想,就自然想起来了。"

伯在邻村买来了竹竿,给我编了一个竹篮。他说:"这个竹篮,是我一辈子编得最仔细的家具。"

我说:"你编得仔细,我用得也仔细,竹篮就会用几十年。"

伯笑了笑说:"我活不了几十年了,竹篮一定比我活得长久。人活不过树木和竹竿,活不过桌子和篮子。"

伯编的竹篮真的很结实。我用了四年之后,伯去世了。我又用了六年,伯的坟墓上长满了枸杞、白茅草、苍耳子的时候,这个竹篮还静静地放在我的厨房里,里面经常装满了青菜之类的东西。你看不见一个人存在的时候,看见了这个人留下的某一个物件,忽然会想起这个人在世界上存在过的那些日子,会想起这个人存在时说过的许多让你回味的话语。一个人去世了,他留在世界上的东西并不多,特别是一个在乡村里生活了一辈子的男人,几乎不会给世界上留下一丁点记忆,世界也根本没有打算记忆他们。假若他的子女们再没有记忆的力量和表达记忆的某种形式,这个男人可以说去世的当天,就是被世界彻底忘记的日子。就连我们这些写几篇东西的人,同样在死后被忘记得干干净净。国家选编的某一个类别的文学作品读本,以100年为限,一个写作者能够被选上几篇呢?从鲁迅开始到现在,以100篇为限,你的短篇小说会选上一篇吗?你的散文会选上一篇吗?你的诗歌会选上一首吗?你的散文诗会选上一篇吗?你的杂文会选上一篇吗?假若选上一篇,在国家图书馆的馆藏里,几十后,还会看到你的名字;假若选不上一篇,我们的劳作和我伯的劳作是一样的,在死亡的当天,就被世界彻底遗忘了。

伯即将要被埋葬的头一天夜里,一般要请乡村的锣鼓和喇叭、唱河南曲剧的人和流行歌曲的人,在院落里搭起棚子,吹拉弹唱到半夜子时,为他彻底离开这个世界作一次最后的送行,为他以后的彻底寂寞作一次热闹的铺垫。为葬礼忙绿操持的人问我:"是请一班呢,还是请两班?"

我说:"请两班。这是我伯最后一次热闹,也是我伯最后一次和村庄的联系。他生前喜欢拉大弦,哼一哼河南的曲剧,今天夜晚就让他的魂灵再听一次吧。"

晚上11时左右，一个班子唱起了河南曲剧的哭洋调。让我想起，那些除夕夜里，伯的大弦拉出的哭洋调和伯粗糙的嗓音流出的哭洋调，和他去世后的哭洋调有着天壤之别。另一个班子却唱起了流行歌曲《十五的月亮》和南斯拉夫的《好朋友再见》，甚至还有"假若是这样，你不要悲哀"的句子，让伯的身份变得莫名其妙。简直就是一个黑色幽默。在伯彻底离开这个世界的最后一个夜晚，从我们的院落，流淌到村庄的道路上。第二天上午，伯就躺在棺材里，被埋葬在山岗上。我回头望去，伯坟墓上的黄土，冒着大地深处的热气，在冬天的阳光下向着天空升腾。我想，伯走进黄土里去了，走进一个寂静寂寞却又很是安稳的地方。村庄里的人们说入土为安，就是对于村庄一个生命最后的安慰。他的魂灵进入大地深处，成为土地的一部分，成为山岗的一部分。世界忘记他，村庄忘记他，人们忘记他，但是黄土不会忘记他，深深地埋葬他，同时也就深深地拥抱他。我再一次回望山岗，我看见伯的坟墓旁边是空落的一片黄土。一个人，无论他如何地不想死，早晚都是要死的，就是活上300年，也是要靠死亡给人作总结。我早晚也要死，因为伯在黄土里等我。假若我死后，也埋在伯的山岗上，那么，坟墓上早晚会生长出白茅草，也就是诗人舒婷歌吟的鸢尾花，在春天的风中飘飞。那些细小的飞絮或许就是我的诗句，写在山岗上，写在村庄的一个角落里。

当我的魂灵踩着黄土在山岗上漫步，我会读到我的诗句。

# 不可医治的乡愁 |杨文丰|

原载《北京文学》（精彩阅读）2015年第6期

> 乡愁的上游已是忧伤和失落日渐浓重的精神原乡。
>
> ——手记

## 1

乡愁是美学，也是与故乡草木呼吸与共的情感学和心理学，却断断不能是经济学或商品学。

乡愁无疑是多维的。首维是什么？是乡音。孙犁先生认为"乡音，就是水土之音"。乡音是故乡水土在游子喉舌间的深度记忆。莫说鬓毛衰老大回乡音无改，漂泊在外，一声乡音入耳，乡愁就袭上你的心头。

乡土，永远是游子记忆中的"不动产"。那些小桥流水，那些稻田池塘、竹林菜园、番薯地豌豆畦，还有稻田间紫云英的喟叹，只要你的记忆在，乡愁就永远在。

乡愁是否有陈年酒的味道？我想，至少还会混有乡风、乡俗、农事和牛粪的味道。

孤独是乡愁的"接生婆"。

乡愁长受故乡月照耀。他乡明月再圆满，也不如故乡天上那团银。

乡愁——中华文化的一轮明月。

乡愁，让你在时间里浓浓地想"家"，是曾经沧海的人对故乡频频的精神顾盼。

"想你就像黑咖啡那么浓，没有喝它的人不会懂。"乡愁的关键词，其实是"思想"，心中无乡月的人真不会懂。

乡愁能不是离愁吗？与乡愁亲近的词是苦思，是伤心，是与故乡发生了大于零的距离，所以我说——乡愁是距离的函数。

当年我在南京求学，本科四年，仅回过故乡两次，不是不想省亲。暑假金陵火炉烧，寒假古都朔风啸，同窗大都返乡了，我的乡愁却归来。回家难，虽然不及李白蜀道之难难于上青天，但家在秋水望不穿的粤东梅州，山重水迢，真远，家中也拮据。

以前，中国人的乡愁多是家园尺度的，如今的中国乡愁，已经颇多"出口"，多了地球村尺度，那境界和滋味，令人体验颇深。

2011年除夕晌午，我和妻子在瑞士苏黎世林边踏雪。乡愁混着白雪，阵阵发白。在雪地里边走我边提醒自己，这雪，已不是中国雪。瑞士和祖国时差六七小时，地球自西而东转，那承载悠久历史重负春草年年绿的东方古国，那960万平方公里的苍茫河山，已万家灯火，春晚始开演，爆竹在怒放，长城内外，黄河长江，全在过年啦！一念及此，那略带忧郁的乡愁，更是涨满胸襟。

应该说，中国式乡愁已经是这个世界上最不可思议的乡愁。如此汪洋般的行为艺术和精神艺术——春运、春晚、春节，哪个国家还拥有？

何况，乡愁更是蕴含诸多类型。比如有"关切故乡型乡愁"，这是追询故乡事，相思故乡土的乡愁；又如有"精神家园型乡愁"，这是以事业作精神家园，以故乡作精神寄寓的乡愁；1962年，于右任先生栖居台湾，写下了著名诗篇《望大陆》，抒发的则是"身心系家国型乡愁"：

　　葬我于高山之上兮，望我大陆，大陆不可见兮，只有痛哭！
　　葬我于高山之上兮，望我故乡，故乡不可望兮，永不能忘。
　　天苍苍，野茫茫，山之上，国有殇。

316　　　　　　　　　　　　　　　　　　　　　　　　　　　　不可医治的乡愁

如此心系家国，奢望精神慰安、精神国殇式的乡愁，其境界的殊异、阔大，还能有哪种乡愁可与之比肩？

医学上说，但凡生物体出现不健康的现象，就谓之得病。依我的体认，任何乡愁，都是在精神上过度系念乃至沉溺乡事乡物乡情而罹患的病。乡愁病，该属特殊的精神疾患。

乡愁，是会传染的。

我们已进入病乡愁时代！

## 2

如果你问我：乡愁以什么为原点？我会答：以故乡，以你出生地或情感所系之地为原点。

作为原点的"故乡是一个人的血地"（耿立），是布满童年脚印的地方，是人生起跑线上的许多曾经，是叶落的根，是"基础与稳定的象征"（罗兰·巴特）。尽管我无法苟同周知堂"凡我住过的地方都是故乡"之说，但"随着一个人的渐行渐远，故乡的外延却会不断扩大，从一个小小的村镇，到一个县、一个省，直至一个国。当故乡的概念扩展至国的时候，就自然有了同义词——祖国"。

然而，家国难分，有国方有家。国安才能家安，否则，故乡就会似流云那般不安变幻，甚至沦为恶政的产物。

我之所以有如此的感悟，是根于对半生轨迹的回首，根于不知是幸耶还是不幸，因为我的乡愁竟会有多个原点。而且，作为中国人，乡关何处，还很关乎政治。

最早进入我童年感觉的故乡，是粤东梅州五华县水寨镇燕河（堂）村。在我做知青上山下乡之前，我基本上都生活在那里。母亲是燕河乡小的教师。乡小有一间房子，是我和祖母、母亲和弟妹的家。只有寒暑假，父亲才回到我们身边，他在梅县教书。

这乡小是客家围龙屋结构，楼上楼下两层。我家的窗外，紧邻一座小山，山上除长一棵树冠阔大的夜合树，还长一批阔叶梧桐树，春天一到，奶黄的桐花兴冲冲开满枝头，然后落满地。我睇过父亲爬梧桐采枯枝。夜合树边是个篮球场。细叶柳、夹竹桃、大桉树，环绕校舍而生。乡小大门前的足球场，绿草如茵。我经常和小伙伴躺在足球场上，卧看蓝蓝的天上飘动的白云。

当时是20世纪60年代初、中期，我们的家园，还山明水净，草木有序，鱼鸟自由，生态尚好。

然而，在如此的家园快乐看云的时间并不长，"文革"就来了，父亲受迫害死于非命……

阿婆（祖母）处理父亲的遗物，回了几天梅县丙村镇郑均大圆庄——我的出生地。这时，我才知晓阿婆与我并无血缘关系。我的父亲原是"摘帽右派"，是19岁那年才离开富农家庭，被阿婆收作养子……我跟阿婆也回过大圆庄，看过埋我胞衣的青山绿水，发出第一声哭喊的围龙屋，我就随新结识的伙伴，去抓青蛙、捉黄鳝、钓溪鱼了。清澈的溪水里，倒映着故乡的云，似乎悠闲飘荡，却让我隐约不安。

在我10岁那年，我又新增了故乡——继父的故乡——横陂池溪里。

从燕河乡小到池溪里，要走两个小时的路，爬山、蹚河、走稻田、过菜地。我与母亲、继父走过，自个儿也走过。好长一段时间，我总不太乐意去记回池溪里的路。

在池溪里，我也开始看云了。这云，变得似已不太真实，飘在陌生的屋之上，河之上，竹之上，树之上。

池溪里是美丽的。我最近才知道，池溪里是人才辈出的风水宝地，是五华县杨氏的开基地，杨氏的许多裔孙，正是从池溪里走向全县，走向广西、湖南、江西、重庆、四川和台湾等省市。即便是在上世纪60年代中期，池溪里的自然环境也远比今天的好，尽管当时政治的黑云密布。许是善良多于同情，池溪里的乡亲对我一家都很亲善……池溪里，善良地敞开着胸怀，为我一家！

本来，在异国他乡乡愁如此强烈的我，对故乡本该是永远一往情深的。我也知道，"故乡，无论贫穷或富有，都是自己能够骂一千遍却不许别人骂一句的地方。"但客观而论，我对故乡的感情，却远要复杂得多，甚至态度还有些暧昧，不但纠结乡关何处，甚至还曾经颇怕乡愁——童年、少年和青年初期，我总是躲闪人家问父母的姓名，也不太情愿说自己的故乡在哪里……

原因还不明显吗？曾经相当长时间，我皆身背家庭出身的"黑锅"，政治上饱受歧视，甚至还够不上是"可以教育好的子女"，差点连高中都读不上……

好在故乡，我的蒲公英花絮般命运的故乡，仅被恶政的风，猛刮过几次……

刘皂《旅次朔方》："客舍并州已十霜,归心日夜忆咸阳。无端更渡桑干水,却望并州是故乡。"故乡的变更，真能如此轻淡、平常和随意吗？

我自视是世界小提琴女神索菲娅·穆特的资深粉丝，每一次听她演奏萨拉萨蒂作曲的《流浪者之歌》，每一回承受那荡气回肠的旋律，情感深刻的潮水，都将我淹没……

是的，今天我终于明白，维系我的苦橄榄般的几个故乡，对于我，意义是各不相同的；我对每一个故乡，都是感恩深深的，无论哪个故乡，对我，都恩重如山！正因为此，我永远也无法只将故乡中的哪一个，作为唯一的故乡。

我当然是回五华故乡的时间居多，但在自己博客的简介里，我只能标榜自己是"梅州人"——各个故乡，都归梅州所辖。

传说一个人百年之后，他的灵魂是要捡齐他一生遗落在各处的深深浅浅脚印，全部送归故乡的。将来，我的灵魂捡拾脚印的工作，该不会无所适从吧。

真该感谢时代，感谢今天，我终于不必再讳言故乡，大可以正大光明地言说故乡了……

## 3

写到这里，我觉得该认真追问追问乡愁产生的生物学原因了，这是迄今为止，乡愁文字尚未涉足的领域。的确，这乡愁产生的生物学原因是什么呢？

生物学家马广智博士对此有独到的见解。马教授认为，只要考察大马哈鱼千里洄游返乡的现象，就可以找到乡愁产生的答案。

与水相依为命的大马哈鱼，主要分布在近北太平洋东、西两岸的海域。中国的大马哈鱼，多分布在乌苏里江、黑龙江、松花江。大马哈鱼只能在内陆江河出生,成长在海里。

> 夏天般的童年,
> 你和成群的兄弟姐妹们结伴旅行,
> 顺流而下。闯荡海洋。
> ——林志山《大马哈鱼》

白露时节,曾经四年沧海、性已成熟的大马哈鱼,思乡心切,遂以同一河流出生者集结,八千里水路,由外海而近海,再游进江河,魂归出生地!

这是鳞片闪烁岁月的漂泊与无常,是生命的传承与宿命,是慰藉乡愁、魂归故里、高扬生命尊严的洄游!

这是充满渴望、充满理想、充满自由,也充满艰辛的洄游,是置身水的社会,却不吃水中的任何东西,仅仅靠体能搏击日月搏击生命,一切为了完成卵的发育的洄游!

终于游抵出生地了,眼前这"水乡",水流平稳,水质澄清,水温5℃~7℃,河床满是石砾。无疑就是在这里,大马哈鱼经过鉴定——终于确认故乡就是在这里了,这就是童年生长的地方!

于是,在这水的故乡,鱼夫鱼妇以尾鳍、以腹鳍、以胸鳍清除淤泥,推动砾石,咬除杂草,筑出了一个农家大铁锅深浅的卵圆形窝——卵,透明的卵、红色的卵,全产在这里……鱼夫妇,一天天守护,透支体力十天半月后,仍坚守在这故乡,最后悄然死去,完成了生命的最终宿愿——叶落归根。

融冰化雪时节,仔鱼终于破卵壳而出,初期在石砾暗处潜伏,似是为了享受一两个月的童年时光。待身长50毫米,这水生的精灵,就以团队形式,集结出游,游过长辈游过的江河,再游入大海……然后,周而复始地游走父母之路,回归故乡!

或许你会问,在这风波不断的水社会,这些大马哈鱼,怎么就知道这洄游的水路呢?

是本能吗?应该有点。但马教授认为,更多的,还是来自大马哈鱼对故乡不可磨灭的记忆,来自心中那难耐的乡愁!

什么是生物学记忆？这就是！动物与人都存在生物学记忆。

许多小动物一出生就会爬入母亲怀抱，这是来自被母腹孕育的记忆。有的动物生下来就会游泳，这是来自遗传的记忆——记忆信息被储入基因，通过遗传而传递。

显然，洄游是物种生理变化适应外界刺激的一种周期性反应，是大马哈鱼主动、定期、定向的行为，是基于记忆的行为。

显然，作为人类，乡愁的上游也一样是生物学记忆——故乡（出生地）的一切，深深地储入了记忆。孙犁先生说过，一个人，童年时喜欢吃什么，长大后也会喜欢吃什么。我想，这是缘自童年的记忆，哪怕当时对吃的东西并不在意。童年嵌入大脑的记忆，恰似玻璃上的首道划痕，难于遮蔽，无论你划多少划痕。

显然，你的童年在哪里，故乡就在哪里；你不在中国出生，在国外度过童年，就绝无中国式乡愁。中国式乡愁的根据地和起跑线，只能在中国。

任何文化，都由群体习惯性思想和行为构成；中国式乡愁文化，无疑只能来自群体中国人的思想和行为，来自中国人久远的、依生命体代代传承的生命深处潜在的对故乡的记忆——来自中国人群体的"无意识"（潜意识）。

只要想一想，年年岁岁，中国年还在望中，我们中华民族凭集体乡愁记忆（集体无意识），就开始了举世惊讶的群体大迁陡——春运，并无任何行政指令。

然而，如此的中华民族的集体乡愁，只是形成于当代人的有生之年吗？非也！

瑞士心理学家荣格认为，最早的乡愁种子，在远古的"神话"中就已播下。余秋雨先生在《君子之道》中也认为："每个古老的民族都有很多'大神话'，还会引发出很多'小神话'，这就是荣格所说的'梦'。这神话和梦，都以'原型'（archetype）'原始意象'（primordialimages）的方式成为一个民族的'自画像'（self-portrait），反复出现在集体心理活动中。"显然，中国年的神话及习俗，无疑就是中华民族已成恒久记忆的"集体心理活动"，是延续万代的中国乡愁"神话"。

基于"文化的终极成果是人格（personality）"，而且还是"集体人格"，

不可医治的乡愁

我有理由说，中华民族的"乡愁文化"，不但铸造了中华民族的"乡愁人格"，同时，在促进重故土、重家国、重团圆、重精神与情感品格之上，也为中华民族作出了非凡的贡献！

## 4

在宇宙飞船上，宇航员以肉眼能够看清的最亲近地球的物质是什么？我想，必定是故乡的云。

童年的我，在绿茵场上看到的最亲近大地的朵朵飘浮物，也是云——故乡的云。

"云，是停留大气层上的水滴或冰晶胶体的集合体。云是地球上庞大的水循环的有形的结果。太阳照在地球的表面，水蒸发形成水蒸气，一旦水汽过饱和，水分子就会聚集在空气中的微尘（凝结核）周围，由此产生的水滴或冰晶，将阳光散射到各个方向，这就产生了云的外观。"

云的家族无论多庞大，何等异彩纷呈，都由"地面上的水吸热变成水蒸气遇冷而形成"。庄稼人说"云是从土地里升腾起来的"。的确，伏贴大地的雾，轻摇而升空，身份就变成云了。

云游于天，不留脚印，但云的故乡，却永远是在天上。云是天子。

云兮，时而飘忽、驿动，时而娴静、柔软，时而轻盈、快乐，时而凝重、恼怒。飘飘荡荡，离离散散，聚聚合合，有生有亡。

马雅可夫斯基曾咏叹云是"永恒的流浪者"，然而，无论你怎么流浪，心仍然向着地球，身体也永远被故土所牵。

　　天边飘过故乡的云／它不停地向我召唤／当身边的微风轻轻吹起／有个声音在对我呼唤／归来吧归来哟／浪迹天涯的游子……
　　　　　　　　　　　　　　　　——歌词《故乡的云》

中国文化认为水是器，是堪有大用之物。是物质，也是精神；是情感，也是哲学，更是道和德。云的重量，基本上就是水的重量，所以，云是有重量的水之书，更似精神之书。

游子与故乡的情感，难道不也像土地与云若即若离、似离实联吗？由此，就不难理解中华民族最天才的游子李白,这位背井离乡后一次也未回故乡,可乡愁一直绵绵不绝的中华民族最大的精神游子,何以绣口一张,就能吟出"云"与故乡的千古之缘了——

　　浮云游子意,落日故人情。

　　如此天启神授的诗句,等于在说游子与云的情感宿命,已然漂泊,却何以会似故乡的落日般凝重。
　　事实上,游子心有不甘的漂泊,被故乡慰藉的漂泊,甚至又是比不上雁的(雁是有灵魂的云)。

　　天空必有母亲般温柔的胸脯,
　　那样广延,可以感到鲜血的温暖,随时保持着慰抚的姿态。
　　　　　　　　　　　　　　——白荻:《天空》

　　雁啊,年年秋天,你都会被乡情牵引,往南飞……
　　回家,雁需有御风的翅膀;人成为故乡的云,拥有乡愁,不也同样需要条件吗?
　　忘不了那年金秋,国家启动了高考改革,我携带并不配套的课本,回了数天梅县大圆庄,修葺祖屋,变卖屋址,托运家具……我当时其实仍是惶惑的,不太相信仅凭高考成绩就能上大学。高考前填政审表,出于种种想法,我换了姓名……因为形势,也因贵人相助,还因为幸运(尽管仍颇多曲折),我,还是考进了南京气象学院(现南京信息工程大学),被录取为农业气象学专业1978级的新生。
　　那是一个秋晨,天上该飘有白云,我与熟稔的故乡挥了挥手,算是告别,兴许还带有一些告别困境和无奈的意味。从此,一朵故乡的云,飘向了远方。
　　我本是粤东梅州客家人。客家人,是从中原迁徙而来客居他乡的民系,是百年来名人辈出的民系。客家人,不就是优秀的在这个世界上漂泊的云系吗?想那千年前,祖辈的迁徙之途上,定然是飘动过故乡的云影的。这些烙入了祖辈心灵的云影，必定也进入了我的血脉，储进了我的基因，构成了我生命的密码。

## 5

时代在变，故乡的内涵也在变；故乡在异化，正在沦落成精神符号？事业，作为你的情感和精神领地，是否才是你永恒的故乡，是你的精神家园？你是否似追求爱情那般，以乡愁的冲动去寻觅和建设精神家园？

我深知营建精神家园是人活着的第一要素，更是人与动物的主要区别。

我曾和珠海一位诗人谈论乡愁，一致认为乡愁属精神家园。诗人说他写诗，写的多是珠海经年精神无根的漂泊与呐喊，写役物反被物役的灵魂，写对精神家园的探寻和精神慰藉。

有个说法是，"人与人的差异永远在于愿望，在于生命欲罢不能的那个东西。"这个"愿望"或者"东西"，其根，只能是精神家园——你的事业和感情所在地。

而现在我需要提出的是，这精神家园的起点究竟在哪里？难道不就是源自童年对远方的向往吗？

很难说清远方的诱惑有多大，但我认为，只要是人，在心灵深处，都必然存在走向远方的潜在愿望，无论谁的童年，都会有朦胧、诱惑的远方。即便今天，每当听到三毛填词的《橄榄树》，听到那凄惶难耐的旋律，看到那远方云影下橄榄的树影，我心中，都生似曾相识之感，就像复习童年的课文，漫生会意与共鸣。

童年，我常常站在燕河乡小那口叫岭背塘的大池塘边，久久眺望远方，小脑袋当时便充满疑问，那水牛般静卧的山峦后面，山巅剪影似的林子后，那红云旗帜飘荡下的朦胧所在，会有些什么呢？

我想，如果你没有童年对远方的憧憬，你大抵就不可能成为飘离故乡的云，故乡，也无法变成你的精神家园。

曾翻读一本诗集《出生地》。这书是把出生地等同于故乡的，但我今天已经更坚定地认为，故乡，就是你生命的一部分，是你的精神出生地，精神的恩养，灵魂的维系之地，是精神的水井。

你回到精神出生地（精神故乡），就等于回到了大地与诚实、责任与正义、自由的呼吸、从容的精神、事业的动力——这才是抵及精神家园的含义。

而且,这人生最奢侈的建筑是耸立在哪里呢?我想,就耸立在精神家园,耸立在成功的事业里,甚至可化作还乡的"衣锦"。想那当上皇帝的刘邦荣归故乡后,所唱响、至今飘荡在华夏风里的《大风歌》,是何等得意和慰藉精神啊——这难道还不是刘皇帝"艰险卓绝"的精神建构和追求吗?

这精神家园,成了人安身立命的平台。

想起一段往事。是在"文革"秋雨飘摇的年月,五华全县中小学教师,统统要回乡"闹革命"。隔天一早,母亲就要带我和弟妹,迁徙到池溪里,妈妈要在池溪里乡小教书(我当时并不明白池溪里对我们的意义),迎接我们的,将是陌生的生活。就在当天中午,阿婆搭上汽车,已与我们泪别,她还是决意回梅县大圆庄(阿婆回去后来信,说总梦见孙儿孙女,几个月后还是来到了池溪里,最后,也终老在池溪里)。那夜,燕河乡小仅留下我残缺的家。妈妈、婶娘、弟妹和我,挤在一张床上,屏住气息,竖直耳朵,惊恐地捕捉二楼的神秘声响,那像石子跌落木棚板的声响,奇怪而大,已恐怖大半夜了……

前年叔父辞世,我兄弟俩匆匆回池溪里奔丧。在叔父的葬礼上,哀伤中的我对弟弟说:"在那个灾难的年月,幸好池溪里接纳了我们!"故乡池溪里,在当时,除寄寓我的身,也一样抚慰我的精神,池溪里于我一家,难道不也是精神家园吗?

的确,精神缘于现实,现实影响精神,也支撑精神。地理故乡无法排除精神故乡,故乡成了精神的守护神;假如你丧失了地理故乡,精神故乡不是坍塌,也会似如今的乡愁,宛若无根之萍。

梅县故乡大圆庄,"文革"期间阿婆带我回去过——我出生在那个小围龙屋,窗外若隐若现的是青山、绵延的小溪、起伏的稻田,工作后我也曾回去过两次,来去匆匆。

在不正常的岁月,人对精神家园的态度,是异样的,也不屑于精神家园的有无。昌明的政治,是以打消精神顾忌为前提的。

好在政治生态,已今是而昨非。我终于能够正大光明地说出自己有几个故乡,可以正大光明地说起大圆庄、燕河乡小和池溪里的一切了,可以不忌讳故乡水稻般和苦菜般的记忆了。我至今记得,在燕河乡小,在那段

不可医治的乡愁

灾难重重的童年，我行走在去岭背队寻找玩伴的田塍上，经常是以投影水田身影的形状，来预测一天之境遇的……

我庆幸那苦难的日子，那害怕人家问我故乡的日子，对故乡闪烁其辞的日子，已然远去。

现象学认为，当你在观照、意念对象的同时，这对象，事实上也会进入你的内心，驻入你的意识，成为你的一部分，化作你的精神。推而言之，今天，做了游子的我们，故乡的许许多多物质与文化，必然常在念中，更会归入你的心灵，融入你的精神家园。

正可谓——

地理乡愁与精神乡愁水乳交融，地理故乡和精神家园珠联璧合。

难道还不是知识分子伟大的精神沃土吗？情系我们的故乡！

## 6

我愈来愈认为，在今天，在中国，乡愁病了，已是不争的事实。但是，我们的人生，没有乡愁不行，乡愁病得太重也不行；没有乡愁也是一种病。任何人都无权消灭乡愁。

乡愁也无法医治。我们现在最需要的，是如何不忘乡愁、善待乡愁、慰藉乡愁。让乡愁成为精神的原动力！

前些年，为慰藉乡愁，我回过燕河乡小多次，每次都不想惊搅任何人。但我未曾想到，现实却一次比一次让情感受挫、精神失落——我生活了10多年的乡野，如今已被连根偷换，面目全非！

客家民居式的校舍早变成了现代建筑，足球场又窄又不平，去岭背队的田塍杂草丛生，那么宽阔的池塘，只剩篮球场大小的水域，水浅无鱼。我和祖母种菜浇园的岭丘垄地，基本已只长楼房，不再长蔬菜。田野杂芜凌乱，杂乱拥挤。

当年，黑暗的政治之风，尽管吹刮得故乡犹同风中的鸟巢，但那时，田园至少还算宁静、温馨和规整的，池塘水也清洁，还能游泳，井水甘甜。稻谷黄熟时节，你一锄头下去，翻开的泥块间，可立见几条弹跳的泥鳅……

如今，泥鳅不见了，中国斗鱼不见了，土地肥力丧失了，故乡变异了。

沦落如此的故乡，在春夜，还有蛙鼓吗？

现实使我痛苦地明白，故乡，我的节奏缓慢、纯朴、实诚的故乡，在现实生活的物质性和功利至上的洪水猛兽面前，在土地被市场化、城市化，在精神道义与金钱没有硝烟的较量中，已被整修、被非礼、被结扎、被物奴、被篡改、被失重、被颠覆……魂魄已被异化！今天的故乡，节气在退休、农事已模糊、农历被遗忘、农业已淡出，连空气也脱下了曾经的纯粹……罹患了异化之病，犹同良家女子被奸淫……正走向没落，进入精神荒漠……

我的故乡大圆庄和池溪里，难道不也是这样的吗？谁的故乡不在承受如此的"礼遇"呢？

用不着背负青天俯视神州，你只要站在大地上，就足以明白，整个中国，日薄西山的是农业社会的诗意，格式化的是乡村的耕读情怀。采菊东篱下悠然见南山的悠闲诗韵已荡然无存，把酒话桑麻邻翁相对饮的亲情亦被完全消解，乡邻亲善和睦的旧船票再也无法登上现实的客船。

该去哪里寻觅？河畔折柳的送别，渭水上萧萧的风，长江两岸的猿啼，汉阳琴台凄清的芳草……

的确，在今天，在偌大的中国版图上——我们安详、静谧、原生态的故乡，已走向灭亡！甚至在今天的中国，在故乡，你只要客观地说出大地上的真相，哪怕不作沉痛的说明，也足以证明被异化和被消亡的，还有植根故乡的精神、情感和梦。

我终于明白，我何以会把《集结号》主题曲唱的"还有什么比死亡更容易"，总是幻听成"还有什么比故乡的消失更容易"。

是啊，你返回日夜思念的故乡，可故乡，已彻头彻尾不再是你记忆中的故乡，你的故乡，既似又不似卡夫卡的《城堡》——你人已进村，但你的心，却无法真正回到故乡。

你，不是有几个"故乡"吗？我们不是也有三类"故乡"吗？一是被异化的"故乡"（当前现实），二是记忆屏幕里的故乡（记忆现实），三是童年生活的故乡（过去现实）。这真恰似哈哈铜镜的三面，熠熠生辉，光鉴天地……

其实，这些"故乡"你都无法回去了，即便能回去，如此的"故乡"，也不是你在情感上愿意回去的故乡，并不能慰藉你的魂魄。

我想，这真等同于你朝思暮想一个人，好不容易见了面，却发现他（她）根本就不是你心中的那个他（她），这也等同于陶令失去了南山东篱，苏轼沦陷了黄州东坡，宝玉丧失了引领精神的黛玉。

这亦等同于已将我的写作源头异化。写作，被我一直当作精神家园（事业）而经营，我的写作源头无法不是源自故乡。我的系列"自然笔记"——以精神和生命营建的精神家园，维系的自然物候、自然风情、自然生态、自然精神、自然哲学，无不与故乡的山水气息相通。诚如莫言先生所说，作家是用文学的方式拓展故乡，这是对故乡的一种超越。我想，任何作家、艺术家，如果丧失了精神故乡，精神家园业已沉沦，其艺术创造，还能不等同于井枯水、树断根吗？

我们已经没有传统意义上的故乡了，也没有民间了。或许，你也用不着再寻找故乡了。你业已陷入悖谬：你不知自己是谁？没有了故乡的你不就是没有来处的你吗？来处既然没有，你还可能知道自己是谁吗？你又将何往？如此个体身份认同的焦虑，断断不是什么个案，而是当今中国人的普遍现象、普遍之病、精神之病！

美国著名社会心理学家马斯洛在《人类激励理论》中认为：人的需求由低到高，依次可分出生理需求、安全需求、爱和归属感（亦称为社交需求）、尊重和自我实现（含自我超越需求）五个层次。我发现，层次越后者，其精神的因素就越重，当然，就越扎入精神家园的幽深之处。

可如今，家园的异化，又怎么"体现尊重自然、顺应自然、天人合一的理念"？你缥缈的乡情乡思何处栖寄？又如何让人民"记得住乡愁"？精神家园已无法圆满，又何以可问自己"从哪里来"？

如何才能让故乡（地理故乡、精神故乡）真正地科学发展？

其实，作为一介游子，我并不反对乡村的现代化，但却反对如此地让乡村的物质与精神失衡的现代化，反对丧失精神家园的现代化，反对破坏中国传统文明及乡愁的现代化！

如果要问世道对游子最大的欺骗和伤害是什么？我以为，就是对故乡的异化——对故乡的覆灭！

18世纪德国浪漫诗人、短命天才诺瓦利斯说得非常深刻："哲学就是怀着一种乡愁的冲动到处去寻找家园。"也有人说："哲学就是一种思考，乃一种寻根式的本质化的思考,源于一种不安。"

逛韩国超市时,我发现那印有"身土不二"的袋装大米,价格是最为昂贵的。是身土不二?是的,身土不二。这无疑等于对世人说:田里长的稻米也好,站立的人也好,社会也好,这乡愁,这精神家园,都是"身土不二"的,是唯一的……乡土就是你的精神之根!你无法分离,更别无选择!

然而,怎么办?苍茫尘世,何处寄乡愁?

我想起俄罗斯大诗人叶赛宁的那句名言:"我抵达故乡,我即胜利。"——进入精神家园、抵达精神故乡,就没有任何道路了吗?

作为华夏儿女,我推崇"中国梦"——这是以美好观念和行为建构中国人的物质家园和精神家园的大梦,是耸立在精神家园的大梦,惠泽苍生惠泽地球村的绿色梦,更是慰藉乡愁之梦。

无疑在承接中华民族长期以来的精神理想和不竭追求,这中国梦!

"日暮乡关何处是?"唐时,诗人崔颢伫立于落日映照的黄鹤楼头,断鸿声里,面对萋萋芳草,以伟大汉语吟出的这句千古之问。我想,在今天看来,除了是人生饱受精神流落的无奈之问,难道就不包含中国人,对营建精神家园、构筑伟大的"中国梦"历程的关切和忧患吗?

# 守候黑嘴松鸡的爱情 |艾 平|

原载《北京文学》(精彩阅读) 2016 年第 11 期

　　猎人老卡迪用他那杆打熊的猎枪，把松鸡妈妈击碎，接着用他不眨眼睛的脚，碾死了四个刚出壳的小松鸡，又把小松鸡的父亲用网套住，活活地吊在风中荡来荡去。后来一只大羽角猫头鹰以饕餮的方式施以仁慈，吃掉了松鸡父亲，磨难与蓝谷里"梆、梆、梆……"的松鸡之歌瞬间销声匿迹，一个物种就这样在冻土带的森林里消失了。这个加拿大作家顿塞讲述的故事叫我心生绝望，而事实竟然与之基本相符，北半球极寒地区的黑嘴松鸡濒临灭绝，已是经年不见。

　　在敖鲁古雅乡的博物馆里，一只雄性黑嘴松鸡标本让我眼前一亮。这大自然的造物比家养公鸡要高大很多，漂亮很多。它通身的颜色近似于斑斓的山野，其颈羽、脊羽由黑渐蓝，再变成绸缎般的绿，而翅膀却突兀地呈现出两片浓重的琥珀色。在身体的最后端，是黑色带白斑点的尾羽，来自根茎的油脂滋养了它通身茁壮丰厚的羽毛，使之熠熠生辉。雄性黑嘴松鸡最炫人的是眼眶上那两抹极鲜亮的大红，衬托出它深陷于渴望之中的双眸。这个松鸡标本雕塑般保持着引颈仰天的姿势，嗉囊凸起，置喙大张，尾羽如宫廷舞会的锦扇展开到极致。看起来仍然置身林间的求偶场，仿佛它头顶的松枝上还有目光，那些非出类拔萃者不嫁的雌松鸡还在注视着它，于是它不惜殚精竭虑，为了赢得爱情叫啊叫啊……

　　敖鲁古雅乡乡长告诉我，现在大兴安岭深处的汗马自然保护区还可以见到这种黑嘴松鸡。我的愿望立刻死灰复燃——我要去汗马！我要将自己变成一株沉稳的大树，悄悄地伫立在黑嘴松鸡旁，静观它远离尘嚣的生活，捕捉它微妙的生存智慧，写一篇黑嘴松鸡的传奇，在原初的大自然离开我们之后，给我们的孩子留下一点美丽的记忆。

汗马位于大兴安岭北部山脊西侧的原始泰加林深处，面积10万余公顷，自古以来，除了游猎的鄂温克使鹿部落，这里没有人生活过。天空剔透如洗，地上的腐殖层柔软而丰厚，蕴含着亘古的芳香和潮湿。千年的松树，纤细的白桦、站杆、朽木，丝绒般的苔藓，奇异的云芝山菌，缭乱的灌木……无数草本植物，交织成一片幽深的秘境。汗马有293种动物，没有谁是主人，只有生物链。比如一只松鸡，它吃虫卵，吃小昆虫，吃桦树芽，吃松树芽，最后可能被大金雕吃掉，化为泥土，去养育虫卵和树木的种籽，周而复始地永生。然而对于每一只松鸡来说，活下去是唯一的信念，保留基因是想都不用想的行动。当然每一种动物都有生育繁衍的绝招，五花八门，千奇百怪，我认为最渊博的生物学家和最先进的红外线摄像机也不能一览无余。

黑嘴松鸡为国家一类保护动物，是汗马的明星物种。平日里它们栖息在密林中，每年的四月末五月初，到固定的林间空地相聚，开始求偶交配，其场面轰轰烈烈，像一场壮丽的歌舞剧。主角当然是漂亮的雄松鸡，它们凌晨就开始了几乎不间歇的鸣叫，还打开尾羽和双翅，低飞曼舞，旋转奔跑，极尽作秀示威晒羽翅之能事，只为招徕期待已久的爱情。成群的母松鸡，千呼万唤始出来，来了也不露声色，蹲在松树枝上不动，像一个员外家的千金小姐，在楼台上久久观望着，存心要把手中的绣球攥出水来。直到雄松鸡们的演出达到淋漓尽致，绝尘一骑鲜衣怒马脱颖而出，雌松鸡才梨花带雨般凑到这只雄性松鸡跟前，开始娇羞亲热。然而爱情的节奏哪能如此简单，一些稍逊风骚的雄松鸡，并不懂什么叫抽身退步早，它们试图横刀夺爱，气昂昂走到母松鸡的旁边作勾引状，显得暧昧又鲁莽。卧榻之侧岂容他人酣睡，得胜的白马王子冲冠一怒为红颜，不惜与同类大打出手。由于荷尔蒙的驱动，雄性松鸡之间的搏杀惨烈无情，最卓越的王子，往往在羽毛散乱、眼睑撕裂之后成为妻妾成群的王侯，而失败者只得偃旗息鼓，却并不以为耻，在一边忍看朋辈成就鱼水之欢。好在他们属于非人类，每年只有十几天的发情期，不会影响森林的治安，绝无涉嫌犯罪可能。于此不由得联想到头狼、种公马的性霸权，也同样是强大者后宫佳丽三千人，

守候黑嘴松鸡的爱情

赢弱者断子绝孙；又想到欧洲人类历史上曾经的一幕——女人们生了孩子，要氏族长老们验收，身体发育不佳者，随手抛入大水池浸死。这些现象应该都是对基因传承的一种贡献。是不是在动物的世界里其实早已有了别样的文明，正在被我们现有的文化所忽视着？生命是百代千年的结果，物竞天择，优胜劣汰，一代更比一代强，是本能还是理性？这是一个问题。

到了汗马自然保护区的中心管理站，我就连忙问一路陪我们的美女宣传科长杨琨，李晔在哪里？因为曾经在汗马拍摄纪录片的呼伦贝尔电视台副台长松布热事先已经叮嘱，一定要见到李晔，他是个汗马通，不仅通地理，通动植物，还向来考察的自然科学家们学习了不少生态学理论，善于将实践经验与先进理念融汇贯通，堪称汗马达人。

一个下午，李晔陪我们步行去塔里亚河岸，他的谈话证明松布热所说没错。我信手从地上掠来点什么，他立即就能说出此物的学名和用途，诸如红端木、柴桦、塔藓、杜香、鹿蕊、黑石耳等等，讲得如数家珍，头头是道；路上看到几处动物粪便，他马上告诉我哪个是紫貂的，哪个是狍子的；遇到一堆散乱的羽毛，他一看就知道那是被猞猁吃掉的花尾榛鸡的残骸。他的谈话主题鲜明，一直在诠释他的生态保护观念，即除了防火防盗伐盗猎，绝不干预大自然，保持其原始状态就是最好的管护。他非常高兴的事情是，新近保护区使用了红外线摄像机，可以在不干扰它们生存的情况下，近距离拍摄动物的活动状况。前几天他使用这种红外线照相机，拍到了驼鹿群的活动，其中一个画面里拍到六只驼鹿，显然那是一个幸福的家族，怡然自得，毛皮油亮。当然，黑嘴松鸡是我的第一话题。李晔果然对松鸡的习性了如指掌，他说明天早上两点出发，安排我们去看松鸡跑圈。跑圈是汗马人对黑嘴松鸡求偶的俗称，也是对雄性松鸡求偶姿态的形象概括。

李晔告诉我，松鸡求偶的时间在凌晨3点开始，到早上7点结束。所以观看者要先于松鸡到场，钻进事先布置好的摄影帐篷。千万不能让松鸡看到人，它们察觉到有人，会放弃求偶迅速离开。幸运的话也可以近在几米之内看到松鸡之舞。他会在凌晨两点来叫醒我们。

我们一行住在唯一生火的房间里。大家和衣而卧，等待凌晨。汗马的地理位置在中国的冷极点上，虽然已是五月，到了夜晚，依然寒冷入骨。大铁炉子里烧着木桦子，散发着温暖，也散发着松油的芳香。已经奔波了一天的三男两女五个伙伴，倒头便发出鼾声，我却激动得久久不能入梦。辗转反侧间，发现身边的乌琼和红梅恬静的睡容是那样清晰，原来光线来自窗外，我想应是管护站不熄的院灯。

我悄悄走出房间，哪有什么灯火，染我一身的原来是千古的星光！星光如水水如天，一朝都到眼前来！处女一般的星空，许多年你远离尘嚣，却原来静静地躲在汗马的天际。让我怎样来描述你呢？像一顶巨大的王冠镶嵌着数不清的宝石？像一袭天鹅绒长裙缀满明润的珍珠？像开阔的舞台上密密匝匝大大小小的灯光？不对，全都不对。汗马的星空不仅璀璨，还是活生生的，熙熙攘攘的，扑朔迷离的。仰望之时，我感觉到那繁星如波的银河，那些兀自璀璨的巨星，那勺子一样排列的北斗七星，都在向我逼近，像明亮的雨滴徐徐坠落，让人感觉到它们雨滴一般的清冷，却不可触及。洁净的光芒是它们伸出的手，在不可知的苍穹里诱惑着我。我的脸慢慢湿润了，我的眼睛也湿润了。我决定不再睡觉，就坐在外面看星星。

你知道坐在原始森林里看星星是多么奢侈的享受吗？你知道在原始森林的星光下守候黑嘴松鸡的爱情舞蹈是多么奇异的体验吗？

李晔准时出现，一身防寒打扮，我们也纷纷穿上最厚的衣服。已经体验了寒冷的我，穿上獭兔大衣，又在外面套上了冲锋衣。两辆车行驶了半个小时，停靠在窄窄的砂石路上。叫我有点诧异的是，不知何因，李晔没有来。一位工作人员打开手电，引领我们走入黑黑的森林。夜未央，温度肯定在零下，脚下的路松软泥泞，还横七竖八地倒着绊脚的残枝朽木，不知道从哪里伸过来的灌木之手，时时拦扯我们的脚步，一不小心就陷入泥水，或者来个趔趄跟头。我们老远就听到了雄松鸡的叫声"梆、梆、梆……"像是一场石头雨，很立体地笼罩着森林，听起来十分硬朗，不像印象中的鸟鸣。这场雨的时间好长，而且紧锣密鼓，一声比一声急迫。

其实我们在林地里并没走出太远，也就不到一公里，但是于黑暗中走得艰难，就感觉走了好久。当工作人员放低了嗓音："别说话，快进去。"我们才发现自己眼前有座迷你帐篷。帐篷很轻，工作人员轻轻一举，便把我和冬海、乌琼扣在了里面，接着又把红梅和双柱扣在了对面的另一座帐篷里，然后踩着落叶簌簌远去了。

乌琼看看手机，凌晨两点半，距离松鸡求偶结束还有四个半小时，在这四个半小时中，雄松鸡随时可能开始跑圈，我们必须有足够的耐心毅力守候观察，才能达到预期的目的。我们蜷坐着不敢动，也不敢说话，只是从四个小窗口向帐篷外看着。所谓林间的空场，依然有树木林立，不过稍微稀疏一些。明亮的星空被一株株树遮挡，到处一片漆黑，几乎是什么也看不见，只听得"梆、梆、梆"的叫声越来越响。我们三人把眼睛看到酸疼，把腿蹲到发麻，就在改变坐姿的一瞬间，从身后窗口发现三米多远有个黑影，无疑是一只高大健硕的雄松鸡。我一惊喜，不由得说话声音大了点："快看，这儿有一只！"我们的三双眼睛挤在一个窗口，屏神静气，死盯着那只松鸡，只盼着它开始舞蹈，只盼着李晔所说的情形赶快发生，给我们一个满足。可是这只松鸡既没有跳舞也没有唱歌，也不展开翅膀，就那么直立着，偶尔踱几步，真不知道它在想什么。

冬海低声说，瞧那小短腿儿还带着毛，肯定跑不快。

乌琼也窃窃私语，我要给我妈打个电话……

我说，打电话叫她给你送来一件裘皮大衣？

乌琼说，才不是呢，我要感谢她一下。

我说，感谢什么？

乌琼说，感谢她把我生到这个世上，让我看到这么好的风景和即将跳舞的松鸡……

我们的耳语，似乎没有惊动松鸡，它离我们如此之近，一动不动地站立了起码十分钟，不慌不忙地迈开它的短腿，以散步的节奏从我们眼皮底下走过，慢慢隐入林中。从汗马回来我查了资料，证明我们窸窸窣窣的声音，还是在某种程度上引起了松鸡的警觉。松鸡对风和声音敏感，但是发情期的松鸡有些痴呆，它叫的时候会失聪，静下来时也不如平常敏感。汗马的松鸡或许对我们陌生的声音有点奇怪，便径自躲开了我们。

黎明，北纬51度的原始森林，即使在春季也是可以冻死人的。当天亮到让我们能看清自己周围的环境时，我们已经是身体僵冷，全靠呼吸的一丝热气来温暖自己了。帐篷矮，我们不能站直身体，只好不断在坐和跪两种姿势间转换，还好有前人留下的几块泡沫板可以当坐垫。地面像冰床一样凉，冬海穿一双镂空的旅游鞋，冷到何种程度可想而知，但是他总是安慰我说，还行。这时我们搞清楚了，"梆、梆、梆……"的石头雨，来自四只雄性松鸡，其中包括刚才躲开我们的那一只。它们各自开辟一块地盘，互不相干，站在四个方位，拼命呼唤着爱情。它们原地踱步的身影，一会儿被树干遮掩，一会儿又出现在树的缝隙间。透过相机镜头可以看到，原来它们鸣叫时喙一直不闭合，全靠喉结的振动发出声音。它们足足叫了三个小时，一鼓作气，矢志不渝，毫无精疲力竭之意，让我们这些守候者挨得又冷又饿又困又焦躁。

根据事先的功课，松鸡在发情期，是每天都要交配的。雌松鸡一直没有露面，什么原因？是不是都已经回去产卵了？李晔要是来了多好，真想立刻问问李晔。

已经是早上五点半了，我们蜷缩久了，终于找到一个办法——哈着腰踱步，虽然坚持不了多长时间，还是可以让血液流通流通。两个年轻人已有了感冒的症状，清鼻涕一把把地流。可是那四只松鸡，一如从前，只是一味原地踱步，一味不停地叫着，一点幺蛾子都不整，大概无一唤来梦中情人。亲爱的松鸡帅哥啊，你倒是跳跳舞，转转圈，像抖搂珠宝那样炫一下羽毛，你倒是挥戈上阵互相厮杀几分钟啊！你老是这么不温不火地叫啊叫啊，不是活脱脱地折磨人吗！

我感觉到自己的信心和热望在一点点降温，也看出冬海和乌琼正在与自己的倦怠搏斗。心想反正松鸡离我们挺远，说话不至于再一次干扰它们，于是我开始搜肠刮肚，胡乱扯起一直烂在肚子里的段子，逗两个年轻人发笑，让时间过得容易一些。笑过之后，向对面帐篷看看，红梅他们也有点难以坚持，每每直起身来，顶着帐篷移动。我说，两位小主儿，咱既然已经千山万水地来了，何不坚持到底？当即获得冬海和乌琼的一致拥护。柔和的晨曦出现在东边，却未带来一丝温暖。看看表，六点了，就是说如果在七点之前没有雌松鸡出现，我们的汗马之行，将抱憾而归，而对于我本人，有可能机会永远不再。

倒计时开始。我们把头探出小窗户，一点点探出半个身子，环视四只雄松鸡，观察它们头上的树枝以及跟前的林地，生怕把不好辨识的雌松鸡遗漏。我不相信自己的眼睛，又让两个年轻人细细观察一遍，认定的确没有雌松鸡到场。这时一向寡言的冬海说："昨天李晔主任说了，咱们只是赶上个尾声，大概雌松鸡都回去筑巢产卵了。"我想想，李晔是说过这话，当时我一味热望，只顾在眼前勾画想象中的精彩，真没太在意。

对面帐篷里的红梅用目光探问我们，我一松口，乌琼向她们招招手，大家举起帐篷，走了出来。有一些终于熬出来了的小轻松，也生出一种怅然若失。恰恰就在此刻，我一眼看到一只雄松鸡头顶的树枝上，落下来一只娇小的雌松鸡。雌松鸡看上去和雄松鸡简直不像一个物种，它羽毛如暗淡的深秋，身子比雄松鸡小很多，头颅的造型像没有鸡冠的家鸡，也看不到醒目的红眼影，毫无姿色可言。这应该也是进化的结果，即使素面朝天，已有君子好逑，又何必花枝招展。朴素的雌松鸡走向雄松鸡，欲作投怀入抱。我们赶紧钻进帐篷，准备静观以下的情节，可惜由于我们一时动作慌乱，引起了这对松鸡的警觉。只见雄松鸡迟疑了片刻，亮了一下美丽的翅膀低低地飞走了，随后雌松鸡也向另一个方向飞去。其他三只雄松鸡没有发现我们，还在"梆、梆、梆……"

我们分析，飞走的那一只松鸡，应该就是这里的白马王子，它赢得了唯一的异性，美梦却未能如期成真，而我们正是棒打鸳鸯的罪魁。

看到那位工作人员还在车上等我们，我心里更加郁闷，这么多人如此辛苦，到底是在做什么？不过是一次对平等生命的惊扰而已。那春天里的爱情，被我们惊扰之后是否还可以重来？假如松鸡脆弱如人类，我们有没有可能致使它们从此失去爱的能力？往深里一想，忽然意识到，松鸡的求偶场，原本就是我等人类必须远离之地。为了活下去，动物会在它的基因里悄然积攒经验，而我们之所来，在松鸡梦魇般的记忆里，将成为抹不去的阴影，被视为威胁和灾难。如果人类最终成为它们生命本能中的敌人，当它的子子孙孙看见我们的时候，其心理状态会像我们的孩子见到了毒蛇、豺狼一样。

在来时的路上，我们的汽车曾遇到两只横穿马路的小驼鹿。据我们后来的描述，李晔认定这两只小驼鹿大约在一岁半左右。其中一只懂得三十六计走为上计，立马闪电般消遁于路基下的密林；另一只初生牛犊不怕虎，像静物那样立在我们刺眼的车灯光线里，支棱着耳朵，瞪着眼睛看我们，让我们清清楚楚看了个仔细。它头顶上长出了小小的鹿茸，浑身的毛皮金黄油亮，脊背的驼峰浑圆凸起，正如一个朝气蓬勃的英俊少年。片刻，它似乎听到了某种召唤，满血复活一般，转身跳下路基，不见了。它的母亲应该就在附近。

回去的途中，我们遇见一只美丽的雪兔，蓝灰色的脊背，雪白的肚皮，身子颀长，生就一对玲珑的大耳朵。不知什么原因，它表现得看起来很友好，也可以说成有点傻，一味呆呆地蹲坐在路边做我们的模特儿，对闪光灯和快门毫无反应，让我们拍了个够，直到摄影家离它已经很近了，它才不慌不忙地一跃而去。

与驼鹿和雪兔的短暂照面，令大家又惊又喜，一路欢呼感叹，发愿下次再来。没有人关心这时刻那些被我们惊扰的松鸡、驼鹿和雪兔们在想什么。

见到李晔，赶紧汇报一路所见。听着我们在松鸡求偶场的遭遇，他略微一笑，似乎欲言又止。他告诉我，其实影像比现场看得更清楚全面。呼伦贝尔电视台的摄制组刚刚离开，可以去他们那里看看片子。我们一路困乏开车三百余公里，当天返回海拉尔，第二天赶紧跑到电视台专题部看片子。专题部主任狄金松和记者胡民，将他们在汗马拍的松鸡求偶场景放给我们看。在他们的片子里，除了有一些近景，可以清晰看到松鸡的毫发，其他和我们看到的状况没有什么大不同。

小狄和胡民告诉我们，他们蹲了几个早晨也没有拍到松鸡跳舞的热烈场面。不过李晔刚刚来了电话，说是自己拍到了，不日将提供给他们做专题片用。

我就奇怪了。李晔啥时候拍的呢？他们告诉我，也是在昨天早上。原来李晔一路步行，到另一个秘不示人的松鸡求偶场，守候到松鸡求偶的全过程，留下了宝贵的影像资料。

嘿，这个李晔！

胡民告诉我们，李晔说了，松鸡这东西很聪明，人来得多了，就会放弃原来的求偶场。外来的人，都没有经验，难免惊扰它们。所以……

有心眼儿的李晔，敬业的李晔，汗马的李晔，你是对的。

守候黑嘴松鸡的爱情

# 一字藏天机 |张金凤|

原载《北京文学》（精彩阅读）2016年第12期

### 一、点横撇捺

汉字，中华民族的文化密码，从一页历史的陶片中走来，从黄河源头的清澈走来。汉字可一笔贯通气韵，豪气干云，大唱《满江红》；汉字亦繁复多画，需耐心描摹禅心静悟《四张机》。看似简单的一横一竖是乾坤是阴阳是哲学的卷轴，繁如丝绦飘逸，如惊鸿之舞暗藏玄机无数。

点、横、撇、捺，是汉字的经络，它们肢体简约、身量单薄，却蕴含无穷的力量；偏旁是汉字的骨架，是汉字的刀锋，意在笔先，神在形上；部首是汉字丰满的血肉，承载着一个个从远古而来的字的身世之谜，蕴藏着天地的玄机；音韵平仄是汉字的气韵灵魂，形如片羽翩飞，音似气场凝结，一韵轻扬，意指八极。

点、横、撇、捺、提、折、钩组成的汉字，就是易经里的否泰八卦，阴阳平衡，就是诗经里的赋比兴、风雅颂。一个汉字是一口井，连通着巨大的水脉；一个汉字也是一部治国大典，孔子说，一个"恕"字可安天下；一个汉字是一部哲学巨著，"中"字讲的是和谐之美，"淡"字说的是顺应自然。那些或简单或繁复的字，就是一脉脉儒家经伦，道家智慧，佛家禅意，更是一脉华夏的文明圣泉。

孤独的一个汉字是天地间坐禅或讲经的佛，是一口沉思的古井，是一脉文明的源头；两个牵手的汉字是知音相遇，是眷侣神仙，是彼此的扶持、成就和无言的懂得，是相互的搀扶和陪伴；三个字相遇，是万物生，是三点定面，有了无限的拓展，是三足鼎立，构成一个最稳定的和弦；四字成语如椽如柱，经天纬地，如琉璃瓦，金碧辉煌在华屋之立柱，辉耀着栋梁；押韵、对仗、格律，散装的汉字是联，是金线穿珠，是琴瑟和谐，是互补扶持天地相合；韵味、意境、格局，词牌为金冠，一阕新曲一阕民风，在流云里、音韵中飞天般袅袅娜娜。汉字排列成唐诗宋词，是闪烁的珠衫翠服，装扮着华夏文化灿烂夺目；汉字的排列是史书是药典，是厚重的史记春秋，是神奇的草木为医。汉字最长的排列是族谱，从三皇五帝的传说到秦砖汉瓦真实的史迹，蘸着墨，蘸着朱砂，蘸着血迹，蘸着赤诚，真实地标记了中国文脉的传承。

"点"是最小的笔画，别看它小，却是皇冠上熠熠生辉的明珠，是一字千金的诺言，是称提万斤的那点秤砣，没有它乾坤就乱了，再准的秤星都是虚设。点，是点豆腐的那勺卤水，没有它，一缸豆浆永远混沌，不会有质的飞跃。点，是百战浴血的那一枚勋章，是经天纬地的信物玉玺，用来执掌天下，指点江山。没有一个起点，漫长的人生路就是海市蜃楼。没有现实的起点，再美好的蓝图都画在纸上。一个点，在天是闪烁的星星，给仰望者梦想；在地是希望的种子，传承生命，延续香火；在人间，它就是那黑夜中的灯盏，为探索的脚步照明方向。点如水，清纯透亮，是生命的源泉，是漫漫旅程的一个个脚印，是人生仰望高处的灯盏；点，是一枚印鉴，一言九鼎，信安四方；点，是刀口上那明晃晃的钢刃，没有刃，一口钝刀，哪里削得平世间的块垒？没有那一点，不论多么生动的龙都只是画在壁上的色彩，要腾飞，还得有点睛之人出手。说什么自己努力了那么久，那么久的努力只欠点拨的一点，就与飞翔无缘。

"横"，那么平，如一碗水端平，如水的无私。横是一架天平，是人良心的一杆秤。当"横"在肩上，它是担当，是一个人堂堂正正地接过责任，此生担当道义，不负重托，不辱使命；当"横"别在腰间，它是约束，是规矩的尺度，是法律的力量，是遵循规律走出天圆地方，是万物参拜太阳生长；当"横"卧在脚下，它就是一道门槛，一条横在眼前的河，挡在面前的壁，对懦弱的人来说，那是一条羁绊的坎，无法逾越的雷池，永远无法突破的壁垒；而对于乐观者，这一横却是拨开杂草和迷雾的藜杖，又是一条通往远方的小路。你勇敢地去跨越,执着地去破壁,就是面前横着一座山,你也会翻山越岭到达远方。

"竖"顶天立地,是一根旗杆威严树立,大旗不倒,信念不倒。竖不偏不倚,竖堂堂正正,是追日的夸父,是补天的女娲。竖不营私、不斜逸,是神农尝百草救病疗伤,是舜耕田亩济天下苍生。竖是一根历史的血脉传承,竖是中华民族文明的薪火代代相传。竖是寂寞的坚守者,艰苦的探索者,竖绝不做墙头上的草,更不做风里的云。竖的信念是扎根红色的土地,用干瘦的身躯,做开花的铁树。

"撇"是缥缈入云的豪情,是侧卧如峰的壮实,是剑走偏锋的智慧,是潜行在大地的隐逸。"捺"是坚实的脚步循序渐进地攀登,如宝剑待机出鞘,是五彩梦起飞的航道。撇捺如手足,当"撇"与"捺"双手相握,就是友谊是力量,是万里长城永不倒,是众志成城无坚不摧;当"撇"与"捺"双足立地、相互成就和支撑,就是最神圣的组合,是"人"在天地间,是登山我为峰,渡水我为舟,是天地万物皆为我用的万物之灵。

"提",那是从低到高处的一次飞跃,是对凡俗的背叛,对规律的发现。"提"是嫦娥一号探索天空的奥秘,"提"是氢弹爆炸时华丽的蘑菇云。"提"是藏不住的锋芒,掩不住的才华,是岩浆到了熔点火山要喷发,是十月的孕育一朝要呐喊一声"世界,我来了!"已经是沉到谷底了,该是弹跳起来的时候了。哪怕这一跳无法跃上高台,无法回到原来出发的高度,至少是一种态度,一种努力,你已经在奔跑的路上。

"折",生活告诉执着的"横",有时候不能一条路走到黑,该回头的时候要回头,该拐弯的时候要拐弯。皦皦者易污,峣峣者易缺,一味追求完美,不如包容残缺的存在。百尺篙竿不如千年的门槛,有时候,一味地战斗,不如走下神坛,融入民间,在路上打个折,拐个弯,也许生活会柳暗花明,不要怕生活因此打了折扣。因为,世界上,真的没有最完美的人生,东隅已逝,桑榆非晚,幸福实际上就在俯仰之间。

"钩"是一帧隐藏的风骨,厚重处的雄心。没有这一"钩",人生是波澜不惊,多了这一钩,就是峰回路转,就是匠心独具,就是于无声处闻惊雷,就是故事里意外的结尾。那一"钩",或许是夜幕上皎皎的新月,正渐渐长大,或许是挑开珠帘的那一声叮当的钩环,闺阁的芳馨由此打开。"钩"是水落石出的那一个结果，或者一钩钓取贪食者的布局。"钩"是远走的路上的一个回头，是爱到不能自拔时的一个警醒。也许是败北的马蹄不甘心的嘶鸣，一个回马枪，改写了战争的结局，扭转了乾坤的机关。

三点水，是润泽大地的水，是江流奔涌澎湃起的浪花。它是水，是一件百搭的衣饰，愿意为任何一个寒冷知羞的躯体御寒遮蔽。它遇川成浪，遇洼成泽，遇谷成江河，遇广袤成湖海。它遇干渴成润泽，遇污浊成濯洗。它是乳汁是蜂蜜，是丰收的琼浆；它也是药剂，是墨香，是洋洋洒洒的史书。

绞丝旁，是怎样一枚婉转多姿的绶带，佩挂在勇士的肩头，或者是一枚飘摇的绿色丝绦在绵软的柳枝中荡漾。它是水红色的飘带，在窈窕的淑女裙间优雅；是缥缈游弋的云，是绿肥红瘦的青春。它是绫罗绸缎，在华贵的厅堂赏梅花半开，是棉麻布衣，在乡野的阳光抚摸下扑棱棱长大；它是丝绢，在"扎扎"的织机上成缕成匹成瀑布；它是纱缕，在泠泠的溪涧边浣去尘埃，洗去沧桑，还原清纯，柔滑如初。当遇到绞丝旁，冰就融化成一江春水，欢快歌唱；当遇到绞丝旁，山就披上一件柔和的绿衣，掩盖起严肃的面孔。绞丝旁是修饰着田园的花朵和鸟鸣，是老牛在田埂，脚步比缰绳走得更悠闲；是石头开花，从笑歪的嘴角处流淌出一丛阳光。它是纲常，是伦理，是经纬，是天道的半壁江山；它又是风流倜傥的羽扇纶巾，端庄儒雅，丹青素琴。

四点水，同样是水，却是汪洋恣肆的水，如瀑如洪如兽如魔的水在大地上横行。事不过三，三点水已经是盛泽之水，水多则溢，溢成汪洋，吞田噬物。洪水汹涌，女娲炼石补天是因为雨水过盛，大禹治水也是为缚住苍龙，人们搬来山石土木镇压，水不疏导终成决堤之患，于是，水灾变身成烈焰，变身成火熊熊煎熬。"鱼"字踩着四点水舞蹈，是在水上游，还是在火上飞？世间隐藏着那么多水火无情，水火不容，却又物极必反否极泰来的至境转换和意想不到的玄机，如水之火，燎烤着每一个挣扎的灵魂，每一步成长都有破茧成蝶的痛，都有涅槃重生的煎熬。

"山"是一马平川里的崎岖，是崇山峻岭的巍峨，山挡住了远望的眼睛，挡不住梦想的翅膀。梦想可以飞越万水千山，将山当作闲坐时补墙头的风景，隐居时身后的一帘屏风。山是我们平静生活起了浪花，顺风顺水里的潮涌。山是父亲的脊背，沉静深沉，他遮挡过我们，是为了给我们一个更远大的梦想和未来。

## 二、流浪的字

最早的文字只是一个意念攀附上了一个载体，是心中的情绪难以宣泄，用一个符号求一种解脱，镌刻下巨大的灾难或喜悦。刻在山石上，给天地阅读；结在藤蔓上，体现自己的悲喜。汉字的奔波，比六千多年的半坡村落还要早，还要艰辛；汉字四处飘零、流浪，跟着聚居之前的原始篝火散落在岁月深处，无法挖掘。在那个半坡氏族的温暖村庄里，50多种符号聚在一起召开了第一次聚会，庆祝它们结束流浪的步伐。它们整齐地躺在石头上，规律地演唱着快乐的歌谣，汉字脚步在这里积聚，梦想在这里萌芽。朝露晚霜，寒来暑往，那些承载巨大秘密的符号在寒暑里瑟瑟发抖，在风雨霜雪里衰老哀叹，它们多么需要一段坚硬易存的床板安放它浪迹的脚印和疲惫的身躯。甲骨，剥离自血肉之躯的坚硬鞍马，驮上了这些流浪的文字。

甲骨文是隐喻的天机，暗藏的心迹，是一枚大道至简的书签，是一阕洪荒苍凉的印记。一个简单的符号或线条，记录着天地间的秘密，自然界的规律，伟大的发现和进化，记录着部族的兴衰或者蓝图，或者是对天道的虔诚，对地母的尊崇。龟甲兽骨，修竹拓木，因为镌刻了有意义的线条而有了灵魂，因为承载了历史而成就了不朽的价值。

小篆是一场绵延的战火，焚烧了六国的城池和堡垒，焚烧了宝座和虎符，焚烧了林林总总、咿咿呀呀的占山小寇。那些败落的王，被小篆的华美烧得形神俱散。小篆以它的美统一了天下文字，那些粗陋的文字俯首称臣，在岁月里逐渐削去了犄角，隐匿了音信。"书同文，车同轨"，小篆在秦国大篆籀文的基础上羽化，褪去了繁复的笔画，兼收了时代的和谐与华丽。小篆一直如歌舞女子一般优美，它好像在创字之初就不是仅仅担任记录的功效，而是有舞蹈娱目之美。后宫佳丽，民间杨柳，繁复处珠光宝气、环佩叮当；简约处风摆杨柳、临水照花。小篆横平竖直，践行着人立于世间的刚直秉性，却又圆劲均匀，笔画以圆为主，圆起圆收，方中寓圆，圆中有方，表达了人们对天圆地方的崇拜，对方正做人、圆满做事的期盼。

隶书是小篆的近侍，辅佐着文字的传承，最终以绝对优势取代。造字之初，它只是小篆的一个侍女，是小篆的一种辅助字体，身份卑微，只做红袖添香。一个"隶"字，透露着隶书的出身和地位，小篆走着走着因为没有子嗣而将文字的源流让位给隶书。隶书虽起源于秦一统疆域的雄风，却更多地浸染了大汉朝的雍容华贵气度、庄重宽容之美，所以叫汉隶，并以庄重为修行。隶书是扶正的侧室，却没有小人得势的旱魃，它具有了母仪天下的气度，书写起来略微宽扁，体现一种宽厚和包容。隶书蚕头雁尾，起笔凝重，大事可托付；它结笔轻疾，干脆利落，不拖泥带水，凡事求圆满。隶书，一辈子不隐藏自己的身世，坦荡担当曾经的卑微，光华却辉耀了千秋之久。

　　汉字的性格各异，癖好不同，分体书写使汉字的美更是重峦叠嶂，远近高低各不同。篆书是民间的字谜，是绣女手中的锦绣，旖旎婉转，多情汁液满溢；隶是士大夫，满腹经纶，修心追古；楷书如书生端庄儒雅，丹青羽扇，坐怀不乱；行书如剑客急行，锋芒暗隐；草书是炼丹狂士，手执救世的灵丹，天下苍生不入眼，一马倥偬，闲云野鹤。

　　大约从粗粝藤蔓上一个标记事件的结开始，汉字从萌芽到襁褓，历经甲骨文的青涩童年，钟鼎文的执着印记，由小篆开枝散叶，隶书的花团锦簇，草书的狂放不羁，楷书的修行坚守，行书的洒脱通透，文字在流浪中，变形诸多，留下了芳香的足迹和动人的故事。那刻于甲骨，铸于青铜，凿于石碑，镌于竹简，浸染于棉帛丝绸的文字，是中华文明的烟火传承，那随意的一个转身就是《诗经》，一牵手就是楚辞，一欢聚就是汉赋，一列队就是大唐浩如烟海的诗篇，是宋惊涛拍岸的词牌。它们是汉乐府，是木兰辞，是平平仄仄的楼梯，带你登高望远，吟咏昨夜西风凋碧树；它们是桃花源水，清泠叠玉，澄澈着金玉般的友情；那些被战火烧在赤壁石间的字，被瀑布镌在灵秀庐山的字，被大雪封在极寒塞地的字，只是小号里的起点音，是中国文化的基点。汉字，那些散落的星辰，散开的花朵，零落的玉石，在人的手中排列成星座，排列成园林，组合成奇珍。

　　那些汉字，阵容强大，组合有序。汉字是碑林，记录着民族血脉的传承；汉字是乡愁，每一个汉字都凝聚着浓重的乡音；汉字是铺展的工笔，流丹的大写意，是一篇篇汪洋恣肆的大赋，是浓墨重彩的《清明上河图》；汉字是金刚，一首短诗，一副楹联，每一个汉字里都蕴含着无底的富矿，洞彻了无涯的乾坤。汉字是口井，是甜水井，滋养生命的传承和延续，那井水是一种药，一旦喂养过一颗淳朴的黄皮肤的生命，这一生他都无法戒掉这思念的瘾。天道皆藏字中，一笔一画都体现风水阴阳，体现教化和传承，一字一乾坤，一语一经典。山川河流入字，文墨精神入字，铮铮铁骨入字，朗朗乾坤入字。孤单时汉字是一首小令，一字千金，枯藤照出四季枯荣，人生跌宕；热闹处汉字是一篇芳华四溢的汉唐大赋，洋洋洒洒，殿宇华屋市井陋室，惟妙毕现。汉字冷了就归隐田园和山林，是禅语一枝，是平常屋檐下的一枝素梅花，开着孔乙己、甲乙丙；汉字寂寞了就重出江湖，一呼百诺，呼啸天地间；汉字是深闺贵胄家的千金之娇，环佩叮当，走一步是繁复之美，舞一曲是霓裳羽衣。汉字在长衫的方巾上镶嵌，在秉烛的灯火里生花，在疾行的快马间军令如山，在血脉的传承里历尽黄沙始见金。

### 三、以何为贵？

**以女为贵**

中国字的萌芽是远古时代，传说中，汉字起源于仓颉造字。黄帝的史官仓颉根据日月形状、鸟兽足印创造了汉字。复杂的汉字不可能由一个人发明，仓颉可能只是一个汉字的搜集、整理者，在统一和创新上作出了贡献。仓颉所在的远古时期，是人类向母系社会过渡的时期，女人在生活中占主导地位，人类的尊母情结应该是与母系社会女人的绝对地位关系重大，更与每个人成长中对母亲的依赖和尊崇有关。所以，最早的文字以女为贵。女，在文字中，一直是个简单而神圣的字。甲骨文字形中的"女"像一个敛手跪着的人形。所以，人类一开始就意识到女性忍辱负重的艰辛，从字面上就给了她一个说法和感恩。古代以未婚的为"女"，已婚的为"妇"。甲骨文的"妇"，字形左边是"帚"右边是"女"。表示已婚女子要操持家务，多洒扫事务，比之清纯少女，多了责任和担当。

良女为"娘"，汉字从牙牙学语中的幼儿开始，人类第一个脱口而出的汉字是"娘"。"娘"是撼山动岳的发声。从字面看，娘是无比高贵的称谓，是"良好的女子"才配使用的字。古汉语中"娘"一般指青年女子，多指少女。后来竟然因为它的高贵和美好，成了妇女的统称。古代给女孩子起名，多用娘字，如《千里送京娘》中的京娘，《聊斋志异》中的封三娘、范十一娘；梁山好汉一百单八将中，仅有的两位女子，分别是"母夜叉孙二娘"和"一丈青扈三娘"。即便是四肢粗壮性情凶悍的女孩子,也用了"娘"字,可见"娘"是多么被追捧的美好字眼。美丽的女子叫"秋娘",追求爱情的女子有杜丽娘,传说中的名妓叫杜十娘;中国唯一一位女皇帝,在人们习惯的称谓里,竟然是"媚娘",不仅用了"娘"字,连"媚"据说也是她14岁入宫时由太宗所赐,她占用了两个由"女"字旁构成的字。

娘,是古代最美好的字眼,纯洁无瑕的少女之代名词。繁体的娘,是女字旁加"襄"。"襄"意为"包容""包裹"的意思。女性是含蓄的,是不轻易抛头露面的,是藏在深闺的,尤其是年轻女子。另一层意思是:女性是隐忍的,包容的,是温柔温和的。再一层意思,就跳离了年轻女子,这一层包裹是娘字含义的拓展:"女"和"襄"联合起来表示"身体包裹了婴儿的妇女",是腹内怀胎的女子,后来又延展成怀抱娇儿的女子。"良女"是受人尊重的,当娘的崇高出现倍增时,就至高无上。当"娘"双字相叠,成为"娘娘"的时候,不得了,尊卑拓展成了阶级分化。至高无上的那个女子,一人之下万人之上的那个女子,不甘心当芸芸众生里被人尊崇的女子,要双倍的尊崇,于是,她就成了"娘娘"。"娘娘"是皇帝的第一夫人——皇后。接着,万人敬仰的娘娘又披上了神的光环和衣衫。真龙天子的原配,母仪天下的娘娘,渐渐就脱离了凡尘,与女神越来越近,于是,观音菩萨这位佛家至慈至善的女神,也成了"娘娘",被民间称为"观世音娘娘""送子娘娘";玉皇大帝的原配叫作"王母娘娘",人类的缔造者成为"女娲娘娘";推及其他,有神灵的女神大都佩戴了这一荣誉称号,如"眼光娘娘""痘神娘娘""桃花娘娘""枣神娘娘"等。在凡人心目中,最伟大最高尚的那个人,不是权位至上的皇后、王妃,那太遥远,太冷漠,无法寄托凡俗之人的景仰之情;也不是庙堂之上的威严神像,那太虚幻,也无法完全寄托一个凡夫俗子的尊崇。于是,人们脱口而出的"娘"是自己一生最珍贵、最珍惜的那个人,那个给了自己生命和抚养恩情的女人,那个给了自己一生牵挂和爱的女人,那个在眼前触手可及的时常被忽略却呼之即来的人,"娘"!喊一声娘,空旷的人间立即就温暖如春;喊一声娘,大地震颤,苍穹无语。这世间,还有比娘更伟大的字眼和角色吗?

女性的天性是隐忍包容随和,所以"女"作为偏旁,可以与很多部首搭配成字,可见,女子这一温柔角色,是可以身安于辅佐之位,心安于服从之职的。这也是女性地位使然，一个女人，从少女到青年，总要谈婚论嫁，嫁作他人妇，由一个家庭剥离出来，嫁到一个陌生的环境里去。所以，女子必须适应，必须接受，必须与众多未知的因素结为一体，迅速缔造新的生活关系。在古代，女子出嫁为归，她所出生的那个家不是家，夫家才是她的家，她的出嫁就是女子找到了自己的家。即便是如此开放的现代，女人也将找到可以托付的男人称为找到了归宿。嫁出去的女人，就是新娘，是那个男人另一个像母亲一样依赖和心心相通的人，女人是不可以辜负"新娘"这个词的，她寄托的是男人的家族甚至整个社会对女子的期待。新娘接过娘的责任，对丈夫体贴、规劝、抚慰。相夫教子的女人，第一要务是辅佐好丈夫，第二要务是生养并教育孩子。男人年轻时，称自己的新娘为"娘子"，老了成为夫人。"二人"组成"夫"字，就是说，成家立业的男人才真正是夫，而夫人就是这个"夫的人"。夫人再好听，也仍然是一个从属地位的词。"人"字肩头扛上一道横是"大"，就是接过责任，就不再是小孩子，而要对这世间有所担当。"夫"是"人"扛上两道横，那是二，是夫妻两个人，一个人肩上扛了两个人的责任。

　　女人出嫁就产生了诸多新的社会关系，这些新关系也是女字旁组成的字。如，那个最重要的老女人就是"婆婆"，旧社会，婆婆是天，女子们谨小慎微地在婆婆面前行事，年轻的女子就是在最下层慢慢地隐忍着、付出着甚至煎熬着。多年媳妇熬成婆，女子的地位由新妇渐渐熬成母亲，最后又成为婆婆，一旦到了婆婆级，就是人生曙光的来临，执掌天下的日子到了。女子出嫁后还要面临"妯娌"间的打磨，那些出身不同、处境相似的女性，在同一个屋檐下或勾心斗角，或亲如姐妹，妯娌关系实在是非常微妙的人际关系。

　　最美好的事物出自女子，都由女字旁帮衬。嫦娥是最美的仙子，婀娜是最美好的姿态，嫣然是最美好的表情，妖娆是媚好、娇娆的年轻貌美，是在水一方的佳人，婕妤是倾国倾城的传奇。娉婷之女，妗媛之女，婵娟之女，女子，是世间最美丽芬芳的花。

　　"委"字有禾有女，是事业家庭双丰收，是物质精神兼得，是神仙的日子。一个女人，甘愿把禾托举在自身之上，是一种献身精神，也是一种自我牺牲精神，人们会替她委屈，因为这世间，人愿意高于物质，虽然依赖物质而生存,但是,谁忽略了人权而过于注重物质,那他是本末倒置的。但是那些女子们,常常是将自身低到尘埃之下,托举着禾和一切需要她的力量的物质而艰辛地存在。"委"又是一种委托和信任,苍天把禾苗和女人交给你,是信任一个男人的责任和能力,这就是为什么男人在社会中总是勇于担当的解释。当一个男人,将女人和家产都托付给你的时候,这是怎样的信任。

女子隐忍到尘埃中的极致,是一些令人伤心的女子,她们是奴是婢,那些出身卑微、处境可怜的女人,带着刑枷行走的女子,血管里流着泪水。解除了奴婢制度的社会,才是真正有人性的社会。女遇残酷的生活变故,就如禾苗遇霜而凋萎,女遇霜则天塌地陷。在男人为天,男人执掌天下的社会,一个女人一旦失去了丈夫,成为"孀",就像一株霜中苟延残喘的禾苗,已然没有了生活的图景。即便还能够仰望太阳,遭受霜打的植物,是否还有一个灿烂的秋天?

**以田为贵**

中国有一部漫长的农耕史,历来以田为贵。

度过母系氏族,漫长的中国历史就由男人来主宰,那个伟大的"男",是有力量的人傍田而立。"男"字结构"从田,从力",表示用力气在田间耕作的人。现代的伟男大都远离田园了,那"田"蜕变成一扇扇写字楼里的格子窗,一张张工作台上冷漠的电脑。是造字之初先人就这样预言了男人的归宿,还是造化巧合?

田字无疑是象形字,广袤的一片田野,要有边,没边的可能就是荒芜之地,边就是疆域,代表了开垦,代表有主人。于是,一片大野,被篱笆围起,被田埂界定,成了封地。人来人往地耕种,那些错综复杂的小路出现了,文学词语叫阡陌。"阡"是指南北走向的埂;"陌"是指东西走向的埂。一块大田,有了阡陌才有了"田"字。这是通俗意义上的田。如果把田放在人类的生存史上看,那么"田"字就是"口中有物"。在漫长的农耕时代,民以食为天的哲学空间里,有了田地就是有了生存的根本,有了糊口的粮食,蔽体御寒的布帛,总之,有了田地,就"横""竖"都有了。田字暗含有五个口,四个小口和一个大口,那么田就是人口的吸乳之处,是哺育的根基。田有四个日,横两个,竖两个,在人们崇拜诸神的岁月里,太阳神尤其重要，日光一照，天地有彩，一旦出现日食，古人惶惶。万物生长靠太阳，日头藏在田地里，自然蕴含丰收图景。

在男尊女卑的封建社会，最尊贵的男人的"男"字，就是田与力气的组合。一个有力气足以举起、胜任田亩劳作的男人才是真正的男人。富贵是不足炫耀的，但男丁是可骄傲的，因为，有男丁才有耕田的劳力，才有了生活的保障，"一夫不耕，全家饿饭；一女不织，全家受寒"。而今天的田地上，已经基本上没有靠力气劳作的人了，用的是机器，大工业时代取代了男人的神力，也蔑视了男人的存在，一个个远离田园的男子是抑郁的。渐渐地，无田的男子也没有了力气，萎靡不振的一代，垮掉的一代，是谁之过？谁能回答历史的诘问？

男人的男，另一种解为"甲"与"刀"的组合。甲是铠甲，刀是兵器，所以男人，在和平时代是耕田的劳力，在战争来临的时候必须是士兵，披甲带刀，捍卫家园。在构字上，男与女截然不同，它不轻易给任何一个字做偏旁，也几乎不与别的字一起组合成字，他是独立的，就像天地间的男子汉一样伟岸。一个含有"男"字的字是"外甥"的"甥"，是伟岸的男人身边跟随着一个小童，是男人慈爱一面的展现。"无情未必真豪杰，怜子如何不丈夫"，不管一个男人在外面的世界如何呼风唤雨，他终究是一个有感情的人，是一个家庭中的角色，是儿子，是父亲，是祖父，是叔叔，是舅舅。在晚辈绕膝的生活层面上，他既是一个小孩子的偶像，也是他们的亲密玩伴。一个男人，不要以任何事业的借口疏远你的孩子。作为一个伟男，唯一可以堂堂正正俯下身来的事是与童子嬉戏，这是远古时代，祖宗造字的时候就推崇的。还有一个男字组成的字是"嬲"，属于生僻字，现代汉语已经不多使用，是戏弄、纠缠、骚扰的意思，这个字看起来就没有正能量，两个男人欺负一个女人的事，是世间男人们最唾弃的行径了。

"田字出头"即为"甲"，甲是拆的意思，指万物剖符穿甲而出，是天生万物，破冰成溪。甲的本意是指种子萌芽后，所带的种壳，幼苗破壳而出，必然生机勃勃。甲的字形就是意喻"扎根的田"，是种子发芽，是那片最有希望的田地。所以，甲，这片有希望的土地被作为天干十个字的开头之字。春雷动，雨润百谷，雷声是农耕时代的图腾之音，造字的先祖视为天下丰收的福音，于是，雷字构造是"田"地之上降甘霖——"雨"。种子发芽，雨水勤勉，田地就茂盛起来，就有了"苗"，禾苗蓬勃，丰收有了扎实的基础。

有田处，有人留，居有粮出有车为富，五谷丰登、六畜兴旺是福。东风与便，万事完备，田川风景如画卷，子孙贤孝笑堂前，人生的每一样福祉，都与田川有着千丝万缕的关系。以一个农民的子孙回望我的田亩，给我乳汁给我口粮的田亩啊，与樽前的娘亲一样的尊贵。

一字藏天机

# 诗歌

# 我的故乡还剩下什么（外三首） | 杨 康

原载《北京文学》（精彩阅读）2015年第3期

　　　　油菜花开得那么安静，蜜蜂集体
　　　　默哀。树绿了，阳光迈着细细的步子
　　　　　仿佛是衰老的蚂蚁拖着它走
　　　　只有阳光的移动提示着时间的存在

　　　　　门被一把锈迹斑斑的铁锁锁着
　　　　　屋子里散发出腐烂的绝望的气息
　　　窗户上的窗纸已经破落，飞虫进出自如
　　　　　　蜘蛛的网早已布满屋檐
　　　而通往家门口的路不知何时起野草茂盛
　　　　　门前的小河流着流着就没了动静
　　　　　一山之隔的邻居也已举家搬迁

　　　　　　太阳又上升到另一个刻度
　　　　满山的知了开始聒噪，我在这响声里
　　　　　感到眩晕。我的故乡还剩下什么
　　　　　　它只剩下一个内部空空的名词
　　　　　　像知了的壳，孤独地挂在树上

### 它们在城里也拥有如此好的名声

我从电视里知道城里人也把它叫作
折耳根。在城市听到别人这么叫
我的内心突然松懈下来
我不再会因为它有一个乡村的名字
而经常躲躲闪闪

折耳根。原来城里的人也这么称呼它
这是我早就知道的一个名字
这是从老家的田坎上长出的名字
在这个城市，聚会的餐桌，在酒杯的映衬下
直到我夹到碗里吃到嘴里
我都没有说出这个菜的名字

我曾多么无耻地想要掩盖
我身上所散发出的泥土的气息
现在的折耳根，是一道时尚的菜肴
它们在城里也拥有如此好的名声

### 端午花开得那么鲜艳

今年的端午节，我又在别处过了
留下父亲一人在远方的村庄
我在大城市与朋友相聚，喝得烂醉如泥
把人生理想束之高阁

父亲早早地煮熟粽子备好蜂蜜
鸡蛋和大蒜也已经熟透
他还去小镇买回两斤猪头肉和一罐雄黄酒

阳光照射在墙角的时候
　　正好是下午三点，该吃饭了

　院子边一丛一丛的端午花开得异常鲜艳
　　水田里的秧苗一缕一缕随风摆动
　　父亲一次次失落地望着它们

### 总有那么一个人会使我想起你

在大街上，在车站，在商场的拐角
　我习惯性地觉得遇到的这个人
就是你。我向其微笑，点头，问好
她满脸茫然。一副莫名其妙的样子
　　认为我是傻瓜是神经病

　　我又一次认错人了。人群中
　总有那么一个人会使我想起你
只是她的鼻子或嘴巴，与你的相似
　　只是她做的某个小动作
　你曾经也那么滑稽地做过一次
　只是她穿过的一件外套和你的近似
　我就把她误认为是你，我觉得
　好像是我们在另一个地方重逢了

# 睡在父亲离世的床上 |周瑟瑟|

原载《北京文学》（精彩阅读）2016 年第 4 期

睡在父亲离世的床上，我听到大地的心跳在寂静的夜里
咚咚咚从另一个世界传来，那是我父亲的心跳
像是飞蛾撞击油灯。生命的勇气一点点熄灭，而思念更
长久，躺在父亲离世的床上，我想体验父子的心灵感应
父亲残留的体温是否温热？夜里我梦见与哥哥围坐在老屋的
书桌边，我写字，哥哥捏泥人敌军长，油灯照亮了童年
父亲去了哪里？　　他在公社、政治与家庭中间穿行
一部黑色手摇电话机，一张老式办公桌，记忆里
阳光强烈的空气里灰尘上下翻飞，父亲硬朗的脸浮现
我被墙角三五支步枪吸引，穿中山装的父亲上衣口袋里
插着自来水钢笔，他的口才我继承了多少？他沉默的
风度我到中年才开始学习，而人世的屈辱转化为尊严
与不屈，父亲犹如飞蛾扑火，生命的炽烈与无畏终将熄灭

睡在父亲离世的床上，我听到父亲接电话的声音在七十年代
喂喂喂喂从电线里传来，晃晃荡荡的电线里有我父亲的心跳
风吹饥饿的麻雀倒栽在水库的碧波上，我听到父亲的心跳
在今夜另一只麻雀身上复活，小小的心脏隐藏在黑暗的树梢
它飞过了多少次生死轮回，我就能听到父亲多少次心跳

今夜父亲那部老式电话机在世界某处响，丁零零的声音
打破了夜的寂静，无人接听，它的主人消失在灰尘翻飞的
光线里。我躺在父亲离世的床上，电话铃声刺激我的耳膜
电话机黑色外壳，父亲的手摇动电话机的动作，一一浮现
成群的麻雀在电线上此起彼伏，而总有一只因为饥饿
在水库的碧波上挣扎，我回忆起一阵风吹起麻雀肚皮上
白色的茸毛。电话铃声微弱，像那只麻雀渐渐没了体温

睡在父亲离世的床上，我听到学校操场上人声鼎沸
集会正在进行，现场群众与未来的我，同时听到大喇叭里
周秘书在作报告，阳光暴烈，公路上的烂泥散发热气
父亲沉稳的声音经过高音喇叭的扩散，在今夜我能听见
嗞嗞嗞的颤抖，发电机不稳定的电流里有父亲粗重的呼吸
与翻动报纸的窸窣声，那时父亲应该是我现在这个年龄
文才被公社短暂征用，周秘书的称呼却延续了几十年
而我一直觉得怪怪的，好像是强加给他的身份越来越缩小到
老一辈人的嘴里，直到他们一个个离世。记不得哪一天周老师的身份
取代了周秘书，一代又一代的学生长大、生育，教育陪伴了您后半生
直到您在黑板上写下"同学们，再见了！"父亲，我们能再见吗？
我是您的儿子，也是您的学生，黎明到来，我坐在床上睡去
是的，我相信在睡梦中可以与我的父亲——我的老师再见一面

睡在父亲离世的床上，我听到父亲在喊我的乳名
自从我十八岁离家，乳名被遗弃在故乡，像一个秘密
今夜我听到父亲在叫我的乳名，我模模糊糊就答应了
父亲的声音像我读中学时那个夜晚，我与哥哥睡在学校宿舍
下半夜我隐约听到有人叫我与哥哥的乳名，是父亲在敲门
我在睡眼惺忪里跟着父亲，记得那个晚上月亮高悬，脚踩在
结了冰的路上发出嘎吱嘎吱的响声，父亲的咳嗽声在前面
我知道家里出了事，惊恐第一次突袭一个少年，当我看到哥哥

抱着姐姐痛哭,我半梦半醒,惊讶哥哥的哭声,原来伤痛
是冲破喉咙的哭声。姐姐被抬上担架,亲戚们在灯光下晃动
天尚未明,他们要去湘江边赶船,送姐姐去长沙治病
我少年的记忆里从此种下了父亲、哥哥与姐姐分离的
那一幕情景。而今天父亲不在了,幻觉中父亲在叫我起床

睡在父亲离世的床上,我听到春天在后山奔跑的欢乐声
众树像父亲,经过短暂冬天的树叶墨绿,生命更加容忍
散发出的爱,需要生者去沉思,需要在悲伤与欢乐之间
来回转换,祖坟山埋葬了多少代人才获得今天的静默与
葱茏。一群人来上坟,鞭炮齐鸣,烟雾四散,跪下的儿孙
年长的面容悲寂,强忍住眼泪,年幼的像树枝上的嫩芽
在风中颤抖,年老的发出了呜咽。春天已经来到了父亲的
新坟上,因为他的加入而让祖坟山今年有了新的悲伤
悲伤万古常青,新的加入者如新鲜的黄土年轻而充满朝气

睡在父亲离世的床上,我听到春雷滚滚奔向黎明时分的故乡
湖南持续的高温冬天终于在夜里迎来淋漓的细雨,春雷一响
沟渠里的活水在不远处喧哗。我撩开窗帘,天色微明
我想起童年时父亲与哥哥捉回鲜活的鲫鱼,鲫鱼与泥水的腥气
我有三十多年没有闻到了。我披衣坐起,脑子里有鲫鱼跳跃
春雷追着牛犊,满山的青草一夜间开始疯长,春雨贵如油
昔日乡村炊烟沿着田埂弥漫的景象,随时光已逝,田地荒芜
河水汨汨流淌,野草掩埋乡间熟悉的道路。时代巨变,门前的
池塘缩小了,春雨还没来得及灌满,我的心里却堆满了从北方到
南方的雪水。属于故乡的春雷在云层里炸响,睡梦里的亲人
多少年来他们习惯了这突然而至的春雷。父亲留在堂屋墙上的
皇历翻开了新的一页:弥勒佛祖诞,今日辰时雨水
7时50分,天亮了,农历乙未年迎来大年初一日
本日九紫,母亲起床,她以为春雷是父亲回到人间大地

358                                                          不可医治的乡愁

她说:"我要扑上去抱住你父亲,不让他再离开我了……"
——我的娘呀你不要抱住父亲,让雷声消失,让春雨洒满故乡

睡在父亲离世的床上,我听到母亲在佛前祈祷——
向西南方迎喜神,向西方迎贵神,向正西方迎财神
向北方迎我父亲。"昨晚那三声雷响,是你父亲带领
他另一个世界的亲人向这边报平安,他会保佑我们。"
母亲的想象何其美好,超乎我的想象。一家人吃团圆饭
父亲的座位空着,一碗白米饭,一双筷子,一杯酒
摆在儿孙与母亲中间,去年他还坐在那个位置,我们干杯
祝父母长寿幸福,我们的笑容里有掩饰不住的痛
泪水滴在酒里,我看见父亲在后退,一个人的生命正在耗尽
所有的挽救与祝福都显得渺小无力。留在人世的时光不多了
上洗手间时父亲第一次紧紧牵着母亲的手,死死捏着不放
"这些年从未有过,他从未这样紧地抓过我的手啊……"
母亲跟我谈起父亲迎接死的感受是那样具体
"他都不需要我陪伴,连呻吟声都不发出来,只是有过
最后的叹息。"父亲临终前一天将一本字典送给侄孙女
他自己尚能洗澡,临终前姐姐给他洗了脚,他执意让母亲
与姐姐先睡下,只有几秒钟他就走了,"没有痛苦,你姐夫
扶着他的头。我抱着他时已经没有了气息。"母亲的叙述
终于平静,她经过了九个月的生离死别,向我无数次叙述
父亲最后的时刻。"一只蝙蝠来了,我对他说你回来了——
那是你父亲,他舍不得家,回来看看,他飞回家几次
我追着他,他突然飞到床底下不见了……真的是他
最后一次我打开后门,让他从后山飞走了……"
这是母亲向我第一次讲到蝙蝠。我相信我们终将走向时间的
黑洞,父亲在前面引路,我们排着队,像一队黑夜里的蝙蝠

睡在父亲离世的床上

# 时间之伤（组诗）| 荣荣 |

原载《北京文学》（精彩阅读）2015年第5

## 爱人谣

我的爱人在东张西望他的心分成三瓣
每一瓣都是一颗没有落定的尘埃
我无法阻止我的爱人东张西望

我跟着我的鞋去见我的爱人
我跟着我的路去见我的爱人
我跟着我的忧伤去见我的爱人

我笑不出来的时候见到了爱人
我哭不出来的时候见到了爱人
我醉得摇晃的时候见到了爱人

他在别处淌着圆润的泪水
我也在别处淌着圆润的泪水
一条河床能暗藏起多少潜流

我的爱人一直在东张西望

没人知道我身体里插满了刀剑
没人知道我只是等待着青草由青转黄

是否
我是否也有这样的愿望
像栽入深潭的云彩不再回头

我是否也能跟上自己的内心
摆脱飞舞的裙子
甚至来不及选择奔跑的姿势

我是否也能像她一样
将一份迷醉随意流露着
让更多的人看到我内心那条
汹涌不够泛滥也不够的憋不住的江河

## 水　袖

那年小红越过矮墙
她的水袖挂破在刺槐树下

那年梅娘嚼着槟榔她的水袖
扯得山高水长之后断了音讯

现在是她们集体亮出的水袖
仿佛要先她们一步找到极乐之地

我如此清白又坎坷的情路啊
至今我的水袖仍深藏于肌肤
仍没撞到一片容我试探深浅的月光

嘘轻一点
嘘轻点轻点
别惊动他们他们就要步入寂静
这是庄严时分举起的脚也要在尘土里落定

这时他们打开的胸膛将有月光
自由出入天开地阔
每一种快乐都是向外推送的波浪
每一种快乐都能跑到天边
然后有曼妙的幸福悠然地回传

这时寂静是伟大的引领
而他们是将被深植的心灵果核

## 蝶 恋

"我能与你一起飞吗？"
"或者，能偶尔栖息于你的翅膀？"

他没有言语宽大的羽翼小
心地围拢
像在呵护一份柔弱的心跳
"爱，也是仁慈的光芒。"
"不为表演，只想让自己的心
欢喜地看见。"

两只倾心的蝴蝶让天空辽阔
也让美飞舞着成为天地间
的一种事物

## 回　转

一个疾步如飞的人
他的欢喜落在山那边了

一个憋不住火焰的人
他的泪水也会燃烧

一个被阻止的人无法寻找
因被遮挡而消失的道路

看上去总有些事与愿违
层层叠叠的苦难如此悲壮

趁还没深陷可以停下来吗？
他呼喊着试着要将自己喊回来

## 表　演

总有误区那些被言语所隐藏的
那些辞不达意的肢体
或者欲说还休再三缄默时分

就像他吞吞吐吐的抱怨：
"你总是中途离开……"
但每次她都以为跑完了全程
害怕天亮了他会像鱼一样游开

就像那些人想刻意回避的情绪

却总在不经意间泄露
他们隆重的表演突然惊吓到
了自己

## 在 案

东晋永和年间的化蝶事件
案发地在宁波高桥
涉案地上虞杭州
关键词是士族 平民 封建 抗争
最后才是两只蝴蝶 无枝可栖

其实那年从上虞出发
祝英台的身子已开始轻盈
呼应着书窗外那树烂漫的桃花

而憨厚的梁山伯起先是一只笨鹅
趋附于之乎者也的草料
日同桌晚同床
三年后才开始失重

那时他已将英台送出很远
有十八里吧那时的一里
抵得上现在的十万八千里

但他的速度更快
他用一把忧郁的刀
剔净肉剔净骨头
他说飞就要飞了——

"小九妹,你相信爱情比天大么?
我准备了两对翅膀……"

## 至 今

这个不起眼的女子
至今仍在这里强颜欢笑
若无其事地看他来回
至今仍在人前行色匆匆
偶尔低头看表仿佛有人等候
她常常是沉静的这些时候
她总是被
过去的悲伤追上并笼罩
她曾是他惊天动地之爱的秘
密主角
现在她努力消解它们
像岁月消解多余的欲望和梦想
留下更多自嘲的力量

## 时 间

他准时出现在这个时间节点
仿佛为她浩瀚的悲伤添一份慰藉
或者并不是他只是一个幻化物
在孤寂的舞台秘密行进着

一种不幸若能够诠释就能够化解
一种不幸若能够持续就必将终结
眼下她的悲痛已近尾声
她的欲绝也近似圆满

不用左顾右盼大幕就要合上
他们都将隐去曲折迂回处的一个转身

## 虚 化

那么多人！每一个都闪着
自以为耀眼的光芒

每一个都有许多方向
每一个身后都跟着许多条大道

还有更多的争吵和结论
声音像是潭底一次次搅起的
泥沙

他们更诧异于我这卑微之人的孑然独行
带着如此微弱的声音和光亮

诧异于泪水铺就的小路
竟是我从心所欲的那一条

## 脸 谱

他们偶尔露出的惊悚表情
被抓住被固定了

从此被关在这张脸谱里
像旷野之鸟被收入笼中

叫声也被一次次曲解
　　其他的发音全是言不由衷

"我们不是这样的。也不是那样的。"
　　但谁去分辨他们已被遮蔽的

谁说他们还在挣扎当挣扎也被遮蔽
　　那看不见的就是不存在的

# 西藏，唵嘛呢叭咪吽（外二首）|潇 潇|

原载《北京文学》（精彩阅读）2016年第4期

我失身在喜马拉雅
那个叫西藏的地方
一滴血，喷薄的太阳
逆境极限的母亲
长满苔藓的苦难向你磕头

桑烟、经筒、幡旗
你坐落在寒冷的高地
轮回的密码
破译人类的浅薄
渡过生老病死四条河流

真言六字的普照
是全部的光，是神灵
是顶峰上的降落：
哦，西藏，唵嘛呢叭咪吽

庐山中秋月
中秋，那一枚

挂在天上的金币
一代又一代
支付着人类膨胀的开支
世界都市的夜晚灯火透明
月色像做旧的亚光玻璃
被人类的小聪明索取
装饰纸上的山水
如一块照耀的伤疤

灯火打劫的黑夜
出版动物的恐惧
人间被生物钟敲乱
随着收割海啸、飓风
与大地震的年月，开始虚脱
一只塑料真理的胖手
操控文明浮肿的身躯
死神折断时间的箭头
怒视着，咬牙切齿

而今夜，我逃离
都市的光明和陷进高楼的肉体
到庐山，对镜梳妆
一捧月光流水
面貌纯净
抬头，雨后山涧的松枝
连着高空与远方
中秋月亮的珍珠，挣脱痛
落满了我揣在怀里的庐山

痛和一缕死亡的青烟

这些年，我一直在酸楚
这朵空空的云中
最喜欢的人，在气候外变冷
在命运里挣扎
一夜之间，被内心的大风吹到了天涯

坏消息像一场暴雨越下越大
我撑着伞，雨在空中突然停止
记忆的疼痛从半空飘泼
我浑身发抖，无处可去

一场春天的鹅毛大雪，短暂而诡秘
世界变态，浮在冰凉的水面
我悄悄流泪，雨雪
又在我的脸上下起来

伸手触摸，痛和一缕死亡的青烟
从指尖爬上额头
秋天的死皮在冬天的脸上削落
爱，一步跨进了冬天
我用疼到骨髓的伤口斟酒
一生一世，嫁给了空气

# 春天笔记（组诗） |安 琪|

原载《北京文学》（精彩阅读）2015年第1期

### 甲午年春，读《史记》，兼怀父亲

父亲，是你说的："孝始于事亲，中于事君，终于立身。"
所以这个春节，我不回去。

我就在异乡，读你，读《史记》
我日写诗一首，"扬名于后世，以显父母，此孝之大者。"

父亲，若你还在人世，我必接你至京
饮酒，抽烟，品茶，这些，都是你喜欢的。

我必带你闲逛庙会，地坛、龙潭湖、八大处……
咱——逛去。父亲你说，周公死后五百年出了孔子
孔子死后又五百年了，那个即将出来的人又会是谁

父亲，我知道司马迁已把这个名额抢了过去，他不推让
他不推让！

父亲，我如今活得像个羞愧
一个又一个五百年，已过……

### 月球表面，或蚂蚁是怎样爬上纸面的

黑暗在孤寂中搅拌自己
制造出一群群声音的蚂蚁，你在黑暗中
你是一张纸
接住了黑暗孤寂的搅拌。

### 秋日之末游园博园

从哪里辟出这两个飞机场大的园博园独立于京城之外
仿佛。

地铁越来越空
我们越来越兴奋仿佛来到了京城之外，我们。

燕山远处
园博园近处
新啊，万物皆新
花草，建筑，空气，和虫儿啁啾
波涛的白云涌起在天蓝色的幕布上
在高处
大海，翻转到我们头上以供我们惊叹

在园博园行走，或坐卧
这秋日之末阳光晒晕了我们的眼但晒不疼我们的脸
这秋日之末的阳光！

毛茸茸的狗尾巴草穿上脆薄的黄衣裳

这秋日之末的阳光
并不能让死去千年的胡杨木复活
但胡杨木何曾死去！

现在
月亮出来了，一天将尽
月亮的弯镰刀收割京城的喧闹和京城之外的空旷
来了。

两个飞机场的园博园，月亮要劳作一个晚上
直到天明，阳光重新播下种子——
悄无声息
或大放异彩

## 春天笔记

走在玉兰含苞
柳条吐露叶芽的淡绿中
春风揪乱黑发
黑发中的白线儿闪现
走在僵硬道路渐渐回软的胡同里
听
天空吹起呜呜的号角
低垂的槐树枝支棱着干枯的
耳朵
默记着玻璃大队行进的披挂
它们就要倾倒下
一地的碎光——

春天睁开它的眼！
春天的每次睁眼
都是新的！

在春风和春风互相撕扯的地上
永远有幸福的人在幸福
不幸的人在不幸

永远有老人痴痴而行，看见死之将至。
有孩童纯真喧笑，不知死为何物。

春风，就在这时钻入我心——
我既不年老也不年少
我看见了死亡

但心存侥幸。置身春天布下的匆匆幻景
我像那只灰喜鹊衔枝飞行
偶尔停歇屋檐
最终欢于筑巢。

## 拴马桩

青春就是惊涛骇浪
每一匹青春的马，都想带着拴马桩飞跑
每一匹青春的马，都想站在青春的中心，骇浪惊涛。

评论

# 我的阅读经历 |梁 衡|

原载《北京文学》（精彩阅读）2015年第6～8期

一个作家的写作是由两大背景决定的：一是他的生活，二是他的阅读。

经常有人问我，你读过些什么书，能不能向年轻人推荐一些？我就面有窘色，一时答不上来。一般作家谈阅读时都能很潇洒地说出那些大部头，读过多少外国名著。我却不能，就算读过几本，也早已忘掉了。我不是小说作家，是写文章的，正业曾是新闻写作、公文写作，业余是散文写作。这些都强烈地针对现实，不容虚构情节、回避问题，否则写出的文章就没有人看。所以，从作家角度来说，我的阅读是一种另类阅读，是"撒大网、采花蜜"式的阅读。从一个普通知识分子来说，这是人人经历过的最普遍的阅读方式，只不过可能我更认真些并且与写作联系起来。这种方式对学生、记者、公务员和业余写作爱好者可能更合适一些，我就都曾有过这些身份。下面是我阅读和写作的简要经历。

## 一、关于诗歌的阅读

人生不能无诗，童年更不能无诗。条件好一点的家庭注重对孩子专门的选读和辅导，差一点的也会教一些俚语儿歌。这是一种审美启蒙，情感培养和音乐训练。

我大约在小学三年级开始背古诗，中学开始读词。除了语文课本里有限的几首外，在父亲的指导下开始课外阅读。最早的读本是《千家诗》，后来有各种普及读本《唐诗100首》《宋诗100首》及《唐诗选》《唐诗三百首》，还有以作家分类的选本如李白、杜甫、白居易等。这里顺便说一下，我赶上了一个好时代，中学时正是"文革"前中国社会相对稳定，重视文化传承的时期，国家组织出版了一大批古典文化普及读物。由最好的文史专家主持编写，价格却十分低廉。如吴晗主编的《中国历史小丛书》，几角钱一本；中华书局的《中华活叶文选》，几分钱一张。不要小看这些不值钱的小书、单页，文化含金量却很高，润物无声，一点一滴给青少年"滴灌"着传统文化，培养着文化基因。这是我到了后来才回头感知到的。说到阅读，我是吃着普及读物的奶水长大的。

和一般小孩子一样，我最先接触的古典诗人是李白，"床前明月光，疑是地上霜"，诗中总有一些奇绝的句子和意境（意境这个词也是后来才知道的），觉得很兴奋，就像读小说读到了武侠。如："日照香炉生紫烟，遥看瀑布挂前川。飞流直下三千尺，疑是银河落九天。""一为迁客去长沙，西望长安不见家。黄鹤楼中吹玉笛，江城五月落梅花。"并不懂这是浪漫，只觉得美。后来读到白居易《卖炭翁》《琵琶行》，"浔阳江头夜送客，枫叶荻花秋瑟瑟"，又觉得这个好，是在歌唱中讲故事，也不懂这是叙述的美，现实主义风格。总之是在朦胧中接受美的训练，就像现在幼儿学钢琴，学跳舞。后来读元曲，马致远《天净沙·秋思》："枯藤老树昏鸦，小桥流水人家，古道西风瘦马。夕阳西下，断肠人在天涯。"他不说人，不说事，只说景，推出9个镜头，就制造了一种说不出的味道，这就是王国维讲的"一切景语皆情语"。当然这也是后来才知道的。但要想后来能够领悟，就要预先播下一些种子，这就是小时候的阅读。一说古诗词，人们可能就想到深奥难懂，其实古人的好作品恰恰是最通俗易懂的。如李白的"举杯邀明月，对影成三人"，杜甫的"两个黄鹂鸣翠柳，一行白鹭上青天"，李清照的"花自飘零水自流，一种相思，两处闲愁"，都明白如话，但又不只是"白话"，这里面又有音乐、有图画。因为诗的功能是审美，并不是难为人，好诗人是在美感上争风流的。倒是今人学诗、作赋，食古不化，以僻为荣，不美反涩。古诗词的阅读价值至少有三个方面，一是思想内容；二是意境的美；三是音韵的美。后两个都是审美训练，这是每个人的写作都要用到的。我们常说，文章美得像诗一样，就是指文章的意境和韵味。在所有文字写作中，只有诗词,特别是古典诗词是专门来表现意境和韵律的美感的。为什么强调背诗词,就是让这种美感一遍又一遍地濡染自己的心灵,浸透到血液里,到后来提笔写作时就会自然地涌流出来。现在一般人家节衣缩食给孩子买钢琴,倒不如备一本精选的古诗词。因为成人后,一万个孩子也不一定出一个钢琴家,倒是有一千个要写文案,一百个会当作家,而且在成人前每个人都得先当学生,人人都要写作文。

诗歌阅读对我后来写散文帮助很大。当碰到某个感觉、某种心情无法用具象的手法和散体的句式来准确表达时,就要向诗借他山之石,以造成一种意境、节奏和韵律的美感。所谓模糊比准确更准确,绘画比摄影更真实。

新中国成立60周年时我发表的《假如毛泽东去骑马》,是顺着毛泽东自己曾五次提出要骑马走江河的思路,假设他在"文革"前的1965年到全国去考察(当时中央已列入计划),沿途对一些人事的重新认识。是对毛泽东后期错误的反思,是对"文革"教训的沉痛思考和历史的复盘。通篇表现一种反思、悔恨、无奈的惋惜之情。有许多地方一言难尽,只有借诗意笔法。

设想毛泽东在三线与被贬到这里的彭德怀见面:"未想,两位生死之交的战友,庐山翻脸,北京一别,今日却相会在金沙江畔,在这个30年前长征经过的地方,多少话真不知从何说起。明月夜,青灯旁,白头搔更短,往事情却长。"这里借了有苏东坡词《江城子》与杜甫诗《春望》的意境。而写毛泽东再登庐山想起1959庐山会议批彭的失误,写道:"现在人去楼空,唯余这些石头房子,门窗紧闭,苔痕满墙,好一种历史的空茫……他沉思片刻口中轻轻吟道:安得依天转斗柄,挽回银河洗旧怨。二十年来是与非,重来笔底化新篇。"在诗意的写景后又代主人拟了一首诗。毛泽东本来就是诗人,其胸怀非诗难以表达。

《一座小院和一条小路》写邓小平"文革"中被贬到江西强制劳动。"他每天循环往复地走在这条远离京城的小路上,来时20分钟,去时还是20分钟,秋风乍起,衰草连天,田园将芜。"这里借秋景来营造一个意境,抒写他忧郁的心情,都是古诗里的句子。

回忆季羡林先生的文章《百年明镜季羡老》中有这样一段:"先生原住在北大,房子虽旧,环境却好。门口有一水塘,夏天开满荷花。是他的学生从南方带了一把莲子,他随手扬入池中,一年、两年、三年就渐渐荷叶连连,红花映日,他有一文专记此事。于是,北大这处荷花水景就叫'季荷'。但2003年,就是中国大地'非典'流行那一年,先生病了,年初住进了301医院,开始治疗一段时间还回家去住一两次,后来就只好以院为家了。'留得枯荷听雨声',季荷再也没见到它的主人。"花胜花枯,前后不同的诗意。

有时文章到了结尾处情绪激昂无以言表,只好用诗了,如《梁思成落户大同》一文的结尾:"我手抚这似古而新的城墙垛口,远眺古城内外,在心中哦吟着这样的句子:大同之城,世界大同。哲人之爱,无复西东。古城巍巍,朔风阵阵。先生安矣!在天之魂。"这种效果有如"曲终收拨当心画,四弦一声如裂帛",非诗不能表达。

我在中学时开始读新诗,断断续续订阅《诗刊》直到工作后多少年。新诗给我的影响主要不是审美,而是激情,虽然我后来几乎不写诗,但这种激情一直贯穿到我的散文写作、新闻采写和其他工作中。我们这一代人的诗人偶像是贺敬之、郭小川。他们的诗我都抄过、背过。《回延安》《雷锋之歌》《向困难进军》《祝酒歌》等就像现在的流行歌曲一样响彻在各种场合。他们的诗挟裹着时代的风雷,有万钧之力,是那个时代的进行曲,能让人血液沸腾。它的主要作用不是艺术,而是号角。如郭小川的诗句"我要号召你们,凭着一个普通战士的良心。以百倍的勇气和毅力,向困难进军!"毛泽东说:"郭小川的《将军三部曲》《致青年公民》我都看了,诗并不能打动我,但能打动青年……他竟敢说'我号召!'我暗自好笑,我毛泽东也没有写过'我号召!'"那是一个特定的年代,现在做不到了。现在思想多元化,诗歌当不了号角,不能再起动员作用,它又回归到审美,但是小众的孱弱的美。那时还出版过一本《朗诵诗选》,精选名家诗作,还有《革命烈士诗抄》都对我影响很大。我现在还保存有几本当年抄诗的笔记本,里面有许多抄自书报刊的无名好诗。1968年12月,我大学毕业分配到内蒙古,先要在农村劳动一年。村里没有什么书可读,塞外的数九寒冬,四个大学生挤在一盘火炕上念诗,互相回忆过去读过的好诗。从北京带去的《朗诵诗选》帮我们度过了那个寒冬之夜。现在想来是有点幼稚,但却留住了一点激情的火苗,受用一生。我见到好诗就抄就背,这种爱好持续到40岁左右。后来我在新闻出版署工作，见到新华社老记者张万舒，我说我背过你的《日出》《黄山松》，"九万里雷霆，八千里风暴，劈不歪，砍不动，轰不倒！"一次全国作协开会，我与诗人严阵坐在一起，我说，我现在还保存有你的诗集《竹矛》。他们没想到在二三十年前还有我这样一个"粉丝"，大家都很激动，谈起那个诗的时代"老夫聊发少年狂"。我在《人民日报》工作，都快要退休了，带着采访组到贵州采访。路上，贵州山水如诗如画，我想起了贵州老诗人廖弓弦的一首诗，背出了第一段："雨不大细如麻，断断续续随风刮。东飘，西洒，才见住了，又说还下，莽莽苍苍，山寨一幅淡墨画。"同行的年轻人都很惊奇，他们不知道当地还有这样一个诗人，可惜诗人已经过世。这是我高二时在中学简陋的阅览室里读到的，发在《人民文学》的封底上，印象很深。少年时的记忆真是宝贵。那时阅览室里杂志不多，怕人拿走，每个刊物都用一根粗白线拴在桌子上。我不但背诗，也写诗，20多岁时在河套平原劳动，一年后又当记者，夏收季节800里河套金黄的麦浪一直涌到天边，十分壮观。就不自量力写了一首几百行的长诗《麦浪滚滚》，那时"文革"还没结束，当然也没有刊物可发。我第一次得到的稿费不是因为散文，而是诗歌。1975年我调回山西，到大寨下乡，写了一首诗，发在《北京文学》上，稿费14元。当时大学毕业生的月工资46元，稿费单插在省委传达室的窗户上，让很多人眼红，我也自豪了一阵子。1988年我将自己多年读、背、抄的诗选了56首，按内容和体例分为写人、写景、抒情、词曲体、古风体、短句体、长句体等11类，加了40条点评，出版了一本小册子《新诗56首点评》。但我终究没有成为诗人。

　　新诗阅读对我写作的影响主要是两点，一是激情，二是炼字。

　　旧诗给人意境，新诗直接点燃人的是激情。在各种文体中，诗歌的分工主要是抒情。散文抒情不如诗歌，叙事不如小说，说理不如论文，但它的长处是综合。如果能将每种文体之长都拿来嫁接在散文中，这就出新了。我后来总结"文章五诀"：形、事、情、理、典。这个"情"字就要靠读诗来培养。诗陶冶人性，让人变得热情，可以改变你的性格，你的人生态度。我后来当记者，直至退休多年，每见一新事，就想动笔，甚至一人看电视看到好的节目，听到一首好曲子都会流泪，与读诗有关。当你胸中鼓荡、翻腾，如风如火，如潮如浪，想喊想叫时，这就是诗的感觉，但是不去写诗，移来为文，就是好文章。我曾经写过一篇文章《为文第一要激动》，谈的就是这个体会。青年时期关于诗的训练并不吃亏，都无形地融入了文章中。1984 年我写了一篇散文《夏感》，选入中学课本，使用至今。全文只有 666 个字，歌颂生命，抒发一种激昂向上、拼搏奋斗的情绪。其实这就是 10 年前那首数百行长诗的转世。那首诗我现在连一个完整句也想不起来了，但那种情绪总在心中鼓荡。诗歌所给予的感情上的律动在我后来的散文中都能找见。阅读诗，但写出来的是散文，正如鲁迅说的，吃进去的是草，挤出来的是牛奶。

读诗对写作的另一帮助是炼字、炼句。诗要押韵，就逼得你选字，本来中国字很多，但这时只许你使用一小部分。如果碰上窄韵字更是走钢丝，冒风险。李清照所谓的"险韵诗成，扶头酒醒，别是闲滋味。"经过这种训练后再去写文章，就像会走钢丝的人走平地，可以从容应对了。下笔时经常一处换三四个甚至七八个字，这就是诗的推敲功夫。从字义、字音、字数上推敲。比如，我在《秋风桐槐说项羽》中说到项羽故里的一棵梧桐和一棵古槐，人们在树下"轻手轻脚，给围栏系上一条条红色的绸带，表达对项王的敬仰并为自己祈福。于是这两个红色的围栏便成了园子里最显眼的，在绿地上与楼阁殿宇间飘动着的方舟。秋风乍起，红色的方舟上托着两棵苍翠的古树。"这里是该用"布带""丝带"还是"绸带"。现场实际情况是什么都有，但文学创作，特别是散文要找意境效果。"丝"的质感华贵纤细，与项羽扛鼎拔山的形象不合；"布"更接近项羽朴实的气质，但飘动感不如"绸"。因为文近尾声，这里强调的是"在绿地上与楼阁殿宇间飘动着的方舟"，隐喻两千年来在历史的天空，在人们的心头飘动着的一种思绪。所以还是选"绸带"好一些。还有诗歌常用叠字，特别是民歌。如李季《王贵与李香香》中的"山丹丹""背洼洼""半炕炕"等，自带三分乡土味。我在《假如毛泽东去骑马》中，写到毛泽东回到陕北，就是用的当地的这种民歌口语："他立马河边，面对滔滔黄水，透过阵阵风沙，看远处那沟沟坡坡、梁梁峁峁、塄塄畔畔上俯身拉犁，弯腰点豆，背柴放羊，原始耕作的农民，不禁有一点心酸。"而写到他内心的自责时，则用古典体："现在定都北京已十多年了，手握政权，却还不能一扫穷和困，给民饱与暖。可怜二十年前边区月，仍照今时放羊人。"借了唐诗"可怜无定河边骨，犹是春闺梦里人"意。

　　诗歌因为与音乐相连，所以最讲节奏。节奏感主要由句式、章节、平仄构成。我在《新诗56首点评》的研究中专门分了长句类、短句类。指出："短句体借鉴词曲手法和口语句式，节奏强烈，如鼓点，如短笛，如竹筒倒豆。出语就打在你的心上，不另求弦外之音。"如郭小川的《祝酒歌》："斟满酒，高举杯！一杯酒，开心扉；豪情，美酒，自古长相随。"我读过的印象最深的短句诗是一首《同志墓前》，作者叫丹正贡布，并不出名，注明1963年创作于阿米欧拉山下。当时我手抄在一个本子上，第一节是这样的：

　　　　五里外，/ 滚滚黄河，/ 高唱着 / 不回头的歌，/ 五步内，/ 三尺土下，/ 炽燃着 / 不熄的火。/ 朝朝暮暮，/ 悼念苦我心，/ 走近墓前，/ 泪往草上落……

　　"五里外、五步内、三尺土"锤锤落地，寸寸剁下。最后的"落"字又落在一个仄声上，节奏更短促急迫。

　　在散文中，当有需要强调的地方，我就多用短句，如敲鼓、钉钉。如在《把栏杆拍遍》中写辛弃疾"对国家民族他有一颗放不下、关不住、比天大、比火热的心；他有一身早练就、憋不住、使不完的劲。"

　　而长句体"它不是打击乐，不求鼓点式的节奏，而是管弦乐曲，收悠长、浑厚、深沉之美。"还以郭小川为例，他的《团泊洼的秋天》："秋风像一把柔韧的梳子，梳理着静静的团泊洼；秋光如同发亮的汗珠，飘飘扬扬地在平滩上挥洒。"这是长句，适宜舒缓的描述。我在《草原八月末》中写对草原的感受就是用的长句："看着这无垠的草原和无穷的蓝天，你突然会感到自己身体的四壁已豁然散开，所有的烦恼连同所有的雄心、理想都一下逸散得无影无踪。你已经被融化在这透明的天地间。"而有时又要长短结合。如《红毛线，蓝毛线》中"红毛线，蓝毛线，二尺小桌，石头会场，小石磨、旧伙房，谁能想到在两个政权最后大决战的时刻，共产党就是祭起这些法宝，横扫江北，问鼎北平的"。

## 二、关于散文的阅读

读散文少不了古典散文,这类似现在搞流行音乐的人,也少不了要知道一点古典音乐。对我影响最大的古文家有司马迁、韩愈、柳宗元、苏轼、范仲淹等。对一般人来说,只要不搞专业,用不着去找他们的原著,古籍浩如烟海,又艰涩难懂,是读不过来的。好在中国文学有个好传统,一代代精选前作,把最优秀的挑出来,只读这些就够了。关键是精读,最好能背,取其精,得其神。我的古文阅读分三个层次。一是最基本的,课堂上的学习。中学时我是语文课代表,书中的每一篇古文都是熟背过的,并且要帮老师考同学背书。二是扩充阅读。读一些社会上流行的综合选本。最有名的是《古文观止》,但那毕竟是古人编写,离我们还是远了一点。我用得最顺手的本子是中国青年出版社1963年版的《历代散文选》,共选了150篇,基本上囊括了历代名文,注释浅近易懂。编者之一的芦荻,后来一度是毛泽东的古文陪读,最近才去世。它成了我的工具书,平时放在案头,下乡采访时背在包里,早晨起来背诵一篇,那时我已过40岁了。三是选更精一点的普及本,经常查阅、体味。如前面提到的《中华活页文选》,还有上海古籍出版社1963年出的一套古典文学普及丛书,每本只有几毛钱。如《宋代散文》2角8分,现在插在我的书架上,还没有退役。从司马迁到韩愈、柳宗元、范仲淹,一路而下到清与民国之交,梁启超是一座高峰。梁继承了中华古文中阳刚的一脉,并将雄壮的文风带入了民国。你看他的《少年中国说》,讲少年与老年的不同,连用14个排比,那气势真如长江黄河顺流而下,摧枯拉朽,为古文标上了一个强烈的休止符。下面该民国和新中国的文章家登场了。

中国古代散文家还有一个好传统,就是和政治结合,除少数专业作家外,好的文章家都是政治家、思想家。我把这个阅读成果编成一本书《影响中国历史的十篇政治美文》,2012年由人民大学出版社出版,已多次重印。十篇文章都要符合两个标准,一是它当时提出了一个思想,并且现在还使用;二是文中的词汇或句子是首创,并进入汉语辞典、语典,现在也还在使用。这个标准是很苛刻的,就是说无论思想还是语言,必须是独家首创,虽过了千百年仍有生命力。这就是经典,可以作范本。这十篇是司马迁的《报任安书》、贾谊的《过秦论》、诸葛亮的《出师表》、陶渊明的《桃花源记》、魏征的《谏太宗十思疏》、范仲淹的《岳阳楼记》、文天祥的《正气歌序》、林觉民的《与妻书》、梁启超的《少年中国说》和毛泽东的《为人民服务》。这是中国文章的脊梁骨。这些文章都是用血和泪写成的。不知多少改朝换代、人事兴替、血流成河、硝烟战火、经验教训才凝成一篇文章。"一将功成万骨枯",一篇能载入史册的名文背后是几代人的心血。

古典散文中除司马迁、唐宋八大家这两个高峰外,还有一头一尾。一是汉赋,一是明清笔记小品。

汉赋,离我们远了一点,词汇可能生僻些。但它从诗歌中脱胎出来,有诗的气质、韵味,语言极度豪华。学习炼字造句不可不看,但也不必去写,毕竟时代不同了。我常看的一个本子是《历代赋译释》,黑龙江人民出版社,1984年版。我把赋的意境运用到散文中,主要是取它一唱三叹,流连往复的效果。其中枚乘的《七发》较为有名,这与毛泽东在庐山会议上曾引用它有关。我写《觅渡,觅渡,渡何处》一文时,说到瞿秋白"是一座下临深谷的高峰"就是从《七发》中"龙门之桐,高百尺而无枝……上有千仞之峰,下临百丈之溪",而化来的。

明清笔记小品的长处是比唐宋古文有了平易而精致的叙述,在叙述中抒情,说理。如张岱的《湖心亭看雪》,景中有事,事中有情。纪晓岚的《阅微草堂笔记》在讲故事中说理。他的《狐友幻形》讲,一文人有一个隐身的狐狸朋友,会变成各种人,变老、变小、变男、变女,有朋友聚会时就变来为大家助兴,但只闻声不见形。众人就说,为什么不拿出你的真形?狐说:"天下之大,谁也不肯露出自己的真实面目,为什么要强求我一人现真形呢?"说罢,大笑而去。辛辣、幽默、深刻。与司马迁、唐宋八大家正襟危坐,洪钟大吕式的文章相比,又是一种迥然不同的风格。明清散文我还特别喜欢清代沈复的《浮生六记》。这是一本笔记体散文。因是叙述自己的生活际遇,作者原也不准备发表,所以十分真实感人。文字清新流畅,简洁明亮。我是1983年左右看到这本书的,一看即爱不释手,深深地为作者高超的文字功力所折服。读这本书不是汲取什么思想,主要是学语言。比如,他写与自己妻子第一次见面时的印象只八个字:"颔之以首,笑之以目",一个淑女形象跃然纸上。本书最先由人民文学出版社1983年版,后来不少出版社又争相出版,有白话本、插图本等各种版本。我到处给人推荐,大约买了六七本送人。它实在是我国散文发展到古代社会末期的又一变格,又一个新的高峰。杨绛老先生还仿其格写了一本《干校六记》,可见它在学人心中的地位。

正如古典诗词对我写作的帮助是意境,古典散文对我的帮助是气势。文章是要讲势的,所谓文势。"文势"是中国古典写作理论中珍贵的遗产,这一点现代散文比较弱。苏东坡讲"吾文如万斛泉源,不择地皆可出。在平地,滔滔汩汩,虽一日千里无难。及其与山石曲折,随物赋形,而不可知也。所可知者,常行于所当行,常止于不可不止,如是而已矣!其他,虽吾亦不能知也。"毛泽东说:"文章须蓄势。河出龙门,一泻至潼关。东屈,又一泻到铜瓦。再东北屈,一泻斯入海……行文亦然。"古文中的好文章大多有气势。往往一开头就泰山盖顶,雷霆万钧,先声夺人。我上中学时,语文课上老师讲的一段话,让我终生难忘。他说韩愈每写一文时,总要重读一遍司马迁的文章,为的是借太史公的一口气。到后来我也开始作文时深切感到要从经典借气,为文时经常要重读名文,或者曾背过的经典文章会不自觉地跑出来助势。如《红毛线,蓝毛线》的开头:"政治者,天下之大事,人心之向背也。"《张闻天:一个尘封垢埋却愈见光辉的灵魂》的开头:"从来的纪念都是史实的盘点与灵魂的再现。"就是借的《十思疏》《过秦论》这类文章的势。其实不只是文章讲势,长篇小说的开头也讲势,中国四部古典小说中《三国演义》的开头最有势:"话说天下大事合久必分,分久必合。"外国名著《安娜·卡列尼娜》的开头:"幸福的家庭都是一样的,不幸的家庭却各有各的不幸。"这都是"文章五诀"中的"理"字诀开头。我在《二死其身的彭德怀》中有一大段叙述:"彭德怀行伍出身,自平江起义,苏区反围剿,长征、抗日、解放战争、抗美,与死神擦边更是千回百次。井冈山失守,'石子要过刀,茅草要过火',未死;长征始发,彭殿后,血染湘江,八万红军,死伤五万,未死;抗日,鬼子扫荡,围八路军总部,副参谋长左权牺牲,彭奋力突围,未死;转战陕北,彭身为一线指挥,以两万兵敌胡宗南28万,几临险境,未死;朝鲜战争,敌机空袭,大火吞噬志愿军指挥部,参谋毛岸英等遇难,彭未死。"是借自文天祥的《指南录后序》。而入选中学课本的《晋祠》则有《小石潭记》的影子。这都是站在巨人的肩膀上借势发力。

  阅读现代散文，我是从读报刊文章入手的。我上初中时，家里订有一份《人民日报》，大人看正版，我看副刊。那时报上的名家有秦牧、杨朔、刘白羽、方纪、魏巍等。当时《人民日报》开了"笔谈散文"栏目，一直到现在还流行的"形散神不散"就是那时提出来的。但我一直觉得这个观点是个伪命题，是自搭台子自唱戏，抓住一个"散"字自以为很妙，就衍伸开来做文章。其实散文相对于韵文当然是散的，莫非还要去做"新八股"？而"神"则从来也没有人说可以散。后来我在山西省委宣传部新闻处工作，订各省的报纸，我就每天把副刊扫一遍，阅读量很大。报刊文章的特点是与时代贴近，你不会陷入古籍或自我沉醉，陷入迂腐；缺点是水平不齐，一般来说浮浅的较多，多少天，才眼睛一亮遇到一篇好文章。但这正可训练你的鉴别能力。时间长了自然也会打捞到一些好东西。如我数十年前在《人民日报》副刊上读的《笑谈真理又何妨》，还有一篇小品，以推磨磨面，喻人才的使用"只要心中正，何愁眼下迟。得人轻着力，便是转身时"，至今仍历历在目。对报刊的阅读随时代的发展又增加了网络阅读，更加快捷，信息也更多。如十八大前，我们对内官僚腐败对外示弱，舆论很不满，我在网上看到普京对内低调对日强硬的几条新闻，随即写成短文《普京行走在空旷的大街上》(《人民日报》2013年7月18日)，还有在网上看到某地方人民代表大会的工作报告，竟是一首6000字的五言长诗。正值春节，大年初一无事，便写了一篇《为什么不能用诗作报告》(发《人民日报》2015年2月28日)，瞬间即点读数十万次，新媒体为我们提供了更大的阅读空间。其实阅读与写作是一个连续不断的因果关系，你阅读了别人的东西，又转化为作品服务他人。阅读是面，写作是点；阅读是吃进草，写作是挤出奶。在报刊、网络上的阅读是撒大网，如羊在草原上吃草，大面积地吃，夏牧场不够吃又转到冬牧场吃，一般草场约十亩地才能养活一只羊。我就是一头阅读散养的羊。

  上世纪30年代中国现代散文出现了一个高峰。从中学到参加工作，这一段时间一直读的是"革命散文"，虽也有艺术性好一点的，但总不脱解说政治的套子。直到"文革"结束，我读到了1980年上海文艺出版社的《现代散文选》，比较集中地读到了 30 年代鲁迅、朱自清、徐志摩的作品，让我知道了文学，特别是散文第一要"真"，要有真情实感。文学作为一种艺术，并不是必须担负说教任务，审美才是它的本行。朱自清的瑞士游记，"瑞士的湖水一例是淡蓝的，真平得像镜子一样。太阳照着的时候，那水在微风里摇晃着，宛然是西方小姑娘的眼。"徐志摩《我所知道的康桥》，"这岸边的草坪又是我的宠爱，在清朝，在傍晚，我常去这天然的织锦上坐地，有时读书，有时看水；有时仰卧着看天空的行云，有时反扑着搂抱大地的湿软。"都深深地打动了我，并永远不忘。他们对情和景的解读方式几近完美，这对读了多少年"革命"散文的我无异于一种文学回归，是我的"文艺复兴"。30 年代散文中还有一篇对我影响很大的是散文家夏丏尊翻译的散文《月夜的美感》。这篇文章是我读陈望道先生所著的《修辞学发凡》时读到的，他在书中作为例文使用。我却如获至宝，作为范文研读（可惜 1980 年再版的《陈望道文集》中此篇已被换掉）。这是一篇少见的推理散文，而且以后我再也没有见过这样写法的文字。我特别写了一篇推荐文章给《名作欣赏》杂志。文章发出后有热心的同好者来信告知，作者是日本作家高山樗牛。而且陈版所引文字不全，还缺另外五个小节。《名作欣赏》杂志又将全文补齐重发了一遍。这实是一段文学佳话。中、日文的表达方式肯定有所不同，这篇散文的文字魅力应该得力于夏丏尊的翻译，但文中独创的推理表达则是日本作家的发明。作者好像决心不让你先去感觉，而是让你来理解月色的美，在理解中再慢慢地加深感受。一般文人最不敢使用的逻辑思维方式，倒成了作者最得心应手的武器。我们平时说月色的美丽，一般总脱不了朦胧、温柔、恬淡等意。这里，作者不想再唱这个很烂的调子了，而是像做一道证明题一样来推论为什么会这样温柔、朦胧、恬淡。你看他的步骤：先证明月色的青，再证明青在色彩上力量的弱，于是便有"柔"感，生平和、慰藉之效；青的光不鲜明，于是有神秘、无限之感；便若有若无，这就是朦胧、缥缈之美。这种用推理、用逻辑思维来写风景真是太大胆了。我后来入选中学课本的《夏感》，还有刻在黄果树景区的《桥那边有一个美丽的地方》等散文，都是得力于这个启示。

从此我开始了山水散文写作，追求清新、纯美的风格。现代散文，我认为最好的是朱自清。朱之前我很崇拜杨朔，他的许多篇章都背过，但后来很快就放弃了这种模式。我小学时用自己攒的零花钱买的第一本散文集是秦牧的《艺海拾贝》，他的《社稷坛抒情》，还有魏巍的《依依惜别的深情》，都是几千字的长文，也都曾背过。1988年，我把长期阅读散文的体会编辑出版了《古文选评》《现代散文赏析》，与《新诗56首点评》合为一套"学文必背丛书"。这是强调读而后背的，广读精背，这是一个笨办法。

有阅读就有思考。作品是思想和艺术的载体，读多了就会分出好坏、深浅，并发现其中的规律。在对大量古今散文作品阅读后，我思考了三个问题。

一、什么是散文的真实？第一，散文是表现一个真实的"我"，必须是真人、真事、真情。不是小说，不能随心所欲编故事。第二，散文有它独立的美学价值，不能注解政治，套政治之壳。虽然由于那个时期特殊的政治环境，一切艺术，文学、绘画、音乐等都曾背过政治的包袱，但散文在这方面陷得更深一些。关于散文的文艺批评尽管有许多眼花缭乱的理论，却很少触及这两个最普通的大白话式的原理，或者是碍着名家的面子，不愿去说。如何为的《第二次考试》明明是小说，长期以来被当成样板散文编入课本，收入各种选本。杨朔的散文影响更大，被收入大学、中学课本，不管写景、写人都要贴上政治标签，几成一个写作定式。1982年我在《光明日报》发表《当前散文创作的几个问题》，第一次提出对杨朔散文模式的批评。十多年后，在中国作协为我组织的作品研讨会上，作协副主席冯牧老先生说："真实是散文的生命。这次看梁衡同志的这本书，有文章专谈这个问题，我们不谋而合。""他在散文理论上还有一个值得重视的贡献，就是最早提出对杨朔散文模式的批评，这种缺点不光是杨朔一个人有，这是历史的局限造成的。"为了验证我自己的这种理论，我1982年创作了《晋祠》，并于当年入选中学课本。

二、怎样突破平庸。毋庸讳言，我们平常在报刊上见到的作品，平庸的占多数。这是一个社会现实。某次，一位文学编辑对我说："我终年伏案看稿，就像被埋在垃圾堆中，心情十分压抑。"改革开放以来，散文在跳出庸俗地服务政治之后，又胆怯地回避政治，大散文不多。也正如冯牧先生说的："我不喜欢一些'心灵探险式'的散文。杯水波澜，针眼窥天，无病呻吟。这些散文不关心现实，只关心自己的情趣。这不应该是我们散文写作发展的总体趋势。"1998年7月我在《人民日报》发表了《提倡写大事、大情、大理》。以这一年为转折，我的散文写作由山水题材转入政治散文。以1996年发表《觅渡，觅渡，渡何处》为转折，这篇文章也入选了中学课本。

三、什么是散文的美，怎样做到美？我提出散文的"三层五诀"论。"三层"是描写叙述的美、抒情的美与哲理的美，即形美、情美、理美；"五诀"是形、事、情、理、典，五种表现手法。这是一个长期阅读思考的过程。1988年发表《散文美的三个层次》；2001年7月，在鲁迅文学院讲《文章五诀》，2003年发于《人民日报》。我用这个理论分析了大量散文名篇，2009年7月在中央"部级领导干部历史文化讲座"上以范仲淹的《岳阳楼记》为例进行讲解，随后出版了《影响中国历史的十篇政治美文》（中国人民大学出版社）。

在散文领域，我是两条腿走路。一方面是通过大量的阅读思考散文理论；一方面是创作实践。我的散文创作可分为前后两期。前期是山水散文，以《晋祠》为代表；后期是政治散文或称人物散文（其实仍是政治人物较多），以《大无大有周恩来》《觅渡，觅渡，渡何处》为代表。

## 三、关于科学知识的阅读

恩格斯说，一个苹果切掉一半就不再是苹果。一个记者、作家只读社会科学不读自然科学，他眼里的世界就不是一个完整的世界。

我是学文科的，后来的工作也不是科技领域。但是误打误撞，进入了科普写作。经过"文革"十年浩劫，1978年全国科学大会之后科学的春天来到了，报刊上沉寂了十年的科普文字如雨后春笋。被耽误了的一代，有的恶补文学知识，搞创作；有的恶补科学知识，准备升学或搞科研。我出于好奇，也开始浏览一些科学故事。

那时我在《光明日报》当记者，跑科学口和教育口。科技工作者思维活跃，读书多，常讲一些我所不知的，他们学科领域的故事，很吸引人，科学并不枯燥。我也常采访学校，看到学生读书很苦，而且不少人对数理化有畏难情绪，心里烦躁。我发现这原因不在学生，而在我们的教学不得法。科学和教育没有沟通。小孩子先有形象思维，数理是逻辑思维，很多学生一下子不适应。为提高学生的学习兴趣,我想能不能转换成思维,把课本里公式、定理的发现过程、人物故事写出来,让学生像读小说一样学数理化。我决定尝试一下。

第一步是找故事。读所有能看到的科普报刊,按照中学课本里的内容寻找公式、定理背后的故事。大量剪报,分类剪贴了数学、物理、化学、生物等几大本。除了剪报还摘卡片。那时还没有电脑,更没有百度等搜索,大学一入学的训练就是手抄卡片。我专门做了一个半人高的卡片柜,像中药店的药柜。只读报刊当然不够用,又读科学家传记,如《伽利略传》《居里夫人传》《达尔文传》等。读单本书不行,还得宏观把握科技进步的过程,又读科学史、工具书,如李约瑟的《中国科技史》《自然科学大事年表》之类。有事实和故事仍然不够,还得恶补科学知识和科学方法论。现在还留有印象的如恩格斯的《自然辩证法》,德国科学家贝弗里奇的《科学研究的方法》,俄裔美国著名科学家阿西莫夫的科普系列,中国数学家王梓坤的《科学发现纵横谈》,物理学家方励之的小册子《从牛顿定律到爱因斯坦相对论》等。我走的还是经典加普及的路线,读那些大家的最好的经典普及本。如爱因斯坦的《狭义与广义相对论浅说》,1964年版,100多页,才3角7分钱一本。

我写的第一个故事是数学方面的。我们在初中就学过什么是"无理数",这是个抽象概念,怎么还原成形象?古希腊有个数学家叫毕达哥拉斯,他死后,几个学生在争论老师的学问。一个叫西帕索斯的说,他发现了一种老师没有发现的数,比如用等腰三角形的直角边去除斜边,就永远除不尽。别的学生说,不可能,老师没有说过的就是没有,你这是对师长的不敬。当时大家正在船上,争到激动时不能控制情绪,几个人便把西帕索斯举起来扔到海里淹死了。事件过后,他们反复演算,确实有这么一种数。比如圆周率,小数点后永远数不完。于是就把已有的,如整数、循环小数等叫有理数,这个新数叫无理数。这就是我小说里的第二章《聪明人喜谈发现,蛮横者无理杀人——无理数的发现》。这个故事,教师在课堂上三分钟就可讲完,但学生一生不会忘。我把这故事发在刊物《科学之友》上,大受欢迎,编辑部要求接着写,结果骑虎难下,每月一期,连载了四年。1985年1月结集出版了《数理化通俗演义》第一册,1988年三册全部出齐。有一次汪曾祺先生与我同在一个书店签名售书,他高兴地为这本书题辞:"数理化写演义堪称一绝"。这本书先后出了香港版、台湾版、维吾尔文版，重印20多次，不知救了多少已对数理化失去信心的孩子，很受学生和家长欢迎。中国科学院院长白春礼、科普老前辈叶至善都曾为书作序。这是一部无法归类的怪书。它的起因，一开始就不是创作小说的文学冲动，也不是科普创作的知识冲动，而是一个记者社会责任感的延伸。

科学阅读的另一个间接的成果是充实了我的散文创作。我们常说，用世界的眼光看中国，就是说由宏观看局部更清楚，如果能用科学的眼光看文学，至少写作时腾挪的空间会更大。比如，我在《大无大有周恩来》一文的结尾处，谈到伟人人格的魅力，谈到为什么他们虽已故去多年，又让人觉得如在眼前，我借用了"相对论"的时空观："爱因斯坦先生将一座物理大山凿穿而得出一个哲学结论：当速度等于光速时，时间就停止；当质量足够大时它周围的空间就弯曲。那么，我们为什么不可以再提出一个'人格相对论'呢？当人格的力量达到一定强度时，它就会迅如光速而追附万物，穿庐空间而护佑生灵。我们与伟人当然就既无时间之差又无空间之别了。这就是生命的哲学。"

在《最后一个戴罪的功臣》一文中说到林则徐被发配到新疆边服罪，边工作，测绘耕地，"整整一年，他为清政府新增六十九万亩耕地，极大地丰盈了府库，巩固了边防。林则徐真是干了一场'非分'之举。他以罪臣之分，而行忠臣之事。而历史与现实中也常有人干着另一种'非分'的事，即凭着合法的职位，用国家赋予的权力去贪赃营私，以合法的名分而行分外之奸、分外之贪、分外之私。可知世上之事，相差之远者莫如人格之分了。确实，'分'这个界限就是'人'这个原子的外壳，一旦外壳破而裂变，无论好坏，其力量都特别的大。"这里借用了物理学上的原子裂变，即原子弹爆炸的原理，来喻人格"裂变"的能量。

在《蒋巷村的共产主义猜想》一文中，写到这个富裕村的陈列室里张贴有800年前辛弃疾描写江南生活美景的词，又写到他们现在公共福利的分配方式，就用科学术语来解释：

基因学有一个术语：基因漂流。自然物种在进化中，总有某种基因会飘落某处与其他基因结合成新的物种。共产主义理论一产生就是一个在欧洲大陆上"游荡的幽灵"，一个漂流的理论基因、科学基因。160多年后，它漂到中国的江南水乡，与这里从 800 年前漂过来的，辛弃疾词里所表达的那个天人合一、老少同乐、物我一体的乡土基因相结合，成了现在的这个新版本，蒋巷村版（现代中国还有其他版本，如华西村版、南街村版、大寨村版，含义各有不同）。

修辞上有一种格叫"拈连"，把本是用于描述甲事物的词移来说乙。如"相对论""裂变""基因"都是专用的物理、生物词汇，却用来说人和事。把科学思维、科学术语用于文学，正是一种跨界大拈连。拈连实际上也是一种比喻，是隐喻。而比喻中甲乙两物是相距愈远，性质差别愈大，所产生的比喻效果就愈强烈。

因为阅读科普作品，同时又采访科技界，使我有机会参加有关学术活动。1984 年 8 月在北京召开全国第一次思维科学讨论会，筹备成立思维科学研究会，我有幸参加。这种综合学科的研讨与文学界开会有很大不同。会议人数不多，一共才 59 人，但名家不少。我过去的偶像如钱学森、吴运铎、高士其等都出席了，还有 80 岁的心理学教授胡寄南，美学家李泽厚等。钱学森用一整天的时间作开场报告，后几天就坐在台下仔细听。大家自由争论最前沿的知识，主要是讨论思维规律，逻辑思维与形象思维的不同及联系。就在这次会上，钱学森提出五种思维方式：形象思维、逻辑思维、灵感思维、社会思维和特异思维。耳听笔记，这是一种近距离的阅读，让我的思维方式有了一个大扩张、大转换。自从增加了科学方面的阅读，我才知道世界原来有这么大，思维方式可以有这么多种。自觉头脑比原先灵活聪明了许多。后来我与人合作写了一篇谈思维科学的文章，经钱学森先生审定发在《光明日报》上。

四、关于理论和学术经典的阅读

我在《文章五诀》中提出——形、事、情、理、典。这个"典"是指经典、典故，特别是理论经典。什么是经典？常说为经，常念为典。经典标准有三：一是达到了空前绝后的高度；二是上升到了理性，有长远的指导意义；三是经得起重复引用，能不断释放能量。由于长期的文化积累与筛选，每个领域都有各自的经典。而更高层次的是理论和学术经典，特别是政治与哲学方面的经典。

我的阅读经历

一般人，特别是文学爱好者常误认为政治、理论枯燥乏味，干瘪空洞，不如文学那样水灵、煽情。这是因为文学与理论属不同的思维体系，一个是形象思维，一个是逻辑思维。人们虽感觉到了这个不同，但不知道作为形象思维的文学只有借助理性的逻辑思维才会更深刻，从而更形象、更生动。就如我们常说的只有理解了的东西才能更好地记忆。这中间有一道门槛，翻过之后，就是一片高地。

我们这一代人赶上"学习毛泽东著作"高潮。这是一个半被动、半主动的经典学习运动。说它被动，是因为那是一个特殊时期，一场运动，人人学，天天读，你不得不学；说它主动，是因为毛的文章确实写得好，道理深刻，文采飞扬，只要一读开，就能吸引你自觉地读下去。

我第一次接触毛泽东的文章，是在中学的历史课堂上，不认真听课，却去翻书上的插图。有一张《新民主主义论》的影印件，如蚂蚁那么小的字，我一下子就被开头几句所吸引：抗战以来，全国人民有一种欣欣向荣的气象，大家以为有了出路，愁眉锁眼的姿态为之一扫。但是近来的妥协空气，反共声浪，忽又甚嚣尘上，又把全国人民打入闷葫芦里了。

"欣欣向荣、愁眉锁眼、甚嚣尘上、打入闷葫芦"这么多新鲜词，我不觉眼前一亮，有一种莫名的兴奋。这是一种从未见过的文字，说不清是雅，是俗，只是觉得新鲜，很美。放学后，我就回家找来大人的《毛泽东选集》读。我就是这样开始读毛文的，并不为学政治，是为学语言，学文章。后来我逐渐通读了《毛选》四卷，还精读了不少篇章。之所以能学下来，政治压力是有的，但主要还是文章本身的魅力。要不，毛之后其他领导人的文章也曾大量公款派送，组织学习，怎么就是学不起来呢？

我对马、恩著作的阅读也是半主动、半被动的。可分两个阶段。第一阶段是"文革"以前，囫囵吞枣，如私塾背书一样，只是储存了下来；第二阶段是改革开放之后，结合形势重新验证马恩的观点，又去主动温习。因为我是学文科的后来又做新闻，一方面是专业要求，一方面是工作需要，所以读了不少也忘了不少，留下印象的有《共产党宣言》《自然辩证法》《家庭、私有制和国家的起源》《在马克思墓前的讲话》等，一些原理是刻骨铭心的。比如，"环保"这个概念是近二三十年的事，可是恩格斯在100多年前就发出警告："我们不要过分陶醉于我们对自然界的胜利。对于每一次这样的胜利,自然界都报复了我们。每一次胜利,在第一步都确实取得了我们预期的结果,但是在第二步和第三步却有了完全不同的、出乎预料的影响,常常把第一个结果又抵消了。"(《自然辩证法》)这种深刻、彻底,你不得不佩服。特别是经历了"文革"大失败后重新发现马恩,你不得不承认他们说得对,是我们过去念歪了经。如"人们为之奋斗的一切,都同他们的利益有关。"(《第六届莱茵省议会的辩论·第一篇论文》)"思想一旦离开'利益',就一定会使自己出丑。"(《神圣家族》)多么朴素的真理。一部经典不可能全部背下来,只要做到读懂原理,知道观点,记得一些警句,要用时能很快查找出来就够了。

我们不是常说文学是人学,是社会学吗?不是常说爱和死是文学永恒的主题吗?你看马克思怎么说:"人和人之间的直接的、自然的、必然的关系是男女之间的关系。""你就只能用爱来交换爱……如果你的爱没有引起对方的反应,也就是说,如果你的爱作为爱没有引起对方对你的爱,如果你作为爱者用自己的生命表现没有使自己成为被爱者,那么你的爱就是无力的,而这种爱就是不幸。"(《1844年经济学手稿》)

对毛泽东著作的阅读,最有用的是他的两本哲学书《实践论》《矛盾论》,还有可以作为写作示范的一批很漂亮的论文、讲话,如延安整风时期的《反对党八股》等,在1949年解放战争后期代新华社起草的《别了司徒雷登》《将革命进行到底》等一批社论、时评,集中展示了他的政治才华与文学才华。这种阅读对我来说,已是三分政治七分文学了。后来2013年毛泽东诞辰120周年时,我将这个多年来的阅读体会写成了一篇文章《文章大家毛泽东》,《人民日报》整版刊登。本文与另一篇在周恩来诞辰百周年时发表的《大无大有周恩来》,可以说是我对毛、周两个伟人的阅读笔记。

对经典,你读不读、喜欢不喜欢是一回事;它客观存在、确实有用,是另一回事。如果你没有读,其实是吃了暗亏。就好像说一种好食物,你不知道,没有吃过,但它确实好吃。马恩对未来社会的猜想,也许不能实现,就像天文学家关于宇宙大爆炸的猜想,现在也还没有得到验证。但你不得不承认这种理论的伟大和思维方法的科学,要不它怎么能造就数百年的科学社会主义运动?同理,虽然毛泽东后期有重大错误,但在他领导下确实改变了旧中国,建立了一个新中国,另外,还有他的个人才华和魅力。

经典不是一份名人豆腐账，不必拘泥于马恩哪一年到伦敦、到巴黎，与费尔巴哈、黑格尔、杜林什么关系，也不必拘泥于毛泽东当年到哪里，说了什么话。理论经典让人敬而远之的一个原因是后人的刻舟求剑，过度解读，故意神化、僵化，拉大旗当虎皮。就像儒家经典一样，马恩经典也一遍又一遍地被人涂抹、改塑。随着历史潮水的退去，经典凸显的只是原理，其他都已不重要。邓小平说："学马列要精，要管用的。长篇的东西是少数搞专业的人读的，群众怎么读？要求都读大本子，那是形式主义的，办不到。"经典的阅读与出版始终有两条路线。一是真正的学术大家、出版家，为读者着想，筛选出最基本、最精华的东西，做成最便宜的普及本，书愈做愈薄，人愈读愈有味；二是拉经典扯大旗，靠经典吃经典，为出书而出书，不停地注释、索引、解读，书愈做愈厚，让人愈读愈烦，而公款出版又加重了这个恶性循环。经典要转化为有效阅读必须有负责任的、高水平的、联系实际的、深入浅出的普及环节。可惜政治经典的普及做得很不好，远不如文学经典。我印象深的好的普及本，仍然是艾思奇的《大众哲学》，后来我常用的一个本子是《马克思恩格斯要论精要》（中央编译出版社2001年8月第一版）。

另外，从马克思到毛泽东也不是一般人想象的那样艰深、枯燥、可怕，他们并不缺少文采。如马克思谈资本与劳动力的关系："原来的货币所有者成了资本家，昂首前行；劳动力所有者成了他的工人，尾随于后。一个笑容满面，雄心勃勃；一个战战兢兢，畏缩不前，像在市场上出卖了自己的皮一样，只有一个前途——让人家来鞣。"（《资本论》）他还这样来挖苦书报检查制度："你们赞美大自然悦人心目的千变万化和无穷无尽的丰富宝藏，你们并不要求玫瑰花和紫罗兰散发出同样的芬香，但你们为什么却要求世界上最丰富的东西——精神只能有一种存在形式呢？"（《评普鲁士最近的书报检查令》）毛泽东谈政治与经济的关系："搞社会主义不能使羊肉不好吃，也不能使南京板鸭、云南火腿不好吃，不能使物质的花样少了，布匹少了，羊肉不一定照马克思主义做，在社会主义社会里，羊肉、鸭子应该更好吃，更进步，这才体现出社会主义比资本主义进步，否则我们在羊肉面前就没有威信了。社会主义一定要比资本主义还要好，还要进步。"（1956年在知识分子会议上的讲话）这种机智、幽默，现在的政治家、文人都是很难企及的。

政治理论经典对我写作的帮助是学会直取问题要害，找到打开读者思想大门的钥匙，登上可以俯视山下的制高点，也就是找到文章的"文眼"。前面说过韩愈为文时要向司马迁"借气"，我则常向马、恩、毛"借力"，借政治之力。在文章看似山穷水尽时，又翻上一层，极目千里，借助政治的高度，是为政治散文。比如，改革开放后农村富了，有钱怎么花，怎么建设新农村？有各种典型，但都摆不脱好吃、好住、高消费。我在江苏看到这样一个典型，他们一切以人为中心，追求人的生活自由、劳动自由、精神自由。村里办有多种企业，早已做到充分就业，但每家还留了几分地，为的是留住乡愁，享受田园生活的自由。连敬老院也分几种类型，养老方式自由选择。这不就是《共产党宣言》里讲的共产主义就是自由人的联合体吗？就是恩格斯讲的："我们的目的是要建立社会主义制度，这种制度将给所有的人提供健康而有益的工作，给所有的人提供充裕的物质生活和闲暇时间，给所有的人提供真正的充分的自由。"于是我写了《在蒋巷村的共产主义猜想》。摘要如下：

"共产主义是什么样子？谁也没有见过，到现在还是想象中的事情，十分遥远和渺茫。于是共产主义就有了各种各样的版本。

"我的所经所见大约有两种。一是解放前后'点灯不用油，耕地不用牛'最初级的'解放版'。二是'人民公社'版，一场黄粱梦。而这次我却看到了一个与前两个不同的比较接近马克思想法的版本，我把它叫作'中国乡村版'的共产主义猜想。

"蒋巷村不大，186户，1700亩地，800口人。40年前曾是一块低洼闭塞的蛮荒之地。村展览室的墙上张贴着一首辛弃疾800年前描写江南农村生活的词《清平乐》：'茅檐低小，溪上青青草。醉里吴音相媚好，白发谁家翁媪。大儿锄豆溪东，中儿正织鸡笼；最喜小儿无赖，溪头卧剥莲蓬。'这是中国农民几千年来的理想追求。现全村已人均年收入两万多，学生上学全免费。老人，55岁开始每月补300到600元，如身患重病者，月补400元。他们说这是'按劳分配加按老分配'。

"按照恩格斯说的那三条，最难的是第三条'给所有的人提供真正的充分的自由'。工作自由已不必说，而养老一项，难在怎样既保证老人生活舒服,又精神自由,还能减轻年轻人的负担。蒋巷村却有办法。全村55岁以上老人200个,按说各家都有别墅小楼,住房宽裕,三世同堂,足可养老。但村里又另盖200套老人公寓。平房庭院式,花木葱茏,阳光明媚。分单身居和夫妻居两种,面积不同。室内厨、卫、寝、厅,一应俱全。老人如愿与子女合住,则住;不愿即可搬来公寓自住。免去了许多因"代沟"所引起的习惯不合与情感摩擦。分而不裂,和而不同,亲情不减。'每个人的自由都是对方自由的条件'。

"蒋巷村的现状当然不是共产主义,但它肯定是人们追求理想征途上的一小步。共产主义理论一产生就是一个在欧洲大陆上'游荡的幽灵'。160多年后,它漂到中国的江南水乡,与这里从800年前漂过来的,辛弃疾词里所表达的那个天人合一、老少同乐、物我一体的乡土基因相结合,成了现在的这个新版本,蒋巷村版(现代中国还有其他板本,如华西村版、南街村版、大寨村版,含义各有不同)。

"在蒋巷村我又重读了一遍共产主义的猜想,也读出了一点哲学和科学社会主义的意义。"

蒋巷村,本是一个普通的江南水乡的富裕典型,可以写成一般的新闻通讯、游记散文,但是我这里调动了过去对马恩经典的阅读,将江南美景、新村变化、数字事实和传统的小康观念,用"共产主义猜想"这个主题来统领,开辟了一个新的理性高度和审美角度。

"典"当然主要是指经典的原理。但是典型的人和事,甚至经典的句式都可以拿来引用、翻用以增加文章的力度和情趣。比如我们年年喊反形式主义,就是反不掉,某地开人大会,领导炫才,工作报告居然是一首6000字的五言诗。我写了一篇评论《为什么不能用诗作报告》,结尾时说:"这确如马克思所说,是'惊险的一跃',如果跳跃不成功,那摔坏的一定不是形式,而是形式的拥有者。"马克思的原意是,从商品到货币的过程是"惊险的一跃",这个跳跃如果不成功,摔坏的不是商品而是商品所有者。

顺便再说一下对其他经典的阅读使用。前面讲过经典的作用是它上升到了理论的高度,可以指导工作。我在阅读中,总注意寻找那些可以指导写作的理论依据。这里举两个例子。

在 1983 年前后因对杨朔散文的阅读，产生了疑问，这涉及形式美的问题，便去读美学方面的文字，最主要的有黑格尔的《美学》并作了详细笔记，那真是一本很难啃的书。我从中只学到一点精髓，就是把握好三个关系：

第一，人与审美对象的关系。黑格尔把人与外部世界的关系概括为三种，一是消耗、破坏它，换取自身的生存，是一种消费关系；二是研究它，并不破坏，是思考关系；三是欣赏它，保持距离，是审美关系。就是说，你把对象破坏了不美，研究得很透了也不美，有距离才美。

第二，把握事物内容与形式的关系，形式有独立存在的价值，即审美价值。既不能让形式妨害内容，也不能降低审美价值，"把它降为一种仅供娱乐的单纯的游戏"。

第三，把握审美的作用，即艺术对人的作用。人是由动物变来的，难免有动物性的粗俗的一面。黑格尔的原话是："人们常爱说：人应与自然契合一体。但就它的抽象意义来说，这种契合一体只是粗野性和野蛮性，而艺术替人们把这契合一体拆开，这样，它就用慈祥的手替人解去自然的束缚。"就是说艺术创作不能粗制滥造，不能媚俗，而承担着净化人的心灵的责任。

这是一个很基本的审美原理，就像自然科学中的牛顿力学原理，用它可以解答艺术、创作、欣赏、文艺批评中等一些常见的疑问。比如经常困扰我们的，引起读者不满、家长担忧的作品低俗的问题。2010 年媒体开展这方面的讨论，我曾写了一文《怎样区分低俗、通俗和高雅》：

就是说人面对一物会有三念：占有的欲望、冷静的思考和愉悦的欣赏，就看你选择哪一种。这三种念头第一种源于人的动物性、物质性，可称为"俗"；第三种体现人的精神存在，可称为"雅"。俗与雅之间还有一个过渡地带，这就是"通俗"。（《人民日报》2010 年 8 月 19 日）

小说、影视作品中最难处理的"性题材"问题，根子也在这里。作者的着眼点，是刺激读者的动物性的原始性欲，还是启发他的审美，这也是《金瓶梅》与《红楼梦》的区别。一个美女在色狼眼里是满足性欲的消费对象，在医生眼里是思考救治的对象，在画家眼里是线条、韵律的美感。人身上动物性与人性共存，就如人体内癌细胞与好细胞的共存。同样是一张裸体画,在一流画家手里是高雅的美,在三流画家手里是放荡和粗俗。人的阅读需求从低到高、从物质到精神层面共有6种,分别是信息、刺激、娱乐、知识、审美和思想的阅读需求。这就看作家、艺术家怎样去激发读者的不同需求,是用"慈祥的手"替人拆开"契合一体的粗野性和野蛮性",还是用"罪恶的手"诱导他回归动物性。反映在作品上的不同就是高雅、低俗和通俗。

经典作品里总是有原理体现。马恩作品里有一般社会原理、哲学原理;毛泽东作品里有中国社会的政治原理;黑格尔的作品里有美学原理。哪怕每一个小的学术分支,只要它够得上经典,就必然会揭示出某一部分的原理,或者可以说,只有含有一定原理的作品才能称得上是经典作品。这也反过来说明,阅读,不管读哪一类作品,一定要读经典,这样你收获的就不只是粮食,而是种子;不只是几条鱼,还有渔具、渔法。当然再经典的作品也只能作为客观的阅读对象而存在,要收到好的阅读效果,还得发挥阅读者的主观能动性,利用这颗种子,种出一棵属于自己的树。

修辞学是一个很小的、专业的学术分支,但是写文章的人不可不读。1968年"文革"后期,我大学毕业后有一年的时间在内蒙古农村劳动锻炼。正苦于无书可读时,在灶台上见到一本已经撕破书皮的陈望道先生著的《修辞学发凡》。陈是个老革命家,中国第一版《共产党宣言》的翻译者,当年与陈独秀一起做建党工作,脾气不合,就去做学问,又成了中国研究修辞第一人。修辞学很专,我也无心专攻这一行,但我读后从中悟出的一个结论,就是新闻与文学的区别。这再次说明经典的理性光芒。其实我读这本书时还没有做新闻工作,这本书里也没有"新闻"二字。等到我后来当记者,再后来到新闻出版署从事管理工作,新闻界总有一个摆不脱的阴影,就是有人建议"消息散文化",一时在新闻界形成潮流,好像这是写好新闻稿的出路。为此《新闻出版报》开展了半年的讨论,多数来稿居然也同意这个观点。讨论结束时报社请我写一篇文章,虽然我是散文作家,但我明确表示消息不能散文化。理由当然有很多条,其中一条是按《修辞学发凡》给出的原理,修辞分两大类:消极修辞与积极修辞。

消极修辞主要用在应用、实用类文体,如文件、通告、科学著作、教科书等，典型代表是法律文件、行政公文，要极其客观准确；积极修辞用于文学写作，小说、散文、戏剧，典型代表是诗歌，可以任意想象、浪漫挥洒。消极修辞，注重表达事实，以让人"明白、了解"为目的；积极修辞，注重表达情感，以让人"感染、激动"为目的。消极修辞不是内容表达的消极，而是语言风格的消极，不张扬、不夸张，恰恰是为内容的积极让位，尽量把形式对内容的干扰降低到最小。

根据这个原理，我们可以给文字大家族排出如下序列：法律——文件——教材——各种应用文——新闻（以上消极）——（以下积极）报告文学——散文——小说——戏剧——诗歌。可以看出，在这个大序列表中，新闻处于消极修辞的末端，靠近积极修辞处，但从性质上讲，它还是属于消极修辞。有了这个序列表，就像有了一张旅店客房指南，或者是化学研究中的元素周期表，物理研究中的光谱图。对号入座一目了然。

假如我们允许"消息散文化"，那么新闻与文学将没有边界，直接的恶果是假新闻的合法化，是记者天马行空地胡说、煽情。

这样借用修辞学原理就轻松解开了新闻界一个争论已久的难题。这是理论的力量，经典的力量。

### 五、有阅读，人不老

大约在30多年前，1984年，我的人生有一个小挫折。也许是境由心生，我注意到当时的一个社会现象。当年被打成右派的知识分子虽都落实政策回城安排工作，但结果却大不相同。很多人身体垮了，学业荒了，不能再重振旗鼓，只有坐家养老，等待物质生命的终了。有一部分"右派"却神奇般地事业复起，演戏、写书、搞研究等，又成果累累，身体也好了，精神变物质。这其中有一个原因，就是在最困难的时候，他们没有停止读书，反而趁机补充了知识，补充了生活。我又联想到"文革"中很多学者都是靠读书挺了过来，并留下了著作。我当时有感写了一首小诗以自勉："能工作时就工作，不能工作时就写作。二者皆不能，读书、积累、思索。"也就是那两年，我完成了40多万字的《数理化通俗演义》和重读了一些理论经典。我的一位官场朋友，受挫折后就去读书，他说读书可以疗伤，后来也很有学术成就。毛泽东在病床上一直读书，到去世前的70多个小时还在阅读。只要有阅读,人就不会倒,不会老。

什么是阅读?阅读就是思考。阅者,看也。但是比看要深一些,它不是随意地、可有可无地观看。是有目的的、带着问题观看,是一个思维过程,边看边想。比如,我们说:阅兵、阅卷、阅人、阅尽人间春色,就不说"看兵、看卷、看人、看尽人间春色"。而对不需太动脑子的、浅一点的东西,消遣、娱乐的,则说看,不说阅。如看电影、看风景、看热闹、看耍猴,不说"阅电影、阅风景、阅热闹、阅耍猴"。所以当我们说阅读的时候,心境是平静的、严肃的,也是美好的、向往的。

广义来说,人有6个阅读层次,前3个信息、刺激、娱乐,是维持人的初级的浅层的精神需求,可以用"看"来解决。后3个知识、思想、审美,是维持高级的、深层的精神需求,则只看不行,还要想,这才是真正的阅读,可称为狭义的阅读。现在电子读物盛行,主要承担提供信息、刺激和娱乐的任务。它的特点是快捷、方便、形象,但也带来另一个问题,浅显、浮躁,形象思维多,逻辑思维少。这有点像计算器的普及,很多人不再费力心算。德国有一个街头测问,多数人不能背九九表。这作为生活实用可以,但作为人的思维训练,生命进化,却是一大缺陷。钱学森年轻时在美国读书,几个好朋友相约,大家都不看电视。他到晚年还自己剪贴报纸。文字是有一种神奇的诱导人思考、丰富人精神的功能。我注意观察,很多干部家里没有书架,这是一种精神缺失。一次给干部讲读书,我说阅读是为了精神生命的成长和延长,要把这种精神生命延伸到下一代。就算你自己实在不爱看书,为了后代,在家里也希望能装出爱读书的样子。散场时,有人边走边说:"今天回家后,不读书也要装装样子了。"一说到为了后代,这个道理一下就明白了。

# 当我们谈论科幻时我们谈些什么 |鱼多多|

原载《北京文学》（精彩阅读）2016 年第 1 期

2015 年是《北京文学》创刊 65 周年，在这一年的最后一个月，我们在选刊中推荐了科幻作家刘慈欣的小说。而在整整一年前，也是在这样的冬日伊始，我们曾推荐陈楸帆、夏笳等年轻科幻作者的作品。从 2014 到 2015，这位 65 岁的文学老人走过了他平平常常的又一年，一如既往地关注现实与底层，坚持好看与动人；而在他缓慢的日常的旅程里，又多了些不同寻常的东西，那些来自星空的光芒超乎过往的璀璨。他抬头仰望，又侧耳倾听，在天与地之间感受到一丝轻颤。他向那里凝望过去，清晰地见到那股来自未来的波动。

对于过去来说，我们早已迈入花甲，而对于未来，我们还太年轻。

## 从科技聊起

2015 年 1 月，微软在 win10 发布会上展示了他的"新玩意"，一件重磅级硬件产品——微软全息眼镜 MicrosoftHoloLens，以及与之相应的微软全息技术 WindowsHolographic，即用投射在眼前的影像与现实环境结合，产生数码影像飘浮在眼前的错觉。微软一再强调自己的全息影像系统不是虚拟现实，而是增强现实，也就是说你所看到的虚幻影像不会像索尼的虚拟真实头戴装置般将你全部包围，而是将虚拟影像投射在用户所置身的真实环境中，真真假假、虚虚实实。

无论是虚拟现实还是增强现实，毋容置疑的是，虚拟现实热潮正继上世纪90年代后再度兴起，并伴随技术成熟走入寻常生活。随着科技发展，虚幻和现实的边界在日渐模糊，这是一个虚拟正在浸入现实的时代，而我们正置身其中。

人类已经走到了一个10年前我们无法想见的世界，3D影像、虚拟现实游戏、互动科技正提供着往昔古典时代只有文学才能带来的那种迷人的浸入式体验。深夜，开一盏小灯，窝在沙发里读一本小说，借着文字的力量走进另一个世界，这样的做法不免太古典式奢侈，步履匆匆的大互联时代，两个小时的电影或游戏不是更高效、更具社交性吗？

文学所面临的窘境和新生长点早已不是新鲜话题，但让人们奇怪的是，这个古老家族里至少该幸免于难的那个却怎么也陷入低谷？从新千年开始，世界各国的科幻文学都进入退潮期。有人认为，科技迅猛发展是原因之一，毕竟现实已如此"超现实"，原先你需搭载小说家的文字翅膀才可飞跃未来，而如今，生活本身已让你眼花缭乱，甚至正超出科幻所及之境。"我想，可能是因为科技的神奇感消失了，而科技的神奇感正是支撑科幻作品的重要基石"[9]；也有人认为，"英语科幻悠久的传统成了目前英语国家科幻创作的桎梏"[10]，又或者"奇幻文学占尽幻想读物的风骚"[11]，从《哈利·波特》到《冰与火之歌》，奇幻领域佳作迭出。

就是在这样的背景下，世界科幻界发生了一件有意思的"小事"。2015年8月，有"世界科幻艺术界的诺贝尔奖"之称的雨果奖向中国山西阳泉市拨去了一个电话，他们想要询问，《三体》作者刘慈欣是否愿意应邀来到现场。"半个月前刚去过美国，又正逢女儿开学，而且对拿到雨果奖也没什么信心"，这位被粉丝们昵称为"大刘"的科幻小说家没有出席。几天后，宇航员林格伦博士在国际空间站宣读刘慈欣的《三体》获得最佳长篇，由翻译者刘宇昆站在雨果奖台上代领奖，这便是几个月来整个中国都在热议的那一幕。

正如2013年莫言获诺贝尔奖并没有真正拉动国人对纯文学的购买力，

---

9　刘慈欣语

10　《第五类接触》郑军，百花文艺出版社

11　《世纪之交的中国科幻（下）：21世纪初》吴岩，自《追忆似水的未来》一文

"《三体》的热销也并未让其他中国科幻小说的销售额得到本质上的提升,"[12] 与其说是《三体》引发中国人对科幻的热议,不如说近年来中国作为科幻热点地标,本身就正在酝酿着一股深沉的力量。在科技迅猛发展、英语科幻作品普遍陷入低潮期的背景下,现实与虚幻的明晰疆界正在这片古老的土地上渐渐瓦解,而刘慈欣的获奖让这股还散漫的能量引来第一个爆点。

仿佛一夜之间,人人都在谈论科幻。和以往由某部科幻电影引发的热潮不同,那不再是离自己十万光年的遥远玩意儿,也不是西方先进国家的舶来文化,那可是长在自己地界上的故事,是离自己不算太远的作家,写的是自己也知道、也能看懂的事情。普罗大众以莫言获得诺贝尔奖那日的兴奋掀起了科幻嘉年华,SF(ScienceFiction)[13] 粉们仍坚守在小圈子里聊着更"专业"的话题,传统文学小心翼翼地翻开《三体》的第一页,评论家们则开始以审慎的态度分析中国科幻文学不容乐观的现实图景,

"现在,中国科幻文学的发展有了一个非常好的突破口,但是这个口子打开以后,我们突然发现后面的兵力很有限,也很微弱。科幻文学新生力量的成长和现在的市场需求之间有很大的不适应,年轻的作家队伍规模有限,能创作长篇的更是屈指可数。这就是中国科幻的现实。"[14]

此时,距离科幻文学在玛丽·雪莱手中诞生[15]已经过去197年,距离美国科幻黄金时代[16]的逝去也已半个多世纪,而现在,当下世界的东方焦点——中国开始举一国热情谈论科幻,大家到底在谈些什么?

## 从幼子到叛客

拥有上下五千年的文明,国人一向喜欢回望历史,咀过往时光精华,以敷现实之伤。在"以人为本"的文学领域,更是对现实倾尽关照,大到

---

12 刘慈欣受访央视

13 Science Fiction(Sci-Fi),科幻,包括科幻小说

14 《科幻世界》主编姚海军,摘自《文艺报》刊文《中国科幻文学需要新力量》

15 玛丽·雪莱1818年创作的《弗兰肯斯坦》被认为是世界第一本科幻小说

16 《第五类接触》中提到,在约翰·坎贝尔的带领下,科幻文学开始了第一次有意识的文学运动。这一运动的年代被称为科幻小说的黄金时代。黄金时代的上限是1938年,下限是1950年

政治体制小到柴米油盐,写的与读的,皆面朝黄土、埋头跋涉,偶尔仰望星空,对未来惊鸿一瞥,也权当为现状谋取出路。然而从何时开始,这样的状况在悄然改变?

从2014年那部引发全民热议的科幻电影《星际穿越》开始,就连街边巷口下棋的大爷大叔都在谈论维度和黑洞;再到2015年引发激烈讨论的中国首例人体冷冻新闻,身患绝症的儿童文学女作家在转身迈向死亡时作出了她的最终选择,那选择充满勇气,有着不计失败只身赶赴未来的果敢,更充满想象,甚至比她任何一部作品都来得迷人;2015年中国科技热在互联网时代的大背景里继续发酵,创业人群中科技比重越来越大;又一届腾讯科技大会低调宣传却一票难求,来自世界各地的科学家和创造者们谈论人工智能、脑机接口、基因科技、太空旅行探索,也畅想着和每个人都息息相关的未来,"世界上很少有哪个国家像今天的中国这样,从官方到民间充满了对科技创新的追求"[17];《饥饿游戏》《明日世界》《移动迷宫》《火星救援》等好莱坞科幻大片继续扎堆中国,再不济也能赚到回程车票,事实上从2009年《变形金刚》《2012》《阿凡达》在中国创造了一组奇迹开始,中国科幻电影市场就始终是吸引全球影视资本的肥美之地,甚至有人推断"中国已经拥有全世界位列三甲之内的巨大科幻市场"[18]。未来学[19]早已被引入西方国家的大中学校课堂,为保持学生的兴趣和参与意识,大量科幻小说被当作未来学教学的教材,今天这在中国学校教育中也不再是新鲜事。《失控》的作者凯文凯利不久前来中国宣传新书《必然》,传统媒体波澜不惊,互联网上则狂潮不断,朋友圈充满了转发和点赞,不少人慨叹,这是个分分钟需要脑补的时代。

对科技和未来的持续热情在这个国家一二线城市中青年人群里加温再加温,虽然科幻文学不是科普文学,也并非预言小说,但这种年龄不过两百岁的年轻文学样式已经成为某些特定人群共有的文学标签。SF粉们隐藏在哪些角落呢?他们职业不同,可能是互联网公司的程序员、小编辑,乃

---

17 《第五类接触》郑军

18 《第五类接触》郑军

19 未来学是研究未来的综合学科,未来学一词是德国学者·弗莱希泰姆在1943年首先提出和使用的

至管理层，也有可能是研究员、大学教师；他们年龄不一，从在校学生，到年龄不算小的机关公务员；地理坐标分散，东南西北、沿海内陆，当然主要集中在城市。如今，在人人行色匆匆的地铁里，你无法再像从前识别纸质书封面般在小小的移动端屏幕上识别某些阅读人群，科幻迷们就潜藏在现实的大军里，对虚幻世界、未来，以及想象的渴望仿佛淡淡的雾般，渗入这个国家现实的壁垒，抓不到摸不着，却改变着我们的视野。

想来有人会问，类似的热情似曾相识吧？

还记得上世纪 80 年代的科幻热吗？还记得 1995 年后的科幻复苏吗？好吧，你不是 SF 粉哪会在意这些，或者你太青春都未曾经历。但总还有人对 1998 年的高考作文题有模糊印象吧，《假如记忆可以移植》，一道 60 分的作品题足以改变大部分考生的命运。那一年，充满想象力的孩子有福了，"白日梦"从未如此光明正大地得到嘉许，爱做梦的孩子奋笔疾书，那是互联网浪潮翻卷而至前的徐徐海风，是未来对想象的一次小小奖励。

那个时候，当我们谈起科幻时，大部分人是在谈文学，甚至是儿童文学、青少年文学。"科幻小说"是当时中国社会里"科幻"的主要载体，是人们释放未来渴望和想象能力的主要战场。"科幻"还只是文学里的一种类型，它与爱情、推理、乡村、官场平行，而且比后者更小众更孱弱，是文学这个老父亲的幼子。

然而时至今日，"科幻"正在被完全不同的眼光去打量。为什么越来越多人对科幻小说着迷？为什么这些来自各行各业的 SF 迷在从事了一天枯燥的日常工作后，会花大量的时间阅读这种想象文本，甚至有人还是跨越了太多专业藩篱，硬着头皮一点点咀嚼那些完全看不懂的量子物理学、天文学、网络科技甚至生化知识？或许两个词就可解释——"满足感"与"希望"——如今的"科幻文学"不再是为生活锦上添花的瑰丽想象，而直接触及当下生存现实，它明了我们对现有秩序以及某些制度的不满，直指病灶，用一种想象的方式提出了别样的解决途径。不似奇幻文学般只是一种宣泄渠道，科幻的想象基于科学，所以令人更有希望。

在英语科幻文学中，科幻从来与政治紧密相连，在华语科幻界，近年来，刘慈欣、陈楸帆、刘宇昆、刘洋等一批年轻的科幻作家让科幻紧接地气，具有强烈的隐喻和批判，令读者在幻想的脉搏里明晰地听到未来心脏跳动的强音。

在文学层面,刘慈欣认为"科幻文学"是迥异于"主流文学"的概念,前者对后者有太多理念上的颠覆。

"我曾经无数次幻想过一种文学,能够对我展现宇宙的广阔和深邃,能够让我感受到无数个世界中的无数可能性带来的震颤,在当时现实主义的黄土地上,那种文学与我所知道的文学是如此的不同,以致我根本不相信她的存在。当我翻开那本书时,却发现那梦想中的东西已被人创造出来。"

"主流文学描写上帝已经创造的世界,科幻文学则像上帝一样创造世界再描写它。""科幻急剧扩大了文学的描写空间,也使得我们有可能从对整个宇宙的描写中更生动也更深刻地表现地球和人类,表现在主流文学存在了几千年的传统世界,从仙座星云中拿一个望远镜看地球上罗密欧在朱丽叶的窗下吹口哨,肯定比从不远处的树丛中看更有趣。"

科幻文学不仅为文学提供了新的视角,更对文学的本质"人学"发起了"挑战"——

"人类的社会史,就是一部人的地位的上升史。从斯巴达克斯挥舞利剑冲出角斗场,到法国的革命者们高喊人权博爱平等,人从手段变为目的。

"但在科学中,人的地位正沿着相反的方向演化,从上帝的造物(宇宙中的其他东西都是他老人家送给我们的家具),万物之灵,退化到与其他动物没有本质的区别,再退化到宇宙角落中一粒沙子上的微不足道的细菌。

"现在的问题是:文学倒向哪边?主流文学无疑倒向了前者,文学是人学,已经成了一句近乎于法律的准则,一篇没有人性的小说是不能被接受的。但科幻却倒向了后者,人性不再是这种新兴文学的灵魂。"[20]

刘慈欣以通俗而又毫不留情的语言指出科幻文学对传统文学的一种参照,在笔者的理解里,随着近百来人类文明的高速进化,"人性"一词的传统涵义显然也在改变。从宇宙视角来看,作为一个种族的人类都在改变,那么反映"人性"的文学是否也在迎来它必然的变革呢?这一点,科幻文学也给了我们一些启发。

"科幻是内容的文学,不是形式的文学。在科幻小说中,形式是承载内

---

20 《刘慈欣谈科幻》湖北科学技术出版社,摘自《超越自恋——科幻给文学的机会》一文

容的容器,是为内容服务的,形式高于内容的科幻小说可能是很好的小说,但已经不是科幻了。"去文学化似乎是现有科幻小说的普遍属性,美国著名科幻小说家阿西莫夫以平直呆板的文笔被文人诟病,但这并不妨碍《银河帝国三部曲》成为"科幻圣经",被千万粉丝膜拜。

从文学的幼子到具有超人性理念的新文学形式,科幻文学似乎不再囿于文学的某一类型之中(虽然时至今日我们仍抱着这样的观点去讨论它),它仿佛族群叛客,早已逃逸出那个被我们画了数千年的框框,向着忠于他本性的方向而去。

### 未来文学的史前形态?

"科幻业者最喜欢引用的一句话语,来自英国天文学家弗雷德·霍伊尔。在一篇为克拉克撰写的科幻小说前言中,他曾经说:将来最严肃的文学作品恐怕要到科幻小说中去寻找。"[21]

2014年3月,来自两国几所大学和《科幻世界》杂志社的专家聚集一堂,以"2024,科幻还存在吗?"为议题举行了一次"中日科幻对话"。这次交流由科幻作家、北京师范大学教授吴岩发起主持,中日两国多位科幻作家和研究者参与,嘉宾们多认为两国都面临着销量下降、核心读者减少等共通的危机,10年之后,科幻仍是存在的,然而科幻题材的发展,一方面要保留科学的内核;另一方面也要适当融合其他文学样式,开发市场潜力,让科幻文学走向更多人。

有人认为,所谓"低潮期"只是一个阶段,"科幻小说仍然在前进,只不过未必就有'科幻'这个包装,迈克尔·克莱顿[22]和他的高科技惊险小说便是代表。""在美国,克莱顿几乎不存在于科幻圈。他没有获得任何一届星云奖或者雨果奖,也几乎不参加科幻圈的活动。美国文化市场赋予他一个特殊的称号——高科技惊险小说家。""克莱顿的作品不再有黄金时代过于遥远的时空背景,他所创作的全部科幻小说都发生在当代",令科幻完美地融入现实,对读者来说有着强烈的带入感。"克莱顿的这种思路是科幻文学比较有前途的发展方向。"(《第五类接触》)

---

21 《科幻文学论纲》吴岩
22 《未来世界》《侏罗纪公园》《失落的世界》作者

总之,"作为向前看的文学",科幻文学本身也无时无刻不在发生着变化,比起主流文学,这种变化更为灵活和迅速。伴随着科技大爆发的时代背景,正在为"黄金时代"作着诸多准备的中国科幻界,其巅峰期必然不同于英语科幻所曾经历的。让我们拭目以待。

科幻文学的未来正面临着多样化、大众化的趋势。既然谈论科幻,本文也不妨驰骋想象。假如"科幻"一词不加诸"文学""电影"等后缀,它是否可以独立为一种有着独特价值趋向的思维方式?是否可以去描绘一群特定人群甚至一种生活态度?"科幻是一种生活方式"[23],互联网天然就是科幻迷们的聚集地,比如泛科技主题网站果壳网近年来人气颇高。大量资料显示,科技对人的想象的影响已经不仅存在于文学阅读这短短的过程里,它全面渗入生活,不仅影响着写作,也影响着艺术、设计、影像创作等文化的各个方面。东京设计竞赛中的一块具有未来感和科技感的获奖手表,就将自己命名为SF,意即科幻的意思。网络上人们也开始用"科幻"一词去形容某类事物,比如本文开篇提及的微软全息眼镜。"科幻"就像一个小小的基因,在这场全人类迅猛的进化中,影响着未来的生长方向。

将想象再延伸一些。在这场文明的变革之中,包括文学在内的文化产物都面临着改变,正如根植于农业文明的文学形态无法与工业文明诞生的文学把酒言欢,立足于今朝的我们也无法想见甚或理解未来百年后的文学样态。然而是否可以大胆推测,今天这被我们叫作"科幻文学"的文学物种里,也许包含着未来文学生态的小小种子?

正如当下你所隐隐感知到的一切:虚幻正无孔不入地渗入现实,空间距离已几近被跨越,时间正变成一种相对存在,所有的一切都仿佛烧瓶里的物质,正在温度和其他作用下,接近那个形态改变的"点"。文学会如何变化?科幻文学为我们提供了一种可能。

现在,让我们收回放得太远的想象。今天的SF"科幻"不仅体现在文学和影视,还有漫画、动画这些我们熟悉的文化形式,它可能还是游戏,是虚拟现实交互,是其他任何体验性的东西,它服务于新的人群,那些曾被我们认为是少数派的科幻粉丝,现已渐成主流。作为科幻家族中的一个支脉,"科幻文学"在世界范围内的低潮期只是生长曲线中的一个低点。

---

23 刘慈欣语

而让人欣喜的是，中国科幻文学是低点中生出的一棵希望之芽，他的发展不仅之于中国，对世界科幻的未来也意味深长。

　　科幻小说仿若文学意义上的虚拟现实眼镜，它不能直接改变你所置身的真实，但可以带你去到另一个世界；最重要的是，它会激发你探索的欲望以及改变现实的多种思路。如果说还有什么最为现实的意义，不知你是否认同笔者的观点：中国整体文化氛围正在改变，其中，科幻文学是一股重要力量。